周先慎文集

第二卷 古典小说的思想与艺术

周先慎 著

目 录

我的古典小说研究——代序

我总是对称我为专家的人说，我不是专家，只是一个杂家。这不是谦虚，是实情。在中国古典文学的范围内，诗歌、散文、小说、戏曲，我都有涉猎，都有论著发表，但也都没有令自己满意的成绩。自然，杂也有杂的长处，各种艺术门类，文学中的不同体式，有许多相异处，也有许多相同处。杂一点，眼界开阔一些，可以做到触类旁通，有时真有意想不到的创获。但杂也有杂的不足，术业无专攻，精力有限，面铺得太广，不免蜻蜓点水，都不深入。我是长处未能得到很好的展现，而不足倒是非常明显。比较起来，相对在古典小说方面用力较多一些，成绩也稍好一点。

我是在 1959 年到北大中文系任教的，但在 1977 年“文化大革命”结束重新招生以前的近二十年时间里，我并没有真正从事古典文学的教学和研究工作。这一方面是因为，下放劳动，参加“四清”，直到“文化大革命”，政治运动不断，再加上那时谁要做学问就是“白专”，是要挨批的。另一方面，我当时担任的教学任务是给本科生讲写作课，大致相当于 1949 年前许多大学所开的“大一国文”。稍有不同的是，我们除了分析范文，还要讲一点写作理论，同时还要给学生批改和讲评作文。这项工作，量很大，很紧张，再没有余暇去从事古典文学的研究。但这段教学经历，对我后来从事古典小说的教学和研究，很有帮助。普通的作文是表达，写文学作品也是表达，只是比较讲究艺术的表达。两者有高低、雅俗、精粗之分，道理却是基本相通的。对于语言的通与不通，美与不美，对于文章的主题、构思、布局、描写等等方面，那种比较敏锐的感悟力，就主要是在那个时候培养起来的。不要小看这种感悟力，这是研究古典小说很重要的基本功。

我后来用比较多的精力从事古典小说研究，很重要的是受到吴组缃先生的教育和影响。我两次听他讲“古典小说研究”的专题课。这是当年北大中文系的“名牌菜”之一。他的许多精辟的分析，加上风趣幽默的语言，具有强烈的艺术魅力，给人以一种无形的巨大影响。不止是影响，还同时受到很深的感染。于是就去找名著来重新读，细细体味，深入思考，便有了一些不同于从前的认识。又再去读金圣叹、毛宗岗和脂砚斋的批，也常常有会心之处。于是，慢慢地，就在吴先生的影响和指引下，开始了我的古典小说研究。后来调到古代文学教研室工作，直接聆听教诲的机会就更多一些。我在古典小说的研究方面，如果说还有些许成绩可言，还可以概括出几个特点来说一说，那都是受到吴组缃先生教育和影响的结果。回顾一下自己过去的研究，我觉得有这么几个特点，概括成三个字，就是：细，深，广。

先说细。

细，主要是指对文本的细读，以及在细读和深思基础上对作品的精细分析。吴先生多次教育我们，要处理好宏观研究与微观研究的关系，处理好研究方法上综合与分析的关系。他不反对宏观研究，但反对架空的宏观研究，他认为微观研究是基础，离开了扎实的微观研究，所谓宏观研究就只能是无稽的空谈。与此相关，在方法上，他提倡分析，在分析的基础上再进行综合，认为只有这样才能得出比较符合实际的结论。他说，对古代的短篇小说，不能只是作综合研究，还应该一篇一篇地加以分析，这样才能充分阐明每一篇作品不同的思想个性和艺术个性。他对前苏联的文学评论家叶尔米洛夫很赞赏，说他对契诃夫的独幕剧就是一部一部地加以分析的，真正讲出了这些作品的特点。

在这方面，吴先生为我们做出了典范。他在“古典小说研究”专题课中讲《聊斋志异》，除了前边有一段引言，精要地对《聊斋志异》的思想、创作方法、文体、艺术手法、语言等作了深刻而全面的介绍外，就是一篇一篇地进行分析。比如他对《王桂庵》《张鸿渐》《水莽草》等作品就作了深入细致的分析，细到几乎一句一句地导读，精细警辟，阐幽发微，使听者得到了极大的思想启示和艺术享受。

在吴先生这一思想的影响和指导下，我为北大中文系高年级的本科生和研究生开设了一门“古典小说鉴赏”课，选出若干篇古代优秀短篇小说的代表作，尤其是一些题材内容相近而意趣风格实不相同的作品，进行具体的分析和鉴赏，掘发出隐含在作品之中深层的思想意蕴，并指出与此相关联的艺术表现上的特色，受到了听讲者的欢迎。经过整理出版后，也得到了读者的广泛好评。

在实践中我体会到，只有细读文本，并进行深入的思考，才能避免人云亦云，提出真正有根据的对读者有启发的看法。比如《柳毅传》，是唐传奇中的名篇，关于它的主题思想，通行的文学史和不少论著，大都以为是通过神话的幻想情节，反映了现实社会中的爱情婚姻问题，即：揭露和批判包办婚姻的不合理，肯定和歌颂青年男女的恋爱自由和婚姻自主的要求。我通过对文本的细读，发现这样的认识既不符合作者的创作意图，也不符合小说艺术描写的实际。于是从几个方面进行了细致深入的分析。一是从小说的人物设置看，中心人物并不是包办婚姻的当事人龙女，而是柳毅。柳毅的活动构成了小说艺术描写的主要内容，也是小说艺术构思的中心。二是从作者对小说中人物的态度看，洞庭君和钱塘君是实施包办婚姻的主要人物，如果作品的主题是反对包办婚姻，就必然会揭露和批判他们。但是事实却相反，作品描写他们在龙女的爱情婚姻问题上表现得非常通情达理，不仅宽容，而且自责。小说还对他们受恩知报、疾恶如仇等美好品德给予了肯定和赞美。三是从小说所刻画的主人公柳毅的思想性格看，美好的爱情是他所期待的，但并非他所追求的，他所追求的只是道德的高尚和完美。他不是从追求爱情的角度，而是从追求道德完美的角度来决定自己的行为的。四是从构成小说情节的基本矛盾来看，龙女、柳毅和洞庭君、钱塘君之间不构成主要矛盾，主要矛盾是以他们四人为一方，以虐待龙女的泾川龙子一家为另一方所构成的矛盾。而对这一矛盾，作者也并没有铺展开来写，只是作为对柳毅与龙女关系描写的背景来处理的。这里显然有着作者的深层用意，是与他对生活的体验和认识分不开的。

通过以上四个方面的辨析，我得出了这样的结论：“《柳毅传》的主题思想，并不是批判包办婚姻，肯定自由爱情，而是以由父母包办婚姻所造成的妇女的不幸遭遇为背景，描写和歌颂美好的人，美好的人与人之间的关系，美好的人生。全篇小说闪耀着人格美和生活美的理想的光辉。……作者对他所描写的社会生活，主要是进行道德的评价，而不是社会历史的评价；主题思想是歌颂性的，而不是揭露性的。我们读了这篇小说，被一种充满诗意美和理想色彩的人物的高尚优美的道德情操所打动，并进而向往于这种美好的品德和美好的人与人之间的关系。”①

细读、深思，是不为陈说所囿，而能获得新的认识的重要基础。在细读中我还发现，要达到对作品整体思想的正确认识，对一些细节也不可忽视。比如这篇小说的开头，作者在介绍柳毅时，加上了“应举下第”四个字。作者这样写，是有他的

① 周先慎：《古典小说鉴赏》，北京大学出版社，2004 年，第 53 页。

用意的。在封建科举时代，一个书生考试落第，是很不幸的遭遇。但是就在这样的境遇之下，他一听说龙女的悲惨境遇，立即表现出深切的同情，并毫不犹豫地慨然答应为她传书。有没有这四个字，表达的内容和效果是不一样的，作者对人物的态度也就从这样细小的地方流露出来。再者，小说写他初见龙女于路旁时，还有这样一句："怪视之，乃殊色也。"这是从他的眼中写龙女长得非常漂亮，但仅此一句，点到为止，不铺张，不渲染。接下去，却从他的眼中转而写龙女的衣着神情："然而蛾脸不舒，巾袖无光，凝听翔立，若有所伺。"这也是非常重要和精彩的一笔。这里是写龙女，同时又通过龙女写了柳毅，写他虽然看见了龙女的美丽，却丝毫不为她的"殊色"所动，而专注于她悲戚的表情和破旧的衣着。这是只有富于同情心而又心地光明的人才会有的表现。写什么不写什么，着墨的多少和浓淡，作者都掌握得恰到好处。从这些极细微的地方，可以看出作者不放过一切机会来表现主人公的美好品德，来传达对他歌颂赞美的热情。这种着眼于大处，又不忽略小处，从小处看到大处的方法，也是得之于吴先生的启示，是我在分析古典小说时常常使用，而且是行之有效的。

我对明代白话短篇小说《杜十娘怒沉百宝箱》的分析与此有些相似。有一些论者认为，小说中写孙富以一千两银子从李甲的手中购买了杜十娘，造成杜十娘悲愤自杀的悲剧，这显示了金钱的力量，表现了明代资本主义生产关系萌芽时期新的时代特色。经过细读和分析，我发现这样的评论也同样似是而非，是不符合小说艺术描写的实际的。只要细读文本，就不难发现小说中写到的那只由隐渐显，贯穿全篇，由杜十娘千辛万苦积攒起来的百宝箱，是作者艺术构思中不可忽视的一个要点。这只箱子的价值，比孙富用来购买杜十娘的一千两银子，不知要高出多少。这个无辜、不幸的少女，将自己的爱情和未来全部幸福生活的理想，都寄托在这只箱子上。杜十娘是靠着她的智慧，同时也是靠着她手中的这笔财富，才轻而易举地就战胜了那个奸猾贪婪的老鸨，跳出火坑的。若论金钱的力量，她手中的持有，要比孙富的出价有力得多。也就是说，对杜十娘来说，要想击败孙富，在财富的意义上，跟前面击败老鸨一样，并不是一件难事。由此可见，令她悲愤、绝望以致投江自杀的，应当是另有原因。这原因，就是杜十娘在投江前愤怒地斥责李甲的六个字："发乎情，止乎礼！"礼教杀人，这才是造成这个悲剧真正的社会原因，也才是这个悲剧真正的时代特色之所在。

再从小说的细微处观察，就会发现作者对李甲的父亲李布政这个人物的艺术处理，是非常独特而富于深意的。从小说开头介绍人物开始，作者就含蓄地提醒我们要注意这个人物，然后在情节发展过程中，又不断地用简要的笔墨进行点示，让我们注意这个人物的存在和这个存在所代表的力量。这些看似轻描淡写的点示，积累起来，就很有分量地揭示出，李布政这个人物在李甲的心里投下了浓重的阴影，沉重地压在他的心上，而这才是促使他最后背信弃义的根本原因。李布政这个人物，时隐时现，始终没有出场，但他所代表的封建礼教的势力，却影响并支配着整个矛盾冲突的发展，并决定了事件必然的、无可改变的悲剧结局。这样我们就会发现，孙富杀人的物质武器是金钱，精神武器是封建礼教，物质武器是通过精神武器才产生作用的。因此小说写杜十娘之死，是写她对礼教的控诉，也是写她的觉醒。这是非常有思想深度的笔墨。作者写得很细很深，我们就不能读得太粗心。

次说深。

深，主要是指研究要有开掘，有深度，要通过表象发掘出作品的深层意蕴。从上文的分析可以看出，读得粗不可能有深的发掘，但读得细也不一定就能看得深。这里有一个分析作品时有没有由表及里的自觉追求，也有一个眼光和功力的问题。

吴先生十分强调要用审美的眼光看待文学作品。他从来不做纯艺术的分析，也不做纯思想的分析。他认为，优秀的文学作品，思想性和艺术性是不可分割的。因此，研究文学，就应该从作品的艺术表现去发掘它的思想，从思想如何得到表现去品评它的艺术。他的关于中国古典小说的一系列论文，都为我们在这方面提供了学习的范例。

我在研究古典小说时，也是努力将作品的思想与艺术结合起来，尽力发掘其中深含的社会内容和思想意蕴。在《古典小说鉴赏》一书的前言中，我曾经说："鉴赏不是对艺术对象的浮光掠影的观赏，鉴赏是一种发现。要有发现才能获得真正的艺术享受。……发现什么？发现作品所概括的丰富的社会内容，发现作品所包含的深厚的思想意蕴，发现作者'成如容易却艰辛'的艺术匠心。"我在研究中，就是通过思想与艺术相结合的分析，去力图有所"发现"的。

我在仔细阅读《红楼梦》中关于宝玉挨打一回时，注意到了小说对暴打宝玉的贾政，曾经三次写到他流眼泪，而这三次流泪，与一般的父亲打儿子，一时手重转而心疼的流泪完全不同。经过具体深入的分析，我就有了发现，终于掘到了小说内蕴的层面，看出了曹雪芹通过这一细节，对贾政这个人物的内心世界进行了深刻的剖析：

三次流泪，一次比一次多，一次比一次哭得伤心，却又不见一丝对被打得“气弱声嘶”的贾宝玉的痛惜哀怜之情。这究竟是为了什么？联系到贾政大施挞伐时“以绝将来之患”的怒吼，这藏在眼泪背后的内心隐秘就不难窥见了。三次流泪，都是贾政在宝玉这个不肖逆子面前感到后继无人（也就是王夫人所说的“绝”）的一种绝望和悲哀的表现。他，一个力图使行将败落的贵族大家庭能够存亡继绝的封建统治者，在宝玉这个“冥顽不灵”的“孽种”面前，既愤怒，又悲哀，既威严，又虚弱。在宗法制度下，作为一个家长，贾政可以对儿子肆意逞威，却无法掩盖他没落阶级代表人物心劳日拙的灵魂的空虚。这三次流泪，作者写来似不经意，却一下子就挖掘出人物内心深处的隐秘，揭示出日常生活现象背后所包含的深刻的社会内容。①

与此相关，我又分析了在同一个场面中王夫人的哭儿：

跟贾政流泪相映成趣的，是王夫人的哭儿。……她闻讯后（指宝玉挨打之事）来不及去回贾母，也顾不得书房里有许多门客小厮（按贾府的规矩，女性主子是要回避的），立刻赶去，又是抱住板子，又是抱住宝玉，寻死觅活，心肝肉儿地大哭大闹不止。她是心疼宝玉吗？是，又不仅仅是。在封建社会里，一个贵族妇女也不过是生儿育女、传宗接代的工具，儿子成了她们安身立命的支柱。因此，对王夫人来说，宝玉是她一生的依靠，没有了宝玉，也就没有了依靠，没有了她在贾府的地位。所以她才“抱住哭道：‘老爷虽然应当管教儿子，也要看夫妻分上。我如今已将五十岁的人，只有这个孽障，必定苦苦的以他为法，我也不敢深劝。今日越发要他死，岂不是有意绝我。’”所以她才一边哭宝玉，一边哭贾珠：“若有你活着，便死一百个我也不管了。”才一声“儿”、一声“肉”地哭道：“你替珠儿早死了，留着珠儿，也免你父亲生气，我也不白操这半世的心了。这会子你倘或有个好歹，丢下我，叫我靠那一个！”她若失去儿子，就等于失去了一切。因此，她心疼宝玉，维护宝玉，实质上是维护自己的地位和权利。原来她怕打坏宝玉，是担心自己没有了依靠。她说宝玉死

① 《古典小说鉴赏》，第273页。

一百个也不足惜，只要珠儿活着就好，这话简直是从灵魂里呼叫出来的。在曹雪芹的笔下，王夫人哭儿，哭得有身份、有性格、有思想：她哭宝玉，又哭贾珠，归根结底是哭自己；她哭出了封建社会一个贵族之家正统夫人的理想和希望，也哭出了她那既可怜又可悲的地位和命运。①

用同样的方法和眼光，我还分析过《水浒传》“风雪山神庙”里林冲的杀人。林冲在山神庙里亲耳听到门外陆谦等人说，要把他烧死了，拣出骨头回去请赏。这一下子，他一腔怒火爆发出来，终于奋起反抗报仇。《水浒传》的作者写林冲杀人，也有很深的思想意蕴。陆谦等三个人原来以为林冲被他们烧死了，没想到突然从山神庙里面冲了出来，吓了一大跳。林冲先是举手用花枪（上文写林冲一路上用它来挑酒葫芦，就是伏笔）咔嚓一声，把那个差役杀死。这个时候，陆谦一边跑一边叫饶命，吓得腿都软了。但作者并没有写林冲立即赶上去，也是随手一枪把他结果了，而是先写他去追赶已经逃了十来步的富安，同样是一枪搠倒。他为什么要丢下陆谦先去解决富安呢？第一是因为林冲心里有数，知道陆谦跑不了。八十万禁军教头的武艺和经验在那里。第二是因为陆谦是他的主要仇人，必须要腾出手来重点对付。他杀了富安后，对陆谦大声喝道：“好贼，你待那里去？”“批胸只一提，丢翻在雪地上。”这时候，林冲不再用花枪了，他从容地把枪插在雪地上，用脚踏住陆谦的胸口，然后从身边取出一口解腕尖刀来（前面写这口刀是专门为陆谦而买的），在陆谦的脸上搁着，先不下刀，说：“泼贼！我自来又和你无甚么冤仇，你如何这等害我！正是杀人可恕，情理难容！”在作者的笔下，这些话相当于是林冲发表的一篇宣言，说明他报仇杀人的理由，也就揭示出这行动的正义性、革命性。可见作者写林冲杀人，不是一般的杀人，而是写他的反抗、复仇，写他思想性格的转变。在作者的笔下，林冲杀人杀得堂堂正正，光明磊落，正气凛然。我有一段带总结性的分析：

所以总起来说，林冲杀人杀得有身份、有性格、有思想、有章法。什么叫有身份？八十万禁军教头，武艺高强，有斗争经验。什么叫有性格？他很精细，

① 《古典小说鉴赏》，第 273、274 页。

> 很讲究策略。什么叫有思想？就是他是为复仇而杀人，为正义而杀人，不是不明不白、随随便便就把人杀了。什么叫有章法？就是像我们写文章一样，主次、详略都要搞清楚。哪个为主、哪个为次，哪个详、哪个略，先杀谁、后杀谁，有个安排，这就是有章法。①

曾经有一位年轻的学者告诉我，他读了我关于贾政三次流泪的分析，很有感触，说他读过不少《红楼梦》的论著，对细节分析得如此深透的还很少见。这固然不免溢美，但我相信他是真诚的，他确实看出了我是用审美的眼光，在思想与艺术的结合上分析古典小说，而且确曾下过一番由表及里、以小见大的功夫。

再说广。

广，是指视野、眼光要开阔，不要只看到一点，局限于一隅。按吴先生的看法，所谓广，主要包括两方面的含义。

第一方面，是指要有广阔丰富的历史知识和生活知识。没有这方面的知识储备，就不可能有开阔的眼光，不可能掌握好历史唯物主义的方法。而历史知识的获得，不能只读正史，还要读野史笔记，要重视民间的记录。第二方面，是指对作品要有整体的把握，要着眼于全篇的人物关系，揭示出情节与情节间，人物与人物间实际存在的内在联系。

我在研究中比较注意从这两方面去开拓自己的视野。比如上文提到的对《杜十娘怒沉百宝箱》主题的认识，就是联系到明中叶以后，时代思潮中“情”与“礼”的矛盾这一方面，并与汤显祖在《牡丹亭》中所表现的思想相比较而得到的认识，这样就避免了对历史认识的片面性。对孙悟空形象的分析，我也将其放到明代市民思想崛起的时代背景下来考察，对他大闹天宫时提出的“强者为尊”的思想作出了具有历史内涵的评析。

我在辨析《聊斋志异》中《红玉》一篇的主题思想时，历史知识和生活知识就起到了相当重要的作用。有人认为这是一篇爱情小说，实际是歌颂侠义精神的。我注意到了红玉在篇中前后两次出场的背景，都是男主人公冯相如在生活中需要得到帮助的时候。小说开头对冯相如的介绍，我们就必须具备一定的历史知识和生活知

---

① 傅光明主编：《品读水浒传》(插图本)，《从林冲看〈水浒传〉的人物描写》，山东画报出版社，2005年，第154页。本书收入此文时，文字上有校改。

识，才能看出作者的用意。一是说他们“父子俱诸生”，二是说他们“家屡空”，三是说“媪与子妇又相继逝，井臼自操之”。我在给学生讲课时，特别提出要注意“井臼自操之”这五个字，作者不是随便写的。因为按历史和社会生活的常识，封建时代的穷书生，家中没有妇女操持家务，一切全靠自己动手，是有很大困难的。作者在这个时候写红玉来了，我们当然有理由说，按小说的描写，她是为爱情而来，但更重要的是为帮助冯相如而来。所以在他们爱情受阻后，小说就写由她介绍一个在外貌与品德方面都与自己相当的卫氏女来帮助冯相如。显然，爱情的终止并不是故事的结束，而只是小说主体情节展开的一个序幕。小说的思想指向其实是非常清楚的，后面写她第二次的出场，更可以回过头来证实这一点。小说是在阶级压迫的大背景下，通过一个乡村小知识分子的悲喜剧，来表现和歌颂现实生活中侠义精神的可贵。

我在《琐碎中有无限烟波——〈红楼梦〉的欣赏》一文中，特别列出“映射”一节，指出：“映射是一种独特的小说艺术，不可以简单地理解为一种艺术手法或表现技巧，它决定于作家对生活的丰富复杂性的整体认识。曹雪芹是一位最注意完整地把握和表现生活的作家，他从不孤立地写一个人，一件事，而总是着眼于生活的丰富性和完整性，从生活的内在关联中去把握和表现生活。映射就是指作家用敏锐的眼光透过生活的表层，从内在关联中去揭示出发人深思的底蕴。他写一个人，一件事，其意义并不只是孤立地表现这个人，这件事本身，而是映射到其他人、其他事上面，在互相关联中从整体上显现出多方面深刻丰富的含义。”按这样的认识，我具体地分析了在“宝玉挨打”一节中，作者写了一个聋老婆子的出现，宝玉像抓住了救命稻草似的向她求救。这么一个小人物和细节的安排，通过映射，就表现出多方面的意义。

首先是出于情节发展的需要，为后文写王夫人和贾母的出场，写这场轩然大波的收束作铺垫。宝玉急切地对这老婆子说：“快进去告诉，老爷要打我呢！快去，快去！要紧，要紧！”这就暗示我们，里面知道了，必然会出来制止。

但是更重要的，是在众多人物的关联中，起到一种映射的作用，从而揭示出多方面的意义。金钏儿之死，在贾府里只算得一件小事，作者写来却颇具匠心，通过这件事和众人的反应，很有深度地表现了好几个人物的思想性格和贾府的罪恶。

第一层，是映射到贾政的身上。这个老婆子耳聋，把“要紧”听成了“跳井”，以为是说金钏儿跳井的事，就不经意地说：“跳井让他跳去，二爷怕什么？”又说：

“有什么不了的事？老早的完了，太太赏了衣服，又赏了银子，怎么不了事的！”小说写贾政听到金钏儿跳井这件事的时候，连想也没有想就立即很不解地说：“好端端的，谁去跳井？我家从无这样的事情，自祖宗以来，皆是宽柔以待下人。”可是从聋老婆子的冷漠态度和所说的那番话里，就分明暗示给我们：在贾府里，像逼死人这样的事情一定是经常发生，司空见惯的，这才使得像聋老婆子这样命运同金钏儿相似的仆人，也不以为奇，而变得麻木不仁了。有这一层映射，贾政的虚伪就昭然若揭了。

第二层，是映射到薛宝钗和王夫人的身上。薛宝钗是同袭人一起听到金钏儿跳井惨死的消息的，当时袭人听了，念及“素日同气之情，不觉流下泪来”。而薛宝钗却只冷冰冰地说了一句：“这也奇了。”便立即赶到王夫人那里“道安慰”去了。王夫人对薛宝钗说：“你可知道一桩奇事，金钏儿忽然投井死了！”王夫人是当事人，金钏儿为什么要跳井，心中应该最清楚，却偏这样说以掩盖自己的罪责。而薛宝钗则马上应和道：“怎么好好的投井？这也奇了。”还劝王夫人“不必念念于兹，十分过不去”。这里两人对金钏儿之死三次用到了一个“奇”字。这是什么意思呢？这是说，金钏儿是不该投井而去投井，死得不可理解，死得莫名其妙。王夫人是为自己掩盖，薛宝钗是为王夫人开脱，透过这两个人冷冰冰的对话，我们就不难想象，主子们对被压迫的奴隶们生命的这种冷酷无情的态度和处置方法，是怎样侵蚀和麻痹了那个聋老婆子的心。

第三层，是所有这一切，包括贾政的虚伪、王夫人的文过饰非、薛宝钗的冷漠无情，以及整个贾府视人命如草芥的罪恶等等，又都一齐映射到了主人公贾宝玉的身上，使他对金钏儿之死的独异特出的感情和态度，没有花费更多的笔墨，便鲜明突出地表现了出来。贾宝玉被打有多方面的原因，其中一个重要的原因，就是因为他对金钏儿的惨死感到无比悲痛，以致“五内摧伤”，“茫然不知所往”，竟和父亲贾政“可巧儿撞了个满怀”。他甚至连贾政的大声呵斥都没有听见，“只是怔呵呵的站着”，惹得贾政十分生气。而在遭到一顿几至丧命的毒打之后，竟还对前去探伤的林黛玉说：“就便为这些人死了，也是情愿的。”“这些人”当中，首先就包括了惨死的金钏儿在内。一直到第四十三回，写凤姐过生日，又是众姐妹结社的头一社正日子，可是宝玉竟然不参加，也不跟任何人打招呼，一早就出门，到城外郊野去祭奠金钏儿去了。艺术上经过这么几层映射的结果，便凸现出贾宝玉的心地、感情，是多么善良！多么美好！在他所生活的那个时代和具体环境里，又是多么的难能可贵!

完整地分析和认识作品，就是要多角度、多侧面地进行考察，就是要把不同的人物、情节、场景联系起来思考，在相互关联中揭示出其中隐含的意义。我在给学生讲课时常常强调，读中国的古典名著，尤其是读《红楼梦》这样以完整地把握和表现生活为特色的作品，必须视野开阔，要瞻前顾后，左顾右盼。

以上谈了我在占典小说研究上的三个特点。这三个特点不是孤立的，是互相关联、不可分割的。没有细和广，难于达到深；而达不到深，细和广也就没有意义。因此，当我在谈细和广的时候，实际上也就同时在谈深；反过来，当我在谈深的时候，也同样离不开谈细和广。

如本文开头所说，这三个特点是在吴组缃先生的教育和影响下逐渐形成的。吴先生是作家而兼学者，有深切的创作体验、丰富的人生阅历、广博的历史知识和敏锐的艺术感悟力，在这样坚实的基础上，他研究古典小说的所有特点（包括这三点又远不止这三点）都是自然形成的，而不是刻意追求的。我不具备吴先生的这些条件，虽然努力学习，也没有真正学到精髓，而仅仅得到一点皮毛。

当年，在北大中文系有一批中青年教师从事古典小说的研究，无一不受到吴组缃先生的教育和影响。吴先生无意于形成一个在古典小说研究方面以他为代表的学派。他在生前没有谈到过，以他一贯的思想和作风，可以肯定地说，他不可能有这样的想法。但他的文品和人品，他的论著本身，就树立了一个典范，这就必定会在学风、文风、研究路数和方法以及风格等方面，产生广泛深刻的影响。在2006年哈尔滨第三届中国古代小说国际研讨会上，山东大学的马瑞芳教授在对北大中文系刘勇强教授的论文发表评论时说，她从刘勇强的论文中看到了吴组缃先生的影响；她又说，不只是从刘勇强的论文，还从其他北大中文系包括我和马振方、陈熙中等人的论著中，也看到了吴先生的影响；她还说，不只是北大中文系的学者受到吴先生的影响，就是像她这样的，没有正式入门，却相当于入门的私淑弟子，也同样接受了吴先生的影响。我们相信，吴先生的学术影响，惠及的将不只是一代学人。这种影响同样是自然的，非刻意的。无声，但深细、绵远，“随风潜入夜”似的，是一种浸润。

（原载《北京大学学报》2008年第5期，北京大学出版社2011年版《古典小说的思想与艺术》代序）

中国古典小说人物描写对形神关系的处理

一　传神与形神关系

一切艺术，不论是创作还是欣赏，都绕不开一个根本问题：生活与创作的关系。艺术来源于生活，但比生活更高，更典型，更美。作品不能跟生活一模一样，一模一样不是艺术；但作品也不能完全不像生活，完全不像生活也不是艺术。艺术只是酷似生活，不是照相，也不是对生活的翻版。艺术之于生活，在似与不似之间。为了很好地掌握这个度，创造出酷似生活而又比实际生活更高、更美的艺术形象，中国传统的诗画艺术在处理生活与艺术的关系上积累了丰富的经验，传神理论就是其中的精华部分。受到传统诗画艺术的影响，中国古典小说在塑造人物时也讲究传神，而且对形神关系的处理也是非常灵活的。这是中国古典小说一个突出的审美特征。

艺术表现中的传神问题，最早是从绘画中提出的。东晋画家顾恺之提出“以形写神”和“迁想妙得”的理论，对后世产生巨大的影响。《世说新语·巧艺》篇中记载了几则他作画的故事，包含了深刻的美学的道理。其中的两则最为著名，影响也最大。其一是：“顾长康画人，或数年不点目精。人问其故，顾曰：‘四体妍蚩，本无关于妙处；传神写照，正在阿堵中。’”“阿堵”是六朝时人的口语，即“这个”的意思，这里指的是眼睛。其二是：“顾长康画裴叔则，颊上益三毛。人问其故，顾曰：‘裴楷俊朗有识具，正此是其识具。’看画者寻之，定觉益三毛如有神明，殊胜未安时。”[①] 这两则故事说明了两层意思：第一，好的绘画必须要传神，而传神则要借助于形来实现，这就是以形写神。故事中的眼睛和颊上的三毛，就是用来传神的形；所谓“妙处”“俊朗”“神明”，就是指人的内在精神。第二，用来传神的形

① 以上两则均见余嘉锡撰《世说新语笺疏》，中华书局1983年，第722、720页。

是多种多样的，可以是人的眼睛，也可以是颊上的三毛，因人而异，各有特点。

宋代的苏轼，是诗人而兼画家，对于诗画中的传神问题，有很深切的体验，也有不少精辟的理论概括。他在一首诗中说："论画以形似，见与儿童邻。赋诗必此诗，定知非诗人。诗画本一律，天工与清新。"① 他说论画如果只讲究形似，以为只要把形貌画得逼真就是一幅好画，这样的看法就跟儿童一样幼稚；作诗也不能只局限于题目之内，如果粘题，只写出题面上的那点意思，那就一定不是一个真正懂得诗歌艺术的人。苏轼不仅认为诗画都应该追求神似，而且认为诗画有着共同的规律和要求，就是要达到"天工与清新"。意思是，不论诗歌还是绘画，在艺术上都既要求真实自然（天工），又要求气韵生动（清新），只有这样才能以形写神，达到形神的一致。

为了追求传神，就必须处理好形神关系。从中国古典诗画创作和小说创作的艺术实践来看，对"形"和"神"的理解，不同的层面有不同的内涵。就"形"来说，第一个层面指的是人物的形貌或形体动作的外在表现；第二个层面指的是生活的形态，包括人物的言语、行动、人与人之间的关系，乃至人物所生活的环境等等。就"神"来说，第一个层面指的是人物内在的精神风貌；第二个层面指的是人物内在精神更丰富具体的内容，包括性格特点、思想感情、情趣格调、理想追求等等，甚至还可以扩大到与这些内容相关联的生活的本质方面。也就是说，在具体作品中，"神"的内涵非常丰富，可以是人物的"神"，也可以是由人物的"神"扩大和提升到生活的"神"。再进一步，我们对"神"的理解，还不能脱离顾恺之与"以形写神"同时提出的"迁想妙得"的理论。所谓"迁想妙得"，是指画家在作画的时候，通过艺术想象，将自己的思想感情融入到所描绘的客观对象中去，在物我交融的状态中，捕捉到并传达出艺术形象的"神"。这是一种艺术生成的条件，也是一种艺术生成的过程。在这种情况下，画家所传的"神"，也就自然地包含了两个方面，既有他所描绘的客观对象本身具有的"神"，也有艺术家本人在把握对象时所融入的自己的"神"。这个"神"的内容也非常丰富，可以包括艺术家的思想性格、爱憎感情、理想情趣等等。这时候所传的"神"，已达到了主观与客观的融合，进入到一种更高的艺术境界。当然，这种情况，作为再现艺术的小说与作为表现艺术的诗画，在程度和表现形态上还是有区别的。诗画艺术重抒情写意，诗人和画家主观的

① 苏轼：《书鄢陵王主簿所画折枝二首》其一，《苏轼诗集》卷二十九，中华书局，1982 年，第 1525 页。

"神"，可以表现得非常鲜明、强烈，以至于可能突破常见的生活形态，产生像王维的雪里芭蕉那样的作品（《袁安卧雪图》）。但在小说创作中，一般是以生活本来的形态再现生活，作家的思想感情比较隐蔽，大都蕴藏在或者说是寄寓在他所创造的艺术形象之中，突破生活常态的情况也有，但相对于诗画艺术较为少见。

中国古典小说人物描写对形神关系的处理，"以形写神"是常用的方式，"遗貌得神"是对"以形写神"的灵活运用。

二　以形写神

先说第一个层面上的"以形写神"。

我们常常看到的是，作者对他喜爱和歌颂的人物，一般的情况总是将他的外貌写得很美，形体写得很高大，以此来表现这个人物动人的精神风采。举一个例子。《三国演义》中写关羽温酒斩华雄，在华雄和关羽出场时，分别对两人的外貌有一段对比性的描写，十分简要却非常精彩。对华雄的描写是："其人身长九尺，虎体狼腰，豹头猿臂"；对关羽的描写是："见其人身长九尺，髯长二尺；丹凤眼，卧蚕眉；面如重枣，声如巨钟；立于帐前。"两人一般高的个子，关羽却比他长得英俊威武，一个在高大中见豪爽，一个在高大中见卑琐——"虎体狼腰，豹头猿臂"。这样的外形描写，不仅表现了人物的不同的精神风貌，而且也表现了作者对人物的爱憎感情。但这样的以形写神还是比较简单、比较浅层次的。

有时候小说并没有直接写人物的外貌，但读者却可以从他的形体动作中想象出他美的容貌，进而再想象出他美的风神。《聊斋志异》中的许多作品写那些形神皆美的花妖狐魅，就常采用这种写法。如写一对鬼男鬼女恋爱的《晚霞》，作者为歌颂美的爱情，就将鬼女晚霞写得非常漂亮，但并不是一开始就写她长得很美，而是从她的舞姿来表现的："内一女郎，年十四五已来，振袖倾鬟，作散花舞。翩翩翔起，衿袖袜履间，皆出五色花朵，随风飏下，飘泊满庭。"这里只是写花，写舞，并没有直接写人物的容貌。可是，我们从她风姿绰约、缥缈灵动的舞姿中，却想象出她动人的姿容和她对美的追求。

第二个层面的"以形写神"，内容就要丰富复杂得多。小说通过对人物的活动，包括言语、行为、人物关系等等多种生活形态的描写，更深入地写出人物的精神面貌和思想性格，并由此揭示出丰富的社会内容。《儒林外史》的作者通过对人物言语行动的逼真描绘，不仅使人物的声容神态跃然纸上，而且还将他们的内心世界毫无讳饰地展示在读者的面前。对范进，作者从他辛酸悲苦的命运来写他卑怯屈辱的性格，全是通过他自己的言语行为来表现的。看他中举的捷报传来，他正在集上卖鸡，众邻居找来向他贺喜，小说是这样写的："范进道是哄他，只装不听见，低着头，往前走。"在证实真的中了举，高兴得发疯，又被岳父一个巴掌救醒以后，他对那个取他为第一的周学道十分感恩戴德。看小说这样写他给周学道送行："学道轿子，一拥而去。范进立着，直望见门枪影子抹过前山，看不见了，才回到下处。"简单的几笔，只是拍下一个镜头，就从范进恭谨的行为和神态中，揭示出他对周进感恩戴德的心情，并进而将两个人物在特定时代条件下的特殊关系，传神入妙地表现出来了。

对范进的丈人胡屠户，在范进中举以前，写他教训范进，把范进骂得狗血喷头。而在范进中举以后，一下子就把范进看做是天上下凡的"文曲星"，在他面前变得低声下气，毕恭毕敬，连称呼也由"现世宝穷鬼"，改为"贤婿老爷"了。最妙的是，在从集上回家的路上，胡屠户"见女婿衣裳后襟滚皱了许多，一路上低着头替他扯了几十回"。写他前后两次给范进贺喜，也是能让读者洞见人物心肝的传神笔墨。第一次贺喜，是范进考中秀才，他拿着"一副大肠和一瓶酒"，到了便对范进兜头一顿痛骂训斥，随后是自己将带来的一副大肠和一瓶酒吃得精光，便"横披了衣服，腆着肚子去了"。第二次贺喜，是范进中了举人，他"提着七八斤肉，四五千钱"，后面还"跟着一个烧汤的二汉"，在说尽了讨好奉承的甜言蜜语，得到了六两雪白的赏银之后，"千恩万谢，低着头，笑迷迷的去了"。同为屠户身份（手里拿着大肠和肉），同为贺喜，但那礼品的规格和送礼时人物的身姿意态，却因为秀才举人之别而迥不相同。

这里小说写范进的卑怯和胡屠户的势利，没有一句抽象的说明，没有"卑怯"和"势利"这几个字，全凭人物自身的言语行动，就栩栩如生地跃然纸上了。而人物的这种卑怯和势利，又包含着丰富深刻的社会内容，让我们看到了科举考试制度的罪恶，是它造成了社会上的功名富贵热，才使得人物的灵魂产生了这样的扭曲。这就是《儒林外史》追魂摄魄、剔肤见骨的传神之笔。这样的以形写神，就达到了相当的思想深度。正是从这样的艺术描写中，我们看到了作者的爱憎感情，看到了他对科举考试制度的深刻批判。

《儒林外史》中一些带讽刺性的夸张笔墨，虽然不是生活中的正常形态，但也是写实的，同样能以形写神，达到传神的目的。如上文提到的对范进中举发疯的描写就是一个典型的例子。因为穷，范进到集上去卖鸡，喜报传来，他开始不相信，后来知道是真的中了时，几十年梦寐以求的目标一旦实现，由于他在科举考试的道路上无数次的失败，经历了长期的辛酸悲苦，这从天而降的大喜就变成了一种巨大的冲击力量，使他本来就已经衰老、变得非常脆弱的心灵，承受不住这么强大的刺激，于是就发了疯。由于作者是从人物几十年的辛酸悲苦来写这极度欢乐兴奋的一瞬，这就非常真实、也非常深刻地揭示出范进在科举考试制度的长期毒害之下，那个值得人们哀怜同情的空虚苍白的灵魂。类似的还有第五回、第六回里写严监生在临终前伸出两个手指头，因为油灯里有两根灯草太费油而久久不肯断气的描写，也是用夸张的手法写到了人物的灵魂里去的笔墨。

与纯写实的《儒林外史》不同，以用幻笔描写花妖狐魅为特色的《聊斋志异》，在以形写神方面，就表现得比较空灵和充满诗意。前面讲第一个层面的“以形写神”，我们提到的《晚霞》就已经显示了这样的特色。在第二个层面上，我们可以举出另一篇代表作《婴宁》。在这一篇中，蒲松龄通过诗化的环境描写和对人物言行的刻画，创造出一种浓厚的充满诗意的艺术氛围。人物内在的气质和思想感情，就都洋溢在这精心营造出的艺术氛围之中。小说塑造了一个在蒲松龄的时代可以称做是独异特出的全新的妇女形象，她天真、爽朗、纯洁、娇憨，自由无拘，不仅不受封建礼教的束缚，而且纯真的自然本性也没有被秽浊的尘世生活所污染。这个超尘拔俗的女性形象，显然熔铸进了作者蒲松龄的生活理想和美学理想。在表现这个形象内在的精神气韵方面，小说诗化的环境描写和对人物言行的着意渲染，达到了以形写神的极致。在小说的情节发展中，作者不断地以笑和花来做烘托映衬，她在不同情境下有不同的笑态和不同的爱花的动作，与人物天真娇憨的性格融为一体，使这个带有幻想色彩的人物形象，形神兼备地活跃在我们的眼前。读完后掩卷沉思，这才发现，原来充溢全篇的诗意和美感，就来自含蕴其中的女主人公的内在风神。

三　遗貌得神

前面所引的两则顾恺之作画的故事，除了说明作画要追求传神，并且可以以形写神外，还给了我们另一方面的启示。“点睛”“添毛”，都是往上加东西，为什么要往上加呢？因为这是能够传神的最要紧的地方。那么，一些不重要的、不能传神的地方，可不可以省略或者削减呢？当然可以。这就牵涉到艺术表现中“略貌取神”或“遗貌得神”的问题了。

古今的作家、艺术家在这方面都有一些深切的体验和总结。苏轼论画，认为传神不必“举体皆似”，而只要“得其意思所在”，即抓住并画出最能表现对象精神特征的部位就可以了。他说：“凡人意思各有所在，或在眉目，或在鼻口。虎头云：‘颊上加三毛，觉精采殊胜。’则此人意思盖在须颊间也。优孟学孙叔敖抵掌谈笑，至使人谓死者复生。此岂举体皆似，亦得其意思所在而已。使画者悟此理，则人人可以为顾（指顾恺之）、陆（指陆探微，南朝宋时画家）。”只要“得其意思所在”，就不必“举体皆似”，这是中国古代传神理论中非常重要的美学思想。他还以自己的亲身体验作例子说：“吾尝于灯下顾自见颊影，使人就壁模之，不作眉目，见者皆失笑，知其为吾也。”① 著名现代作家、也是著名的中国古典小说研究专家的吴组缃先生，在总结中国古典小说的艺术传统时，也特别强调讲究神似，还谈到他自己与苏轼非常相似的亲身体验。他说：“我在学校念书的时候，美术学院有个同学，他会画画，他是主张‘写意’，主张画神似的。他替我画像，画了一个头，画了几笔头发，再画了眉毛、眼睛。底下就不画了。连个轮廓都没有，鼻子也没有，嘴巴也没有。可是挂在宿舍走廊里，大家一看就说这是我。都说，怎么几笔就画得这么像？”这位懂得神似的写意画家对吴先生说：“你的鼻子我没看出特点，嘴巴也没特点，画它干什么？你的特点在上部。因此，就抓住了这个，画出神似。”② 古今两幅画，一幅只有轮廓，没有眉目，一幅只有眉目，没有轮廓，但是异曲同工，都做到了遗貌得神，舍弃了表面的形似而实现了神似。这两个例子说明，根据不同的情况，省掉一些次要的东西，突出一些重要的东西，形不全而神全，反而可以更好地传神。

在我国古典小说讲究神似的艺术传统中，“遗貌得神”也是常常被运用的一种处理方式。只是小说的艺术描写不像绘画的画面那么直观，形与神的关系有时候显得比较复杂；而如果形又指的是形形色色的生活的形态，而不是指人物的容貌或外在的形体特征，那就更不容易一下子看得很清楚。

第一个层面，省略掉对人物外貌的描写，而着重去开掘和表现人物的内在精神，最突出也是最生动的例子，当数《聊斋志异》中的《阿绣》。小说中写了两个女子，

① （宋）苏轼撰，孔凡礼点校：《传神记》，《苏轼文集》第二卷，中华书局，1986年，第400、401页。

② 吴组缃：《关于我国古代小说的发展和理论》，《说稗集》，北京大学出版社，1987年，第32—33页。

一个是现实中的人间女子阿绣，一个是幻化为人的狐女。小说写阿绣“姣丽无双”，长得非常漂亮；而狐女本身是什么模样，作者却自始至终连提也没有提，只是写她因为是精怪，有随意变幻形貌的本领，她将自己的容貌变得跟美丽的阿绣非常相似，相似得连正热恋着阿绣的青年男子刘子固也分辨不清。由于她的这种超现实的本领，她竟冒充阿绣而先于真阿绣获得了刘子固的爱情。她追求美的容貌，也追求人间的美的爱情。她虽然是一个狐女，却对刘子固怀着真诚热切的爱情。但当她发现阿绣与刘子固两人真心相爱时，她非但没有像许多人在这种情况下通常容易产生出强烈的嫉恨，甚至轻而易举地以自己超人的手段去破坏和加害于他们，恰恰相反，她为他们的真情所感，不仅主动舍弃所爱而成全了两个有情人的结合，还救他们于危难之中，热情地帮助他们建立起美满幸福的家庭；而且还成为他们真诚的朋友，帮助他们理家决疑。就在一系列幻幻实实的情节发展中，人物内在的精神美一步步得到了充分的展现。这个狐女，竟成为阿绣的幸福家庭的创造者和维护者。而尤其值得注意和难能可贵的是，这样充满爱情幸福的家庭生活，原本是她自己热切追求和希望得到的。她把幸福让给了别人，让给了她爱情的竞争者和美的竞争者。小说写了狐女和阿绣之间比较妍媸的三次较量，每一次她虽然已经变得非常美了，但与真阿绣相比却仍然稍有不及，因而每一次美的较量她都成为一个失败者。可是，就在这种形貌美的较量的失败中，人物的精神美（执着追求的意志美，舍己为人的道德美）却不断得到升华，升华到了一种崇高的境界。小说最后写狐女凌空飘然而去，随着她那飘荡在空中不绝于耳的爽朗的笑声，留给我们的是一首永远难忘的优美的诗。这篇小说，作者有意忽略对狐女本人的容貌的描写，又写她在与别人容貌美的竞争中处于失败者的地位，却着意刻画她内在的精神品格，使人物的精神美大放光彩。可以说，这是中国古典小说中，在人物描写上采用“遗貌得神”艺术处理极为成功的范例。

可是，“遗貌得神”的“貌”，更多的时候却并不限于人物外在的容貌，而是指人物的言语、行动、人物关系、社会环境等等生活的形态。以这样深一层的内涵来理解，“遗貌得神”的艺术处理，情况就要复杂得多。上述《阿绣》中对狐女的描写，从第一个层面看是“遗貌得神”，可是从第二个层面看，未尝不可以说是“以形写神”。因为她的种种高尚的行为，她对与刘子固和真阿绣的关系的处理等，也都是可以看作是属于生活形态的“形”一方面的。实际上，作者并不是真正将生活的“形貌”都省略掉了，而只是舍弃了其中次要的一部分而突出了重要的另一部分而已。

对中国古典小说人物描写“遗貌得神”美学特征的认识和把握，常常关系到我们对作品艺术描写成败得失的认识和评价，也关系到我们对作品的艺术欣赏。例如对《三国演义》中诸葛亮空城计的不同评价，就涉及对中国古典小说人物描写形神关系处理的不同认识。大家知道，《空城计》是《三国演义》中脍炙人口的精彩片断，改编为戏曲后也受到广大观众的热烈欢迎，至今还经常在舞台上演出。这种情况说明，人们是认可并且欣赏这段描写的。可是最近厦门大学的易中天教授在中央电视台“百家讲坛”上讲三国历史，却对《空城计》的描写提出了颠覆性的尖锐批评。他说在历史上空城计是曹操和吕布作战的时候用的，在《三国演义》里面被诸葛亮抢走了“发明权”，并批评说：

> 这个空城计的故事实在是太精彩了，所以文学作品是一说再说，戏剧作品也就一演再演，但是这个事情是不符合事实，也不符合逻辑的。……这个事情不合逻辑啊，第一，你不就是怕他城中埋伏了军队吗，派一个侦察连进去看看，探个虚实可不可以？第二，司马懿亲自来到城门楼下看见诸葛亮在城楼上面神色自若，琴声不乱，说明距离很近，看得见听得清，那你派一个神箭手把他射下来行不行？第三，根据这个郭冲的说法（他前面提到诸葛亮的空城计最早是由一个名叫郭冲的人提到的）和《三国演义》的说法，两军的军力悬殊是很大的，有说司马懿带了二十万大军的，有说司马懿带了十几万大军的，反正至少十万，你把这个城围起来围他三天，围而不打行不行？何至于掉头就走呢？所以是不合逻辑的，诸葛亮的空城计是子虚乌有。①

---

① 这里的引文根据的是易中天在电视上的播出版，《品三国》一书正式出版时作者作了“重新改写整理”（见该书后记），这段话经核对，文字上有不少改动，但基本意思没有变化。特录于此，以备查对：“不过这个故事实在太好听了，于是《三国演义》便大讲特讲，三国戏也大演特演，所谓‘失空斩’（失街亭、空城计、斩马谡），历来就是久演不衰的折子戏。但这个故事不是事实，也不合逻辑。第一，司马懿不敢进攻，无非是害怕城中有埋伏。那么，派一队侦察兵进去看看，行不行？第二，司马懿‘果见孔明坐于城楼之上，笑容可掬’，距离应该不算太远，那么，派一个神箭手把诸葛亮射下城楼，来他个‘擒贼先擒王’，行不行？第三，按照郭冲的说法，当时司马懿的军队有二十万人，诸葛亮只有一万人；按照《三国演义》的说法，当时司马懿的军队有十五万人，诸葛亮只有二千五百人。总之是敌众我寡（按：原文如此）。那么，围他三天，围而不打，行不行？何至于掉头就走呢？”见易中天《品三国》，上海文艺出版社，2006年，第6页。

他前面说“这个空城计的故事实在是太精彩了”，显然带有一种调侃和揶揄的意味，“子虚乌有”和“不合逻辑”的结论才是他的本意。但这个结论其实是有问题的。

《空城计》的描写是不是真的不合逻辑呢？那就要看是用文学的审美的眼光和标准去衡量与评价呢，还是用历史的或者说是用日常生活逻辑的眼光和标准去衡量与评价。而归根结底就是：对小说人物描写的真实性是用“神似”作标准呢，还是用“形似”作标准？说空城计原来是曹操的发明，被诸葛亮抢走了“发明权”，事实如何我们不必去考证，因为《三国演义》原本就是小说，小说允许而且必然有虚构，移花接木应该算是被允许的艺术手段之一。当然历史小说的虚构与纯创作小说的虚构有不同的要求，这里不去细说。问题的关键还在于他提出的“不合逻辑”的三条理由。表面上看起来，这三条理由讲得确实很有道理。但这是用历史的眼光，或者说是用一般生活逻辑的眼光来看问题，如果换成另一种眼光，即文学的审美的眼光，联系到中国古典小说人物描写对形神关系的灵活处理，那就会得出完全不同的另一种结论。应该说，《三国演义》中的《空城计》是运用“遗貌得神”处理方式描写人物非常成功的例子。在这里，“遗貌得神”的“貌”，指的并不是人物外在的形貌，而是指人物的言语、行为、人物关系等具体的生活形态。而“神”，也不仅仅是一般地指人物内在的精神风貌、性格特征等，还包括了作者的思想感情、对生活的认识以及他基于这种感情和认识而提炼出的生活的某些本质方面。正如苏轼所说，传神不必“举体皆似”，只求“得其意思所在而已”。有时候为了传“神”，作者完全可以忽略或删削其中的某些部分，而去突出另外的能够传神的部分。这时候从表面上看起来，就会觉得这样的描写有些不合逻辑。易先生所批评的三条，在《三国演义》所写的空城计里，就属于日常的生活逻辑方面的道理，在作者的眼里，算是次要的、非本质方面的“形”。他在创作时，可能根本就没有意识到有这方面的约束，也可能是已经意识到了，却在有意无意间、或甚至是自觉地予以忽略和背离，而去突出和着力表现他在对历史生活进行提炼时捕捉到的那个“神”——诸葛亮的大智大勇。

《空城计》对诸葛亮的大智大勇，是从三个方面来表现的：第一，写他对兵法的灵活运用。兵法上讲的常例是，在战争中要“实则虚之，虚则实之”。意思就是在设有埋伏的时候要伪装成没有埋伏，让敌人钻进你预设的口袋；在没有埋伏的时候却要伪装成设有埋伏，让敌人不敢进来。空城计却是反其道而行之，用的是“虚则虚之”，空城一座就明示敌人是空城一座，结果敌人反而不敢进来。第二，符合兵法上讲的道理：“知己知彼，百战不殆。”诸葛亮敢于采用“虚则虚之”的方法，并能够断定敌人在他的引诱和迷惑面前不敢进来，是因为他对对手司马懿深有了解。司马懿是一个聪明的、懂得兵法、并且富于军事斗争经验的人物，他以兵法常规的“实则虚之”来判断，当然不敢贸然进城。诸葛亮还知道司马懿是一个对自己十分了解的人物，诸葛亮一生行事谨慎，司马懿当然不敢相信他这次真的是在弄险。如果对手换成像张飞一类的人物，那很可能就毫无顾忌、长驱直入，空城计自然也就唱不成了。第三，诸葛亮临危不惧，镇定从容，虽然实际的处境十分危险和被动，却反而让人觉得他在精神和气势上超过甚至是压倒了对方。读者读《三国演义》，从空城计的艺术描写中，具体生动地感受到了诸葛亮的大智大勇，由此获得了审美的愉悦。他们看到司马懿退兵了，诸葛亮的冒险真的奏了奇效，心里会感到非常的快乐。试想，要是司马懿真的采用了易先生三条中的任一条，破了城，或一箭就把诸葛亮射了下来，读者心里会是一种什么样的感受呢？实际上，读者在欣赏这段艺术描写时，是不大会（也没有必要）去考虑和计较还有什么地方不合逻辑的，而是宁可相信，在那个特定的艺术情境之下，司马懿是被诸葛亮不可捉摸的玄机和精神气势给“震慑”住了，他不敢贸然入城，一阵犹豫之后掉头就走是完全可能的。因此可以说，在本质的意义上，或者说在审美的意义上，这段描写是完全合乎逻辑的，是真实的。

其实，这种“遗貌”“背形”（只是次要的非本质的部分）而见“神”的描写，在《三国演义》中还不只此一处。第四回里写曹操杀吕伯奢（京剧改编名为《捉放曹》，舞台演出也是长盛不衰）也是一例。曹操谋杀董卓不成，在逃亡中到其父执吕伯奢家，受到吕伯奢的热情款待。在吕伯奢到西村买酒时，曹操因误会而杀了吕家八口，而在明知错杀的情况下，又在出逃的途中杀了买酒回家相遇的吕伯奢本人。最后在陈宫“知而故杀，大不义也”的斥责之下，逼出曹操那句著名的人生信条：“宁教我负天下人，休教天下人负我。”这段情节突出地描写了曹操的不义和残忍，开篇不久就为曹操形象的塑造定下了一个基调，给读者留下了很深的印象。但仔细推敲，其中也存在“不合逻辑”之处：吕伯奢家中那么多人，在来了这么一个贵宾（结义兄弟之子，谋杀董卓的义行又那样令他尊敬）的情况下，没有必要将客人撇在家中不陪而亲自去买酒。这样的处理，显然是出于极写曹操不义性格的需要而设置的。但是除了少数专家在考察《三国演义》如何对史料进行艺术加工时论及外，一般读者在文学阅读中是很少注意和计较的。

“遗貌得神”的处理，在《红楼梦》中则有更为出色的范例。前面提到的吴组缃先生在谈到中国古典小说追求神似的传统时，就曾对黛玉葬花一段描写做过精彩的分析，他说：“黛玉葬花，一边哭着，一边念着葬花词。贾宝玉隔着好几十米，在那个山石后面就听清了，把它一句句，一字字记录下来。实际生活里这不可能，这就不形似。……黛玉葬花，抓住了林黛玉典型性格中一个最精要的东西。为什么葬花呀？她在怜花。为什么可怜花？她在可怜她自己，就像一朵花一样，在那样恶浊的环境里，她这么一个女子，这么一朵美丽的花，就要被摧残践踏成污泥了。她想把花埋起来，‘质本洁来还洁去’。这就是抓住了林黛玉典型性格的一个要点，一个‘意’，一个神。在这种情况下丢开了形似，而只抓神似。黛玉葬花，构成一个盛传久远的画面，就因为它画了‘神’。”①

《红楼梦》不只是细节，就是一些大的构想和设置，也有它有意无意忽略的一面，要是只从日常生活的情理，而不是从艺术审美的情理来看，也是可以当做所谓的“不合逻辑”的“疏漏”来批评的。就说大观园吧，又有北方园林的特点，又有南方园林的特点，弄得想寻找大观园原型地址的人扑朔迷离，无从查考。又如贾宝玉和林黛玉的爱情，表现了那么丰富深刻的社会内容，体现了建立在共同思想和人生追求基础上的近代爱情观念的特色，可是若要细究呢，贾、林二人的年龄曹雪芹就写得模糊不清，大约也就不过是十二三、十三四岁的小孩子，这哪里能呢？再说这不是我们今天反对的早恋么，为什么还要去肯定它呢？还有他们近亲的姑表兄妹关系，从现代优生优育的观念来看，也是不能恋爱和结婚的，要从这么一个特殊的角度来看，贾母、王夫人等人不管出于什么原因反对他们的结合，也不能算有什么大错。如果有人真的这样提出问题，去指摘甚至否定《红楼梦》的艺术描写，那真是只见皮毛而不见神髓了。所幸至今还没有听说有哪位读者这样去较真，硬要要求文学名著对生活的描写必须“举体皆似”，处处都要严格符合生活的逻辑。

从以上的分析中我们可以看到，中国古典小说在塑造人物时对形神关系的处理是相当灵活的。讲究传神是一个根本的追求，“以形写神”是最基本的处理方式，“遗貌得神”是对“以形写神”的灵活运用。所谓“遗貌”，并不是完全舍弃“形”或

---

① 《关于我国古代小说的发展和理论》，《说稗集》，第33页。

背离“形”，而是指经过对生活的提炼，抓住“神”，忽略和删削次要的、非本质的方面，突出和显现重要的、本质的方面。“举体皆似”是形似的要求，而不是神似的要求。传神是传写人物的内在精神，揭示生活的本质，表现生活的神理。虽然有时不免在局部，或在非本质的层面上，有违日常的生活逻辑，却因为它所表现的生活比实际生活更高、更美、更见神采，因而从根本上说来，仍然是合乎生活的情理，是真实的。人们在欣赏文学作品时，只要能从作者的艺术描写中领会到那个“神”，获得思想的启示和审美的愉悦，就会见大而略小，得神而遗貌，不再去计较那些次要的、非本质的细节了。

（原载《文艺研究》2007 年第 7 期）

形式的结合与内质的融合
——论中国古典诗歌对小说文体与艺术的影响

一、古典诗歌对中国古典小说产生重大影响的文化背景

在各种艺术形式和各种文学体式之间，在题材内容、体制特征、表现手法，甚至风格特色等方面互相影响、渗透，是文学艺术发展的一般规律。各个国家、各个民族都是如此。但是，中国古典诗歌对中国古典小说的影响之深、之大，却是极为突出，极为少见的。

这种独特文学现象的产生，与中国传统文化的历史特点有密切的关系。其中有两个重要的因素值得我们重视。

第一是由于诗歌的普及和对社会生活及文化的深刻影响。

在中国古代（其实是一直延续到近现代的相当一段时期），有两种艺术是最为普及的，一个是书法，一个就是诗歌。从童蒙教育开始，就极为重视这两方面的训练。我们现在看到的古人留下来的手抄本著作，包括其中由抄手代抄的，一般都非常整饬秀美，表现出具有很好的书法功底。但现在由于种种原因，包括教育的忽视，现代科技的发展（电脑和网络的普及），以及政治对艺术的蔑视和侵蚀等，书法艺术已经出现衰落而产生传承中断的很大危机了。

传统的旧式教育，作诗的训练也是从儿童开始的。对对子是必修的功课，而对对子就是为写作古典诗歌（主要是律诗）打基础。诗歌在古代的社会生活中，包括政治外交场合都有重要的作用和影响。历朝历代应制诗、颂圣诗、应酬诗泛滥，当然对诗歌艺术的发展造成负面的影响；但同时这种现象也说明了当时诗歌写作的普及。古代由于技术的限制，要出一本书是非常困难的，但是古代做官的文人，所谓士大夫，不少人都有文集传世，而文集中诗歌是重要部分。古代的作家以诗文为主

打，尤其是诗歌，兼写小说的主要是唐以后的事。

在文学史上还有一个突出的现象，从古代一直延续到现代都是如此，就是写作诗歌的诗人，只有极少数人会写小说，或者曾经写过小说；但写小说的作家却大多数都会写诗，而且有的还写得很好，只是为他的小说家之名所掩而不为人所熟知。古代的大家如曹雪芹、蒲松龄是这样，现代的作家如鲁迅、茅盾、老舍、郁达夫等也是这样。还有我们北大中文系的吴组缃先生。大家都知道他是一个小说家，小说写得很好，但很少人知道他也会写诗，而且同样写得很好。最近出版的关于他的纪念文集《嫩黄之忆》里，收入了由方锡德教授搜集整理的吴先生的诗歌，包括新体诗和旧体诗，虽然还不能说是已经非常完备，但对于一个以小说家名世的作家来说，数量就已经很可观了。重要的是，其中有些写得非常精彩，不亚于专业的诗人，也不亚于他的小说。很可惜，这个传统现在也基本上中断了。当代的小说家中会写诗，或者有很深诗歌修养的，已经非常少见了。

有这样的文化背景和文学传统，由懂得诗歌艺术、具有诗歌修养，同时自己也会作诗的作家来创作小说，诗歌之影响和渗透于小说创作，就是理所当然的事了。

第二是由于中国古代通俗小说的说唱文学渊源。

唐代的变文和俗讲就是散韵结合的，而宋元以后通俗文学在民间说唱艺术基础上的勃兴，又说又唱的形式就更加广泛地影响到小说的创作。话本就是说话人的底本或者讲说者讲说提纲的整理本。说的部分是散体，唱的部分就是韵文，包括诗词歌赋多种体式。宋以后产生的通俗小说，其基本的叙述方式就是散韵结合。这些韵文对于小说内容的表现，情节的发展、人物性格的提示和刻画、乃至气氛的渲染和对人物事件的评论等等，都起到了不可忽视的作用。这一点，也和上述的中国古代的文化和文学传统有关。与话本创作密切相关的书会才人，相当一部分就都是具有一定文化修养、懂得诗歌创作的下层知识分子。以后，因话本的影响，而由文人创作的白话小说，包括短篇的拟话本和长篇的章回小说，就构成了中国古典小说的传统体式，诗歌（包括诗词歌赋）成为小说表现形式不可分割的组成部分和重要表现手段。

我们看看现存的宋元话本，其中诗歌的穿插，就可以证明上述两方面的文化现象，对小说创作的重要影响。例如，作为宋人小说代表作的《简帖和尚》，“入话”所引的《鹧鸪天》词，就是辛弃疾的作品，其中只改动了一个字。又如《西湖三塔记》，“入话”所引的是苏轼描写西湖的名作《饮湖上初晴后雨》，字句也略有不同。

在《简帖和尚》的结尾，有一首《南乡子》词作为散场诗。小说中这样写道："当日推出这和尚来，一个书会先生看见，就法场上做了一支曲儿，唤做《南乡子》"，下面就引了这首词的全文。这支曲子对故事的内容做了简单的总结和评说。又如《杨温拦路虎传》中写到杨员外周济杨三官三贯钱做盘缠回京去时，这样写道："才人有诗说得好：求人须求大丈夫，济人须济急时无。渴时一点如甘露，醉后添杯不若无。"这里的"才人"与"书会先生"意思相同。诗人的作品，同书会才人的作品，当然有高低之分，雅俗之别；但书会才人的作品，一般都是根据当时所说的具体故事而作，是比较地契合于小说的内容的。在宋元明的话本、拟话本，乃至长篇的章回小说中，引用前代或当代诗人的作品，或书会才人和下层文人写作的韵语，这种情况都是非常普遍的。只是有的我们今天尚可查考出来是谁的作品，有更多的则无法查考；而书会才人的作品，只有少数的在文中标示出来，而更多的是不会写明的，因为小说本身常常实际上就是书会才人的作品。

二、散韵结合叙事方式的程式化与多样化

诗歌穿插到小说的叙述中去，散韵结合，并形成一种带程式化的特征，应该说是起始于唐代的变文和俗讲，经宋元时期说话艺术的继承和发展而逐渐形成的。从宋元明时期的所谓话本小说、诗话、词话、诗文小说等作品中，都能看到诗歌在形式上对小说的影响，以及在这种影响下形成的在体制上的共同特征。

在短篇的话本小说中，开篇有"入话"，就是说话人的开场词，在进入故事之前，先唱一段韵语，一般是四句诗歌。"入话"可能提示后面故事的大致内容，也可能涉及小说的思想旨趣，或预先揭示训诫意义。例如《合同文字记》的"入话"："吃食少添盐醋，不是去处休去。要人知重勤学，怕人知事莫做。"就是结合故事的内容，提出应该从故事中吸取的人生教训。现存的早期宋元话本，基本上都保留下来"入话"的形式。

正文叙事中，常常以"正是"领起插入诗歌，或提示情节的发展，或介绍人物，或对事件进行评论。在《合同文字记》的最后，也是用"正是"领起，引出四句诗："李社长不悔婚姻事，刘晚妻欲损相公嗣；刘安住孝义两双全，包待制断合同文字。"这四句就是"散场诗"，总括故事内容，并作出评判或论断。故在诗后就写"话本说彻，权作散场"。从"入话"到"散场诗"，中间插入各有不同作用的诗词韵语，

这种散韵结合的叙事方式，就成为中国古代小说（主要是通俗小说，包括短篇和长篇）带有程式化特色的基本模式。

当然，叙事中间插入的诗词，也并非全是提示情节或评论内容，也有融入情节而不能剥离和省略的。如前面提到过的《简帖和尚》，写一个复姓宇文到长安赴试的士子，因为考试落第归来，被妻子以复姓为题，作了一首《望江南》词进行讽刺；这样还嫌余意未尽，又做了四句诗儿（诗的实际作者为唐人杜羔妻刘氏）："良人得得负奇才，何事年年被放回？君面从今羞妾面，此番归后夜间来。"进一步嘲弄丈夫，发泄内心的不满。后来丈夫高中了，因蒙羞怨愤而不愿意归家；妻子于是又作了一首《南柯子》词，也另加上四句诗，催盼他回家来。丈夫回了一首《踏莎行》的曲儿，志得意满地回应了妻子以前对他的嘲讽和不敬。这些一来一往的诗词曲儿，构成了小说的重要情节。这篇小说也有散场诗，就是前面提到的点明出自"书会先生"之手的《南乡子》，也是结合情节而进行总结的。所以，早期话本中的诗词曲赋，虽然位置、作用，基本上是程式化的，但有一部分与小说的情节内容和思想意义紧密结合，也是一个不容忽视的特点。

诗词曲赋在小说叙事方式中的程式化，其表现除了位置、格式和作用的相似而外，还有一个常见的特点，就是有一些诗词作品是经常被小说在相近的情景下引用的，只是个别字词有一点小小的改变。如《西山一窟鬼》中，写天色向晚，引一首诗来形容："红轮西坠，玉兔东生。佳人秉烛归房，江上渔人罢钓。渔父卖鱼归竹院，牧童骑犊入花村。"而在《志诚张主管》中，近似的情景，这样写："天色已晚，但见：野烟四合，宿鸟归林。佳人秉烛归房，路上行人投店。渔父负鱼归竹径，牧童骑犊返孤村。"又如写清明节，在《西湖三塔记》中是这样写的："家家禁火花含火，处处藏烟柳吐烟。金勒马嘶芳草地，玉楼人醉杏花天。"而在《志诚张主管》中，虽然变成了八句，前四句却也是大同小异："清明何处不生烟？郊外微风挂纸钱。人哭人歌芳草地，乍晴乍雨杏花天。"这种情况，在旧小说中是常常可以看到的。

程式既然因表现内容而形成、而存在，那么因为表现内容的需要，程式也是可以打破和变化的。由于作品的题材、旨趣和风格的不同，诗词曲赋在小说中的位置、作用和运用形式，常常会有相当大的差别。我们试把《西湖三塔记》和《合同文字记》来作一比较就可以看出这个特点。"入话"常见的情况是引一首四句或八句的诗歌，接着就进入正文故事，非常简洁。《简帖和尚》开篇是由一首《鹧鸪天》词引入，《蓝桥记》的入话也只是四句五言诗；《菩萨蛮》《风月相思》《张子房慕道记》的“入话”是七言四句；《杨温拦路虎传》《花灯轿莲女成佛记》的“入话”是七言八句，也都相当简洁。《合同文字记》的“入话”前已引过，七言四句，也是如此。但《西湖三塔记》就很不相同，由于故事发生的地方在风景优美的西湖，一开始小说就充分地描绘和渲染西湖的景色之美。“入话”用的是苏轼描写西湖的名篇《饮湖上初晴后雨》，然后说：“言不尽意，又作一词，词名《眼儿媚》”，在引用全词后，又云：“说不尽西湖好处，吟有一词云：‘江左昔时雄胜……’”全词引用，共三十二句；随后为了证明西湖的“真山真水”为天下所无，“晨、昏、晴、雨、月”各具特色，竟又一连引用了五首诗词另加两句诗来极尽形容。这才进入正文故事说：“今日说一个后生，只因清明，都来西湖上闲玩，惹出一场事来。……”这种情况，显然与故事发生的地点有关。

另一种情况是，因为小说里写到游春，为了静场等候听众，就在春归这一话题上大量引用诗词以作铺垫。如《碾玉观音》的开头，在引用了一首描绘初春景色的七言绝句后，又接连引用三首词来描绘孟、仲、季三春景致。之后又引用著名诗人王安石、苏东坡、秦少游、邵尧夫等人的八首春归词，这才进入正文，写咸安郡王游春引出的一系列情节。与此相似的，还有《西山一窟鬼》，开篇引一首《念奴娇》词，然后说这首词是集古人之句而成，于是分别引出有关集句的原词：陈子高的《寒食词》（寄《谒金门》）、李易安的《暮春词》（寄《品令》）、延安李氏的《春雨词》（寄《浣溪沙》）等十四首有关春天的词，然后才进入正文故事，说：“自家今日也说一个士人，因来行在临安府取选，变做十数回跷蹊作怪的小说。”这在早期的话本小说中也属于比较特殊的一种情况。另外，主人公是文人骚客的，篇中引用的诗词通常也比其他题材的要多。如《柳耆卿诗酒玩江楼记》《风月瑞仙亭》等，后者写历史上著名的卓文君与司马相如的爱情故事，篇中写瑞仙亭司马相如琴音传情事，就是通过两首短赋来表现的。

散韵结合的叙事模式在长篇小说中也是存在并且有所发展和变异的。源于说唱艺术并吸收了民间传说的成果，所谓世代累积型的作品《三国演义》和《水浒传》，情况是有同有不同。《三国演义》全书没有回前诗，但在卷首毛氏父子却引了一首词：“滚滚长江东逝水……”统摄全书，表达了作者的历史观，从说话艺术的传统程式来看，也可以说是相当于就是全书故事的一个“入话”。书中穿插的诗词，主要有几种情况：一是用“后人有诗赞曰”或“后人有诗叹曰”，来对人物或事件进行评论，表达作者的立场和道德观念。如第四十一回写刘备携民渡江，这样写：“后人有诗赞之曰：‘临难仁心存百姓，登舟挥泪动三军。至今凭吊襄阳口，父老犹然忆使君。’”这一类情况占了绝大多数。二是用诗来写景，这种情况不多，但却有相当生动的表现。如第三十七回，写诸葛亮隐居之卧龙冈，“果然清景异常，后人有古风一篇，单道卧龙居处，诗曰：‘襄阳城西二十里，一带高冈枕流水。……’”第三种情况是写书中的人物自己吟诗。如第三十八回，写刘备三顾茅庐请诸葛亮出山，诸葛亮昼寝未醒，刘备竟“立了一个时辰”等待，诸葛亮醒后，口吟诗曰：“大梦谁先觉，平生我自知。草堂春睡足，窗外日迟迟。”又如第四十五回群英会，写周瑜“自起舞剑作歌，歌曰：丈夫处世兮立功名，立功名兮慰平生。慰平生兮吾将醉，吾将醉兮发狂吟！”更著名的，是第四十八回，写曹操横槊赋诗，全文引录了他那首著名的《短歌行》：“对酒当歌，人生几何！……”这不是赞叹、评论，而是通过诗歌来表现人物，成为小说不可分割的有机部分。严格讲，这已经不属于“散韵结合”的表现程式了。全书最后一回，写三国归晋，先后消亡，作者引用了一首七言古风作结，读来颇有一点说话艺术中“散场诗”的意味。

《水浒传》的情况，与《三国演义》又不完全相同。据公认比较接近原著的容与堂百回本，全书开头有一篇“引首”，不长的篇幅中引用了一首词、两首诗，相当于全书的一个总的“入话”。另外每一回都有回前诗，冠以不同的“诗曰”（比例最大）“词（一般直接用词牌名）曰”，也有少数用“偈曰”或“格言曰”之类的。但这些回前诗词，在金圣叹的评改本中基本上都被删去了。正文中的诗词穿插，也与《三国演义》稍有不同，常以“但见”“正是”引出韵文。“但见”多为写景、写人、状物，乃至叙事；“正是”则多为评论或感叹。“但见”引出的写景，著名的如第十回风雪山神庙写大雪：“凛凛严凝雾气昏，空中祥瑞降纷纷。……若还下到三更后，仿佛填平玉帝门。”有时也以“有诗为证”引出，内容与“正是”引出的略近。如第十五回写七星聚义，即以“有诗为证”引出一首七绝来加以评论和赞美：“壮志淹留未得伸，今逢学究启其心。大家齐入梁山泊，邀取生辰宝共金。”个别情况也有不加“有诗为证”而直接引诗的，如第六回写鲁智深住持大相国寺大菜园，即以“诗曰”引出一首诗来，描述和感叹鲁智深的飘泊行迹：“萍踪浪迹入东京，行尽山林数十程。古刹今番经劫火，中原从此动刀兵。相国寺中重挂搭，种蔬园内且经营。自古白云无去住，几多变化任纵横。”又第一百回，写大结局“神聚蓼儿洼”，说“太史有唐律二首哀挽”，完整地引录了这两首诗，以为全书的结束。这两首诗，总结全书，表现了作者对梁山起义和最后败亡的态度：对义军报国忠君的肯定和赞颂，对谗臣贼子的揭露和仇恨，并以作者当时的思想高度，提出了应该“功成身退”的历史教训。这样的以诗作结，读后余意不尽，发人思索，追溯源头，显然也是脱胎于说话艺术而又得到了质的改造与提升的。

与《三国演义》和《水浒传》不同，《西游记》中只有部分回前诗。据统计，全书共有二十八回有回前诗，约占全书的四分之一强。有的冠以“诗曰”，有的则没有而直接引诗。诗的形式也并不统一，有诗有词，诗有五、七言，也有杂言；诗的内容和作用也不相同，有的撮要介绍本回的内容或大意，有的只为引出正文，有的则表现某种思想观点。《西游记》的一个特殊的情况是，孙悟空和猪八戒都曾用诗歌的形式，向妖怪介绍自己的非凡本领；孙悟空还以诗歌的形式介绍自己的非凡武器如意金箍棒。《西游记》引入诗歌的导语，已经打破了“正是”“有诗为证”“但见”等几种简单的套话，而是表现得多种多样，不拘一格。除了以上所说的几种常见的格式外，还有：“但见那”“正是那”“果然是”“真个是”“有诗”“此正是”“诗曰”等。还有更多的情况是不用套语，而是融入叙述之中，在叙及某种情况或景象时，直接引用。如“那门前真个是”“正行时，只见那壁厢”“只见那魔王”“那菩萨”“你看这场混战，好惊人也”“他两个这场好杀”“辕门外，这场好斗”“只见那座山，真是好山”“你道他怎么模样”“那女子生得”等等。这显示了一种倾向，即诗词的插入，已经慢慢地融入到故事的叙述之中，叙述和描写的功能加强了，而不再是简单的介绍、评论或情节的串连。可以说，散韵结合的程式化的外在形式，在《西游记》中，已经开始被打破了。

在学界多数人认同为首部文人作家独立创作的长篇小说《金瓶梅词话》中，较之《西游记》，在散韵结合的叙事上，反倒更严格地遵守传统的程式，与《水浒传》的情况比较相近。第一回有一点特殊，开头有回前诗，用的却是一首词，用“词曰”二字带出。内容是讲历史上的豪杰武夫，本是铁石心肠，却被女人化刚硬为柔顺。下文便揭示：“此一只词儿，单说着情色二字，乃一体一用。”明显有笼罩全书之意。以后无一例外，每一回都有回前诗，但没有“诗曰”二字，绝大部分都是一首七言律诗，或概括该回内容，或揭示故事思想，或提出伦理训诫，等等。只有极少数是五言、六言，或者虽七言而只有四句、六句的；极特殊的，如第八十八回是六言十句，或如第四十六回，回前诗是 首词，却没有“词曰”引起，也没有词牌名；三十一回是六、七言杂体，共八句；九十九回和一百回都是冠以“格言”二字，分别引出一首五言诗和七言诗。每一回的回末都有回末诗，一般是用“有诗为证”引出，七言四句，然后以“未知后来如何，且听下回分解”作结。如果用的是两句诗，则多以“正是”二字引出。正文中穿插的诗词，多以“史官有诗叹曰”“有诗为证”“正是”“诗曰”等形式引出，内容多为感叹、评论；而以“但见”引出的，则一般为写人或写景。这些也多遵循程式化的旧例。在叙事中，作者常用“话休絮烦”“看官听说”一类在话本小说中常用的套语，多方面表现出作者受到说话艺术的影响。

在《金瓶梅词话》中，也有突破程式化的穿插而融入到情节之中的诗词韵语。如第八十二回写潘金莲作诗责骂陈经济偷情爽约，用的是四句七言诗；第九十九回，写韩爱姐写给陈经济表达思念之情的春、夏、秋、冬四首诗，也是四句七言。但《金瓶梅词话》更多也更具特色的，是在叙事过程中，融入了许多民间流行的俗曲小调，构成故事情节不可分割的组成部分。有的是书中人物为表达情感而写作的，如第八回写西门庆娶了孟玉楼后冷落了潘金莲，她寂寞空房，便写了一首《寄生草》带给西门庆；第十二回写西门庆迷恋李桂姐时，潘金莲又写了一首《落梅风》给西门庆。其他尊卑贵贱各色人等，或作或唱，涉及的曲调竟达数十种之多，如《锦搭絮》《驻云飞》《朝天子》《梁州序》《山坡羊》《玉芙蓉》《朝元歌》《画眉序》《柳摇金》《一江风》《伊州三台令》《斗鹌鹑》《花药栏》《锦橙梅》《水仙子》《荼蘼香》《青杏儿》《罗江怨》《楚江秋》《集贤宾》《玉交枝》《青衲袄》等。这些曲牌和曲词，大多可以在《词林摘艳》等书中查到，只是字句略有不同。这当然与作者所写为明代城镇的市井生活有关，但因为贴近和表现生活而使散韵结合的多样化呈现出一种新的风貌，也是值得我们充分注意的。

清代两部纯文人创作的长篇小说《儒林外史》和《红楼梦》，虽然还都是采用章回小说的形式，但是已经突破了说唱文学的藩篱，超越了散韵结合的固定程式，而将诗歌融入到了小说的人物刻画和情节叙述之中。《儒林外史》的第一回比较特殊，是全书的“楔子”，起到“隐括全文”的作用。开头先引了一首词，用来提破“功名富贵乃身外之物”的主旨。全书其他各回的格式，则除了开头有“话说”，结尾有“且听下回分解”之外，基本没有由说话艺术带来的“诗曰”“有诗为证”“但见”之类引入诗歌的套语。倒是在“且听下回分解”之前，有一副对仗相当工稳的对联，一般是上下联各十个字，前四后六断句。如第二十五回的末尾：“只因这一番，有分教：荣华富贵，享受不过片时；潦倒摧颓，波澜又兴多少。”这是就故事内容发表感叹和评论的。又如第四十一回：“烟花窟里，惟凭行势夸官；笔墨丛中，偏去眠花醉柳。”却是介绍相关的故事内容。也有少数虽也是十个字相对，却是以前六后四断句的；还有以十一个字相对，以前七后四或前四后七断句的。小说虽然是写儒林中人的生活，出现的诗歌数量却并不多，有也都是为刻画人物或发展情节所需，是不可以剥离和删除的。

与《儒林外史》相似，《红楼梦》中也基本上没有回前诗①。稍有不同的是，它在一回书的结尾处，只有“且听下回分解”这样的过渡套语。而且不是每一回都有，文字也比较随意，没有固定格式，如有的作“要知端的，下回分解”“下回分解”“不知后事如何”“后回便见”“不知端详，且听下回分解”等等。基本上没有回末诗（只有三回是例外，下文将要论及），也没有像《儒林外史》那样的对仗工稳的对联。

不过，《红楼梦》在“开卷第一回”中虽然没有回前诗，在正文叙述中，却出现了好几首诗或偈。其中一首绝句最值得我们注意，这就是：

满纸荒唐言，一把辛酸泪！都云作者痴，谁解其中味？

这首诗透露出如下的重要信息：第一，这本书是基于作者本人深切的生活体验而写出来的，融入了他的辛酸血泪。第二，全书一开头就表现了作者对读者的阅读期待。由于小说所表现的内容的丰富深刻，也由于表现手法的特殊，他已预见到小说隐含的真实的内涵不易为读者所理解，却又殷切地期待着读者的理解。诗的位置不在回前，其作用也与一般的回前诗不同，不在提示故事内容，也不在暗示创作旨意，而是在更高的层面上，从创作思想和作者与读者的关系的高度，含蓄地表达了自己的隐衷。在这个意义上，我们无妨将它（也连同第一回的相关内容）看作是一种高级形态的全书的“入话”。

但值得注意的是，《红楼梦》中有三回书，即第五回、第十三回、第二十一回，在“且听下回分解”之后，各有两句回末诗，并且是以过去话本小说中常见的套语“正是”领起的。如第五回的回末，是这样结束的：“正是：一场幽梦同谁近，千古情人独我痴。”其他两回也都只有两句，也与该回的内容相关。在正文中也间或有

① 中国艺术研究院红楼梦研究所前八十回据庚辰本为底本整理的新校注本中，仅第二回有回前诗，而在其他一些版本中，除了第二回之外，还有第四回、第五回、第六回、第七回、第八回、第十七十八合并的一回等都有回前诗，诗前或冠以“诗云”，或冠以“题曰”“诗曰”。本文以中国艺术研究院红楼梦研究所的校注本《红楼梦》为依据进行分析。

插入诗歌来写景或写人的，如第十一回，写凤姐儿带领跟来的婆子丫头并宁府的媳妇婆子们，进入会芳园来，接着有一段对园中风景的描写，也是以过去通俗小说中常见的“但只见”引出的：“黄花满地，白柳横坡。”又如第二十五回写癞头和尚和跛足道人形象，分别用了四句七言诗，并用“见那和尚是怎的模样”和“那道人又是怎生模样”来领起，也都是旧小说中常见的格式和套路。这里也仍可看见由说话艺术带来的“程式化”表现方式的点点痕迹。

虽然如此，《红楼梦》中的诗歌与此前的长短篇小说中的诗歌，其地位和作用是完全不同的，已经产生了质的变化。简单地说，诗词歌赋在《红楼梦》中不再是一种形式，一种表现手段，更不是可有可无、可多可少的程式化的点缀和摆设，而是变成了被艺术化地表现的生活内容本身，是小说全部情节不可分割的有机部分。有的小说，去掉了那些程式化的诗词，会显得更简洁更凝练：而《红楼梦》，如果去掉了那些诗词，就等于去掉了小说的血肉，甚至是抽掉了小说的灵魂。

三、诗性小说产生的条件和特色

诗歌的本质特征是抒情和创造意境，而小说的本质特征则是通过独特的构思和情节来塑造人物。当诗歌的抒情性和创造意境的特征，影响并渗透到小说的情节，特别是人物塑造中去的时候，作为叙事文体的小说，就同时具有了抒情文体诗歌的某些特征。这时，诗性小说或者称诗意化小说就产生了。

但是并不是任何题材、任何风格的作品都有可能产生诗性小说的。据我的考察，大概要具备以下几个条件，才有可能产生诗性小说。第一，是作者本人是小说家同时也是一个诗人，或者至少要有很深的诗歌修养。第二，小说中的主要人物是诗人或文人，或者是具有诗人气质和诗歌修养的人。第三，是人物所生活的环境，有便于创造意境的某些特点。符合这几个条件的，一是唐传奇中的部分作品；二是《聊斋志异》中的部分作品；三是《红楼梦》。用世俗的眼光，写世俗生活的通俗小说，如果缺乏精神境界的艺术提升，是很难产生诗性小说的。下面结合具体的例子，作一些论证和分析。

唐传奇中的诗性小说，当首推《莺莺传》。作者元稹是唐代著名的诗人，小说中的男主人公张生，也是一位诗人，在小说中曾作《会真诗》三十韵。女主人公崔莺莺感情深沉含蓄，富有文化素养和诗人气质，善弹琴作诗，也是一个诗人。但重要的还不在于小说中有诗，而且是水平不低的诗，而是小说所创造的崔莺莺这个形象就富于诗的气息，小说的艺术描写还创造了一种诗的意境。莺莺的性格是深沉含蓄的，这本身就是一种诗人气质的表现。她虽然能突破封建思想的束缚，大胆地追求爱情，但在整个过程中，却表现得十分文静而稳重，不苟言辞，很少说话，说话也很少率真地吐露自己的心曲。很难想象，她跟张生初次欢会，竟然也“终夕无一言”。无论是说话还是写诗，她表达感情的方式都是含而不露的，甚至邀约张生幽会的《明月三五夜》也是如此。她“愁艳幽邃”，深藏内心而不露痕迹。值得注意的是，作者有意用含蓄的手法来写莺莺的含蓄的感情和性格。含蓄的手法就是一种诗的表现方式，不是把一切都明白地写出来，而是有意写得委婉含蓄，留下空白让读者自己去想象，去品味思考。

莺莺是一位富于诗人气质的女性，小说作者又以诗的含蓄手法来表现这位女性。《莺莺传》本身就像是一首诗，一首哀艳的抒情诗。莺莺写给张生的那封复信，是一篇抒情杰作，一篇优美的散文诗，为整篇小说增添了浓厚的诗的色彩。作者还有意为两人爱情产生的环境设置了充满诗意的氛围。“斜月晶莹，幽辉半床”，虽然只有短短八个字，却创造了诗的意境，令当事人张生有了飘飘欲仙的感觉，而读者也同样沉浸在一种充满诗意的境界之中。

唐人传奇中另一篇诗性小说的代表作是《霍小玉传》。这是一篇写得很美的凄楚动人的爱情悲剧。这篇小说的诗性特征，主要表现在它的写情上。正如明代胡应麟所评价的：“唐人小说纪闺阁事，绰有情致。此篇尤为唐人最精彩动人之传奇。”[①]富有情致，也就是富于诗意，使小说具有诗的特征。霍小玉的形象，是一个充满诗意的美的形象。她的生活追求，她的思想格调，她的志趣爱好，甚至她的居处环境，都是那样高雅不俗，那样温婉优美。而最后写她被逼进行反抗时，是用诗一样的语言，对李益背盟负义的可耻行为进行愤怒地斥责：“我为女子，薄命如斯！君是丈夫，负心若此！韶颜稚齿，饮恨而终。慈母在堂，不能供养。李君李君，今当永诀！我死之后，必为厉鬼，使君妻妾，终日不安！”这段话，四字一句，节奏鲜明，亦柔亦刚，柔中见刚，读起来会让人感受到一种诗一样的声情气韵。这篇小说的诗意营造，主要不是依靠诗歌的形式，而是依靠诗歌的内质的提炼和表现，即融入到小

---

① （明）胡应麟：《少室山房笔丛·庄岳委谈》卷下。

说情节中去的抒情特征。

唐传奇中不能不提到的诗性小说还有《柳毅传》。这篇小说写的是神话题材，表现的却是人间的生活和感情，充满了浪漫主义色彩。小说通过龙女与柳毅之间的爱情婚姻关系，描写并热情地歌颂了人与人之间的美好关系，以及理想化的人的美好品德。柳毅这个人物，既闪耀着理想的光辉，又富于人情味，达到了人情美和人格美的统一。小说的作者将柳毅的崇高道德情操加以诗化，创造了诗的意境和浓厚的诗的氛围。作者将传统的散文和诗歌的笔法引入到小说创作中来，文辞绚丽，极富文采。尤其是描写龙女回到龙宫时的情状，以诗一样的语言，渲染出一种浓厚的喜庆、祥和、美好的气氛，充满了一种令人愉悦的诗意美。小说中的其他部分，如写钱塘君报仇时气氛的渲染，龙宫中种种奇异景象的描绘，作者都采用诗笔，使艺术意境、艺术氛围与被歌颂人物的优美的品格融合在一起，创造出诗一般的艺术境界。

《聊斋志异》中也有不少值得一提的诗性小说。蒲松龄的创作方法，是通过花妖狐魅来反映人间社会，来歌颂真、善、美，抨击假、恶、丑。他是把花妖狐魅人化，人情化，进而诗化，以表达他的爱憎感情。我们可以提出两篇代表作来进行分析。

先说《晚霞》。这篇小说描写的是晚霞和阿端这一对鬼男鬼女之间的恋爱故事，却充满了迷人的诗意美。在这篇小说中，作者充满热情地歌颂理想的真挚的爱情。为了表达作者心中与现实生活中的礼法规范和世俗陋见相对立的一种爱情理想，他倾注深情，一层层地精心营造，写出了人间罕见而又为人们普遍向往的爱情之美。女主人公晚霞的形象，是一个充满诗意的优美的形象。作者采用了类似于中国古典绘画中皴染的手法，通过层层铺垫、烘托、擦染，将晚霞这个人物的诗意美写到了极致。看作者巧妙地通过舞姿来写晚霞之美：

> 次按燕子部，皆垂髫人。内一女郎，年十四五已来，振袖倾鬟，作散花舞；翩翩翔起，衿袖袜履间，皆出五色花朵，随风飏下，飘泊满庭。

通过晚霞优美的舞姿和形体动作，就将她那种风姿绰约、缥缈灵动，富于诗意的美，连同她对美的追求，充分地表现出来了。而最富于诗意的，是写二人幽会的环境：

> 南启一户；折而西，又辟双扉。见莲花数十亩，皆生平地上；叶大如席，

花大如盖，落瓣堆梗下盈尺。

写二人的幽欢，也是充满诗意，别出奇境：

少时，一美人拨莲花而入，则晚霞也。相见惊喜，各道相思，略述生平。遂以石压荷盖令侧，雅可幛蔽；又匀铺莲瓣而藉之，忻与狎寝。

美的人，美的情感，美的环境，美的氛围，直将男女爱情渲染到一种美的极致。写男女性爱而能写出如此优美的诗的意境，蒲松龄可称为以诗笔写情的圣手。

另有一篇是写人与花妖之间恋爱的《香玉》。《香玉》像是一首诗，一首歌颂爱情和友情的诗。小说写人与牡丹和耐冬花妖之间的爱情、友情，写情之真、之深、之美。小说的诗意特质，由两方面的因素构成。一方面是穿插诗歌，以诗歌来表现人物的思想感情，揭示人物之间的关系。如开始时因黄生的“暴起”追逐而引起两个女子的惊惧和奔逃，却又因为黄生题诗树下而消解了香玉的疑虑，由此看清了黄生原来是一个“骚雅士”而主动与之相见。香玉亦在与黄生欢会之后，同样吟诗酬和，表达了“愿如梁上燕，栖处自成双”的美好愿望。香玉被摧残致死，黄生又作哭花诗五十首以为悼念，表现了一个文人雅士的独特行为风貌。而黄生在与绛雪相聚而复散之后，一个人独处，“冷雨幽窗，苦怀香玉，辗转床头，泪凝枕席”，又不禁揽衣而起，踵前韵再作诗一首：“山院黄昏雨，垂帘坐小窗。相思人不见，中夜泪双双。”绛雪在窗外听后，因心有所感而和作一首：“连袂人何处？孤灯照晚窗。空山人一个，对影自成双。”绛雪与黄生的“相见之欢”，即如绛雪之所愿，不在情爱，而在这种佳人才子式的“宴饮唱酬”之中。这一系列的描写，就都烘染出了一种充满诗意的风雅氛围。

另一方面，更为重要的，是因为作者用诗的笔法，创造了一种诗的意境。有时只是简单的几句点染，即能营造出一种诗意来。如写两位花妖的出场，先是“素衣掩映花间”，后是“袖裙飘拂，香风洋溢”，就充满了一种既能启发人的想象又极具感染力的美感。而最为突出的，是写被摧残的白牡丹在黄生的精心培植和养护之下，死而复生时的情景：

次年四月至宫，则花一朵，含苞未放；方流连间，花摇摇欲折；少时已开，花大如盘，俨然有小美人坐蕊中，裁三四指许；转瞬飘然欲下，则香玉也。

这样的诗的意境，奇幻至极，也优美至极，读者从中得到的，是一种余意悠然、品味不尽的美的享受。

《红楼梦》的诗性特征，已有许多学者作过深入的论析。这里只提出几个要点来简单地说一说。

第一,《红楼梦》所描写的世界，是一个诗的世界。结诗社，写诗、吟诗、联诗，是大观园中的重要活动，是人们交流感情的重要手段，也是人物展现个性、才华、思想的重要天地。如果书中没有诗，没有动人心魄的林黛玉的《葬花词》《代别离》（“秋窗风雨夕”），没有贾宝玉那篇不是诗却胜似诗的情意深挚的《芙蓉女儿诔》，没有海棠诗社和桃花诗社，没有诗社成员所写的海棠诗、菊花诗和桃花诗，没有香菱学诗，没有凹晶馆联句等等，那《红楼梦》的艺术大厦就将缺少支撑而坍塌。

第二,《红楼梦》中各色人等的诗作都由作者曹雪芹一人代写，但却有精粗、雅俗、文野、良莠之分，写出了不同人物由于思想、个性、才情、气质和修养的不同而产生的差异，而且这种差异是符合人物的各方面的条件和特征的。这是曹雪芹非常了不起的地方。由此才能创造出《红楼梦》中绚丽多彩，百花园似的诗的世界。

第三，作者通过作诗、吟诗，加上其他多种艺术手段，塑造了林黛玉这样一个充满诗意的艺术形象。她的才情、气质、个性、修养，她的多愁善感，都具有诗人的特质。她不仅是一个出色的诗人，而且这个形象本身就是一首诗。林黛玉这个形象的创造和存在，就是《红楼梦》诗性特征的最生动、最突出的表现。

我们读《红楼梦》，越是深入到人物的感情世界，就越能感受到小说所创造的诗的意境，越能获得比读其他几种古典名著更为丰富深沉的艺术享受。

最后想要说的两句话是：中国的现代小说，由于借鉴和吸收了西方的小说艺术，已经同说唱艺术彻底脱离了关系，传统小说中那种“散韵结合”的叙事方式，不再有继续存在和发展的条件；但内质融合的诗性小说，却是值得我们深入探讨，并在实践中去继承和发扬，是可以创造出一番新的天地来的。

（原载《北京大学学报》2013 年第 4 期，此文未收入北京大学出版社 2011 年版《古典小说的思想与艺术》，为十卷本《周先慎文集》补录）

雏形期小说的文体意义
——以《搜神记》中的两篇小小说为例

学界普遍认为，中国小说文体的真正成熟是在唐传奇出现以后，六朝时期的作品，无论是志人还是志怪，都还只是小说作品的雏形，只是为成熟小说作品的产生奠定基础。志怪小说主要的代表作是干宝的《搜神记》。《搜神记》中的作品长短参差不一，短者寥寥数句，不足百字，长者则累近千言。《搜神记》中的作品是否可以算作小说，自古以来认识很不相同。作者干宝本人就不承认他是在写小说（当然他那个时候并无我们今天的小说观念），因为他在序言中声称写的是一部纪实作品，明确地拒绝虚构，说他虽然不能保证做到“无失实”，却要努力做到“无失实”。干宝是个史官，他是以史家的身份和眼光来写神鬼故事的。在他看来，这同记录社会人事的历史并无区别。他的写作目的是“发明神道之不诬”，即要证明他所搜集的“古今怪异非常之事”是确实存在的。鲁迅先生认为，《搜神记》一类的“鬼神志怪之书”，“均非有意为小说”。所谓“非有意”，我的体会，是指他们所讲的虽然都是子虚乌有，但死活不承认是凭空杜撰。他们不仅不追求虚构，甚至也不承认虚构，这就不可能具备自觉的小说创作意识。但在事实上，以我们今天的眼光看来，只要是有虚构，不管作者本人的主观认识如何，不管他承认不承认，其作品就已经同以虚构为重要特征的小说创作搭上了边。尽管我国古代早期的小说作者，不追求、不承认虚构，因而没有自觉的小说创作意识；但因为事实上有虚构存在，他们的作品也就具有小说创作的某些基本特征。这是我国早期雏形小说作品具有文体意义的最重要的基础。

下面，以《搜神记》中两篇篇幅相对较长的小小说为例，从艺术表现形式和手法上具体分析其所具有的小说文体意义。

一、《宋定伯》

此篇见于《搜神记》卷十六（亦见于《列异传》，文字小有不同），是一篇很著名的不怕鬼的故事。小说肯定鬼是确实存在的，与全书“发明神道之不诬”的写作目的相符；但它的意义不在于说明鬼是真实存在的，而在于证明鬼并不可怕，鬼是可以战胜的，颂扬了不怕鬼的精神。现代读者从中读出了更加广泛的意义：宋定伯的故事启示我们，一切困难，一切看似可怕的事物，只要你不怕它，敢于藐视它，同时充分发挥自己的聪明才智，就能够战胜它。20 世纪 60 年代初，由当时的中国科学院文学研究所编辑出版过一本《不怕鬼的故事》，《宋定伯》就是其中最著名的一篇。

作为中国小说雏形期的作品，从小说的表现艺术方面看，这篇小说有如下几点值得我们注意：

先谈情节。小说的故事性很强。虽然篇幅不长，描写的只是生活中的一个小小的片断，却是首尾完具，有开头，有结局。既然表现了一个事件的完整流程，就必然有时间的发展，事件的发展。这在艺术表现上就遇到一个问题，就是：要给读者讲述一个完整的故事，作者就必须在情节的提炼和组织上下功夫，要能在横中见纵，既要给予读者整个流程的连续和完整的感受，同时又要避免琐碎、枝蔓和拖沓。这就牵涉到情节提炼和组织中的详略、疏密和张弛的问题。作者要通过调节小说情节发展的节奏，来构成故事比较均衡的流动感和连续性。这是现代小说艺术，特别是长篇小说艺术中常常遇到和需要解决的问题。而这样的问题在这篇小小说中已经初步地接触到了，而且其中的一些经验还很值得我们注意。

比如小说开头在写了宋定伯途中遇鬼、人鬼交谈、决定同行以后，有一句“遂行数里”。“行数里”是一个相当长的时空距离，其间人鬼之间必然有许多其他的一些交谈和关系，但于本篇的主题、内容并不重要，可以略而不写。这四个字加上与否，给读者的艺术感受是很不一样的。加上了，情节发展的流程就是完整的、连贯的；同时情节的发展也变得有疏有密，有详有略。我们在旧小说中常常见到“一路无话”（这里的话是故事的意思）这样的套语，并不都是废话，它在情节的组织安排中也是起到一种调节疏密、张弛的作用。读者知道了有这段时间、空间的存在，即使他并没有去想象在这段时间或空间中会发生些什么事情，也会产生一种经历了相当漫长过程的感觉，而不会觉得小说中写到的事情，只是在顷刻之间就完成了。

只有疏没有密，只有张没有弛，只有详没有略，情节的发展便是不匀称的，读者读起来就会缺乏真实感，如果是读长篇就会感觉很累。与此相似，下文的“鬼便先担定伯数里”“如是再三”“于是共行”“行欲至宛市”等，都起到了这种调节疏密、张弛和详略的作用。

次谈人物描写。这篇小说的人物很简单：宋定伯和鬼。难得的是都写出了一定的性格内容。小说里的人物，只要有性格，形象就会比较鲜明。宋定伯勇敢、沉着、机警，而鬼则处处显得老实、愚蠢。值得注意的是，两个人物的性格都主要是通过他们各自的语言和行动来完成的，作者并没有任何提示、说明、议论。当代小说中，有些作者常常喜欢发议论，提示读者他笔下的人物具有什么样的思想性格，反而不如雏形期的这篇作品在艺术上高明。小说写人物，是要让人物自己表现自己，自己塑造自己。中国早期的小说就是这么做的。

要知道这篇小说是产生于一个鬼神迷信思想泛滥，人人怕鬼，谈鬼色变的时代。而宋定伯“夜行逢鬼。问之，鬼言：‘我是鬼’”时，他一点也没有表现出害怕、惊慌，而是跟遇到一个普通人一样正常和平静。当鬼问他“汝复谁”时，他竟回答“我亦鬼”，表现得那样沉着、镇静、机智。这里的“亦”字，同下文鬼言“我亦欲至宛市”中也用到的那个“亦”字，同一个字，由两个人物在相同而又相异的语境中说出，具有对比的意义。宋定伯在突遇意外的情境下说出的一个“亦”字，表现出他具有很强的应变能力，从中透出的是他的勇敢和机智。而鬼说的那个“亦”字，初看也会怀疑可能是欺诈，但读到下文便知道，原来他的目的地跟宋定伯确是相同，是一种巧合，表现出鬼非常老实，一点没有心机。

宋定伯的机智和勇敢是逐步写出的，鬼的老实和愚蠢也是逐步写出的。小说共作五层写：第一层，当鬼提出“共递相担”时，定伯曰“大善”（太好了），毫不畏惧，十分沉着。实行时是鬼先担定伯，而不是定伯先担鬼，这又表现了鬼的老实。第二层，是鬼身很轻，而鬼担定伯时，感觉很重，便怀疑他“非鬼”，定伯毫无迟疑，答以“我新鬼，故身重耳”。鬼竟然深信不疑，表现出一智一愚。第三层，定伯摸底，问：“我新鬼，不知有何所畏忌？”鬼不怀疑，毫无警惕，竟以实相告，暴露了自己的致命弱点。在此之前，宋定伯是处于被动的地位，称自己是新鬼只是一种应付、防守；而在摸清对方的致命弱点以后，则已经转为可以主动进攻的有利地位了。第四层，遇水，定伯令鬼先渡，鬼即先渡。表现出他毫无戒心，而定伯却由此做好了打消对方怀疑的思想准备。第五层，执鬼卖羊，就是在市场里将鬼摔地变成羊，并以鬼所授的办法“唾之”，然后卖掉得钱。在这五个层次中，人和鬼都是对比起来写的。随着情节的发展，两个人物不同的性格（一智一愚）表现得愈来愈鲜明，因而人能战胜鬼的结局水到渠成，十分自然，也十分合理。

因为篇幅短，人物的对话不可能很多；但是这篇小说中的对话写得少而精，起到了推进情节发展的作用。情节虽然简单，但因为有这些对话而变得有悬念，有跌宕，产生了强烈的吸引力。比如，定伯回答“我亦鬼”时，情节的发展不是松了，而是紧了，读者猜想可能会出现许多意想不到而且很难对付的情况。又如，定伯身重，引起鬼的怀疑，说：“卿太重，将非鬼也？”这句问话又掀起一层波澜，留下一个悬念。接下去，渡水时鬼无声，定伯有声，鬼又怀疑，于是问：“何以有声？”定伯回答：“新死，不习渡水故耳。”又是一层波澜，一个悬念。有了这几层波澜，情节就能于简中见繁，平中见曲，显得跌宕多姿了。

另外，这篇小说虽然写的是有关鬼的故事，却并不恐怖，相反气氛显得比较轻松，富于谐趣。这主要来自两个方面的原因：一是在整体上写出了人可胜鬼，鬼并不可怕，读者读来就没有一般鬼故事的那种恐怖感和沉重感；二是由于写出了宋定伯勇敢、机警、沉着的性格，他对鬼的斗争，不是很吃力，而是很轻松，充满一种愉快乐观的情绪，这就使得整个故事的演进呈现出一种喜剧的情味。

还有一点要提及的，是志怪小说的作者追求“纪实性”，就是把虚构的故事当作真事来写，因而在文中处处提示，以使读者相信他写的确是真事。在这篇小说中，一是注意于地理位置的准确。开头“南阳宋定伯”，“南阳”二字是指认宋定伯的里籍，本可以不出，出了就显示出是一种史传的写法。下文“欲至宛市”，宛市即“南阳”，与开头相照应，在叙事上显得严密，准确，增强了小说的真实感。二是在小说的末尾，还特意以当时人石崇的话“定伯卖鬼，得钱千五”来证实此事不虚。这样的点示、交代，并不只是简单的手法问题，而是表现了作者的史家意识和史传文学对小说的影响。这种艺术处理的方法，一直传承至蒲松龄的《聊斋志异》，在文言小说特别是志怪小说中，成为一种惯常的方式，一种传统。

二、《李寄》

《李寄》见于《搜神记》卷十九。在以搜神志怪为主要内容的《搜神记》一书中，这是比较特殊的一篇。全篇除了大蛇一定要吃十二三岁的童女并通过巫祝或托梦向人提出要求稍涉怪异外，基本上都是写实。作为主人公的李寄，她的言语、行为、思想，都是现实生活中的人所可能具有的，都是真实可信的。她的奇异之处在于，她的言语、行为、思想有其独异特出之处，尤其在那个时代的社会生活中，可以说是非凡的、杰出的。由此我们可以看到，所谓奇异，并非一定要写到鬼神怪异之事，同时也带有非同寻常的意思。这样的含义，对唐代传奇摆脱志怪的束缚而转向现实中的奇人奇事，是有启发和影响的。

这一篇的故事性不太强，我们就先从人物谈起。人物是小说文体中最重要的艺术元素。不论是成熟期的小说还是雏形期的小说，人物都是艺术创造的中心。现代评论者喜欢对人物进行思想定位，进而对作品做出整体性的思想评价。但这种定位和评价往往偏执、片面，不免流于简单化。对于李寄，多种古小说选注本和鉴赏辞典都认为，小说塑造的是一个为民除害的少女英雄。但实际上，这只是现代人的认识，或者说这只是小说表现出的客观意义，而不是作者干宝的认识。具体考察一下作者是如何塑造李寄这个人物的，会很有意思，也会很有启发。小说写李寄在向父母请求要去斩蛇的时候，是这样说的："父母无相，惟生六女，无有一男，虽有如无。女（寄自指）无缇萦济父母之功，既不能供养，徒费衣食，生无所益，不如早死。卖寄之身，可得少钱，以供父母，岂不善耶？"非常清楚，她请求去斩蛇的思想基础有两点：一是男尊女卑的思想，二是与此相关的孝道。前者在我们现代人的观念中当然是很落后的思想，后者以早死换钱来供养父母，虽出于孝心，实近于愚昧。但这都是当时人们的普遍认识，普遍尊崇的道德观念，在作者看来都是正面的，值得肯定和歌颂的。限于特定的历史条件下，作者就是以这样的思想高度来描写和歌颂他笔下的人物的。作者当然也会知道，为民除害的思想行为更崇高，更值得歌颂和提倡；但他没有想到，大概也不愿意要去拔高他笔下的人物，他只是以符合生活实际的态度，写出李寄是出于孝道才去斩蛇的。实事求是的描写并没有贬低李寄，只是让读者感到，在那个时代这个人物更加真实可信。这是很值得我们思索的。在现实主义典型化的理论被误解和被误用以后，小说创作才产生了有意去拔高人物的弊端。而中国古小说的作者们，遵循的是传统史学中的"实录"原则，就是实事求是的原则，有好说好，有坏说坏，不虚美，不隐恶。史学传统对小说创作的影响，当然是有正有负，但在雏形期对小说文体形成的浸润，更具有积极意义。

在我们今天看来，李寄形象的思想意义主要在于，作者在正统文化思想的背景下，写出了一个少女，以她的行动实现了对不合理的传统观念的突破和超越。她虽然有男尊女卑的落后思想，却不为这种思想所束缚，以她的英雄行为，在客观上证明了这种观念的不合理。她的行为，不仅超出于同时代的女子，而且还超出于同时代甚至是后代的无数男子。作者在男尊女卑传统文化背景下，表现了一个少女的不凡之处，过人之处，她的勇气、智慧和才干，证明了女子实际上是可以尊而不卑的。

小说是通过三个层面来表现李寄的思想品质的，一是孝，二是勇，三是智。孝，就是她说的“卖寄之身，可得少钱，以供父母”，她可以不惜牺牲生命来换取金钱，让父母能过上好的生活。勇，主要表现在她面对的是一条凶猛的大蛇，却毫不畏惧，决心前行。其间又分作三层写：“应募欲行，父母不听（不同意）”，一层；她向父母申说自己应募的想法和原因（主要是尽孝），二层；“寄自潜行，不可禁止”（父母不同意也要去，已经在某一方面突破了孝的束缚），三层。这三层虽然写得很简略，但也基本上把她的思想基础和决心写出来了。智，主要是写她设计赚（音zuàn，哄骗的意思）蛇，充满了超人的智慧。她对父母说：“生无所益，不如早死”，可见行动前她有死的决心，是有牺牲生命的思想准备的，但又不是去送死，而是去进行一场殊死的战斗。她是有备而来，胸有成竹。首先是“告请好剑及咋蛇犬”，从她准备好的武器，就知道她对如何战斗早有谋划，因而充满自信。“至八月朝（月初曰朝），便诣庙中坐”，从小说的叙述语气看，李寄好像不是去和凶猛的大蛇战斗，而是到庙里去拜菩萨、赶庙会似的，那样从容和镇静。“怀剑，将犬”，与上文呼应，表明她是在沉稳自信地一步步实施预定的计划。接下去是一笔写李寄，一笔写大蛇，一来一往，一攻一守，处处展现出李寄的机智，也处处展现出大蛇的愚蠢：“先将数石米糍（音cí，糍粑），用蜜麨（音chǎo，米、麦等炒熟后磨粉制成的干粮）灌之，以置穴口”，可见她在剑、犬之外还做了更细致的准备。“蛇便出”二句写蛇，一方面写它的硕大凶猛：“头大如囷，目如二尺镜。”另一方面则是写它的愚蠢：“闻糍香气，先啗食之。”这里也就同时反衬出李寄料事之准确。再回头写李寄：“寄便放犬，犬就啮咋，寄从后斫得数创。”“便”字传达的是李寄对时机掌握得非常准确：“此时不放，更待何时。”从容中透出机警。一切都在她的预料之中，掌控之中。小说的篇幅不长，笔法却相当细密：放犬、斫剑，前边预备好的东西，都一一用上了，没有疏漏。再一笔写到蛇：“疮痛急，蛇因踊出，至庭而死。”“便放犬”的“便”字，与“因踊出”的“因”字，有映照的作用，显现出不同的情味：“便”是主动的，给人以轻松自如的感觉；“因”表承接，带被动的意味，给人以无可奈何的感觉。最后一段是事件的结局，也带有总括的意义：“寄入视穴，得其九女髑髅，悉举出，咤言曰：‘汝曹怯弱，为蛇所食，甚可哀愍。’于是寄女缓步而归。”“入视穴”，是写其勇，大蛇虽然已经死于庭中，穴中若另有一条怎么办？“得其九女髑髅”云云，一方面是与上文大蛇食用女童，“累年如此，已用九女”的叙写相照应，映衬出主动斩蛇的李寄与九女的“怯弱”相对的机智勇敢和身手不凡。另一方面是使故事的收束更具思想深度，“缓步而归”四字，写出了她的从容、稳重、淡定：杀死大蛇不易，但她视若平常，并无向人炫耀表功的意思。

小说的艺术构思也有值得注意之处。生活的辩证法，反映在艺术表现中，就成为艺术的辩证法。在这篇小说中，主要是体现在对矛盾冲突和人物关系的布局和处理上。李寄是小说的主人公，她的对立面是大蛇，围绕着两者的斗争，还写到相关的许多人物：土俗、都尉、令长、被蛇吃掉的九个少女、李寄的父母等。从艺术表现的角度看，李寄为主，大蛇和相关的次要人物则为宾。主宾关系的安排，可以有完全不同的两种艺术处理：一种是先主后宾，即先写李寄，后写大蛇；另一种是先宾后主，即先写大蛇和相关的次要人物，后写李寄。作者采用的是后一种方式。非常高明。生活中的事物都是互相联系、互相影响的，看到并着眼于这种联系和影响，笔墨就容易放得开，不会写甲就只是甲，写乙就只是乙，常常可以收到放射、映衬或铺垫等等效果。写李寄之前，先写大蛇；为了写大蛇，又先写环境：“东越闽中，有庸岭，高数十里。”山之高峻奇险，正是那条可怕大蛇的出没之地。写大蛇的可怕，有虚有实。实写主要是写它的外形：“长七八丈，大十余围。”虚写主要是写它的凶残和对当地的危害，通过人们的反应，分作四层来写：“土俗常惧”，从百姓着笔，一层；“东冶（东越的国都）都尉及属城长吏，多有死者”，从官吏着笔，二层；“祭以牛羊，故（仍然）不得福。”求其不要伤人，亦不可得，三层；每年八月朝祭吞食少女，已食九人，写其危害之大，四层。这里写大蛇本身和与大蛇相关的众多人物，都是在写蛇之大、奇、恶。这样，开头这长长的一段，李寄还未出场，就已经为她的出场作了充分的准备和铺垫。写蛇的凶恶，是为了写李寄的机智和勇敢。因此，在这段文字中虽然没有李寄，却处处着眼于李寄，实际的笔墨最后都落到了李寄的身上。

干宝在《搜神记序》中说到他的素材来源是“考先志于载籍，收遗逸于当时”，后一句就包括了他后面说的“访行事于故老”，即得之于里巷的口头传闻。但不管是来自旧籍，还是得之于传说，也不管是原始作者，还是搜集整理加工的干宝本人，都不会知道我们今天所指的“小说”为何物。他们都只是在讲“故事”。他们希望讲的故事有人听，爱听，并且相信这些故事是真实可信的，进而接受故事中所包含的思想。就是这种最质朴的“创作”目的，使这些故事本身和这些故事的讲法，孕育并产生了我们今天视为小说文体的某些重要因素。

如我们在前面通过两个故事所分析的，现代小说观念中视为最重要的艺术因子——人物和故事，在雏形期小说中就已经得到充分的重视，成为讲故事的艺术中苦心经营的重点。人物塑造和情节安排，都已有了不少值得我们重视的艺术创造，以至后来发展成为中国古典小说艺术传统中某些带规律性的特征。在这些稚嫩拙朴的小故事中，我们看到了小说艺术的幼芽破土而出，读来真让人感到十分惊喜。

但现代小说与纪实作品（历史和新闻报道）的根本区别，不在于有没有人物和情节，而在于有没有虚构。虚构是小说艺术创造的基本要求和基本特征。这两则故事都涉及神鬼怪异，当然是出于虚构。但值得注意的是作者们都不承认是虚构，而是把它们当做真人真事来写。这就是作者的史学观念在早期小说中的影响。史的观念，实录的观念，妨碍艺术虚构，是不利于小说创作的；但它尊重生活的真实，不虚美，不隐恶，不恶意歪曲，也不任意拔高，这又是有利于小说创作的。

讲究构思和布局，这大概是受到古代文人散文创作的影响。后世的许多短篇小说写得很严谨，很精致，其源头，是可以追溯到很早很早的。

（原载《古典文学知识》2010 年第 5 期）

宋代话本小说繁荣的市民文化背景

一

文学作为社会文化的一个重要分支，由于它的接受者的广泛的社会性，也由于它的内容涉及文化结构中的诸如道德情操、生活理想、伦理观念、宗教信仰、审美趣味等多方面深层的精神心理内容，因而在文化的时代变异中总是处于一个极敏感和极活跃的地位；同时，一个时代的文学的发展和演变，又往往反映出一个时代文化变异的深度和广度。

中国历史发展到宋代，封建社会已经走完了它的全盛时期，随着社会政治和经济的变化，文化的发展也表现出与以往不同的新的因素和新的特征。就文学的发展来看，明显地表现出一种转型期的特点。在中国古代源远流长的文学长河中，宋代文学处于一种承先启后、继往开来的特殊地位。传统的诗文，在前代的基础上继续发展，表现出新的特色，有其不可忽视的独特的艺术价值和时代意义。欧阳修所倡导的诗文革新运动，散文一方面标举唐代韩愈的道统和文统，另一方面又有所创新和发展，一种既便于议论、又便于抒情写志的更加自由活泼的散文体式和平易晓畅的散文风格在宋代形成，在原有的笔记体中又产生出一种既可以叙事、议论，又可以抒发作家的意兴情韵的散文小品。诗歌则一方面继承了自《诗经》《楚辞》以来直至唐人的诗歌传统，另一方面又渗透进理性的因素，使诗歌进一步散文化和议论化。以学问为诗虽有流弊，但一些杰出的诗人将诗情与哲理融合在一起，创造出宋诗所特有的理趣。词本来产生于民间，经历了晚唐五代的短暂发展，至宋而为一代文人所接受，虽有“诗庄词媚”的观念和“别是一家”之说，但实际上不少作家都在这个有待开拓的天地里驰骋才华，发挥极大的创造性。一些作家还在这种文学形式中展露出他们在诗文中很少表现的真性情、真面目，这使词在宋代成为一种更具艺术特质和更富于情致的文体。因而尽管在宋代，词的数量远不如诗，但它还是成为一代文学的标志，以“宋词”与其前后的“唐诗”“元曲”和“明清小说”并称，为历史所确认。

然而，更能体现宋代文学承先启后、继往开来意义的，还在宋代于市井间崛起的俗文学。雅文学与俗文学的并存，是各个时代共同的文化现象，但俗文学与雅文学分庭抗礼，却是宋代文化的显著特征之一。这里所说的分庭抗礼，不是指得到封建时代正统文人的承认而言，而是就客观事实及其在历史发展中的地位和影响而言的。

宋代的俗文学大致包括三方面的内容：一是屡代皆有、绵远不绝的民间歌谣；二是由生活潦倒、沉沦下层的失意文人在与歌伎艺人相结合的“偎红倚翠”生活中创作，并在市井中得到广泛传唱的所谓“俚俗词”；三是生存并繁荣于城市市民阶层中的一部分能体现文学价值的民间伎艺，这包括各种演唱形式如转踏、赚词、诸宫调、杂剧、南戏（戏文）、影戏、傀儡等，而其中最重要的就是“说话”，也就是说书。民间歌谣当然有很高的价值，但由于很少有人搜集整理（歌谣反映人民的情绪，它的鲜明强烈的反封建政治倾向，是造成这种情况的重要原因之一），无专书赖以保存，因而大部分亡佚，留存下来的一小部分又多散见于各种笔记、著述之中，故影响不大。宋代的俚俗词以柳永为杰出的代表。他的词的内容确实同都市的繁荣以及市民阶层的生活有关，但柳永本人还只是一个封建知识分子，词中表现得更多的不过是一个失意文人的“浪子气息”，还不完全是或主要还不是市民阶层的思想感情。再则，更重要的是，词的俚俗化在宋代不是主要倾向，主要倾向反而是词的文人化和典雅化。因此，尽管柳永词在当时市井中大受欢迎，独享“凡有井水处皆能歌”的殊荣，到底势孤力单，不成气候。而影响最大也最值得我们重视的，是当时受到广大市民群众热烈欢迎，由瓦舍伎艺所产生的通俗文学作品，它们所表现出的勃勃生气和旺盛的生命力，才真正体现了宋代堪与雅文学分庭抗礼的俗文学汹涌的主流。

由“说话”伎艺而产生的话本小说，展现了令人耳目一新的历史面貌。保存在宋人著述中的短篇小说篇目数以百计，[1] 长篇的讲史有专说“三分”和专说“五代史”

① 南宋罗烨的《醉翁谈录》在短篇小说八类中就著录了 107 种之多。

的。今存宋代话本小说多刊于明代，又多经过明人的加工润色，因此鉴别宋代话本和明代话本及拟话本的工作存在很大困难。虽然各家看法还存在较大分歧，但至今为大多数人所公认的宋人短篇小说话本约有三四十篇之多。[①] 在小说古籍散佚严重的情况下，这不算一个很小的数目。更值得我们重视的是，它们在思想和艺术上都呈现出新的风貌，其成就标志着中国古典小说的发展进入了一个新的发展阶段，标志着中国古典小说的现实主义艺术进一步走向成熟。

宋代话本小说的繁荣为中国古典文学开拓出一片辽阔的领域。由话本小说开道，小说这种历来为正统派文人轻视、排斥的文学形式，终于闯入了文学的神圣殿堂，到了明清两代，与戏曲并驾，成为标志这一时期主要特色的文学形式。

二

文化的发展和变异，总是跟社会经济的发展和变异分不开的，而最初又往往由社会生活中某一社会阶层的需要（尤其是精神生活方面的需要）而产生的，其变异又常从表层的物质形态而逐渐及于深层的精神心理方面。这种文化变异的现象，在宋代市民文学的崛起中有着十分典型的表现。由商品经济的发展带来城市的繁荣和市民阶层的壮大，适应新兴的市民阶层在文化生活方面的需要，在城市中便产生了数量和规模都十分可观的娱乐场所瓦舍和勾栏。作为宋代俗文学主要代表的话本小说，便是在市民群众的娱乐场所瓦舍勾栏中产生的。是市民阶层的精神需要和文化背景，决定了话本小说在宋代的繁荣，也决定了话本小说在思想和艺术上的许多特征，这些特征对后代的小说创作以及中国古典小说思想艺术传统的形成，都产生了极为重大的影响。

宋代虽然由于民族矛盾和阶级矛盾的尖锐，经济的发展和整个国力，都远不及汉唐两代，但在经历了晚唐五代的社会动乱及分裂之后，建立了全国统一的中央集权制度，为社会的稳定和经济的恢复发展提供了一个重要的社会条件，加上统治者采取了如奖励垦荒、兴修水利等一系列有利于生产的措施，农业经济在北宋很快得

---

① 郑振铎认为“宋人话本，传世者无疑当在三十种以上”（见《郑振铎古典文学论文集·宋元明小说的演进》）。胡士莹认为有 40 种（见《话本小说概论》第七章第四节）。谭正璧则认为有 99 种（见《话本与古剧·宋元话本存佚综考》）。

到恢复和发展。在此基础上，手工业也得到了很大的发展，并进而促进了商品经济的繁荣。北宋时期在矿冶业、陶瓷业、造船业、兵器制造业以及纺织业等方面都有很大的发展，而且产生了私营手工业的作坊，规模较大的雇员竟达百人以上，这促进了集市贸易的繁荣和商品经济的发展，由此而引起城市定居和流动人口都不断增加，城市规模愈来愈大。北宋的首都汴京人口曾达百万以上，[①] 在当时世界上也是少见的。孟元老在《东京梦华录》中曾生动地描述过汴京工商业繁荣的景象，当时皇城东南角，“最是铺席要闹”之所，除经营“真珠匹帛香药”之外，还有“金银彩帛交易”，“屋宇雄壮，门面广阔，望之森然，每一交易，动即千万，骇人闻见”。[②] 南宋时期由于金贵族统治者的侵扰和统治阶级执行的屈膝投降政策，社会经济曾遭到巨大破坏；但在南北对峙局面形成以后，社会相对稳定，经济又逐渐得到恢复发展。后来行都临安发展成为全国最大的商业城市，城市人口更超出汴京，工商业十分繁荣。吴自牧在《梦粱录》中有如下描述：“自大街及诸坊巷，大小铺席，连门俱是，即无虚空之屋。每日清晨，两街巷门，浮铺上行，百市买卖，热闹至饭前，市罢而收。”当时甚至出现了专门进行“金银盐钞引交易”的金融市场，称为“看垛钱”，还有专门买卖珍珠的专业市场，称为“珠子市”，“如遇买卖，动以万数”。[③]

随着两宋时期这种工商业的经济繁荣和城市市民阶层的扩大，逐渐地在文化生活中也产生新的因素和新的形式。市民阶层需要文化娱乐，他们的思想感情和愿望理想，也要求在文学艺术中得到反映。在这样的社会历史背景之下，市民文艺的勃兴便成为必然之事。

市民阶层的成员多为不识字或粗通文墨的下层人物，文人雅士们喜好的传统诗文对他们自然无缘，最接近于他们的生活和兴趣爱好的，是各种品目繁多的民间伎艺。于是在宋代，供各种伎艺演出的市民娱乐场所瓦舍和勾栏便大量产生出来。瓦舍成为广大下层市民群众在生产或经营专卖的余闲时间精神文化生活的重要场所，

---

① 《宋史·王安石传》中记王安石在答神宗皇帝问时，曾言及开封有“二十万户百姓”，每户平均以五口计，总数亦当在百万以上。

② （宋）孟元老:《东京梦华录》卷二，“东角楼街巷”条，古典文学出版社，1957 年，第 14 页。

③ 《梦粱录》卷十三，“铺席”条，见《东京梦华录》附外四种之一，古典文学出版社，1957 年，第 241 页。

经常涉足其间的有商人、小贩、手工业者、无业游民以及士兵和一部分贵族浮浪子弟。瓦舍中除了各种伎艺的演出，还“多有货药、卖卦、喝故衣、探博、饮食、剃剪、纸画、令曲之类。终日居此，不觉抵暮”①。

汴京和临安的瓦舍，数目和规模都十分可观。据《东京梦华录》的零星记载，北宋时在汴京即有新门瓦子、桑家瓦子、中瓦、里瓦、朱家桥瓦子、州西瓦子、亚其里瓦、保康门瓦子、州北瓦子等，其中较大的桑家瓦子及中瓦、里瓦，有大小勾栏五十余座，其中大者如莲花棚、牡丹棚、夜叉棚、象棚等，都可容纳数千人。南宋时行都临安亦颇不少，《梦粱录》中载有南瓦子、中瓦子、大瓦子、下瓦子、北瓦子等 17 处。据《武林旧事》和《都城纪胜》所记，以北瓦子的规模最大，包括勾栏 13 座。市民娱乐伎艺之盛，于此可见。

一种文化现象的特点和性质，不仅决定于它产生于什么样的场所，而且更决定于这种文化的创造者和接受者，决定于他们的社会地位、生活状况、思维方式、文化素质、审美趣味等。

“说话”是当时诸种伎艺中最受市民群众欢迎的一种。话本由“说话”而来，但又不完全同于“说话”。“说话”在内容形式上的创造和提高，以及由作为一种伎艺形式的“说话”经加工而成为具有相当艺术水平的文学创作，要依赖于两方面的条件：一是说唱伎艺必须有传唱研习，不断地提高生动地表现生活以吸引听众的技巧；二是由有一定文化水平的人加以笔录和整理加工，当然也不排除先写出底本而供艺人说唱的情况。这种需要就使得宋代产生了一种独特的文化现象，这就是雄辩社和书会组织的产生。这两种组织形式不仅说明了当时“说话”伎艺的繁盛，更说明了两种值得我们注意的文化趋向，即职业艺人的知识化和失业的博学文人同下层艺人的结合。这两种文化趋向是应“说话”伎艺提高的需要而产生的，因而大大地促进了“说话”艺术的发展，并将口说耳听供人娱乐的伎艺提高为一种可以供人阅读的话本小说（今存的宋人话本多经明人加工润色，但如果原本没有很好的基础，要达到今天看到的水平，也是很难想象的）。这就为日后通俗小说打破正统诗文的一统天下，在中国古典文学的发展中占据重要的一席，奠定了坚实的基础。

就现存资料来看，“说话”人的身份多为市民阶层人物，或为沉沦下僚、生活

① 《东京梦华录》卷二，“东角楼街巷”条，见《东京梦华录》附外四种之一，第 14 页。

接近下层市民的落魄文人，他们对市民的生活和思想感情、兴趣爱好都十分熟悉，因而能讲说或创作出为市民阶层所喜爱的故事。南宋时“说话”分为四家，四家的名称史载多有不同，现代研究者意见也不尽一致，但四家中以小说和讲史（或作“讲史书”）最受欢迎则是大家共同的认识。尤其是小说，因为多表现现实生活，内容最贴近市民听众的生活和思想，又多为一次讲完，因而更受欢迎，讲史艺人也“最畏小说人”[①]。可见“说话”的内容是否为市民群众所熟悉和喜爱，“说话”的艺术是否符合市民群众的兴趣爱好，是至关重要的事，而这一点，跟“说话”人或创作底本的人的身份和素质有极大的关系。胡士莹先生说：“宋代的说话人和话本作者，有的是卖艺人，有的是不第的举子，南宋临安的说话人如许贡士、张解元、刘进士、戴书生等，或许他们都是读书人，因科场失利或对这种伎艺有爱好，参加到说话人的队伍中来的。也许由于他们伎艺的精熟，能够编撰话本，因而获得这些称号。”[②]既熟悉市民群众的生活，又具有相当高的表现生活的能力，这才能使“说话”伎艺大受欢迎，并使话本小说（主要是短篇的小说话本）成为具有相当艺术水平的文学读物。雄辩社和书会组织的成员正具备这两方面的特点，足以承担这种新的文化创造的使命。

书会的成员称为书会先生，或称才人，才人指社会地位不高而比较接近市民的失意文人。雄辩社中的成员主要是讲说小说的艺人，[③]他们的人数要比书会中才人的数目大得多。《武林旧事》卷六“诸色艺人”条中所录书会才人名单，仅李霜涯等六人，而小说艺人（亦即雄辩社成员）的名单却列有蔡和等 52 人。雄辩社传习伎艺，对艺人在知识和学养方面的要求是很高的。《醉翁谈录》卷一《小说开辟》里说：“夫小说者，虽为末学，尤务多闻。非庸常浅识之流，有博览该通之理。幼习《太平广记》，长攻历代史书。烟粉奇传，素蕴胸次之间；风月须知，只在唇吻之上。《夷坚志》无有不览，《琇莹集》所载皆通。”因而他们“说收拾寻常有百万套，谈话头动

① （宋）耐得翁：《都城纪胜》“瓦舍众伎”条，见《东京梦华录》附外四种之一，第 98 页。

② 《话本小说概论》第二章第三节《宋代的说话人和话本作者》，中华书局，1980 年，第 57 页。

③ 《武林旧事》卷三“社会”条中所列“雄辩社”下注“小说”二字，见《东京梦华录》附外四种之一，第 377 页。

辄是数千回。”又末尾有诗曰：“小说纷纷皆有之，须凭实学是根基，开天辟地通经史，博古明今历传奇。”[①] 看来雄辩社的任务，除了传习“说话”伎艺，提高文化素养和扩大知识范围也是重要内容。正由于这一原因，“说话”伎艺在当时蓬勃发展，并达到很高的艺术水平。《醉翁谈录·小说开辟》里记载说：“说国贼怀奸从佞，遣愚夫等辈生嗔；说忠臣负屈衔冤，铁心肠也须下泪。讲鬼怪令羽士心寒胆战；论闺怨遣佳人绿惨红愁。”[②] 其效果，确如明代绿天馆主人《古今小说·叙》所说：“虽小诵《孝经》《论语》，其感人未必如是之捷且深也。”[③]

产生于城市瓦舍、勾栏中的话本小说，由于植根于市民生活的土壤之中，有着深厚的市民文化背景，因而决定了它具有许多不同于正统文学的特点，决定了它市民文学的性质，不仅表现出全新的面目，而且勃发出旺盛的艺术生命力。

三

瓦舍、勾栏的大量涌现以及各种供市民娱乐的伎艺的繁盛，无疑是宋代产生的一种新的文化形态。但值得我们重视的，还不在于那种可见可感的物的形态，这还只是文化的时代变异中一种浅层的表现；而在于反映在这种新的文化形态中较深层的属于市民阶层特有的精神心理方面的特征。作为一种新的市民文艺，“说话”和话本的内容、形式、风格等，必然是市民阶层文化心理积淀的结果和表现。当然，我们今天能据以进行考察和分析的，只是留存至今、经过后人整理加工的宋代话本小说，这比之活在艺人口头上经他们临场敷演和渲染的故事，其生动性和丰富性肯定是逊色得多了。

宋代短篇小说话本的题材内容十分广泛丰富。《醉翁谈录·小说开辟》将当时“说话”的内容分为八类，即灵怪、烟粉、传奇、公案、朴刀、捍棒、妖术、神仙。八类中，与市民生活更贴近、更富于现实性的，是传奇、公案、朴刀、捍棒几类，尤其是表现爱情题材的传奇，在《醉翁谈录》所著录的各类篇目中，有18篇之多，居各类之首。

---

① 罗烨：《醉翁谈录》，古典文学出版社，1957年，第3、5页。

② 《醉翁谈录》，第5页。

③ （明）冯梦龙：《喻世明言》（新注全本），北京十月文艺出版社，1994年，卷首第2页。

跟唐人出自文人之手的传奇小说相比，宋人话本小说的一个显著特点，就是市民阶层的生活和思想感情成为作品描写的重要内容。小说中的男女主人公，不再以官僚地主、应试书生、贵族小姐为主，而是以城市中的手工业者、商人、小贩、下层妇女、游民乃至“盗贼”为主。在描写爱情和歌颂英雄人物的两类作品中，这一特点尤为鲜明。《醉翁谈录·小说引子》中有两句诗道：“春浓花艳佳人胆，月黑风寒壮士心。”[①] 所谓“佳人胆”，就是指下层妇女反对封建礼教、勇敢追求爱情和婚姻自由的斗争精神；所谓“壮士心”，就是指被压迫人民反抗封建统治的叛逆思想。这两句诗生动地概括了宋人话本小说中的思想性、现实性最强的两大类作品，同时也传达出了作者鲜明的爱憎感情。这两类作品最能反映出话本小说中所表现的市民阶层的思想和心理特征。下面以几篇宋人话本小说的优秀代表作为例，加以分析。

《碾玉观音》写的是一个爱情婚姻的悲剧，表现出鲜明的时代内容和市民文学的特色。

小说的男女主人公是城市市民阶层中的小手工业者，是丧失了人身自由的工奴，因此跟我们通常所见的才子佳人的爱情故事相比，具有完全不同的思想艺术风貌。女主人公璩秀秀是一个丧失了人身自由的下层妇女，她连封建社会中一般妇女在婚姻问题上由父母包办的权利也被剥夺了，只能听凭主子咸安郡王一时高兴随心所欲地许配给某一个人。秀秀的这种身份地位，决定了她争取爱情婚姻自主的斗争，必然地同争取人身自由的斗争紧密地结合在一起，带有鲜明的反压迫、反剥削的性质。爱情婚姻的悲剧结局，不是由封建礼教的阻挠、迫害造成的，也不是由宗法制度下封建家长的专制造成的，而是由不合理的封建贵族官僚的蓄奴制度和压迫剥削造成的。市民的生活理想决定了这篇小说非单一的爱情主题。秀秀和崔宁相爱的基础，是他们相同的奴隶命运和争取自由的人生追求。对他们来说，争取爱情婚姻的过程，也就是争取人身自由、反抗被压迫被剥削的命运、反抗蓄奴制度的斗争过程。因此，小说既对贵族官僚虐杀工奴的残酷本质和蓄奴制度的罪恶作了深刻的揭露，又对青年男女为追求爱情婚姻幸福所作的顽强斗争进行了热情的歌颂，两方面的紧密结合，是这篇小说在思想内容上的一个突出特点。

小说所表现的市民阶层的爱情追求，同一般才子佳人的爱情追求，在方式和格

---

① 《醉翁谈录》，第 3 页。

调上都大异其趣。在小说中看不到那种缠绵悱恻、低回感伤的意绪，人物的思想感情同整篇小说的艺术格调相一致，显得那么明朗、单纯、率真。工奴的爱情婚姻，跟人的基本的生存权利联系在一起，具有非常实在和非常质朴的内容，看不到丝毫脱离实际的浪漫成分。他们相爱，除了结成自由婚姻，凭着自己的手艺和劳动自食其力，过一种不受压迫剥削的普通劳动者的生活以外，并没有更高的追求。对于他们，生活的理想和爱情的理想是天然地相统一的。惟其如此，连人的起码的生存要求都遭到了剥夺，都要招来残酷的迫害甚至杀戮，以咸安郡王为代表的封建贵族官僚的罪恶，才显得那样令人切齿痛恨。

值得注意的还在于，秀秀的爱情追求，还反映了在封建桎梏下的手工业工奴的觉醒，反映了他们反对封建剥削制度的初步要求。这也是这篇小说富于时代意义的新内容，是在城市市民阶层发展壮大以后才可能产生的。由此决定了，在主人公身上脱尽了一般才子佳人爱情小说中普遍追求夫贵妻荣的庸俗的思想气息，也突破了因男主人公科举高中而最终结合的大团圆结局。

小说对女主人公的描写，突出了“佳人胆”的那个“胆”字。由于市民阶层的出身、环境、教养，决定了秀秀较少受封建礼教的影响和束缚，在追求爱情时表现得那样大胆、率真、主动、热情，既没有大家闺秀那种欲说还休的忸忸怩怩的娇羞之态，也没有那种欲罢不能的悲悲戚戚的感伤情绪。她在追求爱情婚姻上所表现出的机智、勇敢、主动、热情，使得须眉男子的崔宁相形之下显得那样胆小和被动。她的一言一行，处处表现出下层市民不受封建礼教束缚的开朗的思想性格。宋人话本小说中的璩秀秀，无疑是市民阶层兴起以后产生的一个富有时代特色的新人形象。

另一篇描写市民爱情追求的宋人话本是《闹樊楼多情周胜仙》，这也是一个爱情婚姻的悲剧。周胜仙是一位航海商人的女儿，身份地位要比璩秀秀高，但同属于城市市民阶层，同样很少受到封建礼教的影响和束缚。男女主人公的爱情是从一见钟情开始的，但跟一般的才子佳人的爱情也大不相同。他们相见的地方和传情达意的方式都是非常独特的，都富有市民生活的鲜明特征。这里没有高楼深院，绿竹红墙，而是在城市生活中最为繁杂喧闹的所在——茶坊里谈情说爱。周胜仙是一个思想比较开放的市井妇女，礼教的观念非常淡薄。她在茶坊里遇见了范二郎，两人一见就“四目相视，俱各有情”。然而跟我们通常所见的情况不同，主动表达情意的是女方，而不是男方。一个年轻的女孩子，要在大庭广众之中，不失身份地对一个初遇的陌生男子表达自己内心的爱慕之情，表达得既要含蓄（不让旁观者看出），又要明朗（须使当事人能够领会），实在需要非凡的勇气和智慧。小说写出了一种富于时代气息的特殊的环境气氛，通过富于戏剧性的情节，让女主人公以一种特殊的方式（借买糖水喝以传达情意），表现了她在爱情追求上大胆、开朗、热情、聪慧的思想性格。终于使一种最隐秘的感情，在最难表达的场合（众目睽睽、人声喧嚷的茶坊），以一种异乎寻常的方式，得到了最微妙的交流。小说所突出表现的，正是宋人话本中要着意表现的那个“佳人胆”。

上面两篇小说中的爱情故事，经过曲折的发展过程，都是以悲剧而告终。曲折的过程和悲剧的结局，表现出的都是女主人公对爱情执着的和韧性的追求。秀秀被打死后，鬼魂还要幻化为人形去同活着的崔宁做夫妻；鬼身被人识破，阳世不能存身了，最后还把所爱的人扯到阴间去继续做夫妻。现实生活中不能实现的理想，小说通过幻想的形式使其得以实现。虽然两人都变成了鬼，是一个极凄惨的悲剧，但二人却到凶狠残暴的咸安郡王的力量和威势再也达不到的另一个世界去做了夫妻，并过起了正常的“人”的生活。这个以悲剧结束的大团圆结局，以一种特殊的形式和手法，表现了市民爱情理想的胜利。这样的悲剧结局，从思想内涵来看，实际上是表现了小说人物（当然同时也是表现了作者）对生活的坚强信念和乐观精神。在这个意义上，未尝不可以说这个悲剧由于主人公的思想性格而带来某种喜剧的色彩。

写悲剧而表现出喜剧的格调，这是许多市民阶层的爱情故事所特有的，在《闹樊楼多情周胜仙》一篇中，表现得尤为鲜明。周胜仙因爱情受到父亲的阻挠，气结身亡，但死而复苏，一睁眼就要去见相爱的范二郎；后来因范二郎误认她是鬼魂而失手将她打死，可死后灵魂竟又在范二郎的梦里实现了期待已久的幽会。她为情而死，死而再生，生而复死，死死生生，生生死死，都不忘范二郎，眷恋范二郎。情节发展的曲折跌宕，将女主人公一片执着的深情，表现得淋漓尽致。在小说的结尾处，作者运用浪漫主义的手法，借神灵之力，让两人在梦魂中实现了短暂的三日欢会。短会而长别，当然是极为悲痛之事。在生离死别之际，小说也写到了主人公的悔恨、伤感、啼哭、泣诉，但通观全篇，却看不到一般悲剧作品中常见的那种悲凉情调和令人压抑的沉重气氛，相反，却显得明朗、轻快，充满生活机趣，自始至终表现出一种喜剧的风格。作者在环境、气氛、人物的心理情绪等方面，处处注意突出和渲染爱情的愉悦、甜蜜、美好、幸福。《闹樊楼多情周胜仙》，题目中的这个“闹”

字，就给人一种热烈、活泼和欢快的感觉。在全部情节发展中，尤其是前面提到的那个戏剧性的场面，小说处处渲染这对热恋中的青年男女在焦急中所透露出的那种甜蜜幸福的心情。一开始，故事就被放置在京都市民春末游赏春明池那样一种良辰美景、赏心乐事的明丽欢快的背景之上，以后一再点染男女主人公初恋时的特殊心理，连字面上也不避重复地一再提到“欢喜”“喜欢”，充分地表现出人物溢满心怀、无法抑制的爱情的喜悦。周围的环境、气氛，同主人公的心境意绪，也是和谐一致的，一切都显得甜蜜、幸福，甚至卖水人卖的也是一盏“甜蜜蜜的糖水”。甜蜜感和幸福感，竟成了悲剧主人公的主要心绪，也成了全篇作品的主要思想基调。就是写到最后二人短会而长别时，小说所渲染的也不是充满伤感的缠绵悱恻之情和痛苦难言之状，而是“特特相寻”“了其心愿”“枕席之间，欢情无限”的爱情的幸福。

从上面两篇作品可以看出，由市民阶层的生活和思想感情所决定，在爱情题材的宋代话本小说中，着重表现的是所谓“佳人胆”，呈现出一种新的思想和艺术风貌，显示了市民文学独具的特色。这反映了中国封建社会后期，传统的文化由于城市经济的繁荣和市民阶层的兴起，开始产生了具有深层意义（主要表现在人们的精神心理方面）的时代变异。

另一篇独异特出的话本小说是《快嘴李翠莲记》，写一位自由泼辣的年轻女子，无视三从四德的那一套封建礼法的规范，敢说敢道，主动进攻，将封建婚姻和家庭生活中许多钳制和侮辱妇女的陈规陋习冲得落花流水，即使被丈夫休弃了也毫不畏惧和后悔。结局虽然是女主人公被迫削发为尼，同样不免是一个悲剧，但读来却有大快人心之感。李翠莲虽是一个地主家庭出身，但在思想本质上，她与秀秀和周胜仙应该是属于同一个形象系列。显而易见，没有特定的宋代市民文化背景，这样的人物是不可能在小说中出现的。

描写“壮士心”的作品，在宋代话本小说中当亦不少，大抵在《醉翁谈录》所分的八类中，列于“公案”“朴刀”“捍棒”三类，但大多早已亡佚。现存最出色的一篇作品是《宋四公大闹禁魂张》。《醉翁谈录》在八类之外提到一篇《赵正激恼京师》，当即这个故事。这篇小说值得重视之处，是作者明确地从两个对立的社会集团的矛盾斗争（不是个人恩怨）出发去塑造他的英雄人物，把统治阶级仇视的“强盗”，描写成在智慧、本领、力量、品德等各方面都大大高于统治阶级人物的了不起的英雄豪杰。两方面较量的结果，是统治集团屡吃败仗，直至英雄们大闹东京，将封建秩序搅得地覆天翻，不得安宁。这样带有鲜明的政治色彩和强烈的爱憎感情的作品，产生在《水浒传》成书之前，是很值得我们珍视的。篇中的人物多为城市市民身份，小说中写城市市井生活栩栩如生，有浓厚的生活气息。这也显然出于城市瓦舍、勾栏中说话艺人的杰出创造。

四

市民文化背景给予宋代话本小说在艺术形式和艺术风格方面的影响，也是十分深刻的，这对形成中国古典小说独特的民族形式和艺术传统，起到了很大的作用。

话本小说源于民间的“说话”伎艺，也就是说原本是一种诉诸听觉的艺术，听故事的人又多是市民群众。这一特点决定了话本小说两个最显著的特色：通俗性和娱乐性。这影响到话本小说的形式体制、艺术手法和艺术风格等诸多方面。

首先，既然是讲出来让人听的，那就要让人一听就懂。因此话本小说的语言，是以当时市民群众所熟悉的口语为基础提炼而成的一种新的文学语言。简言之，话本小说的最初创造者并不是在写小说，而是在讲故事。口说的故事虽然被记录下来可以供人阅读，但从本质上来看，它实非供人阅读，而是供人讲说的口头艺术，听觉艺术。郑振铎先生说：“评话（引者按，这里指的是短篇的小说而非长篇的讲史）则不然，他们最早的作品，系出之于说书先生之手。说书先生们为了要娱悦大多数的听众，便编造了敷演了那些新闻与故事出来。他们的重要，乃在讲述而不在于著作。”① 如果将宋人的话本与唐人的传奇小说取来并读，别的不论，单是语言就表现出迥不相同的特色与风貌：前者为白话，后者为文言。白话浅近，一听就懂；文言典奥，不易为大众明晓。在艺术风格上，传奇出自文人之手（不少作者还身兼诗人），语言华艳绚丽，富于文采，优秀之作表现出传统文学中那种散文和诗的特质；话本则出自“说话”人的口头讲说，语言平实自然，质朴无华，却富有传奇小说无法比拟的生活气息。

自宋代产生话本小说以后，中国古典小说便出现了文言与白话的分途。虽说两个系统不是毫不相干，而是互相影响，互相渗透（宋代的“说话”人就将《太平广记》等书列为必读书），但中国古典小说从此就步入了一条与大众紧密结合的通俗

---

① 郑振铎：《郑振铎古典文学论文集》上册，上海古籍出版社，1984 年，第 332 页。

化的大道，直到古典文学的终极，通俗小说始终占据着优势。话本小说在形式上的一些特点，也多由讲说而来，例如开头一般有“入话”，中间常穿插诗词韵语，讲史还夹有作者的评说等等，对后来古典小说中的文人创作也多有影响。

其次，因为系口头讲说，“说话”人便十分重视同听众思想感情的交流，处处引导听众去关心人物的命运，去注意作者情节安排的匠心，领会故事的命意所在。例如《错斩崔宁》中写刘贵带着十五贯钱饮酒回家时，作者这样说：“若是说话的同年生，并肩长，拦腰抱住，把臂拖回，也不见得受这般灾晦，却教刘官人死得……”类似的话，在其他话本小说中也多有所见。在后来文人创作的白话小说中，虽然在形式上没有完全模仿保留，但这种处处注意同读者交流沟通的精神，却一直继承下来，成为中国古典小说艺术传统的一个重要方面。

第三，更重要的是，宋人话本小说形成了中国古典小说特别着意于组织故事情节的艺术传统。说话艺人要靠讲故事谋生，便千方百计要吸引住听众，让人能够坐下来，不仅坐下来就不想走，而且听了一回还想听二回。这除了注意故事内容要贴近市民群众的生活和思想，让他们听起来感到是关乎痛痒，甚至是息息相通之外，还要在编织故事上下工夫，不仅有头有尾，而且生动曲折，引人入胜。故事性强，讲究情节的完整与曲折，这也影响及于后代，形成了中国古典小说艺术传统中非常突出的一个特色。这一特色的形成，也同市民文化的背景分不开。瓦舍勾栏乃是市民群众的娱乐场所，听众到这里来听说书，是为了消除一日的疲劳，冲洗艰难生活的忧闷，获得一种精神上的放松和愉悦，谁喜欢来听你耳提面命的教训呢？因此，说书人虽然也很注意所讲故事的训诫意义，但更注意寓思想教育于娱乐之中，通过生动的吸引人的故事情节来打动听众，教育听众。

故事要编得好，能吸引人，又能见思想，并非易事。从宋人话本小说的艺术经验看，故事要编得好，须有两个条件：一是必须通过情节展开人物的命运，不是单靠情节吸引人，而是主要靠由情节展示的人物来吸引人。好的故事要能让听故事的人跟故事中的人物同喜怒、共哀乐。二是“无巧不成书”，要善于通过生活中的偶然性因素来组织和发展情节，但必须从生活出发，要在偶然中包含和体现生活的必然。这样的巧，才巧得自然，巧得合情合理，巧得合乎生活的逻辑，也才能巧得令人信服。

宋代成熟的话本小说在讲故事上达到了很高的艺术水平。从中国古典小说的艺术传统来说，所谓讲故事的艺术，也就是叙事的艺术，就是现实主义再现生活的艺术。《错斩崔宁》中写刘贵喝醉酒回家，对陈二姐戏言典卖了她，二姐信以为真，离家出走的一段，对陈二姐蒙冤被杀的悲剧来说，是小说中关键性的情节之一。情节的组织利用了生活中的偶然性因素。但这个偶然性因素中不仅包含着必然，令读者觉得合情合理，而且还反映了生活的本质方面。如果没有封建社会中作为小妾的妇女没有独立的人格，可以任凭丈夫典卖这样真实的历史背景，刘贵就不会那样开玩笑，即使开了这样的玩笑，陈二姐也不会相信。这样，偶然性因素也就不可能构成小说合理的艺术情节。正因为偶然性中寓着必然，看似巧合的情节才不仅展示出人物的命运，而且还表现了生活的本质的真实。因此，在这段情节的演进中，通过叙述语言和人物的对话与行动，就自然而又十分生动地刻画了人物的思想性格，展示了富于社会历史特征的人物关系。

小说在故事演进中所展示的女主人公离家时的一系列行动，是充分性格化的：精细，有心眼，却又过于老实和软弱。看她在听丈夫说将她典卖并信以为真以后，没有愤怒，没有怨恨，更没有抗争，唯一的不满只是“没有通知我爹娘一声”。虽说是满心不情愿，不甘心，但很快就承认并接受了误认中的这一残酷事实，屈从于这不幸的命运，担心的仅仅是被卖去的是否是一个善良人家。离家时也没有一气之下将那十五贯钱带走，而是精细地一垛儿堆到丈夫的脚后边。她是多么善良，又是多么软弱！单从说话人讲的这段故事里，已经含蓄地表现出女主人公的无辜与清白，流露出作者的感情倾向，她的蒙冤被害值得深深同情，便已包含在这看似平常实际却非常精彩的故事情节之中了。说话艺人的高明就在于：他只是讲他的故事，很少站出来发表议论，说东道西，却于不知不觉中就让人跟从他所讲的故事去爱他之所爱，恨他之所恨。

中国古典小说在艺术上的一个特点和长处，就是通过展开故事情节，在生活的流动中自然地刻画人物，表现主题。这个传统，也是从说话艺术中发展而来的。听众在听书过程中十分关心人物的命运，你如果将情节停顿下来，去静止地剖析人物的感情心理，通过议论去抽象地教训听众该爱什么，该恨什么，这当然是十分败人胃口的。

好故事是中国古典小说中优秀作品获得成功的一个重要条件，但有了好的故事并不等于就是一篇好的小说。从宋代话本小说所开辟的艺术传统来看，故事必须具备三个条件，才能真正成为构成小说艺术的重要因素。这就是：

一、出思想。即通过故事表现出丰富深刻的社会内容，表现出作者对社会生活具有一定思想深度的艺术概括。

二、出人物。故事由人物活动和相互关系构成，生动有趣地讲述故事，同时也就栩栩如生地刻画了人物，人物在故事演进中，便鲜活地向读者迎面走来，给读者留下鲜明生动的印象。

三、耐琢磨。这是指小说故事的组织安排富于艺术匠心，不那么平实肤浅，而是有严密精巧的艺术构思，有较深厚的思想意蕴，读时让人感到意趣盎然，读后让人感到回味无穷。

宋人话本小说中的优秀作品，其故事一般都具备了以上三个条件，因而既是出色的故事，也是出色的小说艺术。中国当代有个别年轻的作家，竟然说中国古代只有故事，没有小说，这是缺乏起码的小说史知识的无知妄言。

郑振铎先生很欣赏和赞同胡适先生下面的一段话：

> 中国文学史上何尝没有代表时代的文学？但我们不应向那“古文传统史”里去寻，应该向那旁行斜出的“不肖”文学里去寻。因为不肖古人，所以能代表当世。①

在市民阶层的文化背景中产生和繁荣的宋代话本小说，无论就其思想内容、形式体制或艺术风格来看，都可以说是“不肖古人”的，因而是能“代表当世”的富于时代精神和时代特色的文学。我们研究宋代的文化和文学，应该对这一与广大群众保持血肉联系的、表现出旺盛生命力的文化和文学现象，投以更多的关注和热情。

（原载《国际宋代文化研讨会论文集》，四川大学出版社，1991 年）

① 郑振铎：《中国俗文学史》上册，上海书店，1984 年，第 20 页。

《莺莺传》的文化意蕴和审美特征

元稹的《莺莺传》是唐传奇中的名作。这篇作品在流传中有三种异名：宋人所编的《太平广记》中题为《莺莺传》，这是为大家所熟知的最通行的题名；唐末和宋人提到这篇作品时则多称做《传奇》（唐末陈翰《异闻集》收入此篇，即题为《传奇》；宋人王性之有《辨〈传奇〉莺莺事》一文，又在他的《微之年谱》中提到这篇作品时也称为《传奇》），因此论者有主张《传奇》乃此篇小说原题的（如卞孝萱《元稹年谱》和周绍良《〈传奇〉笺证》）；又因小说中提到张生作《会真诗》三十韵和元稹有续《会真诗》，故明人又题作《会真记》。真指神仙，会真意即遇到神仙。也有人认为唐代普遍以“仙”指代“妖艳之妇人”，如元稹就有写艳情的《梦仙诗》。这样“会真”就有与美艳之女子相遇的意思。[①]《传奇》是否就是这篇作品的原名，学术界有不同的看法，也有学者认为《莺莺传》才是元稹的原题（见李剑国《唐五代志怪传奇叙录》）。三个题目各有特点，各有其切合小说内容或题旨的方面。题目孰先孰后的考证和探讨当然也是有意义的事，不过最重要的还是要弄清楚《莺莺传》真正的思想旨趣是什么以及它在文学史上产生广泛影响的原因。

这篇小说不仅得到古代知识分子的广泛喜爱，而且在宋元时代市井的倡优女子和艺人中也得到普遍的演说和传唱。从晚唐和北宋开始，在文人诗中题咏的且不说，单是宋元以降改编为民间说唱文学和戏曲的作品，就不下几十种。谭正璧有《王实甫以外二十七种〈西厢〉考》。[②]这种情况在中国文言小说史上是极为罕见的。

研究者普遍认为，这是一篇艺术水平很高而思想上存在着明显缺陷的作品。这是符合实际的。小说写出了一个哀艳感人的爱情故事，塑造了一个性格鲜明、内涵

---

① 说见陈寅恪《元白诗笺证稿·〈读莺莺传〉》，上海古籍出版社，1978 年。

② 载《文献》1981 年总第八期。

丰富的女性形象；但作者却为负心忘义抛弃莺莺的张生辩护，而诬蔑被损害、被侮辱的莺莺为“尤物”和“妖孽”。因此，历来的评论者尤其是现代学者多肯定它的艺术而批评它的思想。如鲁迅先生在《中国小说史略》中就说它的描写“时有情致”，而批评它“篇末文过饰非，遂堕恶趣”。

在中外文学史上，思想性和艺术性存在矛盾的作品不止一两部，《莺莺传》的“情致”与“恶趣”并存，是一个既独特而又带有普遍意义的文学现象。探讨《莺莺传》的思想倾向，揭示造成这个爱情悲剧的真正的社会原因及其文化内涵，在此基础上分析它的审美特征，这对认识它思想艺术上的矛盾并作出正确的评价，是有积极意义的。

关于莺莺爱情悲剧造成的社会原因，学术界曾作过不少探讨。影响比较大的是陈寅恪先生的意见。他认为张生抛弃莺莺，是因为两人的社会地位和门第高下不同，也即是小说在客观上暴露了门阀制度的不合理。他的根据主要有三条：一是传中张生所写和元稹所续的《会真诗》中所指的“真”，与“仙”字同义，而唐代“仙之一名，遂多用作妖艳妇人，或风流放诞之女道士之代称，亦竟有以之目倡伎者”。二是元稹曾作《梦游春诗》，诗中叙及他同一女子（陈寅恪先生认为即是莺莺）的一段姻缘，有“近作梦仙诗，亦知劳肺腑”之句。既称其为仙，则“非高门之庄女可知也”。三是他考出“微之之母（郑氏）出于士族”。他还说：“若莺莺果出高门甲族，则微之无事更婚韦氏（元稹后娶韦丛为妻）。唯其非名家之女，舍之而别娶，乃可见谅于时人。”所以他才敢于将他（在小说中托名张生）遗弃莺莺的事情直言不讳地写出来。据此他认为，造成莺莺爱情悲剧的社会原因，在于不合理的门阀观念。[①]

这一意见至今仍被很多文学史和小说史所袭用，普遍认为莺莺必非名门闺秀，而是一个寒门出身的女子，甚或还是一个娼妓。因此，她的被遗弃反映了唐代门阀制度的罪恶，这篇作品客观的社会意义与《霍小玉传》的思想倾向略同。但这一论断其实是缺乏根据的，也不符合小说艺术描写的实际。

这里有一个基本的原则，就是不能把文学创作等同于历史。从宋人王性之作《传奇辨证》[②]开始，到现代的许多学者，包括陈寅恪先生在内，都考证出《莺莺传》中张生的原型即元稹本人，也就是说元稹是根据自己的一次艳遇来创作这篇小说

---

① 说见陈寅恪《元白诗笺证稿·〈读莺莺传〉》。

② 见《侯鲭录》卷五，《笔记小说大观》第八册，江苏广陵古籍刻印社，1984年。

的。这一考证揭示了这篇小说创作的生活基础，对我们分析元稹《莺莺传》的创作动机，进而认识小说的思想内容和社会意义，无疑都是很有启发的。不过，《莺莺传》虽然确实具有自叙传的性质，但小说毕竟是文学创作，是作家经过想象、虚构，对生活进行艺术概括的产物；它跟史实有联系，但不能跟史实等同起来。小说中的张生有作者元稹的生活体验和思想感情在内，甚至还概括进了他本人的某些行迹，但是作为文学形象的张生并不等于就是现实生活中的元稹。同样，我们也不能根据生活中的元稹曾跟一位下层女子甚至娼妓有过艳情，就此断定《莺莺传》中所写的莺莺就是那位女子。

分析文学作品的思想内容不能离开而只能依据小说文本本身，考据只能帮助而不能代替对小说思想内容和艺术描写的分析。就像“曹学”有助于红学的深入而不能代替红学，将贾宝玉等同于曹雪芹，也同样只能引起混乱一样。从《莺莺传》本文看，莺莺并非出身寒门应该是很清楚的。作者虽然并没有明确地交代莺莺是一个官宦出身的贵族小姐，但清楚地写出她姓崔，母亲出于郑氏，这是很值得我们注意的。唐代有七大姓是属于高门望族的，其中就有博陵崔氏、清河崔氏和荥阳郑氏。小说虽然也没有明确交代崔氏和郑氏的郡属，但从唐代世族联姻的通例，断定这两姓都属于高门望族，大概不会有太大的问题。加之，如果肯定元稹的母亲出于郑氏是出身世族，而又把元稹和张生等同起来，那么小说中的张生同莺莺是中表兄妹关系，母姓同为郑氏，也绝不应该是出自寒门。不仅如此，篇中还明确地写到“崔氏之家，财产甚厚，多奴仆”。虽然到了唐代，世家大族已有败落而寒门庶族却很有些在经济上兴旺发达的，但如果作者真的意在强调莺莺出身低贱而加以藐视，这种关于崔氏家道富有的描写在艺术上就是很不高明的，以元稹的识见和文笔绝不至于如此。而相反的情况却很值得我们注意。小说写张生在抛弃莺莺时，只是个“文战不胜”的落第士人，处境是相当的凄惶。按常情常理来推想，他没有受到莺莺母亲的嫌弃，像王实甫《西厢记》中所写的那样，提出必须取得功名才能完婚的要求，就算是很便宜他了。显而易见，张生在此处境之下主动遗弃莺莺而造成爱情的悲剧，从门第观念这一面来解释，在小说中实在是找不到根据的。

另外，说当时门阀观念在社会上的影响很大，因此张生才敢于在抛弃莺莺后无所顾忌地将此事在社会上张扬，而又能得到许多人的同情和支持，这一点也是经不起推敲的。同为唐人传奇名篇的《霍小玉传》，其创作的具体时间虽然不能确考，但作者蒋防生活的时代与元稹大体相同而稍晚，社会观念和受这种观念影响的社会舆论也应该大体上是一样的。《霍小玉传》所描写的，确实是由于门阀制度和观念的影响而造成的爱情悲剧；而男主人公李益，却因“忍情”地抛弃了出身低贱的霍小玉而遭到了社会不同阶层的众多人物的批评和谴责。可见张生的“忍情”得到一些人（照作品中的描写，应该主要是和元稹身份地位相同的士人）的认同和支持，实非由于门阀观念，而是另有原因的。

其实，造成莺莺爱情悲剧的社会原因，如果把《莺莺传》严格地看作小说，并严格地从小说文本来考察，是并不难探寻的。小说的艺术描写本身显示，张生遗弃莺莺而得到某些人的认可，是有着深厚复杂的思想文化背景的。虽然作者对张生的负义行为采取一种错误的回护态度，但他在作品中对悲剧的成因却并不隐讳，相反揭示得还是相当明确的。张生在诬蔑莺莺为“妖孽”和“尤物”时所说的一段话，很值得我们玩味：“昔殷之辛，周之幽，据百万之国，其势甚厚。然而一女子败之，溃其众，屠其身，至今为天下僇笑。予之德不足以胜妖孽，是用忍情。”这里特意提到历史上殷纣王宠妲己和周幽王宠褒姒导致乱政败国的例子，实际上就已经向我们透露了个中的消息。不能简单地把这看成是张生在为自己辩护时的一种托词，这里确是非常真实地表现了一种植根于悠长的历史文化土壤中的对妇女的偏见。这是从传统的男尊女卑思想中产生出的一种根深蒂固的陈腐观念。这种观念所造成的在爱情婚姻问题上的男女不平等，在历史上不知道酿成了多少悲剧。数不清有多少男人首先去追求甚至引诱女人，更有一些无耻之徒把女人当做玩物，而到头来却把一切罪责都推到了女人的身上。

《莺莺传》的悲剧意义，就在于真实地反映了这种传统观念对妇女的深深的伤害，这在封建时代是具有深刻的普遍意义的。《莺莺传》所表现的作者的思想，实与揭露门阀制度罪恶的《霍小玉传》不同，而与另一篇意在“惩尤物，窒乱阶”，把女人看作“祸水”的传奇名作《长恨歌传》，倒有相通之处。

莺莺的悲剧还有更深一层的文化意蕴，这就是“男尊女卑”的思想不仅被男人作为玩弄和污辱妇女的思想凭据和借口，而且被伤害的妇女本身也受到这种陈腐观念的毒害，受人污辱反认为自己不洁而在人面前感到抬不起头来。莺莺在给张生的复信中，就说什么“儿女之心，不能自固。君子有援琴之挑，鄙人无投梭之拒”，还有什么“自献之羞”和“以先配为丑行”之类的说法，就都是这种落后的传统文化心理的反映。当然，莺莺这一形象能得到广大读者的喜爱和同情，并不在于她受到这种落后思想的影响，而在于她作为一个贵族少女敢于突破封建礼教的束缚去大胆地追求爱情，虽然在受到伤害的过程中不免软弱和委曲求全，却又能在事实的教育下，最后有了初步的觉醒。在小说的结尾，莺莺毕竟从温婉柔弱走向怨愤反抗了。文学史上无数的作品都证明，越是写出人物内心的复杂和矛盾，形象就越是真实动人。

还应该看到，随着时代的发展，这种有着深厚文化背景的反映在爱情婚姻问题上的陈腐观念，也是在逐渐产生变化的。在文学史上，从《莺莺传》到《西厢记》的思想演变，张生从一个负心郎变成了一个忠实于爱情的痴情公子，除了体现人们对爱情的美好理想之外，还反映了人民群众对在爱情婚姻问题上男尊女卑陈腐观念的不满和否定，也是一个重要方面。这种反对在爱情婚姻问题上男女不平等的思想，到了明代中后期，就有了更为鲜明强烈的表现。最突出的是《二刻拍案惊奇》中的《满少卿饥附饱飏　焦文姬生仇死报》，里边有这样一段在当时算得上惊世骇俗的议论：

> 却又一件，天下事有好些不平的所在！假如男人死了，女人再嫁，便道是失了节，玷了名，污了身子，是个行不得的事，万口訾议。及至男人家丧了妻子，却又凭他续弦再娶，置妾买婢，做出若干的勾当，把死的丢在脑后不提起了，并没人道他薄幸负心，做一场说话。就是生前房室之中，女人少有外情，便是老大的丑事，人世羞言；及至男人家撇了妻子，贪淫好色，宿娼养妓，无所不为，总（纵）有议论不是的，不为十分大害。所以女子愈加可怜，男人愈加放肆。[①]

不过《莺莺传》中所表现的这种思想，在作者是不以为非，反以为是的，他所持的是一种肯定和欣赏的态度。也就是说，小说所体现出的文化意蕴，并不是作者下笔时提炼出的明确的主题，而只是受文化背景和时代条件的影响作者潜意识的自然流露，是读者从作品中看出的客观的思想意义。这里就有了一个问题：作者既然污蔑莺莺为“尤物”“妖孽”，为什么又把她写得那么美，那么富于艺术魅力，那么值得同情呢？这就跟陈寅恪先生等前辈学者所考证出的这篇小说带有自叙传的性质

① （明）凌濛初：《二刻拍案惊奇》，北京十月文艺出版社，1994年，第180页。

有关了。元稹以小说中的张生自寓，他的某次（或几次）艳遇成了这篇小说创作的生活基础。只要不是简单地把历史完全等同于小说，重视这一点是很有意义的。宋代的王性之在《传奇辨证》中有一段话是很富于启发性的："盖昔人事有悖于义者，多托之鬼神梦寐，或假之他人，或云见他书，后世犹可考也。微之心不自聊，既出之翰墨，姑易其姓氏耳。不然，为人叙事，安能委曲详尽如此。"[①] 他指出，如果没有元稹本人深切的生活体验作基础，是不可能将这个爱情故事写得如此缠绵委曲，生动感人的。元稹对他经历的一段艳遇不能忘情，就他本人的思想境界来说，他确实是将这篇小说当做一段艳情故事来写的，而且又因为男尊女卑陈腐思想作怪，处理为张生"忍情"地抛弃莺莺而毫无愧悔之色。但具有新思想、新眼光的现代读者，却不但不认可他的辩解，而且还从中读出了他没有预料到的意义来。值得玩味的是，对妇女始乱终弃却不以为非反以为是、不以为耻反以为荣的陈腐思想，使元稹下笔时竟无所顾忌，这种态度反而成全了他在艺术描写上表现出某种"诚实"，除了为张生（也就同时为自己）做了一些在今天看来既荒唐又无力的开脱辩解外，他的叙事和描写并没有太多的掩藏和虚饰（在他所处的那个时代和具体环境中他感到无须掩藏和虚饰），这就使他终于能创造出一个有血有肉的动人的莺莺形象来。不能忘怀，又不以为意，再加上元稹本人的才情和深厚的艺术修养，就造成了这篇小说思想陈腐而艺术上极为精致的矛盾状况。

作为唐传奇中的传世名篇，《莺莺传》的主要成就在于它立足于真实的生活体验基础之上的艺术描写。《莺莺传》是一篇写情的艺术杰作，也是唐传奇中带有诗化倾向的代表作。它的基本的审美特征，就是诗的情韵和诗化的表现艺术。鲁迅称赞它"时有情致"，富于"情致"正是诗的一种最显著的特征。中国古典小说有同诗歌结合的艺术传统，但在诗歌繁荣的唐代，诗同小说的结合已经不止是形式上外在的结合，而是表现为内质的融合。《莺莺传》就是唐代诗和小说融合的一个典型例证。它的诗化的审美特征可以用两个字来概括：曲和蕴。曲就是不直，蕴就是不露。不直不露，婉曲含蓄，正是中国古典诗歌最突出的艺术特色。《莺莺传》的诗意特征，主要表现在它的叙事艺术和写情艺术上。它的叙事，一波三折，曲尽其妙；它的写情，能将极难表现的人物内心的相思情状，活现于纸上，让人读来如见如闻。

---

① 见《侯鲭录》卷五。

《莺莺传》的杰出之处，它的价值，不在于它的思想（思想是极其庸俗和落后的），而在于它立足于真实的生活体验基础之上的艺术描写。如果我们认为赵彦卫《云麓漫钞》中所说的唐人传奇“文备众体，可以见史才、笔诗、议论”的说法有一定的道理，那么我们就应该承认，《莺莺传》确是体现了史才、诗笔、议论的代表作。“议论”反映了作者落后腐朽的思想，“史才”和“诗笔”则使得这篇小说在艺术上大放异彩。所谓“史才”，在这里是指它的叙事艺术；所谓“诗笔”，在这里是指它的写情艺术。下面分开来做些分析。

陈寅恪先生指出，《莺莺传》的叙事模拟《左传》，[①]这是说得很对的。《左传》叙事，一是生动，二是委曲，《莺莺传》写这段哀艳的爱情故事，表现当事者的悲欢离合，既生动又婉曲，一波三折，曲尽其妙。

小说的开头就颇具匠心。按传奇体制，这篇小说主要是为莺莺立传，但不从介绍莺莺开始，而是从介绍其对立面“忍情”的张生落笔。看他如何介绍张生，便知此等笔墨绝非随意所写，乃是谋篇布局，精心结撰的表现。文末关于女人是“尤物”和“妖孽”的议论虽然令人可厌，虽然与整篇动人的艺术描写不相协调，但也不是外加的，而是由整体艺术构思决定的。那些思想在开头的这段介绍中就已经有了伏根，文末的议论只是起到首尾呼应、直接点破的作用而已。这段介绍主要从张生的仪容、风采、才情、修养等几个方面着笔，说他性情温厚而感情丰富，性格坚孤而严守礼仪，容貌秀美而有动人的风采，处事容顺而不及于乱。总之是好色而又谨于言行，是一个不近女色的多情种子，好到不能再好了。只有“物之尤者”才能使他“留连于心”。这段简单的人物介绍，实际上已经为这篇故事的思想（为张生开脱而诬蔑莺莺为尤物）定下了基调。

接下去小说的叙事井井有条，从容不迫而又婉曲多变。它不是马上介绍爱情关系的另一方莺莺，让她出场，迅速展开情节，而是先以一段不算太短的文字介绍事件的背景。这就是张生寓居普救寺（这是爱情产生的地点），和崔氏孀妇的相遇，以及蒲州军变张生解救崔氏之难（这是爱情关系产生的契机）。这一段文字必不可少，不仅为从容合理地展开情节所必需，而且对爱情关系的揭示和人物塑造都是很有意义的。作者虽然在篇末诬蔑斥责莺莺，但对两人爱情关系的发生发展过程的描

---

① 陈文云：“微之莺莺传，则似摹拟《左传》，亦以古文试作小说，而真能成功者也。”见《元白诗笺证稿》，第115页。

写，却是基本上忠于现实的，真实的。作者并未因回护张生而掩盖歪曲事实真相，他的态度是诚实的，反映在艺术上就表现为忠于生活的写实作风。这是这篇小说艺术上成功的原因，也是它的价值所在。关于爱情起因的描写，是张生的主动追求和挑逗，莺莺是被动的，严谨不苟的。崔张爱情跟其他才子佳人故事双方一见钟情的模式很不相同，张生和崔氏母女的关系，最初仅仅是由于特殊境遇造成的解难与报恩，如果不是张生主动坚执的追求，其后爱情的产生和破裂以及悲剧的结局等一系列的情节，都是不会出现的。所以开头用一段文字来写特定的背景条件，是必不可少的，也是很有意义的。

下面情节的发展，既真实自然，又曲折生动，可谓峰回路转，一波三折。从中极其细致深入地写出了两人微妙的爱情关系的产生和发展，并成功地塑造了人物形象。从情节的发展看，可以划分为十个段落，一段一个层次，层层有波澜，层层有曲折。下面略加分析：

一、酬宴初会。写莺莺之母设宴款待张生，以谢救命之恩，因此而使崔张有机会第一次相见，引起了张生对莺莺的爱慕与追求。这一层有两点值得注意：一是在爱情追求上张生是主动者，莺莺是被动者；二是莺莺的表现是娇羞矜持，严谨守礼的，这说明她后来虽然有极大胆的行动，但她并不是不懂和不守礼法的。她的矜持，不苟言辞，不仅有性格方面的原因，也有家庭礼教教育和熏陶方面的原因。这从崔母所说“张兄保尔之命，不然，尔且掳矣。能复远嫌乎”就可以看出来。这就赋予了她后来大胆的爱情表现以反封建礼教束缚的意义。

这里，引起张生惊慕的是莺莺的仪容之美和格调之高。小说对莺莺外貌风采的描写是极为出色的。一是有层次，有映衬。未出其姐，先出其弟：“命其子，曰欢郎，可十余岁，容甚温美。次命女……”“温美”二字是写欢郎的，但也是写莺莺的，幼弟尚且如此，其年华方盛之姐仪容丰采自可想见。二是抓住特点，变换角度。与写其弟之性情容貌不同，写莺莺换一种笔墨：不仅一简一详，而且写弟纯为客观描写，在叙述中自然带出；而写姐则着意从张生的眼中刻画，渗透进当事者的切身感受。重要的还在于写莺莺之美不同于一般，是一种独具风韵的最有魅力的美。这里小说仅用了十八个字：“常服睟容，不加新饰，垂鬟接黛，双脸销红而已。”这是一种娇羞之美，朴素之美，天然之美。这里的“而已”二字颇堪玩味：“仅此而已，岂有它哉！”正因为这是未经修饰的天然美、朴素美，就更能显示出美的本色，美的迷人的魅力。接下来又写了八个字：“颜色艳异，光辉动人。”这已经不是纯客观的描写了，而是从张生的眼中、心中写他对自己感受的概括和感叹。那样的素服淡妆，张生却看出来“艳异”，说明他确是很有审美眼光的。有了这几句出色的外貌描写，“张惊”的“惊”字就有了根据，有了着落，读者当然也就会深信不疑。由此引出张生对莺莺的追慕而展开情节，就如顺水行船，十分自然了。还有一点值得注意的，是终席莺莺没有说一句话：“张生稍以词导之，不对，终席而罢。”这里对张生的描写也极其准确：见出他对莺莺已有追慕之意，但懂礼，有节制而不放肆，与《任氏传》中的郑六和《李娃传》中的荥阳生的表现都不相同。莺莺是如此严谨不苟，如此娇羞矜持，可见张生面对的这个堡垒是很难攻克的。叙事中，已巧妙自然地暗示出下文的情节将是非常曲折和复杂的。

二、因婢致情。这一段写张生通过婢女红娘来传达情意。这里值得注意的是写出了一个红娘，这是《西厢记》中那个光彩照人的艺术形象创造的基础。这里的红娘有这样几个特点：一是腼腆羞涩，不像杂剧中那么活泼、开朗、大方；二是心地善良，虽为张生之言行所惊，却既没有斥责他，也没有告发他（“郎之言，所不敢言，亦不敢泄”），并积极为张想办法出主意；三是聪明有心计，又十分了解自己的小姐。这也是下文情节发展的依据（没有这种态度，下文写她传书递简，拥崔而至等就是不合情理的）。

这里在艺术上有两点值得一提。一是通过红娘来写莺莺。这一段莺莺并没有出场，但有莺莺的形象。小说写张生向她表白心事，求她传情，是这样写的：“婢果惊沮，腆然而奔。”连丫头都这样腼腆、娇羞、守礼，她所侍奉的小姐当是怎样的一个人也就可想而知了。很明显，这里写红娘就是写莺莺。二是通过红娘之口来介绍莺莺。张生恳求她出主意（“尔其谓我何”，意思是请你告诉我应该怎么办），还以如果不能得到爱情就会死在近期来打动她。红娘回答说：“崔之贞慎自保，虽所尊不可以非语犯之。下人之谋，固难入矣。”这句话对莺莺实际上是一种虚写，起到一种映衬和呼应前文的作用。莺莺的“贞慎自保”，在前一段有关二人初会的描写中就已有充分的表现，在前面实写的基础上加上这样一段虚写，就显得更加充分、更加深入了。这一方面增加了张生求爱的难度和曲折，为后文情节的发展伏笔铺垫；另一方面也再一次强调在两人的爱情关系中张生是主动者，而崔是被动者，因而后面作者的议论也不能改变读者对崔的同情和对张的斥责。这一段情节本身也是写得曲折多变、波澜起伏的。向红娘诉衷情，“婢果惊沮”，是一折；红娘复来，出主意“何不因其德而求娶焉”（与首段呼应），又一起；张谓情不能自持，等不得正式媒娶所需的“三数月间”，因而毫无办法，又一伏；红娘以小姐“善属文”对，建议他“为喻情诗以乱之”，情节的发展又出现了新境界，是又一起。

三、赴约被斥。这是整个情节发展中的大波澜，大曲折。有一些出人意料之笔，细想又都在情理之中。张生以《春词》两首挑逗莺莺，其结果将如何呢？这是一个悬念，吸引读者急切地要读下去。结果是莺莺回了一首《明月三五夜》，暗邀张生在明月之夜到西厢幽会。从她前面那种严谨守礼、矜持不苟的表现看，这首回诗实有些出乎我们的预料。但是从红娘前面的话（“不可以非语犯之”，但“善属文”“沉吟章句”）来看，一个情窦初开的有文化修养的妙龄少女，以一种风雅而又含蓄的方式向属意于自己的人表达内心的感情，又不是不可能的。张生竟如约逾墙而入西厢，胆量够大，但正是他对莺莺“几不自持”、急不可耐的感情与性格的合乎逻辑的表现。惊醒红娘，让红娘为他通报，红娘报告小姐“至矣”，情节的发展渐入佳境。可正在此时又出现了大的波澜，大的曲折：莺莺来了以后，竟是“端服严容”，将张生狠狠地斥责了一顿。这又是出人意料而又在人意中之笔。从她前面那种“贞慎自保”的表现看，她斥责张生正是符合于她一贯的思想性格的；但从诗的内容看，张生其实并未误解（因为连莺莺自己后来也承认她的诗是“鄙靡之词”），这种对张生的责备完全可以说是莺莺的出尔反尔。那么，这到底是怎么一回事呢？情节的发展又出现了新的悬念。莺莺的解释其实是自我开脱，但聪明绝顶；她拐了一个大弯子，在没有道理处讲出了道理，比较自然，也大体合乎情理，同时其中又包含着不难想象的复杂的内心矛盾。莺莺“言毕，翻然而逝。张自失者久之。复逾而出，于是绝望”。简单的几笔描写，却使我们如见其人。张生的绝望使情节的发展似乎进入了一个“山重水复疑无路”的绝境。

四、意外欢会。这一段真是大起大落之笔，出人意料之笔，可以说是绝处逢生，也可以说是“踏破铁鞋无觅处，得来全不费功夫”。几天之后（按从“既望”到“旬有八日”该是第三天），在很短的时间之内，事情竟发生了很大的变化，那样“端服严容”大数张生的莺莺，竟在红娘的护持下自己找上门来了。这意外的欢会，读者不敢相信，连当事者张生也“犹疑梦寐”，以为是神仙下凡。真如小说所写：“曩时端庄，不复同矣”。直来了一个一百八十度的大转弯。情节一路波澜起伏，曲曲折折发展过来，在读者和张生都没有思想准备的情况下，出人意料地两人实现了结合。如果了解前面描写中隐隐透露出来的莺莺的内心矛盾，这出人意料之笔，其实也是在人意中的。

五、事成待婚。幽欢之后，无论就读者或当事人来说，当然都是企盼着成婚。但情节的发展却又有些扑朔迷离。莺莺在这次幽会之后“又十余日，杳不复知”，其间女主人公的内心活动颇费人猜测。在张生赋《会真诗》三十韵以授后，才又“复容之”，“朝隐而出，暮隐而入”，两人幽会于西厢几达一月之久。而莺莺母亲的态度，虽然出于无可奈何，却是“因欲就成之”。这都给人以希望。这一段从情节，从艺术结构上看是一种过渡。这个悲欢离合的故事，在此之前主要是写欢，写合，在此之后主要是写悲，写离。这一段则是既成其合和欢，又酝酿着离和悲。关于崔母态度的处理，同后来据此改编的《西厢记》是很不相同的。爱情的阻力并不是来自郑氏，悲剧的酿成当然就别有原因。这里，小说没有写崔张二人私情的暴露，以及崔母是如何得知他们的私情的，但从其“因欲就成之”的态度，就已暗示给我们她确实是知道了。其间省掉了无数不必要的笔墨，避免了描写上的枝蔓和繁冗。由此可看出，作者在艺术上是精于剪裁的，是很讲究精练的。

六、别而复会。这篇小说写两人的离别有两次，第一次是短别（或称暂别），以后才是长别，即彻底的决裂和分离。从叙事艺术看，两次分别的处理也是富于变化而不是单调平直的。值得注意的是，对第一次的暂别，两个人的态度和表现各不相同，各有特点。行前张生“先以情谕之。崔氏宛无难词，然而愁怨之容动人矣”。这里写得很含蓄，“以情谕之”，就是告诉莺莺在离别前他内心的感情，但是是什么样的感情，是哀，是痛，是喜，是悲，小说没有明确写出来。但从上下文的意思看，显然是指难舍难分一类的感情，只是没有说破而已。没有说破好，因此值得玩味的地方也就比较多，不是一览无余。“宛无难词”的“宛”字有的注本解释为“坦然”，是不准确的（此字古义也无坦然之义），其实这里的“宛”字就是“仿佛”“看起来好像”一类意思，也就是说好像很痛快，没有说什么为难、不愿意的话，而她的表情却是满脸的“愁怨之容”，十分动人。这里写莺莺的性格和在特定情境之下的感情，是非常准确的。下文“将行之再夕，不复可见”，这是指的谁？为什么要这样写？艺术上有什么好处？另外，张生“将之长安”，什么事，什么原因，也都没有写明。这些处理也都是若明若暗，含蓄而很有讲究的（与下文“文调及期”有呼应的作用，可见此次分离并不是因为重大原因不得不这样做的，其中就有值得思索之处；这又与临别前莺莺不愿再同他相见，以暗示心中的不满和隐忧不无关系）。值得注意的还在于离而复会以后两人的关系和两人的表现。注意时间不短（“会于崔氏者又累月”）；且莺莺会写文章，但张生再三求索“终不可见”，甚至“自以文挑，亦不甚睹览”。善鼓琴，求之，亦不复鼓。这一段写莺莺在感情上的矛盾，一面是“待张生之意甚厚”，一面又有保留，内心十分痛苦。这种不合常情常理的表现，张生不解，读者也不解（当然其中有深一层的含义，不是一眼就能看出的）。张生“以是愈惑之”，这个“惑”字有的注本解释为“迷惑”，从上下文意上看，解释为“疑惑”之惑似乎更为妥帖。

七、再别陈怀。这次是张生“以文调及期而远行”，便是永别了。同上一次相比，两个人对这一次离别的感情和态度，都有了明显的变化。张生是“当去之夕，不复自言其情，愁叹于崔氏之侧”。不说内心难过了，只在莺莺身旁忧愁叹息，这种表现不仅与前一次不同，而且不免有矫揉造作之嫌。莺莺的变化最主要的有两点：一是向张生直陈情怀，诉说她内心的隐忧和哀怨。然而是“恭貌怡声，徐谓张曰”，而不是声泪俱下，泣不成声。她表现得是那样沉稳，那样平静，那样从容。这说明莺莺很有修养，不同于浅俗的庸陋之辈，因而她内心的痛苦也是一种更深沉的难言的痛苦。二是主动为张生鼓琴。以前是张生求之而不鼓，现在是未求而主动鼓。这也是一种反常的表现，但貌似反常的表现中正包含着合乎逻辑的人之常情：一则这是对张生有情的表现。她已是分明地感到这是最后一次机会了，必须抓住以了却所爱的人的心愿。如果临别前莺莺对张生只有怨恨，完全没有了感情，就根本不会有这样的表现。二则莺莺是一个有才情、有艺术修养的女孩子，她表达感情的方式是多种多样的，而且儒雅风流，是艺术化的。如鼓琴，就是为了在临别之际以一种独特的方式向情人倾诉内心的隐忧和哀怨。这些表现都是非同寻常的，但在特定的情境下也是合乎情理的。归结到一点，就是莺莺“已阴知将诀矣”，这是永别以前感情的一种既强烈又含蓄的表现。“投琴，泣下流连，趋归郑所，遂不复至。明旦而张行。”小说的这种叙述方式，文字本身就给人以一种双方都持一种决绝态度的感觉。

八、复书诉哀。这一段主要是录载莺莺给张生的一封长信。这样的处理，在一般的小说作者是要尽量避免的，但读者读了这封信却并不感到是赘疣，甚至也并没有因此感到使行文中断或有拖沓繁冗之弊。这一方面是因为信写得文情并茂，十分感人，本身就是一篇优美的具有强烈艺术魅力的抒情散文；另一方面，书信本身还体现了人物关系的发展，体现了情节的流动和延伸。张赠书于崔不是抒发传达他对莺莺的想念和挚爱之情，而是“以广其意”，即劝慰她要想得开。这就含蓄地透露出他的背义负盟。后面又写他“发其书于所知，由是时人多闻之”，这就完全暴露出他的丑恶面目了。一封写给他本人的情书，用现代人的眼光和说法，该是属于个人的隐私范围，他却毫无顾忌地公开给他的朋友，以致让很多人都知道了。无论古今，这种做法都是很不道德的。这种行为本身就十分明确地表现出张生已实际上遗弃了莺莺。

九、悲剧结局。由作者的思想认识和精神境界决定，小说对悲剧结局的处理也有它的特点。稍加细心考察，就会看出这个悲剧结局同《霍小玉传》是很不相同的。小说并没有去渲染张生不通音耗，自寻欢乐而使女方羸卧空床，而是直接披露张生对这段恋情的认识，诬蔑莺莺为“尤物”，为“妖孽”，以开脱自己的罪责。这一段，莺莺已不再出场，而只是托言张生朋友们的反应，他们津津乐道于这件风流韵事，赋诗歌咏，却对受损害的莺莺表现了令人难于容忍的冷漠和轻蔑。

十、尾声。尾声也有值得我们咀嚼之处。作者以简要的笔墨，写出莺莺在被遗弃、受诬蔑以后这个爱情故事的最后结果：一嫁一娶，彻底分手。而张仍心有所牵念，崔却坚决谢绝，性格有明显的发展。至此，全部情节已经结束，首尾完整。“予尝于朋会之中”至结尾，述创作目的和创作缘由，是传奇文写作的通例，不在小说艺术情节之内。

由以上的分析可以看出，《莺莺传》的情节，曲折生动，确实很能体现《左传》叙事艺术的风致。重要的还不在于曲折本身，而在于小说是在提炼情节并真实地表现生活的基础上达到曲、表现曲的，因而能曲尽人情，曲尽其妙，在生动曲折的叙事中很好地塑造了人物形象。这就同我们下面要论析的《莺莺传》的写情艺术分不开了。

《莺莺传》主要的艺术价值和艺术生命力，在于它塑造了一个有鲜明个性并且具有独特思想意蕴的人物形象崔莺莺。它写莺莺写得成功，并不在于写出她外在的美的容貌，而在于写出她丰富复杂的感情，写出她难于捉摸、难于把握、更难于表现的极其微妙的内心世界。小说真实生动、惟妙惟肖地揭示了一个有独特身份地位的封建时代的贵族少女，在一个特殊环境中追求爱情的复杂感情和微妙心理。对所有的艺术都一样，画外在形象易，写内在精神难。明代的李贽有一段话赞颂《莺莺传》的写情艺术，他说：“尝言吴道子、顾虎头只画得有形象的，至如相思情状，无形无象，微之画来，的的欲真，跃跃欲有。吴道子、顾虎头又退数十舍矣。”[①]《莺

① 见《虞初志》卷五。

莺传》确是将无形无象的男女相思情状，描绘得惟妙惟肖，栩栩如生，活跃眼前。这是这篇小说人物描写的突出特色，也是这篇小说杰出的艺术成就。

首先是小说很好地揭示出了莺莺内心世界的丰富性、复杂性、矛盾性。也就是说，莺莺的思想性格的刻画不是表层的、单一的，而是深层的、多侧面的。她有娇羞矜持、贞慎自保的一面，也有大胆果决、敢于冲破礼教束缚的一面。两个方面相反相成、矛盾统一，构成了莺莺完整的性格内容。小说对这两方面都写得很充分，很深入。崔母叫她出来拜见张生以报恩时，她“辞疾”，推说有病而不愿见。母亲怒责她，并告知感恩之重可以不顾男女接近之嫌，她不得已而“久之，乃至”。

整个会见和宴饮过程，她都因为被迫出见而很不高兴，“以郑之抑而见（强迫会见）也，凝睇怨绝（“凝睇”就是目不斜视，眼珠不转动，四字传神），若不胜其体者”。她表现得是那样娇弱，那样矜持。这是实写，此外还有通过其他人物之口或其他人物的反应来虚写的。如红娘就曾对张生说莺莺：“贞慎自保，虽所尊不可以非语犯之。下人之谋，固难入矣。”就突出了她严谨守礼的一面。但是她在接到张生《春词》二首以后竟然复了一首《明月三五夜》，主动邀约张到西厢幽会。这在当时是极其大胆的行动。我们可以想象，她在宴饮会见张生以后，一直到读到他的两首《春词》这段时间，内心的斗争一定是很激烈很尖锐的。一方面有爱情的要求，一方面又受到礼教的束缚，矛盾斗争的结果才艰难地走出这一步。但这一矛盾斗争的过程，作者都略去不写，让读者自己去探寻、去想象。下文写她第一次约会时的反复，出尔反尔，矫情地怒责张生，就是内心矛盾的一次大暴露。但表现方式也还是含蓄婉曲的。这其中就包含了虽未明白写出，而读者却可以去想象、探寻的依据。这样的艺术处理，是很巧妙和很高明的。这次大的反复，很好地揭示了莺莺内心的矛盾冲突。她那段斥责张生并为自己辩护的话，将一番很难说得通、说得圆的道理说通了，说圆了，合乎逻辑，不要说令人信服，至少可以使对方无言可对。这段话还同时表现了莺莺的聪慧、成熟、老练，善于处理复杂的问题，这又为她后来很早就敏锐地感觉出有被遗弃的危险，因而哀愁满怀埋下了伏笔。她是个多情的女子，又是一个聪明敏感的女子。虽则反复，出尔反尔不认账，虽则“端服严容”，斥责张生也振振有词，但显而易见，《明月三五夜》一诗绝不是随便就写出来的。因此，接着而来的西厢幽会，她是那样的主动、大胆，就绝非偶然了。其间，由斥责张生，到由红娘陪同主动前往同张生欢会，又经历了一次思想上的矛盾斗争。这段斗争过程，作者也略去未写，但读者也同样可以想象、探寻出来。这种令张生感到惊疑，以至于认为自己是在做梦的行动，在封建时代当然是极其大胆的。不难想象，需要有多么大的勇气和力量，才可以挣脱封建礼教加在一个贵族少女身上的精神枷锁。因此，这一行动，是对莺莺思想性格中勇敢一面的最充分、最有力的表现。但即使是在这时，在这一放情欢会的情境之中，作者仍从两方面去把握她的性格，不忘点染她性格中娇羞怯弱的一面。外在的描写有：“至则娇羞融冶，力不能运支体，曩时端庄，不复同矣。”“红娘促去。崔氏娇啼宛转，红娘又捧之而去，终夕无一言。”此外还从张生一面进行点染：“及明，睹妆在臂，香在衣，泪光荧荧然，犹莹于茵席而已。”由她的泪光写出她的娇媚柔弱。她是因为爱情的欣喜而流泪，也是为难舍难分而流泪。张生第一次去长安，张是“先以情谕之，崔是宛无难词，然而愁怨之容动人矣”。内心十分忧愁怨恨，却没有一句悲苦哀求挽留的话，这一笔很好地表现了她柔弱和刚强两方面性格的统一。她善属文，善鼓琴，但张生求之再三而不许，这也是极有个性（有独立人格，有主见，不是百依百顺）的表现。然第二次临别时又主动为张生鼓《霓裳羽衣序》，这又表现了她的温柔与多情。当她明确地感到将要永诀时，却对张生“恭貌怡声”，说出了近于哀求的一段话：“始乱之，终弃之，固其宜矣。愚不敢恨。必也君乱之，君终之，君之惠也；则没身之誓，其有终矣，又何必深感于此行？”表面上是劝慰张生，实则是吐诉自己的隐忧和衷情。她已预感到有被遗弃的危险，因此提出两种结果的设想，一是始乱终弃，一是始乱而终之。前者是她所担心的，非所愿的，但她却认为“固其宜矣。愚不敢恨”。后者是她所期待的，也是她应该得到的，她却说是“君之惠也”。这充分地表现了她性格中自卑怯弱的一面。她不是理直气壮地提出张生必须实践始终之盟，她未能表现出一个大胆反抗封建礼教、热情追求爱情并努力维护自己独立人格的女性的那种气魄和胆识。但这是符合她的出身、地位和特定的生活环境的。总之，莺莺的性格是两面，不是一面，这两面又是矛盾统一的。小说很好地写出了莺莺性格的丰富性和复杂性，这是它在艺术上不可忽视的杰出成就。

其次，莺莺的性格不是静止的，而是有发展、有变化的。这一点在上面的分析中已能约略看出，更加突出的是她对张生态度的转变。张生到长安应试，莺莺“阴知将诀”，预感到将被遗弃的命运，但她虽看出张生将会“始乱终弃”，却仍然热切地期待他能守始终之盟。如前面所引述的那些话，不但语气近于哀求，而且不无自轻自贱和委曲求全的意味。但与此同时，在曲终投琴时，她又“泣下流连，趋归郑所，遂不复至”，含蓄地表现出她内心的怨愤，也是很有气性的。后来她写给张生的复信，在抒发内心悲痛愁怨的同时，也是自责多于对张生的责备。不说张生挑逗引诱她，而说“婢仆见诱，遂致私诚。儿女之心，不能自固。君子有援琴之挑，鄙人无投梭之拒。及荐寝席，义盛意深。愚陋之情，永谓终托。岂期既见君子，而不能定情，致有自献之羞，不复明侍巾帻”。甚至表示“倘仁人用心，俯遂幽眇（能成全实现隐微的心事），虽死之日，犹生之年。如或达士略情（达观之士不看重感情，这是对张生背义负恩行为的一种委婉的说法），舍小从大，以先配为丑行，以要盟为可欺（认为是因为在对方的要求下订下的盟约就可以毁弃而不认账），则当骨化形销，丹诚不泯，因风委露，犹托清尘”。这些话，虽然如信中所说，“存没之诚，言尽于此”，是表示她对张生真挚的爱和永不改变的至诚，但确实也表现了她对张生的一种近于屈辱的哀求，是她性格中卑屈软弱的表现。在以后，两人决裂，各自结婚，张生一方面为自己的负义行为辩护，将抛弃莺莺的行为称为是战胜“妖孽”，是“善补过”；另一方面又不能完全忘却这段恋情，在莺莺婚后还请求以表兄的身份相见，莺莺即使在丈夫允许的情况下也“终不为出”，不同他见面，而且赋诗一章以表示她内心的怨恨和决绝的态度：“弃置今何道，当时且自亲。还将旧时意，怜取眼前人。”怨恨、指责、嘲讽之意溢于言表。这里鲜明地表现了她思想性格的发展变化，表现出刚强、有骨气的一面。过去有的研究者认为莺莺形象的不足之处在于她性格的“软弱无力”“动摇不定、顾虑重重”“只有怨，没有恨”等等，这是既没有看到莺莺性格的矛盾性、复杂性，也没有看到莺莺性格的发展。而这正是《莺莺传》人物形象塑造杰出成就的一个重要方面。

在对莺莺内心世界的揭示上，莺莺形象的塑造表现出两个特点，即具有含蓄美和诗意美。

莺莺形象的含蓄美，首先是由人物的性格决定的，是一种性格美的表现。不苟言辞，很少说话，说话也很少率直地吐露自己的心曲。看她在整个宴会过程中连一句话也没有；就是初次欢会，也是“终夕无一言”。她表达感情的方式是含而不露的，邀约张生赴会的《明月三五夜》是如此，临别时无限的哀怨也是以鼓琴来诉说；信中诉说内心的隐忧和怨恨，也极为婉曲，如说：“长安行乐之地，触绪牵情。何幸不忘幽微，眷念无斁。”要求对方遵守始终之盟，也不是直接说出，出以责备，而是首先表白自己的“鄙薄之志”：“至于始终之盟，则固不忒”，然后由自己而及于对方；而在谈到对方时，又是从正反两方面说，以正面而及于反面：“倘仁人用心，俯遂幽眇，虽死之日，犹生之年。如或达士略情，舍小从大，以先配为丑行，以要盟为可欺，则当骨化形销，丹诚不泯，因风委露，犹托清尘。”内心深沉的忧虑和怨恨，只是从言辞中隐微地透露出来。

其次，跟小说的艺术表现方式也有关系。作者用含蓄的手法表现人物含蓄的性格和感情。关于莺莺含而不露的性格和才情，小说中有明确的概括：“大略崔之出人者，艺必穷极，而貌若不知；言则敏辩，而寡于酬对。待张之意甚厚，然未尝以词继之。时愁艳幽邃，恒若不识，喜愠之容，亦罕形见。”与此相适应，小说所采用的也是含蓄的手法。简单地说，就是作者有意没有将什么都写出来，有些地方故意略去不写，故意留下空白，或者故意用一种委婉的表达方式，使小说的整个艺术格调同人物的思想性格达到和谐的统一。举例来说，写莺莺在宴会上终席未有一语，除了有“张生稍以词导之（希望她说话），不对。终席而罢”这样的描述外，更重要的是通过暗示的方法来写出：“问其年纪。郑曰：‘今天子甲子岁之七月，终今贞元庚辰，生年十七矣。’”是郑答而非崔答。可见她很有修养，性格娇羞而含蓄，同那种率直大方、与人交往唯恐没有说话机会、千方百计要寻找机会表现自己的女子迥然不同。又如前面提到的，张生向红娘“乘间遂道其衷”时，小说写“婢果惊沮，腆然而奔”，是直接写红娘，而间接表现莺莺。再如写张生第二天看到红娘，其表现是“乃羞而谢之，不复云所求矣”。这实际上也是从张生的反应一面，含蓄地表现出莺莺的端庄严谨给予对方的影响，使张生明显地感到这位小姐不可冒犯，不得轻率胡来。又，在写两人第一次幽会以后，有一句：“是后又十余日，杳不复知。”这十几天为什么不再来，也不约张生去，而是杳无音讯，小说对此不置一词，只是写出这一事实。这是有意留下空白，让读者自己去体会、想象蕴涵其中的莺莺内心复杂的思想感情。还有，小说写与张生的两次离别，莺莺内心充满忧伤和怨恨，却着笔很少，第一次只简略含蓄地写这么一句：“宛无难词，然而愁怨之容动人矣。”第二次则通过琴声来写，先是“独夜操琴，愁弄凄恻”，后则“不数声，哀音怨乱，不复知其是曲也”。琴是专为张生而鼓，表达的当然是对张生的一片深情，妙在没有点破，意在不言之中。

再说诗意美。《莺莺传》整个就是一首诗，一首哀感顽艳的抒情诗。形象的诗意美，小说的诗意美，由以下几方面的因素构成。第一是莺莺本人的诗人气质。多情和含蓄都是诗人气质，这一点在篇中表现得最为充分，上文已经论及。第二是莺莺表达感情的方式，弹琴、赋诗，都是风致高雅，充满诗意的。第三是莺莺的那封复信，是一篇抒情杰作，一篇优美的散文诗。内心世界表露得十分细致、含蓄、深微，文辞又是那样的优美、典雅。这封信揭示了一个复杂的内心世界，其中有爱，有恨，有忧，有喜，有期待，有失望，从自责自悔中曲折地表现了对张生的怨恨。有人评论这封信是“文情并茂，凄婉动人”，十分恰切；又说“这封信是《莺莺传》里极为重要的部分，如果真是崔莺莺写的，那可以说是唐代散文中的特绝之作；如果是元稹的拟作，那么应该说元稹对于崔莺莺这个人物是非常熟悉的，而且是描写得非常准确的”[①]。第四是艺术氛围的点染。小说中没有太多的写景文字，但作者也着意为这个充满哀怨的爱情故事设置了极为优美和充满诗意的环境。他们幽会的时间是“明月三五夜”，地点是有花影拂动的西厢。在他们幽会时，小说以八个字点染环境氛围：“斜月晶莹，幽辉半床。”多么优美，多么富于诗意。这是以美景映衬欢情。这八个字可以写也可以不写，但写和不写，艺术效果却大不相同。在这八个字的基础上，小说写“张生飘飘然，且疑神仙之徒，不谓从人间至矣”。“飘飘然”感觉的产生，不只是因为莺莺之美，同小说这种充满诗意的艺术氛围的营造，也是分不开的。

（原载《文化的馈赠——汉学研究国际会议论文集·语言文学卷》，北京大学出版社，2000年8月）

① 程毅中:《唐代小说史话》，文化艺术出版社，1990年，第130页。

以史衡文:《三国演义》的误读

我们应该用什么样的眼光来读《三国演义》，又应该用怎样的标准来衡量和评价这部书的价值和意义？这个看起来好像很简单的问题，却不仅常常困扰着普通的读者，有时甚至使一些业内的学者也感到困惑。

要弄清这个问题，跟正确认识《三国演义》这部书的性质和特点有着密切的关系。《三国演义》到底是一部什么样的书呢？简单地说，《三国演义》是一部小说，是文学作品，而不是一部通俗的历史教科书。这其实是一个常识，却是正确阅读和评价《三国演义》这部书的一个非常重要的基础和前提。遗憾的是，从《三国演义》问世到今天，违背这一基本常识，文史不分，以史衡文，竟成为阅读和评价《三国演义》中的一个误区。有人将《三国演义》当做通俗的历史读物来读，想从中获取关于三国时期的历史知识；又有人用正史上的记载来批评、纠正甚至颠覆《三国演义》的艺术描写。这两种倾向，表现形式不同，共同的原因都是因为搞混了文学与历史的界限。

为了能正确地阅读、欣赏和评价《三国演义》，强调《三国演义》本身具有的性质和特点，对一些误读和误评加以澄清，是很有必要的。

我们先从这部小说的书名说起。这部书现在流行很广的书名叫《三国演义》，其实原来的、也是正确的书名应该是《三国志演义》。这个“志”字很重要，它表明了这部小说的题材，一个重要的来源是出于正史。现存最早的《三国志演义》的刻本是嘉靖壬午（1522）本，在作者的署名处是这样写的：“晋平阳侯陈寿史传，后学罗本贯中编次。”这除了明确告诉我们这部书最后的写定者是罗贯中以外，还告诉我们这部小说在史实方面的重要依据是陈寿的《三国志》。不过，取材于史书还未能全部说明这部书的性质和特点。另一方面，更加重要的，是绝不能忽略题目中的“演义”二字。“演义”是什么意思呢？把它和“志”字联系起来理解，应该是：依据历史，敷演大义。清代的刘廷玑在他的《在园杂志》中指出："演义者，本有其事，而添设敷演，非无中生有者比也。"他的话粗看好像有点自相矛盾："添设敷演"不就是有"无中生有"的成分吗？怎么又说是"非无中生有者比也"呢？其实他的话并不矛盾，按我的理解，他所说的"添设敷演"指的是小说的情节、细节和人物性格的某些内容；而"本有其事"则指的是小说整个的历史框架和发展脉络，以及重大的历史事件和重要的人物关系，而这些是不能背离历史事实的。"演义"一词很好地概括了《三国演义》这部小说的性质和特点，就是：既有史实的依据，又进行了艺术的加工和创造；既有纪实的成分，又有艺术的想象和虚构。也就是说，《三国演义》是小说，是文学作品，而不是严格符合历史本来面貌的通俗的历史读物。

不过，《三国演义》这样的小说，又不同于一般纯虚构的作品，因为它的艺术想象和虚构有一定的限制，还必须在一定程度上受到历史事实的约束。历史演义小说的作者与历史著述的作者不一样，他在创作的时候有相当的自由，笔下所写不必事事都要于史有征，而是可以根据小说思想表达和艺术构思的需要，进行某种虚构和想象；但他与一般纯虚构小说的作者相比，又是不完全自由的，因为他不能任意改变历史的基本轮廓、重大事件和由此而构成的历史的总体面貌。"演义"的"义"，主要指的是小说的思想内涵，思想倾向，它决定于作者的历史观点、政治思想、爱憎感情、审美趣味等等，小说在情节、细节、人物性格等方面的改变和虚构，基本上都是根据作者的思想倾向和爱憎感情来创造的。因此，《三国演义》的作者不论是对历史素材的直接运用和改造，还是对民间口头创作的吸收和借鉴，或者是"无中生有"的大胆的艺术想象和虚构，都必定是融入了作者对生活的体验和认识、他的爱憎感情、他对历史事件和历史人物的政治或道德的评价在内的。这样一来，作者的叙事和艺术表达，就会必然地包含了作者所生活时代的思想特点，也会必然地概括进比三国历史本身要更加广阔和丰富的社会历史内容。这就是像《三国演义》这样的优秀的历史演义小说，其价值和意义可以超出于原原本本地叙述历史的历史读物的主要原因。

《三国演义》的性质和特点，还跟这部小说的成书过程有关。关于《三国演义》是由文人作家和群众集体创作相结合的产物，亦即通常所说的世代累积型的作品呢，还是由作家罗贯中独立创作的作品，这在学术界还是一个存在争论的问题。不过大多数的研究者还是认为《三国演义》是一部比较典型的世代累积型的作品。在元末明初罗贯中写成《三国演义》之前，三国故事早就在民间广泛流传，并且得到民间说唱艺术的不断加工和传播。据目前所能见到的有关材料，可以肯定地说，在宋元时代的戏曲演出和民间说唱艺术中，三国人物和三国故事都得到了极其生动的表现。这样，实际上《三国演义》的题材来源就有两个重要方面，除了前面提到的取材于正史的一面之外，另一方面可以说是更重要的，是取材于极其生动和丰富的民间口头创作。罗贯中是融汇了正史和民间创作的艺术成果，并加进了自己的生活体验和艺术感受而最后创作出《三国演义》一书的。我们今天读《三国演义》会有一种突出的感受，就是凡是小说直接搬用正史或较少改动的部分，总是显得比较平板、枯燥，缺乏艺术感染力，而那些场面恢弘，情节曲折，人物形象栩栩如生、极富于艺术感染力的部分，则往往出于艺术的想象和虚构，与史实不符。大家所熟知的书中历来脍炙人口的许多精彩段落，如关羽过五关斩六将、古城会、三顾茅庐、空城计、诸葛亮舌战群儒、草船借箭等等，就大都是出于艺术的虚构和想象，并不符合历史事实。清代的章学诚在批评《三国演义》时曾指出它是“七分实事，三分虚构”，现代研究者经过深入细致的考察，认为虚构的成分要大大超过“三分”，可能要在一半以上。一个不容置疑的事实是：《三国演义》作为一部小说，能有恒久的艺术生命力，得到人们的广泛喜爱，其原因并不在于它的忠于历史，即它的“实”，而在于这种基于艺术想象和虚构的杰出的艺术创造，即它的“虚”。

显而易见，这部经过长期积累、成于众手而最后经由文人作家罗贯中总成的《三国演义》，无论从它的题材来源和构成成分来看，还是从它的特殊的创作过程来看，抑或从作品问世后所获得的实际的艺术效果来看，它都不是一部历史著作，而是一部文学作品，一部充满理想和传奇色彩的长篇小说。因此，我们读《三国演义》，主要的就应该用文学的眼光，审美的眼光；衡量和评判它的得失，也主要的应该用文学的标准，审美的标准。当然，中国古代小说的发展与历史有着密切的关系，尤其对像《三国演义》这样的取材于历史的历史演义小说来说，我们在分析和评论的时候，也不能不兼顾到中国古典小说文史结合的这一传统。对于随心所欲，破坏历史原有的基本框架、改变历史的总体面貌的虚构，甚至出现“关公战秦琼”那样的荒唐杜撰，那也是应该使用历史尺度来加以校正与批评的。但文和史是两种性质不同的著作，应该有清楚的界限，以史衡文和以文论史，都必然产生谬误。

举例来说，《三国演义》中的赤壁之战，源于三国时期的赤壁之战，但又不同于历史上真实的赤壁之战，而是作者（不只是罗贯中，还包括无数不知名的群众作者在内）对长期封建社会中无数政治斗争和军事斗争进行了艺术的集中和概括的结果，因而它所反映的政治斗争的经验，特别是所反映的战争的客观规律，比历史上真实的赤壁之战要更为丰富和深刻。同样，《三国演义》中的曹操、刘备、诸葛亮等人，源于三国时期的曹操、刘备、诸葛亮等人，但又不同于历史上真实的曹操、刘备、诸葛亮等人，都是作者根据他们的生活体验、政治理想、道德观念、爱憎感情等进行了艺术的改造和加工，所创造出的具有典型意义的文学形象。历史上的曹操是一个具有雄才大略和杰出才干的政治家、军事家和文学家，但《三国演义》中的曹操却是一个奸臣和暴君，作者将封建时代统治阶级代表人物的一些典型特征，如虚伪、奸诈、残忍、凶暴等等都集中到了曹操这个人物的身上，使他成了一个“奸诈”的典型。从文学形象的曹操去认识和评价历史上真实的曹操，当然是不正确的，但人们却可以通过文学和舞台上的那个粉面曹操，认识到历朝封建统治阶级代表人物的一些共同特点和本质，这无论从认识的意义来讲，还是从思想的、审美的意义来讲，都是历史上真实的曹操所不具备的。同样，诸葛亮的形象也是如此。历史上真实的诸葛亮主要是一个政治家，但在《三国演义》中却突出了他的军事才能，尤其突出了他在军事斗争中的谋略，把他升华到了一个智慧的化身。与此同时，作者还着意突显他忠贞的品格，通过刘备和他的关系，将他们分别塑造为明君贤相的典型。

总之，《三国演义》中的主要人物都来自历史，与历史上真实存在的人物有着密切的联系，但是经过作家的艺术加工而创造出的艺术典型，因此从本质上看，可以说是名同而实异，不能视为同一个人物。我们对文学形象的分析和评价，不能用来代替对历史人物的分析和评价；但反过来，也不能用历史人物来否定文学形象的真实性（是更高的艺术真实），以及它所具有的独特的思想价值和审美价值。

但长期以来，在评价《三国演义》时，却屡屡出现文史不分、以史衡文的偏颇。最突出的，也是对《三国演义》文学形象最具震撼力和最带颠覆性的一次批评，是20世纪50年代末在史学界和古典文学研究界都产生很大影响的“替曹操翻案”。站出来呼吁为曹操恢复名誉和替曹操翻案的，是当时具有很高权威的大史学家翦伯赞先生和大文学家兼大史学家郭沫若先生，他们分别著文，认为文学和舞台上的曹操形象歪曲了历史上的曹操。翦伯赞先生甚至直接指称“《三国志演义》简直是曹操的谤书”。郭沫若先生说：“我们可以预言曹操的粉脸也会逐渐被人民翻案的。”他同时也预言：“但我们也知道，这不是一件容易的事，因为积重难返。”半个世纪的时间过去了，郭沫若先生的前一个预言并没有实现，而替曹操翻案“不是一件容易的事”倒变成了事实。至今，那个粉脸曹操仍然活在文学和戏剧舞台上，作为具有生命力的艺术形象，也仍然活在读者和观众的心中。“积重难返”，很不容易翻案的原因在哪里呢？就在于文学和舞台上的曹操形象是作家、艺术家们创造出来的，它虽然依傍于历史，但又不同于历史，它有它存在的理由和价值，而且它的艺术感染力是不容低估的，因而长期以来深入人心的影响也不是随便就可以消解和颠覆的。

鲁迅先生对《三国演义》的评价就比较客观和科学，他是将文和史明确地分开来的。他在《在现代中国的孔夫子》一文中曾说：“虽说孔子作《春秋》而乱臣贼子惧，然而现在的人们，却几乎谁也不知道一个笔伐了的乱臣贼子的名字。说到乱臣贼子，大概以为是曹操，但那并非圣人所教，却是写了小说和剧本的无名作家所教的。”又在《魏晋风度及文学与药及酒之关系》一文中，谈到曹操时说：“我们讲到曹操，很容易就联想起《三国志演义》，更而想起戏台上那一位花面的奸臣，但这不是观察曹操的真正方法。……其实，曹操是一个很有本事的人，至少是一个英雄，我虽不是曹操一党，但无论如何，总是非常佩服他。”他认为乱臣贼子的形象是小说和戏剧塑造出来的，与历史并不相符，但他并没有因此否定《三国演义》。他在《中国小说史略》中对《三国演义》的批评，却主要是从文学的角度提出的，他说：“至于写人，亦颇有失，以致欲显刘备之长厚而似伪，状诸葛之多智而近妖。”而且还特别指出：“据旧史即难于抒写”，因而赞同明人谢肇淛的看法：“太实则近腐。”都明确地肯定了艺术想象和虚构在小说创作中的重要作用。鲁迅用文学和审美的眼光来看待文学，同时又清醒地看到并且向读者指出，文学形象并不同于历史。这才是值得我们学习的合于学理的正确方法。

现今，厦门大学的易中天教授在中央电视台“品三国”，用通俗的、平民化的风趣语言（当然，有时为了追求“风趣”，多迈出一步就变成了低俗）普及三国历史知识，受到了热烈的欢迎，引起了很大的反响。但其中一个值得注意的问题，也是文史不分，以史衡文。他从《三国志》等史书中搜集许多“史实”，来指责、批评《三国演义》中的艺术描写没有根据，属于子虚乌有，甚至对《三国演义》中一些脍炙人口的精彩情节提出颠覆性的批评。他批评《三国演义》塑造出的一些人物“离谱”，说“最离谱”的是诸葛亮。但什么是“谱”，文学创作要遵循什么样的“谱”，就很值得讨论。应该承认，历史有历史的“谱”，文学有文学的“谱”，是不可以混淆的。从他所指责的“最离谱”的诸葛亮的形象来说，确实是移花接木、改头换面者有之，纯出想象、无中生有者亦有之，但这些都是艺术创造中常用的手法，符合艺术创造的规律。作者正是因为成功地运用了这些手法，才塑造出了一个受到读者喜爱的栩栩如生的诸葛亮形象。这种情况，从历史科学的角度看可以说是离谱，但从文学创作的角度看，应该承认是完全“靠谱”的。可见，以史衡文，进而以史实来指责甚至颠覆文学作品中的艺术形象，是不符合基本学理，也是不可取的。这种情况会在一般读者中造成误导。令人感到不解的是，在一次面对面的电视专访节目中，当有人提醒他要注意文学与历史的分别这个问题时，易先生竟然在亿万电视观众面前表示，他一定要和《三国演义》抗争到底。这样的话，出自一位学习和研究文学出身的学者之口，倒确实让人感到是有点儿“离谱”了。

《三国演义》经过几百年的时间考验，既然已经成了文学经典，那是“很不容易”就被颠覆掉的。这一点，大家可以确信无疑。

（原载《现代语文》[文学研究版] 2007 年第 7 期 [编号 19]，题目为收入北京大学出版社 2011 年版《古典小说的思想与艺术》时新拟）

《三国演义》描写战争的艺术

《三国演义》在中国是一部家喻户晓的书，其中的一些形象和《水浒传》人物一样，也是非常深入人心的。在中国古代几部长篇小说名著中，《三国演义》和《西游记》是最好读的，因为它们都写得很热闹，情节很生动紧张，人物也带有浓厚的传奇色彩。比较不好读的是《金瓶梅》《儒林外史》和《红楼梦》，因为它们写的都是平凡的事，或甚至是家庭生活中琐碎的事，没有超凡的人，也没有超凡的壮举。明代公安派的袁中道曾经这样评论过《金瓶梅》的艺术，说是“琐碎中有无限烟波”。这话说得非常好。你读《金瓶梅》和《红楼梦》这样的书，如果不能从琐碎中看出无限烟波来，那你就会觉得没有意思。这就逼迫你要去动脑子，一边读一边不断地思考问题。《三国演义》这样的书好读，但也容易停留于看热闹，可以不动脑子，这样所得也就很浅了。今天讲《三国演义》战争描写的艺术，战争是很激烈，很热闹的，但里边也很有一些讲究和门道，值得我们去思索和体会。

要很好地分析和评价一本书，就要准确地抓住它在内容上的主要特点。《三国演义》在内容上的主要特点是什么呢？就是它描写的是统治阶级内部不同政治集团之间的矛盾斗争。这一点决定了《三国演义》在思想和艺术上的许多特点。

毛本《三国演义》第一回的开头说：“话说天下大势，分久必合，合久必分。”《三国演义》所写的就是中国历史上三国这一特定时期，不同封建统治集团之间的纷争和兴衰过程。东汉末年，由于政治的黑暗和腐败，爆发了黄巾起义，朝廷又有董卓专权，于是在镇压黄巾起义和讨董的过程中，各路诸侯起来争夺天下，各据一方，经过战争的较量，后来形成了魏（曹操）、蜀（刘备）、吴（孙权）三国鼎立的局面；三国之间又不断地进行斗争，最后相继灭亡，由西晋统一了全国。《三国演义》所写的就是这样一段由合而分，又由分而合的历史发展过程。

由分而合又由合而分的过程，就是不同政治集团之间进行政治斗争和军事斗争的过程。各个政治集团进行政治斗争的最终目的是要统一天下，而达到这一目的的重要手段就是战争。军事斗争是政治斗争的最高表现形式。军事斗争和政治斗争是不可分割的，是紧密地结合在一起的。因此我们也可以说，《三国演义》是一部以描写战争为主要内容的历史小说。我们读《三国演义》，随便翻开哪一回，几乎无一例外都是在写打仗，至少是在写与打仗相关的人物活动。《三国演义》是中国古典小说中写战争写得最好的一部，达到了很高的思想和艺术水平。《三国演义》写战争写得好，是因为作者并不是随心所欲，凭主观臆想写出来的，而是对历史上无数次战争进行了考察之后的一种艺术概括，达到了艺术真实和历史真实的统一。

《三国演义》战争描写的特点和成就，可以概括为六个字：丰富、深刻、生动。丰富，是指它写出了战争的多姿多彩，每次战争，各有特点，互不雷同；深刻，是指它通过真实的艺术描写，反映出了战争的客观规律，可以给我们以深刻的思想启示；生动，是指它的描写具体、形象，有声有色，特别是通过战争的描写塑造了一系列性格鲜明、栩栩如生的人物形象。下面我们结合一些具体例子进行分析。

据有人统计，《三国演义》全书写了大大小小四十多次战争，但每次战争不论是大的战役还是规模较小的战斗，作者写来都是各具面貌，各有特色，一点也不雷同。最突出的是书中关于三大战役的描写。三大战役是指：官渡之战（第三十回）、赤壁之战（第四十三—五十回）、彝陵之战（第八十一—八十四回）。这三次大的战役，都影响到三国时期的整个历史进程，同时又在全书的艺术构思和艺术结构中占有很重要的位置，作者是很用心地写出来的，所以具有很高的典型意义。

官渡之战是在曹操与袁绍之间进行的，结果袁绍大败，曹操平定了北方，大大地扩张了自己的势力；赤壁之战是孙权和刘备结成联盟，在赤壁打败了挥师南下、锐不可当的曹操，使他不能统一天下，结果是形成了三国鼎立的局面；彝陵之战是刘备伐吴，急于要替关羽报仇，结果大败，从此走向了衰亡。这三次大的战役，有其相似之处：都是以弱对强，都用了火攻，结果都是强弱转化，弱者战胜了强者。但作者写来却毫不雷同，而是各具特色，显得丰富多彩。这是因为作者具体地写出了三次战役交战双方不同的特点，所处的不同的环境条件，所面临的不同矛盾，以及不同的强和弱的转化过程。

《三国演义》写战争写得很深刻，主要表现在它并不是停留在两军对垒、两阵对圆、两将交锋等程式化、简单化的描写上，而是从多方面复杂的矛盾斗争来展现战争的发展进程，将军事斗争、政治斗争乃至外交斗争结合起来描写。《三国演义》

写战争不完全是一种军事力量（如兵力、粮草等）的较量，而是更着重于表现指挥员的战略、战术指导思想是否正确，突出了战争中人的主观作用，将斗武和斗智、斗勇结合起来。特别是斗智，也就是谋略的运用，在战争胜负中起了很重要的作用。尤其是对于像官渡之战、赤壁之战和彝陵之战这样规模宏大的战役，作者总是将各次战争特定的环境、条件，双方的战略部署，战术运用，力量对比，矛盾转化等等都作了具体生动的描写，深刻地揭示出战争中矛盾转化的过程和胜败的原因。因此，不必等到作者写出最后的结果，读者就能从小说对战争进程的真实描写中，判断出谁胜谁负，而且了解到为什么胜和为什么负的原因。据传，明清时期农民起义的领袖人物如张献忠、李自成、洪秀全等人，都曾经从《三国演义》中学习过战争的谋略。从《三国演义》对战争的描写反映了战争的客观规律来看，这样的传闻应该是可信的。

先看看官渡之战。当时的形势是，刘备的力量还非常小，还没有找到立足之地；江东方面，孙策因被箭射中不治身亡，将大权交给了弟弟孙权，孙权吸纳了鲁肃、诸葛瑾等谋士的意见，采取顺从曹操的策略，以图发展；而曹操原本是想乘孙策新死进攻江南的，后来听从了张纮的建议，不仅不讨伐孙权，反而奏封孙权为将军，兼领会稽太守。当时的政治军事态势就是这样，势力较强的两家实际上结成了联盟。这个总的形势对袁绍就是很不利的。袁绍未能省察曹操和孙权修好的危险形势，设法来稳定和发展自已，却一听说曹、孙修好就勃然大怒，贸然决定兴兵伐曹。这个战略决策本身就犯了极大的错误。

当时从表面上看，袁绍确实处于优势。他拥有北方的冀州（今河北）、青州（今山东）、幽州（今河北、辽宁一带）、并州（今山西）等大片土地，又有丰足的粮草，共调动了七十多万军队进攻曹操，向官渡进发；而曹操仅以七万军队迎战，而且粮草也不足。双方军力有十倍之差。当时曹操所面临的形势，如他手下的一位谋士荀彧所说，是："以至弱当至强。"在这种情况下，仗应该怎么打呢？值得注意的是，小说写了双方的谋士都对这场战争的特点和各自应取的战略战术，作了基本上相同的正确分析。曹操的另一位谋士荀攸说："绍军虽多，不足惧也。我军俱精锐之士，无不一以当十。但利在急战。若迁延岁月，粮草不敷，事可忧矣。"袁绍的谋士沮授分析说："我军虽众，而勇猛不及彼军；彼军虽精，而粮草不如我军。彼军无粮，利在急战；我军有粮，宜且缓守。若能旷以日月，则彼军不战而败矣。"立场不同，但所分析的敌我双方的特点、面临的形势和双方应该采取的战略和战术，可以说是英雄所见略同。这就是：袁绍虽然兵多粮足，但战斗力不如曹军；而曹操虽然兵精，但数量远不及袁军，更重要的是粮草不足。因此，双方的谋士都认为：这场战争对曹操来说，利在急战，应该速战速决；而对袁绍来说，则利在缓守，应该采用拖延战术，时间一长，曹军没有了粮食，不战自败。在这场战争中，粮食是一个主要矛盾。

重要的还在于双方的主帅对这场战争和各自的谋士所作的正确分析所持的态度却大不相同。袁绍在发兵之前，早已被他关在狱中的田丰从狱中上书说："今且宜静守以待天时，不可妄兴大兵：恐有不利。"这本来是出于一片忠心的对形势的正确分析，但袁绍却听信谗言，以为田丰出语不祥，不利于他的"仁义之师"，要将他斩首。经众官劝免后才暂时放下，说："待吾破了曹操，明正其罪！"而对于沮授的正确分析和劝告，袁绍也不但不听，反而认为他的话如田丰一样"有慢军心"，将沮授囚禁军中，说："待我破曹之后，与田丰一体治罪。"

在战争进程中，已逐渐显露出粮草问题十分重要。袁绍大将韩猛运粮，军机泄露，在路上被曹军阻劫，并烧了粮草。这时，袁绍手下的另一位谋士审配又及时地向他提出建议："行军以粮草为重，不可不用心提防。乌巢乃屯粮之所，必得重兵守之。"袁绍并未听进这一重要意见，掉以轻心，又不善用人，只派了一个"性刚好酒"的淳于琼去守乌巢，这个人"终日与诸将聚饮"，结果造成了大错。而另一方面，在战争中曹操军粮告竭，派人去许昌传书，教荀彧作速措办粮草，路上被袁绍手下的另一个谋士许攸劫获。许攸及时报告给袁绍，并建议他乘机偷袭已经空虚的许昌，以此一举而战胜曹操。这本来是一次极好的机会。但袁绍刚愎自用，自以为是地认为："曹操诡计极多，此书乃诱敌之计也。"不但不予采纳，反而听信谗言，因许攸以前是曹操的朋友，就怀疑他是曹操的奸细，要处死他。结果把许攸逼得去投奔了曹操，泄露了乌巢屯粮的军事机密，导致乌巢被烧，遭到了惨败。

与袁绍相反，曹操的表现却完全不同。他自己已经对战争双方的特点、整个形势以及应该采用的战略战术等，都有了正确的认识，做到了心中有数。但他并没有因此就掉以轻心，盲目乐观，而是认真地召集众谋士共同商议，虚心地听取大家的意见。当谋士荀攸讲出了与袁绍一方的沮授相同的"利在急战"的意见时，曹操非常高兴地说："所言正合吾意。"

在战争以曹胜袁败结束以后，小说有两句诗评论道："弱势只因多算胜，兵强却为寡谋亡。"诸葛亮在出山时的隆中对策中，也明确指出："曹操势不及袁绍，而竟能克绍者，非惟天时，抑亦人谋也。”可见在战争中谋略的重要。作者对官渡之战的描写，没有停留在表面的谁胜谁败上，而是把重点放在表现战争的谋略上，即指挥员主观指导的正确与否上，这是符合战争的客观规律的。官渡之战的艺术描写，至少能给予我们三方面的思想启示：第一，要发动一次大的战役，不能仅仅考虑自己的兵力是否强大，更重要的，是要有开阔的视野，有长远的战略眼光，从全局出发来分析形势，来权衡利弊，才能作出正确的决定。第二，正确分析双方的条件和特点，认识各自的短长，在此基础之上，确定正确的战术，以己之长攻敌之短。第三，在战争中要发扬军事民主，听取不同的意见，集思广益。袁绍本人虽然十分愚蠢，但如果他稍微虚心地听取手下谋士的意见，具有起码的民主作风，也不至于落得最后的惨败。

彝陵之战与官渡之战有很多相似之处。彝陵之战按时间顺序是远在赤壁之战的后面，但刘备的失败是因为与袁绍犯了相近的错误，为了便于对比，提到前面来讲。这次战例也是以弱对强，最后的结果也是以弱胜强。这次战争刘备处于强的一方，孙吴则处于弱的一方。因为关羽被东吴所杀，刘备急于为关羽报仇，便急切地举大军伐吴。这一战略决策本身就是错误的。三顾茅庐时，诸葛亮为刘备制订的基本路线是，占据荆州、益州作为根据地，联吴抗曹，伺机统一天下。后来的斗争实践，证明了这条路线是完全正确的，凡是执行这条路线时就得到发展（下面要分析的赤壁之战就是最生动的一例），而违背这条路线时就遭到挫折、失败。所以当刘备决定“提兵问罪于吴”时，诸葛亮就劝谏说：“不可。方今吴欲令我伐魏，魏亦令我伐吴，各怀谲计，伺隙而乘。主上只宜按兵不动，且与关公发丧，待吴、魏不和，乘时而伐之，可也。”赵云也劝谏，甚至很尖锐地指出：“汉贼之仇公也（指对曹操），兄弟之仇私也（指对孙吴）。愿以天下为重。”这里表现的是一种从全局、从长远利益出发的战略眼光。但是刘备却听不进去，执意要为关羽复仇而伐吴。这就首先在战略决策上犯了错误。他甚至还对提出相同正确意见的学士秦宓大发雷霆，要“武士推出斩首”，经众人劝说才将他暂时囚禁起来，说等战败东吴后再来处理。这种表现与官渡之战中刚愎自用的袁绍已经不相上下了。这是彝陵之战刘备失败的根本原因。

接着又在具体的作战方案上犯了错误。当时刘备率兵七十五万，孙吴只有十万军队抵抗，也是以至弱对至强。刘备报仇心切，又依仗兵多，采用急战的方法，一开始取得节节胜利。孙吴畏惧，派人求和，刘备不允，一定要灭吴。结果逼得孙权起用了一个年轻的儒将陆逊任统帅。这个人很年轻，东吴方面也有很多人瞧不起他，但他却非常聪明，很有谋略。他采用的战术是：避其锐气，坚守不出，以逸待劳。结果使得本来锐气很盛的蜀军被拖得“兵疲意阻”，再加上天气炎热，喝水困难，最后刘备只得下令在山林茂密之地安营扎寨，连营七百里。当诸葛亮看到刘备派人送回去的连营图时，立即拍案叫苦说：“汉朝气数尽矣！”结果，蜀军被以逸待劳的吴军顺风举火，烧了七百里连营，遭到了惨败。

三大战役中，赤壁之战是最复杂、最丰富，也是描写得最为精彩的。小说用了整整八回书的篇幅来描写这场战争。首先用了两回书来写孙刘联盟的缔结，这就是第四十三回“诸葛亮舌战群儒，鲁子敬力排众议”和第四十四回“孔明用智激周瑜，孙权决计破曹操”。这实际上写的是在一场重大的军事斗争之前的一场外交斗争。因为当时的形势是：曹操平定北方以后，挥师南下，军力十分强大，东吴和刘备都无力单独抗曹，只有联合起来才有取胜的可能。这两回书写出了一场尖锐紧张的外交斗争。外交斗争是为军事斗争服务的，是孙刘一方在这场战争中能否取得胜利的前提条件，因而是这次大战役不可分割的组成部分。作者不惜笔墨，铺展开来描写，是很有眼光的。

诸葛亮亲自过江，以大无畏的勇气和超人的智慧，完成了缔结孙刘联盟的任务。这两回书中最值得注意的是诸葛亮作为一个政治家的高远眼光和他智激孙权和智激周瑜中所表现出的高度智慧。小说突出了一个“智”字。当时孙吴内部在曹操大军压境的形势下，出现了主战（以鲁肃为代表）和主和（以张昭为代表）两派，意见相持不下，而主帅孙权却是犹豫不决。诸葛亮过江的目的就是要说服孙权下定抗曹的决心。但他采用的方法却与众不同，完全出乎人们的预料之外。在孙刘联盟缔结的过程中，诸葛亮表现出非同寻常的大智大勇。他刚一过江，东吴方面主战派的主要人物鲁肃就叮嘱他：“先生见将军，切不可实言曹操兵多将广。”同样的意思以后又几次嘱咐。诸葛亮的回答是：“不须子敬叮咛，亮自有对答之语。”可是在与孙权见面时却完全不顾鲁肃的几次叮嘱，有意夸大曹操的强大和不可战胜。他告诉孙权，曹操有马步水军一百五十万（还说是往少里说）；又说曹操的目的就在“欲图江东”；在此基础上，故意劝孙权“量力而处”：能战则早下决心，不然则“何不从众谋士之论，按兵束甲，北面而事之”？也就是劝孙权投降曹操。这番话使得孙权“勃然变色，拂衣而起，退入后堂”。鲁肃闻言大惊失色，大惑不解。为什么鲁肃要几次三番叮嘱诸葛亮不可告诉孙权曹操力量强大，而诸葛亮不但不听，反而言过其实，有意夸大曹操的力量呢？这是因为鲁肃只了解孙权惧怕曹操的一面，而诸葛亮则不仅了解孙权有害怕曹操的一面，而且还有不甘心投降曹操的另一面。因此，诸葛亮对孙权的了解，比孙权的谋士鲁肃对自己主公的了解还要深刻全面。基于这种了解，诸葛亮确定对孙权的办法是："只可激，不可说。"他是有意采用夸大曹操实际军力和突出曹操挥师南下的目的在消灭东吴，并故意劝他投降曹操的方法，来激发起孙权不甘心投降曹操的一面；而在孙权基本上下定了抗曹的决心以后，才具体地向他分析了曹军远来疲惫、北军不习水战和不能得到荆州人民的拥护等重大弱点，以帮助他正确认识形势，进而坚定他抗曹的决心和信心。

以后孙权的决心又发生了动摇，从而引出了赤壁之战中的另一个重要人物周瑜。因为孙权之兄孙策临终时曾经留下遗言："内事不决问张昭，外事不决问周瑜。"因此，孙权是否能最后下定决心抗曹，周瑜的态度就十分关键。诸葛亮深知周瑜此人虽然很有军事才能，但心胸狭隘，对个人利益看得极重。因此也采用了"智激"的方法，也是极力劝他降曹，但针对他的特点，具体内容又有所不同。他对周瑜说，如果投降了曹操，对周瑜来说，一"可以保妻子"，二"可以全富贵"，并佯装不知小乔是周瑜的妻子，故意说曹操举兵南下的目的就是想要得到江东二乔（大乔是孙策的妻子），劝周瑜主动献出二乔，作为向曹操投降的献礼。周瑜听后勃然大怒，大骂："老贼欺吾太甚！"便下定了抗曹的决心。由此可以看出，诸葛亮的智慧是建立在对人的深入了解的基础之上的。他对孙权和周瑜用的都是智激的方法，可是却针对两个人各自不同的思想性格和当时面对战争时的心理，因而具体内容又很不一样。

这些描写还只是赤壁之战的准备阶段，但对于战争的全局具有非常重要的意义，是整个战役的重要组成部分。作者以精彩的笔墨，生动地写出这场尖锐复杂、惊心动魄的外交斗争，表现了《三国演义》的作者在描写战争时眼界很开阔，不是只看到具体的战役本身，而是对战争的进程和全局有全面的把握和深刻的认识。

在诸葛亮促成孙刘结盟，形成抗曹的统一战线之后，小说就开始了对战争本身的描写。《三国演义》所写的战争，不只是军力的对抗，更重要的还是一个斗智、斗勇的过程。这一特点在赤壁之战中表现得极为鲜明。这次战役中双方的斗智，即战争谋略的运用，也就是战争中指挥员主观指导思想的正确与否，具有非常重要的意义。简直可以说，整个赤壁之战就是一场智慧的较量。曹操素以奸诈闻名，他是非常聪明的（这在官渡之战中就有突出的表现）；但在这场战役中，东吴方面年轻的统帅周瑜却比他更聪明；而只居于幕后并没有在前台指挥、却能统观全局、起到一种举足轻重作用的诸葛亮，则又远远高出于曹操和周瑜之上，成了智慧的化身。

这次战役也是以至弱对至强。曹操在统一北方之后，挥师南下，荆州不战而降，然后计点马步水军八十三万，诈称一百万，水陆并进，进逼江陵，有势不可挡的锐气。而当时刘备是败走江夏，势孤力单；东吴也绝不是曹操的对手。两家就是联合起来，军力也大不如曹操。战争的进程也是强弱转化，结果也是以弱胜强，但基本矛盾与官渡之战和彝陵之战又不相同，不是粮草问题，也不是军队的劳逸问题，而是曹军来自北方不习水战的问题。因此双方的斗智就围绕着这个基本矛盾展开。

聪明的曹操一开始就发现了自己的军队不习水战的弱点，采用了果断的措施来加以弥补，这就是大胆起用荆州降将蔡瑁和张允任水军都督，加紧训练水军。曹操一向多疑，一般情况下是绝不会任用降将来担任军中重要职务的，可见他对这一问题的重视。周瑜在前线视察中发现了曹军的水寨深得水军之妙，大吃一惊，了解情况后便决心设计要除掉蔡瑁和张允，以破坏曹操训练水军的计划。这就有了“反间计”的产生。第四十五回写“群英会蒋干中计”，虽然小说是用从容闲暇之笔写出的，内容也只是老朋友见面时的宴饮和抵足而眠，但因为有关系到战争胜败全局的曹操水军训练是否能获得成功作为背景，读来便具有惊心动魄之感。结果蒋干中计，曹操竟相信了蔡瑁、张允通敌，误杀了这两位新任命而训练水军卓有成效的水军都督，在军事上遭受重大损失。对曹操来说，刚刚开始转入主动的战局一下子又陷入了极大的被动。“反间计”是一次斗智，一次谋略的较量，在这次较量中曹操输了重要的一着。

接着第四十六回的前半部分，又穿插进一段诸葛亮草船借箭的描写。这是写诸葛亮和周瑜之间的矛盾。当周瑜发现诸葛亮比自己更聪明、更有才能时，便不顾战争胜败的大局，要设计除掉诸葛亮，令他在十日之内赶造出十万枝箭，完不成任务就要以军法处置。聪明的诸葛亮识破了周瑜的阴谋，于是将计就计，不仅接受了这一任务，而且还把交箭的时间提前为三天，并立下军令状：“三日不办，甘当重罚。”诸葛亮以他的天文知识，预见到第三天将有一场大雾，这才有这一出人意料的惊人之举。这本来是对付周瑜企图杀害自己的阴谋的，而结果却又使曹操损失了水战中非常重要的十几万枝箭，使他处于更加被动的地位。这段描写，表现了作者在战争描写中，善于把握主要矛盾和次要矛盾的关系，在抓住主要矛盾的同时，也不忘次要矛盾；而写次要矛盾，又紧紧围绕着主要矛盾来进行，并不显得多余和枝蔓，结果是推进了主要矛盾，使战争的发展进程既集中而又显得丰富多彩。

再接下去，写周瑜和诸葛亮两人不约而同地制定了对付曹军的火攻计（两人同时将一个“火”字写在手掌之中）。火烧战船，这是赤壁之战中的中心谋略，曹军的最后失败就在于被盟军用火烧了赤壁之下连在一起的战船。为了火攻计的实施，又引出了苦肉计——周瑜打黄盖、阚泽下书等一系列斗智、斗勇、惊心动魄的情节；最后是庞统授连环计，让曹操用铁链将他的战船联结在一起，好让东吴一把火将其全部烧光。在这一过程中，一方面写曹操的机智，如一开始就发现并及时地解决军队不习水战的问题，重视训练水军；阚泽下书时一下子就识破了诈降的诡计，给阚泽以极大的压力等等。但另一方面，也写出了他一系列的失误，如两次派庸碌无能的蒋干过江，促成了对方反间计和连环计的实现；派蔡中、蔡和诈降，促成了对方苦肉计的实现，等等。

除此而外，作者还将曹操和周瑜对比起来，描写决战前夕双方统帅不同的精神面貌。庞统授连环计成功，曹操已经危在旦夕，可是却没有丝毫察觉，相反还轻敌麻痹，盲目骄傲。这就是第四十八回，在一片“山雨欲来风满楼”的紧张气氛之下，作者以从容闲暇之笔，插叙了一段“宴长江曹操赋诗”的情节。《三国演义》很少有写景文字，但这里有一段描写长江月下景色的文字，却十分精彩：“天色向晚，东山月上，皎皎如同白日。长江一带，如横素练。”曹操见山色如画，“四顾空阔，心中欢喜”，竟对自己的事业陶醉起来，对部下口出狂言：“吾自起义兵以来……誓愿扫清四海，削平天下；所未得者江南也。今吾有百万雄师，更赖诸公用命，何患不成功耶！收服江南之后，天下无事，与诸公共享富贵，以乐太平。”而且还遥指南岸，嘲笑即将取胜的敌手说：“周瑜、鲁肃，不识天时！今幸有投降之人（指阚泽下书，黄盖诈降），为彼心腹之患，此天助吾也。”又指夏口说：“刘备、诸葛亮：汝不料蝼蚁之力，欲撼泰山，何其愚耶！”继而乘酒兴横槊赋诗，并刺死对他进行规劝的刘馥。这段情节写得好，好在它似乎旁枝侧出，实际却紧紧地和主要矛盾相结合，并且有力地促进了主要矛盾的发展；好在它似闲笔而非闲笔，似松而实紧，从容不迫地将情节推向高潮。轻敌麻痹，狂妄自大，是曹操由强转弱，由主动转入被动，并导致最后遭到惨败的重要原因之一。

而与此相反，周瑜胜券在握，却精细谨慎，毫不懈怠。他在决战前夕，亲自登上山顶，视察敌阵，因阵风卷起军旗从脸上拂过，而猛然悟出如果开战时没有东风，火攻计不但将全部落空，而且还有烧及自己的危险，因而急得大叫一声，“口吐鲜血”，“不省人事”。在读者的心情又一次紧张之时，这才引出诸葛亮借东风的情节。《三国演义》很少细节描写，但这一细节却写得十分精彩。这段穿插，也并不是单纯为了追求情节的曲折紧张，而是为了跟曹操横槊赋诗的轻敌麻痹思想形成对比，表现周瑜即使在胜利在望的大好形势下，仍然那样谨慎精细，毫不懈怠，连那样极易被忽视的问题都这样重视。你看，一个盲目骄傲，粗心大意；一个行事谨慎，临阵精细。单是双方精神状态的对比，谁胜谁败的结局就已经十分清楚了。

经过以上波澜层叠、曲曲折折的描写，已经多方面、多层次地写出了双方强弱优劣的转化过程，因而到“三江口周瑜纵火”，战斗正式打响时，这场战争就已经写得差不多，而无须作者多费笔墨了。

由上面的分析至少可以看出两点：第一，三大战役有其相同的一面，如前所说就是：都是以弱对强，在战争中都用了火攻，战争的过程都发生了强弱的转化，而最后都是以弱胜强。但又是同中有异，每个战役的具体矛盾不同：官渡之战的主要矛盾在粮草，火烧的是粮库；彝陵之战的主要矛盾是军队的劳逸问题，火烧的是七百里军营；而赤壁之战的主要矛盾，是北军不习水战，火烧的是战船。而且由主要矛盾引出的指挥员的有关活动也是各不相同的。第二，《三国演义》所描写的三大战役，尤其是赤壁之战中，真实生动地揭示出战争的客观规律，因而具有普遍的意义。这是《三国演义》战争描写的高明之处，也是《三国演义》战争描写的深刻之处。同中见异，说明《三国演义》战争描写的丰富性，不是千篇一律；写出了客观规律，说明《三国演义》的战争描写的深刻性，其中所揭示的内容，与以科学总结战争客观规律著名的《孙子兵法》是完全相符的。如：知己知彼，百战不殆；兵不厌诈；以己之长，攻敌之短；骄兵必败等等。这些，即使在今天进行战争也还是有参考价值的，对我们处理其他事务也有一定的启发意义。

《三国演义》的战争描写，还有更为丰富复杂的一面。符合和体现兵法是一个方面，在战争的斗智中，有时还有有意违背兵法，或者说是对兵法灵活运用的另一面。这同样表现了战争指导者的高度智慧。

比如兵法上说：“虚则实之，实则虚之。”这是一般规律。就是说在设下埋伏的时候，要迷惑敌人，让他误以为没有埋伏，放心地走进你设置好的口袋；相反，在没有埋伏的时候，又要让敌人误以为有埋伏，让他不敢过来，或改走另一条道，以此来调动敌人，保全自己。但在特殊的情况下，聪明的指挥员有时会反其道而行之。在赤壁之战中，曹操败走华容道，诸葛亮对关羽作了阻击的部署，让关羽埋伏于道路的两旁，却这样吩咐关羽："可于华容小路高山之处，堆积柴草，放起一把火烟，引曹操来。"这就是反用兵法之道，即实则实之。明明告诉敌人这里有埋伏，不是很笨吗？诸葛亮的聪明就表现在他深知曹操是一个机警而精通兵法的人，他判定曹操一定会以"虚则实之"的兵法常理来判断，以为是对方虚张声势，这就上了诸葛亮的大当。与此相似而又相反，空城计（第九十五回）却是以"虚则虚之"而取得了险胜。关键都在于对不同的人采取不同的对策。诸葛亮用兵也是有失误的，这回书中写他派无知而又自以为是的马谡去守街亭，结果街亭失守，造成了军事上的巨大损失。诸葛亮不得已而退兵西城县，曹魏方面新起用的平西都督司马懿率大军十一万向西城进发。此时诸葛亮身边并无大将，只有一班文官，所领五千军已分出一半先运粮草去了，城中只有两千五百余人，形势十分危险。这时诸葛亮命令将军旗尽藏，不准高声说话，大开城门，每门上用二十名军士，扮做百姓，打扫街道，自己则披鹤氅、戴纶巾，引二小童携琴一张，于城楼上凭栏而望，焚香操琴。诸葛亮让司马懿进城，司马懿反而不敢贸然引军进城，犹豫一阵后退兵走了。诸葛亮这次当然是弄险，但空城计之所以能获得成功，主要就在于他对自己的对手司马懿有深入的了解。如果对手不是深知兵法而又对诸葛亮一生谨慎行事十分了解的老谋深算的司马懿，而换成是勇猛无比、头脑简单的张飞，既然城门大开，那可能就长驱直入了。

不仅是大的战役，就是一些小的战斗，写来也是千姿百态，毫不雷同。如同样是写曹操吃败仗而终于逃生，由于所遇对象不同，情形也就大不一样。如第十二回写濮阳之战败于吕布，第五十八回写潼关之战败于马超，情形就很不相同。在曹操的心目中，吕布是一个有勇无谋的人，所以即使在被他打败时，也并不惧怕和慌张。小说是这样写的："火光里正撞见吕布挺戟跃马而来。操以手掩面，加鞭纵马竟过。吕布从后拍马赶来，将戟于操盔上一击，问曰：'曹操何在？'操反指曰：'前面骑黄马者是也。'吕布听说，弃了曹操，纵马向前追赶。曹操拨转马头，望东门而走。"情况虽然危急，但曹操却表现得相当镇静，轻而易举地就把吕布蒙骗过去了。但潼关之战遇到的对手马超却大不相同，一则马超与曹操有杀父之仇，此次为报仇而来，气势极为凶猛；二则曹操在阵前初见马超时，就完全不同于对吕布的印象："又见马超生得面如傅粉，唇若抹朱，腰细膀宽，声雄力猛，白袍银铠，手执长枪，立马阵前……操暗暗称奇。"开战以前就已经认为他是一个非同寻常的武将，这在精神上对曹操就有一定的影响。因此，当曹操吃败仗被追赶时，小说的描写就另是一番情景："马超、庞德、马岱，引百余骑，直入中军来捉曹操。操在乱军中，只听得西凉军大叫：'穿红袍的是曹操！'操就马上急脱下红袍。又听得大叫：'长髯者是曹操！'操惊慌，掣所佩刀断其髯。军中有人将曹操割髯之事告知马超，超遂令人叫拿：'短髯者是曹操！'操闻知，即扯旗角包颈而逃。"这就是《三国演义》中著名的曹操割须弃袍的故事。接下去小说是这样写的："曹操正走之间，背后一骑赶来，回头视之，正是马超。操大惊。左右将校见超赶来，各自逃命，只撇下曹操。超厉声大叫曰：'曹操休走！'操惊得马鞭坠地。看看赶上，马超从后使枪搠来。操绕树而走，超一枪搠在树上，急拔下时，操已走远。"除了作战的对象不同引起曹操的心理反应、精神状态不同外，跟作战的具体环境也有很大的关系。濮阳之战在城里，回旋余地小，但也容易掩蔽脱身；而潼关之战是在野外，回旋余地大，很难隐蔽，脱逃比较困难。但野外有树，"绕树而走"，也表现了曹操随机应变的聪明。

下面谈谈《三国演义》的人物描写。不是全面谈，只是结合战争描写，从总结艺术经验，从文学借鉴的角度，谈两个问题。

一、写反面人物而不回避写他的优点；而写他的优点，又并不妨碍将他写成一个反面的典型，相反却因此而使得人物的性格更加丰满，更加真实，更加有血有肉而富于艺术的生命力。

二、《三国演义》写人物，主要是粗线条的勾勒，常常使用对比、烘托、映衬等艺术手法，取得了很好的艺术效果。

先谈第一个问题。

官渡之战中，有两段对曹操的描写，历来有不同看法。第一段是许攸问粮。许攸为袁绍所逼，去投奔曹操。军士报知时，曹操正要解衣歇息，听说许攸到来，非常高兴，"不及穿履，跣足出迎"。曹操出迎时还"先拜于地"，给予了很高的礼遇。这就表现了与袁绍完全不同的礼贤下士、平等待人的气度、胸怀。重要的还在下面。许攸在几句寒暄、说明投奔之意后，马上便单刀直入地问曹操："公今军粮尚有几何？"操曰："可支一年。"攸笑曰："恐未必。"操曰："有半年耳。"攸拂袖而起，趋步出帐曰："吾以诚相投，而公见欺如是，岂吾所望哉！"操挽留曰："子远勿嗔，尚容实诉：军中粮食实可支三月耳。"攸笑曰："世人皆言孟德奸雄，今果然也。"操亦笑曰："岂不闻'兵不厌诈'！"遂附耳低言曰："军中止有此月之粮。"攸大声曰："休瞒我，粮已尽矣！"操愕然曰："何以知之？"攸乃出操与荀彧之书以示之曰："此书何人所写？"操惊问曰："何处得之？"攸遂以获使之事相告。这四问四答，跌宕起伏，真是写得非常精彩。胸中有数、故意试探的许攸是步步进逼；不明虚实、喜疑交聚的曹操则是层层设防。一进一退，直逼到曹操无路可走，真相大白。这个问粮的场面，逼真地表现了在规定情景之下人物的心理状态和思想性格。这个例子应该怎样来认识和评价呢？不少学者都引用来说明曹操的奸诈。仔细想想，这样的表现竟蒙奸诈之名，曹操实在有点儿冤枉。实事求是地看，在你死我活的两军对垒之中，突然有一位阔别多年的故旧从敌方投奔而来，一见面就打听关系到全军胜败存亡的军事机密，换成任何一个稍有军事头脑的人，都不能贸然据实以告。要是曹操果真如某些研究者所要求的那样，许攸刚发第一问，就老老实实地将真情全盘托出，那他和愚不可及的袁绍岂不成了半斤八两？正如曹操对许攸所说“兵不厌诈”，用兵之道也。曹操富有军事斗争经验，临事冷静，保持着高度的警惕，以虚冒实，不露真情，不过是以诈防诈。明智机变的许攸虽然斥责曹操是“奸雄”，但实际上并没有真的深怪曹操，他通情达理，在大声喝破之后，反而授以火烧乌巢的“急胜之方”，帮助曹操一举告捷。《三国演义》里写曹操阴险虚伪的地方非常多，但这个例子实在不能说明曹操的奸诈。从作者的主观意图来说，主要也是在表现曹操的聪明机警，以与袁绍的愚蠢庸懦作对比，从一个侧面揭示这场战争以弱胜强的原因。许攸奔曹之前，作者借人物之口下了四个字的断语：“弃暗投明。”这样鲜明的态度，显然不会是以此来揭露曹操的奸诈。

另一段是，曹操破袁后，在袁绍军营中发现了书信一束，皆许都及军中诸人与袁绍暗通之书。有人劝曹操：“可逐一点对姓名，收而杀之。”但他却说：“当绍之强，孤亦不能自保，况他人乎？”即将书信焚毁，不予追究。这个例子也常常被人当做说明曹操的奸诈来使用。这样的认识，也是不符合小说描写的客观实际和作者的创作意图的。实际上，这样宽容的态度和处理问题的果断方式，是表现了曹操很有政治眼光，能从长远利益出发来处理问题。因为在当时，曹操只是初获胜利，袁氏余党势力仍然比较强大，如果整肃内部，诛杀部下，必然会动摇军心，不利于将来更图大事。这恰恰表现了他作为一个政治家的明智和宽广的胸怀。如此胸襟气量，大家比较一下，就是现代某些政治家也未必能够做到。把这也说成是曹操的虚伪和玩弄权术，只能说是出于一种偏见。

这段描写的意义，我们可以同作者对曹操这个人物的总的政治定位联系起来考虑，就会得到比较符合实际的认识。作者对这个形象的总体把握，是要把他写成一个“奸雄”。第一回里，写有一个善于“知人”的（不是相面的）许劭，曹操自已跑去见他，问他："我何如人？"许劭回答说："子治世之能臣，乱世之奸雄也。"曹操闻言大喜，一点也不生气。曹操身处汉末乱世，他终于如许劭所言，成了一个"奸雄"。从总体上看，《三国演义》的作者，就是按照"奸雄"这个评价来塑造曹操的。"奸雄"是什么意思呢？应该是具有两方面的特色：一方面就是奸诈虚伪，还有与此相关联的自私残忍等一类统治阶级代表人物的特征；另一方面，他又是一个英雄，还具有英雄人物的共同特征。

《三国演义》作者的高明之处就在于，他在描写曹操奸诈、残忍一面的同时，并没有回避，而是生动地展现了他作为一个杰出的政治家和军事家的另一面。也就是说，在作者的笔下，曹操虽是一个反面人物，却不失英雄本色。作为英雄本色的突出表现，作者很注意写曹操的雄才大略和政治上的远见卓识。他在与刘备"煮酒论英雄"时，就曾说过："夫英雄者，胸怀大志，腹有良谋，有包藏宇宙之机，吞吐天地之志者也。"（第二十一回）《三国演义》（我们这里所据的还是经过删改、加强了拥刘反曹思想倾向的毛宗岗评改本）中的曹操，确实是多少表现出了他所说的这种英雄品格的。很多时候，他确是胸怀大志，以实现天下的统一作为自己的奋斗目标，并在不少问题上以此作为考虑和处理问题的出发点的。

我这里再举一个例子，可以作为旁证，来说明小说确是有意地要表现曹操这方面的品质。第十六回，写刘备为吕布所逼，到许昌暂投曹操。他的谋士荀彧劝他乘机杀掉刘备，说："刘备，英雄也。今不早图，后必为患。"操不答。荀彧出，另一谋士郭嘉入。操曰："荀彧劝我杀玄德，当如何？"嘉曰："不可。主公兴义兵，为百姓除暴，惟仗信义以招俊杰，犹惧其不来也；今玄德素有英雄之名，以穷困而来投，若杀之，是害贤也。天下智谋之士，闻而自疑，将裹足不前，主公谁与定天下乎？夫除一人之患，以阻四海之望：安危之机，不可不察。"操大喜曰："君言正合吾心。"于是表荐刘备领豫州牧。曹操非常清楚刘备是一个了不起的英雄，是将来跟自己争夺天下的劲敌，从他的内心愿望说，是非常想杀掉刘备的。他对荀彧的建议"不答"，"不答"就是犹豫不决，在思考问题。显然他在内心深处是同意荀彧的看法的，却又有更深远的考虑，因而一时难以下定决心。但他最终还是高兴地同意郭嘉的意见而拒绝了荀彧的意见。这说明，曹操在政治上确是善察安危之机，能从收四海之望、统一天下的长远目标来考虑和处理问题的。这些地方，都应该实事求是地承认是曹操远大的政治眼光和开阔的政治胸怀的表现，而不能不加分析地将它们通通解释为都是曹操的奸诈。

此外，书中写曹操优点的地方还有不少，如他在战争中注意发扬军事民主，在采取重大的行动之前，总是要召集众将商议，听取各种意见。在战斗中又能亲临前线，身先士卒。他渴求贤才，广泛地招贤纳士，争取更多的人为自己服务，因而造成“文有谋臣，武有勇将，威镇山东”的胜利局面。他对关羽恩义备至也并非完全出于奸诈，也有真心爱才的另一面。他带兵军纪严明，制法遵法，割发权代首就是一例（第十七回），不少人也以为是他奸诈的表现，同样不够实事求是。讨袁绍时，他号令三军“如有下乡杀人家鸡犬者，如杀人之罪”。使得“军民震服”（第三十一回）。他派儿子曹彰北征乌桓时，临行戒之曰：“居家为父子，受事为君臣。法不徇情，尔宜深戒。”使得曹彰“身先战阵，直杀至桑乾，北方皆平”（第七十三回）。这些地方，作者都比较真实地写出了曹操节节胜利、迅速统一中原的原因，应该说是符合历史真实的。

写反面人物而不回避写他的优点，这样一种创作思想，是很高明、很值得我们重视的。因为这符合生活的真实。生活中的人物本来就是丰富的，复杂的，充满矛盾的。《三国演义》既写了曹操坏的一面，也写了曹操好的一面，而这两面是结合在一起的，是矛盾而又对立统一的。这样写的结果如何呢？结果是写出了一个完整真实的曹操，一个有血有肉的曹操，一个不仅叫人憎恶，而且叫人害怕的曹操。也就是说，《三国演义》的作者，写出了一个聪明的、杰出的、了不起的坏蛋。

有的学者认为《三国演义》的作者写出了曹操性格的矛盾，却没有能写出曹操性格中这种矛盾两面的内在联系，写出他性格变化的依据，因此说曹操的形象是失败的。这也不够公允。写出矛盾的内在联系，写出性格变化的依据，这是人物塑造的更高标准，更高要求，《三国演义》的作者没有能够做到，这只是他的不足，而不能说成是他的失败。成功和失败的衡量标准，只能是这个形象在读者心目中留下的印象，从古至今，读过《三国演义》的读者对曹操的印象都是一个既可憎又可怕的奸雄，一个活生生的人物。这就证明了它的成功。

人们常常批评《三国演义》的人物描写有类型化的缺点，这个问题其实也不能一概而论，并不是每个人物都是这样的。性格复杂，即性格多侧面的人物，在《三国演义》中还不只曹操一个。周瑜和张飞，在书中都可以说是正面人物，但作者也能在写正面人物时不回避写他们的缺点。张飞的性格是以粗豪鲁莽著称的，粗豪鲁莽既可以说是他的优点，也可以说是他的缺点；值得注意的是，他的这一特点还是同疾恶如仇、从善如流、粗中有细等另一些特点结合在一起的。周瑜既有聪明干练、有勇有谋的一面，也有忌刻褊狭、不顾大局的一面。对张飞的描写，有些地方是很感动人的。如第二十八回古城会，写张飞并没有做调查研究，就误以为关羽真的投降了曹操，因而一见到关羽便“圆睁环眼，倒竖虎须，吼声如雷，挥矛向关公便搠”，谴责他背叛了桃园结义。可等到关羽斩了蔡阳，又听两位嫂夫人讲说关羽一系列表现后，张飞自知错了，竟然大哭起来，立即参拜云长。丈夫有泪不轻弹，像张飞这样粗豪的英雄是很少哭的，但他哭起来却非常动人，交织着悔恨、敬佩、感动等复杂的感情。他的疾恶如仇和服从真理，都统一于他那率直粗豪的性格之中，心地光明，快人快语，叫人十分喜爱。

写人物不简单化，不单一化，注意写他们性格的复杂性，是中国古典小说的一个优良的艺术传统。这是值得我们今天很好学习和继承的。《三国演义》还只是一个开端，越往后越丰富、越成熟。《水浒传》写英雄人物，也是不回避写他们的缺点，如林冲、武松、鲁智深等，作者都是充分地、毫不容情地写了他们的缺点，却又并不妨碍将他们写成光彩照人的英雄人物，恰恰相反，因此而使得人物形象显得更加真实，更加血肉丰满。《红楼梦》写人物就达到了更高的境界和水平，有时连正面和反面人物都很难区分了，王熙凤你说是正面人物还是反面人物？薛宝钗是正面人物还是反面人物？生活里的人物本来就是很复杂的。

再谈第二个问题，《三国演义》写人物，较少细腻的描写，而是主要采用粗线条的勾勒，常常采用对比、烘托、渲染等艺术手法，收到了很好的艺术效果。

《三国演义》通过战争的进程，着眼于人物的活动和人物之间的关系，常常避实就虚，采用对比、烘托、渲染等手法，突出主要人物形象。赤壁之战中，作者就将周瑜、鲁肃、诸葛亮等人对比起来写，他不是孤立地把握和表现人物的性格，而是在人物的相互关联中去把握和表现人物的思想性格。在整个赤壁之战中，对诸葛亮用笔并不很多，但他的形象却非常突出，如果将这场战争比作在一个广阔的舞台上演出的一出威武雄壮的戏剧，那么，年轻有为、机智果断的周瑜就是这出戏的主角，而诸葛亮则可以说是这出戏的总导演。一切都在他的预料之中，一切都按着他的布置和指挥在活动和发展。作者对周瑜是正面写，而对诸葛亮是侧面写；写周瑜是实多虚少，写诸葛亮是虚多实少。实际周瑜成了诸葛亮的陪衬，写周瑜聪明，是为了衬托诸葛亮更聪明。而鲁肃在作者运用的对比手法中却处处处于一种极其微妙的地位，周瑜与诸葛亮一个聪明、一个更聪明，一个气量狭小、不顾大局，一个目光远大、胸怀坦荡的对比，主要就是通过鲁肃在其中的穿插联系体现出来的。比如小说写周瑜忌刻褊狭，目光短浅，为一己之私而不顾战争胜败的大局，多次设计谋害在此次战争中处于举足轻重地位的诸葛亮；而诸葛亮却是胸怀坦荡，雍容大度，为共同破曹的最高利益而不计私仇，一次次挫败了周瑜的阴谋。忠厚善良的鲁肃在周瑜和诸葛亮之间联络穿插，使对比映衬显得更加鲜明。周瑜以限期造箭来加害诸葛亮，既不顾大军压境的危重局面，又低估了才智过人的诸葛亮，似智而实愚；诸葛亮不问究竟，欣然领命，还主动立下军令状，把交箭日期由十日缩短为三日，好像一点也没有看出周瑜的杀机，实际上是洞若观火，胸有成竹，似愚而实智。周瑜的褊狭自私由鲁肃之口点出，诸葛亮的机智沉稳也在鲁肃的惊异赞叹中得到进一步的表现。乘船取箭的过程，也由鲁肃相陪。大雾迷漫，鼓声大作，鲁肃大惊失色，诸葛亮则酌酒取乐，安闲自得：惶惧失措与勇敢沉着形成鲜明的对照。

更突出的例子是第五回的“温酒斩华雄”。这节文字，是鲁迅先生在《中国小说史略》中讲到关羽的形象写得成功时，特意引用出来加以赞扬的，称其“义勇之概，时时如见”。这是关羽初露头角的一场战斗，集中表现了关羽的英勇和威武。文字不多（前后不过一千多字），而直接写到关羽的文字更少，但写得有声有色，把一个高大威武、生龙活虎的关羽形象突现了出来。这段文字写关羽，主要是虚写，用侧面烘托的手法。整段文字，没有一句从正面直接描写关羽作战如何英勇，战斗场面如何惊险紧张，而主要通过人物关系，运用烘托、映衬等手法加以表现。作者相信读者的艺术想象力，并启发和调动读者的艺术想象力，获得了很大的成功。

他先写关羽的对立面华雄。他把华雄写得很高大，很英勇，很了不起。但是写华雄不是目的，目的是写关羽。写华雄只是一种陪衬，一种铺垫。写华雄首先写他不平凡的外形：“其人身长九尺，虎体狼腰，豹头猿臂。”次写他口出狂言：“吾斩众诸侯首级，如探囊取物耳。”接着，就从实际战斗中具体地描写他的英勇善战。这又分几层写：先是“手起刀落”（毫不费力）斩鲍忠于马下，被董卓提升为都督。这是第一层。次写他夜袭孙坚兵寨，杀得孙坚狼狈逃窜，险丧性命，连头上的红头巾也换给别人才得以逃脱。这是第二层。再次是写他把孙坚的四员大将之一的祖茂“一刀砍于马下”。这是第三层。所有这些笔墨最后都落到了关羽的身上。这里写华雄是用欲抑先扬的方法，是为了写他乃关羽手下的败将，却先故意写他英勇善战。在上面层层铺垫的基础上，作者这才写关羽出场。从读者的阅读心理来看，这样安排情节也是很吸引人的：面对如此英勇、气焰又如此嚣张的华雄，关羽能战胜他吗？这就造成了一个很大的悬念，使读者不得不非常关心，而且急切地要读下去。

关羽的出场也不同寻常，作者加以着意的布置。主要是通过不同人物的反应来烘托、映衬。如写孙坚损兵折将后“伤感不已”，写袁绍闻讯后“大惊”，写众诸侯聚集商议时，因被挫动锐气，一个个无可奈何，“并皆不语”。而这时却写刘、关、张三个人立在公孙瓒背后冷笑。众诸侯是不语，三人是“冷笑”。在那冷静而又紧张的场面中形成了鲜明的对比。这“冷笑”二字意味深长：不只是笑那些身为将帅却对华雄束手无策的“众诸侯”，同时也是笑那猖狂一时、不可一世的华雄，是对他的一种藐视。这已经使读者感到这三个人有些非同寻常了。接下来又写华雄来挑战，连斩骁将俞涉和上将潘凤。在这“众皆失色”“惶惶不安”之时，这才写“阶下一人大呼出曰：‘小将愿往斩华雄头，献于帐下！’”这几句话本来平平常常，几乎任何一个出战的武将都可能说的；但有了上面那些描写作铺垫，这几句普普通通的话，在此时此地说出来，就变得不同凡响了。这样，经过多方面、多层次的烘托、映衬，气氛渲染得十分紧张。关羽这时出场，自然就十分引人注目，处于一种非常突出的位置了。

按理说，到这时关羽就应该和华雄交手了。但作者却不慌不忙，写得极有层次。在情节的安排上他又故作顿挫，振起一笔，使不长的文章变得波澜层叠、摇曳多姿。看作者先让关羽亮相，写他的外表：“见其人身长九尺，髯长二尺，丹凤眼，卧蚕眉，面如重枣，声如巨钟，立于帐前。”好一条英雄好汉！（这里自然地同前面对华雄的外貌描写形成对比）可是袁术一听说他不过是一个县令的马弓手（相当于今天的警卫员），袁术便大喝道：“汝欺吾众诸侯无大将耶？量一弓手，安敢乱言！与我打出！”关键时刻曹操为他说情：“试教出马，如其不胜，责之未迟。”叫人意想不到的是，在这种十分危急的情况下，关羽竟然主动地立下了军令状，说：“如不胜，请斩某头。”这样一来，气氛就更加紧张了：关羽能否斩华雄之头，不仅关系到盟军的胜负，而且也关系到关羽个人的安危。经过这样一系列的烘托和渲染，作者这才使关羽出马同华雄交锋。可以想见，这场战斗是多么地吸引读者关注，多么地激动人心了。

就在这种能否取胜事关重大的悬念之下，一般的设想，作者该放开笔墨，有声有色地去描写这场激烈的战斗了。可是，跟读者的期望和预料相反，作者非常巧妙地避开了很容易流于一般化的正面描写，而是继续采用了从侧面烘托、渲染的手法。关羽如何英勇善战、华雄如何被斩，没有一句正面的直接描写，一切都让读者从音响、环境气氛，从人们的反应中，自己去想象出来，而效果比直接描写还要好。

他先从酒上点染。曹操为他釃酒，是为了预祝他胜利，寄希望于他，也是为了鼓励他，为他壮壮行色胆气。然而，酒的作用又不止于此。关羽并不喝（如果他端起来就喝，这酒的作用就一般化了，就不能充分发挥了），而是说：“某去便来。”这四个字，平平常常，可是在此情此景之下，出于关羽之口，却是掷地有声的响当当的语言，是英雄声口。如此性命攸关的紧急关头，出语却如此轻松安闲，沉稳镇静，好像不是去跟一个劲敌作殊死的搏斗，而像是日常生活中对朋友说要去做一件极普通的事情一样。这就十分自然又十分有力地表现了关羽对战胜华雄有绝对的把握。还未上阵，单是那副形象，那几句平常而又不同凡响的话，就已经渲染出关羽的英雄气概，一个高大的英雄形象就已经栩栩如生地跃然纸上了。

下面写战斗本身，只用了63个字：“出帐提刀，飞身上马。众诸侯听得关外鼓声大振，喊声大举，如天摧地塌，岳撼山崩，众皆失惊。正欲探听，鸾铃响处，马到中军，云长提华雄之头，掷于地上。——其酒尚温。”写得是何等的精练，何等的巧妙，又是何等的出色！直接写这场战斗的，连一个字也没有。但读者从帐外天摧地塌、岳撼山崩的鼓声、喊声，从众诸侯闻声失色的表情，接着又看到了得胜而归的关羽将华雄之头掷于地上，关羽的英勇善战，战斗的紧张激烈，就全都在读者的想象之中了。聪明的艺术高手，是充分相信并且会运用各种方法去充分调动读者的艺术想象力的。同时，在不该浪费笔墨的地方也是不肯多写一个字的。这里特别值得玩味的是“其酒尚温”的那个“温”字。这个“温”字真是画龙点睛之笔。“温”字说明时间之短，借用华雄的话来说，就是：取华雄之首“如探囊取物”。那样一个令众诸侯闻风丧胆的华雄，关羽不费吹灰之力就战胜了他，关羽是一个什么样的英雄人物，那还用说吗？读到这里，读者才领悟到，作者花那么多笔墨去写华雄，其实都是在写关羽；也才领悟到，在艺术表现中，恰当地运用对比、映衬、烘托、渲染等艺术手法，是能收到事半功倍的艺术效果的。

（在中国现代文学馆的演讲稿，原载《纵论〈三国演义〉》[插图本]，傅光明主编，山东画报出版社，2006年）

《三国演义》人物塑造的得与失

人物形象是小说艺术创造的中心，也是我们鉴赏和评价一部小说艺术成就的主要依据。《三国演义》全书写了四百多个人物，给读者留下鲜明印象的也有几十个之多，其中如曹操、诸葛亮、关羽、张飞、刘备、赵云、周瑜等人，都是家喻户晓、活在人民群众心中的人物形象。能在读者心中活起来的人物形象，就是成功的艺术形象，因此我们说《三国演义》的人物塑造取得了很高的艺术成就。但中国古典小说的现实主义艺术，有一个发展和成熟的过程，应该承认，《三国演义》在人物塑造上与后来的如《水浒传》和《儒林外史》《红楼梦》等作品相比，也还存在一些不足，是有得也有失的。

中国古代早期的长篇小说有一些共同的特点，也是共同的优点，是从“说话”艺术发展而来的。比如为便于讲说，很重视情节的提炼和组织安排，一般都很生动，引人入胜。作者善于通过具有典型意义的生动的情节来刻画人物，以突出人物的主要性格特征。《三国演义》在这方面是比较突出的。例如，通过怒鞭督邮、古城会挥矛搠关羽、三顾茅庐时急躁鲁莽的言行等刻画张飞的粗豪爽直和嫉恶如仇；通过秉烛达旦、挂印封金、过五关斩六将刻画关羽的忠义；通过单骑救主、截江保阿斗等写赵云的勇武和对刘备的忠心不二；通过博望坡用兵、草船借箭、安居平五路、空城计等写诸葛亮的足智多谋；通过因幼子生疥疮而愁得“形容憔悴，衣冠不整”，无心更论他事，以致贻误了乘虚进攻许昌的战机，刻画袁绍的昏庸懦弱；通过杀吕伯奢、借粮官王垕的头以压军心、梦中杀人等情节刻画曹操的奸诈和残忍等等，都很典型、很生动，因而突出了人物的主要性格特征，给人留下了鲜明深刻的印象。但源自“说话”艺术的中国古典章回小说，在人物描写上同中有异，《三国演义》的人物描写有它的独特之处，有得也有失。

在谈到《三国演义》人物塑造上的不足时，常常听到两个说法，一个叫“定型化”，一个叫“类型化”。“定型化”的问题比较好理解，就是指人物的思想性格还没有植根于社会生活的土壤之中，因而其思想性格既缺乏产生的依据，也缺乏发展变化。这一点只要和《水浒传》中的林冲和武松作一比较，就可以清楚地看出来。这是因为《三国演义》还没有注意到将人物的思想性格同他的出身、遭遇、环境等因素结合起来描写，从始至终也没有什么变化，好像曹操生来就奸诈，刘备生来就仁义，诸葛亮生来就聪明。这里就存在一个现实主义的艺术问题。如果写人物的思想性格，写出了现实的依据；并且从这种依据出发，还能写出思想性格的发展，那现实主义就比较有深度了。

“类型化”的问题（有的学者又称为“特征化”，说法不同，所指意思相近）就比较复杂一点，在学术界也有不同的看法。什么叫“类型化”或“特征化”呢？照我的理解，所谓“类型化”是与典型化相对而言的。典型化的人物形象，应该是共性与个性相结合的，或性格内涵比较丰富复杂的人物形象（现实生活中的人物原本如此），而类型化的人物形象则只是突出了某一类型人物的共同特点，而缺乏鲜明的个性特征，或者人物的性格内容比较单一。如一般认为诸葛亮是智慧的化身，曹操是奸诈的化身，刘备是仁义长厚的化身，关羽是忠义的化身等等，这里所说的智慧、奸诈、仁义、忠义等，就是指某一类人物的共同的思想性格特征。《三国演义》的人物形象有所谓“三绝”之说，即认为曹操是奸绝，诸葛亮是智绝，关羽是义绝，这就是从共性特征说的。如果小说只写出人物的“奸”“智”“义”，而且夸张到了极点，又缺乏其他的个性特征，或缺乏比较丰富的性格内容，那就成为类型化的人物了。

应该承认，《三国演义》的人物描写确实存在“类型化”的缺点，但是不可一概而论，要作具体的分析，并非每一个人物都是如此。像关羽和诸葛亮，除了忠义和聪明之外，是很少有个性特征的，性格内容比较单一，缺乏层次，所以他们就成了忠义和聪明一类人物的代表。但曹操这个形象，就不能简单地说是类型化的，而应该说是性格内容相当丰满的一个艺术形象。可以说在塑造这个形象时，作者已经初步地注意到了多方面、多层次地展示人物的性格特色。而这正是现实主义小说艺术的重要特点。

曹操的主要性格特征是自私、虚伪、残忍、奸诈，再加上作者从拥刘反曹思想倾向出发着意渲染他的不忠不义（就是所谓“乱臣贼子”）；但除此而外，作者还写了他作为一个英雄人物的另一面，即写他的雄才大略和政治上的远见卓识，以及与此相关的爱才、惜才，机智老练，民主作风等性格特征。也就是说，《三国演义》既写了曹操坏的一面，也写了曹操好的一面，两面合起来才是一个完整的曹操，一个有血有肉的曹操。

从人物塑造的角度讲，曹操可以说是《三国演义》中写得最成功的艺术形象。其中的一些艺术经验，直至今天也还有一定的借鉴意义。

《三国演义》是以描写封建统治集团的内部斗争为主要内容的，而且它所概括的历史生活又超出了特定的三国时期，因而比较真实地反映了封建统治阶级代表人物的种种特征，其中作为反面人物的曹操形象具有很高的典型意义。作者在他的身上集中概括了封建地主阶级代表人物的一些典型特征：虚伪、奸诈、残忍和极端利己主义。

第四回里，在曹操出场不久，作者就写了一段至今在京剧舞台上还经常演出的著名情节，这就是杀吕伯奢。一开篇就使曹操给读者留下极为可憎和可怕的印象。吕伯奢是他父亲的结义兄弟，他因多疑而误杀吕伯奢的家人，后又在明知杀错了人的情况下再杀吕伯奢，陈宫谴责他："知而故杀，大不义也。"他却回答说："宁教我负天下人，休教天下人负我！"曹操的这句名言，道出了他的人生信条，也是封建地主阶级代表人物本质特征的生动概括。这一情节的安排是经过作者的精心构思的。在《三国志·魏书·武帝纪》裴松之注所引的孙盛《杂记》中，确有关于曹操误杀吕伯奢家人的记载，但作者不是原文照搬，而是在艺术上作了三点重要的加工：一是《杂记》只记曹操杀了吕伯奢的家人，而没有杀吕本人，《三国演义》却加写了曹操在明知误杀吕家八人后，还将在路上遇到的吕伯奢杀死；二是《杂记》并没有写有陈宫陪同曹操到吕伯奢家，《三国演义》特意加写陈宫陪同，意在使富于正义感的陈宫成为曹操的陪衬，使曹操的奸诈、残忍和不义显得更加突出；三是写陈宫对曹操的负义行为进行谴责，由此而引出曹操那两句臭名昭著的人生信条。①已有学者指出，杀吕伯奢的情节在艺术处理上有不合情理之处，因为吕的家里有那么多人，这么重要的客人来家，应该自己陪客，而完全不必亲自到西村去买酒。但作者为了主观的创作意图而不顾有悖生活逻辑，特意安排曹操杀吕伯奢的这段情节，在人物一出场就给他的脸上抹上白粉，可见作者的意图确实是要在全书一开始就为

① 参见周兆新《三国演义考评》，北京大学出版社，1990年，第133页。

这个人物的思想性格定下一个基调，即自私、奸诈、残忍。

第十七回写曹操围寿春攻打袁术，袁军闭门不出，曹军粮尽，粮仓官王垕向他报告，并问他如何处置，他告诉王垕说："可将小斛散之，权且救一时之急。"王垕说："士兵倘怨，如何？"操曰："吾自有策。""吾自有策"这四个字，说明他已设下圈套，如何处置这个复杂难办的事情，早已心中有数了。王垕照办后，士兵都埋怨曹操欺骗众人，这时他竟然向王垕借头来示众，以稳定军心。这个情节，既写出了他的奸诈，又写出了他的残忍。

他对自己手下谋士的态度，也是顺我者昌，逆我者亡。荀彧是他手下的重要谋士，替他出过很多好主意（如"奉天子以从众望，不世之略也"就是由他提出来的），为他建立了很大的功劳，曹操也一直对他十分欣赏信任。但当荀彧劝他不要封魏公、加九锡，因为触动了他篡权的野心时，他便怀恨在心，翻脸不认人，遣人送了一个食盒给荀彧，盒上有曹操亲笔的封记。荀彧开盒一看，盒内并无一物，彧即会其意，便服毒自杀了（第六十一回）。荀攸（荀彧之侄）不同意他封魏王，他就大怒，威胁说："此人欲效荀彧耶？"致使荀攸忧愤成疾，卧病而死（第六十六回）。其他如许田射猎、杖杀伏皇后、杀杨修、杀祢衡、梦中杀人等情节，都突出地刻画了曹操的阴险、奸诈、残暴和不仁、不义，突出地表现了曹操作为一个反面人物的基本特征。

但这并不是《三国演义》里完整的曹操，完整的曹操还有另外一面。下面我们以毛宗岗评改本为例（毛评本是公认为拥刘反曹思想倾向最为突出的一个本子），举一些例子来进行分析。

第一回里，写有一个善于"知人"的（不是相面的）许劭，曹操自己跑去见他，问他"我何如人？"许劭回答说："子治世之能臣，乱世之奸雄也。"曹操闻言大喜，一点也不生气。曹操身处汉末乱世，他终于如许劭所言，成了一个"奸雄"。值得注意的是，作者在描写他奸诈残忍的同时，并没有回避，相反却是生动地展现了他作为一个杰出的政治家和军事家的另一面。简单地说，在作者的笔下，曹操虽是一个反面人物，却不失英雄本色。

首先，是写他的雄才大略和政治上的远见卓识。他在与刘备"煮酒论英雄"时，曾说："夫英雄者，胸怀大志，腹有良谋，有包藏宇宙之机，吞吐天地之志者也。"（第二十一回）在曹操的身上是多少表现出了他所说的这种英雄品格的。他确是胸怀大志，以实现天下的统一作为自己的奋斗目标，并在不少问题上以此作为考虑和处理问题的出发点的。特别在讨董过程中，作者处处将他同那些各怀异心、坚持搞分裂割据的军阀作对比，写他政治上的卓见和谋略。第四回，写董卓欺君弄权，王允宴请旧臣商议讨伐，但大家慑于董卓的威势，毫无办法，“众官皆哭”。这时作者写：“坐中一人抚掌大笑曰：‘满朝公卿，夜哭到明，明哭到夜，还能哭死董卓否？’”这人不是别人，正是曹操，他对那些面对董卓专权而只有哭鼻子的公卿大臣投以轻蔑和嘲笑，并主动提出愿担任谋刺董卓的重任。后来在讨董过程中，盟军内部互相勾心斗角，各谋私利，袁绍身为盟主，却按兵不动，不下令乘胜追击董卓，这时小说这样描写曹操：

操曰：“董贼焚烧宫室，劫迁天子，海内震动，不知所归，此天亡之时也，一战而天下定，诸公何疑而不进？”众诸侯皆言不可轻动。操大怒曰：“竖子不足与谋！”遂自引兵万余，领夏侯惇、夏侯渊、曹仁、曹洪、李典、乐进，星夜来赶董卓。

很显然，这时候的曹操，是一个具有讨董卓、平天下的雄心壮志，而高出于群雄之上的政治上有远见卓识的人物。

在第五回《温酒斩华雄》一节，从他对关羽的态度中，写出他能识才、爱才，且能打破贵贱出身的偏见，坚持“得功者赏”的正确原则，又能从统一大业出发考虑和处理问题。袁术听说那个自告奋勇能斩华雄之首的关羽，不过是刘备（当时还只是一个小小的县令）手下的一个马弓手，便轻蔑地大喝一声：“汝欺吾众诸侯无大将耶？量一弓手，安敢乱言！与我打出！”曹操却能慧眼识英雄，断定他“必有勇略”，并劝袁术息怒，说“试叫出马，如其不胜，责之未迟”。并亲自为关羽酾热酒一杯，以壮行色。他不以贵贱论人，而能打破偏见，采取一种实事求是的态度，确实表现了一个政治家的胸襟气度。当曹操指出“得功者赏，何计贵贱乎”时，袁术发怒，说“既然公等只重一县令，我当告退”。此时曹操说：“岂可因一言而误大事耶？”在刘、关、张回寨以后，曹操又暗使人赍牛酒抚慰三人。这些都是一个杰出的政治家才能有的言语行为。

又如第十六回，写刘备为吕布所逼，到许昌暂投曹操，荀彧劝他乘机杀刘备，说：

“刘备，英雄也，今不早图，后必为患。”操不答。荀彧出，另一谋士郭嘉入。操曰：“荀彧劝我杀玄德，当如何？”嘉曰：“不可：主公兴义兵，为百姓除暴，

> 唯仗信义以招俊杰，犹惧其不来也；今玄德素有英雄之名，以穷困而来投，若杀之，是害贤也。天下智谋之士，闻而自疑，将裹足不前，主公谁与定天下乎？夫除一人之患，以阻四海之望，安危之机，不可不察。”操大喜曰：“君言正合吾意。”

于是表荐刘备领豫州牧。曹操非常清楚刘备是一个了不起的英雄，是将来跟自己争夺天下的劲敌，从他的内心愿望说，是非常想杀掉刘备的。小说写他对荀彧的建议“不答”，“不答”二字写得绝妙，意在表现曹操是在思考问题。因为他内心深处是同意荀彧的看法的，却又还有更深远的考虑，因而一时难于下定决心。但他最终还是高兴地同意郭嘉的意见而拒绝了荀彧的意见。这说明，曹操在政治上确是善察安危之机，能从收四海之望、统一天下的长远目标着眼来考虑和处理问题的。这些地方，都应该实事求是地承认是曹操远大的政治眼光和开阔的政治胸怀的表现，而不能不加分析地都解释为是曹操奸诈的表现。

官渡之战（第三十回）更是表现了曹操杰出的军事才能和政治上的远见卓识。他既能正确地分析形势，又能虚心地听取下属的意见，集思广益，及时地作出正确的战略决策，显得既果断而又稳重。战争进行中，他从前的好友许攸，由于正确的意见遭到袁绍的拒绝，而且还受到迫害，就从袁绍营中跑来向他提供袁绍一方的军事情报。一到就向曹操探听军粮还有多少？曹操没有如实相告，先说：“可支一年。”后又说：“有半年耳。”后来许攸大失所望，并发了脾气，他还装得迫不得已的样子说：“子远勿嗔，尚容实诉：军中粮实可支三月耳！”直到许攸怒斥他为奸雄，他才最后附耳低言告诉说：“军中止有此月之粮。”这一情节经常被人当作曹操奸诈的例子来引用，实际上曹操是很冤枉的。正如曹操所说：“岂不闻‘兵不厌诈’！”这是用兵之道的常识，如果在两军对垒的紧张战斗中，曹操对一个突然从敌方跑来的故人一见面就把自己一方关系胜败的军事机密和盘托出，这岂不是愚蠢至极吗？实际上这一情节非常生动地表现了曹操在军事斗争中的机智，表现了他作为一个军事家的丰富的斗争经验。他临事冷静，保持着高度的警惕，以虚冒实，不露真情，不过是以诈防诈。

另有一个情节也是常被人引用来作为曹操奸诈的例子，而实际上同样是很不准确的。破袁后，在袁绍军营中发现了书信一束，皆许都及军中诸人与袁绍暗通之书。有人劝曹操：“可逐一点对姓名，收而杀之。”但他却说：“当绍之强，孤亦不能自保，况他人乎？”即将书信焚毁，不予追究（第三十回）。这实际上也是曹操能从长远利益出发来处理问题的典型例子，因为当时只是初获胜利，袁氏余党势力仍然比较强大，如果此时整肃内部，诛杀部下，必然会动摇军心，不利于将来更图大事。这恰恰表现了他作为一个政治家的明智、冷静和宽广的胸怀。如此胸襟气量，连现代某些政治家也未必能够做到，将这也说成是曹操的虚伪和玩弄权术，只能说是出于一种偏见。此外，书中写曹操优点的地方还有不少，如他在战争中注意发扬军事民主，在采取重大的行动之前，总是要召集众将商议，听取各种意见。在战斗中又能亲临前线，身先士卒。他渴求贤才，广泛地招贤纳士，争取更多的人为自己服务，因而造成“文有谋臣，武有勇将，威镇山东”的胜利局面。他对关羽恩义备至也并非出于奸诈，而是真心爱才、留才的表现。他带兵军纪严明，制法遵法，割发权代首就是一例（第十七回），不少人也以为这是他奸诈的表现，同样不够实事求是。讨袁绍时，他号令三军“如有下乡杀人家鸡犬者，如杀人之罪”。使得“军民震服”（第三十一回）。他派儿子曹彰北征乌桓时，临行戒之曰：“居家为父子，受事为君臣。法不徇情，尔宜深戒。”使得曹彰“身先战阵，直杀至桑乾，北方皆平”（第七十三回）。这些地方，作者都比较真实地写出了曹操节节胜利、迅速统一中原的原因，应该说是符合历史真实的。

从人物描写的角度看，曹操这一面的性格特点，似乎与他奸诈的另一面是矛盾的，实际上却是统一的整体，完整而丰富地表现了曹操的性格内容，从而使得这一形象血肉丰满，富于艺术生命力。值得注意的是，作者大胆地描写了曹操身上作为杰出的政治家和军事家的特色，不但没有妨碍作者将他写成一个令人憎恶的反面人物，而是恰恰相反，正因为他写出的是一个杰出的、有才能的、了不起的坏蛋，这个形象才不但令人可恨，而且令人可怕。这就写出了曹操这个人物思想性格的独特性，写出了人物思想性格的丰富复杂的内涵，就不是所谓类型化的人物所能具有的特征。

曹操的形象能做到多层次、多侧面，写得比较丰富，富有血肉，读起来有立体感，主要基于两方面的原因：一是，作者的指导思想就很明确，他是要将曹操写成一个乱世奸雄，而不是一个一无是处的坏蛋和草包，这种认识是符合生活实际的，并不是好就好到家，坏就坏到家；二是，作者写的是历史演义小说，是在历史事实的基础上敷演的，不是完全的凭空虚构，因此他虽然有明确的拥刘反曹的思想倾向，但也不可能完全彻底改变历史人物的面貌。

人物思想性格的复杂来自于生活。历史上的曹操本来就有作为政治家和军事家雄才大略的一面，否则他就不可能成为一个杰出的历史人物，也就不可能在 20 世纪 60 年代还有学者出来为他翻案。作者在突出他自私、奸诈、残忍一面的同时，并没有完全消解他的前一方面，或者更准确地说，是有意地适度保留了他的前一个方面，这是符合历史真实的。这不但不说明《三国演义》人物塑造的失败，相反在人物塑造上既写其短亦写其长，而又不影响到褒贬爱憎的总的思想倾向的表现，应该承认这样的艺术处理是相当高明的。曹操性格中的两面当然是矛盾的，但矛盾对立统一而构成一个有机整体，这正是复杂的社会生活本身所决定的。这种看似矛盾而实际统一的现象，在生活中就很常见，不仅同一个人既有优点也有缺点，杰出的才能往往与恶德联系在一起；而且同一个人的同一种品格或素质，在此种条件下是美德，在彼种条件下也可能变成恶行。不承认历史和生活本身的复杂性，我们不仅对文学形象，就是对历史人物和现代人物的评价也都会失之片面。

有的学者认为《三国演义》的作者没有能写出曹操性格中这矛盾两面的内在联系，写出他性格变化的依据，就说曹操的形象是失败的。这不够公允。写出矛盾的内在联系，写出性格变化的依据，这是人物塑造的更高标准，更高要求，《三国演义》的作者没有能够做到，这只是他的不足，而不能说成是他的失败。成功和失败的衡量标准，只能是这个形象在读者心目中留下的印象，从古至今，读过《三国演义》的读者对曹操的印象都是一个既可憎又可怕的奸雄，一个活生生的人物，这就证明了它的成功。写一个反面人物而敢于写他的优点，而写他的优点不仅并没有妨碍将他写成一个反面人物，相反却将他写成了一个更加令人感到可憎和可怕的反面人物。这是符合生活真实和历史真实的，因而是可信的。这是《三国演义》人物塑造的成功之处，至今也还是值得我们的现代作家在塑造人物时学习借鉴的。

在《三国演义》中，人物性格内容并不单一而表现出多层次特点的，还不止曹操一人，其他如张飞、周瑜也是如此。张飞既有嫉恶如仇、粗豪鲁莽的一面，又有从善如流、粗中有细的一面；周瑜既有聪明干练、有勇有谋的一面，也有忌刻褊狭、不顾大局的一面。对张飞的描写，有些地方是很感动人的。如第二十八回古城会，写张飞并没有做调查研究，就误以为关羽真的投降了曹操，因而一见到关羽便“圆睁环眼，倒竖虎须，吼声如雷，挥矛向关公便搠”，谴责他背叛了桃园结义。可等到关羽斩了蔡阳，又听二夫人讲说关羽一系列表现后，张飞自知错了，竟然大哭起来，立即参拜云长。丈夫有泪不轻弹，像张飞这样粗豪的英雄是很少哭的，但他哭起来却非常动人，交织着悔恨、敬佩、感动等复杂的感情。他的嫉恶如仇和服从真理，都统一于他那率直粗豪的性格之中，心地光明，快人快语，叫人十分喜爱。

鲁迅在《中国小说的历史的变迁》一文中谈到《红楼梦》的艺术价值时，曾经说过："其要点在敢于如实描写，并无讳饰，和从前的小说叙好人完全是好，坏人完全是坏的，大不相同，所以其中所叙的人物，都是真的人物。"鲁迅先生论《红楼梦》的艺术成就是讲得很精警，很深刻的。《三国演义》写人物，有的确实是"叙好人完全是好，坏人完全是坏的"，但从上面我们的分析中可以看到，并非写一切人物都是如此，曹操、周瑜、张飞等人物就是例外。我们应该认识到，写好人并不是一切都好，写坏人并不是一切都坏，这其实是中国古典小说的艺术传统，就长篇小说而言，从《三国演义》就已经开始了的，发展到《红楼梦》是集大成，达到了更高的水平，创造了更高的境界，更加贴近生活，酷似生活，表现了更加成熟、更加深刻的现实主义人物描写的艺术。

当然对曹操的描写也还有败笔，人物的性格还有前后不够一致的地方。如赤壁之战中，阚泽献书时，曹操表现得是那样机智而保有高度的警惕，而在蒋干第一次过江中了周瑜的反间计，自己杀了自己的水军都督蔡瑁、张允，吃了大亏，实践证明蒋干是一个草包决不是周瑜的对手之后，却又在后来第二次派他过江，结果又中了庞统所授的连环计，造成了最后的全军覆没，显得是那样愚蠢而又麻痹。但这毕竟是局部，是小疵。

以上我们从"类型化"，即人们普遍认为的《三国演义》人物描写之失说起，谈的却是它的"得"，它的应该肯定也值得肯定的优点和成就。下面我们就来谈谈它在人物描写上的"失"。

鲁迅在《中国小说史略》中，对《三国演义》人物描写的缺点，有过两句非常著名的经典论断："至于写人，亦颇有失，以致欲显刘备之长厚而似伪，状诸葛之多智而近妖。"对鲁迅的这一论断，下面举一些例子来进行分析。

毫无疑问，拥刘反曹的《三国演义》是把刘备作为一个正面的理想人物来刻画的，他是一个理想化的仁君的典型。可是从小说所塑造的刘备形象中，从小说对他的具体描写里，我们又处处看出和感受到他作为一个封建统治阶级政治家的基本特点——虚伪。他城府极深，善用韬晦之计。在人们认为最接近罗贯中原作的《三国志通俗演义》中，作者既写了他长厚仁义的一面，也写了他虚伪奸诈的一面。毛宗岗评改本将后一方面大大删削，但仍然不能完全改变这个人物的这一特点。在罗本中，刘备出场时虽然被称为英雄，但对他的介绍并不是太好的："那人平生不甚乐读书，喜犬马，爱音乐，美衣服。少言语，礼下于人，喜怒不形于色。"这一段被毛本删去了。但毛本中对他"以屈为伸"的策略也还是写得相当充分的。如吕布与曹豹里应外合，偷袭了徐州，吕布将刘备的家眷送出，他还入城表示感谢，虽然心里很不高兴，但口头上还说："备欲让兄久矣。"还住小沛，关、张十分气忿，刘备对他们说："屈身守分，以待天时。"后来吕布攻破小沛，刘备无路可走，迫不得已到许昌归附曹操，他采取的是"勉从虎穴暂趋身"的"韬晦之计"，在"下处后园种菜，亲自浇灌"，以掩盖自己的真实面目和真实意图。所以在"煮酒论英雄"时，曹操一说出"今天下英雄，唯使君与操耳"时，他就吓得连筷子都拿不住了，还以怕雷来作遮掩（第二十一回）。赵云血战曹操，突出重围，单骑救主，将阿斗交与刘备以后，刘备把阿斗掷之于地，说"为汝这孺子，几损我一员大将！"针对这一情节，民间有一句俗语说："刘备摔孩子——邀买人心！"说明老百姓早就看出了他虚伪的一面。

刘备的虚伪更为突出的是表现在他图霸称帝这一问题上。他本来是有帝王之志的，否则就不会三顾茅庐去请诸葛亮出山，但在他谋取帝业的过程中，却一直以"仁厚"和"忠义"来掩盖他的政治目的。但是掩盖的结果却是应了一句成语：欲盖弥彰。他自领益州牧，取刘璋而代之，作者却极力渲染他"再三辞让"，说什么"奈刘季玉（刘璋字）与备同宗，若攻之，恐天下人唾骂"（第六十回）。他一面要刘璋"交割印绶文籍"，献城投降，一面又口称"吾非不行仁义，奈势不得已也！"（第六十五回）这种口心不一的表白，正是刘备虚伪性格的绝妙的自我暴露。攻取汉中以后，诸葛亮、法正等人劝他"应天顺人，即皇帝位，名正言顺，以讨国贼"。他却说："刘备虽然汉之宗室，乃臣子也；若为此事，是反汉矣。"说明按封建伦理道德的观念，对君臣之间的界限，他的心中是清清楚楚的。因此他才这样说："要吾僭居尊位，吾必不敢。"所谓"僭居尊位"，就是指超越本分而占居帝位。表面的谦虚暴露出他的真实目的：不是不想、不愿，而是不敢。后来诸葛亮又劝他暂称"汉中王"，他又说："不待天子明诏，是僭也。"然后是"再三推辞不过，只得依允"（第七十三回）。及至曹操篡汉自立，诸葛亮等人又劝他即帝位时，他又说："卿等欲陷孤为不忠不义之人耶？"还矫揉造作地勃然变色说："孤岂效逆贼所为！"再三坚执不允。后来诸葛亮不得已托病，并以人心思散相告，他这才说出真心话来："吾非推阻，恐天下人议论耳。"最后还补上这么一句："陷孤于不义，皆卿等也！"（第八十回）这真可以说是“皇帝由我当，责任由你们负”。读到这些地方，我们确实能从刘备表面的长厚中看到他的虚伪，而且很厌恶他这种虚伪。

当然，从刘备形象所表现出来的统治阶级代表人物的虚伪，主要是从客观的艺术效果来看的，作者在主观上是歌颂他的，是要把他塑造成一个仁君形象的。这一点同写曹操作者主观上就是要将他塑造成一个奸雄的形象有所不同。说作者在人物塑造上有“失”，是从“仁君”形象的塑造这一点来说的，是从违背了作者的主观创作意图的角度说的。造成这种与作者的主观愿望相反效果的原因，一是在表现人物性格时，分寸掌握得不好，渲染和夸张过分，就会适得其反。二是跟《三国演义》这本书的性质有关，罗贯中写的是历史演义小说，他不可能从根本上完全改变历史人物的基本面貌。这一点同写曹操而不可能完全抹煞他的优点，正有相通之处。

再简单说说“状诸葛之多智而近妖”。书中写诸葛亮聪明的地方非常多，凡是科学的、符合事理的地方都很成功，很出色；凡是违背科学、不合事理的地方就如鲁迅所指出的不免显出一种妖气，就成了败笔。就拿赤壁之战的八回书来说，写诸葛亮的智慧总体看是非常出色的，特别是缔结孙刘联盟过程中，采用智激孙权和智激周瑜的方法，是建立在对孙权和周瑜这两个人物思想性格，特别是在当时具体环境中他们的心理状态的深入了解的基础之上的，那么艰巨的任务，那么危险的境地，他却能处之泰然，沉稳自信，雍容大度，举重若轻，不仅成功地表现出诸葛亮政治家的眼光和胸怀气度，而且突出地表现出他的过人的智慧。但有些地方也确实不免带有一些妖气。举几个例子。草船借箭和祭东风两个情节，都关系到战争的进程甚至战争的胜败，又都与气象有关，但艺术处理和效果却迥不相同。周瑜出于对诸葛亮的忌刻，就不顾大局想要加害于他，要他在十天之内要造出十万支箭来，而又不给他提供材料和用工的方便。诸葛亮不但非常痛快地答应下来，而且还将交箭的日期从十天缩短为三天，还立下军令状，说“三日不办，甘当重罚。”诸葛亮要鲁肃为他准备二十只船，每船准备军士三十人，以及布幔束草等物。到第三天，鲁肃陪诸葛亮在大雾的早晨乘船靠近曹操的水寨，诸葛亮命军士在船上擂鼓呐喊。鲁肃十分紧张，而诸葛亮却从容镇静，只要鲁肃“酌酒取乐，待雾散便回”。结果曹军不敢出战，只以乱箭射之。诸葛亮于是不费吹灰之力就从曹操那里借来十万支箭，既挫败了周瑜想加害于他的阴谋，又使曹操损失了在水战中十分重要的十万支箭。鲁肃十分惊叹地问他：“先生真神人也！何以知今日如此大雾？”诸葛亮回答说：“为将而不通天文，不识地利，不知奇门，不晓阴阳，不明兵势，是庸才也。”诸葛亮如何算出第三天会有大雾我们且不去管他，但是他讲到天文知识在战争中的重要性，却是有科学根据的，因此这一情节可以说是比较有说服力地表现了诸葛亮的智慧和修养。但他在七星坛上作法祭东风，写他“身披道衣，跣足散发”“焚香于炉，注水于盂，仰天暗祝”，就俨然成了一个呼风唤雨的妖道了。

曹操败走华容道，他派关羽去堵截，是因为他“夜观乾象”，看出“曹贼未合身亡”，便故意让关羽去放走曹操，做个人情。这也不免带上一点妖气。而在向关羽部署战斗任务时，却又灵活运用兵法，表现出很高的智慧。兵法上说：“虚则实之，实则虚之。”就是设下埋伏的时候，要让敌人误以为没有埋伏，而没有埋伏的时候，却又要让敌人误以为有埋伏。但诸葛亮对关羽作阻击的部署时，让关羽埋伏于道路的两旁，却这样吩咐关羽：“可于华容小路高山之处，堆积柴草，放起一把火烟，引曹操来。”这就是反用兵法之道，即实则实之，而不是通常情况下的实则虚之。明明告诉敌人这里有埋伏，不是很笨吗？诸葛亮的聪明就表现在他深知曹操是一个机警而精通兵法的人，曹操以虚则实之的兵法常理来判断，以为是对方虚张声势，就上了诸葛亮的大当。与此相似而又相反，是非常著名的空城计，却是以虚则虚之而取得了险胜。关键都在于对不同的人采取不同的对策。诸葛亮的空城计，如果对手不是深知兵法而又对诸葛亮一生谨慎行事十分了解的老谋深算的司马懿，而换成是勇猛无比、头脑简单的张飞，既然城门大开，那就长驱直入，后果就不堪设想了。

从以上的分析我们可以看到，《三国演义》在人物塑造上，不仅从整体上看是有得有失，而且从具体的形象来看也是如此。其中的一些经验教训，可以作为我们今天文学创作的借鉴。

（原载《成都师范学院学报》2013 年第 9 期，此文未收入北京大学出版社 2011 年版《古典小说的思想与艺术》，为十卷本《周先慎文集》补录）

论《水浒传》的思想倾向和艺术构思

人们由于历史条件、阶级地位以及诸如人生经验、艺术修养、思想方法、审美趣味等方面的差别，对一部文学作品有不同的认识和评价，所谓“仁者见仁，智者见智”，这是常事。但是，对一部作品思想倾向的基本估计和认识，产生尖锐的对立，得出完全相反的结论，而毁之誉之，言理持故又各有依凭如《水浒传》者，实为世所罕见。

描写一场轰轰烈烈的农民起义，直接展示以封建社会基本矛盾为中心的广阔的社会生活，尖锐地触及封建社会的某些本质方面，《水浒传》的作者在表现这一政治性很强的题材时，不能说毫无忌讳。但《水浒传》是一部思想倾向鲜明的书，它所采用的艺术表现方法也是明朗的，不像某些产生于黑暗时代的作品那样，故意闪烁其词，写得晦涩难明。《水浒传》确是一部“发愤之作”。作者强烈的爱和恨，义愤和感慨，在作品中都无意于掩藏，似亦无法掩藏。《水浒传》思想倾向的难于把握和评析，问题不在这里。

问题在于，作者的思想本身就存在着尖锐的矛盾。他同情和歌颂农民起义，却让他们招安；写招安，又不以荣华富贵作结，而写出那样一个令人震颤、催人泪下的惨局。作者的目的何在？看起来真有些扑朔迷离，令人困惑难解。对于像《水浒传》这样思想倾向鲜明，却又并不单一，充满复杂矛盾的作品，采用非此即彼（要么是批判什么，要么是歌颂什么）的简单化方法，难于把问题说清。只有承认矛盾，分析矛盾，并探求产生这些矛盾的社会历史条件和思想根源，才能得出比较符合实际的认识。

在生活感受和体验的基础上形成的对现实的认识与评价，是作家进行艺术构思的依据。艺术构思受到作品思想倾向的制约，同时又鲜明地体现作品的思想倾向。本文试图结合《水浒传》的艺术构思，分析《水浒传》的思想倾向及其矛盾内容，并探讨产生这些矛盾的历史根源和社会根源。

一

直感是非理性的，不是科学认识；但直感又是科学认识的基础和出发点。直感常常帮助人捕捉住对象的重要特征，获得最初的鲜明印象。为着认识《水浒传》存在的思想矛盾，回顾一下我们初读《水浒传》时的直觉，是很有意思的。

我们的印象是：《水浒传》以第七十一回为界，分成前后两大部分。第七十一回大聚义排座次以前，写各路英雄在反压迫斗争中汇聚梁山，起义事业兴旺发达，欣欣向荣，写得有声有色，读后令人欢欣鼓舞；而在第七十一回以后，尤其是第八十二回全部受招安以后，征辽，征方腊[①]，便江河日下，气息奄奄，直至风流云散，全军溃灭，写得凄凄惨惨，读后令人痛惜沮丧。读前半部时，感到作者是在歌颂农民起义；而读后半部时，又觉得作者似乎在污蔑或反对农民起义。

这一直觉印象，使我们初步接触到《水浒传》思想艺术上的一些重要问题，例如把义军的兴旺和败亡分为两个阶段来写，确是《水浒传》在艺术结构和艺术构思上的显著特点；又例如写造反和写招安，在情调气氛上表现出鲜明的差别和对立，也确是《水浒传》思想矛盾的一种反映，等等。但这些印象毕竟是肤浅的，不可靠的。仔细地阅读全书并进行深入的比较分析以后，我们就会发现，《水浒传》的思想矛盾是通贯全书的，并非表现在前半写造反、后半写招安上。写造反、写招安，都由统一的指导思想来贯串，而且经过作者精心的艺术构思，已经构筑成为一个有内在联系、矛盾统一、不可分割的艺术整体。《水浒传》在结构形式上把造反和招安明显地划分为前后两部分来写，这个特点给金圣叹提供了方便，一刀就把《水浒传》给“腰斩”了，而且竟能冒充古本广为流传。但是“腰斩”割裂了全书统一的艺术构思，砍掉的只是招安及其结局；作者在前半部为写招安而精心地布置下的伏线，如血脉之贯注于肌体，是难以通过砍削窜批就能全部改观的。这样，“腰斩”的结果就只能造成如鲁迅所说的“断尾巴蜻蜓”。

---

① 本文的分析和引文均据公认为比较接近《水浒传》原貌的容与堂刻百回本。通行的七十一回本没有招安以后的情节；《水浒全传》本除征辽和征方腊以外，又多出征田虎、王庆的情节。

看来，《水浒传》作者在长期民间传说的基础上构思这部长篇小说时，是自觉地以描写一支农民起义队伍从发生、发展到招安、败亡的全过程作为自己的目标的。他落笔前胸有成竹，落笔时瞻前顾后，不仅把义军的兴与亡，井井有条顺理成章地做了细心的安排，而且还处处把两者联系起来描写：写他们兴旺发达时，即已预见并预伏了他们必定会走向招安；写他们招安时，又已预见并预伏了他们必然会走向败亡。惨痛的悲剧结局是作者遵循生活的逻辑，按自己对现实生活的体验和认识写出来的。他明知招安是一条败亡之路，结局悲惨，同情、哀叹，却还是让他们走下去，至终也不改变这种安排。这正是作者深刻的思想矛盾的表现。

残酷黑暗的封建统治迫使人们走向反抗的道路，作者怀着极大的义愤和同情，描写了梁山农民起义队伍的发生、发展和壮大。这支起义队伍的出路和归宿是什么呢？这是读者十分关心的问题，也是作者必须回答的问题。生活于元末明初的施耐庵，从他所生活的那个时代的历史条件和社会斗争实践出发，从他的立场和世界观出发，在《水浒传》故事长期民间流传的基础上回答了这个问题。作者从生活实践、社会思想和历史传统中，提炼出两方面的认识，或者说两个思想原则，作为贯穿、提挈全书，指导艺术构思的思想要点，这就是："官逼民反""乱由上作"和忠君思想。这两种思想，在《水浒传》所描写的特定的历史内容中，互相依存，对立统一，构成了《水浒传》思想倾向中的深刻矛盾。

二

《水浒传》跟其他一些由文人独立创作的长篇小说不同，作者在艺术构思时首先面临的是一个如何将长期民间流传、零散而思想不尽一致的小部《水浒传》，贯串组织成一部结构完整、有统一思想的大部《水浒传》的问题。作者用来集中、提炼、改造原始素材的思想，首先便是他从长期社会斗争的观察体验中得到的具有历史的深度和广度的认识——"官逼民反""乱由上作"。

一部大书，以写大奸贼高俅的发迹史为发端，一开始就将农民起义军的对立面摆出来，充分地写出他的无赖嘴脸、罪恶行径和反动本质，触及社会生活中压迫和被压迫的主要矛盾。这一构思，就意在揭出"官逼民反""乱由上作"的中心思想。作者揭露封建统治阶级的罪恶，不是孤立地写单个的人，而是写出一个上下左右互相勾连的巨大的黑暗统治网。在这个统治网下面，邪恶凶残的坏人横行霸道，无辜善良的百姓惨遭迫害。正是在这样的大背景之下，作者以满腔热情，集中笔墨写出鲁智深、林冲、杨志、武松等几个主要英雄人物的性格传记。这些英雄人物，来自不同的阶级、阶层，各有不同的生活经历和思想性格，然而殊途同归，都在封建统治阶级的压迫下，一步步走向革命，汇聚到梁山农民起义队伍中来。起义英雄造反上山的过程，就是农民革命事业发生和发展壮大的过程。一方面深刻地揭露出封建统治的黑暗和罪恶；一方面则在斗争生活的实践中写出人物思想性格的转变，抛弃了原来的幻想，克服了身上的缺点和弱点，增强了革命意识，变得更加坚强和勇敢。因此，英雄人物的性格传记，便构成梁山革命事业兴旺发达历史的具体充实的内容。以此为线索，作者把本来一个个分散的故事贯穿起来，组织成彼此紧密相连的有机体，突出“官逼民反”“乱由上作”的思想。在这个过程中，也就展开了广阔的社会生活面，写出当时广泛存在的压迫和反压迫的斗争，揭示出农民起义发生的社会根源和发展壮大的必然性。作者将旧时代被统治阶级轻蔑仇视、看作“寇盗”的反叛人物，描绘成具有种种高贵品德的英雄，比统治阶级人物高出许多倍，着意渲染和赞美他们的反抗性格，写得可歌可泣，光彩照人。单是这一点，就表现出作者具有非常进步的历史观。

在描写英雄人物性格传记的同时，作者又穿插描写了小规模的集体起义行动，这就是晁盖、吴用等人的智取生辰纲。这一安排在《水浒传》的艺术构思中有着重要的意义。七星聚义实际上是为梁山革命事业奠基，为众英雄的造反设置一个汇聚点。开篇不久就写出这一情节，不仅有结构上的意义，更重要的是显示了作者的目的并不在写单个人的反抗行动，而在写集体的革命斗争，写出条条江河归大海的那种浩浩荡荡和波澜壮阔的气势与力量。智取生辰纲同样鲜明地表现了“官逼民反”“乱由上作”的思想。生辰纲乃北京大名府留守梁中书给他的岳父当朝太师蔡京的一份寿礼，这价值十万贯的金珠宝贝都是他平日从老百姓身上掠夺压榨来的。众英雄在聚义时饮酒发誓：“梁中书在北京害民，诈得钱物，却把去东京与蔡太师庆生辰，此一等正是不义之财。”“不义之财，取之何碍！”作者以极其鲜明的态度，肯定了这次行动的反掠夺、反剥削的正义性质。同时，作者还揭示出这次行动的参加者穷苦渔民阮氏三兄弟革命性所由产生的社会根源。书中虽然没有一笔从正面描写他们平日的生活情景，只从侧面点示，意思却清清楚楚。梁山泊草创时期，在王伦的领导下“打家劫舍”，也影响到阮氏兄弟的打鱼生计。但阮小二却引为幸事，他说：“我虽然不打得大鱼，也省了若干科差。”透露出平日承受的苛税之苦。阮小五则揭露了官府野蛮掠夺的暴行："如今那官司，一处处动掸便害百姓。但一声下乡村来，倒先把好百姓家养的猪羊鸡鸭，尽都吃了，又要盘缠打发他。"正是在这样的官府残酷的掠夺压迫之下，弟兄们难以为生，才对梁山泊强人们那种"不怕天，不怕地，不怕官司，论秤分金银，异样穿绸锦，成瓮吃酒，大块吃肉"的"快活"日子产生强烈的向往，表示"若是有识我们的，水里水里去，火里火里去。若能勾受用得一日，便死了开眉展眼"。当吴用说出晁盖邀请他们弟兄参加劫取生辰纲的行动时，阮小七便高兴得跳起来道："一世的指望，今日还了愿心，正是搔着我痒处。"以渔民的质朴语言，表示了投身革命事业的迫切要求和坚强决心。这些描写，无不倾注了作者极大的热情，同时又表现出他对现实有着极为敏锐和深刻的认识。

"官逼民反""乱由上作"，表现了《水浒传》思想的进步性、民主性。作者处处以此为出发点，组织结构故事，刻画人物，进行艺术描写，使得这部小说在描写人民反压迫斗争的主题上，取得了独特的成就。这主要表现在三个方面。

第一，从前许多描写反压迫斗争的作品，常常将封建压迫归结为个别人的罪行，好像只要诛除了奸恶，被压迫者就会得救。而《水浒传》描写的封建压迫是整个官府，是相互勾结、极其凶残的封建势力。在揭露黑暗现实的深度和广度上，《水浒传》达到了前所未有的水平。

第二，从前许多作品描写被压迫者的斗争，多是个人反抗，虽亦刚烈，但大多处于孤弱地位。《水浒传》则重点描写和歌颂了集体的反抗，写出梁山起义队伍在声威、气势和力量上，都压倒了封建统治者，就是正面与官军较量，也能取得节节胜利，甚至令他们闻风丧胆，束手无策。许多罪恶昭彰的奸人受到起义英雄的惩罚，使人读后悦目开心，痛快淋漓。

第三，过去许多作品所写的反抗者，多由于自己受压迫而反抗，《水浒传》里的英雄，则多不仅为自己，也为别人而反抗。像鲁智深就全是出于正义，专为别人受迫害而抱不平，主动向统治阶级发起进攻的。汇聚梁山以后，作为一支集体的革命力量，"劫富济贫""扶危救困"更成为他们行动的鲜明特色。古典小说中也有"侠"一流人物，也是专为别人受欺压抱不平的，但"侠"不反对政府，而且常常为政府所收买和豢养，跟反政府的"盗"有很大的区别。

"官逼民反""乱由上作"，是不是到第七十　回大聚义为止，以后写受招安就不再作为艺术构思的指导思想加以体现了呢？不是。《水浒传》所写的被压迫者跟压迫者的矛盾，起义农民跟官府的矛盾，是贯穿全书的；作为对这种矛盾的深刻认识和思想概括的“官逼民反”和“乱由上作”，也是贯穿全书的。只是由于前后两部分描写的重点不同，矛盾斗争的形态不同，因而其表现形式具有不同的特点罢了。这一点，我们在后面谈招安和反招安斗争的社会基础时，还要论及。

三

有一种现象是很值得我们注意的，就是作者在暴露封建统治阶级的罪恶时，很小心地将皇帝和奸贼分开。通过人物之口（包括李逵和鲁智深这样革命性最强的人物之口），无数次地重复这样的意思：皇帝至圣至明，只被奸臣蒙蔽圣聪。尽管我们从作品具体的艺术描写里看到的完全是另一回事，别的不论，单是从头到尾被奸臣蒙蔽这一点，这皇帝其实也就昏庸得可以。但从作者的主观思想看，这确乎是他的真实的认识。一部描写农民起义的长篇小说，第一回和最后一回，以称颂天子圣明始，又以称颂天子圣明终，不能把这看做只是一种点缀，或一种为了掩盖小说的革命内容而施的障眼法。从这里流露出来的思想观念，正跟描写义军走招安道路的思想基础有关。

《水浒传》的忠义思想，特别突出地表现在对宋江这个人物的描写上。宋江被作者置于全书艺术构思的中心。小说里写了那么多英雄人物，没有第二个人能像宋江那样贯穿梁山义军发生、发展、招安、失败的全过程，而其思想性格和活动又能影响到整个革命事业兴亡成败全局的。作者可说是惨淡经营、煞费苦心，一心要安排宋江作梁山义军的领袖，而同时又写出他的思想必然要引导义军接受招安。在某种意义上可以说，作者写宋江就是为了写招安。

宋江的出场就是经过精心安排的。作者对他的阶级出身、社会地位、家庭情况、江湖影响、性格要点等，作了全面的一丝不漏的介绍与渲染，为后文对他的一系列描写作铺垫。他一露面，就让我们感到这人来势不凡，与众不同。宋江上场的背景与时机的选择，更是大有深意。他是在七星聚义之后、劫取生辰纲事发、济州府正令缉捕使臣何涛来郓城县捕捉晁盖之时上场的，一上场就让他义释晁盖，在梁山事业的奠基中起到一种举足轻重的作用。

宋江的上梁山，在小说的艺术构思中更带有牵动全局的意义。跟同样为作者精心描写的人物林冲、武松等人的上梁山相比，宋江的上梁山有其独特之处：一是反复最多，道路最为曲折漫长；二是直到上山，始终没有完成思想性格的转变。这些描写，都是不同寻常，颇堪注意的。本来在《大宋宣和遗事》里，宋江在杀惜以后就上了梁山；在元杂剧中，也是在杀惜以后，被发配江州牢城，途经梁山时为晁盖等人劫救上山的。《水浒传》作者却将宋江上山的时间大大推迟，让他经过多次反复，走了一段曲曲折折的漫长道路，最后在法场上被梁山好汉劫救，才在走投无路的情况下，无可奈何、身不由已地上了梁山的。作者这样的艺术构思，有两个相互关联的目的：第一是将宋江置于梁山义军当然领袖的位置上；第二是为了充分地写出他将来引导义军走向招安的思想基础。

从一般情理来讲，宋江杀惜以后，被迫外逃避难，以他犯法的因由和跟晁盖等人的关系，最方便的去处就是上梁山。但他连想也没有想，却去投奔地主、军官、土豪的柴进、花荣和孔太公。在写他义释晁盖时，作者就一方面表扬他的“义”，一方面又特意写出他的思想跟晁盖等人很不一样。虽是放了晁盖，却并不赞同他的事业，很明确地写他认为晁盖是“干了灭九族的勾当”，“于法度上却饶不得”。杀惜所表现的其实也是这个思想，其中固然有激于义愤的一面，但主要还是由于跟那“灭九族的勾当”有干系而产生的恐惧心理。以他这样的思想基础，不去投晁盖就是理所当然的了。这是第一次宋江本可以上梁山而作者有意不让他上梁山。一则以他的行动显示他的思想跟梁山起义英雄并不相同；同时让他到三处去兜了一大圈，广识英雄，为日后写三山聚义打青州时，因他与孔亮有旧，遂影响联络一批英雄上山预作伏笔。

在大闹清风镇以后，为暂时避难，他“一时乘兴”（是宋江自己所说），要带领花荣、燕顺等一批人马上梁山了。可半路上突然接得石勇送来父亲亡故的假信，便立即捶胸自骂：“不孝逆子，做下非为，老父身亡，不能尽人子之道，畜生何异。”立刻就要撇下众弟兄不管，回家做孝子去。燕顺劝他先引众弟兄上了梁山，再回家奔丧，他坚持不肯，还说：“度日如年，烧眉之急。我马也不要，人也不带，一个连夜自赶回家。”最后是连等待后面的秦明、花荣等人赶来相见一面也等不及，便“飞也似独自一个去了”。这是第二次宋江本可以上梁山而作者有意不让他上梁山。在宋江的天平上，对父亲的孝和对梁山革命事业，一边是重如泰山，一边是轻如鸿毛。意味深长的是，他虽然思想与上山英雄不合，因而半途而归，可这支队伍却是由他引带上山的。看作者用心何其良苦！构想何其精巧！

宋江归家后，小说通过一系列情节，进一步深入充分地表现他的忠孝思想。宋太公所以设计骗他回家，目的非常明确，就是不让他参加义军队伍。可他一回家就被官军捉走，发配江州。连宋太公自己都感到后悔，宋江却劝他父亲说："父亲休烦恼。官司见了，倒是有幸。明日孩儿躲在江湖上，撞上了一班儿杀人放火的弟兄们，打在网里，如何能见父亲的面？便断配在他州外府，也须有程限，日后归来，也得早晚伏侍父亲终身。"这里明明白白揭出孝和革命事业的矛盾，而在这一矛盾面前，宋江是宁可吃官司、被流放，成为封建统治的阶下囚，也不肯加入革命队伍；不唯如此，还将因被捕而能躲避革命，引为一件极大的幸事。读到这里，我们简直有点不敢相信，作者是在严肃正经地刻画一个农民革命领袖人物的思想品格。接下去，作者更是有意把矛盾推向尖锐，愈益深透地写他那种侵入骨髓的忠孝思想。可是愈往下读，读者就愈加感到不能忍受。发配前宋太公嘱咐他："你如今此去，正从梁山泊过。倘或他们下山来劫夺你入伙，切不可依随他，教人骂作不忠不孝。此一节牢记于心。"宋江确是严遵父教，一路上时时处处以此作为行动准则。先是叫押解公人避开梁山泊绕小道行走；后来到底被梁山泊弟兄截住，刘唐要杀公人接他上山，他坚决不肯，说："这个不是你们弟兄抬举宋江，倒要陷我于不忠不孝之地，万劫沉埋。若是如此来挟我，只是逼宋江性命。"说着便要把刀自刎，以死明志。花荣要替他开枷，他竟说："贤弟，是什么话？此是国家法度，如何敢擅动！"到了"聚义厅"，该是农民革命的天下了，宋江仍是"叫两个公人只在交椅后坐，与他寸步不离"。还口口声声称"宋江是个得罪囚人"。晁盖再次劝说他入伙时，他竟讲出一大篇道理来反驳，说什么："父亲明明训教宋江，小可不争随顺了哥哥，便是上逆天理，下违父教，做了不忠不孝的人，在世虽生何益。"又一次以死相胁。这是第三次宋江本可以上梁山而作者有意不让他上梁山，准确地说，这一次是已经上了梁山而写他不肯入伙。

从《大宋宣和遗事》和元杂剧提供的情节基础看，这些描写大概并无民间传说和说话底本作依傍，而出于作者的创造。那么，把宋江的上山过程写得如此反反复复，曲曲折折，意图何在呢？首先就是犹如绘画上的积墨法，一次一次，加浓加重，写出宋江的忠孝思想。在我们看来，这种思想完全跟一个革命者（更不要说革命领袖了）格格不入，甚至是根本对立的；而在作者的创作意图中，却正需要具有这种思想品德的人去做梁山义军的领袖。这显然是为了后文要写出招安。

正是出于这样的意图，作者一面写宋江迟迟不肯上山，却同时又让他串联、影响了一大批好汉上山。在作者的笔下，梁山革命骨干力量的汇聚，或由他私放，或由他引荐，或由他联络，或由他江湖上名声的吸引和义气的感召，总之都跟宋江有关，都是他的贡献、功劳。这样，经过精心的构思，作者便将这样一个思想本来跟革命事业格格不入的宋江，放到了梁山泊“恩主”和“当然领袖”的位置上。第三十二回写清风山上的燕顺当着宋江的面称颂说：“仁兄……名闻寰海，谁不钦佩！梁山泊近来如此兴旺，四海皆闻，曾有人说道，尽出仁兄之赐。”第三十六回写宋江被劫夺上了“聚义厅”，晁盖一见面就向宋江称谢：“自从郓城救了性命，弟兄们到此，无日不想大恩。前者又蒙引荐诸位豪杰上山，光辉山寨，恩报无门。”第四十一回写宋江刚上梁山，晁盖要让他做山寨之主，又一次说：“当初若不是贤弟担那血海般干系，救得我等七人性命上山，如何有今日之众？你正是山寨之恩主。你不坐，谁坐？”这样经过人物之口反复点示，就是要透露给我们作者艺术构思的用意所在。

宋江上山以后，第四十二回作者紧接着就写宋江迫不及待地要回家搬取父亲。这一情节的设计安排，在全书总体艺术构思中也有不容忽视的意义。一则是再一次渲染宋江“于家大孝”的思想；另一则，更重要的是为了带出“还道村九天玄女赠天书”，明确提出招安的指导思想——“替天行道，为主全忠仗义，为臣辅国安民，去邪归正”；同时暗示后半部的主要情节——“遇宿重重喜，逢高不是凶；北幽南至睦，两处见奇功”[①]。此后写三打祝家庄、攻打高唐州、与三山联合攻打青州等等一系列战事，取得节节胜利，壮大了梁山革命力量；但同时也在宋江“权居水泊，专等朝廷赦罪招安，为国出力”的思想指导下，拉了一大批思想跟梁山起义事业不同而与宋江思想接近的军官和地主入伙。宋江就曾对索超说：“你看我众兄弟们，一大半都是朝廷军官。”这就为尔后义军走招安道路在组织人事方面打下了广泛坚实的基础。

从一部完整的《水浒传》来说，上面提到的那些情节和描写，都是在全书总的思想倾向的指导下，经过作者的深思熟虑，乃至惨淡经营才写出来的，都是统摄全书、为总体艺术构思的有机组成部分，是后半部写招安、写悲剧结局的铺垫和伏笔。

四

若从艺术典型的角度看，宋江这个牵动全书情节、为作者倾注心力写出的人物，

---

① 七十一回本删掉这四句“天言”，“全传”本后二句作“外夷及内寇，几处见奇功”。

却是并不成功的。作为一个艺术形象，他理念多而生活血肉少，有时简直是被作者的主观意图所驱使，因而苍白无力，缺乏感人的艺术力量。

宋江的思想性格有三个侧面：忠、孝、义。出场时作者提出的性格要点是孝和义——“孝义黑三郎”。但在具体的艺术描写中，相形之下，义的一面写得浮泛不实，孝的一面却写得深入细致。更重要的是，当孝和义发生冲突时，宋江就舍义而从孝，没有犹豫，毫不含糊。孝的内容主要是遵父教，而父教的内容又主要是忠。因此，对于宋江，作者着意描写的是忠，而这正是引导义军走向招安失败的重要思想基础。

忠和义的思想，在宋江的身上是矛盾统一的。义是写他的威望、号召力；忠则着重表现他在义军的兴亡成败中的作用和影响。有同志说宋江“仗义疏财”，在团结组织义军队伍中起了很大的作用。其实，除了义释晁盖、柴进庄上关照武松等几个情节片断外，主要是通过作者的叙述语言和人物之口进行渲染，有血有肉的生动描写并不多，既缺乏形象的感染力，又缺乏思想的说服力。江湖上英雄，与他初见面时几乎都是“纳头便拜”，口称“久闻大名”，表现出极大的敬慕钦佩之情。但作者在具体描写中，却没有充分地揭示出他享有如此盛名和威望的令人信服的依据。“三山聚义打青州”时，粗豪爽直的鲁智深说了一段颇耐我们思索的话：“我只见今日也有人说宋三郎好，明日也有人说宋三郎好，可洒家不曾相会。众人说他的名字，聒的洒家耳朵也聋了。”我们读《水浒传》，跟鲁智深略有同感。这说明作者在写宋江时煞费苦心，也说明他在艺术上的无能为力。艺术高手有如施耐庵者，一旦离开生活而去驱赶人物为自己的理念服务，也不可能创造出有生命力的艺术典型。艺术规律就是这样严正无情。书中不少歌颂宋江的地方，客观上常常引起读者的厌恶情绪，跟《三国演义》的“欲显刘备之长厚而似伪”颇为相似，其原因盖在于此。

就宋江全忠全孝的思想基础说，他上山经历一条漫长曲折的道路，上山以后又积极引导义军去招安，都是符合生活发展和人物思想性格的逻辑的。问题在于，这样一个在我们看来基本立场始终没有转变，思想感情跟革命造反精神格格不入的人物，却硬要把他安排在领袖的位置上，而且得到起义英雄的衷心渴望和拥戴，似乎离开他，梁山革命事业就没有了主心骨，就不能前进、发展，那就令人不可思议了。在这方面，应该承认《水浒传》里有不少违背生活逻辑的败笔。举例来说，前面提到的宋江发配江州途中，被梁山英雄劫夺上山，几次三番劝他入伙，他不仅以死来表示誓不肯从的决心（即此已大不近情理），还发了一大篇议论，那番若上山便成为“不忠不孝的人”“上逆天理，下违父教”“虽生何益”的高论，实际上就等于是当面辱骂梁山英雄，亵渎义军事业。可众英雄听了竟是无动于衷，不生气，不反感，不辩驳，还要千方百计留他做寨主，此时不行宁可等待来日。天下哪有这样的事？于情于理都使人无法理解。第七十一回以前，有几次作者的笔已触及义军首领跟宋江的思想分歧，但又迅即被掩盖抹平，一晃而过。当客观的生活逻辑跟作者的创作意图发生冲突时，他就难免陷入一种狼狈境地。看来，作者为了给他所热爱和崇敬的梁山义军安排一条他认为应该走的招安道路，竟不惜多处违背生活逻辑，而强使造反英雄们接受一个没有造反思想的、本来应该是“道不同不相为谋”的领导人，显然是出于使他不得不如此的由多种复杂原因造成的作者自身的思想矛盾。

五

《水浒传》作者肯定在当时条件下招安是义军应该走的一条正确的道路，但并不认为是一条最好的理想的道路。他自觉地经过缜密的艺术构思，安排宋江做领袖，让他引导义军走上招安的道路，而在具体描写招安时，内心又充满着矛盾，怀着深深的同情与哀痛。他是含着眼泪，写出这支农民起义队伍怎样艰难地走完他们的历史途程，最后归于毁灭的。

《水浒传》不愧是一部现实主义的杰作，尽管作者存在种种思想矛盾和局限，但极为可贵的是，他对封建统治阶级的罪恶和黑暗政治，始终有着深刻而清醒的认识。他对起义英雄的热爱和赞美，对统治阶级罪恶的暴露与批判，都植根于对现实生活的深切的体验和感受之中。从这种体验和感受出发，他非常明确地始终将压迫者和被压迫者的矛盾作为描写的主要内容，通贯全书首尾，从来没有离开过。基于对农民起义英雄炽热的爱和激情，也基于对封建社会权奸当道、贪官横行、政治黑暗的清醒认识，作者在安排和描写义军招安时，已经明确地意识到走这条道路最后的结局将是十分悲惨的。虽然就作者的主观愿望和感情来说，他并不愿意，但他还是以那支严峻的笔写出了一个大悲剧的结局。

作者的这一认识，也是经过缜密的艺术构思一步步清晰地表现出来的。正如在写义军发展壮大时，就处处为后面写招安铺垫伏脉一样，作者在写招安、征辽、征方腊时，也处处为后面写出悲剧结局铺垫伏脉。

第七十一回写大聚义、菊花会，是义军事业兴旺繁盛的顶点，此后便由盛而衰。就在这情节发展的转折点上，在写正式提出招安的同时，就通过人物之口，透露出最初的悲音。这就是当宋江申明招安乃是“改邪归正，为国家臣子”时，鲁智深说的那段话：“只今满朝文武，俱是奸邪，蒙蔽圣聪，就比俺的直裰染做皂了，洗杀怎得干净？”权奸当道，本性难移，鲁智深的话道出了作者对黑暗现实的清醒认识，这正是写悲剧结局的思想基础，也是后半部情节发展的伏根。

盛景传悲音。从这个最初露出的苗头可以看出，作者虽然花了那么多笔墨去写宋江把义军引向投降的思想基础，却并没有简单地把悲剧的产生归因于他的忠孝，而是归因于统治阶级的罪恶。他的着眼点是写社会的悲剧，而不是写思想的悲剧（虽然从本质上看任何思想悲剧都是社会悲剧，但具体内容仍有区别）。他是不自觉地写出了但几乎是完全漠视由招安导致悲剧结局中义军队伍的内部因素。往后写义军内部的招安和反招安的斗争，几乎都从压迫者与被压迫者的矛盾这条主线着笔，矛头始终是指向权奸，而不是指向宋江的。我们今天读《水浒传》，把宋江的思想性格称作悲剧性格，从悲剧结局中揭出思想路线的血的教训，都是现代读者的认识，而不是《水浒传》作者施耐庵的认识。形象大于思想，不同时代的读者从作品中认识到的东西，要比写作品的作者当时的认识丰富深广得多。只有这样从作品艺术描写的客观实际出发，我们才能理解，并进而解释，为什么作者既肯定反招安的一派（肯定他们对现实的认识，肯定他们的革命热情和反抗情绪），而同对又并不否定和批判主张招安的宋江。在作者的心目中（因而也反映在他的笔下），义军是一方，统治者是一方，壁垒分明。矛盾始终是沿着这两方的斗争线索发展演变的。《水浒传》的高明之处在此，它的不足之处亦在此。历史还没有给作者提供这样的条件，使他具备现代人的觉悟和眼光，去描写和总结革命队伍内部两条路线斗争的经验教训。“四人帮”时期，硬将《水浒传》内容去比附所谓党内的两条路线斗争，上上下下到处去抓投降派宋江，结果只能演出一出荒唐可笑的历史丑剧。

我们在前面曾说，“官逼民反”“乱由上作”，这一思想不仅体现在前半部，而且是贯穿全书的。其主要的根据就在于此。招安以后，就整个义军队伍来说，造反作乱之心并未死灭；而每一次反叛情绪的高涨，都是在统治者（准确地说是除开天子之外的四大奸贼，他们掌握了朝廷的实际大权，在作者的眼里他们就代表“上”）对被招安了的义军施以摧残、凌辱、迫害之时。仍旧是“官逼民反”“乱由上作”，只是由于环境条件不同，斗争的具体内容和形态不同，再加上作者写出了但并没有充分认识到的忠义思想的钳制束缚，他们最终只能是：欲反而不能反，想乱而未敢乱。其间，确实包蕴着作者未必认识到而很值得我们思索和探寻的悲剧意义。

以后一路写下来，从刚接受招安就有枢密院上奏要将义军队伍“分调开去”，进行瓦解；到征辽领命之时的陈桥驿事件；再到破辽后朝廷出榜禁约，不准义军首领进城；一直到四大奸贼在御酒中下药，毒杀宋江，最后魂聚蓼儿洼止，都沿着这一条思路和线索发展，轨迹昭然。所有这些描写，无不渗透着作者对阴险狠毒的统治阶级以卑劣手段瓦解摧残义军罪恶活动的强烈义愤。

六

作者以撼动人心的笔力，写出梁山义军的悲剧结局。主要是从两个方面来写的。一方面是写征方腊，在与另一支起义队伍的自相残杀中，义军首领大部阵亡，而且多数死得十分悲惨。有的被捉自刎，有的被火炮打做肉泥，有的坠崖摔死，有的被乱石砸死，有的被毒蛇咬死……作者都怀着深深的同情，特为揭示惨状。平方腊后，正偏将只剩得三十六人；班师回京途中，又或病（林冲），或亡（杨雄、时迁、杨志），或散（燕青、李俊、童威、童猛、武松），真正回到京师的只有二十七员。一支声威烜赫的农民起义队伍，就这样七零八落，惨遭败亡。这时作者特着一笔：“东京百姓看了，只剩得这几个回来，众皆嗟叹不已。”而面对这种情景，统治阶级又采取何种态度呢？幸存回朝的少数首领，亦仍“只就城外屯驻”；阮小七因征方腊时曾穿戴方腊的平天冠和龙衣玉带，便被夺了官，贬为庶民。作者这样写他们的结局，字里行间，深深地寄寓着他的悲愤与不平。另一方面就是写魂聚蓼儿洼。随着皇帝的赏赐而来的是奸贼们的药酒，宋江被毒死，李逵亦被宋江骗来毒死，吴用、花荣也因宋江、李逵托梦赶赴蓼儿洼自缢身亡。至此，梁山起义队伍归于彻底溃败。

作者的思想复杂矛盾，使多少探索研究者陷入困境。若说他是歌颂投降主义路线，如此悲惨的结局，有谁愿意去走？若说他是批判投降主义路线，又何以把招安的实现写成梁山泊的盛大节日？而在写出一个个被战死、害死以后，又含着泪水去颂扬他们“生当庙食死封侯，男子平生志已酬”——写他们惨死，然而虽死犹荣。

有的同志引用鲁迅的话：“一部《水浒》，说得很分明：因为不反对天子，所以大军一到，便受招安，替国家打别的强盗——不‘替天行道’的强盗去了。终于是奴才。”然后得出结论说：《水浒传》把投降就是当奴才这个道理说得一清二楚，只能加以表扬。这是把作品的客观认识价值跟作品本身的艺术描写和思想倾向混为一谈了。认为宋江是奴才的是鲁迅，而不是施耐庵。施耐庵不可能有鲁迅那样高的认识。在作者笔下，宋江始终是一个众望所归的英雄，尽管读者一点不信服。宋江被毒死之前，作者确曾写了他“宁可朝廷负我，我忠心不负朝廷”的自白，但作者并不是在揭露他的奴才嘴脸，而是在表彰他至死不变的忠义，以此来反衬权奸们的奸险和狠毒。正像在宋江上山以前作者写他的忠孝思想，在我们看来是奴性十足，而作者却是写得郑重严肃，并无嘲弄批判之意一样，这里写宋江的忠义，也完全是持肯定态度的。且看“有诗为证”：

受命为臣赐锦袍，南征北伐有功劳。
可怜忠义难容世，鸩酒奸谗竟莫逃。

一方面肯定“官逼民反”“乱由上作”，一方面又宣扬忠义，这两种矛盾思想的对立统一，其集中的表现便是全书的这个悲剧结局。

然则，从这个悲剧结局里，是不是作者就没有揭示出任何历史教训呢？有的。作者以现实主义的态度，用那支严峻的笔，写出义军的这个悲惨结局以后，以他当时所能达到的思想高度，即在封建社会统治阶级内部斗争中头脑比较清醒的士大夫的思想，来分析评论这一事件，奉劝人们应该学习历史上的范蠡，走一条“功成身退”的道路。作为全书结束的那两首充满哀痛悼惜之情的挽诗，很值得我们仔细玩味：

莫把行藏怨老天，韩彭当日亦堪怜。
一心征腊摧锋日，百战擒辽破敌年。
煞曜罡星今已矣，谗臣贼相尚依然。
早知鸩毒埋黄壤，学取鸱夷泛钓船。

生当庙食死封侯，男子平生志已酬。
铁马夜嘶山月暗，玄猿秋啸暮云稠。
不须出处求真迹，却喜忠良作话头。
千古蓼洼埋玉地，落花啼鸟总关愁。

我们所能看得出的作者对宋江的“批判”，实事求是地讲，不过是在这种思想原则下，对他贪恋荣华富贵的思想不无微词而已。

实际上，在这两首挽诗中所表露的作者的思想认识，在前面的艺术描写里已有表现。第九十九回写鲁智深坐化，我们不能简单地当作表现迷信思想来看。鲁智深在帮源洞只身擒方腊，立了大功，宋江对他说：“回京奏闻朝廷，可以还俗为官，在京师图个荫子封妻，光耀祖宗，报答父母劬劳之恩。”鲁智深回答：“洒家心已成灰，不愿为官，只图寻个净了去处，安身立命足矣！”宋江再劝他：“既不肯还俗，便到京师去住持一个名山大刹，为一僧首，也光显宗风，亦报答得父母。”智深听了，摇头叫道：“都不要，要多也无用，只得个囫囵尸首，便是强了。”宋江迷恋富贵，一心听信朝廷，看不见统治者早已露出的杀机；鲁智深不慕荣华，头脑冷静，预感到悲惨的结局就在前头。班师回京途中，作者又特意写了一个“知进退存亡之机”的燕青，及时退居山野，成为一个“闲人”，以与卢俊义、宋江们一心想望“衣锦还乡”相比照，也都是富有深意的用笔，不可草草读过的。

总之，《水浒传》作者看到并写出了义军招安以后悲剧结局的必然性，这是他正视现实、忠于现实的高明深刻之处；但他仅仅把矛头指向蒙蔽皇帝的权奸，而不反对皇帝，并对导致败亡的义军内部的思想原因，毫无认识，反加赞扬，这是他严重的历史和思想局限。他通过悲剧结局所总结的历史教训，不是“招安乃败亡之路，不能走”，而是“早知鸩毒埋黄壤，学取鸱夷泛钓船”。《水浒传》作者在当时所能达到的，就是这样的思想高度，也只能有这样的思想高度。

充分估计到《水浒传》思想倾向中所包含的复杂矛盾，我们认为：说《水浒传》是“农民革命的史诗”，是拔高了它；说《水浒传》是“宣扬投降主义的反面教材”，是歪曲了它；说《水浒传》是“一部描写特定历史条件下的农民革命的兴亡史”，则比较符合实际。

七

正像列宁在深刻地分析了俄国作家列夫·托尔斯泰作品存在的显著矛盾以后，既肯定他的伟大，同时又指出他的可笑和可怜一样，我们从《水浒传》中看到的，也是作者既伟大而又可笑可怜的两面。产生于封建时代的《水浒传》，曾经历了长期的民间流传和艺人加工，受到来自社会各阶层的复杂思想影响，它有非常进步的思想，同时又表现出严重的思想局限，这是毫不足怪的。文学作品是特定时代的社会生活在作家头脑中反映的产物。作家不能超越历史，他的认识要受到历史条件的制约，必然打上那个时代的思想印记。

《水浒传》的思想矛盾，只能从《水浒传》产生的社会历史条件和时代思潮中去寻找。就主要方面说，《水浒传》肯定招安的思想，其形成大体有三方面的原因。

第一是忠君思想的影响。

统治阶级的思想就是统治的思想。“忠”为维护封建社会人与人关系的“五伦”之首，是封建社会的最高道德信条，不仅在统治阶级内部是一种牢固的观念，就是在被统治的普通老百姓中，也有着广泛而深刻的影响。《水浒传》中表现出浓厚的忠君观念，应该说是很自然的事。虽然少数义军首领不乏反皇帝的言论，但在整个革命队伍中，占支配地位的指导思想还是“只反贪官，不反皇帝”。不论在具体的艺术描写中，皇帝被涂抹成什么样子，但被书中人物重复讲了无数次的“天子至圣至明”，却的确反映了作者的主观认识。而这是不可能不在作品的思想倾向中得到表现的。

第二是民族斗争历史背景的影响。

《水浒传》故事从口头流传到文人写定成书的整个宋元时期，都处于民族矛盾十分尖锐的历史背景之下。招安的描写，显然跟这一历史背景有关。鲁迅先生在谈到《水浒传》中的破辽故事时，曾说：“宋代外敌凭陵，国政弛废，转思草泽，盖亦人情。”① 明李贽在《〈忠义水浒传〉叙》里也说：“施罗二公，身在元，心在宋；虽生元日，实愤宋事。”② 所谓“实愤宋事”，指的就是南宋统治阶级不能团结容纳北方人民的抗金忠义军一致抵御外敌之事。这在小说里是有鲜明反映的。第三十二回写宋江送别武松时说：“如得朝廷招安，你便可撺掇鲁智深、杨志投降了，日后但是去边上，一枪一刀，博得个封妻荫子，久后青史上留得一个好名，也不枉了为人一世。”第七十一回宋江正式提出招安时的那首《满江红》，其中也说：“中心愿，平虏保民安国。”这个口号跟招安路线联系在一起，在书中多次提到，不是偶然的。

第三是封建统治阶级对农民起义实行招抚政策的影响。

---

① 鲁迅：《中国小说史略》第十五篇《元明传来之讲史》下，《鲁迅全集》第八卷，人民文学出版社，1957 年，第 117 页。

② 陈曦钟、侯忠义、鲁玉川辑校：《水浒传》会评本，北京大学出版社，1987 年，第 28 页。

对待农民起义，历来的封建统治者总是采取武力镇压和怀柔招抚两手政策。宋靖康、建炎之际，参谋汪若海曾给宋王朝献“平定策”，他认为：“为家国者，当化盗贼为我用。”[①] 指的就是招安政策。关于宋江起义，《宋史·侯蒙传》记载，蒙曾上书皇帝，建议赦宋江以讨方腊。这是一条“以寇制寇”的策略。《水浒传》虽然是一部英雄传奇小说，不像历史演义那样多受史实的束缚，书中人物情节大多出于虚构；但既然有史事作依据，就不可能不受到历史的影响。《宋史·徽宗本纪》中也有“命知州张叔夜招降”的记载，这在小说里也是有反映的。

统治阶级的招降手段，一是许以高官厚禄，一是授以“忠义”美名。南宋绍兴二年二月，农民起义领袖崔增、李捧、邵青、赵延寿等七人被招降，他们的队伍就被分为七部，赐名“御前忠锐军”[②]。类似的情况在《水浒传》中也有，第七十八回写高俅第一次征讨梁山泊时，所率十节度使，就“都是在绿林丛中出身，后来受了招安，直做到许大官职”的。鲁迅先生曾经引用过一首宋代民谣：“若要官，杀人放火受招安；若要富，跟着行在卖酒醋。”指出“这是当时的百姓提取了朝政的精华的结语”[③]。宋庄季裕《鸡肋编》记俚语见当时之事者云：“仕途捷径无过贼，上将奇谋只是招。”宋江等人走的实际上就是这样一条道路。没有封建统治阶级的招降政策，没有历史上的招降事实，就不会有《水浒传》中关于宋江招安的描写。小说在写到招安实现以后，作者以欣喜之情写了一首赞诗：“一封恩诏出明光，伫看梁山尽束装。知道怀柔胜征伐，悔教赤子受痍伤。”明确肯定对农民起义采用怀柔招抚，是一种比武力镇压更好的手段，就显然反映了统治阶级的观点。我们不能同意把《水浒传》说成是一本为统治阶级瓦解农民起义服务的“弭盗”之书，但是，它确曾受到统治阶级招安政策的影响，也是无须讳忌的事实。

（原载《北京大学学报》1985年第5期）

① （元）脱脱等撰：《宋史》卷四〇四《汪若海传》。

② （明）陈邦瞻：《宋史纪事本末》卷六六《平群盗》。

③ 鲁迅：《田军作〈八月的乡村〉序》，《鲁迅全集》第六卷，人民文学出版社，1958年，第226页。

从林冲看《水浒传》的人物描写

非常高兴今天有机会来和喜欢《水浒传》的朋友们一起欣赏和探讨《水浒传》人物描写的艺术。刚才主持人傅光明先生已经讲了，我今天要讲的题目是《从林冲看〈水浒传〉的人物描写》。大家知道，小说艺术创造的中心是人物形象。小说有情节、有构思，但是你的情节再生动、再曲折、再吸引人，如果人物写得不好，没有血肉，苍白、干瘪，那这个作品是不能算成功的。中国古代的几部小说名著，都是栩栩如生地刻画了众多的人物形象，像《三国演义》《水浒传》里边那些主要人物，都是家喻户晓，长期活在广大人民群众的心中。

人物形象的成功是小说艺术成功的关键。所谓现实主义艺术，就是真实地反映生活的艺术，要真实地反映生活，就离不开写人。作家必须考虑怎样才能把生活反映得更加真实、更加生动，才更加能够为读者所理解、所接受。这就是小说艺术所要解决的问题。中国古典小说的现实主义艺术，有一个发展和成熟的过程。这个发展和成熟的过程，就跟人物形象的塑造分不开。

下边我想参照《三国演义》，跟《水浒传》对比起来讲。主要讲林冲这个形象，通过林冲这个形象来谈谈《水浒传》在人物描写上有些什么特点，比起《三国演义》来有什么突破、发展，这样一比较就容易理解，脉络就比较清楚。

《三国演义》也是一部名著，里边塑造的人物像曹操、刘备、诸葛亮、关羽、张飞等，都是栩栩如生的，都是很成功的。大家读了《三国演义》以后，这些人物就都忘不了。《水浒传》和《三国演义》的艺术表现和艺术特征，主要的都是从宋元说话艺术发展而来的，但在人物描写上有同有异，一比较就可以看出中国古典小说的现实主义艺术是有发展的。这两部书在人物塑造上有两个突出的特点是相同的。一个特点是，都是通过紧张、生动、引人入胜的情节来塑造人物。我们读过这两部小说，一想到某一个人物，总是跟相关的情节联系在一起的。这是什么意思呢？就是说，这两部作品都是通过生活当中的矛盾冲突来塑造人物的。什么叫情节？就是由生活当中的矛盾冲突组成的，通过尖锐、激烈的从社会生活中提炼出来的这种矛盾冲突来表现人物。这是比较成功的。这是一方面。第二方面，大家读了《水浒传》《三国演义》之后会有相同的感受，就是人物具有传奇色彩，理想化。那些英雄人物的品格、精神、武艺等等，总是要高出于我们生活当中的普通人，都是些非凡的人物。他们的行为表现，不是每个人都能做到的。在这两点上，《三国演义》和《水浒传》在人物塑造上的艺术特点是相同的，表现出相同的艺术特色。

但是，比较起来，《水浒传》在人物塑造上比《三国演义》又有发展和提高。我想主要是两个方面。一方面，过去很多人讲《三国演义》的人物是类型化，诸葛亮是智慧型的，很聪明；关羽是忠义型的，特别是他的义，表现得非常突出；刘备是长厚型的，很讲仁义。这个话过去学术界普遍这么说。《三国演义》确实有这个缺点，但并不是每个人物都是如此。《三国演义》里边的曹操，我个人认为是塑造得最成功的。你可以不喜欢这个人物，这个人物在小说里是个奸雄；但作为文学形象来讲，我看是写得很成功的。这里不多说，只说一点，《三国演义》里的曹操是一个大坏蛋，一般按照类型化的观点，坏蛋就坏透了，没有一点好处。但你们去看看《三国演义》，就是拥刘反曹思想倾向最厉害的毛宗岗的删改本，他也是写了曹操不少的优点和长处，写了他的雄才大略。《三国演义》里写的曹操叫奸雄，他虽然奸，可他是英雄啊，他表现出英雄本色，作者没有把他简单化。

下面我要讲到“温酒斩华雄”。那里边写那些诸侯，比曹操地位高得多的人，瞧不起关羽，只有曹操一个人说，我们不能只看出身。因为那时候，刘备的地位就相当于一个县令，关羽是马弓手，相当于一个县令的警卫员。你算什么呀？要去斩华雄？根本瞧不起他。曹操就说，我们不要看他这个，就让他去，看他是成功还是失败再论。关羽出战时，是曹操给他斟了酒，鼓励他，给他壮行。他爱才啊，比起那些地位高的诸侯来，他的这个眼光是很了不起的。虽然写曹操是个反面人物，可是他写了曹操很多的优点。而写了这么多的优点，又一点都没有影响到他是个反面人物。这个在艺术上很高明。这个艺术经验很值得总结。你写人物把他说得一无是处，说得很坏，这个人物倒不一定有生命力。《三国演义》里，我觉得就是这个曹操写得比较好，写出了他比较复杂的性格内容，奸诈和英雄本色是结合在一起的。当然多数的人物，虽然在艺术创造上各有值得肯定的优点，但确实有类型化的缺点。

《三国演义》还有一个很大的特点，就是里边的人物很少和现实生活有联系。

我刚才讲现实主义艺术必须要真实地反映现实，要从现实生活里提炼出来，和现实生活保持血肉的联系。和现实生活有紧密联系，人物才会是活的。什么叫定型化？我们读诸葛亮，好像他天生来就是聪明的；读关羽，他天生来就是讲义气的；曹操奸，天生来就是奸诈的。读者不知道人物的这些特点是从哪里来的，跟他的出身、环境、遭遇有什么关系。这是一点。还有一点，就是它的过分的理想化。所以，毛宗岗评《三国演义》，他讲有“三绝”，关羽是“义绝”，曹操是“奸绝”，诸葛亮是“智绝”。所谓绝，就是到头了，到顶点了。理想化过分，就背离了真实，就让读者感觉到是成了神了，不太好理解了，就缺少了生活中现实人物的亲切感。鲁迅批评《三国演义》是非常精辟的，他有两句著名的话，他说：“至于写人，亦颇有失。”就是说《三国演义》写人物是有缺点的，有败笔。他的概括是：“欲显刘备之长厚而似伪，状诸葛之多智而近妖。”这个批评是非常中肯的。

我举两个例子。譬如说《三国演义》里边写“草船借箭”，就是写得很好的。为什么说写得好呢？因为诸葛亮说了，你要用兵的话，必须要懂天文。至于诸葛亮他的天文知识是从哪里来的，是怎么运用的，怎么知道几天之后会有大雾，他那个船开到曹营去就没有危险，曹操就会放箭，那个箭就可以轻而易举地拿到手，我们不必去细究。但他说搞军事要讲天文，这是科学，是对的，符合生活的真实。那个著名的空城计也写得非常高明。里面只有几个老兵，司马懿来了以后，他就敢大开城门坐在城楼上安闲地弹琴，让他进来。你进来吧，进来吧。可司马懿就是不敢进。这也写得非常好，符合生活真实。为什么呢？因为诸葛亮知道对手司马懿是个非常聪明的人，一个懂得军事的人，他知道司马懿对自己非常了解，而诸葛亮一生行事是非常谨慎的，司马懿不会相信诸葛亮这回真的是在冒险，所以他相信里边确是有伏兵，他就不敢进去。但如果对手换成另外一个人，比如张飞那样的，你开着门，那好，对不起，我就长驱直入进去了。但同样是写诸葛亮，也有败笔，赤壁之战里写他借东风，诸葛亮上坛作法，把东风请来，这就有点妖道的味道了。《水浒传》写人物的思想性格，就比较注意写出与实际生活的联系。

《三国演义》写人物，它在艺术手法的运用上，还有一个特点就是粗线条的勾勒，比较少那种细致的细节描写，而更多的是运用烘托、渲染、映衬这一类的手法。大家去看看温酒斩华雄，正面写关羽的笔墨很少，前面都是写华雄，但是写华雄怎么怎么英勇，最后这些笔墨全都落到了关羽的身上。三顾茅庐也是一路描写别的人，用来映衬诸葛亮，写到最后是诸葛亮的隆中对，这时这个人物就出来了，没有花多少笔墨。这些手法都有它的优点。但是从全书来看，它的细节描写比较少。细节少，还有过分理想化的问题、定型化的问题，说到底，从本质上来讲就是现实主义艺术与生活的关联还不够。

《水浒传》就不一样了，它的人物的性格同生活有非常紧密的联系。我们先谈了《三国演义》，有了对比，下面我就以林冲为例，谈谈《水浒传》在人物塑造上的现实主义艺术。它的突出的特点就是从生活出发，从生活里边提炼、概括出来。人物有什么样的性格特点，这个特点后来有什么样的变化，都是从生活里边来的，都与他的出身、生活环境、生活遭遇等等有密切的关系。写来有根有据，所以令人信服。

大家看了《水浒传》，林冲有一个突出的性格特点，是什么？能忍，忍辱负重，忍气吞声，不敢反抗。这个人物一出场，大家要注意，如果这个人物作者要把他充分地理想化的话，是不会一出场就写他的缺点的。可是《水浒传》写像林冲这样一个正面的英雄人物，一个很了不起的，作者热烈歌颂的人物，一出场就写他性格方面的弱点，他的不好的一面。这就是他的能忍的性格。

为什么林冲能忍呢？写出这一点作者是有他的根据的。第七回写林冲的出场，是从鲁智深的眼中来写这个人物，有几句外貌的描写，写他的穿着打扮。这都不是随便写的，有讲究。我们读小说要读得细，这些地方就要注意，不要轻易地放过去。看小说写他“头戴一顶青纱抓角儿头巾，脑后两个白玉圈连珠鬓环。身穿一领绿罗团花战袍，腰系一条双搭尾龟背银带。穿一对磕瓜头朝样皂靴，手中执一把折叠纸西川扇子”。一看这个打扮，就知道是有身份有地位的，不是一般的市井细民。穿着战袍啊，而且是相当好的战袍，因为他是东京八十万禁军教头，是个军官，地位不低。另外他还有一个比较富裕的家庭，然后接着就写他有一个年轻漂亮的妻子，日子过得很美满、很幸福。这和小说里写的鲁智深一比较就看出来了，鲁智深是赤条条来去无牵挂，没有钱，也没有家室，所以他对待反抗和起义的态度，就跟林冲很不一样。林冲对于社会矛盾和社会斗争的态度有很多顾忌，考虑问题比较多。

作者非常高明，林冲一出场，就把他放到一个尖锐、激烈的矛盾冲突中来写。作者是怎样展开矛盾冲突的呢？因为他好武啊，他看见鲁智深在那儿跟一帮泼皮练禅杖表演，林冲一看就很赞赏。他跟他妻子本来是到庙里去烧香还愿的，就一会儿的工夫，他的妻子就被高衙内调戏了。那个丫头锦儿（你看有丫头啊，这样的细节我们读的时候都是要注意的，不能随便忽略过去）来报告，说他的妻子被人调戏了。

林冲听了非常生气，马上就赶过去了。大家想想看，一个八十万禁军教头的军官，妻子在光天化日之下被人调戏，奇耻大辱啊，是不能忍耐，不能忍受的。所以他非常气愤地就去了，去了以后把那个人的肩胛扳过来。这个地方有一句描写非常精彩，是怎么写的呢？“当时林冲扳将过来，却认得是本管高衙内，先自手软了。”“先自手软了”这五个字，不是简单的对人物的动作与神态的描写，而是一下子挖掘到了人物的内心世界。本来是要下手的，一看是高衙内，手软了，不敢打了。为什么气势汹汹地赶过去，见到了歹徒却一下子就手软了呢？这里“本管”二字很重要，所谓“本管”，用我们今天的话来说就是顶头上司。高衙内是太尉高俅的螟蛉养子，是当地著名的专爱淫垢人家妻女的“花花太岁”。高太尉是林冲的顶头上司，所以他不敢惹。小说写林冲先自手软了，这个简单的动作，表现了人物之间复杂的社会关系，以及与这种关系联系在一起的人物在特定情景下的心理活动，有很丰富的内容。他怒气未消，一双充满怒火的眼睛瞪着那个高衙内，但他敢怒而不敢言，敢怒而不敢打。他忍下了这口气，把高衙内放走了。

这时候，小说写那位他刚刚认识的鲁智深，大家都好武、讲义气的，新认识的结义兄弟，就带着一帮泼皮过来要帮他厮打。结果鲁智深赶来了以后，他却把高衙内放走了。在这里有一段两个人的对话写得非常精彩。只是简单的两句话，就把林冲的内心世界，他的思想活动和盘托出，而同时又与鲁智深的性格形成鲜明的对比。他对鲁智深说：“原来是本官高太尉的衙内，不认得荆妇，时间（一时）无礼。林冲本待要痛打那厮一顿，太尉面上须不好看。自古道：‘不怕官，只怕管。’林冲不合吃着他的请受，权且让他这一次。”因为怕高太尉，因为要保官，不但忍辱负重，苟且偷安，不但自己不敢反抗，还在鲁智深的面前替高衙内开脱，说他是“不认得荆妇”，是误会，要鲁智深也饶了他。高衙内说他不认识林冲的妻子，这当然是瞎话。要是真不认识，那他这次认识了，下次就不该再来，但他以后又来了，说明他是有意要欺侮和调戏林冲的妻子。林冲说：“林冲不合吃着他的请受（就是从他养父那儿拿工资），权且让他这一次。”但鲁智深却不买账，鲁智深怎么说呢？他那段话是响当当的，掷地有声。他说：“你却怕他本官太尉，洒家怕他甚鸟！”还说：“俺若撞见那撮鸟时，且教他吃洒家三百禅杖了去。”你看，一个是忍辱怕事，一个是疾恶如仇；一个是自己受侮辱、受压迫不敢反抗，一个是看见自己的朋友受压迫，就不能忍受。两个人的性格形成鲜明的对比。

这是写林冲的忍，充分地写，不留情面地写。一个正面英雄人物，一出场不是写他的优点而是先写他的缺点。这是《水浒传》从生活出发来写人物，英雄人物也有缺点，英雄人物也是克服了缺点以后才成为英雄的。这是真实的生活。如果把他神化了、理想化了，那就不符合生活的真实了。这是《水浒传》艺术上高明的地方。

另外，《水浒传》不只是写人物的性格特点有生活的依据，而且能够随着生活矛盾的发展，写出他性格的发展变化。这也是比《三国演义》高明的地方。刚才我讲了《三国演义》的人物性格没有什么发展，好像生下来就是那样，它没有随着社会矛盾冲突的发展而发展变化，有定型化的缺点。《水浒传》就不一样了。《水浒传》写林冲性格的转变，写得非常出色，有根有据。他为什么要变化？什么时候变化？都是从生活出发，从生活里来的，这是《水浒传》的现实主义。

林冲上梁山的过程，就是从能忍到不能忍，从懦弱到坚强，从屈辱到反抗，这么一个转变过程。所谓上山就是造反的意思，就是反叛统治阶级，就是敢于起来抗争。林冲上山走了一段非常艰苦的道路。《水浒传》写人物，我在这儿提一句，大家注意，不同的英雄有不同的性格，上山走的也是不同的道路。这个不同的道路是跟他的性格有关系的，这个性格又是跟他的家庭出身、他的生活境遇有关系的，这个写得非常好。你看李逵上山是最痛快的，宋江是最曲折的，鲁智深是最爽朗的。爽朗跟痛快还不完全一样。李逵是最痛快，鲁智深是非常爽朗，一点都没有瞻前顾后，凄凄惨惨，那种情调一点也没有。他见义勇为、路见不平拔刀相助，主动地向统治阶级出击。军官当不成了就去当和尚，和尚当不成了就造反上山，非常爽朗。

林冲上山的道路却是走得非常艰苦。他走了一条很漫长的、很艰苦的道路。作者写林冲的转变，有很多伏笔，大家不要忽略了。譬如说他和陆谦是好朋友、结义兄弟，但是后来陆谦却去帮助高俅害他。他曾经跟陆谦讲过心里话，说“贤弟不知，男子汉空有一身本事，不遇明主，屈沉在小人之下，受这般腌臜的气！”作者在这里告诉我们，林冲不是平白无故一下子就转变了，他是有基础的。你看小说写得很好，他在统治阶级的压迫之下，有满腔的不平之气。这个满腔的不平之气，就是林冲能够一步一步向前迈进，最后实现思想转变，造反上山的很重要的基础。这样的地方很重要，是我们读小说一定要读懂的地方。林冲虽然是一个八十万禁军教头，是个中级军官，但是他一出场就是受压迫的。这就是说，他虽然是统治阶级里边的人物，但他所处的地位却和广大被压迫的人民群众有相通之处，这是他能够转变的一个基础。这是很重要的。

我们刚才讲林冲能忍，宽容了压迫他、侮辱他的人，可是他的对手并没有因此就放过他。高衙内是一计不成，又生一计。林冲非常不满的、让他胸中有一腔不平之气的那个对立面，那个社会的黑暗势力、罪恶势力，继续不断地向他紧逼而来。小说接着就写他想苟安，想忍，可是想苟安却不能苟安，想忍也忍不下去。小说接着写高衙内收买了陆谦，就是林冲的结义兄弟的那个陆谦，让陆谦把林冲的妻子骗到陆谦家的楼上，想要强暴、侮辱林娘子。林冲知道消息后，马上就赶到陆谦家，把妻子救了。知道还没有受到侮辱，但感到非常气忿。这个时候他竟然对高衙内也不加追究，只是气愤地把陆谦家里砸了个粉碎。

这时候有一段描写，也很值得注意，就是林冲拿了一把解腕尖刀，注意啊，这个解腕尖刀很有文章的，到后来他被发配到沧州时，听说陆谦他们跟来想要害他，就又去买了一把解腕尖刀，到处去找陆谦。前后两次写到解腕尖刀，都是对着陆谦来的。他拿了这把刀，径直奔到樊楼前去找陆虞候去了。你看，他不是去找高衙内，而是去找陆谦。注意，这个地方作者写得非常准确，非常精彩。也就是说，林冲已经开始反抗了，但是反抗的程度和范围有限。是高衙内调戏你的老婆，你算账应该找高衙内呀，对不对？你怎么去找陆谦呢？这里边有两层意思我觉得要体会。第一层意思，他还是怕高衙内，还是怕本管，吃着他的请受，不敢惹他。前面他对鲁智深说过，权且饶他这一次。可这是第二次了，他又忍让了。这是第一层意思。第二层意思，是借此写林冲重义。这个情节，还有弦外之音，还有潜台词，就是说，陆谦你是我的结义兄弟，可是你背信弃义。不讲义气的人林冲是最痛恨的。所以这个行动里面包含两层意思，他拿了一把解腕尖刀去找陆谦不去找高衙内，一个是怕，第二个就是因为讲义气，所以出于义愤，要去找陆谦。这一点，一直到最后杀陆谦时也是这样，出于义，要维护义。在林冲的心中，结义兄弟要讲义气，你背信弃义那是最不能容忍的。对于林冲的重义，这个地方还只是暗点，就是暗示给我们，使我们能够体会到，林冲是讲义气的。

注意，讲义气是林冲性格当中非常美好的东西，很宝贵的东西。这是他以后能够转变，并且在转变以后革命性非常强的一个很重要的因素。这一点，作者是不断地点示给我们。我说这里是暗点，就是没有把意思挑明说出来，如果读《水浒传》不仔细的话，可能忽略过去。后边，到了他发配沧州以后，作者又一次点示我们林冲好义。大家读过很熟悉的“风雪山神庙”，他发配到了沧州，正好有一个卖酒的李小二，很热情的接待他，照顾他，称林冲是“恩人”，而且向他通风报信，报告他高俅高衙内他们，派陆谦跟到沧州来要杀害他，要他提高警惕。李小二为什么要向他报告呢？这是要冒生命危险的，就是因为过去林冲救过他。他吃了官司以后，林冲帮助他，而且给了他钱，所以他称林冲是恩人。这就写出了林冲的克己好义、乐于助人的这种侠义心肠，他很讲义气。前面有暗点，后边又有明示，前后呼应，这都是写林冲思想性格转变的依据。

高衙内对林冲是一计不成又施一计，而且是更加毒辣的阴谋，让他带刀误入白虎堂，说他想行刺，把他抓起来，发配到沧州。好端端的一个家庭，由于高衙内看中他的妻子，调戏他的妻子，就活活拆散，弄得他妻离家破。作者就是通过这么一个情节，通过林冲妻子被花花太岁高衙内看中，加以调戏，写出了林冲的性格。而写出了林冲的性格，也就同时揭露了封建社会的黑暗，揭露了统治阶级的罪恶。这样，进而也就揭示出来梁山起义事业为什么会逐渐壮大发展，很多人都要投奔上梁山。梁山事业壮大，就是因为统治阶级的逼迫，逼上梁山。逼上梁山在林冲的身上体现得最鲜明、最突出，统治阶级压迫他，一步步进逼，逼得他走投无路了，然后才上山。

但是，林冲到这个时候，发配沧州以后，还是能忍，还是忍辱负重，忍气吞声。你看小说写得非常精彩，他临走之前写了一封休书。休书带有重男轻女的色彩，男的休女的，实际上是个离婚协议。他写了休书以后跟他的丈人说，我发配沧州以后，是死是活都不知道，为了妻子，不要耽误她的前程。同时他还说，离了婚，不是我的妻子，可能高衙内以后就不来找她的麻烦了。因此我立这么一个休书，以后她怎么样，爱到哪去，爱出嫁什么的都由她去。写了这么一纸休书，这纸休书我觉得有两方面的意义：一方面写出林冲的善良，他替妻子考虑得很周到；另一方面也写出他能忍的性格，还很天真幼稚。你以为写了一纸休书以后高衙内就不来了？照样来。所以这些地方，在表现他的能忍的性格的同时，又写出他的善良，引起读者对他的同情，这样的话，读者就对迫害他的罪恶势力更加憎恨。

你看我们读到“野猪林”，就记得这个情节。一路上押解他的是董超、薛霸，两个差人，一路上对他真是非常厉害，虐待他。用烫水让他洗脚，烫得他非常难受，但他都忍了。后来走到什么地方呢？走到烟笼雾罩的野猪林，就是受高俅、高衙内的嘱咐，他们要杀害林冲的地方。怎么写的呢？到了这个地方，董超、薛霸准备要下手了，因为他们是被高俅、高衙内买通要杀害林冲，所以他们就借口说想要睡觉，要把林冲捆起来。猜猜林冲怎么说啊，他说：“上下要缚便缚，小人敢怎的？”到这个时候了，还一点都没想到可能要杀他，你要捆就捆吧，我有什么好说的。你想，换成另外的人，像鲁智深也好、李逵也好，在这种情景下绝不会这样说，这么一种表现的。

《水浒传》写人物，在特定情景之下不同的人物会说不同的话，这个有很多例子。比如说武松打虎，打虎之前在酒店里面喝酒，喝了很多酒。店老板叫他不要上山，说山上有老虎，这儿有政府的文告，他不信。他说你是开黑店的，想我留在这儿，晚上好害我。而且还说，就是有虎，老子也不怕。说着这样的豪言壮语，他走了。快上山的时候，小说写得很准确，他看见了印信榜文。他在路上看见两次公告，一次只有白文，没有盖章的，第二次看见的是印信榜文，跟前边看见的不一样，是政府盖了官印的。这个是真的，他相信了。这个时候写武松他有思想斗争。他怕啊，前边他跟店主人说就是真有老虎老子也不怕，那是在以为没有老虎的时候的豪言壮语，到知道真有老虎的时候就怕了。这也是人之常情嘛！有老虎，到底回去还是不回去呢？斗争半天以后，决定不能回去，上山。因为回去以后会遭到别人的耻笑。我刚才还说不怕，现在回去，不是太丢人了吗？武松是非常好面子的，在生死关头宁可冒着生命危险上山，这个面子是不能丢的。大家想想，如果换成李逵或鲁智深，那就简单得多，不怕就上去，要怕就回来，没有那么多考虑。所以《水浒传》写人物在特定情景之下，特定的人物性格他会说什么话，不能换的，是性格化的。

这个时候，一路保护他的鲁智深到了野猪林。跳出来要把准备杀害林冲的两个人干掉。这时候林冲又出来替他们说好话，说不关他们两个人的事，是高俅他们让他来的，叫鲁智深手下留情不要杀他们。读到这里，林冲这种能忍的性格，叫我们读者都不能忍受了。把你迫害成这样，马上就要把你杀掉了，你还替他们说好话。小说就是这样不断地写他这种能忍的性格，同时又不断地揭示他善良的一面。太善良了，要杀死你啊，你都还要替他们说好话。

一直后来到了草料场，他还是要忍。让他到草料场，也是个阴谋诡计，是想要放火烧死他。他不知道，还以为是给了他一个好差事，想到那儿去可能过得比较安稳。一直到最后，火烧草料场，他在山神庙里面亲耳听见陆谦他们三个人，说把他烧死了以后，要把骨头拣回去到高俅那儿去领赏。这个时候，他才满腔怒火一下子爆发出来，打开山神庙的门出去把几个人杀了，然后造反上山，由此就实现了彻底的转变。

这是我要讲的第一点，就是《水浒传》描写人物从生活出发，写他的性格特点有生活依据，写他的性格的发展变化也有生活依据。这是现实主义艺术比《三国演义》更成熟的地方。

第二点，我想讲一讲《水浒传》的细节描写。细节可以说是生活的血肉，我们在生活里边，并不是每天都有那种惊天动地的大事件，总是普普通通，平凡的生活琐事比较多。所以细节是生活的血肉，也是小说艺术的血肉。在某种意义上可以说，离开了细节描写，就没有小说的艺术。中国古典小说里面，最丰富、最精彩的细节描写就是《红楼梦》，通过日常生活的事件，通过非常细腻的细节来表现人物，表现生活。在细节描写方面《红楼梦》是最出色的。《三国演义》里面也有细节描写，但是比较少，思想的含蕴也不是很深。比较起来,《水浒传》里的细节就要丰富得多，而且思想的内涵也更丰富、更深刻。

《三国演义》里的细节描写，我可以举几个例子。大家读过《三国演义》都会留有印象。比如说曹操刺董，他带了一把刀，当然是藏起来的，去见董卓，董卓本来坐着谈话。这个人很胖，坐着坐着坐不住了，他就躺下来了，面冲里边，好机会来了。曹操赶快把刀拿出来，但床上有镜子，董卓在镜子里面看到曹操把刀拿出来，就翻过身来问，你干什么？曹操灵机一动，马上反应过来说这是一把非常好的刀，我要献给你。董卓信以为真，接受他的刀，把刀拿过去了。这是个细节描写，里边写了曹操很机警，同时也写了董卓很愚蠢，这样的事情你也能相信，就接受了，以为是真的给他献刀。又比如说煮酒论英雄，这个大家也知道的。刘备生怕曹操识破他是个英雄，两个人煮酒论英雄，曹操问他现在天下谁算得上英雄，刘备说了好多人，曹操说这些人都不行，“今天下英雄，唯使君与操耳”，就我们两个人才算得上。刘备听了这个话以后，吓得要命，筷子马上就掉到地上了，然后又用怕雷来掩饰。这也是细节描写，把两个人的关系和思想性格都写出来了，也是写得很不错的。

《三国演义》里面最精彩的细节描写是赤壁之战中，周瑜和诸葛亮用火攻计，已经让曹操上了当，采用了庞统的连环计，把战船连成一片，一把火就可以烧掉的时候，小说写两边的统帅的不同表现。一边是曹操，已经危在旦夕了，自己不知道，还非常骄傲，瞧不起刘备、诸葛亮、孙权、周瑜他们，以为别人就要完蛋了。另一方面写周瑜，看见对方的战船连成一片，一把火就可以烧掉，感到已经胜券在握，非常高兴地大笑一阵。这时候有一个细节非常重要，突然风刮起来之后，军中的旗角扫到他的头上，他一下子大叫一声，吐血倒地。为什么呢？周瑜是非常聪明的，风一吹把旗子一刮，他想到了冬天如果没有东风的话，火烧起来就会烧到自己的战船，而不是曹操的战船，因此一下子着急得吐血倒地。《三国演义》里面细节描写很少，但这是非常精彩的一处，把周瑜这种很精细、很谨慎的思想性格表现出来了。临战前夕，已经胜利在望了，可还是那么一丝不苟，注意到这样的很容易被忽略的细小方面。这就跟曹操的盲目乐观、骄傲自满形成鲜明的对比，揭示出赤壁之战双方指挥员不同的精神面貌。这是写得很好的，可书中毕竟太少。

而《水浒传》里面写林冲，“风雪山神庙”大家都非常熟悉的，中学课本里面就学了。那个细节描写，真是非常细腻，非常生动，也非常深刻。让他去管草料场，我刚才讲了，他以为是好差事，实际上是一场阴谋，让他到那儿去是要准备烧死他。他去了以后是一个什么情况呢？外边下着大雪，进屋以后，他拿起柴炭点火，生起焰火来。但这个草棚已经坏了，风都可以刮进来，很冷。当时写林冲怎么想呢？怎么过冬啊？他就想待雪停了以后，等到天暖和，到城里边去要唤一个泥水匠来，把它修好。这是什么意思啊？就是想经营好一个安身之地，可以稳稳当当地在这儿过日子。不是凑合，是要想长期过下去。然后就写他烤了一会儿火，还是冷，就想到前面那个老军指示他五里之外有一个卖酒的地方，可以去买酒喝。走以前，你看写这个林冲性格非常精细，他把那个火炭盖了，“取毡笠子戴上，拿了钥匙，信步投东”。注意他锁门，前后两次写他锁门，这个门有什么好锁的，里面什么东西都没有，而且都破了，他还锁。林冲这个人很细心，很谨慎。然后写他在半路上经过一座古庙，就是山神庙，他还进去顶礼膜拜，求这个神来保佑他。保佑什么呢？还是想安安稳稳地过日子。都走到这步田地，简直走投无路了，他还是这种心思、打算。

到酒店喝完酒以后，又买了一葫芦酒，包了两块牛肉，迎着风回到草料场。一看因为雪下得越来越大，把草厅压倒了。这个时候他想，怎么办呢？就把花枪，注意这个花枪，把花枪、葫芦放在雪地里边，生怕那个炭盆的火没有灭，伸着手从破败的墙壁进去摸一摸，摸到雪水已经把火完全浸灭了，他才放心。然后抱着一床破棉絮，挑着他的那只花枪，挂着他的酒葫芦，到山神庙去过夜。金圣叹评《水浒传》，我劝大家好好去看看，他有的批语批得很精彩。这个地方他就读得很细，他在这里批了一句，说：“只拿一条破絮被，说明过一夜，第二天还要回来。”就是说，今天晚上暂时过不下去了，我到山神庙躲一个晚上，我还得回这个草料场来。就是在这种情况下，还是能够忍受，还是要想平平安安地在这个地方过日子。这就是作者笔下的林冲，能忍的林冲。

所以通过“风雪山神庙”一系列非常细腻的细节描写，揭示了林冲的内心世界。好端端的一个八十万禁军教头，一个美好的、幸福的家庭，被高俅、高衙内迫害到这种凄凄惨惨的地步，还没有想到要反抗，还要想到安安生生地过日子。你看作者写林冲的忍，写到了无以复加的程度，可还又在无以复加之处再加上一笔。一直到陆谦他们放了火，草料场烧起来了，他听到了火起的声音。一般的人，人之常情，遇到这个情况，会怎么样呢？我是看草料场的，现在草料场起火了，责任很大，赶快逃跑啊，对不对？他不，他首先想到的是赶快去救火。在这么一种情境下，他是这么一种心思，你看林冲能忍到什么程度，善良到什么程度。一直到后来，我刚才讲了，亲耳听到门外陆谦他们说，这次把林冲烧死了，要拣他的骨头回去请赏。这一下子，他一腔怒气爆发出来，打开庙门出去报仇，这才最后走向了转变。

“风雪山神庙”一系列的细节，描写林冲的动作、他的心思、他的整个思想的发展过程，都写得非常细。这是在《三国演义》里面很少见到的。下边就是写林冲最后打开庙门出来杀人了。林冲杀人杀得好，作者描写林冲杀人也写得好，真真是一段热闹精彩文字。

看他是这样写的：他进山神庙的时候很细心啊，进了山神庙把门关好以后，用一个大石头把它顶住。这就是林冲的性格，他精细谨慎，关门也是关得很有性格的。这个时候听见陆谦他们这些话以后，他把这个石头搬开，拽开庙门大喝一声。他要报仇了。这三个人一听，原来以为林冲已经烧死了，结果没想到林冲从山神庙里面冲了出来，吓了一大跳。林冲出来以后先是举手咔嚓一枪，把那个差役杀死。这个时候，陆谦看见林冲突然出来，吓得要命，一边跑一边叫饶命，吓得腿都软了。作者这时并没写林冲上去，也是一枪就把陆谦结果了，而是写他先去追赶已经逃了十来步的富安，也是用枪一枪搠倒。前面写他一路用来挑酒葫芦的花枪，这里用来先后把两个人搠倒，在艺术上算是真正派上了用场。解决了这两个人以后，才转过身来对付要跑的陆谦。这个地方写得很好，为什么呢？他心里有数，知道陆谦跑不了。八十万禁军教头的武艺和经验在那里。

作者在这个地方写林冲杀陆谦写得很有讲究，比杀另外那两个人要细，他铺展开来写。林冲满腔的怒火、满腔的怨愤、满腔的仇恨，一下子爆发出来，是要痛痛快快地报仇。所以他在对付这两个人以后，就拿出全副的仇恨和武艺来集中对付陆谦。他大声地喝道，“奸贼！你待那里去！”“批胸只一提，丢翻在雪地上。”林冲这个时候不再用花枪了，他把花枪拿来插在雪地上，用脚踏住陆谦的胸口，然后从身边取出一口刀来，在陆谦的脸上搁着，先不杀他，然后是发表了一篇革命的宣言，说：“泼贼！我自来又和你无甚么冤仇，你如何这等害我！正是‘杀人可恕，情理难容'！”我前面讲了，结义兄弟是要讲义气的，背信弃义是林冲最不能容忍的。你怎么能害我？陆谦这个时候就告饶，说：“不干小人事，太尉差遣，不敢不来。”林冲马上就骂他，说：“奸贼，我与你自幼相交，今日倒来害我，怎不干你事？且吃我一刀！”这个时候才给他把衣服剥开，开胸破肚，把他的心肝给挖出来。所以作者写林冲杀人，不是一般的杀人，是写他反抗、复仇，写他起来造反的革命性和正义性。看他杀人杀得堂堂正正，光明磊落，小说写出了一个英雄人物的凛然正气。

这里写林冲杀人是很有讲究的。有这么几点：第一，他能分清主次，主要敌人是陆谦，我先不对付你，我先把两个次要的解决了，然后集中力量来收拾主要的仇人。这是一点，能分清主次。第二，不是不明不白地就把对方杀死，而是先问罪谴责，让他死也死得明明白白。刚才我讲的，他是发表了一篇革命宣言，表明他杀人是杀得光明磊落、理直气壮的。我为什么要杀你？你太坏了，背信弃义。第三，就是写他杀三个人是不一样的，用的武器不一样，杀法也不一样，详略也不一样。所以总起来说，林冲杀人杀得有身份、有性格、有思想、有章法。什么叫有身份？八十万禁军教头，武艺高强，有斗争经验。什么叫有性格？他很精细，很讲究策略。什么叫有思想？就是他是为复仇而杀人，为正义而杀人，不是不明不白、随随便便就把人杀了。什么叫有章法？就是像我们写文章一样，主次、详略都要搞清楚。哪个为主，哪个为次，哪个详、哪个略，先杀谁、后杀谁，有个安排，这就是有章法。大家想想看，如果换成是李逵报仇，会是一种什么样的杀法？所以我们说，《水浒传》写人物完全是性格化的，写得非常好。

前面的分析里我已经提到，《水浒传》对一些小的物件的处理，也是非常精细的，值得我们注意。比如刚才说到的那个挑酒葫芦的花枪，几次写到，不是随便的，无意义的。几次写到他用花枪挑着酒葫芦，这样的地方你要注意了，如果读得不细的话，就会以为那支花枪就真的只是用来挑酒葫芦的，实际上不是，而是准备在报仇杀人时要用的。还有李小二报告林冲说，陆谦他们追到沧州来了，可能要害你。林冲就专门去买了一把解腕尖刀，到处去找陆谦报仇，找了几天没有找到。这把解腕尖刀后来作者再也没有提起，读者可能也早忘了，可是到了最后报仇的时候，一只脚踏在陆谦的胸口上的时候，他就从身上把这把解腕尖刀拿出来了。是专门为陆谦而买，此时不用，更待何时？

俄国的大作家契诃夫在讲剧本创作的时候，他有一句话，原话我记不太清了，大概是这个意思。他说，如果你在第一幕里边，写墙上挂着一支枪的话，那你在后边就一定要放枪，要不你这支枪就不必挂在那儿。所以我说前面写的挑酒葫芦的花枪，还有那把解腕尖刀，都是墙上挂着的“一支枪”，后边都派上用场了。《水浒传》的作者写人物写得很细，我们读《水浒传》也要读得很细，作者有艺术匠心的地方，不能马马虎虎读过去，不要忽略了。金圣叹值得我们学习，他读《水浒传》就读得很细，比如说武松打虎的那一回，你去看他的批语，他批武松打虎的那个哨棒，他这样批：哨棒一，哨棒二，哨棒三，哨棒四，一直给你数下来。什么意思呢？这个批语提醒我们，作者写这个哨棒是有用意的，要注意；一直到最后，哨棒的作用充分发挥出来时，他就批“收拾哨棒”，就是说在艺术上哨棒的作用已经完结了。你看小说里面写武松打老虎，写得也很妙，他是用了哨棒，又没有完全靠哨棒。看他用尽平生之力朝老虎打下去，可是没有打着老虎，却是打在树枝上，把那哨棒打折了。他干脆丢了那段打折了的哨棒，然后拳打脚踢，到最后老虎也没力气了，他自己也没力气了。这个时候（也只能在这个时候），他又去把那半截哨棒捡回来，最后用它把老虎打死。这个哨棒的功用处理得非常精妙，把它的艺术功能发挥到了极致。如果武松是完全用哨棒打死老虎就不好了，完全赤手空拳就把老虎打死也不太真实，妙就妙在他用了哨棒又没有完全靠哨棒。这些地方都是值得我们注意的，就是它的细节描写比《三国演义》有发展，更丰富，更深刻，含蕴也更深厚。

以上就是我通过林冲形象的分析要讲的两点：第一是《水浒传》是从生活出发来写人物，人物性格有生活的依据，人物性格的发展变化也有生活的依据；第二是《水浒传》的细节描写达到了很高的艺术水平，在中国古典小说现实主义艺术的发展过程中，很值得我们重视。今天就讲到这里，谢谢大家！

附　听众的提问和作者的回答

问：周老师，您刚才讲《水浒传》写法上有很多细节描写，写到人物内心的斗争非常剧烈，您能谈谈它和心理描写之间的区别吗？

答：关于心理描写的问题，中国的传统小说艺术跟西方不大一样，这有它历史的原因。我前面讲过，比如说像《三国演义》《水浒传》，还有《西游记》这样的作品，都是从说书艺术发展来的。说书艺术总是要讲故事，总是要在人物的行动当中，在情节的发展过程当中来表现人物，所以中国古典小说里边的人物和心理，总是同他的行动结合起来，很少有把情节停下来的静止的心理描写，那不大符合中国群众的审美趣味。我记得有一年，北大有一批外国留学生，我跟他们一起，请一个曲艺演员来表演一段类似评书里讲的那样的故事，也许是大鼓书啊什么的，反正是又说又唱的，故事里面就有一段相当长的静态的心理描写。后来完了以后，学生讨论这次课外活动怎么样，我完全没有想到，西方的学生提出来这里边的那段心理描写很失败。他们说，这么长的心理描写，我现在很想知道情节怎么发展，等着，可你在那儿老讲他的心理。他们说这个不好。我说你们西方不是有很多静态的心理描写吗？他们说西方的小说里没有那么多故事，你现在的故事吊着我的胃口，有悬念，可你现在停下来不讲故事，讲心理，让我们着急，这个不大好。这给了我很大的启发。中国的小说有自己说书艺术的渊源，也有中国的听众（或读者）由此培养出来的审美趣味在里边，所以不习惯欣赏那种静止的心理描写。但也并不是没有心理描写。刚才我讲武松上山不上山有思想斗争，那就是心理描写，风雪山神庙里的林冲也有心理描写，但它都是跟故事里的矛盾斗争、跟人物的行动结合起来的。《红楼梦》里情况有一点不同，《红楼梦》与《三国演义》和《水浒传》这样的从民间说书发展出来的作品有些区别，《红楼梦》不是情节型的小说，它里面的心理描写要多一些。所以现在的评书演员，有说《三国演义》的，有说《水浒传》的，也有说《西游记》的，但很少有去说《红楼梦》的。我最近听到一个消息，说有人要将《红楼梦》改编成为评书，就要由某一位著名的评书演员讲说了。老实说，对这个事我有点担心。因为《红楼梦》是不大适合于用来讲评书的，它不是以情节取胜。《红楼梦》里的心理描写多一些，但真正静态的描写也还是比较少，这跟我们小说艺术的民族传统有关系。

问：我想问一下，一般认为，《红楼梦》的脂粉气太重了，《三国演义》的杀气太重，离老百姓的生活太远，《西游记》的神话色彩太重，您是怎么看待《水浒传》的？

答：我想你这个概括有点问题。我们不能说《红楼梦》脂粉气太重，我个人认为这么说恐怕抓得不准，它当然写了许多女孩子，女孩子用脂粉，但这不能因此就说《红楼梦》的脂粉气太重。因为从题材和特定的生活内容来讲，《红楼梦》是通过对平凡的日常生活的细腻描写，来揭示和反映重大的社会主题。我们北大中文系有少数的学生反映说读《红楼梦》读不下去，什么东西啊，一天到晚婆婆妈妈的，喝酒啊，猜谜啊，吵架啊，什么意思啊？实际上那里面有非常丰富的内容，有惊心动魄的社会矛盾，就看你有没有读出来。所以千万不能用脂粉气来概括《红楼梦》。

至于《西游记》的神话描写，我前不久刚去参加过一个关于《西游记》的会，我在那个会上有个发言，谈到《西游记》的艺术魅力。我说《西游记》在艺术上征服读者的有两点，一点是奇幻，一点是奇趣。奇幻就是充满幻想，有非常丰富的艺术想象。但是要注意，《西游记》的幻想也不是天马行空，随心所欲的，我想怎么写就怎么写。我在发言里举了一个例子，就是师徒四众，经过一个灭法国，妖道在那个地方占统治地位，凡是和尚他都要吃掉、杀掉。唐僧当然首当其冲了。为了要保护唐僧过关怎么办呢？他就写孙悟空大显神威，他把那个金箍棒变成一把剃头匠剃头的刀子，然后拔下毫毛来，变成无数个剃头匠，一个晚上把整个灭法国里所有的人，从皇宫里边到平民老百姓，所有的人都剃成秃子。那行了，相安无事就过去了。我要说的是，神话小说也有生活依据，如果要随心所欲地不考虑生活依据，不考虑老百姓怎么样理解，我想怎么写就怎么写的话，他完全可以写孙悟空变一个戏法，一个晚上就让所有的人都变成了光头，不是更痛快吗？为什么要绕这么一个弯子呢？不是太费劲了吗？绕弯子的意思，就是考虑到了生活的依据，这样老百姓容易理解，因为老百姓接受这个人人都变成了秃子，有头发没有头发，那是剃头匠剃的。他这样写就是照顾到读者的理解，就有生活气息了。如果写他用变戏法来解决问题，那孙悟空就变成魔术师了，读者就不会感到亲切，那还有什么感染力呢？所以这些地方都是关系到人物塑造的，即使是通过艺术的想象，通过奇异的幻想来塑造人物的《西游记》，也不是不考虑生活，可以随便写的，也是要考虑到有生活的依据。

我刚才讲《三国演义》里曹操写得好，写反面人物敢于写他的优点，写了优点以后并不影响把他写成一个反面人物，而是成了一个更可怕、更厉害的反面人物。而《水浒传》恰恰相反，写正面人物、英雄人物敢于写他的缺点，写了缺点也不影响把他写成一个正面人物、英雄人物，反而使读者觉得更亲近、更容易理解、更真实、更有血有肉。这是它写得成功的地方。《水浒传》在中国古典小说的现实主义艺术的发展中，是有相当重要地位的。就像写英雄人物要理想化，因为英雄人物总要写得高大一些，但是不能写成高、大、全。要理想，但不能过分，主要在要提高他，要典型化。艺术上典型化的人物，是我们还是能够理解、接近，能够相通的人。包括《西游记》里写孙悟空，写得那么神通广大，但你看他对他师父的感情，是普通人的感情，他对他师父好得不得了，很温情。这些地方都是值得我们借鉴和总结的。

一定不能想当然地我想怎么写就怎么写，一定要考虑到生活，要有生活依据，你看即使是神魔小说也是考虑到生活依据的。

问：请问周教授，我们研究《水浒传》有什么现实意义，特别是对我们现在反腐败，有什么启示？您刚才讲林冲的时候，一直讲他性格当中有一个“义”字，好像现代社会里这个“义”字是一个含义非常微妙的东西。我们老把它和江湖戏联系起来，老百姓内心深处还是希望身边有一些很讲义气的人吧。而且我们提起“义”字，好像一般容易联想起孔孟讲过仁义，还很容易联想起刘（刘备）关（羽）张（飞）的那个义，更多的还是那个江湖义气，就是《水浒传》里代表的那个义，因为这个涉及更多的还是人与人之间的关系的一个东西，我想请您讲讲这个。

答：这个义的问题很复杂。义是一个历史范畴。我们有很多词跟义联系在一起，表达了不同的内涵，有忠义，有恩义，有信义，有情义等等，对不对？还可以数出更多的跟义相连的词来。这说明什么呢？这说明跟义相连的这种道德观念是跟社会生活里边的不同的侧面相联系的。在跟不同的侧面相联系的时候，我们对义的评价是不一样的。《三国演义》里面的义，跟《水浒传》里边的义有相通的一面，也有不完全相同的一面。这当中牵扯到的主要有两个观念，一个是忠义。《忠义水浒传》，《三国演义》里面也讲忠义，这个是相通的。怎么相通呢？忠于皇帝。《水浒传》里边只反贪官，不反皇帝，认为只是几个奸贼坏，皇帝是“至圣至明”的，连造反很厉害的鲁智深都说皇帝是“至圣至明”。所以它这个里边确实有忠义思想。这个忠义思想跟《三国演义》里的是相通的。这个不可取。因为皇帝是最高统治阶级，在封建时代，忠是最高的道德信条，每个人都要忠君，忠于皇帝，所以老百姓也受到这种思想的影响。产生于封建时代的《三国演义》和《水浒传》里有忠义思想，那是不奇怪的，很自然。但是这个我们不提倡，不仅不提倡，我们还要批评，要否定它。但除此以外还有另外一种义，就是信义，民间的老百姓在反抗压迫的斗争过程中，互相团结，互相帮助，讲求信义。对这种义，要有分析地肯定。注意，我说的是要有分析地肯定，就是说不能一概肯定。现在关于武侠，大家谈得比较多。我最近写了一篇文章，题目叫做《义是侠的灵魂》，武侠、侠客这样的人物，有各种各样的特点，讲义气是其中最突出的一个特点。但是，义有大义和小义之分。什么叫大义？大义又叫公义，就是路见不平，拔刀相助，维护社会的公正、公平，出于正义感去采取行动，这是主持正义，是大义。也还有一种义，就是哥们儿义气，就是几个人，我们是好朋友，什么原则都不讲，甚至可以随便杀人。说得轻一点，这就容易形成很狭隘的几个人的小集团的利益，维护这个利益就不顾其他的大义，损伤大义，弄得不好就是黑社会。所以对这个信义也要分析，要有分析地肯定。我们讲侠，肯定侠，那个义是见义勇为的义，是路见不平，拔刀相助的义。

（在中国现代文学馆演讲的录音整理稿，原载《品读水浒传》（插图本），傅光明主编，山东画报出版社 2005 年。收入北京大学出版社 2011 年版《古典小说的思想与艺术》时据讲稿校补）

孙悟空形象的时代精神和文化意蕴

人物形象是小说艺术创造的中心，而主要人物则集中地表现了一部小说的思想倾向和艺术特色。《西游记》的主角孙悟空，是一个充满奇幻色彩的神话人物形象，但它同样植根于现实生活的土壤之中，植根于历史文化的土壤之中。我们要正确认识和欣赏《西游记》，就要正确地分析和认识孙悟空的形象。

关于《西游记》的主题思想，有各种不同的说法。袁行霈先生主编的《中国文学史》《西游记》一章，概括出过去分析《西游记》思想特色的三种思路：一种是幻中见理，一种是幻中见趣，一种是幻中见真。[①] 我的看法是，理和趣都是有的，但主要的方面还是幻中见真，这既符合文学反映生活的本质特征，也符合《西游记》艺术描写的实际。文学史的事实证明，凡是富有思想特色和艺术感染力的作品，都必然是基于鲜活的生活体验创造出来的，而不可能主要是某种哲理的演绎。真正优秀的作品，无论是写实的，还是幻想的，它们都必然是社会生活在作家头脑中反映的产物，只是反映的形态有所不同，有的是按照生活的本来面貌反映的，有的则是采用夸大的或者是经过升华的一种变形的形态来反映的。因此，对孙悟空这个艺术形象，我们除了欣赏他在大闹天宫和取经路上斩妖除怪中种种千变万化的神奇表现外，还应该看到他与特定历史时期的时代精神和社会生活的内在联系，与中国传统的思想文化的内在联系。简言之，孙悟空虽是一个幻想的形象，但亦真亦幻，幻中寓真，幻中见真。我们分析和欣赏孙悟空的艺术形象，既要看到它的幻，更要通过幻看到他内在的真。孙悟空形象的真，主要表现在形象所包含的生活内涵、思想内涵和体现中华民族传统文化的精神内涵三个方面。下面通过小说的艺术情节和孙悟空形象的思想艺术特征，来作一些具体的分析。

---

① 袁行霈主编：《中国文学史》第四卷，高等教育出版社，1999 年，第 152 页。

一 《西游记》是一部描写孙悟空的英雄传奇

我们读《西游记》，会感到它在人物塑造上跟《三国演义》和《水浒传》相比有一个明显的不同之处，就是《三国演义》和《水浒传》都是以塑造英雄群像为特色，而《西游记》却主要是描写上西天取经的师徒四众。当然书中还写到了神、佛、道的代表人物，取经路上还有许多魔怪，但这些代表人物和魔怪形象基本上都只是陪衬，作者写得比较随意，没有像写师徒四众那样着力和苦心经营，除个别形象之外大多缺乏性格特征，没有能给读者留下鲜明深刻的印象。这取经的师徒四众是一个集体，各有其位，各司其职，应该说少了谁都不可能到西天去取得真经。但在这个队伍中，四个人的地位和作用是不一样的，有主角有配角，精神领袖是唐僧，而实际上的主角却是孙悟空。四人中只有孙悟空才算得上是真正的英雄形象，其他三人虽各有自己的优点和功劳，但都有不少相当严重的毛病，都算不得英雄人物。从艺术表现的角度看，沙僧的形象比较模糊，没有什么性格；唐僧的形象虽然比沙僧要鲜明一些，也有一些性格特征，但也算不得成功的艺术形象；真正有血有肉给读者留下鲜明生动印象的，只有孙悟空和猪八戒；而算得上英雄人物的却只有孙悟空一个人。因此，在某种意义上可以说，《西游记》是一部描写孙悟空的英雄传奇。

众所周知，孙悟空成为取经故事的主角是有一个演变过程的。《西游记》描写的取经故事，是从历史上的一个真实事件演变而来的。唐太宗贞观三年（629）青年和尚玄奘（602—664）独自一人到天竺（今印度）取经，历时 17 年（也有说是 19 年的，《西游记》上写的是 14 年）走了几万里路，跋山涉水，克服了重重困难，终于取回了梵文佛经 657 部。他回国以后，唐太宗很高兴，设立译场，让他主持翻译佛经的工作，并讲述取经途中的奇闻异事。后来由他的门徒辩机写成《大唐西域记》，介绍西域各国的佛教遗址及风土人情等。玄奘一人到天竺取经，是一件很了不起的事情，加上身历异邦，一路见闻都是十分令人惊异的。他在取经过程中所表现出的坚定的信念、顽强的意志和克服困难的精神，十分令人敬佩。所以他的门徒慧立、彦琮写的《大唐慈恩寺三藏法师传》，为了弘扬师父取经的业绩，扩大佛教的影响，就故意加以夸大和渲染，使取经故事染上一层宗教的神秘色彩。这部书虽不免夸饰，但基本上还是记述的玄奘取经的真实故事。全书约十余万字，是中国古代一部少见的具有文学色彩的传记著作。

因为玄奘只身一人到天竺取经是一个奇迹，加上《法师传》的渲染，这个故事就开始在民间流传，并在民间文艺和戏曲中得到表现。故事在流传过程中不断得到加工、丰富、发展，愈传愈带神奇色彩，愈传离历史上真人真事的本来面目愈远。最后由一位大手笔（可能是吴承恩，也可能是别的什么人）写成了现在我们见到的这部百回本的《西游记》。关于《西游记》的成书过程和取经故事的演变比较复杂，也有不同的看法。概括地说，这个演变主要表现在两个方面：一是宗教色彩减退而世俗色彩加浓，由宗教主题演变为社会主题；二是故事的主人公由唐僧演变为孙悟空。这两方面的演变是互相关联的，但最重要的演变，质的演变，应该还是主角由唐僧变成了孙悟空。主角的变化，原来表现在历史人物玄奘身上的某些崇高品格，如坚定的信念、顽强的意志和克服困难的精神等等，就大多转移和集中概括到了孙悟空的身上了。

二　孙悟空形象所反映的时代精神

《西游记》全书可以分为三个部分：第一部分是第一至第七回，写孙悟空的出身和大闹三界的故事；第二部分是第八至第十二回，写唐太宗入冥，交代取经故事的缘由；第三部分是第十三至第一百回，写孙悟空、猪八戒、沙僧三人护送唐僧到西天取经，一路上师徒四众斗妖斩魔，经历了九九八十一难（实际上只有七十七难，前四难是在取经以前），历尽千辛万苦，终于到了西方天竺国灵山，见到了佛祖如来，取得了真经，护送回东土，四人也修成了正果，变成了佛。

第三部分取经故事是全书的主体，占了绝大部分的篇幅。但第一部分却是全书中写得最生动和最精彩的部分，从孙悟空非凡的出身、求仙得道的过程和大闹三界（特别是大闹天宫）的情节中，塑造了一个神通广大、蔑视皇权、敢于造反、积极乐观的充满神奇色彩的理想化的英雄形象，为下文描写取经路上一系列惊心动魄的战斗作准备和铺垫。第二部分将第一部分和第三部分联结起来，在结构上起到一种过渡的作用，但故事本身在思想上则表现出明显的宗教迷信色彩。第三部分取经故事，由相对独立而又互相关联的41个故事组成，以师徒四众到西天取经作为线索连接成一个有机的整体，着重表现孙悟空斩妖除怪、不畏艰险、勇往直前、积极乐观的斗争精神和美好品德。大闹天宫的故事和取经故事，在题材内容和主题思想上存在着明显的差异（前者主要是写孙悟空造反，后者则表现为了一个具有象征意义的崇高目的而克服困难、艰苦奋斗的历程；前者纯属于个人行为，而后者则是一个集体行为)。但由于孙悟空思想性格前后的一贯性(这主要是指他的反抗性、斗争性和积极乐观的精神),斗争对象和斗争形势的变化并未影响到小说思想内容的大致统一。

前七回主要写孙悟空的出身和大闹三界,最突出的有两点:一是写他的神通广大;二是写他的反抗斗争,写他敢于造反的精神。孙悟空作为一个光辉的英雄形象,其基础就是这七回书奠定的。无论是他的出身、神通广大或是造反行动、造反精神,都同明代中期以后特定的时代条件和时代思潮有着深刻的联系。

为了很好地分析和欣赏孙悟空的形象,《西游记》产生的时代是值得我们注意的。我们看到的今天出版的《西游记》署名都是吴承恩作,但实际上还存在许多疑点,著作权的问题并没有真正解决。[①] 作者的问题没有真正解决,小说创作的具体年代当然也就很难确定。但《西游记》成书于明代的中后期应该是没有问题的。我们今天见到的通行的百回本,就是前面提到现存最早的金陵唐氏世德堂本,刊于明代万历二十年(1592),在这之前也还可能有未保存下来的更早的刊本,因此《西游记》的成书应该要比世德堂本刊行的时间为早,大致在 16 世纪的中叶或更早。这个时期,在中国的社会经济生活和意识形态领域中都出现了一些新的现象和新的因素。这些新的现象和新的因素,都鲜明地反映在当时产生的文学作品中,当然也反映在以超现实的幻想形式描写生活的《西游记》中。

首先是商品经济的发展和市民阶层的兴起。我国史学界关于中国封建社会后期是否出现过资本主义生产关系的萌芽问题,有不同的认识。这是一个比较复杂的问题,我们可以不去讨论,我们只看当时产生的一些新的社会现象。比如较《西游记》略晚的冯梦龙编辑整理的白话短篇小说集《三言》和凌濛初创作的《二拍》中,就生动地反映了明代后期手工业工场和商品经济发展的情况。如《醒世恒言》卷十八《施润泽滩阙遇友》,反映了江南丝织业发展的情况。一个叫施复的人,靠勤劳致富,在不到十年时间就由一张织机发展为三四十张织机,还雇用了一些小厮来做工人,这显然已经发展成为小型的手工业作坊了。小说中还提到,一些比他实力更强的"大户人家",是通过牙行(就是我们今天讲的中介机构)引客商去买他们的产品的。由此可见,当时手工业的发展规模已经相当大,而且还直接促进了商品经济

---

① 现存最早的刊本世德堂本没有作者的名字,只署"华阳洞天主人校",前面有陈元之序。最早考定出作者是吴承恩的是鲁迅,后来胡适也支持此说,但一直有人怀疑。

的发展。这条材料在史学界讨论明代中期以后资本主义生产关系萌芽问题时经常被引用。类似的材料在《三言》《二拍》中还有许多。又如《转运汉巧遇洞庭红，波斯胡指破鼍龙壳》(《初刻拍案惊奇》卷一）和《迭居奇程客得助，三救厄海神显灵》(《二刻拍案惊奇》卷三十七)，都是描写出海经商的商人大发横财的故事，反映了明代海外贸易的发展和商业资本的发达，生动地表现了当时一些商人想通过海外经商而获取暴利的心理。《西游记》虽是一部用幻想形式写成的神魔小说，其中也有关于商业活动的直接描写。如第四十八回，写通天河的魔怪灵感大王作法将河水全冻成冰，有几个小妖变成行人在冰上行走来引诱唐僧。唐僧问陪他去冰河的当地百姓陈老，那些人是要到哪里去？陈老回答说："河那边乃西梁女国。这起人都是做买卖的。我这边百钱之物，到那边可值万钱；那边百钱之物，到这边亦可值万钱。利重本轻，所以人不顾生死而去。"又如第七十八回，写师徒四众经过比丘国（后改名为小子城）时，见那城中一片商业繁荣景象，书中有这样一段赞语："酒楼歌馆语声喧，彩铺茶房高挂帘。万户千门生意好，六街三市广财源。买金贩锦人如蚁，夺利争名只为钱。礼貌庄严风景盛，河清海宴太平年。"这显然是明代中期城市商业繁荣的生动写照。

而随着商品经济的发展，人们的思想观念乃至人生态度也随之发生变化。这在文学作品中也有生动的表现。如上面提到的《迭居奇程客得助，三救厄海神显灵》那一篇中，主人公程宰是当地（安徽的一个小村子）的一个大姓，小说里写他是"世代儒门，少时多曾习读诗书。却是徽州风俗，以商贾为第一等生业，科第反在次着"。中国封建社会向来轻商，士农工商，商是排在最末一位的，而这里竟然将经商抬高到超过读书中举的人生"第一等生业"，这的确是一种全新的认识。小说中还有这样的话："徽人因是专重那做商的，所以凡是商人归家，外而宗族朋友，内而妻妾家属，只看你所得归来的利息多少为重轻。得利多的，尽皆爱敬趋奉；得利少的，尽皆轻薄鄙笑。犹如读书求名的中与不中归来的光景一般。"类似的观念在《乌将军一饭必酬，陈大郎三人重会》(《初刻拍案惊奇》卷八）的入话中也有反映：商人王生三次贩货均遭到劫掠，因而灰心，不想再从事商业，他的婶母再三劝他不要因为受到挫折而"堕了家传行业"。在封建社会中，一般士子将读书中举看成是家传行业，而到了明中叶以后，竟将经商赚钱也提到这样高的地位，这显然是由于社会经济的变化，市民思想在话本中的鲜明表现。

经济领域的这种变化，当然会反映到思想领域。明中期以后在思想界形成了一种反对理学、追求个性解放的进步思潮。这一进步思潮的主要内容表现为：对人和人的价值的肯定，对自由和个性解放的追求，对权威偶像的怀疑和否定，对专制主义的不满和反抗，对封建礼法和封建秩序的蔑视，对人的纯真本性和童心的颂扬，对道学虚伪性的揭露，在文学艺术方面则表现出对趣味性和娱乐性的肯定和追求等等。当时个性解放思潮的突出代表是李贽（1527–1602）。李贽提倡尊贤（这里的"贤"主要是指"贤能"的"贤"），肯定人的能力和价值，并以此来确定他在社会上的地位。他说："今夫小德役大德，小贤役大贤，理也。若以小贤役人，而以大贤役于人，其肯甘心服役而不耻乎？"① 影响最大的是他的《童心说》，他认为："童心者，真心也。若以童心为不可，是以真心为不可也。夫童心者，绝假纯真，最初一念之本心也。若失却童心，便失却真心；失却真心，便失却真人。人而非真，全不复有初矣。"又说："童子者，人之初也；童心者，心之初也。"② 这里他肯定了人的原初状态的自然本性，肯定了没有为统治阶级官方思想熏染过的真纯质朴的精神状态，表现了在道学统治下非常宝贵的对于人和人性的自觉意识。李贽对于儒学权威的藐视也是非常突出的。这也是出于坚持"童心"和肯定人的自我价值。他把儒家的经典"《六经》《语》《孟》"，视为"道学之口实，假人之渊薮"③。他指出："夫天生一人，自有一人之用，不待取给于孔子而后足也。若必待取足于孔子，则千古以前无孔子，终不得为人乎？"④ 他明确反对以孔子的是非为是非，认为千百年来无是非者，乃因为"咸以孔子之是非为是非，故未尝有是非耳"⑤。这些极其大胆的叛逆性言论，在当时具有振聋发聩的作用。李贽生活的时期与《西游记》成书的时期大体相同；而如果《西游记》的写定者真是吴承恩，按他生卒年的一种说法，与李贽的生活时期也是基本上相同的。一个是在哲学上，一个是在文学上，互相呼应着，同时反映了当时进步的时代思潮和时代要求。

我们现在就来看看《西游记》是怎样描写孙悟空的形象的，看看孙悟空的形象

---

① （明）李贽：《忠义水浒传序》，《焚书》卷三，《焚书·续焚书》，中华书局 1975 年，第 109 页。

② 《童心说》，《焚书》卷三，《焚书·续焚书》，第 98 页。

③ 《童心说》，《焚书》卷三，《焚书·续焚书》，第 99 页。

④ 《答耿中丞》，《焚书》卷一，《焚书·续焚书》，第 16 页。

⑤ （明）李贽：《藏书世纪列传总目前论》，《藏书》卷首，中华书局，1959 年。

具有什么样的思想特征，这些特征又同当时的时代精神和时代思潮有怎样的联系。

小说对孙悟空充满神奇色彩的出身的描写就是很有意义的。他是东胜神洲傲来国花果山上的一块仙石，由于受到“天真地秀，日精月华”的孕育而变成了一只猴子。也就是说，在作者的笔下，他是得自然之真气，由天地化育而成的一个与众不同的独特的生命。在《西游记》里，孙悟空虽然是一个猴身，却是一个真人，一个为李贽所憧憬和呼唤的具有新的时代气息的真人。按上面我们所介绍的李贽的思想和说法，孙悟空就是一个保有生命原初状态的、具有纯真本性的大自然之子，一个没有受到统治阶级思想特别是假道学思想污染的真人。这样的真人形象，当然不受传统思想的条条框框的束缚，不受专制制度的束缚，也当然不会说假话、做假事。

再看他成为“美猴王”的过程，联系到他后来大闹天宫、反对玉皇的造反行动，更是富于思想意蕴的描写。他和众猴一起玩耍，来到一股瀑布飞泉前面，众猴相约，“那一个有本事的，钻进去寻个源流出来，不伤身体者，我们拜他为王”。孙悟空自告奋勇，出色地完成了这一任务，于是就被众猴尊为“美猴王”。这是什么意思呢？这是说明，孙悟空是凭着自己的勇敢和能力，经过竞争才得到这个位置和称号的。这个情景，真有点像我们今天所说的“竞争上岗”的味道。小说后面写他在大闹天宫时有一句名言，用来解释他造反的原因，叫做“强者为尊”。“美猴王”的得名就是一次“强者为尊”的具体实践。孙悟空的造反思想原来是有生活实践作基础的，这是《西游记》写得很高明的地方。

再看看他为什么不安分，为什么要造反。小说描写孙悟空所生活的花果山、水帘洞，是一个“仙山福地”，在那里“不伏麒麟辖，不伏凤凰管，又不伏人间王位所拘束”，是一个“自由自在”的有“无量之福”的福地。也就是说，他本来是自由的，生活在一个自由天地之中，但他还要追求更大的自由，使他的个性得到更大的张扬，更大的解放。听说人的生死是由阎王管辖的，他就不服这个管辖。他周游四海，求仙访道，学习种种超人的本领，就是要达到追求更大自由的目的。大闹龙宫，他得到了一个“如意金箍棒”；大闹冥府，勾掉了生死簿，得了个长生不老。这些描写从全书的艺术构思上看，都是为后文写他护送唐僧到西天取经有无穷的本事作铺垫。但从艺术描写的思想意蕴看，又还具有另外一重意义，这就是通过这些情节，表现孙悟空追求自由和个性解放的思想性格。他在勾掉了生死簿上所有的猴属之类的名字以后，痛快淋漓地说：“了账！了账！今番不伏你管了！”这句简短的话可看做是孙悟空的造反宣言，传达出的，是一种带有时代特色的追求自由和个性解放的声音。

作者对他神通广大的描写，也是具有值得注意的思想内涵的。他从菩提祖师学道，学得十万八千里的筋斗云，学得七十二般变化，后来又在东海龙宫获得一根重一万三千五百斤的如意金箍棒（第二、三回）。他被二郎神捉住后，玉帝下命令送至斩妖台处死，结果是“绑在降妖柱上，刀砍斧剁，枪刺剑刳，莫想伤及其身”。火烧雷打也不能损他一根毫毛（第七回）。在太上老君的八卦炉里烧了七七四十九天，也没有把他烧成灰烬，相反却炼就了一双火眼金睛。大闹天宫时，十万天兵天将被他打得落花流水（第五、六回）。从八卦炉里逃出后，又“打得九曜星闭门闭户，四天王无影无踪”。在天宫内“东打西敌，更无一神可挡”（第七回）。写他如此神通广大，一则是为了后面写他护送唐僧到西天取经过程中斩妖除怪的斗争；二则也是为了写他有造反的资本，没有这样的神通广大就不可能成为强者，也就不可能产生“强者为尊”的思想。

大闹天宫，集中表现了孙悟空蔑视皇权和反对封建等级观念的思想。天上的神权统治是人间的封建统治的投影。天界的最高统治者是玉皇大帝，可是孙悟空大闹天宫，根本不把他放在眼里。他自称是“天生圣人”，在闹了东海龙宫、搅了十王冥府以后，被告到玉帝那里去。玉帝在一般人和众神的心目中，都是一个十分尊严神圣、具有极大权威的最高统治者。太白金星一见就“朝上礼拜”，而孙悟空却“挺身在旁，且不朝礼”。玉帝问：“那个是妖仙？”悟空应道：“老孙便是！”仙卿们听后大惊失色，吓得要死，认为对玉帝这般无礼，是“该死了！该死了”（第四回）！后来玉帝派天兵天将收服他，被他打败，被迫承认他是“齐天大圣”；他第二次见玉帝时，也不跪拜，“亦只朝上唱个喏，道声谢恩”（第四回）。天宫中星相群神的森严等级，他一概都不承认，而是“不论高低”，“俱以弟兄相待”，“俱称朋友”（第五回）。天宫里也如世俗世界，讲究尊卑秩序，等级观念是非常严格的。因为他的级别不够，西王母的蟠桃会就没有请他，他于是大为不满，偷吃了仙桃，偷吃了仙酒、仙品，又偷吃了太上老君的金丹，把天宫中尊卑上下的秩序搅得一塌糊涂。玉帝无法可想，搬来如来佛收服他。如来问他为什么要造反，“要夺玉皇大帝的尊位？”他理直气壮、意气高昂地回答道：“因在凡间嫌地窄，立心端要住瑶天。……强者为尊该让我，英雄自此敢争先。”并说：“常言道：‘皇帝轮流坐，明年到我家。’只教他搬出去，将天宫让与我，便罢了；若还不让，定要搅攘，永不清平！”（第七回）玉帝要将他处死，罪名就是“只为心高图罔极，不分上下乱规箴”（第七回）。

意思是指他目无皇权，破坏君臣之礼，搅乱了上下尊卑的秩序。就是在被如来收服，皈依佛门，保护唐僧去西天取经的时候，对玉帝、如来、老君等神佛道世界中的统治者也是很不恭敬的，见面时以“老官儿”称呼，“唱个喏”，自称为“老孙”。第三十三回写他向玉帝借天，说“若道半声不肯，即上灵霄殿，动起刀兵”。他在斗争中发现兕牛怪原来是太上老君身边的一头青牛下凡，就去向玉帝和老君问罪，斥责他们“钳束不严”，“纵放怪物”。在封建专制时代，皇帝是最高权力的代表，是神圣不可侵犯的，而且是天意所定，不能违背，而孙悟空却根本不把这些放在眼里，表现了极强的叛逆性和反抗精神。

在这里，我们看到了孙悟空的叛逆性格和造反精神，同明代中后期进步的时代思潮之间深刻的内在联系。

首先是“强者为尊”的思想。“强者为尊”的思想是同封建等级观念相对立的，特别是同以天命论和血统论为基础的君权神授的封建专制思想相对立的，这明显地是带有新的时代特色的市民意识的表现。在商业资本发展过程中，新兴的市民阶层为了挣脱封建秩序的束缚，就要求凭借自己的能力和努力来求得发展，企图打破原有的等级和秩序。孙悟空的思想性格无疑反映了这样的时代要求。因为他有一身广大的神通，认为自己是强者，所以就要夺取玉帝的宝座，喊出“皇帝轮流坐，明年到我家”的口号。而他后来的屈服于如来，又是因为经过较量，他成为相对的弱者。不过就是在被收服以后，在取经路上，那“强者为尊”的意识也仍然时时显露出来。

其次是与此相联系的“尊贤”的思想。他不能忍受屈辱，要求对人和对人的才能的尊重。他自认自己的能力很高，因而要求玉帝要给予他与他的能力相应的位置。他两次造反，第一次是因为玉皇只让他当了个“弼马温”，开始还很高兴，当他明白了这不过是一个喂马的小官以后，就十分不满，认为皇帝昏庸，“轻贤”“不会用人”。他对前去收服他的巨灵神说：“他甚不用贤！老孙有无穷的本事，为何让我替他养马？你看我这旌旗上字号。若依此字号升官，我就不动刀兵，自然的天地清泰；如若不依时间，就打上灵霄殿，教他龙床定坐不成！”当玉皇封他做“齐天大圣”后，他就“遂心满意，喜地欢天，在于天宫快乐，无挂无碍”。而当西王母的蟠桃会没有邀请他时，他又感到受了屈辱，于是又起来造反。这种要求“尊贤”的思想，虽然与中国封建时代下层知识分子的思想有联系，但也与当时开始出现的对人的个体价值与人格的肯定这样的自觉意识有关。前面所引的李贽关于尊贤的那段话，简直可以看做是孙悟空思想行为的一种注释。

过去有的研究者曾把孙悟空的造反说成是现实生活中农民起义的反映，还说他后来皈依佛门，保护唐僧到西天去取经，一路上斗妖斩魔，就像《水浒传》中的英雄人物一样，是向统治阶级投降，投降后再去镇压别的农民起义队伍。[①]这样的说法是完全不符合小说艺术描写的实际的：第一，农民起义是因为受压迫剥削，而孙悟空在花果山生活得自由自在，一点没有受到压迫和剥削，他造反是为了追求自由和个性解放，而不是反对压迫剥削；第二，农民起义总是集体的反抗行动，而孙悟空是个体的行动，是凭着一身无穷的本事独来独往。显而易见，孙悟空追求的是最大限度的自由，是个人的才能的充分发展，是个性解放，这在小说中是表现得非常鲜明的。如果不联系到明代中叶以后的时代条件和时代思潮，这些描写的思想意义就不容易理解。

和《三国演义》和《水浒传》相比，《西游记》是表现时代精神最为鲜明的一部小说，也是表现封建伦理道德观念、特别是忠义思想最少的一部小说。书中不能说一点没有忠君思想和封建正统思想的表现，例如写唐僧是奉皇帝的圣旨并且是以"御弟圣僧"的名义到西天去取经的，求取真经的目的是为了"祈保我王江山永固"，因而人们称取经和尚是"忠心赤胆大阐法师"，书中还称颂唐太宗是"清平有道的大唐王，起死回生的李陛下"等等，但由于孙悟空对封建皇权和封建等级观念的蔑视和强烈的反抗精神，传统的"忠义"思想在《西游记》中的表现是非常淡薄的。

当然，孙悟空的形象虽然鲜明地反映了明代中期以后新兴的市民意识，但也不能简单地将孙悟空认定为一个市民英雄的形象。因为孙悟空的形象中还概括进了远比市民思想要丰富得多的精神文化内涵。对于艺术形象的分析，一定要顾及其内容的复杂性和丰富性。就是对社会生活中真实的人，我们也不能简单地给他划定阶级成分，何况是作品中作为艺术典型的人物形象，更何况是像孙悟空这样的充满奇幻色彩的神话人物形象。

三　孙悟空形象的精神文化内涵

孙悟空不仅神通广大，有很强的叛逆性和反抗性，而且还是一个积极乐观、

① 参见张天翼《西游记札记》,《西游记研究论文集》，作家出版社，1957 年，第 4 页。

勇敢无畏、不怕困难、敢于斗争的人物。这一点在大闹天宫时有表现，在取经故事中表现得更为突出。在取经路上，千难万险，他从不畏惧退缩，总是积极乐观，勇往直前。一听说有妖怪，唐僧落泪，八戒心惊，只有孙悟空非常高兴，认为是“买卖来了”。比如第七十四回，写四人过狮驼岭，一听说狮驼洞中有三个神通广大的魔怪，三个人的表现形成鲜明的对比：猪八戒是战战兢兢，连屎都吓出来了，提出马上散伙，说“赶早儿各自顾命去罢”！唐僧也是“战兢兢，毛骨悚然”，对孙悟空说：“徒弟，似此艰难，怎生拜佛！”孙悟空劝慰唐僧道：“师父放心！没大事。……有我哩！”看见唐僧哭鼻子，还不留情面地批评道：“莫哭！莫哭！一哭便脓包行了！”又以豪言壮语来鼓舞大家的信心和斗志，说：“我这一去，就是东洋大海也荡开路，就是铁裹银山也撞透门！”最后果然在孙悟空的艰苦斗争之下，顺利地通过了狮驼岭。

孙悟空对取经，对取经中遇到的一切困难和危险，始终都充满胜利的信心，毫不动摇和退缩。乐观主义是他生活的基调，也是他斗争事业（对孙悟空来说，斗争确实已经成为他的人生事业）的基调。第六十七回，写驼罗庄李老者请他除妖，他朝上唱个喏道：“承照顾了！”猪八戒就说过：“听见拿妖，就是他外公也不这般亲热。”他不避艰险，不怕困难，明知山有妖，偏向妖山行。猪八戒是嫉妒心很重的人物，特别对孙悟空是很少说好话的，但他也这样赞扬孙悟空，说他是个“钻天入地，斧砍火烧，下油锅都不怕的好汉”（第三十二回）。他常常为了战胜妖魔，不知疲倦，不辞辛劳，连续战斗。如第五十回至第五十二回写他在金兜山和独角兕大王相斗，连战一天一夜，越战越强。就是在吃了败仗，被压在三座大山之下，也从不气馁。小说写“他虎瘦雄心还在，自然的气象昂昂，声音朗朗”。他从不承认失败，失败了也仍然是一个英雄。在平顶山，唐僧、猪八戒和沙僧都被捉，他孤身奋战，自已也曾两次被捉，但他坚持战斗，终于转败为胜（第三十三回）。在小雷音寺，他先是被黄眉怪用金铙扣住，后又被白布包儿装走，但他顽强战斗，最后终于取得了胜利（第六十五、六十六回）。他在斗争十分艰苦的情况下（如第七十三回至第七十七回，写他在狮驼山被妖怪装进阴阳二气瓶，差一点丧命），总是怀着必胜的信心，充满乐观主义精神，所以菩萨派去保护他们的日值功曹护佑诸神称他为“人间喜仙”。一个“喜”字，揭示出孙悟空一种重要的精神品格。这也许是古往今来无数读者喜欢孙悟空这个形象和喜欢读《西游记》的一个重要原因吧。第七十七回写他们师徒四人都被三怪捉住，四人的表现形成了鲜明的对比：唐僧哭鼻子，说孙悟空被捉了，今番没命了。八戒和沙僧也无可奈何，只好随声痛哭。唯有孙悟空却笑道："师父放心，兄弟莫哭，凭他怎的，决然无伤。等那老魔安静了，我们走路。"这是怎样的一种精神境界！这精神境界显然是从中华民族民族性格的积极因素中提取出来的，其中含藏着深厚的民族文化的底蕴。

孙悟空还是一个疾恶如仇，是非善恶观念十分鲜明的人物。在这方面，孙悟空和唐僧形成了鲜明的对比。唐僧虽说是取经队伍的精神领袖，却常常是一个人妖不分、善恶不明的糊涂虫，而孙悟空不仅有火眼金睛，能辨别真假，认识妖魔，而且更为重要的是，他敌我观念十分明确，爱憎感情无比分明。对残害人民的妖魔刻骨仇恨，除恶务尽；而对被残害的人则扶危济困，救人救彻。他一路上斩妖斗魔，固然是为了克服取经路上的重重阻碍，保护唐僧能顺利通行，到西天完成取经的任务。但也常常主动出击，完全是出于路见不平、拔刀相助，为民除害的一片侠义心肠。高老庄收猪八戒，自然是出于佛旨的安排。但事情的开始，却是孙悟空主动为人除害（第十八回）。在乌鸡国，他扫荡妖魔，辨明邪正，为乌鸡国王报了冤仇，也完全是主动除妖（第三十六至第三十九回）。在车迟国，孙悟空主动济困扶危，解救那些受压迫剥削，为道士服苦役的和尚。所以那些小僧十分感动地说："齐天大圣，神通广大，专秉忠良之心，与人间报不平之事，济困扶危，恤孤念寡。"（第四十四回）又在陈家庄通天河为民除害，替两个小孩儿去祭赛灵感大王，除掉了那个每年要吃一对童男童女，否则就要降灾于民的金鱼怪。猪八戒看见参加祭祀的人散了，就对孙悟空说："我们家去罢。"还说：替陈家庄除妖，"只哄他耍耍便罢，怎么就与他祭赛，当起真来"！孙悟空对猪八戒说："为人为彻。一定等那大王来吃了，才是个全始全终；不然，又教他降灾贻害，反为不美。"（第四十七、四十八回）这里虽说主要是戏弄猪八戒，却也表现了他同情被压迫者和舍己为人的精神。过火焰山时，行者不仅煽灭了火焰山，保证了唐僧通行西去，而且还特意连煽七七四十九扇，断绝了火种，使风调雨顺，为普通百姓谋利（第六十一回）。他一路上所消灭的妖魔，大多是既想吃唐僧肉，危害他们的取经事业，又同时是残害人民的。因此读者在阅读过程中，很自然地便将那些妖怪同现实生活中危害人民的邪恶势力联系起来，看做是他们的化身。这样，孙悟空同他们的斗争，除了具有为实现一个崇高目的而斗争的意义外，就还带有一种为民除害的正义性质。这也是这个形象博得广大读者喜爱和赞美的重要原因。

这里特别值得一提的，是他的斗争性格与佛教教义的矛盾冲突。孙悟空到西天取得真经后，虽然也成了佛，但是“斗战胜佛”，斗争性是他思想性格的主要特色。他虽然皈依佛门，但小说并没有将他塑造成一个虔诚的宗教徒，这个人物不仅不信守佛教的教义，相反却对佛教的教条进行了大胆的嘲笑和批判。佛教徒劝善惩恶，以慈悲为本，这些基本的信条，在唐僧的身上体现得非常明显。他口口声声宣扬“出家人慈悲为本，方便为门”，说什么“千日行善，善犹不足；一日行恶，恶犹有余”，问题是他不辨邪正，把同妖怪作斗争也看作是作恶。因此，一路上唐僧所宣扬的佛教教义，竟成了孙悟空同妖怪作斗争的严重障碍。只要孙悟空斩妖除怪，他就认为是“不遵善道”，是“作恶”，就反对，甚至念紧箍咒来惩罚孙悟空。在某种意义上可以说，孙悟空同妖魔作斗争的过程，也同时是跟唐僧所宣扬的佛教教条作斗争的过程，也就是对佛教教条的虚伪性和危害性进行揭露和批判的过程。如第八十二回，写孙悟空要钻进白毛老鼠精的肚子里去，“捻破他的心肝，扯断他的肠肚，弄死那妖精”，以此来解救唐僧时，唐僧却说他“不当人子”（意即有罪，不是人干的），孙悟空便批判他说：“只管行起善来，你命休矣。妖精乃害人之根，你惜他怎的！”

以上谈到的孙悟空的思想品格中也有与封建时代广大被压迫人民，也包括农民起义的英雄人物相通之处。如前面分析的不怕艰险、敢于斗争的英雄气概，扶危济困、除恶务尽的思想品德等，都是很接近于《水浒传》中反压迫的英雄人物，特别是接近于那位主动向压迫者进攻的鲁智深的。这都表明，孙悟空的形象是植根于历史生活和丰富深厚的民族文化的土壤之中的。

四　孙悟空的斗争智慧来源于现实生活

孙悟空在与妖魔的斗争中，表现出很高的斗争智慧，这种斗争智慧也并非出于作者凭空的主观想象，而主要还是来源于生活，其中概括进了现实社会中人们的许多斗争经验。这主要有以下几个方面：

（1）在和妖魔斗争时，既要藐视妖怪，又要重视妖怪；既不要害怕，又不能掉以轻心。这是孙悟空在面对妖魔时胜过其他三人之处。第四十回，写师徒四众行到一座山岭，行者用火眼金睛看出山中有妖怪，嘱咐沙僧和猪八戒要加意保护唐僧前进。唐僧听说有妖怪，又不见妖怪出来，就很不高兴，责怪悟空说：“正当有妖精时，却说无事；似这般清平之所，却又恐吓我，不时的嚷道有什么妖精。”这里表现出唐僧与孙悟空在思想认识和斗争经验上的差异。小说实际上是从唐僧的口里道出了孙悟空的斗争经验，即：有妖时，要心中无妖，敢于斗妖；无妖时，却又要心中有妖，保持高度的警惕。这使我们联想到毛泽东从总结现代军事斗争经验中概括出的一条重要的军事思想，即：在战略上要藐视敌人，在战术上要重视敌人。

（2）同妖精的斗争，是敌我斗争，是你死我活的斗争，你不消灭他，他就要消灭你，因此要除恶务尽，不能心慈手软。这在第二十七回《尸魔三戏唐三藏，圣僧恨逐美猴王》（即著名的《孙悟空三打白骨精》）中表现得特别突出。那个白骨精妖术高超而且十分狡猾，他三次幻化为人形，要想吃掉唐僧。第一次化为一个年轻美貌的女子，被孙悟空识破，他"掣铁棒，当头就打"，妖精留下假尸逃掉，唐僧却在猪八戒的调唆下，说他伤了好人性命，就念紧箍咒来惩罚他，使得孙悟空大叫："头疼！头疼！莫念！莫念！"唐僧以佛教的教条来教育他要慈悲为怀，不离善心，并且要将他赶走。孙悟空为了报恩不愿离开唐僧，哀求留下。唐僧答应留下他时，定下规矩："既如此说，且饶你这一次。再休无礼。如若仍前作恶，这咒语颠倒就念二十遍！"悟空答应不再打人了，这才被留下来。可是第二次白骨精又变成一个老妇人来时，悟空一眼看出是妖精，"更不理论，举棒照头便打"。毫不犹豫，毫无顾忌，完全忘记了他给师父下的保证，没有想到打了以后的严重后果，唯一想到的只是：斗妖斩怪，除恶务尽。唐僧一见地上妖怪留下的假尸，果然毫不留情地"更无二话，只是把紧箍儿咒颠倒足足念了二十遍。可怜把个行者头勒得似个压腰葫芦，十分疼痛难忍"。在地上打滚哀求："师父莫念了！有什么话说了吧！"孙悟空一再说明打死的是妖精，唐僧仍然不信，还斥责悟空是一个"无心向善之辈，有意作恶之人"，再次决定要把他赶走。在悟空的一再恳求下，唐僧答应再饶他一次，孙悟空也答应再也不敢行凶了。可是，当妖精第三次变化成一个老头儿来骗唐僧时，又被孙悟空识破，这次小说写了一段他的心理活动，担心这次会受到师父更为严厉的惩罚，再念那紧箍咒，但思想斗争的结果，还是不顾个人得失，一棒打死了妖精。尽管妖精现了原形是"一堆粉骷髅"，脊梁上还有"白骨夫人"四个字，但唐僧仍然在猪八戒的挑拨下，不仅再次念起了紧箍儿咒，而且还真的把孙悟空赶走了。这段故事充分地说明了孙悟空与妖精作斗争时敌我分明的态度和除恶务尽的斗争精神。这也是现实生活中人们的宝贵品格和斗争经验的反映。

（3）要知己知彼，才能取得胜利，因此在斗争中要进行深入细致的调查研究，掌握敌人的情况。如第三十二回，写四人到了平顶山，功曹报信说山里有妖怪。为了了解情况，孙悟空就特意派猪八戒去巡山，了解是什么山、什么洞，打听有多少妖怪，妖怪都有些什么本领等，以便更好地同他们作斗争。结果猪八戒偷懒、耍滑，睡了一觉以后，什么情况也没有了解到就跑回来了。又如第七十四回，写在狮驼岭斗三魔，孙悟空就亲自作调查研究。他先变为一个小苍蝇，飞到一个巡山的小妖精的帽子上，了解到一些情况；然后又变为一个小妖，谎称自己是新派遣的巡山总领，拿出巡山金牌“总钻风”，用极其巧妙的办法，了解到三个妖精的特点：大王能一口吞下十万天兵；二大王有一只长鼻子，能将人卷走；三大王有一只阴阳二气瓶，能将人装进去化成水。孙悟空根据三大怪的情况，制定了不同的斗争策略，取得了斗争的最后胜利。第八十二回，写陷空山唐僧被妖精摄走，为了解救唐僧，孙悟空又派猪八戒去了解情况，果然了解到唐僧是被一个白毛老鼠精摄走，要唐僧去同她成亲，为解救唐僧创造了条件。有时候妖怪很厉害，孙悟空无法战胜，就想到妖怪常常同神佛有联系，于是上天入地，追本求源，弄清妖怪的来历，最后找到了战胜他的办法。如第五十二回，写同兕牛怪作斗争，孙悟空斗法斗不过时，就到李老君那里去了解情况，知道原来妖怪是李老君的青牛逃跑了，偷了李老君的“金刚琢”，所以非常厉害。最后请李老君收服了他。

（4）在具体斗争中，要根据不同的对象，不同的环境，讲究策略，抓住敌人的弱点，利用矛盾，才能战胜敌人。如第五十九回，写过火焰山，孙悟空一借芭蕉扇，因过去同牛魔王有一些交情，但大战红孩儿时又与罗刹女有仇，所以孙悟空就采取先讲理后动武的办法。而二借芭蕉扇时，就利用牛魔王背弃了罗刹女，被一个万年狐王的遗女玉面公主招赘为夫，罗刹女既埋怨牛魔王又想念牛魔王的矛盾心理，变为假牛魔王，终于借到了芭蕉扇。又如第八十二回，写猪八戒去向妖精了解情况，他不讲策略和方法，见到两个妖精在井边打水，上去就叫“妖精”，结果只叫了一声就被打了三四杠子。回来孙悟空就教育他，不能这样直来直去叫妖精，而要先叫姑娘或奶奶，并告诉他在斗争中要“有刚有柔”，“温柔天下去得，刚强寸步难移”。第七十四回，写孙悟空知道那些妖魔了解孙悟空神通广大，对他有些恐惧心理，他就利用这个弱点，故意在他们的面前宣扬孙悟空如何神通广大（说孙悟空的金箍棒一变就十数丈长，一下子可以打死十万妖精，小妖闻言吓得魂飞魄散），先从精神上瓦解小妖们的战斗意志。小说里说：“孙大圣几句铺头话，却就如楚歌声吹散了八千兵！”

孙悟空在对方法力强大时，常采用变成一个小虫子或一颗鲜桃，钻进妖精肚子里捣乱的战术，使敌人无法可想，终于被制服投降。如第五十九回，过火焰山借芭蕉扇时，行者被芭蕉扇煽了一次，后来得到定风丹，可罗刹女闭门不见，他就变成一个蟭蟟虫儿，从门隙钻进去，乘罗刹女喝茶时钻进她的肚子，顶头登脚，弄得罗刹女小腹疼痛难忍，只得求孙爷爷饶命，第一次答应借扇子给孙悟空（这次借到的是一把假扇）。又如第七十五回，写孙悟空跟狮王怪作斗争，这个妖怪的特点是口大，一口能吞下十万天兵，孙悟空就利用这个特点，让他一口将自己吞了进去，然后在他的肚子里捣乱，使他不得不叫“大慈大悲齐天大圣菩萨”求饶。后来孙悟空讲好条件答应钻出来，妖怪又想乘机一口将他咬死，聪明的孙悟空却先将金箍棒伸出去试一试，结果把那妖怪的牙也给崩掉了。最后孙悟空出来时，是用了一根四十丈长的细绳子系在妖怪的心肝上，自己带着绳头跳出来，打个活结，不扯不紧，越扯越紧，经过一番曲折，终于战胜了妖怪。

以上描写，都表现了孙悟空在与妖魔斗争中的超人智慧，仔细体会都是人间社会斗争经验的总结和概括，包含了有血有肉的生活内容，在奇幻中透露出真实性来。

五　奇幻描写中时时透出世俗社会的人情事理

对孙悟空的描写虽然奇幻，但也不离人间生活的常情常理。上面所举的表现孙悟空斗争智慧的例子中，就包含着这方面的内容。例如，他在借芭蕉扇时利用罗刹女和牛魔王的矛盾，就是立足于现实生活中的世态人情的。罗刹女和牛魔王的矛盾，是由男性有了外遇而引起的，而女方的感情却又是那样矛盾，既嫉恨又想念。这里反映的正是我们非常熟悉的世俗社会中的人之常情。孙悟空想到利用这种矛盾来达到他的目的，正说明这个神话人物也是用世俗眼光来观察事物和处理问题的。再看他从妖怪的肚子中钻出来时，想到要把绳子打个活结，不扯不紧，越扯越紧，这里反映的也是日常生活中最简单的事理。这样的描写在书中比比皆是。再比如，三打白骨精时，第二次那个妖精变成一个年满八旬的老妇人，孙悟空不仅用火眼金睛看出她是妖精所变，同时也用日常生活的事理来判断并教育猪八戒。猪八戒没有能看出是妖怪，反而认为来的这个老妇人是原来那个年轻女子的妈，因而责怪孙悟空打杀了她的女儿，现在找上门算账来了。孙悟空对他说：“兄弟莫要胡说！那女子十八岁，这老妇有八十岁，怎么六十多岁还生产？断乎是个假的。”他在第三次要打妖精又怕受师父惩罚时，就想到叫当地的土地山神来，在半空中看着他打杀的是妖精，好为他作证。这些也都是按人间社会世俗生活的事理和情理来处理问题的。

第八十四回写过灭法国，那里的国王，要杀一万个和尚，已经杀了九千九百九十六个不知名的和尚，还要等着杀四个有名的和尚凑齐一万的数字。孙悟空为了保护唐僧过关，就要把全国的人包括皇帝在内都变成秃子，使之在外表上与和尚没有区别。他用的是什么办法呢？他是将左臂上的毫毛拔下来，吹一口仙气，叫声“变”，就变成无数小行者；再将右臂上的毫毛拔下来，吹一口仙气，叫声“变”，就变成无数瞌睡虫；又将金箍棒晃一晃，变成无数剃头刀。这样互相配合，在一夜之间就将全国各色人众，包括皇宫内院、五部六府的皇帝本人和皇后宫女，大小官吏，都剃成了秃子。如果只追求奇幻，无限夸大孙悟空的神通，完全可以写他像变戏法一样，一下子就将灭法国的人都变成了和尚。这样一来，神通广大的孙悟空就变成了一个魔术师了。作者为什么要这样不怕麻烦，绕着弯子写呢？这就是要照顾到现实生活中日常事理的依据，生活逻辑的依据，让读者容易理解，容易接受。正是因为在奇幻的描写中时时透出这样真实的现实生活的人情事理，合乎生活的逻辑，读者读来才感到亲切而易于接受。

在孙悟空的身上还常常表现出很浓厚的人情味，有时候表现得还非常感人。他自尊意识很强，连神佛也不放在眼里，可是对师父却十分恭顺和敬爱。四人在取经途中，特别在遇到妖魔斗争十分艰苦时，虽不免时有矛盾和摩擦发生（这常常是由于唐僧的胆小懦弱、人妖不分和猪八戒的自私动摇、挑拨离间引起的），但基本的方面还是团结互助的。书中常有充满人情味的动人描写。如第四十一回，写大战红孩儿，孙悟空被三昧真火烧着，跳入涧水中灭火，却“被冷水一逼，弄得火气攻心，三魂出舍”（这描写本身就是体现生活常理的，试想孙悟空那样大的本事，比这种严峻得多的考验经得多了，还怕“火气攻心”？）。接下来有一段猪八戒和沙僧救助孙悟空的描写，表现了取经途中师徒四人的亲切关系。八戒和沙僧一听说师兄遇险的消息，“急忙解了马，挑着担，奔出林来，也不顾泥泞，顺涧边找寻”。当发现孙悟空从急流中漂下来时，小说这样写：“沙僧见了，连衣跳下水中，抱上岸来。”见他四肢僵硬，全身冰冷，便“满眼垂泪道：‘师兄！可惜了你，亿万年不老长生客，如今化作个中途短命人！’”猪八戒开始还说是孙悟空装死来吓他们的，劝沙僧不要哭；一听沙僧说“浑身都冷了”，只剩“一点儿热气”时，也就赶快替他按摩。看他：“将两手搓热，仵住他的七窍，使一个按摩禅法。”经八戒一番“按摸揉擦”，孙悟空终于苏醒过来，一醒来，张口就喊了一声：“师父啊！”沙僧很感动地说：“哥啊，你生为师父，死也还在口里。且苏醒，我们在这里呢。”

孙悟空对师父确实有很深的感情。孙悟空这位英雄是很少流眼泪的，就是在最艰苦和最危险的斗争中，他也从来没有哭过，可是两次被他师父驱逐的时候他都很伤心地哭了。第三次打死了白骨精，唐僧要赶他走，并且还写了一纸“贬书”，要他“执此为照”，还说：“再不要你做徒弟了！如再与你相见，我就堕了阿鼻地狱！”孙悟空没有办法了，临走时要对唐僧深情一拜，说：“受我一拜，我也去得放心。”唐僧转过身去，就是不理睬他。孙悟空为了这一拜，还使了个分身法，将脑后毫毛拔下三根，变成了三个行者，和自己围住四方，不容唐僧不受这一拜。最后走时还殷勤嘱咐沙僧，一路要好好照顾保护唐僧。书中特意用了两句诗来表现孙悟空当时的感情：“噙泪叩头辞长老，含悲留意嘱沙僧。”他回到花果山、水帘洞，一想起唐僧，竟又“止不住腮边泪坠”。那么高傲、那么自尊的齐天大圣孙悟空，他对师父的感情是多么的真挚、深厚，多么的感人！在他身上我们看到了中华民族尊师重道的传统美德。

六　童话主角和《西游记》的童真童趣

《西游记》在人物描写上有一个突出的特点，就是将神性、人性和自然性三者很好地结合起来。这一点在孙悟空形象的塑造上最为鲜明。所谓神性，就是指形象的幻想性；所谓人性，就是指形象的社会性；所谓自然性，就是指形象所具有的动物属性。《西游记》中所写的神魔世界，是一个既是幻化了的同时又是一个具有人类社会特征的动物世界。孙悟空本来是一只猴子，在他的性格中具有鲜明的猴子的属性，比如机敏灵活，顽皮好动等。猪八戒则是一个猪身，具有现实生活中猪的一些属性，比如好吃、偷懒、愚笨等，这跟猪八戒的呆子性格和小私有者的落后意识完全一致。许多由动物幻化来的魔怪形象也具有这种特征，如蜘蛛精的肚脐里冒出的丝绳可以织成大丝篷罩人；金翅雕精一扇九万里，会飞起来拍人；玉兔精跑得特别快；白毛老鼠精住在三百多里深的地洞里，性格刁钻狡猾，等等。巧妙的是，形象的自然属性，也即动物性，同形象的人性，也即社会性，是融合在一起的，这就不仅使人物的性格鲜明，形象十分生动有趣，而且也使形象获得丰富的社会内容。人物塑造上的这一特点，使得《西游记》具有童话的性质，而孙悟空就是这个童话世界的主角。《西游记》拥有广大的读者，特别是儿童读者非常喜欢读《西游记》，尤其是喜欢孙悟空，跟这本书的童话性质有很大的关系。

孙悟空的猴子特性，第四十六回在车迟国同妖怪斗法时，表现得最为突出。妖怪的本事虽然很大，但孙悟空神通更广大，比什么他都不怕，只是当妖怪提出要同他比“云梯显圣”坐禅时，他就甘拜下风了。他与猪八戒有一段很风趣的对话：

> 行者闻言，沉吟不答。八戒道：“哥哥，怎么不言语？”行者说：“兄弟，实不瞒你说，若是踢天弄井，搅海翻江，担山赶月，换斗移星，诸般巧事，我都干得；就是砍头剁脑，剖腹剜心，异样腾那，却也不怕。但说坐禅，我就输了。我那里有这坐性？你就把我锁在铁柱子上，我也要上下爬踏，莫想坐得住。

这里表现的就是孙悟空形象的动物属性。但孙悟空身上的猴性特征还不只是表现在好动上，更多的时候还表现在好玩儿上。我们在前面提到过孙悟空“人间喜仙”的称号，我们说表现了他乐观主义的人生态度，这是从形象的社会性的角度来分析的；换一个角度，从形象的自然性，即动物属性来分析，那这个“喜”字，又表现了猴子那种好玩儿的活泼本性。孙悟空不仅对生活抱有一种乐观主义的态度，而且他简直就具有一副天生的喜剧性格。看他以斗妖为乐事，以斩魔作耍子，从中得到无穷的乐趣。他能在非常危险、非常艰苦的与妖魔的斗争中找乐子，觉得非常好玩儿，这就表现了孙悟空身上一种具有独特精神风貌的童真童趣。他修成正果时的名号叫“斗战胜佛”，真是名符其实。战斗不仅是他人生的一种追求，一种境界，而且还是人生的一种享受。再艰苦的战斗，他都能举重若轻，当做一场游戏。第二十二回，写猪八戒在流沙河岸边与那个“一头红焰发蓬松，两只圆睛亮似灯”的狰狞妖怪作战，孙悟空在一旁看得技痒，小说有这样一段描写：

> 那大圣护了唐僧，牵着马，守定行李，见八戒与那怪交战，就恨得咬牙切齿，擦掌磨拳，忍不住要去打他，掣出棒来道：“师父，你坐着，莫怕。等老孙和他耍耍儿来。”……被行者抡起铁棒，望那怪着头一下，那怪急转身，慌忙躲过，径钻入流沙河里。气得个八戒乱跳道：“哥啊！谁着你来的！那怪渐渐手慢，难架我钯，再不上三五合，我就擒住他了！他见你凶险，败阵而逃，怎生是好！”行者笑道：“兄弟，实不瞒你说：自从降了黄风怪，这个把月不曾耍棍，我见你和他战的甜美，我就忍不住脚痒，故就跳将来耍耍的。——那知那怪不识耍，就走了。”

你看，他视战斗为“耍耍”，竟能从中品出“甜美”之味来。可见，孙悟空与妖怪战斗，实在是兴味无穷的。《西游记》的作者，正是以与孙悟空同样的兴味无穷的态度来描写西行路上一场接一场的险恶战斗的。第四十六回写车迟国与妖怪斗法，甚至比砍头剖腹、下滚油锅洗澡，这样令人心惊色变的较量，在孙悟空的眼中，竟也视作儿戏。孙悟空是这样说的：“砍下头来能说话，剁了臂膊打得人。扎去腿脚会走路，剖腹还平妙绝伦。”还满不在乎地说：“我当年在寺里修行，曾遇着一个方上禅和子，教我一个砍头法，不知好也不好，如今且试试新。”砍头要命的事他竟说得如此轻松！等到头真的被砍下，孙悟空大喝一声“长！”就从腔子里嗖的一声长出一颗头来。斗完后，走过来道一声：“师父！”唐僧问他：“徒弟，辛苦么？”他却回答说：“不辛苦，倒好耍子。”类似这样轻松愉快的战斗场面，在《西游记》中是很多的。孙悟空是这样兴味无穷地斗妖斩怪，作者也这样兴味无穷地描写斗妖斩怪，读者读起来自然也会同样地兴味无穷。

孙悟空形象所表现出来的这种童真童趣，以及充满全书的乐观情调，正是李贽的“童心说”在文学中的表现。因此，《西游记》对明代中后期进步思潮的反映，不仅表现在孙悟空反对玉皇的造反精神上，表现在他追求自由反对束缚上，同时也表现在他天真活泼、喜欢玩儿、喜欢找乐子的充满童真童趣的性格上，这种性格反映出的，正是带有人类原初本真特色的健康的精神状态——童心。孙悟空形象所表现出的这种童真童趣，再加上别的因素（例如猪八戒的形象和作品整体上的谐趣风格等），就使得《西游记》在中国古典长篇名著中，成为趣味性和娱乐性最强的一部作品。虽然取经路上尽是险山恶水，妖精魔怪层出不穷，充满刀光剑影，孙悟空的胜利也来之不易，但读者的阅读感受总是轻松的、充满愉悦的，而没有一点紧张感和沉重感。

综上所述，孙悟空虽然是一个充满奇幻色彩的神魔形象，但不是作者随心所欲地想象出来的，而是扎根于社会历史生活和民族文化的土壤之中，在他的身上概括了相当丰富的社会历史内容和思想文化意蕴。概括起来说，孙悟空形象的思想内涵包含了两个主要方面，一个方面是民族文化长期的历史积淀，不是属于某一个特定时代的；另一方面则又是明中叶以后社会思潮和社会生活的折射，反映出鲜明的时代精神。在孙悟空身上表现出来的勇敢机智、敢于斗争、积极乐观、爱憎分明、扶危济困、见义勇为等品格，无疑反映了我们民族性格和传统文化中的精华，主要是属于前一方面的；而他的追求自由、要挣脱一切对人的个性的束缚，以及对人和人的能力、人的价值的肯定，对封建等级制度的蔑视与否定等，则主要是属于后一方面的。当然这两个方面又是紧密地结合在一起，精神品格的复杂内涵是不可能简单分割的。

前面曾说，孙悟空的形象是亦真亦幻，幻中寓真，幻中见真。如果我们阅读《西游记》，在欣赏孙悟空这个形象时只看见幻，我们就只是觉得这个形象好玩儿；如果我们还能从幻中看见真，看见形象所包含的生活内涵，思想内涵，中华传统文化的精神内涵，那我们的艺术欣赏就会进入到一个更高的层次，在得到更多的思想启示的同时，也得到更丰富的审美愉悦。

（原载《东南大学学报》2006年第5期）

潘金莲形象的悲剧意义

《金瓶梅》是明代四大奇书之一，在中国小说史上有着非常重要的意义，但由于书中有着露骨的性描写，长期以来被视为淫书。现在，淫书的帽子至少在学术界可以说是已经摘掉了。中国现代文学馆继《红楼梦》《水浒传》《三国演义》和《西游记》之后，又推出了《金瓶梅》的系列讲座，这就说明主持讲座的人是将《金瓶梅》作为文学名著、文学经典来看待的。但对这部书的认识和评价也还有不少分歧。比如我们今天要讲的潘金莲这个形象，如何认识和评价就还有不同的认识。至今仍有一些读者和研究者，还是把潘金莲看做是一个十恶不赦的淫妇，对她极其憎恶。当然从书里的描写看，潘金莲这个人表现确实很不好，读者对她产生憎恶的感情也是十分自然的。但作为对文学形象的分析与评价，不能只凭爱憎感情，还应该考察这个人物所反映的社会历史内容和文化内涵。

其实，把《金瓶梅》看做是一部淫书并不完全符合实际，因为除了性描写，《金瓶梅》还有非常丰富的社会内容。性描写在书中的比例并不如人们想象的那么大。全书将近一百万字，人民文学出版社出版的删节本，只删掉不到两万字，就已经删得很干净了。用当时人民文学出版社的社长韦君宜先生的话来说，删得比《红楼梦》都要干净。我们读文学作品，特别是读《金瓶梅》这样的思想内容比较复杂的作品，评价像潘金莲这样思想性格比较复杂的人物形象，不能只用伦理道德一种标准，还应该用多重标准来衡量，比如我们还应该用社会的、历史的、文化的、审美的等标准去分析和认识。

严格说来，一部文学杰作或一个艺术典型的产生，都并不是单纯地出于作家个人主观的艺术创造，还跟特定的社会历史条件，尤其是跟深刻的文化背景分不开。《金瓶梅》所塑造的潘金莲形象及其悲剧，就跟特定的社会历史条件相联系，包含着不可忽视的文化内涵。

下面分五个方面来谈谈潘金莲这个形象和她的悲剧意义。

一、《金瓶梅》开辟了一个妇女成群结队进入长篇小说艺术殿堂的新纪元

《金瓶梅》的艺术描写以西门庆的家庭生活为中心，小说主要是写他的发迹、罪恶、荒淫、败亡。西门庆是这部小说真正的主人公。可是小说围绕着这个有独特身份和地位的男人，却写出了一个女人世界，一个完整的涌动着生命活力的女人世界。在这个女人世界中，生活着处于中国封建社会没落时期的形形色色的市井妇女，演出了一幕幕令人惊心骇目的人生悲剧。

中国妇女在文学作品中的地位是很值得我们注意的。中国妇女的生活和思想感情最早得到表现是在诗歌中，虽然多数是由男性作者来代笔。在小说中，短篇小说和长篇小说有很大的区别。在短篇小说中，唐传奇和宋元话本就已出现了一系列闪耀着思想光彩和艺术光彩的女性形象，如大家熟悉的《莺莺传》中的崔莺莺，《霍小玉传》中的霍小玉，《李娃传》中的李娃，《虬髯客传》中的红拂，《飞烟传》中的步飞烟，以及宋元话本《碾玉观音》中的璩秀秀，等等。但在《金瓶梅》之前，女性在长篇小说中始终没有自己的地位。《三国演义》《水浒传》和《西游记》不是没有写到女性，但不是充当反面角色，就只是一种可有可无的陪衬和点缀。中国封建社会的历史和正统文化思想，确定了女人在社会生活中的位置，也确定了女人在小说中的位置。以儒家思想为中心的中国正统文化，是歧视和轻贱妇女的，“唯女子与小人为难养”（《论语·阳货》），女主内、男主外，这被看成是天经地义的事情。《三国演义》是描写战争和政治斗争的，写的是男人们征战杀伐打天下，演出的是威武雄壮的历史剧，女性只是政治斗争的工具，自然派不上正经角色。至于上西天取经这样的神圣事业，女人就只会起到阻碍和破坏的作用，心猿意马的猪八戒，因为贪恋女色就很不坚定，蜘蛛精、白骨精一类的女性都是些破坏取经事业的捣乱分子。难得的是《水浒传》中也有几把交椅留给了女性，如母夜叉孙二娘、母大虫顾大嫂、一丈青扈三娘等。但值得注意的是，庄严隆重的排座次，她们都以“娘”“嫂”称呼，连正经的名字也没有。显而易见，如果没有她们，梁山大聚义照样演得有声有色。而且不要忘记，潘金莲淫妇的恶名，原本就是在《水浒传》中被确定下来的。到了《金瓶梅》，女性形象开始成群结队地走进长篇小说的艺术殿堂，女人世界构

成了整部小说中最重要的内容。离开了女性和她们的活动，《金瓶梅》所构建的艺术大厦就将要坍塌，甚至连书名都不复存在。

一个充满生机的色彩绚丽的女人世界在长篇小说中的出现，是《金瓶梅》的作者兰陵笑笑生杰出的艺术创造。然而这并不说明作者妇女观的高明。这样一个艺术新天地的开拓，从根本上说来，并不是简单地仅仅是作家个人意志和艺术追求的产物，而主要是社会生活的历史变化所引起的小说题材转变的结果。明中叶以后，随着中国封建社会商品经济的发展，社会生活和人们的思想观念也开始发生了变化，长期被压抑和被抹杀的人的自然本性，人的情欲和物欲开始得到重视和肯定。明末进步思想家李贽就鲜明地肯定人的自然欲望的合理性，他说："如好货，如好色，如勤学，如进取，如多积金宝，如多买田宅为子孙谋，博求风水为儿孙福荫，凡世间一切治生产业等事，皆其所共好而共习，共知而共言者，是真迩言也。"（《焚书·答邓明府》）人类活动的重要场所家庭，同样敏锐地反映出社会文化观念的变异，因而引起了思想家和文学家们的重视；而中国封建社会以男性为本位的宗法制度，以及以男尊女卑为重要内容的正统文化思想，又都确定了妇女活动的主要天地在家庭。传宗接代、侍奉丈夫和公婆，成了女人的天职，贤妻良母成为社会所肯定和赞美的妇女范型。中国封建时代的社会生活确定了家庭是女人活动的主要场所，是她们实现自身价值的场所，也是女人生命的归宿。因此，当长篇小说的题材由历史、政治、神话等转向现实的日常家庭生活的时候，一个女人世界便合乎逻辑地在《金瓶梅》中出现了。然而，历史现象常常是十分矛盾的，即使是社会思潮涌动的变革时期，社会文化观念的改变在普通人中也还是非常缓慢的。当女人活动的那个十分重要然而又十分狭小的天地——家庭，被文化人摄入他们视野之内的时候，女人在社会生活中充当的角色却丝毫没有改变。重视了她们的存在，却又更加鲜明地显现出她们在社会生活中的轻贱和卑微。在明后期，小说题材的拓展，小说写作艺术的进步，其实是同中国女性的历史悲剧紧密地联系在一起的。

词话本书前有一首《四贪词》，讲的是酒、色、财、气，这也是值得我们注意的。四贪中，最主要的是色和财，这成为明中叶以后人们（尤其是统治阶级和新兴的商人）普遍追求和关注的内容，这种追求和关注直接影响到许多家庭的悲欢离合，也影响到不少男人和女人的命运。男人们疯狂的色欲追求，使得许多女性已不能按旧轨道将自己塑造成一个循规蹈矩的正统妇女。妻妾成群的家庭里很难诞生标准的贤妻良母。妻妾间的争宠演变成无情的生存竞争，女性间相互嫉恨、争斗乃至残害，成为屡见不鲜的事实。女性的智慧和生命的活力，畸形地也是异乎寻常地在这种争宠的生死之战中表现出来。这种斗争的形态及其特点，虽然与当事人的思想性格有关，但也同样不完全是某个女性自身的心性或个人意志所能决定的，而是历史生活和正统文化逼迫她们不得不如此。即使是具有刚强性格和意志的女人，在那样的历史条件和文化背景下，也很难自己决定自己的命运。这是极其可悲的。

《金瓶梅》真实地展现了妇女的聪明才智和生命的活力，这在过去的长篇小说中是从未有过的。但由于历史生活的制约，也由于作者自身妇女观的落后，在他的笔下，妇女仍然只不过是满足男人淫欲的玩物和生儿育女的工具。她们的爱和恨，欢乐和痛苦，都跟这一点分不开，都是从属于男人并由男人的好恶来决定的。《金瓶梅》的作者敏锐地感受到妇女的智慧和才干并不弱于男性的生活真实，但他却还是背负着父权社会传统文化思想的沉重包袱，因而他也还只能从负面来展示女人的聪明才智和生命的活力。这些女人们围绕着男人（在小说中就是西门庆），互相嫉妒、争宠、尔虞我诈，你死我活，目的只不过是求得稳稳当当地占据一个被西门庆所宠爱（实质上就是玩弄和泄欲的同义语）的位置而已。这些妇女生活追求的目标本身就是悲剧性的。这悲剧是中国封建时代男尊女卑的传统文化背景下产生的，因而是必然的，是个人的抗争很难改变的。

兰陵笑笑生首次在长篇小说中具体生动地展示出封建时代中国妇女悲剧命运的生活图景，在具体描写中包含着丰富的社会内容和深刻的文化内涵。生活在今天，我们要想了解中国封建社会特别是它的后期，在男性占统治地位的一夫多妻制度下，妇女的悲剧命运及其生活风貌，了解妇女的肉体和人格是怎样被蹂躏和被侮辱的，灵魂是怎样被腐蚀和被污染的，人性是怎样被异化和被扭曲的，了解她们过人的聪明才智和生命的活力是怎样被消解在庸俗无聊的争宠斗争中的，就不能不读《金瓶梅》。

二、潘金莲是一夫多妻制的男权社会所孕育出来的一朵恶之花

在某种意义上，《金瓶梅》是为西门庆立传的，是这个富商、恶霸、官僚三位一体人物的发家史、罪恶史和衰败史。西门庆是统治《金瓶梅》中女人世界的“班头”和“帅首”，是这个女人世界的中心。这是以男性为中心的中国宗法制度最真实的缩影。在西门府内外，上上下下、形形色色的女人们，都是在直接或间接地跟

西门庆的关系中，才占有自己的一席之地，才得以展示其性格风貌和生活命运的。西门庆离不开女人，发家致富，为官做宦，荒淫享乐，无一不依靠女人，利用女人。没有围绕在他周围的女人世界，西门庆的家业、权势乃至整个生活，就很难想象能继续存在。可悲的是，这些女人也离不开西门庆，她们必须依附于他，而且心甘情愿地做被他玩弄和取乐的工具。能得到西门庆的宠爱，或者换一个角度说，即能够占有西门庆，成为这个女人世界中众多女性的奋斗目标，由此而展开的一系列尖锐激烈的明争暗斗，嫉恨、倾轧、阴谋、陷害等等，无所不用其极，有时简直到了你死我活的程度。就是在这种嫉妒和争宠中，小说展示了形形色色市井妇女那种卑琐、无聊、可怜、可悲的人生和命运。在这个女人世界中，读者可以看到一颗颗痛苦的灵魂，一个个充满血泪的惨淡的人生。

《金瓶梅》这部书的男主人公是西门庆，女主人公至少有三位，就是书名中所列的三个人物：潘金莲、李瓶儿、春梅。潘金莲是第一女主角。在《金瓶梅》所描写的众多的女性形象中，潘金莲具有独特的意义，是这部小说中最具生命活力，同时也是思想性格比较复杂的一个人物。按小说中所写，潘金莲这个人物的遭遇大概是这样的：她是清河县一个裁缝的女儿，父亲早死，家里很穷，九岁时就被母亲卖到一个官僚之家王招宣府里学习弹唱，实际就是做一个供有钱人家取乐的丫头。后来王招宣死了，母亲又将她卖给另一个财主张大户做丫头。张大户奸污收用了她，把她变成一个侍妾。但是那家的大老婆很厉害，在一顿苦打之后，把她赶了出来，将她嫁给了卖炊饼的武大郎。张大户给武大郎卖炊饼的本钱，并给他们房子住，实际上还是继续占有她，潘金莲成了他的外室。武大郎个子很矮，又长得很难看，潘金莲对这个婚姻很不满意。她看到武大郎的弟弟打虎英雄武松长得很英武，就去勾搭，被拒绝后，一个偶然的机会又遇到了西门庆，在西门庆的勾搭下两人很快成奸。为了去除障碍，他们合谋毒死了武大郎，嫁给了西门庆做了第五房妾。到了西门庆家后，在妻妾争宠中，她使出种种手段，先后害死了宋惠莲和李瓶儿母子。其间又同小斯琴童私通，同女婿陈经济调情。为了满足自己的淫欲，又使西门庆服淫药过量而死。西门庆死后，她同女婿陈经济通奸，事发后被大娘子吴月娘赶了出去。最后，惨死在为兄报仇的武松的刀下。

对潘金莲这个人物评价的分歧，主要不在她有没有这样一些恶德和恶行，而是怎样看待和认识这些恶德和恶行，她的行为和遭遇有没有值得同情的地方，作者对她的态度只是揭露和批判呢，还是也有同情的一面？应该说，从潘金莲一生的行事和表现来看，说她是一个淫妇，是一个坏女人，是一点也不错的。在她的身上确实是集中了许多令人憎恶的恶德，如淫浪、阴险、狠毒等等，都表现得非常突出。表现在她行动上的这些特点，不仅令人吃惊，也令人害怕。

前面说过，我们读《金瓶梅》，如果仅仅从感情出发，或者说仅仅以某种伦理道德信条做标准，那么，不论加给潘金莲什么样的恶名都是并不为过的。然而要认识和阐释这个形象所包含的社会历史内容，理解作为一个艺术形象所体现的思想文化意义和艺术价值，仅仅停留于或满足于福善祸淫的一时痛快就很不够了。《金瓶梅》是一部富于写实精神的书。作者并不是描写抽象的人性的恶，而是描写具有社会历史内容的人生悲剧。小说的艺术价值在于，它不只是写出了潘金莲是一个坏女人，同时更重要的，是写出了她为什么是一个坏女人和怎样成为一个坏女人。也就是说，它在无情地揭露这个坏女人的恶行恶德的同时，还写出了与这个坏女人的种种恶德恶行联系在一起的她周围的生活条件，以及由这种条件所决定的她所经历的种种屈辱、悲苦和辛酸。从中国封建社会的历史和文化发展的角度来看潘金莲形象，可以这样说：她是一夫多妻制的男权社会所孕育出来的一朵恶之花。她身上的恶反映了社会的恶。她的悲剧意义在于，是恶社会造成了这样一个恶女人，而恶社会又彻底地毁掉了这个恶女人。

三、潘金莲是一个悲剧人物，她的悲剧是一个追求者的悲剧

潘金莲的一生算不算一个悲剧？潘金莲算不算一个悲剧性的人物？这是有不同看法的。说她是一个悲剧性的人物，当然就包含着某种悲悯和同情在内，可是在有的人看来，潘金莲这样的人是不应该对她有什么同情的。老一辈的诗人和剧作家孟超先生（就是因写了著名的昆曲剧本《李慧娘》而在“文革”中被迫害致死的），曾经写过一本小册子，书名叫做《〈金瓶梅〉人物》，其中第一篇的题目就是《千古悲剧人物潘金莲》，文中说她是“《金瓶梅》里边被糟蹋得最厉害的一个，被迫害得最残酷的一个”，因而认为她是一个“千古悲剧人物”。但这本书在孟超先生过世二十多年后的2003年重新出版，为新版写序的牧惠先生就明确地讲了他不同意孟超先生的看法，他说：“可以预料，孟超对潘金莲的评价会碰到反对意见。愚见以为，《水浒传》中的潘金莲，多少让人同情；《金瓶梅》中的潘金莲，则实在罪恶滔天，招人厌恶。”我是基本上同意孟超先生的看法的，虽然他所说的“最厉害”“最

残酷”“千古”等等，不免说得有点过分和绝对化，但不论从小说描写的客观实际来看，还是从作者本人的主观态度来看，潘金莲都确确实实是一个悲剧性的人物，作者对她也是确确实实带有某种同情心的。下面我们就结合作品的艺术描写来作一些具体分析。

潘金莲的一生是悲剧性的一生，她的悲剧是一个追求者的悲剧。这是我对潘金莲这个形象的一个总的认识和评价。

潘金莲与正统文化所要塑造的那种贤妻良母型的妇女完全不同。她并不是一个很软弱的，安分认命、逆来顺受的，愿意浑浑噩噩地度过自己一生的女人，也不是一个很肤浅的、没有思想、无所追求的女人，而是一个富于生命的活力、不安分的、有自己的人生追求的、进取型的女人。她的人生追求是什么呢？简单地说就是：既然生而为人，就应该像人那样活着，享有人生的欢乐与权利（包括当时社会最不能容忍女人有的情欲和性欲在内）。这种追求，在她那个时代和具体的生活条件下，像她那样身份和地位的市井妇女，可以说是一种最低的人生追求，但同时也是可能有的最高的人生追求。潘金莲的悲剧在于：她想成为一个人，过一种正常的人的生活而不可得，那个污浊的、罪恶的社会蹂躏她、摧残她、挤压她，同时又浸染她、腐蚀她、铸造她。用我们今天的眼光来看，以潘金莲本来有的资质（主要是她的聪明和泼辣），如果有一个正常的健康的环境，她是有可能成为一个女强人，或甚至成为一个女中英杰的。但她终于成为一个货真价实的淫妇和坏女人，或者如清代的《金瓶梅》评论家张竹坡所说——“不是人”。问题就在于，单凭潘金莲那过人的聪明和泼辣的个性，她是无力抗拒也无法逃脱历史加给她的悲剧命运的。《金瓶梅》的艺术描写表明，潘金莲并不是一个天生的坏女人，她的恶德恶行是罪恶的社会造成的。她不能容忍生活的不公平，不能容忍社会加给她的欺压和凌辱，便以恶抗恶，终于自己也成了一个恶人，并最后被恶所吞噬。她的悲剧不仅表现在她一生的苦苦挣扎，失败，屈辱，以致最后的被惩罚而惨死；更重要的还表现在，是罪恶的社会扭曲了她的灵魂，铸造了她的恶德，她是害人而最终又害了自己。应该说，在人生的舞台上，潘金莲的悲剧是演得有声有色的。在她的身上释放出长期被压抑的中国女性的生命活力，但这种活力又被社会的邪恶所控制。

从我们前面的简单介绍可以看出，潘金莲既没有好的家庭背景，又没有财富（这两点对封建社会的妇女要嫁一个好男人，过上幸福美满的家庭生活，是很重要的条件）。她有的只是天生的聪明和美丽。当然单凭这两点，如果有好的环境和机遇，经过努力，她也是可能生活得像个人样的。但是很可惜，也很可怜，她从小就失掉了人身自由，失掉了独立的人格，失掉了做人的尊严。小说里写她“自幼生得有些颜色，缠得一双好小脚儿，因此小名金莲”。小说在后文还多次写到她的这双小脚（她第一次与西门庆勾搭成奸，就是从西门庆借捡筷子去捏她的小脚开始的），这里特意点出连名字也同她的这双小脚有关，这样的描写不是毫无意义的。古代的男人欣赏女人的小脚，是一种变态的畸形的审美观，一种非人性的恶趣，这里写她的名字也用她那双被男人欣赏的小脚来命定，这就带有一种象征的意义，象征着她供男人欣赏、玩乐的地位、身份和命运。事实正是这样，因为父亲早死和生活贫穷，九岁就被母亲卖到王招宣府里，学习弹唱，供人享乐。因“他本性机变伶俐，不过十五，就会描鸾刺绣，品竹弹丝，又会一手琵琶”。九岁就被当成商品卖掉，失去了人身自由。这是她走向人生的开始，也是她悲剧命运的开始。关于她在招宣府中的生活情况，书里边没有仔细描写。但值得注意的是，小说后面的情节写到了招宣府中的寡妇林太太，公然把西门庆招到府里去通奸，则潘金莲少女时期在这个富贵豪华的官僚府第中受到的最初影响和浸染，就可想而知了。难怪她那样幼小年纪，就学会了“描眉画眼，傅粉施朱，梳一个缠髻儿，着一件扣身衫子，做张做势，乔模乔样”。什么叫做“扣身衫子”呢？就是一种能够显现女性身体曲线的紧身衣服，用现代语言来说就是很性感的衣服。再加上装模作样，当然是一种不安分的、放浪的、勾引人的表现。这样的描写是什么意思呢？这是说明，她还在年纪很小，不知世事的时候，就企图以搔首弄姿来改变自己的命运。但还来不及一试身手，王招宣就死了，她又以三十两银子的价钱被卖到了张大户家。像是一件不值钱的商品，在市场交易中，她又被转移了一次。这次遇到的男主人是一个色鬼，女主人是一个泼妇。她十八岁被张大户背着主家婆奸污收用，事发而为主家婆所不容，一顿毒打之后被强迫嫁给了武大郎为妻。写到张大户背着主家婆收用奸污了潘金莲时，作者禁不住发出这样的感慨：“美玉无瑕，一朝损坏；珍珠何日，再得完全？”作者将潘金莲本来的质地比作美玉和珍珠，他的同情是非常明显的。令人悲叹的是，这颗被污被损的珍珠，由此便堕入了污秽、罪恶和不幸之中，再也无缘恢复她纯净无瑕的本来面目了。

《金瓶梅》作者的可贵之处在于，他虽然对潘金莲怀着同情，期待她能够变好，恢复原貌，却仍然严格地忠于生活，无情地写出了她的堕落和毁灭。

潘金莲对生活的明确的不满和反抗，是从对婚姻的不满开始的。她在失掉了自由的情况下被强迫嫁人，这本身就是极大的不公，就是可以反抗和应该反抗的。再看武大是个什么样的人呢？小说写他是“为人懦弱，模样猥衰（即猥琐）”，因“身上粗躁，头脸窄狭”，人称“三寸丁，谷树皮”。总之是既矮又丑。武大与潘金莲不般配，在这个意义上这桩婚姻也是不公平、不合理的。她不满、怨恨，从内心发出这样的呼喊：“普天世界断生了男子，何故将奴嫁与这样个货？”她常常在无人处弹唱一首《山坡羊》来抒发内心的感受，其中有这样的句子：“他乌鸦怎配鸾凤对？奴真金子埋在土里，他是块高丽铜（一种质量很低的铜），怎与俺金色比？”这里，潘金莲唱出了她对自己的评价，唱出了她内心的怨恨，也唱出了她对生活的憧憬和希望。作者的态度怎么样呢？在这段描写之后，作者有两句话评论说：“自古佳人才子相凑着的少，买金偏撞不着卖金的。”他将潘金莲与武大的婚姻，与从古以来才子难与佳人相配相提并论，对潘金莲不满自己的婚姻并“憎嫌”武大，表现了明显的理解和同情。对这样不般配的婚姻，要是换成另外一个生性懦弱、听天安命、对生活无所追求的女人（在旧时代这样的妇女何止千万），也可以跟武大（他很老实，人并不坏）凑凑合合地过一辈子，日子或许也可能过得平平稳稳、和和顺顺，但也一定紧紧巴巴、窝窝囊囊，十分悲苦。这样逆来顺受地凑合着过日子当然也是一种悲剧，但是另一种类型的悲剧，这种悲剧在封建时代非常普遍，人们早已习以为常。可是潘金莲却是一个极有气性的女人，她跟多数安分听命的妇女那种卑怯的心理不同，她自视甚高，很不安分，有自己的人生追求。她既然认定自己是凤凰，是金子，当然就要另择高枝，就要闪现出金子的光亮来。她不屈服于命运的安排，她要奋力反抗。她的反抗是合理的，比之无数逆来顺受的女人来也应该说是可贵的。

可叹可悲的是，她的人格意识的觉醒却同她的奴隶身份不相称。强嫁给武大本身就是她奴隶身份的证明，何况在嫁给武大后她的命运还是被紧紧地抓在张大户的手心里。这里有一段描写是很值得我们重视的。张大户虽然被悍泼的主家婆逼得将潘金莲嫁给了武大，可是他仍然早早晚晚偷着与潘金莲“厮会”，这种关系由于张大户给了武大卖炊饼的本钱，住房也不要他给房租，因此为武大所默认。小说里写：“武大虽一时撞见，亦不敢声言。”大家注意，这种态度与后文写武大从郓哥那里知道了西门庆与潘金莲偷情就要去捉奸，态度和表现是很不一样的。这说明，武大虽然是个老实人，但在那个具体的社会环境里，他也很自然地不免把女人看成是可以换钱的工具。这一系列的描写都表明，潘金莲想要求得一个做人的机会，要追求幸福，但是社会却剥夺了她的人身自由，更剥夺了她选择爱情婚姻的自由。她的挣扎是非常艰难的。

潘金莲是一个失掉了人身自由的孤女，她被剥夺得一无所有，唯一可以凭借来进行反抗的就是她的姿色。按小说里所写，她长得很标致。小说多处写到潘金莲的标致，最突出的是第九回，是很多研究者都常常引用的，写潘金莲初嫁到西门府，借另一个妇女，而且是很容易产生嫉妒心的妇女，就是西门庆的大老婆吴月娘，从她的眼睛里大加渲染。小说是这样写的："吴月娘从头看到脚，风流往下跑；从脚看到头，风流往上流。论风流，如水晶盘内走明珠；语态度，似红杏枝头笼晓日。看了一回，口中不言，心内暗道：'小厮每家来，只说武大怎样一个老婆，不曾看见；今日果然生的标致，怪不的俺那强人爱他。'"连女人看了都会动情，嫉妒心都会因此而得到抑制，可见她的美丽对男人的吸引力了。有这样天生的过人姿色，按理应该是潘金莲的幸运，但由于她的身份地位，却竟成为造成她悲剧人生的一个重要原因。她以自己的姿色作为资本来进行反抗，但生活却逼迫她一步步走向堕落和犯罪。

潘金莲并不是生来就淫荡，是一个天生的淫妇。《金瓶梅》艺术描写的高明表现在，它很准确、很细致地写出了这个市井妇女沦落为一个淫妇的原因和过程。有两段描写我们可以对比起来分析。一段是潘金莲在与西门庆勾搭成奸之前，一段是与西门庆勾搭成奸到正式嫁给西门庆之前。这两段描写是一个过程，前后是连贯的，同时又是有分别的。这两段描写表现了相当的思想深度。

先看第一段。小说写她的各种行为和表现，确实是相当放浪的，但还够不上称为淫荡。放浪与淫荡很相近，但还是有分别的：放浪是指她不守礼法，或不遵守世俗的规矩，而淫荡则是指性放纵，是没有情感基础和情感内涵的纯肉体的寻欢作乐。我们可以看到作者的描写是相当准确的。

小说第一回，作者在感叹她的婚姻遭遇不幸（就是所谓"自古才子佳人相凑着的少，买金偏撞不着卖金的"）以后，就写她用自己的姿色来勾引男人：武大出门卖炊饼去了，"妇人在家，别无事干，一日三餐吃了饭，打扮光鲜，只在门前帘儿下站着，常把眉目嘲人，双睛传意"。还写她"常常站在帘子下面磕瓜子，故意把一对小金莲露出来"。但是这一大段描写，连同后文写她勾引武松，小说都写得很有分寸：第一，她虽然打扮光鲜艳丽，眉目传情，拈花惹草，但是她并没有乱来。你看，那一帮浮浪子弟想用各种办法来挑逗她，勾引她，她不为所动，并不理睬。相反，在武大为了避免这些人的骚扰提出"要往别处搬移"，同她商议时，她毫不犹豫，马上答应，还提出为了避免“小人啰唣”（这是她的原话，表现了她对这些浮浪子弟引诱、挑逗她的一种反感），不能再住这里的“浅房浅屋”，要去“典上他两间”大房来住，并主动把自己的“钗梳”（首饰）拿出来，真的去典得一套“上下两层，四间房屋”，还有“两个小小院落”的大房子居住。这绝不是专事勾引男人的淫妇所能有的表现。第二，她后来看见武松，见他“身材凛凛，相貌堂堂”，就动了心，小说写她是这样想的：“奴若嫁得这个，胡乱也罢了。”“谁想这段姻缘，却在这里！”很自然地是从婚姻，从嫁人出发来考虑问题的，想到的并不是勾引男人来使自己得到一时的性满足，这种心理显然也与一般所谓的淫妇不一样。对武松的态度，也可以说明她对那些浮浪子弟不屑一顾的原因，因为她要选择的是生活伴侣（婚姻），而不是性伴侣（性欲的满足）。也就是说，这时的潘金莲，追求的主要是要改变不满意的婚姻状况，希望嫁一个称心如意的好男人。词话本在这回书中有这样几句：“这个婆娘在屋里，风流伶俐，诸般都好，为头的一件好偷汉子。”如果真的是好偷汉子，那这时就该真是一个淫妇了。但在她勾引武松和与西门庆成奸之前，小说并没有具体写到她偷过哪一个汉子，相反她有不少机会，却都置之不理。已经有学者指出，崇祯本（或称为绣像本）没有她“好偷汉子”这句话，如果崇祯本确是后来的改本，应该说这个地方是改得很好的。

再看看第二段，小说写她同西门庆的关系，也是写得非常准确和富于思想深度的。虽然是写两个人偷情，但男女双方的心理和所要追求的目的都是很不相同的。写西门庆，有这么几点是值得我们注意的，一是，小说在这个时候介绍说他是一个“自幼常在三街四巷养婆娘”的男人，这就无异于告诉我们，他同潘金莲勾搭，也不过是“养婆娘”，是为了满足他的淫欲。二是，王婆深知其人，所以在二人初次成奸后，就特意问西门庆潘金莲的风月手段如何（她不问别的，如性情如何，容貌如何等等），西门庆回答说：“这色系子女不可言！”色系就是绝字，子女就是好字，意思是绝好，好到了极点，到了不可言说的程度。可见他的淫欲追求确实从潘金莲那里得到了充分的满足。所以小说写，在这之后有两个多月的时间，西门庆是“常时三五夜不曾归去，把家中大小丢的七颠八倒，都不喜欢”。可是第三，很奇怪，对这样一位令他如此满意的女人，从端午节相聚之后，竟有两个多月的时间冷落和疏远她，不再到她家里去，而且音信杳无。这其间发生了什么事情呢？出乎潘金莲的意料之外，也出乎读者的意料之外，西门庆在这段时间内娶了孟玉楼作为第三房妾，并且“燕尔新婚，如胶似漆”。再加上女儿西门大姐也在这段时间出嫁，就完全把潘金莲忘到脑后了。他这样做，除了我们这里讲到的纯然把潘金莲当做自己泄欲的工具这一点之外，也还有别的原因，这个等到我们讲西门庆形象的时候再作分析。

但潘金莲就不一样了，这次与西门庆勾搭，小说虽然没有明确写到她有婚姻的考虑，但她所期望的却是要找到一个能够依靠的男人。这一点小说是写得非常清楚的。第四回里写西门庆以捏她的小脚来挑逗她时，她这样说："官人休要啰唣！你有心，奴亦有意。"这句话从表面上看只是奸夫淫妇互通心声，没有什么太深的意义，但联系到潘金莲的身份和具体处境，以及两个人后来关系的发展来看，却有值得我们注意之处，就是其中隐含着潘金莲的一种心理，一种内在的要求，就是两个人应该是"情投意合"。"情投意合"的关系是一种什么样的关系呢？无论是就情还是就性来说，都是一种对等的关系。但既然西门庆是把潘金莲看做是满足自己淫欲需求的对象，而潘金莲并不是，那在他的心目中两个人的关系就不会是对等的。潘金莲隐隐约约地感觉到这一点，所以她总是担心西门庆会负心，把她忘到脑后，因而几次提出来希望西门庆不要负心（对比来看西门庆就没有这种担心，对他来说，潘金莲即使负心他也不在乎，他要的是性伴侣，他的性伴侣很多，可以随时更换）。第五回，在毒死武大后，潘金莲就对西门庆说："我的武大，今日已死，我只靠着你做主！大官人，休是网巾圈儿打靠后（这就是比喻忘到脑后的意思）！"第六回，又再次表达说："蒙官人抬举，奴今日与你百依百随，是必过后休忘了奴家！"为什么有这样的担心，并且一再地表示？就是因为她想找到一个能够靠得住的男人，但她已经感到这个男人是不大靠得住的。西门庆想找的是一个能满足自己淫欲的对象，就是性伴侣，而潘金莲期望的则是能得到一个情投意合的情人。所以在两个人成奸之后，各人的表现是很不一样的。一边是西门庆与孟玉楼燕尔新婚，把潘金莲忘得干干净净；一边却是已经没有了丈夫的约束可以自由行事的潘金莲，在被冷落孤寂难耐时，并没有去偷别的汉子，而是苦思苦恋，盼望着西门庆的到来。第八回里的描写颇具深意：她"每日门儿倚遍，眼儿望穿"。她不能忍耐，于是脱下两只绣花鞋来打相思卦，看看西门庆几时能来。书中引了两首《山坡羊》，传达了潘金莲的心声："他，不念咱；咱，想念他！""他，辜负咱；咱，念恋他。"后来从玳安那里得知西门庆娶了孟玉楼时，她几次痛哭流泪，还写了一首《寄生草》托玳安带去，其中说："将奴这知心话，付花笺，寄与他。"她不是在西门庆的面前流泪，而是偷偷一个人流泪，可见并不是装给人看的，而是内心痛苦的表现。此后，"每日长等短等，如石沉大海一般”，在百般寂寞痛苦之时，独自弹琵琶，唱一曲《锦搭絮》，里面唱道：“奴家又不曾爱你钱财，只爱你可意的冤家，知重知轻情性儿乖。”

她的这些表现和所唱的曲子，至少说明两点：第一，她与西门庆不同，西门庆只有淫欲，而这时的潘金莲是淫欲与情欲相混，而以情欲为主。第二，在她的心中，或者说在她的希望中，与西门庆的关系应该是一种对等的关系，平等的关系。我思念你，你也应该思念我，如果你不思念我，就是负心，就是辜负了我。这里的意思是非常清楚的，就是要求在两人的情爱（注意不是纯肉欲的性爱）关系中是对等的，平等的。西门庆曾经对潘金莲赌咒发誓，说如果负心了，就会如武大那样惨死（第五回），但他还是很快就把这个让他感到极大满足的潘金莲抛到了脑后。前面我们说，小说对她与西门庆关系的这段描写，表现了相当的思想深度，主要表现在：在那个时代，对于像潘金莲这样出身卑贱的市井妇女来说，就连偷情也是不平等的。她追求、期望，并且热切地呼唤这种平等，但是她得不到。《金瓶梅》对潘金莲这样的妇女的生存状态及其心理，描写得如此精细和真实，在中国古典小说中是并不多见的。作者真实地写出了这样的现实，也就自然地表现出了他的同情。理解了这一层，我们就不难看出，小说从第四回到第八回，情节的安排和布局，作者也是很有讲究，很有匠心的。写西门庆娶孟玉楼做妾，什么时候不可以写，安排在什么地方不可以，偏偏要安排在他与潘金莲偷情期间，作者是有用意的：这就与潘金莲对他的苦苦思念和苦苦等待形成对比，说明了：西门庆对潘金莲和跟潘金莲的关系是不当回事儿的，而潘金莲对西门庆和跟西门庆的关系，是很当回事儿的。在对比中显现出两个偷情人地位的极不平等。

因此我们有根据说，至少在进入西门府之前，潘金莲还不是一个完全的真正的淫妇，虽然她已有不少丑恶的和罪恶的行径让人痛恨。只是在嫁到西门庆家以后，由于西门庆梳拢李桂姐而再次使她受到冷落和侮辱，她与小厮琴童通奸，以及后来与女婿陈经济的乱伦关系等等，才完全为淫欲所控制，堕落成一个不折不扣的淫妇。《金瓶梅》的艺术描写，充分地呈现出现实生活和人物思想性格的复杂性，是非常了不起的成就。

但不管怎么说，她参与毒死武大郎，在任何时代、任何条件下，都是一种犯罪，都是不能饶恕的。反抗不公平的命运，反抗不合理的婚姻，追求幸福美满的生活，本来是合理的，值得同情的，但可悲的是她以恶抗恶。她是一个生活于下层的市井妇女，虽然读过几年书，却既不受封建礼教的羁绊，也没有道德观念的约束。为了维护自己做人的权利，竟至不择手段，去剥夺跟她同样可怜的人的做人的权利。毒杀武大郎，这是潘金莲一生中的第一桩罪案。她一开始反抗人生就走上了邪恶的道路，手上染上了无辜者的鲜血。对她的身世遭遇不无同情的作者并不饶恕她，到后面的第八十七回里让她吃了武松的刀子，连心肝五脏都被掏了出来。但如果我们只是从她最后被杀的结局来理解潘金莲的悲剧，就把《金瓶梅》的艺术描写看得太浅了。

她以杀人的手段除掉了武大郎，经过一番曲折，终于做了西门庆的第五个妾。到了西门府，潘金莲才算真正登上了人生舞台，淋漓尽致地发挥出她的聪明才智，施展出种种风情手段，有声有色地演出她的人生悲剧。但从此，她的人生追求也就变得更加畸形和邪恶了。她一生都在追求，在追求中一步步走向堕落和犯罪。

四、在妻妾争宠中充分地表现了潘金莲的阴险与狠毒

在西门庆的家里，潘金莲凭着她的聪明和机敏，准确地判定自己不高不低、既贵且贱的身份地位，也准确地判定自己的长处和短处，清清楚楚地意识到，要在这个大家庭中争得自己的一席之地，进而实现压倒身边所有女人的理想，最根本的就是要笼络和讨好西门庆，得到他的宠爱。小说第二十四回里，写她花一两银子（她不像李瓶儿有钱，花一两银子也是一个大数）求刘理星替她“回背”（道家一种用镇物符水为人消灾免难的法术）时，便吐出了她的隐衷：“奴不求别的，只愿得小人离退，夫主敬爱便了。”所谓“小人”，就是指跟她争宠的对手，因此，博得西门庆的宠爱，压倒跟她争宠的别的女人，就成了她主要的生活目标和主要的生活内容。围绕着这个中心，小说展开了栩栩如生的描绘，令人惊心动魄。通过一系列有关她恃强争宠的场面和细节，小说生动地展示了她嫉妒、泼辣、阴险、狠毒等个性特征，同时也一步步深刻地揭示出她的悲剧命运，以及这悲剧命运所包含的社会内容。

争宠并不是一帆风顺的，潘金莲的人生之路充满了艰险。这有多方面的原因。一方面，因为西门庆是一个贪财好色、淫浪无耻、残暴粗俗的家伙，女人对他来说只不过是满足他淫欲的工具，不存在真正的爱，更不存在专一的爱，因此潘金莲要求得到他对自己的专宠，实际上是根本不可能的。再一方面，是因为西门庆有一妻五妾，外加上一些受宠的丫头、妓女、姘妇，关系错综复杂。她面临的对手不止一个，而其中有的人（例如李瓶儿）某些方面的条件又显然比她更优越。还有一方面，

是因为她生活在那个充满污秽和罪恶的黑暗王国中，淫欲不断膨胀而不能自制，一再干出淫乱丑行，自轻自贱自戕。她先是拉拢讨好大娘子吴月娘，挑拨西门庆毒打在妻妾中身份地位都比较低贱的孙雪娥，很快就得了手，显示出她不同寻常的心计和手段。

但不久就遭受挫折，吃了苦头。西门庆梳拢李桂姐以后便冷落了她，甚至半个月也不跟她见面。潘金莲内心十分苦闷，她写了一首《落梅风》，让小厮玳安送给西门庆，传达她内心的思念之情和孤凄的处境，期望西门庆由此能恢复对她的宠爱。谁知西门庆正沉迷于李桂姐的姿色，为了讨得李的欢心，竟然当着李的面将潘金莲送来的柬帖扯得稀烂，还把送信的玳安也踢了两脚。以后潘金莲还被迫将头发剪下来，让西门庆拿去送给李桂姐垫在脚底下每日踹踩。这对潘金莲来说，当然是无法忍受的奇耻大辱。与此同时，潘金莲为了满足自己难耐的淫欲，竟勾搭上了小厮琴童，事发后被西门庆剥光了衣服，罚跪在地上抽马鞭子。对潘金莲的这种遭遇，作者也是流露出他的同情的，书中有两句诗道："为人莫作妇人身，百年苦乐由他人。"潘金莲的这种遭遇，一方面是由于西门庆的淫纵与肆虐，另一方面也是妻妾争宠带来的必然结果。她结怨于孙雪娥和李娇儿，她跟琴童的奸情便是她们去向吴月娘和西门庆告发的，挨打受辱也是由于她们从中调唆的。

但潘金莲是一个要强的、进取型（或者说是进攻型）的女人，她并不因为受到挫折失败就灰心退却。她既已确定的目标是千方百计一定要实现的。自此以后，她在妻妾争宠中几乎发挥出全部的聪明才智，各种手段都施展了出来。对西门庆，她摸透了他的习性和心思，采取软硬兼施的办法，一方面卖弄风情，尽力满足他的淫欲需要，百般献媚，曲意逢迎，甚至连醉闹葡萄架、承溺吞精一类极其污秽卑贱的行径都能心甘情愿地干出来，屈身忍辱，无所不至。另一方面，她又很有分寸地对西门庆进行挟制和管束，甚至夹枪带棒尖酸刻薄地对西门庆进行冷嘲热讽。有时西门庆也确实有些怕她。有一次竟至"慌得装矮子，跌脚跪在地下"，笑嘻嘻向她央求。她对西门庆的态度，有时大胆得连吴月娘也替她捏一把汗。但什么时候该软，什么时候该硬，她都心里有数，分寸掌握得极好。由此可以看出她过人的心计、胆识和手段。

对跟她争宠的对手，她却毫不留情，为了保护自己，压倒别人，她施用了十分阴险狠毒的手段去打击陷害，无所不用其极。书中写了两次可以称得上是惊心动魄的她跟对手的较量，一次是对宋惠莲的，一次是对李瓶儿的。

按身份与地位来说，宋惠莲只是一个仆妇（她原名宋金莲，就因跟潘金莲重名而犯讳，才改名为惠莲的），原不构成对潘金莲的威胁，只因她“生的黄白净面，身子儿不肥不瘦，模样儿不短不长”，尤其是有一双比潘金莲的脚还要小的小脚，更兼她“性明敏，善机变，会妆饰”，很快就把贪淫好色的西门庆迷住了。这就引起了潘金莲对她的嫉恨。尤其在她窃听藏春坞后，便敏锐地感觉到，如果任随宋惠莲同西门庆的关系发展下去，自己就有被她“撑下去”的危险。她绝不能容忍宋惠莲成为西门庆宠爱的第七房妾。于是潘金莲决心要剪除宋惠莲。这时的潘金莲，比之嫉恨李桂姐凄孤难耐而与琴童私通时，要变得聪明机巧多了。她玩弄的是两面派的手法，通过西门庆来制伏宋惠莲。欲夺之而先予之，她不急不躁，很有耐心。她先利用宋惠莲畏惧她、讨好她、依附她的心理，笼络住这个妇人的心。有时宋惠莲单独同她在一起，恰好西门庆来撞上，四下无人，她就“教他两个人苟合”。一方面讨得西门庆的欢心，一方面也赢得宋惠莲对她的好感和信任。明敏机变如宋惠莲者，竟也轻易被她瞒过，以为潘金莲确是对她“宽恩”，便格外贴近她，后来竟至敢于提出要在潘金莲的房里同西门庆苟合。潘金莲心里恨得咬牙切齿，表面上却不动声色，她很有耐心地在等待和寻求机会。当宋惠莲的汉子来旺知道了老婆同西门庆通奸，趁酒兴大骂西门庆和潘金莲，并扬言要杀死西门庆时，她立即抓住机会调唆西门庆设计陷害来旺。在如何处置来旺的问题上，潘金莲跟宋惠莲之间为了争夺西门庆展开了一场尖锐激烈的拉锯战。西门庆是一会儿听宋惠莲的，一会儿又听潘金莲的，徘徊游移于两个宠妇之间，显得耳软心活，优柔寡断。书中的有关描写十分精彩，生动地展示了在以男性为中心的一夫多妻制的家庭生活中妻妾争宠的生活图景。机敏过人的潘金莲，抓住并利用了西门庆想完全占有宋惠莲的心理，调唆西门庆“不如一狠二狠”，斩草除根，置来旺于死地，终于击败了宋惠莲。来旺被解徐州后，宋惠莲得知被骗，气得寻死觅活，此时潘金莲又调唆孙雪娥去跟她大吵大闹，终至于使宋惠莲一气之下自缢身亡。其后，宋惠莲之父宋仁因跟西门庆论理，又被西门庆买通官府毒打致死。潘金莲声色未露，顺顺当当地就假西门庆之手剪除了一个同自己争宠的对手，取得了一次重大的胜利，却害了两条人命。

害死李瓶儿，用的又是另一种手法，更进一步表现了潘金莲的阴险与狠毒。比之宋惠莲，李瓶儿占有比潘金莲要好得多的条件，她不仅有色，而且有财，都是西门庆所贪恋的；她还有不在潘金莲之下的卖弄风情、取悦男人的手段；她更有潘金莲不具备的讨人喜欢的温柔性儿。因为这一切，李瓶儿得到西门庆特别的宠爱，成为威胁潘金莲的主要对手，引起了她的强烈妒恨。加之李瓶儿怀孕生子，竟成为西门庆家族的血脉所存，地位更是非同一般。由此李瓶儿便成为潘金莲的眼中钉，不拔掉这颗钉子，就没有她潘金莲在西门庆府中的地位。目标首先落在李瓶儿所生的官哥儿这个无辜的小生命上。她几次三番惊吓尚不足以泄她的心头之恨，后来见官哥儿爱穿红衣服，便日日训练那只凶猛的“雪狮子”猫儿，让它抓食用红绢裹着的肉食，终于用这个最阴险狠毒的办法害死了官哥儿，活活地将李瓶儿气死。一贯忍辱温厚，并多次在西门庆面前替潘金莲掩盖罪恶的李瓶儿，在临死前终于识破了她的奸计，悄悄地对吴月娘说：“娘到明日好生看养着，与他爹做个根蒂儿，休要似奴粗心，吃人暗算了。”潘金莲在争宠中又取得了一次重大的胜利，却又害死了两条人命。

封建社会大家庭中的妻妾争宠，是一场战争，没有硝烟，却一样你死我活，充满了血污。潘金莲在这场战争中大显身手，充分地表现出她那被罪恶的欲望所控制的聪明才智。

五、潘金莲悲剧的社会内容和《金瓶梅》的写实风格

潘金莲在争宠之战（实实在在是一场你死我活的战争）中一连击败了两个对手，毁掉了四个人的生命。潘金莲胜利了，但她并不是一个真正的胜利者。潘金莲的胜利只是证明了而并没有改变她的人生悲剧。说潘金莲的一生是一个悲剧，主要还并不在于她最后的惨死（她的死只是让人感到是罪有应得），而首先在于她处心积虑、费尽心机、不择手段所追求的目标本身就是悲剧性的。作为一个女人，她追求的人生目标实在是十分可怜的，不过是：稳稳当当地占据被男人玩弄侮辱的地位，成为男人发泄淫欲的工具。一个聪明美丽在正常的环境中本应有所作为的女性，却将她过人的智慧和精力，用来全力争取成为无耻男人手中的玩物。这样的人生追求不是太可悲也太可怜了吗？而这正是中国封建社会男尊女卑、一夫多妻制度下妻妾争宠中无数悍妒型妇女悲剧命运的真实写照。在这方面，潘金莲的形象具有很高的典型意义。

潘金莲的悲剧还在于，她虽然战胜了两个对手，但她所追求的东西并没有真正得到。她是拼命地想稳稳当当地成为男人手中的玩物而不可得。潘金莲所能做到的，仅仅是以她的色相和风情，取悦于西门庆，满足他肉体上的一时之快。她始终只是西门庆泄欲的工具，而且还只是暂时的工具。她想求得“夫主敬爱”不过是一种幻

想。她既没有能像李瓶儿那样得到西门庆的真正宠爱，也没有能像吴月娘那样的正妻的地位而得到西门庆的尊重。其实潘金莲对这一点并不是没有认识的。她很早就对宋惠莲说过："十个老婆买不住一个男子汉的心。"但她是知其不可而为之。可是，等到她真正体尝到这种人生的苦况时，她的内心真有说不出的悲哀。第七十三回"潘金莲不愤忆吹箫"，写潘金莲从西门庆点唱的曲子中一下子就听出了西门庆对被她害死的李瓶儿的思念之情。于是便醋意大发，在席上便忍不住冷言热语地对西门庆投以讽刺。她残忍地害死李瓶儿，巴望着西门庆能将对李瓶儿的那份宠爱转移到她的身上，但西门庆偏偏不给她。在这个时候，潘金莲体验到的并不是胜利者的欢乐，而是一个失败者的悲哀。作者的描写挖掘到了人物的灵魂深处，而且表现出深厚的社会历史内容。从本质上看，潘金莲的悲剧是一个社会悲剧，她的悲剧性格是特定的社会历史条件赋予她的。

在同吴月娘的关系上，小说进一步更深刻地表现了潘金莲的内心痛苦和悲哀。在害死李瓶儿之后，潘金莲也确曾骄纵过一阵子，以为她从此会受到西门庆的宠爱，会得势，因而竟敢跟大娘子吴月娘对立和较量。一场尖锐的矛盾冲突虽由春梅辱骂申二姐引起，种因却很久远，而核心仍是所谓"把拦汉子"。潘金莲大撒泼，又是撞头，又是打滚，向吴月娘示威，并发泄内心的痛苦和怨恨。较量的结果自然是潘金莲的惨败。究其原因，不外两条：一是吴月娘是正妻，而她不过是小妾；二是吴月娘正怀着胎，为西门庆百般珍重爱护，而她却是想尽一切办法也总不受孕。用潘金莲自己的话来说，是："娘是个天，俺每是个地。"这个位置也是封建制度排定的，潘金莲再泼辣再要强也动摇不了，改变不了。地位悬殊，天差地别，这场风波最后当然只能以潘金莲的失败而告终，她忍气吞声，下跪磕头，向吴月娘赔礼道歉，这才使这场风波最后收场。她本来是为了"把拦汉子"而同吴月娘争斗的，可争斗的结果却是西门庆反而被吴月娘所"把拦"。这是她不愿看到，却又是她无力改变的。有一阵子，由于吴月娘的阻拦，西门庆竟不敢到潘金莲的房里去；甚至在她从薛姑子那里讨来坐胎的药，选定了壬子日服用，也因此而落了空。可以想见她内心是何等的悲哀。还有一个重要原因，是在她害死了李瓶儿之后，险恶的用心由此败露，死者终于醒悟，生者也得了教训。这就成为她在西门庆死后被吴月娘逐出门外的重要原因。这个结局同时还说明，一旦男人死了，她也就没有了依靠，处于正妻位置的吴月娘就可以随意处置她。她是为男人活着的，也是依靠男人活着的，没有了男人作为依靠，她也就失掉了立足之地。这实在是非常可悲的。

潘金莲的悲剧更重要的还表现在，在她可悲的人生追求中，她的灵魂被扭曲，人性被异化，孳生、发展、膨胀了各种恶德秽行。她是一个被男人玩弄的女人，同时也是一个玩弄男人的女人。西门庆就是因为她为了满足自己的淫欲让他过度地服用了淫药而死在她的手中。小说的这种描写并不是毫无意义的。她是一个害人的人，而实际上她也是被社会所害。潘金莲是由恶社会所造成而又被恶社会所毁掉的一个恶女人，是一个封建社会以男性为中心的一夫多妻制度下产生的具有独特个性的悲剧性人物。对她的结局，作者一面从“一命还一命”的因果报应观念出发，用铺张的笔墨写她被为兄复仇的武松杀死，同时又对她悲剧性的一生深致悲叹：“堪悼金莲诚可怜，衣服脱去跪灵前。谁知武二持刀杀，只道西门绑腿顽。”不仅流露了对潘金莲惨死的同情，同时也表现了作者在创造这个形象时明确的悲剧意识。

潘金莲是《金瓶梅》所创造的女人世界中一个独特的女性形象，这个形象的悲剧意义，是不能简单地以“淫妇”和“坏女人”就可以加以概括和抹杀的。她自有她不能替代的悲剧意义和悲剧价值。她是在西门庆所统治的以男权为中心的一个黑暗王国里，在充满罪恶、污秽的环境中开出的一朵恶之花。从潘金莲一生的恶行恶德中，我们看到了女性所经历的灵魂的躁动和痛苦，也看到了《金瓶梅》的写实精神和写实风格。

《金瓶梅》的特点，是将罪恶的人生和悲惨的人生如实地展示给人看，不加遮饰，没有美化，脱尽了迷人的诗意和理想的光彩。《金瓶梅》描摹世情，主要是写世情之丑和恶，写得很具体，很真实，很充分，不留情面，不留余地。作者用笔十分冷峻，很铺张，淋漓尽致，却又不动声色。除了因果报应的结局和一些诗词韵语，作者几乎将自己的褒贬爱憎感情完全掩藏了起来，好像他的任务就只是描摹刻画，让人物自己去表演、现形。但这并不能证明《金瓶梅》的作者毫无同情心。重要的是，作者不是孤立地写一个一个的人，也不是抽象地表现人性，而是从社会来写人，又由人来反映出那个社会。作者写潘金莲的恶，展示的是由正统文化和堕落的世风所造成的悲剧人生；这恶不仅仅是做恶者的罪孽，也是做恶者的不幸，这恶里带着做恶者本人的痛苦和眼泪。从社会悲剧的角度来认识潘金莲形象，我们就能体会到用笔冷峻苛严的《金瓶梅》的作者，也是怀着同情心的。

（在中国现代文学馆的演讲稿，原载《点评金瓶梅》（插图本），傅光明主编，山东画报出版社，2007 年）

西门庆形象的典型意义

上次我讲了“潘金莲形象的悲剧意义”，今天要讲的题目是“西门庆形象的典型意义”。潘金莲和西门庆是《金瓶梅》中最重要的两个人物，也是最能体现这部小说思想艺术特色的人物。从题目就可以看出来，对这两个人物我要讲的重点有所不同，潘金莲主要是讲她的悲剧性，而西门庆则主要是讲他的典型性。今天准备讲五个小题目：一、西门庆是《金瓶梅》的第一主人公；二、西门庆是一个集富商、官僚、恶霸于一身的典型人物；三、西门庆形象的三个特点是：贪财、好色、玩权；四、人性的复杂与矛盾；五、西门庆典型形象的历史感和现实感。下面就分开来作些分析。

一、西门庆是《金瓶梅》的第一主人公

大家知道，《金瓶梅》一书的题名是摘取书中三位女性，即潘金莲、李瓶儿和庞春梅的名字而成。书名集女性人物之名，意味着作者将女性形象的刻画放到了一个非常重要的地位。我上次讲“潘金莲形象的悲剧意义”时，曾讲到《金瓶梅》是在中国古代长篇小说中第一次创造出一个完整的、充满生机的女人世界，如果没有这个女人世界的存在，《金瓶梅》整个的艺术殿堂就会坍塌，甚至连书名也不复存在。这是中国小说史上的一个重要的开拓和创造，是《金瓶梅》突出的成就和价值之一。但是另一方面我们又还必须看到，同样重要的是，主宰这个女人世界的却是一个男人，一个以统治、支配、利用、玩弄这些女性为人生追求和人生乐趣的男人。这个男人就是西门庆。他是这个女人世界的中心，几乎所有的女人都围绕着他进行活动，她们的命运，甚至她们的人生价值，都跟西门庆的喜怒哀乐和兴衰成败联系在一起。在这个意义上，我们说西门庆是这部长篇小说的第一主人公。《金瓶梅》

这部书虽然以女性之名作题目，但实际上可以说是为西门庆立传的，是他的发家史、罪恶史和衰亡史。

我们从西门庆死后全书的结局，也可以看出他确实是这部书的第一主人公。在西门庆因淫纵而得病身亡后，整个西门府霎时间就分崩离析，衰败破落了。李娇儿盗财归院，乘乱偷走了五锭元宝，后来嫁给了张二官做二房。店铺主管韩道国拐走了一千两银子的卖布货款，同他的老婆，从前曾被他纵容去跟西门庆通奸的王六儿一起，远投到东京女儿那里去了。仆人来保私吞了八百两银子的布货藏匿在临清，发卖后自己开了一家布店，因为想调戏西门庆的大老婆吴月娘而被逐出了西门府。女婿陈经济与潘金莲和庞春梅通奸，孙雪娥调唆吴月娘痛打陈经济，又让王婆来领走了潘金莲出去聘嫁。秋菊等丫头也被卖掉。张二官顶了西门庆之缺，做了提刑院掌刑千户，西门庆以前的结义兄弟应伯爵等人都投靠和趋奉张二官去了，也就是这个应伯爵去劝说张二官娶李娇儿做妾的。孙雪娥与仆人来旺重温旧情，再次勾搭成奸，并偷走了许多金银细软。孟玉楼也改嫁了李衙内。你看，西门庆一死，真应了那句老话："树倒猢狲散"，那些当年依附于他的人，包括小妾仆妇，嫁的嫁，逃的逃，被逐的被逐，整个家业就一败涂地了。这种情况，正好从反面说明了，在这个女人世界中，西门庆好像是一棵大树，处于众人依附的中心地位。

西门庆形象的创造，是《金瓶梅》思想艺术成就的又一突出表现，其价值和意义，不在创造那个完整而充满生机的女人世界之下。

《金瓶梅》的故事内容，是以这个第一主人公西门庆的生活为主线来进行描写的。具体地写他如何发迹致富，又如何败亡，写了他的家庭生活，他的经商活动，写他如何贿赂和勾结官府，以至自己也当上了官，以及他荒淫腐朽、无恶不作的种种恶德恶行。小说由西门庆的家庭生活扩展开去，由此而涉及社会生活的各个方面，而以当时的城镇市井生活为主，真实地反映了中国的封建社会发展到明代后期的时代生活和社会面貌。

西门庆是兰陵笑笑生创造出的一个具有深刻社会历史内容和时代特色的艺术典型。《金瓶梅》虽然托名写的是宋代的事情（这与它借《水浒传》中武松杀嫂一段情节加以敷演而成有关），实际反映的却是明代的现实生活，具有鲜明的明中叶以后、具体地说主要是指 16 世纪后半期的时代特征。这个时代的社会特征，概括地说主要有这么几个方面：一是商品经济得到发展，商人在社会生活中比较活跃，社会地位有了提高，传统的"士、农、工、商"的排序发生了变化；二是虽然如此，但整个的社会经济却仍然是以小农经济为基础的封建经济；三是封建制度虽然已经开始衰落，但仍然根深蒂固，政治上仍然是严酷的封建专制制度，而在家族关系和家庭生活中，则仍然是以男性为中心、以家长制为特征的宗法制度占统治地位。这些情况都反映在《金瓶梅》中，反映在西门庆这个形象中。

二、西门庆是一个集富商、官僚、恶霸于一身的典型人物

对西门庆这个形象，在学术界有一个得到普遍认同的定位，这就是：他是一个富商、官僚、恶霸三位一体的人物。这个定位是符合小说艺术描写的实际的。根据小说的内容，我对此先作一点简单的分析。

小说的第二回，在西门庆出场时对他是这样介绍的：

> 原是清河县一个破落户财主，就县门前开着个生药铺。从小儿也是个好浮浪子弟，使得些好拳棒，又会赌博，双陆象棋，抹牌道字，无不通晓。近来发迹有钱。专在县里管些公事，与人把揽说事过钱，交通官吏。因此满县人都惧怕他。

一段短短的介绍，西门庆的这三个特点实际上就已经都说到了，至少他将来发展成为富商、官僚、恶霸的基本因素，都已经包含在其中了。人物刚出场时的这段介绍，起到了对西门庆形象塑造的定调的作用：第一，虽然出身于一个破落户家庭，却是一个会赚钱的商人，而且已经发迹有钱；第二，虽然此时还是一个平民百姓，却已交通官吏，涉足公事，从中捞钱了，这就是他后来进入官场，成为一个官僚，并从中捞取更多财富的重要基础；第三，满县人都怕他，这一点很重要，如果他不做坏事，没有劣迹，谁还会怕他呢？而且不是几个人怕他，而是满县的人都怕他。这就暗示我们：这个人肯定是一贯的恶霸行径、恶霸作风。稍后王婆给他和潘金莲拉皮条，薛嫂给他和孟玉楼说媒，在介绍西门庆的时候，所说的内容也与此大同小异。郓哥在劝武大不要贸然去捉奸时，也说到西门庆是个“有钱有势”的人物，轻易是惹不得的。这样通过不同人物、不同场合的多次介绍，就自然加深了我们的印象。

先说富商。

他刚出场时，虽说还只是开一家生药铺，但他交通官吏，把揽公事，还放官吏债，捞的外快应该不少。当时的家境，用王婆的话说，是“家中钱过北斗，米烂成仓”；用薛嫂的话说，是“咱清河县数一数二的财主”。媒婆的话不免夸张，但在当地确实也算得相当有钱了。他和潘金莲偷情时，自报年纪是二十七岁，到他死时三十三岁，六年左右的时间，就成为一个暴发户，从原来只有一家生药铺，发展到生药铺、缎子铺、绸绢铺、绒线铺、典当铺等五六个铺面，几处房产不算，也有了约十万两银子的家私。这十万两银子是个什么数目呢？据书中描写，当时买一个丫头也就几两银子，买一个会唱曲儿的姑娘才十多两银子。第三十回写西门庆要买赵寡妇的一座庄子，连地一起，开口要价也就三百两银子，西门庆只还了她二百五十两。可见十万两银子是一个相当惊人的数目。

次说官僚。

从古到今，商人能够当官的并不多，但西门庆确实是由商场进入了官场，成了一个货真价实的官僚人物。这一方面是由于特殊的历史条件造成的。在明代中后期那样的封建政治体制和经济条件下，商人要想赚钱，得到迅速的发展，不投靠官府，没有官吏的支持和庇护，是不可能的。西门庆是一个很聪明的商人，他非常了解这一点，所以从一开始，他的商业活动就和官府有着千丝万缕的联系。这从前边提到的小说开始时对他的介绍，以及通过王婆、薛嫂对他的介绍就可以看出来，交结官府这一点，三次都是作为一个重要的特点提出来的。另一方面，他是用钱来换权，然后又用权来赚取更多的钱。他的得官，小说写得十分耐人寻味：他派来保和吴典恩去东京给蔡京祝寿送礼，并没有提出请求太师给他一个官当，是太师本人主动问来送礼的来保说：“你主人身上可有甚官役？”来保回答说：“小的主人一介乡民，有何官役！”太师听了，当场就签了一张“空名告身札付”（就是空白的官吏委任状），让他当上了山东提刑所的理刑副千户。这个官名，据专家的考证，是作者根据宋明两代的官制杜撰出来的，从小说描写的内容看，这是一个司法而又兼监察的官，既可以审案，又可以弹劾官员，有相当大的权力（第三十回）。这看起来好像是一个由蔡太师一时心血来潮而偶然得到的机遇，实际上却是西门庆着意经营和追求的结果。从蔡太师的话里就透露出了一点消息：“礼物我故收了，累次承你主人费心，无物可伸，如何是好？”送礼已经不只一次了，而且规格是越来越高，价值是越来越重。礼尚往来，太师自然是应该有回报的。西门庆的期望和要求并没有明说，但两个人都是心照不宣，这恐怕已经是当时官商勾结的潜规则了。在西门庆授官以后，小说写道：“富贵必因奸巧得，功名全仗邓通成。”作者通过西门庆的做官，写出了当时社会生活的一种普遍现象。

后来为了进一步巩固自己的政治权力，他还是继续奉承、迎合贪得无厌的蔡太师，再次借其过生日之机，又送去重礼二十多扛，包括了蟒衣、龙袍、缎匹、金银宝贝等物，还无耻地自己提出要做蔡太师的干儿子。果然得到蔡太师的喜欢，不久经过“考核”，居然以“才干有为，英伟素著。家称殷实而在任不贪，国事克勤而台工有绩”，被提升为正千户掌刑。一提升马上又备好礼物拜帖，到太师府去谢恩（第五十五、七十回）。

中国的封建时代，大多数的官僚是经由地方推荐选拔或由科举出身而进入仕途的。也有花钱买官当的，称为捐官，但大多是文人的事；商人经过花钱行贿而买官当，这是明中叶以后商品经济发展的条件下才有的现象。从西门庆得官的过程可以看出，他的官僚身份是同他的商人身份密切相关的，从本质上看，西门庆还是一个商人，他谋官和做官的过程，实际上也就是一种商业运作的过程，先投资然后赚钱，当官是他苦心经营的结果。

再说恶霸。

恶霸不像富商和官僚那样，是一种社会身份，而只是一种社会角色，是要由他的所作所为的性质来认定的，因此需要通过一些具体的材料来说明。西门庆敢于横行乡里，称霸一方，靠的主要是钱和势。他因交结官府而在地方横行霸道，人们都很怕他，称他为“阎罗大王”“五道将军”（迷信传说中东岳的属神，主管人的生死）。他的恶霸行径，小说中既有集中的描写，也有在情节发展中分散的随文点染。举例来说，他和潘金莲一起毒杀武大郎以后，王婆怕衙门里的仵作团头（验尸官头目，犹如今天的法医组组长）何九看出破绽来，有些担心。西门庆却不当回事，轻松一笑说：“这个不妨事，何九我自吩咐他，他不敢违我的言语。”意思就是我叫他怎么做他就会怎么做。事实果然如此。西门庆拿出一锭银子，告诉何九应该如何如何，小说写“何九自来惧西门庆是个刁徒，把持官府的人，只得收了银子”，就这样，轻而易举地就将一桩命案掩盖了过去（第六回）。武松出差回来发现哥哥被害的冤情后，告到官府，小说里写：“原来知县、县丞、主簿、吏典，上下都是与西门庆有首尾的，因此官吏通同计较，这件事难以问理。”这些官吏，被西门庆用银两“打点”，结果当然是不准所告。后来武松找西门庆算账，误打了李外传，出了人命，西门庆又“馈送了知县一副金银酒器，五十两雪花银；上下吏典也使了许多钱”，结果武松被判重刑，虽经东平府尹清官陈文昭的干预、解救，还是因为西门庆走了上头（东京）的门路，最终也未能昭雪，虽免于一死，也还是被判脊杖四十后，发配到孟州道去了（第九、十回）。

他用钱来买通官府替他办事，欺压百姓并掩盖自己的罪恶，这是一方面。另一方面，他还和流氓泼皮等黑社会势力有联系。这一点小说中也有具体的描写。他因为有钱，就时常接济和资助一些流氓泼皮，这些人也就愿意为他出力效劳。在西门庆做官以前，他的恶霸行径，最突出的一次要算第十九回里写他支使流氓泼皮痛打蒋竹山一节了。这回书在情节安排上也有值得注意之处，先是写他去给夏提刑做生日，这是联络官吏；而后在吃完酒回家的路上，又写他遇到了平时交往和资助过的两个“捣子”（书中说宋时称“捣子”，当时称“光棍”，也就是我们今天所说的“流氓泼皮”），一个叫“草里蛇鲁华”，一个叫“过街鼠张胜”。光听这两个人的绰号，就知道是下层黑社会中一些惹不起的恶棍。蒋竹山原是一个医生，本来跟西门庆没有什么关系。但当时西门庆已经勾搭上了李瓶儿，两个人打得火热，正准备要娶过门来做他的小老婆时，突然因西门庆在政治上遇到了麻烦（奸贼杨戬被弹劾，西门庆的亲家陈洪受到牵连，西门庆本人也在被追查名单之中），就一时闭门不出，跟李瓶儿断了来往。李瓶儿因思念西门庆而生病，蒋竹山在去给她看病中进行离间而得到李瓶儿的喜爱。因为蒋竹山比较穷，李瓶儿就将他招赘上门，又资助他三百两银子开了一家生药铺。蒋竹山既抢夺了西门庆的情人，又在他的眼前开生药铺，明摆着是要抢他的生意。因此西门庆恨之入骨，指使这两个流氓泼皮去替他进行报复。这两个人诬枉说蒋竹山借了他们三十两银子不还，既打了人，又捣毁了他的生药铺，还将他告上提刑院，讹了他三十两银子，当堂痛打了三十大板，直打得“皮开肉绽，鲜血淋漓”。蒋竹山因为这倒霉事赔了三十两银子，又被李瓶儿赶出了门。捣毁蒋竹山的生药铺这件事，是同时利用了黑社会和官府两方面的势力才实现的，不仅是用诬陷讹诈的手段报了抢夺李瓶儿之仇，在商业上还带有欺行霸市的性质。

还有一段值得注意的情节，是接下来的第二十回写西门庆“大闹丽春院”。丽春院是一个妓院。因为先前他梳拢了妓女李桂姐，后来多时没去，李桂姐就接了一位从杭州来贩丝绸的商人丁二官人。正好那天西门庆去丽春院要见李桂姐，虔婆撒谎说桂姐到她五姨妈家祝生日去了。后来西门庆发现李桂姐原来是因为接了别的客人才不见他，就勃然大怒：“走到前边（李桂姐陪客人喝酒的屋子），一手把吃酒桌子掀倒，碟儿盏儿打的粉碎。喝令跟马的平安、玳安、画童、琴童四个小厮上来，不由分说，把李家门窗户壁床帐都打碎了。”几个清客弟兄应伯爵等人怎么劝也劝不住，还声言要把那个嫖客和粉头都捆起来关到屋子里，真是无法无天。

西门庆在家里也同样是一个不折不扣的恶霸。蒋竹山曾对准备要嫁给西门庆的李瓶儿说过：西门庆这个人是“打老婆的班头，坑妇女的领袖”。这虽然带有挑拨两人关系，以达到要占有李瓶儿目的的成分在内，但所讲也确是事实。例如对潘金莲，在淫欲方面能使他那样心满意足，但一旦冒犯了他，就凶相毕露，心狠手毒。因为他在妓院里迷恋上了李桂姐，冷落了潘金莲，还剪下潘金莲的头发让李桂姐用脚踩，让她受到极大的侮辱。潘金莲在家里因为性饥渴，也为了报复西门庆，就同小厮琴童私通。西门庆知道后，不但把琴童捆起来“打了三十大棍，打得皮开肉绽，鲜血顺腿淋漓”，而且找到潘金莲，先是一个耳刮子，把潘金莲打得摔了一跤。接着又让潘金莲脱光了衣服，跪在地下，在她身上抽马鞭子（第十二回）。李瓶儿也因为招赘蒋竹山，后来嫁给他时，就故意冷落她、羞辱她，只是草草抬过来，也不去迎接；新婚过门，一连三个晚上不上她的房间，气得李瓶儿上吊自杀。经抢救活过来后，晚上却到她房中，让她赤身跪地，用马鞭子抽打（第十九回）。这是对小老婆的态度，对奴仆丫头就更加残暴了。例如第二十八回，写潘金莲为了满足西门庆的淫欲，醉闹葡萄架，丢了一只睡鞋，到处找也没有找到，后来知道是被小铁棍儿（仆人来昭、一丈青夫妇的小儿子，一个十一二岁的小孩儿）捡到了，西门庆知道后非常生气，揪住孩子的顶角，拳打脚踢，打得鼻口流血，昏死了半天才苏醒过来。与此相类似的，是第四十三回，写黄四、李智送来抵折利钱的四锭金镯子，他给了李瓶儿，后来有一锭找不到了，问了很多人都说没有看见。最后在李娇儿房里的丫头夏花儿身上搜了出来，夏花儿说是她捡来的，西门庆不容分说，就命琴童拿拶子来，把丫头拶起来，“拶的杀猪也是叫。拶了半日，又敲了二十敲”。拶子是一个什么东西呢？是古代官府里一种酷刑使用的刑具，用它将人的手指夹起来，使犯人十分痛苦。这样的刑具一般人家是不能有的，可是西门庆却用来惩治奴仆丫头。

从以上情节可以看出，无论是在社会生活中，还是在家庭生活中，西门庆都是一个不折不扣的恶霸。

三、西门庆形象的三个特点是：贪财、好色、玩权

说西门庆是一个富商、官僚、恶霸三位一体的人物，这是从他的社会身份和社

会角色来说的。那么，这个形象有什么样的特点呢？他的特点非常鲜明，非常突出，这就是：贪财、好色、玩权。

西门庆的第一个特点是贪财。

提到西门庆，都知道他是一个奸淫过许多妇女的淫棍，并且他的最后结局也是死于淫纵。但其实西门庆最主要、最突出的特点，或者说居于首位的特点，并不是好色，而是贪财。贪财，这本来是一切剥削阶级的共同特点，更是商品经济发展时期商人的突出特点。西门庆开生药铺，却不是一个正经的生意人，他通过各种手段疯狂地聚敛钱财。

他娶妾，当然有好色的一面，但对其中的一些人来说，更重要的一个原因还是贪财。他娶孟玉楼做第三房妾，主要就是看上了孟玉楼的财产。上次我们讲潘金莲悲剧的时候，曾经提到，在西门庆与潘金莲偷情最火热，也是使他在淫欲上得到很大满足的时候，竟出人意料地突然有两个多月的时间冷落了潘金莲，不到她那里去，使得潘金莲非常伤心。而就在这段时间，发生的最重要的一件事情，就是娶孟玉楼为妾。我上次讲了，作者这样安排情节（就是在这个时候、这个地方安排娶孟玉楼，而不是安排在别的时候、别的地方），是有他的艺术匠心的，表现了比较深层次的思想内涵。这说明：连在偷情这样的事情上，西门庆与潘金莲两个人的地位也是不平等的，西门庆不把潘金莲这个人和跟潘金莲的关系当回事，而潘金莲却是把西门庆看做自己的情人，非常重视，把西门庆和跟西门庆的关系都是很当一回事的。但我们要进一步追问，他为什么在这之前跟潘金莲那么热，那么当一回事，而恰恰在这段时间，就变得这么冷，不把跟潘金莲的关系当回事呢？其间的原因，我上次没有讲，卖了一个关子，说等到讲西门庆的时候再讲。我现在就讲这个原因。简单地说，西门庆虽然好色，却更贪财。他与潘金莲勾搭成奸，是出于淫欲的需求；但娶孟玉楼为妾，却可以获得一大笔财富。色与财他都要，但色与财相比，他还是更看重财。

根据小说的描写，孟玉楼长得并不漂亮，身材稍好，脸上却有几点麻子，谈不上有什么姿色，还长西门庆两岁。风月手段也大不如潘金莲。但她有她的优势，这优势就是她是一个富商的遗孀，有钱。小说写媒婆薛嫂给西门庆说媒，是写得很有特点，很有深度的。有经验的媒婆说媒，总是根据不同的对象，有的放矢，投其所好。薛嫂显然对西门庆非常了解，掌握了西门庆的需求和心理，所以不像一般媒婆那样，先介绍这个女人长得如何美貌，性情如何温柔，品德如何贤慧等等，而是首先介绍孟玉楼的家产。她这样说："这位娘子，说起来你老人家也知道，是咱这南门外贩布杨家的正头娘子。手里有一分好钱：南京拔步床（一种结构高大的床，价钱很高，以南京出产的最为有名）也有两张。四季衣服，妆花袍儿，插不下手去，也有四五只箱子。珠子箍儿，胡珠环子，金宝石头面，金镯银钏不消说。手里现银子，他也有上千两；好三梭布（一种面很宽的质高价昂的布）也有三二百筒。"西门庆动心，并先于潘金莲很快把她娶过来，显然是为了她的财产（第七回）。

他娶孟玉楼，确是发了一笔横财。娶李瓶儿是发了更大的一笔横财。但娶李瓶儿与娶孟玉楼情形又稍有不同。李瓶儿原是梁中书的侍妾，水浒英雄大闹东京时，乘乱带了一百颗西洋大珠和二两重一对的鸦青宝石逃跑，嫁给了花太监的侄儿花子虚。花太监有一份很大的家财，因为不信任侄儿花子虚，生前就交由李瓶儿管着，死后也是掌握在李瓶儿的手里。西门庆对李瓶儿起意，倒还真是先从她的色貌开始的。第十三回写他到结义兄弟花子虚家里去，恰逢花子虚不在家，小说这样描写他见到李瓶儿时的情景和心理："这西门庆留心已久，虽故庄上见了一面，不曾细玩其详。于是对面见了一面：人生的甚是白净，五短身材，瓜子面皮，生的细弯弯两道眉儿。不觉魂飞天外，魄散九霄。"于是就打定主意要把朋友的老婆搞到手。恰逢花子虚因家庭内部财产纠纷吃官司被捕，李瓶儿为了托西门庆找人救助，就给了他六十锭大元宝（合三千两银子），还将四口描金箱柜、蟒衣玉带送到西门庆家里去暂时存放，结果就变成了他的财富。紧邻西门庆家的一座小宅，也被他用李瓶儿给的银子买了下来。后来李瓶儿为了表示一心只要嫁给西门庆，又将家藏的四十斤沉香、二百斤白蜡、两罐子水银、八十斤胡椒等物变卖以后得了三百八十两银子，也拿出二百两来给西门庆盖房使用（见第十四、十六回），第十六回的回目就叫做"西门庆谋财娶妇"，可见他娶李瓶儿确实是财色双收的。但他这次娶妇，娶的不是别人，而是他的结义兄弟、好朋友花子虚的老婆；而花子虚因为人财两空，一气而亡。西门庆的这一行径，准确的定性应该是：谋人之财，害人之命，夺人之妻。

西门庆对于娶妾生财，是有自觉意识的。这一点书中至少有两次明确的交代。第一次是第十回，他在向吴月娘介绍李瓶儿时，这样说："你不知，他原是大名府梁中书妾，晚嫁花子虚，带了一分好钱来。"这反映了在他的心中李瓶儿的财富所占有的地位。另一次是第七十八回，写吴月娘到何千户家去赴宴，回来向西门庆说起何千户家的娘子蓝氏（是西门庆觊觎的对象）"生的灯上人儿也似，一表人物"。这里谈的是这个女人的美貌，可西门庆马上接过去说的却是这个女人的财产："他是内府生活所蓝太监侄女儿，嫁与他（指何千户），陪了好少钱儿。”这多少不大符合一个色鬼的心性。这说明，即使是谈论别人的婚姻，他眼里看到的也主要是钱，容色倒是放到了次要的位置。这些都是他贪财本性的自然流露。

除了娶妾，在家庭生活这个范围内，他还获得过另外的一笔横财。这就是他的女婿陈经济的父亲陈洪，是提督杨戬的奸党，杨戬被人弹劾后，陈洪受到追查，于是就将财产转移到西门庆家。这笔财产也被西门庆霸占了。所有这些都表现了西门庆贪婪的本性。

当然在西门庆所聚敛的财富中，以上所说还不算最重要的部分。他是一个商人，而且是一个奸商，又是交结官府的，因此其他谋财的手段和途径还有不少，比如：放官吏债（就是高利贷，例如他借给李智和黄四一千五百两银子，每月利息是五分）、开典当铺（实质上也是一种高利贷）、以投机手段做各种买卖，如生药、绒线、缎子、棉布等等，还有就是利用职权和关系，投机盐业，偷税漏税等等。例如他在卖盐上投资仅一千两银子，不久就获得利润约三万两，又将这三万两银子投资到缎子铺去，很快又增值三万两。总之，他贪财，并采用各种手段疯狂地敛财，这是西门庆的一个突出的特点。

西门庆的第二个特点是好色。

他是一个不折不扣的侮辱玩弄妇女以满足自己淫欲需求的淫棍和色鬼。他出场不久，书中说他：“专一飘风戏月，调占良人妇女。娶到家中，稍不中意，就令媒人卖了；一个月倒在媒人家去二十余遍。人都不敢惹他。”（第二回）《金瓶梅》张竹坡评本卷首有一篇《杂录小引》，其中记录了被西门庆奸淫过的妇女有十九人之多，这个统计还是不完全的。在这十九人中，有经过媒人正经娶过来的妾，如孟玉楼；有本为妓女而收为妾的，如李娇儿、卓丢儿（早死）；有本为有夫之妇，先通奸而后娶为妾的，如潘金莲、李瓶儿；有先为婢女而后收为妾的，如孙雪娥；有婢女被他收用的，如春梅、迎春、绣春、兰春；有仆妇，如宋惠莲、惠元、王六儿、贲四嫂、如意儿（奶妈）等；有妓女如李桂姐、吴银儿、郑爱月等；还有官僚之家的寡妇林太太，包括了上上下下各色人等。

西门庆是一看见漂亮女人就要千方百计去追逐的。张竹坡在他的那篇《杂录小引》中，还列出了两位西门庆的所谓“意中人”，就是他觊觎而还来不及得手的两个女人，一个是前面提到过的何千户的娘子蓝氏，一个是王三官的娘子黄氏楚云。且看第七十八回（注意，小说的第七十九回就写到了西门庆之死）写西门庆第一次看见蓝氏时的心理和表现："西门庆悄悄在西厢房放下帘来偷瞧，见这蓝氏年约不上二十岁，生的长挑身材，打扮的如粉妆玉琢，头上给珠翠堆满，凤翘双插，身穿大红五彩妆花四兽麒麟袍儿，系着金镶碧玉带……这西门庆不见则已，一见魂飞天外，魄丧九霄，未曾体交，精魄先失。"值得注意的是，另一位他想要追逐的女人是王三官的老婆黄氏，这黄氏不是别人，是林太太的儿媳妇。他先与林太太通奸，通奸的目的就是要寻找机会占有黄氏。他在通过冯妈妈想包占韩道国的老婆王六儿时，冯妈妈就挖苦他说："你老人家，坐家的女儿偷皮匠，缝着的就上。"（第三十七回）潘金莲也讽刺他说："若是信着你意儿，把天下老婆都要遍了罢。"（第六十一回）

西门庆是个淫欲无度的人物。他为了追求性满足，购买了各种性具、性药一大堆，还有从缅甸进口的，还从胡僧（一个从天竺来的云游僧人）那里买来可以立即增强性功能的淫药。他经常毫无节制接连不断地和不同的女人做爱。西门庆还是一个性变态的人物，有不少奇怪的性癖好，还有性虐待的表现。他常在性活动中将女人的双脚捆上吊起来，还在女人身上烧香；还有像潘金莲醉闹葡萄架那样，把女人当作自己恶作剧取乐的对象。他不仅奸淫妇女，还好男色，清河县的李知县送给他一个书童，因为生得清俊，就兽性大发，将他鸡奸，成了他的男宠。

财与色是分不开的，因为他有钱，就可以用钱来疯狂地追求淫欲的满足。他包养妓女和跟一些仆妇勾搭，都花了不少钱。梳拢李桂姐，第一个晚上就给了一锭五两重的银子，还说："这些不当什么，权与桂姐为脂粉之需，改日另送几套织金衣服。"果然第二天就又送去五十两银子和四套缎子衣服（第十一回）。而与宋惠莲、王六儿、贲四嫂、如意儿等仆妇成奸，除了送东西外，几乎每一次干勾当都要给几两散碎银子，还给王六儿花四两银子买了一个小丫头。

人们常说"财大气粗"，因为他有钱，所以就色胆大如天。有一次他为了给官哥儿保福消灾，竟也做起善事来，给修永福寺的道长捐了五百两银子。大老婆吴月娘借机劝他贪财好色的事少干一点，西门庆竟毫无愧色，满不在乎地说："咱闻那佛祖西天，也止不过要黄金铺地；阴司十殿，也要些楮镪营求。咱只消尽这家私广为善事，就使强奸了常娥，和奸了织女，拐了许飞琼，盗了西王母的女儿，也不减我泼天富贵！"（第五十七回）这些话逼真地传达了这个贪财好色的富人对钱的认识，也暴露了他丑恶的灵魂。

小说写西门庆败家的结局是值得注意的。他不是败于生意上的挫折，也不是败于官场上（即政治上）的失势，而是败于淫。第七十九回的开头，小说写道："西门庆自知淫人妻子，而不知死之将至。”元宵节的头一天，他先是淫耍了仆人来爵的老婆，身体已经疲惫不堪；第二天，他又用王六儿亲手替他做的淫器同她再次反复交欢；当晚回到家里，到了潘金莲的房间，因又醉又累很快就睡着了。但潘金莲淫欲难耐，就给他吃了三粒胡僧给的淫药，结果因过量服药而暴亡。

西门庆的第三个特点是玩权。

什么叫做“玩权”？玩权就是指依傍权力，追逐权力，利用权力，来聚敛钱财，为自己的私利服务，达到自己卑鄙的目的。西门庆在做官以前是交结官府，这是依傍权力，以此来谋取钱财，欺压百姓；然后是贿赂权奸，用钱来换官，这是追逐权力；在当了官，获得实际的权势以后，就利用手中的权力，为非作歹，贪赃枉法，更加疯狂地掠夺钱财。书中的描写主要有以下两个方面：

首先是利用在官场上的关系来保护自己，陷害无辜。书中主要写了这么几件事。第一件是第十回，因武松的案子，遇到了为官清廉的东平府尹陈文昭，要重审此案，并要捕捉西门庆和潘金莲归案。西门庆闻讯后紧张了一阵，但很快就通过他的亲家陈洪，再通过提督杨戬的关系，由内阁的蔡京下书给陈文昭，使他躲过了一劫。第二件事是第十七回和第十八回，因为杨戬犯事被查处，他的亲家陈洪和西门庆本人亦在被追查之列，他又派人到东京打点，通过蔡京和蔡京之子蔡攸，给右相、资政殿大学士兼礼部尚书李邦彦进献了五百两金银，竟一笔将西门庆的名字改为贾庆，又一次逍遥法外。第三件事是他做官以后因审苗青案贪赃枉法（收受贿赂一千两银子，他和正千户夏提刑各分得五百两），受到曾御史的弹劾，将不日问罪，两人都非常紧张。后来两人送了五百两银子和礼物，通过蔡京府里的大管家翟谦，不仅免于追查，而且还将想要查办他的曾御史免职问罪。而新任命的两淮巡盐御史蔡蕴（蔡京的假子）和山东巡按御史宋乔年，竟成了西门庆家里的座上客。这也是他拼命贿赂拉拢才实现的。两位御史到清河县，西门庆等人出郊外五十里迎接，单是一席酒宴就花去一千两银子，另外还赠送两位御史金银酒器等二十抬；对蔡御史还进行了性贿赂，叫了两个妓女去给他陪睡。对宋惠莲的丈夫来旺的诬陷和迫害，也是通过给夏提刑送了一百担白米（相当于一百两白银）才实现的。

其次是利用与官府的关系和手中的权力，从中捞钱。在做官前已是如此。如第二十五回，写盐商王四峰因事被安抚使抓起来关在监狱中，托人送来两千两银子，求西门庆转请蔡太师讨人情释放，西门庆从中扣下了一千两。更典型的是前面提到的苗青案，苗青杀人抢劫，被两个同伙供了出来，本应问成死罪，苗青给西门庆送去一千两银子（在掌灯以后时分，分装在四个酒坛内，抬到西门庆家。这种鬼鬼祟祟情景，写得逼真如画），西门庆这样对行贿的苗青说：“那两个船家甚是攀你。你若出官，也有老大一个罪名。既是人说，我饶了你一死。此礼我若不受你的，你也不放心。我还把一半送你掌刑夏老爹，同做分上。”就这样一人得了五百两，就将一个杀人犯放走了结。又如第七十五回，荆忠给西门庆送来白银二百两，请他在宋巡按面前美言几句，以便得到升迁。还有就是在买卖中，买通官府，偷税漏税。如第五十八、五十九和第六十回，都写到他的货物运到了钞关，他就派人送银子到钞关钱主事那里打点，结果货物不用查点，省下了许多税钱。买通巡盐御史，提前将手中的三万张盐引购买了官盐，发了一大笔横财。他得知朝廷有一笔利润很大的古董生意，东平府派了二万两，就买通山东巡按，将这笔生意揽到手里（由于他的早死，这笔生意未能做成）。他善于将手中的权转换为钱，因此财富就越聚越多。

另外，他一当上官就经常炫耀权力，滥用权力，动不动就威胁要将人拿到衙门里如何如何。如第三十三回，刚当上副千户不久，李瓶儿给他生的儿子官哥儿因为受到潘金莲的故意惊吓，发寒发热，惊哭不安，吴月娘请了刘婆子来给他开了药吃。这本来跟他当官毫不相干，但他一回家就威胁说：“既好了些罢，若不好，拿到衙门里去拶与老淫妇一拶子！”第三十四回，写韩道国的老婆王六儿与小叔子韩二通奸，被街坊上几个光棍捉奸抓起来要送去见县官，韩道国请应伯爵去求西门庆解救，西门庆就滥用权力，叫差人去命令保甲将王六儿释放，将四个光棍抓起来送到他主管的提刑所审理，第二天就将这四人以非奸即盗之罪，每人一夹加上二十大棍，打得皮开肉绽，鲜血迸流，而将韩二开释出去。可是后来西门庆与王六儿成奸后，韩二喝了酒来纠缠王六儿，王六儿告知西门庆，西门庆就威胁说：“这少死的花子，等我明日到衙门里与他做功德。”（第三十八回）

西门庆的权力意识是非常强烈的，这从小说的许多细节描写中可以看出来。比如他是一个商人，但小说中很少写到他与商人的来往，他经常交往和宴请的大多是一些官场人物，给蔡太师祝寿不用说了，就是下边的周守备、夏提刑等人那里，他也都亲自去祝贺过生日。即使是宴请家眷，也多请的是一些当官人家的娘子。一次，他的清客朋友应伯爵，在西门庆的书房里看到他的书箧里都是些往来书柬拜帖和中秋节送礼的账簿，上面写的都是当官的，上自京城太师、太尉，下至本地的知县、知府等，根据官阶的高低和关系的亲疏，礼物的轻重各有不同。与此相关有一点也写得很有意思，西门庆是不通文墨的，单纯做一个商人也不需要他有太多的文化修养，但一到官场上就不行了。在他交结官府特别是在他做官以后，就要招聘一个私人秘书来处理日常的来往信件。他拜托应伯爵替他物色人选，这样对应说："我虽是个武职，恁的一个门面，京城内外也交结的许多官员，近日又拜在太师门下，那些通问的书柬，流水也似往来。"（第五十六回）可见官场上的交往对他来说是多么重要。

四、人性的复杂与矛盾

对西门庆这样一个人物，无论用古代的标准还是用现代的标准，无论是用小孩的眼光还是用大人的眼光，他都是一个不折不扣的坏人。这是毫无疑义的。但在作者的笔下，西门庆并不是一个魔鬼，而是一个人，一个现实的、活生生的人。在西门庆的身上表现了人性的复杂与矛盾。西门庆可以说是一个兽性与人性相混杂，又是相统一的人物。应该说，这也是西门庆形象作为一个艺术典型的重要特征。关于这一方面，小说中也有多方面的描写。

在我们的总体印象里，西门庆这样一个一贯做恶的人物，是既凶残而又天不怕地不怕的。可是人性真的非常复杂，他有时也表现出人性的一种普遍的弱点，就是：胆怯和懦弱。小说里不止一次地写到他的这一面。比如前面我们提到过，他和王婆与潘金莲一起害死武大后，王婆担心仵作团头何九那里会出问题，但他却一点也不怕，说何九不敢违抗他的意志。何九大小也是在官府里干事的啊，他并不怕。可是之前武大去王婆的茶坊里捉奸时，西门庆竟惊惶失措，吓得钻到了床底下去躲了起来。还是潘金莲这时显得镇静，骂西门庆说："你闲时只好鸟嘴，卖弄杀好拳棒，临时便没些用儿！见了个纸虎儿也吓一跤！"在潘金莲的这一番斥责和提醒之下，西门庆才镇定下来，从床底下爬出来，飞起一脚踢中了武大的心窝。西门庆当时就对潘金莲说："娘子，不是我没本事，一时间没这智量。"智量就是智慧和胆量，承认了在紧急的情况下他是不如潘金莲的（第五回）。与此相似，花子虚因花家几个叔伯兄弟争夺财产，将花子虚告到开封府被抓了起来，李瓶儿一时没了主意，放声大哭。这时西门庆安慰她："原来是房中告家财事，这个不打紧处。"他通过杨提督在蔡太师那里打点送礼，很快就将花子虚放了出来。可是等到气死了花子虚，要娶李瓶儿时，吴月娘提醒他："他家房族中花大，是个刁徒泼皮的人。倘或一时有些声口，倒没的惹虱子头上挠。"几句话说得西门庆没了主意，心里还真是怕李瓶儿的大伯子花大。可是与西门庆这时的胆小没主意形成鲜明的对比，李瓶儿反倒一点也不怕那个花大，她这样对西门庆说：“他不敢管我的事。……我先嫁由爹娘，后嫁由自己，自古嫂儿不通问，大伯管不的我暗地里事。……他若但放出个屁来，我教那贼花子坐着死不敢睡着死。大官人你放心，他不敢惹我！”（第十六回）在娶李瓶儿时如何处理好和花大的关系，西门庆确实没有主意，显出他缺少处理棘手问题的能力，他身边的三个女人（吴月娘、潘金莲、李瓶儿）都给他出了很好的主意，这一次他的胆识和智慧，又输在了女人的面前。

西门庆是西门府中的最高统治者，在家里是一个霸王，想骂谁骂谁，想打谁打谁，连他最喜欢也最能满足他需求的两个女人潘金莲和李瓶儿，也都挨过他的马鞭子。但说起来也许有人不相信，他有时候也惧怕潘金莲，而且不是假怕，是真怕。如第十三回，他夜里逾墙与李瓶儿偷情的事被潘金莲发现，一天早晨从李瓶儿那里回来，潘金莲躺在床上不理他，西门庆“先带几分愧色”，潘金莲后来从床上跳起来，一手撮着他耳朵骂他负心，西门庆因惧怕潘金莲竟在她的面前装矮子，下跪求饶。后面写他与王六儿鬼混回来，在潘金莲的面前也是处处赔着小心。他和大老婆吴月娘闹别扭，不说话，可是有一次夜里回家，见吴月娘在月下焚香拜天，祈求西门庆能早日得子。他竟大受感动，先是作揖，承认错误，而后竟又像对潘金莲一样，“折跌腿装矮子，跪在地下，杀鸡扯脖，口里姐姐长姐姐短”的赔不是（第二十一回）。

在处理女人之间的争宠关系时，他常常表现得耳软心活，摇摆不定。潘金莲与来旺的老婆宋惠莲争宠，在如何对待和处理来旺的问题上，形成了剑拔弩张的拉锯战。双方都想要压倒对方，这个愿望又都只能通过在西门庆面前进谗言或者调唆来实现，这是旧时代一夫多妻的家庭中妻妾争宠的一个重要特点。宋惠莲虽然不是妾，却是公开的情妇，情形并无两样。西门庆在这场拉锯战中，是一会儿听这边的，一会儿又听那边的，耳软心活，没有主见。来旺的老婆宋惠莲与西门庆通奸，而来旺却在暗中与西门庆的第四个小老婆孙雪娥勾搭。有一次来旺喝醉酒后口出狂言，说要是西门庆撞到他手里，就要“教他白刀子进去，红刀子出来”。还说要把潘金莲也杀了。这话被来旺的仇人来兴儿听见后报告给了潘金莲，潘金莲难得抓住这个把柄，就马上告知西门庆。西门庆听后大怒，打了孙雪娥一顿，然后去问宋惠莲。宋惠莲就说是来兴儿编造出来的，是挟仇报复。还叫西门庆把她丈夫来旺派到外地去做买卖（宋惠莲的私心是让来旺出去赚钱，对他们家有好处），这样他两个通奸干事比较方便。西门庆听了以后就满心欢喜，真的就决定把来旺派去东京给蔡太师送礼物。潘金莲知道了，又调唆西门庆：说要想永远占有来旺的老婆，就要斩草除根，把来旺害死。于是西门庆又听了潘金莲的，马上又变了卦，用来保代替来旺押送生辰担到东京去，并设计陷害来旺，将他置于死地。对他的这种反复无常，宋惠莲和潘金莲对他都有评论。宋惠莲是这样说的："你是个人！你原说教他去，怎么转了靶子，又教别人去？你干净是个毬子心肠，滚下滚上；灯草拐棒儿，原拄不定。"潘金莲是这样说的："你空耽着个汉子的名儿，原来是个随风倒舵、顺水推船的行货子！"两个当事人的批评和埋怨，都很好地概括了西门庆游移不定、缺少主见的性格，以及在妻妾争宠中处于被动和多少有点尴尬的情景。

西门庆身上所表现出的人性的复杂与矛盾，在对李瓶儿的态度上表现得最为鲜明。他原本是一个惯于玩弄妇女、把女人当作发泄淫欲工具的流氓式的人物，这样一个人，对女人会不会也有过真情呢？按《金瓶梅》的描写，有的。在他所混迹的那个女人世界中，唯一的一个他确实产生过真情的，就是李瓶儿。小说从第六十一回到第六十六回共用了六回书的篇幅，来写李瓶儿从生病到死亡，再到出殡，再到请道士设道场超度亡灵等，一系列的情节，写的实际上都是西门庆对李瓶儿的态度，写他对李瓶儿的一片真情。三番五次请太医来看病不用说，见李瓶儿病重时，他心中十分痛苦，总是守在李瓶儿的身边哭泣。李瓶儿怕他耽误了公事，劝他到提刑所去上班，西门庆却哭道："我的姐姐，我见你不好，心中舍不的你！"后来病得重了，潘道士判定死期已到，并劝西门庆不要再到瓶儿的房间里去，"恐祸及汝身，慎之，慎之"。但西门庆一个人坐在书房内，"心中哀叹"，这样想："法官（潘道士）戒我休往房里去，怎生忍得！宁可我死了也罢，须得厮守着，和他说句话儿。"后来得知李瓶儿的死讯，赶来伏在李瓶儿的身上，也不顾瓶儿身子底下血渍污秽，"抱着他的香腮亲着，口口声声只叫：'我的没救的姐姐，有仁义好性儿的姐姐！你怎的闪了我去了，宁可我西门庆死了罢，我也不久活于世了！平白活着做什么！'""在房里离地跳的有三尺高，大放声号哭。"后来又去请来画师给李瓶儿画像，用的棺材是花三百二十两银子买来的名板桃花洞，连见过大世面的薛、刘两位内相（太监）来看见，也都感叹说："俺每内官家，到明日死了，还没有这等发送哩！"出殡的时候，来送殡的人，"官员士夫，亲邻朋友，车马喧呼，填街塞巷"，两边观看的人山人海。其豪华与气派，可以同《红楼梦》中秦可卿的丧礼一比。第六十五回，写在热热闹闹地宴请六黄太尉之后，还特意留下四个小优儿，叫他们唱《洛阳花，梁园月》，曲中有"想人生最苦离别"，"人去了，何日来也"的内容，寄托了他对李瓶儿的哀思，西门庆竟听得“眼里酸酸的”。这些描写，过去有的研究者认为，都是不真实的，或者说是带有讽刺性的，是对西门庆的虚伪性的揭露。就是书中的人物玳安，也这样评论西门庆哭李瓶儿，说他“不是疼人，是疼钱”。这些评论并不完全符合实际，既不符合生活的实际，也不符合《金瓶梅》艺术描写的实际。只要我们承认生活是复杂的，承认人性也是复杂的，我们就应该承认，《金瓶梅》中的这些描写是真实的，是它写实艺术的一个方面的表现。他为什么只是对李瓶儿一个人如此情有独钟呢？这个问题可以探讨，但我们却不能不承认，《金瓶梅》在这里是写出了人性的复杂与矛盾，是一种艺术的真实。西门庆对李瓶儿如此情有独钟的原因，从小说的描写看，可能有这样几个方面：第一，是他哭瓶儿时几次提到的，李瓶儿的好性格儿；第二，是李瓶儿为他生了一个儿子，在封建宗法制度下，这可是了不起的大事；第三，是李瓶儿带给他一大笔财富。

但是人性的复杂与矛盾还有更令人惊异之处。看他一边对李瓶儿怀着深情（并不是假的），出殡以后的那天晚上，还“不忍遽舍”，特意来到李瓶儿的房中，要“伴灵宿歇”，还在灵位前“大哭不止”。却很快就同官哥儿的奶妈，在官哥儿死后伺候李瓶儿的女仆如意儿勾搭成奸，并且就在李瓶儿的灵位旁边做爱。这里我们又看到了，自私和淫欲战胜了真情，至少也可以说是自私与淫欲在一段时间里是超过和压倒了真情。

还有，他一方面疯狂地聚敛金钱，表现出他贪财的商人本性，但另一方面对手边拮据或遇到困难的朋友又出手大方，给予资助。如第三十一回，写主管吴典恩因替西门庆给蔡太师送寿礼，也被授予了在清河县做一个小官。但吴典恩没有钱（做官应酬是要花钱的，看西门庆为了上任做衣服，光是一条水犀角带就花了七十两银子，还不用说请客花钱），就求应伯爵当中人，向西门庆借了一百两银子，借据上写明月息是五分，但西门庆拿笔来立即就把利钱抹去了。他的朋友常时节因为穷，没有房子住，天凉了连皮袄也典当了出去，应伯爵去求西门庆接济，他当时就给了常时节十二两银子买衣服，以后又通过应伯爵给他五十两银子，叫他用三十五两买房子，剩下的十五两用来做小买卖维持生计。书里称他是“仗义疏财，救人贫难”（第五十六、六十回）。又如第六十七回，写应伯爵的小老婆生了个儿子，生活有了困难，西门庆就给了他五十两银子，连字据也不要。这些地方都因为写出了人性的复杂与矛盾，而不是将这个人物写成一个没有一丝人气的恶魔，反而增加了形象的真实性。

除此以外，小说中还多处写到西门庆作为一个商人的精明之处。如第十六回，写他正在与李瓶儿做爱，因为有一笔买卖要签合同，傅主管拿不定主意，派小厮玳安来请他回去，西门庆就对李瓶儿说了一大篇生意经，显出他在商场上的老练和精明（当时李瓶儿就劝他赶快回去，说生意上的事要紧，这也是她好性儿的一个表现，换成潘金莲是绝对不会这样的）。小说中虽然对他的经商活动着笔不多，但也有多处点染。就连他死前对自己的家产如何处理和安排，也表现出他对自己的全部资产，包括应收的外债和应还的欠债，都是心中有数、了如指掌的。

五、西门庆典型形象的历史感和现实感

我们今天读《金瓶梅》，对西门庆这个形象，既会有历史感，也会有现实感。所谓历史感，是说这个形象是历史的产物，反映了明代中叶那个特定时代的时代内容，时代特色；所谓现实感，是说产生西门庆这样人物的社会基因并未因为历史的发展而消失，而是一直传承到今天，至今仍然存在着产生新的西门庆的社会土壤。读《金瓶梅》，我们会感到西门庆就在我们的生活中，就活在我们的身边。

从上面我们对西门庆形象及其特点的分析中可以看到，这个典型形象是中国封建社会发展到明代中叶，商品经济发展以后，商人同封建势力相结合的产物，具有鲜明的时代特征。商人同封建势力结合就产生市侩主义，这是中国封建社会发展到它的后期出现的一种新的社会现象，新的社会特征。什么叫做市侩主义呢？我们先说什么叫市侩。市侩原本是指买卖的中间人，古时候叫牙侩，我们今天叫中介。后来市侩指贪得无厌、唯利是图的投机商人，再后来就是指官商勾结以谋取私利的人物，吴趼人的《二十年目睹之怪现状》一书中就写了这种进入官场的市侩。市侩主义就是指这种人物不择手段追求金钱、谋取暴利的一种生活态度和人生追求。封建社会发展到后期，封建势力一方面压抑商人的发展，一方面又要利用商人，封建官僚要维持自己的奢侈享乐生活，就要从商人那里得到贿赂。这在《金瓶梅》中有着非常生动的描写。例如第三十六回，写“西门庆结交蔡状元”就非常典型。蔡太师的假子蔡蕴（一泉）中了状元要回乡省亲，却没有盘缠，蔡京的管家翟谦写信给西门庆，要他给蔡状元准备钱。西门庆回信说：“随他要多少，我这里无不奉命。”不仅在家中盛宴款待，而且除了送金缎、领绢、合香等礼品外，还给封了一百两银子。书中还多次写到一些官僚到西门庆家中打秋风，连吃带拿，一点也不客气，都是这

种性质（参阅第四十九回、六十五回、七十四回、七十七回）。第七十四回的回目就是“宋御史索求八仙鼎”，写宋御史到西门庆家赴宴，看见西门庆家中有一座数尺高的八仙捧寿的流金鼎，就大加赞扬，示意要西门庆送给他。西门庆虽然与这些官僚交往要花费许多钱，但他的目的也非常明确，就是可以借这种关系捞到更多的钱，或者在官场上可以继续得到升迁，获得赚取更多钱财的资本。例如蔡蕴是两淮巡盐御史，由于得到西门庆的贿赂，就给西门庆比别的商人提前一个月支盐，使他从中得到了比他的付出要大得多的收益。又如翟谦要西门庆给他选美，他很卖力，对吴月娘说：“往后他在老爷（指蔡京）面前，一力好扶持我做官。”后来果然因他的帮助而得到提升（第三十六回）。

官商勾结，权钱交易，这对官和商两个方面都有利。这是中国封建社会发展到明代中叶以后，商品经济发展时期的一个突出的社会特征。《金瓶梅》通过西门庆这样一个商人与封建势力相结合产生的市侩典型的塑造，非常真实地表现了这一时代特征。西门庆用钱来换权，又用权来疯狂地掠夺财富，不择手段，无所顾忌，无恶不作，没有任何道德和法制的约束。吴组缃先生说：“这样的人物，只有在以小农经济为基础的中国家长制的封建宗法的社会土壤中才能孕育出来；如果没有明中叶以后资本主义生产关系萌芽的时代条件，也不可能产生。所以西门庆是一个具有非常深刻社会意义和时代意义的典型形象。”[①] 又说：“中国封建社会的末期，政治上并不是纯粹的封建主义专政，而是官僚、地主、商人三位一体的市侩专政。明代后期的刘瑾、严嵩、严世蕃父子，还有清代的和珅，再后是民国时期的某些政治上的头面人物，他们掌权，势力很大，也拼命聚敛钱财，都是市侩。所以，西门庆这个人物，对我们认识中国封建社会末期的特点和本质，是很有意义的。这个形象，在中国过去的长篇小说中是从来没有过的。这是《金瓶梅》作者杰出的艺术创造。”[②] 吴先生的这篇文章写于20世纪的90年代。其实早在20世纪的30年代初期，郑振铎先生就曾指出过《金瓶梅》的典型意义和现实意义，他说：“在《金瓶梅》里所反映的是一个真实的中国的社会。这社会到了现在，似还不曾成为过去。要在文学

---

① 吴组缃：《关于〈金瓶梅〉的漫谈》，《文学遗产》，1993年第5期。

② 吴组缃：《关于〈金瓶梅〉的漫谈》，《文学遗产》，1993年第5期。

里看出中国社会的潜伏的黑暗面来,《金瓶梅》是一部最可靠的研究资料。”[1] 这话说得何等深刻，说到了《金瓶梅》艺术创造的精髓，也说到了中国社会历史的痼疾。时间过去了将近一个世纪，我们至今仍然能够从《金瓶梅》中照出中国社会生活的某些由历史潜伏下来的并非微不足道的暗影。这一点，同西门庆这个形象所概括的深刻的社会历史内容是分不开的。官商勾结，权钱交易，在四百多年前，就由西门庆们成功地实践过了。读了《金瓶梅》，看看想想我们身边大大小小的西门庆，才知道当今社会继承的这笔发臭的遗产，原来是渊源有自的。

今天中国已经是社会主义时代，与明代中后期的时代条件当然是很不相同了。但吴组缃先生所说的“中国家长制的封建宗法的社会土壤”却依然残存。权力太大，权力过于集中，得不到遏制，又缺乏有效的监督，当然会产生腐败。在商品经济高度发展的情况下，一些商人或者叫企业家，必然要投靠和贿赂一些掌权的官员，产生西门庆这样的人物就不足为奇了。报纸上报道的已经落马的大小贪官们，大多具有西门庆这个人物的基本特征。他们都是疯狂地追逐权力，然后利用手中的权力疯狂地敛钱，有了钱就花天酒地，生活淫糜，多数人都包养了一个两个的二奶三奶。我在准备这篇演讲稿的时候，写西门庆的三个特点，与“贪财”“好色”相并列的“玩权”这个说法，就是从一个贪官的自供里借用来的。这个贪官说：大家说我是一个“三玩干部”，我觉得我确实是的。哪“三玩”呢？就是：玩权、玩钱、玩女人。这正是西门庆形象的典型特征。不彻底铲除家长制的封建宗法制度遗留下来的土壤，官商勾结、权钱交易的现象就不可能杜绝，西门庆也就还会继续不断地产生。这是我们今天读《金瓶梅》，讨论西门庆形象的典型意义时，必然会产生的强烈的现实感。

（在中国现代文学馆的演讲稿，原载《点评金瓶梅》（插图本），傅光明主编，山东画报出版社 2007 年）

---

① 郑振铎：《谈〈金瓶梅词话〉》，载吴晗等著、胡文彬等选编《论金瓶梅》，文化艺术出版社，1984 年，第 49 页。

《聊斋志异》：继承与总结

中国古典小说发展到清代，产生了两部带总结性的作品，一部是《红楼梦》，一部就是《聊斋志异》。《红楼梦》是长篇小说的总结，《聊斋志异》则是短篇小说的总结。这两部作品在思想艺术上都达到了中国古典小说发展的高峰。《红楼梦》的总结地位是毫无疑义地确立了，《聊斋志异》的总结地位虽也有人论及，但至今认识仍不充分。

唐宋以后，中国古典短篇小说的发展分为文言与白话两途。但两条路并不是互不相干、截然分开的，而是互相影响、互相渗透、互相促进的。文言短篇小说和白话短篇小说两个发展系统，共同构成了中国古典短篇小说的艺术传统。历经明清时期的发展，两个系统、两条道路互相融合的发展趋向愈加显著。除了语言工具一通俗一典奥的明显差异外，在思想旨趣、艺术手法、艺术风格等方面，虽也存在着诸多差异，但也有不少共同之处。这一点，在像《聊斋志异》这样优秀的作品中体现得尤为鲜明。

《聊斋志异》作为一部文言短篇小说集，首先是继承和总结了古代文言短篇小说的艺术经验。

中国古代的文言短篇小说，由于受古代相当驳杂的小说观念的影响，无论从内容或形式看，范围都是十分广泛的。我们通常所称的笔记小说，内容广博，篇幅短小，形式活泼，手法自由，是其基本特色。但在文言短篇小说中作为主体和正宗的，则是志怪和传奇。志怪和传奇，既标志着中国古代文言短篇小说发展的两个不同阶段，同时也代表了两种不同的形式体制。它们之间的差别，表现在题材和形式上，但又不仅仅表现在题材和形式上。志怪以写神鬼妖异之事为主要内容，传奇虽也传写奇事，甚至在某些作品中（尤其是唐代的早期传奇）也有涉及神鬼精怪的，但以反映社会人事为主。志怪一般篇幅比较短小，常见的多是一二百字、二三百字，有人物（神鬼乃是幻化的人物），但多数缺少性格，形象也缺乏社会内涵；情节比较简单，没有充分的艺术空间来容纳丰富的场面和细节描写。传奇则一般敷演为上千字或几千字的规模，情节完整曲折，人物性格鲜明，而且有较丰富的社会内涵。更重要的差别还在于，由于作者创作指导思想的不同而产生的作品性质的不同。

六朝时期的志怪小说，与产生于同一时期的志人小说一样，都没有脱离“史”的性质。尽管作品所记的神鬼怪异之事本属子虚乌有，但作者却把它们当做跟社会人事一样真实存在的事情来记录，谈不上艺术加工和艺术概括。早期志怪小说最杰出的代表作家干宝，在他的《搜神记序》中，就特别强调志怪小说的史的性质，并明确申言《搜神记》的写作目的在“发明神道之不诬”。“不诬”的意思就是说不是凭空杜撰的，而是真实存在的。这样的认识，不单单反映出作者有神鬼迷信的思想，更重要的还说明，指导作家写作的是史家的意识，而不是小说家的意识。他所追求的不是通过艺术的想象和虚构来对生活进行艺术概括，而是力求“使事不二迹，言无异途，然后为信”①。他把志怪小说当作“信史”来写，虽然明知做不到，却还是要那样去追求。尽管当今的小说史研究家们都把《搜神记》的作者干宝当做中国早期小说的代表作家来论述，但他本人在写作的当时却是把自己当做史家来看待和要求的。在他的心目中，写作《搜神记》和撰史，同是忠实的记录，在性质上没有什么根本的不同。

到唐代，情况就有了很大的变化。传奇作者的小说家意识绝对地压倒了史家的意识，这样唐人传奇就与史分离而成为真正成熟的小说。这一点明代的胡应麟看得很清楚，他在《少室山房笔丛》中指出：“凡变异之谈，盛于六朝，然多是传录舛讹，未必尽幻设语。至唐人乃作意好奇，假小说以寄笔端。”② 虽然他并不肯定“幻设语”，但十分敏锐并且正确地指出了这是唐人传奇不同于以前志怪小说的显著特征。

《聊斋志异》既继承和总结了志怪小说的传统和经验，又继承和总结了传奇小说的传统和经验，并且加以融合、提高、发展，在题材、体制、手法、风格诸方面，都使文言短篇小说呈现出一种崭新的风貌。鲁迅先生在《中国小说史略》中指出：

---

① （晋）干宝：《搜神记序》，《搜神记》，中华书局，1979 年卷首第 2 页。

② （明）胡应麟：《少室山房笔丛》卷三十七，《二酉缀遗》下，上海书店，2001 年，第 371 页。

《聊斋志异》的创作特色是“用传奇法，而以志怪”[①]。这十分精辟地概括了《聊斋志异》对古代文言短篇小说的继承和总结。当然，这句话还不能仅仅简单地理解为蒲松龄是运用了唐人传奇的体制和手法（一种成熟的小说艺术形式和手法）来写志怪小说。更重要的是指他用小说家的创作精神来改变了传统志怪小说那种史家传录的基本面貌。他一方面广泛搜集民间传说，而所关注的又不仅是奇诡怪异的故事本身，还有故事中所凝聚的人民的思想感情；另一方面，他的工作又不是简单的记录和整理，而是通过展开充分的艺术想象和虚构，将自己的生活体验、爱憎感情和对生活的评价，都熔铸到花妖狐魅的艺术形象中去。清代评论家冯镇峦正确地指出：蒲松龄是“有意作文，非徒纪事”[②]。用我们今天的话来说，就是蒲松龄有着非常自觉的小说家的创作意识。这一点，蒲松龄在《聊斋自志》中讲得非常清楚：“集腋为裘，妄续幽冥之录；浮白载笔，仅成孤愤之书：寄托如此，亦足悲矣！”[③]在他的心目中，《聊斋志异》的写作跟屈原创作忧愤深广的《离骚》和李贺创作牛鬼蛇神似的诗歌没有什么不同。他追求的不再是写出“事不二迹，言无异途”的“信史”，而是寄托他得自生活并与人民的爱憎息息相通的满腔的孤愤。因此，《聊斋志异》虽然多数描写的是花妖狐魅，充满奇思异想，却有着非常深切的现实内容；它所提出的多是现实生活中重大的社会问题，触及多方面复杂的社会矛盾。我们可以说，《聊斋志异》是一位热切地关注现实的作家，以幻想的形式写出的一部社会问题小说。

《聊斋志异》在奇幻的艺术想象中处处透出强烈的现实感和浓郁的人间气息。不仅那些篇幅较长典型的短篇小说如《促织》《席方平》《红玉》《青凤》《婴宁》《叶生》等是如此，即使一些篇幅短小形式上类似六朝志怪的作品，其旨意和精神气韵也跟传统的志怪小说迥不相同。奇异世界映照出现实人生，花妖狐魅散发出人间气息，这才是“传奇法”的精神实质所在。这就是《聊斋志异》中的许多一二百字的短篇，读起来却极富于隽永的思想意趣的根本原因。不妨这样说，《聊斋志异》中的优秀之作，不论篇幅长短，都同时兼具志怪和传奇两种特色，既不完全同于六朝

① 鲁迅：《中国小说史略》第二十二篇《清之拟晋唐小说及其支流》，《鲁迅全集》第八卷，人民文学出版社，1957年，第171页。

② 《读〈聊斋〉杂说》，张友鹤辑会校会注会评本《聊斋志异》，上海古籍出版社，1978年，卷首第9页。

③ 《读〈聊斋〉杂说》，张友鹤辑会校会注会评本《聊斋志异》，第3页。

的志怪，又不完全同于唐人的传奇，是两种体制和创作传统的融合和总结。《聊斋志异》在总体艺术风格上，既有六朝志怪的简括精练，又兼具唐人传奇的委曲丰赡。

中国古典小说的发展，一直受到史学传统和史传文学的影响。《聊斋志异》对史传文学的继承和总结，远绍“史”“汉”而中承唐人传奇。在形式和表现手法上，《聊斋志异》主要取法于历史散文中的纪传体，一般以写一个人物为主，为主人公立传，围绕着主要人物来展开情节，结构全篇。且多数以主人公的名字命名，如《青凤》《红玉》《小翠》《席方平》《连琐》等。小说创作而取法乎史传，唐人传奇已积累了丰富的经验，其中的许多名篇采用的就是纪传体，而且在题目上还明确标出“传”字，如《任氏传》《柳氏传》《莺莺传》《柳毅传》《霍小玉传》等。《聊斋志异》吸收了唐人传奇的艺术经验而又有所发展和提高。

在《聊斋志异》中，史传乃其形，而神气却完全是小说的。例如，按纪传体的写法，开头一般介绍主要人物，诸如姓名、出身、里籍、性格特点等。如果变成一种僵死的程式，则千篇一律，殊无意趣。而《聊斋志异》开头介绍人物却大有讲究，介绍什么，不介绍什么，如何介绍，总是立足于全篇的总体艺术构思，或跟人物性格的刻画，或跟情节的发展，或跟主题思想的揭示，都密切相关。如《王桂庵》篇这样介绍主人公：“王樨，字桂庵，大名世家子。”这是典型的人物传记的写法，粗看似无出奇之处；但“大名世家子”五字，却非贸然落笔，而是在精心提炼主题、精心谋篇布局的基础上写出的，成了全篇艺术描写的纲领。后文写王桂庵的性格，写由这种性格引起的与芸娘的富于戏剧性的关系，以及由这种关系构成的波澜起伏、曲折生动的故事情节，都跟开头这五个字有关。这种立足于整体艺术构思的人物介绍，体现了与写历史有别的小说创作的精髓，是得之于史传文而又高出于史传文的。这样的开头，清代的《聊斋》评论家冯镇峦给了一个精当的概括，叫“提笔作伏”。他看出了在《聊斋志异》创作中，小说与史传在介绍人物时貌同而神异的内质。

《聊斋志异》在许多故事的后面都附有“异史氏曰”，这也是取法于史传文学而又有独特创造的。《史记》在人物传记之后常缀以“太史公曰”，对所写人物或事件发表评论。这种形式为后世史家所继承，《汉书》《后汉书》称“赞”，《三国志》称“评”，刘知幾在《史通》中加以总结，称为“论赞”。唐人传奇中的一些作品，于结束处每有议论，但并未形成定例，像《霍小玉传》《长恨歌传》这样的名篇就都没有；有议论的，内容也比较简单，位置不固定，形式也不统一。唐传奇中的“论赞”

并不重要，还没有跟正文故事形成不可分割的艺术整体，更少画龙点睛或锦上添花之笔。

明代《西游记》的作者吴承恩，写过一部志怪小说集叫《禹鼎志》，原书已佚，序文却留存了下来。序云："国史非余敢议，野史氏其何让焉。"[①]《禹鼎志》中的作品是否有论赞不得而知，但他自称"野史氏"却显然是自觉地以小说家的面貌出现，这是很值得我们注意的。所谓"野史氏"，表明了吴承恩在《禹鼎志》中是以完全不同于正史史家的立场和眼光去认识生活和反映生活的。无论蒲松龄是否读过吴承恩的《禹鼎志》，"异史氏"和"野史氏"一样，其取意都富于小说家创作意识的内涵，则是毫无疑义的。而这一点，正好昭示了蒲松龄是以小说家的精神改造了传统的史家之笔的。

蒲松龄将传统史传文学中的"论赞"形式提高发展为一种既完备且隽永的古小说体例，充分地发挥它的作用，使之成为与正文故事不可分割的艺术整体，成为《聊斋志异》高妙艺术创造的一个重要方面。"异史氏曰"的写法多种多样，形式自由灵活，不拘一格，往往议论纵横，妙语成趣。短的寥寥数语，长的则可以多出正文文字的一倍以上；有散体，也有骈体；内容或阐发题旨，或借题发挥，常常针对现实，抨击时弊，泼辣犀利，近似于现代匕首投枪式的杂文。要正确理解《聊斋志异》的思想和欣赏《聊斋志异》高妙的艺术，不可不读并欣赏"异史氏曰"。

《聊斋志异》还融进了传统散文的手法和笔意，如结构的严谨，布局的精妙，叙事的简净，语言的精练，意境的优美等等，处处都透出中国古典散文的情韵和风致。关于《聊斋志异》继承传统散文这一点，前人已曾指出，如邹弢《三借庐笔谈》中说："蒲留仙先生《聊斋志异》用笔精简，寓意处全无迹相，盖脱胎于诸子，非仅抗手于左史、龙门也。"[②]赵起杲在《青柯亭刻〈聊斋志异〉例言》中也说："其事则鬼、狐、仙、怪，其文则庄、列、马、班，而其义则窃取《春秋》微显志晦之旨，笔削予夺之权。"[③]蒲松龄借鉴吸收古典散文，不是生硬的模仿，而是得其精神气韵，

① 吴承恩著、刘修业辑校：《吴承恩诗文集》卷二，古典文学出版社，1958 年，第 62 页。

② 转引自《小说旧闻钞》，《鲁迅全集》第十卷，人民文学出版社，1973 年，第 104-105 页。

③ 张友鹤辑会校会注会评本《聊斋志异》，卷首第 27 页。

化为小说之笔意，不露痕迹，使人易读易晓。

《聊斋志异》中还有一部分作品，本身就是散文。多数为纪实，写作者的亲历亲见亲闻，一般篇幅不长，像是对现实生活的素描和速写，但下笔时也作过精心的提炼和构思。如写民间杂技的《偷桃》，写山中奇景的《山市》，记自然灾异的《地震》，述人物异行的《农妇》等。

明代的胡应麟曾将古代的文言小说分为六类，即志怪、传奇、杂录、丛谈、辨订、箴规，几乎囊括了传统所谓笔记小说的全部内容。《聊斋志异》以志怪、传奇两类为主，除了纯议论的“丛谈”“辨订”外，其余基本都包括在内了。《阅微草堂笔记》的作者纪昀批评《聊斋志异》中又有“小说类”（他实际指的是志怪），又有“传记类”（他实际指的是传奇），“一书而兼二体，所未解也”①。纪昀其实还说少了，《聊斋志异》是一书而兼三体、四体。文备众体，兼收并蓄，正表现了蒲松龄对小说的形式体制能打破陈规，在继承传统的基础上带总结性的艺术创造。纪昀所不解处，正是他不及蒲松龄处。冯镇峦就委婉地向他提出了批评，说：“《聊斋》以传记体叙小说之事，仿史、汉遗法，一书兼二体，弊实有之，然非此精神不出，所以通人爱之，俗人亦爱之，竟传矣。”还说纪昀的《阅微草堂笔记》四种虽无此弊，比之《聊斋志异》却是“生趣不逮”。话虽含蓄，却真是说到点子上了。

除此之外，《聊斋志异》还继承和总结了宋元以来白话短篇小说的艺术经验。比之叙事委曲生动的唐人传奇，《聊斋志异》更加着意于对情节的提炼和组织，故事情节更丰富、更曲折，更富于波澜起伏的艺术特色。优秀之作处处有伏笔，有悬念，令人疑窦丛生，却又猜想不透，常常大起大落，出人意外，而掩卷回想，却又无不在人意中。这显然是从源于说书艺术的话本小说中吸取了营养。一般的文言小说是难于讲说的，除语言的因素外，故事性不强也是一个重要原因。而《聊斋志异》却很容易还原为口头文学，以评书、子弟书、鼓词等说唱文学形式在民间广为传播，与此当不无关系。

用文言写小说，写人物对话是比较难的。《聊斋志异》中对话得到广泛运用，吸收口语成分，不仅富于个性特色，且声口语气，逼真传神，成为塑造人物形象的重要手段。此外，细节描写和心理描写的更加丰富、细腻，也是继承和总结白话短

---

① 盛时彦：《阅微草堂笔记姑妄听之跋》，《阅微草堂笔记》，上海古籍出版社，1980年，第472页。

篇小说艺术经验的重要成果。

综上所论,《聊斋志异》不仅继承和总结了古代文言短篇小说的艺术经验，还继承和总结了史传文学、古典散文和白话短篇小说的艺术经验，并加以融合、发展、提高，创造出了一种具有独特艺术风格、最适宜于表现花妖狐魅幻想题材的艺术形式和艺术手法，使中国古典短篇小说的艺术功能发挥到了极致。《聊斋志异》是一部名副其实集大成的带总结性的作品，是中国古典短篇小说发展的高峰。

（原载《文史知识》1995 年第 7 期）

《聊斋志异》的手稿本及其价值

一、《聊斋志异》的创作、传抄与刊刻

蒲松龄在中国古代小说作家中是极其幸运的，他除了相当完整地保存下来《聊斋文集》《诗集》《词集》《俚曲集》和一些杂著及戏曲以外，[①] 还有半部《聊斋志异》的手稿本传世。这半部手稿本是一件十分珍贵的历史文物，也是研究《聊斋志异》的第一手重要资料。

《聊斋志异》的半部手稿本能保存至今，自然是经历了许多艰难曲折的，但也有其内在的必然因素。最重要的原因，就是蒲松龄本人是一位十分珍视自己创作的作家。他的诗文，甚至包括代人执笔的书启、呈文一类非文学类著作，他都编订成集，并写出序文。对他倾注一生心血写出的《聊斋志异》，当然更是倍加珍视。他在《聊斋自志》中称自己的这部作品为“孤愤之书”。他以嬉笑怒骂之笔，表达出与广大人民群众息息相通的沉痛悲愤的感情。他期待着人们对这部作品的理解，却又十分担心不被人理解，因而如此感叹：“知我者，其在青林黑塞间乎！”要人理解，文本的保存和传播就是十分重要的。

从现有的资料看，蒲松龄大约从二十几岁就开始了《聊斋志异》的创作，到康熙十八年（1679，作者 40 岁）初步结集成书，并写出《自志》。此后不断写作，直到晚年。今本《聊斋志异》中能考出作于康熙十八年以后而又可知具体年代的作品有《夏雪》和《化男》，均作于康熙四十六年（丁亥，1707 年，时作者 68 岁）。估计 70 岁撤帐回家以后仍有创作，同时又对已完成的作品进行加工、修改、润色，

① 这些作品由路大荒先生整理编辑为《蒲松龄集》，1986 年上海古籍出版社出版。1998 年学林出版社又出版了由盛伟先生辑校的三卷本《蒲松龄全集》，收录更为完备。

直到去世前不久才基本上誊清定稿。这部手稿藏于家中，过世时，他将书稿传给长子蒲箬，画像传给幼子蒲筠。后来蒲箬又将书稿传给其子，即蒲松龄十分欣赏、才学很高、九岁就能写作小说的长孙蒲立德。蒲立德十分重视祖父的这部手稿，曾千方百计地要想刊印行世，因家贫无力实现。他在蒲松龄去世24年之后（即乾隆四年，己未，1739）[①] 所写的《聊斋志异跋》中说：“初亦藏于家，无力梓行。近乃人竞传写，远迩借求矣。昔昌黎文起八代，必待欧阳而后传；文长雄踞一时，必待袁中郎而后著。自今而后，焉知无欧阳、中郎其人者出，将必契赏锓梓，流布于世，不但如今已也。”

《聊斋志异》在创作过程中即已通过各种渠道在社会上流传，在蒲氏去世后流传更加广泛。黎阳段雪亭《聊斋志异序》云：“留仙《志异》一书，脍炙人口久矣。余自髫龄迄今，身之所经，无论名会之区，即僻陬十室，靡不家置一册。”又在《聊斋志异遗稿例言》中说：“是书本雍正年抄本，则未刻之前，已贵洛阳纸价矣。”[②] 直到蒲松龄去世50年后，才有刻本出现。今存最早的刻本叫青柯亭刻本，即所谓浙本，刊行于乾隆三十一年（1766），为山东蓬莱人在浙江睦州（严州的旧称）任太守的赵起杲，在余集和鲍廷博等人的协助下，经过整理、审订、删削、编次后刊印的。青柯亭刻本是在半部手稿本和铸雪斋抄本、二十四卷抄本和《异史》本等几种重要的抄本发现之前最重要的通行本，虽然还有种种缺点，但在《聊斋志异》的传播上却有很大的贡献。

二、手稿本的保存和发现

蒲松龄的《聊斋志异》手稿一直珍藏在淄川蒲氏后人家中。大约在清代咸丰、同治年间，由蒲氏后人蒲价人从山东移居沈阳，将原稿八册和《聊斋文集》一帙及《聊斋行乐图》长卷一轴（一说长六丈、一说长三十余尺，图中绘留仙先生半身像及聊斋著书图）携至沈阳。[③] 后来蒲价人之子蒲英灏（一名步瀛），官巡防统领，驻

---

① 此据山东省博物馆藏《东谷文集》抄本，青柯亭刻本署乾隆五年。

② 三会本《聊斋志异》，上海古籍出版社，1986年，卷首第24、29页。

③ 参阅荣孟源《关于〈聊斋志异〉手稿》，载《中华文史论丛》1979年第三辑；蒲文珊给《人民日报》的信，载《人民日报》1956年11月26日。

扎围场，于是移居辽宁西丰县，原稿也随之携至西丰。

原稿藏于蒲氏家中保存甚好。但也曾出借过。民国时期刘滋桂《聊斋志异逸编序》中说："同治八年（1869），先君需次教职，携桂至沈阳读书。有淄川留仙七世孙价人（硕庵）氏，精日者术，出其家藏《聊斋志异全集》二十余册，卷皮磨损。先君披阅，有未经锓梓者五十六条，按条录峻，重为装潢璧还。"所抄录的青柯亭本未刊遗文，由刘滋桂于民国三年（1914）刊行，题为《聊斋志异逸编》，分上下两卷，收文 54 篇。据此可知，原稿可能原来装为二十余（四？）册，后来重装才改为两函八册的。据最早研究原稿的杨仁恺先生说，是蒲价人在光绪初年将原稿重新装裱过的。① 重装的说法是可信的，因为装订技术十分粗劣，切边时竟将蒲氏手录的眉批数字切掉。

据杨仁恺先生提供的资料：后来蒲英灏供职于清盛京将军依克唐阿幕中，依克唐阿曾向蒲英灏借去手稿半部，阅完归还后又换借另外半部。不久依克唐阿因事赴京，适遭庚子（1900）八国联军之役，依克唐阿病死，半部手稿由此失落。但此说可能传闻不实，因《清史稿》中依克唐阿有传（见列传二四八），他死于光绪二十五年（己亥，1899），即庚子前一年。不过半部手稿在依克唐阿手中丢失大概是可信的。

另半部（即现存的半部）由蒲英灏传给其子蒲文珊保存。在他手中这半部也曾出借过。1932 年日本在东北建立伪满洲国，西丰县伪县长冯子安知道蒲文珊家藏有《聊斋志异》原稿，便告知日本人和伪满文教大臣汉奸袁金铠等，袁以胁迫利诱的手段妄图占为己有，因蒲文珊坚持不允，后复归还。1933 年，袁金铠从中选出 24 篇影印出版，书名为《选印聊斋志异原稿》。卷首有袁金铠所作《选印聊斋志异弁言》（署癸酉六月），后附有遵化史锡华所作的校勘记，记前有袁金铠亲笔题《选印聊斋志异原稿校勘记》。② 全书影印正文 88 页，校勘记 20 页，一册，依手稿原尺寸用金镑铜版纸影印。这是蒲松龄《聊斋志异》手稿的第一个影印本，也是第一次向世人披露有蒲氏手录原稿存世。但直到解放初期，一直被人认为是袁金铠所伪造，在半部手稿发现后，用手稿核对，证明其为原稿无疑。

现存的半部手稿，是 1948 年（一说是 1947 年）西丰县土改时县委秘书、土改

---

① 见杨仁恺著《聊斋志异原稿研究》，辽宁人民出版社，1958 年。

② 此书北京大学图书馆有藏本，但《弁言》被人撕去。

工作队队长刘伯涛在农民协会屋角的乱书堆中发现的。后蒲文珊将这半部手稿正式献给人民政府。1951年归东北人民政府文化部文物处，交东北图书馆收藏；1952年送交中央文化部；60年代初辽宁省图书馆索回，今藏辽宁省图书馆。1955年由文学古籍刊行社影印出版。

三、半部手稿本的基本面貌

因未能得见手稿本的原件，故下面所述仅据文学古籍刊行社的半部手稿影印本。

据保存了手稿三十多年的蒲文珊说："这部原稿全八厚册，是由零篇重行整理装订的。"[①]影印原稿本分装四册，共收作品237篇。第一册64篇，第二册62篇，第三册69篇，第四册42篇。其中第一册的最后一篇《猪龙婆》与第二册的第二十四篇重复，后者在原稿上有勾销的符号，并于书眉上注明"重"字，故实收作品236篇。卷首有高珩、唐梦赉序和作者的《自志》。这一册标有"聊斋志异一卷"六个字，说明这是第一册。从篇目数量看，这四册约等于全部原稿的一半。其中有25篇是通行的青柯亭本没有的。[②]25篇中有24篇是见于青柯亭本以外的《聊斋志异拾遗》《聊斋志异遗稿》《聊斋志异逸编》三书中，唯《牛同人》为各本失载，但仅为残篇。

手稿中的字迹，与1713年作者74岁时于朱湘鳞绘像上题辞二则的字迹一样。这证明确系手稿无误，而且是作者晚年家居时所抄。从抄笔的工整看，可以断定是作者最后整理编订的清稿，即定稿本。

但抄笔并非出自作者一人之手。第二册第三十篇到第六十篇共31篇，明显地为他人代抄（笔迹似出自两人），其中《头滚》和《念秧》两篇，为作者与代抄人合抄。《头滚》作者仅抄末尾数句（全文仅二行）；《念秧》（文较长）则代抄者抄一开头，中间五页为作者所抄，后代抄者又抄一页，作者最后抄末尾半页。有一个现象很值得注意：凡作者亲笔所抄，修改都比较少（有也只是个别字句），而代抄

① 《人民日报》1956年11月26日蒲文珊信。

② 影印本的"出版说明"说"有二十八篇"，误。因《鬼哭》青柯亭本题作《宅妖》（在卷十三），《绛妃》题作《花神》（在卷十六），《青蛙神》之又则题作《募缘》（在卷十三），名异而实同。

部分则有较多的修改。这恰好证明了是作者的定稿本。按通常情况，显然作者本人是边抄边改，而别人代抄则只能照原稿抄，等抄迄再由作者过目修改。这些修改虽然不多，但对我们了解《聊斋志异》的创作过程和思想艺术特色都具有非常重要的意义。

四、手稿本的价值和意义

手稿本的价值和意义，至少表现在以下几个方面：

（一）有利于考订遗文，辨别真伪

青柯亭本一出，成为广泛流传的通行本，但实非全帙。青柯亭本的《例言》中明确说："卷中有单章只句，意味平浅者删之，计四十八条；从张本（按指张此亭的《聊斋杂志》）补入者凡二条。佳句已尽入锦囊，明珠实无遗铁网矣。"[①] 不了解情况的人会误以为青柯亭刻本为全帙，了解情况的人则不太相信赵起杲的话，一不相信他只删削了48条，二不相信他删削的仅仅是"单章只句""意味平浅者"。热爱《聊斋志异》的人，以不能窥全璧为憾事。于是关于《聊斋志异》佚文就有了各种不同的传说，也有人搜亡辑佚，刊印行世。因此而鱼龙混杂，真假难辨。如蒋瑞藻《小说考证》卷七引《负暄絮语》云："世言流传之本，多所删削，原本尚多秘事……意者别有秘本与？"[②] 又杨复吉曾记有人言"《志异》有未刊者数百篇"[③]。道光以后，各种搜集遗文、遗稿的版本纷纷刊印行世，重要的如：道光四年（1824）黎阳段雪亭刻《聊斋志异拾遗》（又名《聊斋志异遗稿》），四卷，收遗文49篇；道光十年（1830）得月移丛书本《聊斋志异拾遗》（有胡定生序），一卷，收遗文40篇；民国三年（1914）刘滋桂刊《聊斋志异逸编》，二卷，收遗文54篇，以及前面提到的袁金铠的影印本等。段氏称其所搜集得自雍正旧抄（按即甘陵贾氏抄本），胡氏称得自淄川蒲氏后裔，刘则称据手稿录出。另有光绪年间北京聚珍堂印本《聊斋志异拾遗》一卷，收文27篇；光绪十八年（1892）问柳书屋刊《古今志异》收《聊斋》遗文10篇，日人平井雅尾认为是《聊斋》之未刊稿。半部手稿本发现后，将各本取

---

① 三会本《聊斋志异》，卷首第28页。

② 蒋瑞藻：《小说考证》，古典文学出版社，1957年，第172页。

③ 《昭代丛书》本《梦阑琐笔·记事》。

来对勘，再参考后来陆续发现之各种抄本，则基本上可以证实，前三种及袁金铠的选印本所收确为蒲氏著作，而后两种则为伪书。聚珍堂本，鲁迅写《中国小说史略》时已疑其伪，但不能证实，手稿本一出，则问题迎刃而解。

又青柯亭本“例言”记其所删为48条，所言是否可信？今查半部手稿本中青本刊落25篇，估计遗失的另半部刊落的数字也大体相近，这与赵氏所称刊落48条亦大体相符。由此亦可知，社会上尚有数十卷、数百篇的遗文在流传之说是不可信的。这样，我们对蒲松龄创作《聊斋志异》的大概情况和全书的基本面貌，就有了一个比较接近于实际的了解。

（二）有利于考察各本之间的关系及其源流

各抄本和刻本之间常有一些异文，孰正孰误，以及致误的原因都比较复杂，有的很难弄清楚。如《鄱阳神》一篇（铸雪斋抄本卷五），写鄱阳湖上有神祠，内塑丁普郎死节臣像。丁普郎为元末农民起义领袖陈友谅手下的大将，后降朱元璋，在鄱阳湖一战中英勇战死，死后朱元璋在鄱阳湖康朗山上建忠臣庙祀之，三十五人以丁为首，并赠爵位济阳郡公。青柯亭本、铸雪斋抄本[①]、二十四卷抄本[②]“丁普郎”都误作“木普郎”。何守奇注云：“木普郎恐是丁普郎之讹”，这一判断当然是正确的。但因何而致误的呢？就很难解释。有了手稿本，一查核，情况就非常清楚了：“丁”字原误为“人”，后添改为“丁”，叠形近似“木”字。以上三种版本均误，说明各本所据的底本虽然不同，流传的系统和中心也可能有异，但最早的祖本都是蒲松龄的手稿本。因此，这几个版本虽然各有优劣，但就其来源看，都是值得重视的。《异

① 铸雪斋抄本是历城张希杰（铸雪斋是他的书斋名）所抄，抄录的时间是“乾隆辛未秋九月中浣”（即乾隆十六年，1751），距作者去世仅36年，是现在能确定具体年代的时代较早的一部抄本，也是目前保存作品最完整的抄本之一。原件藏北京大学图书馆，1975年上海人民出版社影印出版，以后又校点排印出版。

② 二十四卷抄本是1962年在山东淄博市周村发现的，故又称为周村本。由于发现的地方周村离蒲松龄的家乡比较近，又与铸雪斋抄本所据为济南朱氏抄本传抄中心在济南不同，所以很值得注意。此本可能抄于乾隆十五年（1750）至乾隆三十年（1765）之间，但也不排除是道光、同治年间据乾隆时期抄本过录。原稿藏山东人民出版社，1980年由山东齐鲁书社影印出版，1981年又校点排印出版。

史》本[1]中“丁”字不误，这种情况比较复杂，可能祖本不同，也可能祖本虽同而经过后人校正。

（三）有利于在比勘异文中考察和分析《聊斋志异》的思想和艺术

青柯亭本在刊刻时是有所删汰和修改的，但是删汰和修改的情况如何，是否如“例言”所说是“悉仍原稿，庶几独得庐山之真”；只是校正传抄本“别风淮雨”之处，或于“文理不顺者，间为更定一二字”呢？在篇目上的删汰，是否也如“例言”所说，仅仅是“单章只句，意味平浅者”呢？用半部手稿和青柯亭本加以比勘，就能大体上看清其中的基本情况，并进而认识原稿的思想艺术。

从删汰的篇目看，青柯亭本比半部手稿本少 25 篇（《牛同人》一篇为残篇不计也有 24 篇）。总的情况是，篇幅都比较短，其中确有所谓“单章只句，意味平浅者”，如《蛇癖》（卷一[2],78 字）、《猪龙婆》（卷二,90 字）、《瓜异》（卷四,28 字）、《产龙》（卷四，88 字）、《龙无目》（卷四，45 字）、《龙取水》（卷四，80 字）、《螳螂捕蛇》（卷五，93 字）、《饽媪》（卷五，157 字）、《雷公》（卷六，101 字）、《蛤》（卷九，50 字）。其他如《犬奸》（卷一），虽然篇幅稍长，也有一定的揭露衙役贪贿的意义，而通篇看来则思想境界不高，也可以称为“意味平浅者”。

但另有一些则显然出于思想政治方面的原因才被刊落的。如《白莲教》（卷六，约 300 字，《聊斋志异》中题为《白莲教》的有两篇，青柯亭本卷五中载一篇，此篇无），内容写明末的白莲教起义，篇中虽然称白莲教领袖徐鸿儒为“盗首”，称起义者为“贼党”，但从内容上看，作品写徐以宗教迷信相号召，“不数月，聚党以万计，滕、峄一带，望风而靡”。写出了农民起义的规模和声势；又写到征讨的大将军彭都习，与白莲教派出的二垂髫女接战三日，被累得“精力俱竭，哮喘而卒”。渲染了起义者力量的神奇。赵起杲等人处于乾隆中期文字狱十分严重的时代，自不免视为触犯时忌，为免于遭祸，当然以删去为好。又如《乱离》二则（卷六），从

① 《异史》，六卷，1963 年 6 月由中国书店发现，现藏于北京中国书店。书中无题记，因而无从知道抄主、时代及所据的版本等。据考证，大约抄于雍正年间，比康熙抄本晚而早于铸本及二十四卷抄本。在已发现的各抄本中，此本收文最多，全书总目 485 篇，其中《跳神》一篇有目无文，实收 484 篇。1990 年中国书店影印出版，1993 年安徽文艺出版社出版校点本。

② 卷次按三会本即铸雪斋抄本分卷，下同。

表面上看是记述战乱中悲欢离合的奇闻异事的，其实联系背景来看，则有揭露清朝统治阶级纵兵抢掠民女民妇、变卖为奴的罪恶行径的作用。《谕鬼》（卷三）写青州起义被镇压，有“大寇数十名，刑于渊上（郡门外有大渊）”，鬼聚作祟，被石尚书晓谕后鬼患遂绝之事，虽称之为“寇”，又谕示中说他们“谋不轨”，应该“返心”“忏悔”，但到底涉及清代统治阶级的暴行，容易引起疑忌。又如《吴门画工》（卷六），写一画工喜画吕祖像，虔诚敬仰，吕为其专诚所感，梦中示一丽人，称是贵妃董娘娘，画工牢记，醒后肖而藏之。后董妃死，皇帝为纪念而拟为之肖像，诸工皆不能似，某画工出所藏呈进，由是授中书，赐万金，得大富贵。因为牵涉到宫中之事（董妃是顺治的妃子），亦易遭诬为不敬而得祸。这些显然都是因为编订者对清统治者残酷的高压政策的畏惧心理而刊落的。又《阎罗》（卷六）一篇，借迷信传说表现作者的民族意识。有一姓马的人夜做阎罗判事，人问所判何事，“马言：无他事，但送左萝石升天。天上堕莲花，朵大如屋”。按左萝石即南明福王派赴清廷谈判，被执不屈就义的左懋第，表现了崇高的民族气节。作者于篇中美化颂扬了左懋第，表现了作者鲜明的民族意识，当然也是触犯时忌的。

有些作品并没有触犯时忌，但表现了值得肯定的思想意义，却也被编者所刊落。如《金世成》（卷二），写一个以啖秽为美的妖道金世成自号为佛（名字谐“今世成佛”），惑愚民妇，“其金钱之集，尤捷于酷吏之追呼”。本篇反映了一定的社会内容，且具有讽刺意义：既批评了民妇的愚昧，又揭露了妖道的骗人钱财，并顺笔讥刺了酷吏的“追呼”。邑令南公鞭笞金道人，并罚使修圣庙。作者在“异史氏曰”中感叹道：“学宫圮而烦妖道，亦士大夫之羞矣。”本篇的被刊落并非出于政治上的顾忌，但说明编者衡文的眼光有时也并不高明。

由以上的对比分析，可以看出青柯亭本所刊落的，除了一部分确为篇幅短小、意义平浅者外，还有一些是有一定社会内容，甚至在思想上有触犯时忌之处的作品，是编选者在《例言》中难于明言直说的。

青柯亭本在文字上的改动也是相当多的。有人将半部手稿本与青柯亭本对勘，发现青柯亭本与手稿本文字完全相同的仅有17篇。[①] 而文字有较大改动的竟有几十篇之多。青本的一些重要修改，有不少是出于政治上的考虑，即为了避免触犯时忌

① 见杨仁恺《聊斋志异原稿研究》所附青本与稿本的校雠表。

而去掉所谓“违碍语”，因而往往削弱了原作的社会政治内容。下面举一些例子来说明。

《促织》（卷四）：“异史氏曰”中下面一段话（共53字）被删去，“天子偶用一物，未必不过此已忘；而奉行者即为定例。加以官贪吏虐，民日贴妇卖儿，更无休止。故天子一跬步，皆关民命，不可忽也。独是”。这段话将正文故事中隐而未显的含义明白地点示出来，显示出这篇小说在思想上的尖锐性和深刻性。青本删掉以后，虽然故事本身隐含的意义不会因此改变，但作者的创作意图就不那么鲜明突出了，他抨击时政的锋芒也因此而受到削弱。

《何仙》（卷十）：写乩神何仙能预言未来事，为人决疑难，且风流儒雅，会诗能文。他预言好学深思的李忭之文为“一等”，而又断言其“运数大晦”，而“文与数适不相符”的原因在于“文宗不论文”，文宗“所焦虑者殊不在文”，“一切置付幕客六七人”，而这些人则“前世全无根气，大半饿鬼道中游魂，乞食于四方者也。曾在黑暗狱中八百年，损其目之精气，如人久在洞中，乍出，则天地异色，无正明也”。后李忭果然被黜为“四等”。作品揭露了科举制度的腐败，而于考官之昏庸抨击尤烈。篇末有“异史氏曰”云：“幕中多此辈客，无怪京都丑妇巷中，至夕无闲床也。呜呼！”青本中此段整个被删去。但这段文字十分重要，尖锐激烈，锋芒毕露，表现了作者对考官及其幕僚们的极大蔑视和憎恶，被刊落后作品的思想锋芒和强烈的爱憎感情就大为减弱了。

《仇大娘》（卷十），写乡里的恶棍魏名，阴险狠毒，陷害仇大娘之弟仇禄，一计不成又生一计。文中有云：“魏又见绝，嫉妒益深，恨无瑕之可蹈，乃引旗下逃人，诬禄寄赀，国初立法最严，禄依令徙口外。”这段话，青柯亭本改为：“魏又见绝，嫉妒益深，恨无瑕之可蹈，时有巨盗事发远窜，乃诬禄寄赀，禄依令徙口外。”又另一段稿本作：“盖仇仲（仇大娘、仇禄之父）初为寇家牧马，后寇投诚，卖旗下，时从主屯关外。”而青柯亭本改为：“盖仇仲初为寇家牧马，后寇逃窜，仲遂流徙关外，为将军仆……”这两段中有两处重要修改，一是将“国初立法最严”一句删去，这当是指顺治三年（1646）清统治者颁布的“大清律”，是对广大人民尤其是汉族人民进行残酷压迫的工具，这里在行文中顺便带出，也反映出蒲松龄不满的态度。青柯亭本显然是为避忌而删。二是将两处“旗下”删改，“旗下”是明确地指清统治者，在这里带有一定的揭露意义（将汉人作奴隶买卖）。而在清初，汉族人称清朝统治者为“旗下”，是一种带有憎恶感情的称呼，犹如称日本侵略者为“鬼子”一样。如清刘献廷《广阳杂记》记载：“洪经略（洪承畴）入都后，其太夫人见经略，大怒骂，以杖击之，数其不死之罪，曰：‘汝迎我来，将使我为旗下老婢耶？我打死汝，为天下除害。”

有些只是单词只字的修改，也关系到作品的思想性。例如《罗刹海市》（卷四）：“何能易面目图荣显”一句，青柯亭本改“易”为“以”，一字之差，意趣大不相同。小说中写：马骥美丰姿，但他所到的罗刹国美丑颠倒，人们以他的美容为丑怪。村人引见他去见天子，大臣认为他貌丑，恐其惊吓天子，后马骥以煤涂面作张飞，主人以为美，建议他以张飞貌见宰相，能获厚禄。马答：“嘻！游戏犹可，何能易面目图显荣？”在这里，“易”“以”两字皆可通，但比较起来，“易”字更准确，更有思想深度，既符合全篇揭露批判“花面逢迎，世情如鬼”的主要思想，又与上文情节的发展相合（马醉中起舞，以煤涂面作张飞，客以为美，劝说以此见宰相，厚禄不难致）。一字之异，在思想艺术上却有深浅高低之分。

有的修改，关系到作品的艺术表现。如《珊瑚》（卷十）：写安大成“娶陈氏，小字珊瑚，性娴淑。而生母沈，悍谬不仁，遇之虐，珊瑚无怨色”。“性娴淑”三字，青柯亭本无，而从艺术上看，这三个字是绝对不能少的。本篇是写家庭问题的，表现了婆媳、夫妻、兄弟之间的关系，尤其是前半篇将珊瑚和婆母沈氏对比起来写，从一系列情节中展示珊瑚的娴淑善良和沈氏的悍谬不仁。按《聊斋》的构思艺术，在篇首介绍人物时，总是“提笔作伏”（冯镇峦语），为后文的情节发展预作布置。而本篇写两个人物，应是篇首双提。所以“性娴淑”三字，是提示珊瑚的性格，而预伏后文有关珊瑚这个人物的描写的，不能删掉。删掉了就不能看出《聊斋》伏笔照应极为细密的艺术特色。

又如《荷花三娘子》（卷五）：写书生宗湘若与狐女荷花三娘子相爱而致病，后一和尚授以一符，称可将狐女吸入坛中，但宗生因见狐女来探病时携带的金橘撒满了一地，便为其真情所感而释放了她。接下去写：“数日，宗益沉绵，若将陨坠。家人趋市，为购木材。”途中遇一女子托言是其表妹，特为送药，服后果愈。“若将陨坠”四个字，亦关系到后文情节的发展，是不能少的，却也被青本刊落。

有些修改（个别也可能是抄写时的笔误），导致不合情理。如：《刘亮采》（卷六）：写刘亮采之父（实有其人）在山中遇一姓胡老人（实为一老狐），两人相交甚得，后刘问叟居何里，胡翁答：“不敢讳，实山中之老狐也。……固不能为翁福，亦不敢为翁祸，幸相信勿骇。”此句青本作：“固不能为翁祸，幸相信勿疑。”就语意不通了。又如《小谢》(卷六):写陶生教女鬼小谢(是个善良而又风雅之鬼)学习书法,有这样几句:“逾月,小谢书居然端好,生偶赞之。”“逾月”青本作“逾日”,虽是写鬼魅狐精,有可能超出常人之处,也不尽合情理。

以上数例,说明青本的文字修改,有不少是有损于作品的思想性和艺术性的。有了稿本,对比异文,就能窥见原作的本来面貌,进一步体会到小说思想艺术的精到之处。不仅青柯亭本,甚至还有各本皆误,而据稿本才得以校正的。如《神女》(卷十)中有如下几句:“检得鲍庄体有重伤,生(米生)以谋杀论死,备历械梏;以诸(姓诸的人)未获,罪无申证,颂系之。”“颂(音 róng)系”指宽容,意为虽拘禁而不加刑具。《汉书·刑法志》:“年八十以上,八岁以下,及孕者未乳,师、朱儒当鞠系者,颂系之。”青本作“讼系之”,铸雪斋抄本作“禁系之”,二十四卷抄本作“项系之”,义似可通,其实都与文理乖背。唯后来发现之《异史》本与手稿本同。

(四)从手稿本中不多的修改,能考察作者的创作过程和艺术用心,不仅有利于探讨《聊斋志异》的思想和艺术,而且对我们今天的创作也有启发。

如《胭脂》(卷十)有如下一段:

(翁)心忿怒,操刀直出。毛大骇,反走。方欲攀垣,而卞追已近,急无所逃,反身夺刀;媪起大呼,毛不得脱,因而杀之。

毛大是为奸淫胭脂而去的,并非为杀人而去,他是在一个特定的紧急情况下才杀人的。原稿上“媪起大呼”三句仅作“回杀卞”三字,后涂掉修改。改笔使毛大杀人更合乎情理,也更真实。

又如《神女》(卷十),写神女为救其父而终夜奔波,求米生救助,米生则借此机会可以见神女之面,并表达对她的爱情。小说在写米生向神女说明一定让她连夜亲自赶来、而婢来请则不允的原因(恐过此一见为难)后,有两句写米生的动作:“因挽其袪(袖口),隐抑搔之。”“隐”字原作“强”,后改。一字之别,文义大不相同。篇中的米生是一个多情、耿介并注重名节的书生,作者的意思是要通过“抑搔”的动作来表现米生对神女的爱,而不是揭露他的轻狂无理,因而用“隐”字比较准确,包含了一种“偷偷地、胆怯地”的意思。“强”字则不仅太直露,给人以强迫、强制,甚至诉诸暴力的感觉。这样写,与人物在特定情景之下的思想感情是不符合的。下文写神女的反应,也与此相应有重要的修改:

女怒曰："子诚敝人（不正派的人）也！不念畴昔之义，而欲乘人之厄。予过矣！予过矣！"

原作：

女怒曰："子诚人面而兽心者也！不念畴昔之义……"

"人面而兽心者也"是一种谴责的语气，分量很重，自然是与前面的动作"强抑搔之"是相呼应的。即使如此，意思和语气也仍然嫌重，与人物性格和人物关系是不相符合的。而上文"强"字已改为"隐"字，为在情理上前后照应协调，就必须改为"敝人"。下文接着写：女出，生追出谢过，再加上婢女的劝说，"女意稍解"。以后的情节写米生设法救助神女之父脱险，两人最终结为夫妻。如果神女果真认为米生是"人面而兽心者也"，矛盾是绝不至于如此容易就缓和而最终得到解决的。因此从人物关系、人物的思想性格以及矛盾冲突发展的内在逻辑看，"敝人"的含义都要比"人面而兽心者"准确、合理得多。这种修改表现了作者在艺术上精益求精，力求即使是细微之处也要从生活出发，符合生活的真实。

又如《公孙九娘》（卷四）有如下一段：

生揖之。女郎亦敛衽。甥曰："九娘，栖霞公孙氏。阿爹故家子，今亦'穷波斯'，落落不称意。旦晚与儿还往。"

"九娘"二字原稿作"此"，圈后改为"九娘"。甥女向舅氏介绍自己的亲密的女友，用"此"字，在人物关系和说话的语气上，都不如呼"九娘"之名显得更加得体和亲切。此例可见出作者在描摹人情世态时，体察是极为细致深入的。

又如《翩翩》（卷三）写"罗子浮，邠人。父母俱早逝，八九岁，依叔大业。业为国子左厢，富有金缯而无子，爱子浮若己出。"末句"子浮"原作"罗"，涂后改。因其叔亦姓罗，故称"罗"不如称"子浮"准确而亲切。

又《龙无目》（卷四）："是月，沂水大雨，忽堕一龙，双睛俱无……""是月"二字原稿涂去。这是一篇作品的开头，读者并不知道事件发生在何年何月，劈头来一句"是月"，令人莫名其妙。原文文理不顺。去掉"是月"后，没有交代时间，文字反倒通达晓畅了。

又如《长亭》（卷十），写狐女长亭为鬼所祟，其父请来善驱鬼之术的石太璞，为其驱祟治病，石入室后小说这样写："入室，见少女卧縠幛中，婢以钩挂幛。望之年十四五许，支缀于床，形容已槁。""形容已槁"原作"昏昏欲寐"。"昏昏欲寐"不一定是生病，即以生病言，也只是病得较重；而"形容已槁"则肯定是病危的表现。这与上文长亭之父称"其女鬼病已殆"相符合，与前一句"支缀于床"文意亦相吻合。

有时增加一个具体的细节，就关联到后文情节的发展，这样的修改就涉及情节组织安排和全篇的艺术构思。如《水莽草》（卷二）中有这么一段描写：

> （祝）生受盏神驰。嗅其茶，芳烈无伦。吸尽再索。觑媪出，戏捉纤腕，脱指环一枚。女頳微笑，生益惑。……生求茶叶一撮，并藏指环而去。

末句原仅作"……生藏指环，乃别而去"。后改。茶叶就是水莽鬼用以索人性命的水莽草，这是小说情节发展的一个重要线索。因而祝生临走时索茶叶的细节就是非常重要的，由此才自然地引出鬼女（寇三娘）食水莽而死和祝生死后又与三娘结为夫妻的故事。

有时涂去一二个字，是为了使文字简洁。如《婴宁》（卷二）：

> "（王子服）母忧之，道巫醮禳，病益剧，肌革精神，朝夕锐减。"修改为："母忧之，醮禳益剧，肌革锐减。"

"醮禳"自然要请道巫，"道巫"二字不必说；"肌革锐减"自然是病重的表现，"病益剧"不必说；此种情景，精神不好也自在读者的想象之中，亦不必说。18字中删去7字，而意思不变，行文却变得更为简练准确了。

又《莜中怪》（三会本卷一）："翁命多设弓弩，以俟其来遥射之。"修改为："翁命多设弓弩以俟之。""俟"的目的是"其来"，意在不言之中；用弓弩自是遥射，写出反成废词赘语。这两例均能见出蒲松龄锤炼语言的功夫。

就连题目也是反复斟酌，认真修改的。如《妾击贼》（卷四），手稿本原题《妾杖击贼》，涂去，改为《枪棒妾》；又涂去，在原题四字中圈回"妾击贼"三字。这样改是力求文字简洁，并使题目与作品内容相一致。今存半部手稿本中，题目经作者修改过的有七篇之多。如《驱怪》，原题《秀才》；《辛十四娘》，原题《鬼媒狐□》；《赵城虎》，原题《虎子》；《云翠仙》，原题《跪香女》；《肖七》，原题《徐继长》；《胡四相公》，原题《胡相公》等。这些修改，都能看出作者对文字的刻意提炼和在艺术上精益求精的功夫。

稿本虽属清稿，修改之处不算太多，但这些修改都是反复斟酌以后的修改，体现了作者的艺术匠心。鲁迅先生曾说过，读大作家的作品可以知道应该怎么写，而读大作家的手稿，则可以知道不应该怎么写。研究蒲松龄的《聊斋志异》手稿本，既可以启发我们应该怎样写和不应该怎样写，又可以帮助我们深入理解《聊斋志异》的思想与艺术。

（原载韩国《国际中国学研究》1999 年第 2 辑）

《聊斋》的版本与《聊斋》的欣赏

研究古代的作品几乎都有一个版本的问题。古代小说由于长期被排斥于正统文学之外，在正式刊刻之前大多以抄本形式流传，因而版本问题更为复杂，版本的研究就更具有重要的意义。对版本的研究可以有两种角度，两种眼光。一种是文献的角度，文献的眼光；一种是文学的角度，文学的眼光。这两种角度和眼光是相互关联、不可分割的，但毕竟还是两种角度，两种眼光。

一般说来，考察和研究版本，大体上有这样几个方面：一是考察和分析抄本或刻本的来源（底本、传抄中心或传抄关系）；二是考察和研究抄写或刻印的时代；三是考察抄写者或刻印者的情况；四是比勘异文（包括篇目、内容、文字歧异等等）。总之，可以从多方面进行考察分析以确定不同版本的时代和真伪，并视其与原稿接近的程度，比较符合实际地确定它的文献价值。如果不是单纯把某种版本当做文物来保护，从文学研究的角度看，一种版本的文献价值主要取决于它的校勘价值，因此作品版本研究的最后落脚点应该是异文的比勘和研究。毫无疑问，时代最早，在文字上最接近于作者原稿面貌的版本，是最具有校勘价值因而也是最具有文献价值的版本。但是具体到不同的异文，就还需要一条一条地进行认真的比勘，并联系到作品的思想艺术来进行细致的分析，才能判定其正误与优劣。在这方面，从文学的角度用文学的眼光去审视，就具有非常重要的意义。

在中国古代小说家中，蒲松龄是十分幸运的一位。他本人和他的后人都非常珍视他的创作，虽然历经劫难，居然有半部手稿本流传于世。此外，除了曾经广泛流传的青柯亭刻本，还先后发现了几种重要的抄本，如康熙抄本、铸雪斋抄本、黄炎熙抄本、二十四卷抄本和《异史》本等，其中的几种同时有影印本和排印本行世。20世纪80年代以来，许多学者尤其是山东的学者对这些版本作了全面深入的考察和分析，他们的研究成果使我们对这些版本有了比较全面和可靠的认识。但是，要充分地利用这些版本，也还有很多困难。即使是专门研究《聊斋》的学者，一般也很难同时拥有各种版本（小单位的图书馆同时收藏几种影印本的也不多），因此会校本的出现就受到广大读者和研究者的重视和欢迎。如果会校者选取的底本得当，参校的版本收集齐全，校勘认真精细，出校完整准确，这就会给研究者带来极大的方便。不仅一编在手就等于同时拥有多种重要版本，而且还省却比勘之劳，为异文的比较分析提供最便利的条件。这就是张友鹤先生的三会本在20世纪60年代初期出版以来，受到广泛欢迎，一再重印的重要原因。但由于这本书出版较早，康熙抄本、二十四卷抄本和《异史》本等几种重要版本都未能取以参校；特别是底本的选取，除手稿本外，还采用了与手稿本文字差距较大的铸雪斋抄本，不能不说是重大的缺憾。任笃行先生经过十几年的辛勤劳动，终于在去年出版了全校会注集评本《聊斋志异》（以下简称任校本），[①] 弥补了三会本底本选取失当和参校本不全的不足。应该说这是《聊斋》版本研究和校勘整理工作的新收获，是值得我们高兴的事。

但是版本的研究还有大量的工作需要我们继续去做，这就是在已有研究的基础上，进一步认真细致地比勘异文，将文献的研究和文学的研究结合起来，联系作品的思想和艺术进行分析，以确定不同异文的正误和优劣。在这方面有的学者已经作了一些很好的工作，如袁世硕先生在研究铸雪斋抄本时，就通过铸本和稿本异文的比勘分析，得出铸本有许多地方妄改而损害原作思想艺术的结论。[②] 例如他对《狐谐》一篇开头铸本与稿本异文的对比分析，就用了一种文学的眼光来审视。作品在介绍万福这个人物时，稿本作“家少有而运殊蹇”，而铸本作“家贫而运殊蹇”，“家贫”和“家少有”，仅仅一字之异，看起来意思差不多，似乎无关紧要，但如果联系到作品的思想艺术来分析，就会发现有很大的不同。袁先生并不是独尊原稿，简单地以原稿为准，而是从作品的思想内容和艺术表现的角度进行具体的分析，指出：这与下文“乡中浇俗，多报富户役”是相矛盾的，如果万福“家贫”，就不可能“适报充役”。这样一分析，就令人信服地显示出异文孰优孰劣，并从而得出铸本“擅自改动，妄自改动”的结论。对于这一判断，我们还可以作一些补证。我们知道，蒲松龄创作《聊斋志异》是以他的生活体验作基础的，他在农村底层生活中对为人

---

① 齐鲁书社，2000年5月出版。

② 见《铸雪斋和铸雪斋抄本〈聊斋志异〉》，《蒲松龄事迹著述新考》，齐鲁书社，1988年；任笃行辑校《全校会注集评〈聊斋志异〉· 序言》，齐鲁书社，2000年。

长厚的富家被迫充役而破家的情况看得很多，因而对这种现象十分痛恨。他在杂著《循良政要》“报里正”一条中说：“此役原以慧黠老成，能办公事者充之。近岁里长辄托言退役，而择报里中富厚庸懦者，以吓诈之。贿赂既盈，则改报一人。此里下之大害也！”①《促织》篇中，成名因报里正，不能上交一只宫中征用的促织而被逼得家破人亡，正是这一生活体验的艺术概括。小说中写成名报充里正役，“不终岁，薄产累尽”，显然是当时现实生活的真实反映，这也就是《狐谐》中万福“报充役，惧而逃”的原因。成名的“薄产”，与万福的“家少有”含义是完全一致的。如果真是“家贫”，那些贪贿的刁吏无利可图，就不会报他充役了。因此“家贫”的改动，不仅与本篇作品的具体内容不合，也与蒲松龄据以创作的现实情境和他的生活体验不合。

袁先生另外还举出铸本化繁为简后，虽大体不悖事理，却丧失掉文学意味的例子。这就是《狐梦》的末段，手稿本作：“康熙二十一年腊月十九日，毕子与余抵足绰然堂，细述其异。余曰：‘有狐若此，则《聊斋》之笔墨有光荣矣！’遂志之。”铸本改作：“康熙二十一年腊月十九日，毕子细述其异，因为志之。”在短短的一段文字中，铸本删改后就少了22字，②袁文指出删改后的文字“失去了与正文的照应，也失去全篇的旨趣”。这种在校勘工作中将文献的眼光和文学的眼光结合起来，在异文比勘的基础上，联系作品的思想艺术（有可能的话还应包括作者的其他文字和创作背景等）进行分析的方法，对读者欣赏《聊斋志异》是很有启发的。可见，在校录各本的异文后，对具体的文字歧异作进一步的比较分析，从而帮助读者深入理解和欣赏《聊斋志异》的思想与艺术，是一件很有意义的工作。

各本文字的歧异，大体上可分为字词的歧异与句段的歧异两种情形。除此之外，由于《聊斋志异》存有半部手稿本，手稿本中又有少量的修改，这些修改常常表现出蒲松龄在艺术创造上精益求精的匠心，在版本研究中也很值得我们用文学欣赏的眼光作比较分析。

为了说明版本研究（这里主要指异文的比勘）与文学欣赏的关系，本文就上述

---

① 《蒲松龄集》，上海古籍出版社，1986年，第288页。

② 很遗憾，新出的任校本此处并未完全出校，只注云：“毕子与余抵足绰然堂，细述其异”：铸本作“毕子细述其异”。只校勘出删去七个字。倒是先出的张友鹤先生的三会本完全出校，使我们能看到异文的真实面貌。

前两个方面，对不同版本的异文，分别举出一些例子来进行具体的分析。[①]

一、关于字词的歧异

各本字词的歧异，包括脱漏，常常是由于抄录时的笔误造成的，就连手稿本也在所难免。当然也有一部分是出于抄录或刊刻者据别本的校勘或臆改。因此各本的互校就有很重要的意义。一般来说，字词的歧异，凡两者皆可通而很难分出正误与优劣时，当以手稿本为准。这种情况非常多，例如在任校本校记中随处可见的某本"云作曰""坠作堕""啼作泣""皆作俱""居里作里居""食寝作寝食""腾沸作沸腾"之类，这些异文除了少数与文字风格略有关系外，大体上不会影响我们对《聊斋》思想艺术的理解和欣赏。因此，在《聊斋》的版本校勘中，大多数的情况，应是据手稿本或公认为最接近于手稿本的版本来改正别本的讹误。但也有手稿本有误，而据别本改正的例子。如《杜翁》(三会本卷六，任校本卷四)："(杜翁)不觉探身门内，略一窥瞻，即见(铸本、《异史》本作觉，见字义较胜)身在苙(音 lì，畜栏)中，与诸小豭(音 jiā，公猪)同伏。豁然自悟，已化豕矣。""苙"字手稿本原作"笠"，铸本、《异史》本、青本、黄本[②]、康熙本亦同，唯二十四卷抄本作"苙"，任校本据改，并出校记。张友鹤先生未见二十四卷抄本，但据"苙"是牲畜栏圈之意而判定"笠"为"苙"字的形近之误，遂径改"笠"为"苙"，并出校记云："各本均作笠，应苙误。"二十四卷抄本发现后，证明张先生的判断是正确的。这也是联系作品的思想内容来进行校勘的一例。这是"理校"而非臆改。

有的异文各本几乎全不相同，稿本是否正确，也需要经过联系作品思想内容的分析后才能判断。如《神女》(三会本卷十，任校本卷七)："检得鲍庄体有重伤，生以谋杀论死，备历械梏；以诸未获，罪无申证，颂系之。""颂"字铸本作"禁"，青本作"讼"，二十四卷抄本作"项"，唯《异史》本与手稿本同，作"颂"。从字面上看各本似乎皆可通。但检手稿本，"罪无申证，颂系之"七字原作"姑存疑案"，涂后改。这一修改，意思就有了很大的区别："姑存疑案"指暂不能定案，从上文

---

① 关于第三方面的分析，见于作者的另一篇文章《〈聊斋志异〉的手稿本及其价值》。

② 黄炎熙抄本和康熙抄本笔者未寓目，文中凡涉及此二本异文之处，均据任笃行先生的校录。

看可能与“诸未获”有关，但原因并不清楚；而“罪无申证”则明确指出没有确凿的罪证。因此各本文字的正误就应该依据修改后的“罪无申证”来判断。按“颂（音róng）”为古“容”字，宽容的意思；“颂系之”，是指对罪犯虽然拘禁而取宽容态度，不加刑具。《汉书·刑法志》：“年八十以上，八岁以下，及孕者未乳，师、朱儒当鞠系者，颂系之。”显然与没有明确罪证的意思是更为契合的。这一条，三会本在“颂”字下校云：“青本作讼，抄本（此即指铸本）作禁。”参校本不全。任校本校云：“手稿本原作‘姑存疑案’，涂改，‘颂’：铸本作‘禁’，青本作‘讼’。”但没有提及二十四卷抄本和《异史》本，特别是《异史》本与手稿本相同作“颂”，是很重要的，遗漏了就不能使读者看出各本的完整面貌。

另有一种异文与此相类似，也是由于手稿本中的修改造成的，但情况比较特殊，据手稿本来勘正，其意义还不止于改正一个错字。如《鄱阳神》（三会本卷五，任校本卷四）：“（祠）内雕丁普郎死节臣像，翟姓一神，最居末座。”“丁普郎”各本均错为“木普郎”。查手稿本，“丁”字原误为“人”，后在原字上添改为“丁”，致叠形似“木”字。这就是各本致误的原因。此一字之订正有两方面的意义：一是说明各本虽然所据的底本不同，传抄的系统和地域也可能有异，但最早的祖本应该都出自蒲松龄的手稿，否则不会有这样奇巧的错误；二是《聊斋志异》虽为充满奇幻想象的志怪之作，但在作品中却常常采用现实或历史生活中的真实人物，以增加作品的可信性，这就关系到《聊斋》的创作手法和风格问题了。正是依据于对蒲松龄这一特殊手法和风格的认识，何守奇在作注时才对“木”字提出疑问：“木普郎恐是丁普郎之讹”。按丁普郎为元末农民起义领袖陈友谅手下的大将，后降朱元璋，在鄱阳湖一战中英勇战死，故朱元璋在鄱阳湖康朗山上建忠臣庙祀之。三会本校云：“青本、抄本作木。”未出校手稿本修改情况。任校本校云：“诸校本作‘木普郎’，手稿本‘丁’原作‘木’，涂改。”出校不够准确。

但另有一些异文，却是手稿本误而别本或有不误者，且与作品的思想内容有关。如《瞳人语》（三会本卷一，任校本卷一）中“右目旋螺如故”中的“右”字，稿本、康熙抄本、《异史》本、铸本均作“左”，唯二十四卷抄本、青本作“右”。但“左”字与上文“遂觉左眶内隐似抓裂。有顷，开视，豁见几物”的描写相矛盾，“左目”显系“右目”之误。三会本和任校本均改“左”为“右”，但任校本出校而三会本未出校。

又如《长清僧》（三会本卷一，任校本卷一）的开头：“长清僧某，道行高洁，年七十余犹健。”“七十”，各本皆同，唯青本作“八十”。据后文“年仅而立，而辄道其八十余年事”，则开头的“七十”显系“八十”之误。三会本据青本改“七”为“八”，并出校；任校本出校而未改。作为主要供研究者使用的会校本，这样的处理当然也是可以的。以上两例虽然只是一字之误，但使得前后的描写失于照应，这就关系到作品内容的表现了。

这是根据本文的内容考察就可以判别正误的。另有一种还需要参照别的作品才能准确地作出判定。如《素秋》（三会本卷十，任校本卷七）：“吾弟留寓千里，曾无应门之僮，兄妹纤弱，何以为生矣？”“留寓”，除手稿本外诸本皆作“流寓”。“留寓”似亦可通，但语意不甚妥帖。按“流”乃流落之意，不仅与篇中所写俞恂九兄妹二人旅居他乡的情景相符，且与下文“何以为生”的问话在意思和语气上也正契合。再参证《聊斋》中的其他作品，“流寓”乃是蒲松龄习用的一个词，如《云翠仙》：“梁有才，故晋人，流寓于济，作小负贩。”又《张诚》：“父少齐人，流寓于豫。”可见应以“流寓”为是。三会本和任校本均出校而未改。

以上几例词义浅近，只要联系作品的有关内容是不难辨别的。但有时遇到比较生僻的词，却又在本文中找不到勘误的根据，取舍就颇费斟酌了。如《花姑子》（三会本卷五，任校本卷四）稿本作：“生长跽哀之。女夺门欲出。安暴起要遮，狎接朦腼，女颤声疾呼……”铸本同稿本作“朦亟”，于义难通。青本作“剧亟”，虽勉强可通，但与上文“暴起”的意思似嫌重复。唯二十四卷抄本及王金范刻本作朦脑[①]。《异史》本亦作朦脑，但脑为异体字，从页旁，作颐。按朦脑是，口上曰朦，口下曰脑，接朦脑，犹今言接吻。这三种版本张友鹤先生在编校时或没有见到，或虽见到却并未取以参校，他无所依据，故没有改动原文，仅出校云：“腼疑脑误。青本作‘剧亟’。”态度是比较审慎的。任校本正文径改手稿本作“朦脑”，但校记仅云：“‘朦脑’：青本、黄本作‘剧亟’。”这就使人觉得，似乎稿本、铸本原来就都作“朦脑”，而且从来就没有一种本子作“朦腼”。这样出校，就不能让读者看出各本的本来面目了。盛伟先生校勘的《异史》排印本，改“朦脑”为“朦腼”，改正为错，而又未出校，不知是何原因。[②]

---

① 王本异文参见《谈乾隆三十二年刊十八卷〈聊斋志异〉残本》，载《郑州大学学报》1962年第一期。

② （清）蒲松龄著，盛伟校释：《异史》卷四，安徽文艺出版社，1993年，第565页。

还有一种情况是异文皆可通，但有优劣之别。如《罗刹海市》（三会本卷四，任校本卷三）：“马曰：‘嘻！游戏犹可，何能易面目图显荣？’”青本和黄本“易面目”作“以面目”。“以”是用的意思，“易”是改变的意思，单从字面上看，两者皆可通。但联系到前面马“以煤涂面作张飞，主人以为美”的描写，主人并有对马“以张飞见宰相，宰相必乐用之，厚禄不难致”的建议，那么“易”字就更符合小说的具体情景，并能更好地表现作品的思想倾向。

又《小谢》（三会本卷六，任校本卷四）：“逾月，小谢书居然端好，生偶赞之，秋容大惭……”“逾月”，青本和黄本作“逾日”。从小说的内容看，学习书法，超过一天就有很大的长进是不可能的，因此“逾月”较为合理。

又《阿绣》（三会本卷七，任校本卷五）：“刘益恐，强设酒馔。女谈笑如常，举手向刘曰……”铸本作“举手向”，二十四卷抄本作“举首向”，青本作“谓”，皆可通。细察人物关系及当时情景，“举手”的动作不大合乎情理；青本改作“谓”，虽避免了这一弊病，却不见了人物的动作情态；二十四卷抄本作“举首向”，意即抬起头来向着之意，与上文的“谈笑如常”配合，就更好地表现出狐女（假阿绣）镇静如常、落落大方的仪态表情。三会本取铸本作“举手”，出校记云：“上三字，青本作‘谓’”。任校本以康熙抄本作底本，同青本作“谓”，却未出校各本异文，尤其是没有列出较为合理的二十四卷抄本的“举首”。

又《仇大娘》（三会本卷十，任校本卷七）：“有范公子子文，家中名园为晋第一。园中名花夹路，直通内室。或不知而误入之，值公子私宴，怒执为盗，杖几死。”各本皆同手稿本，唯铸本化繁为简，将“值公子私宴，怒执为盗”，改为“公子怒执为盗”。“值私宴”是公子发怒的重要原因，去掉后损害了原作的内容，且变得不大合乎情理。这也可以证明铸本多有妄改。

也有手稿本本不误而会校本误改的。如《金生色》（三会本卷五，任校本卷四）：“哭已，谓金母曰：‘天降凶隐，婿遽遭命。女太幼弱，将何为计？’”“遭命”，青本、黄本作“遭夭折”，康熙抄本、铸本、二十四卷抄本、《异史》本均作“遭殒命”。这些增改显然都是抄录或刊刻的人不理解“遭命”的含义，以为缺字而妄加的。实际上“遭命”本身是有出典的，并没有错。三会本比较审慎，只出校但未改原文，校云：“命，青本作夭折，抄本（此指铸本）作殒命。”任校本却改“遭命”为“遭殒命”，并出校记去：“殒命：黄本、青本作‘夭折’，手稿本作‘命’，今据康熙本、《异史》本、二十四卷本、铸本补。”盛伟先生校勘的《异史》排印本，也改作“遭殒命”，并出校记，说明系据康熙抄本等校补。朱其恺先生主编的全本新注《聊斋志异》虽也取康熙抄本等参校（此书一般不出校记），但未改原文，并注云：“遽遭命：意谓突然死去。‘遭命’，讳言夭死之词。”这一判断和处理是完全正确的。其实，“遭命”一词，只需查查《汉语大辞典》就可解决，释云：“指行善而遭凶的坏命运。”并引《楚辞·九辩》“霰雪雰糅其增加兮，乃知遭命之将至。”王逸注云：“卒遇诛戮，身颠沛也。”王充《论衡·命义》：“遭命者，行善得恶，非所冀望，逢遭于外，而得凶祸，故曰遭命。”据此，“遭命”的含义更符合说话者木媪作为岳母的身份和态度，传达的是对女婿去世的痛惜之情，也符合蒲松龄在较通俗的人物对话中常常融入古奥文言的笔法。

另一种情况是，别本有改动，但语意似较手稿本更胜。如《石清虚》（三会本卷十一，任校本卷八）写审案的官吏妄图利用自己的权力霸占奇石：“取石至，官爱玩，欲得之，命寄诸库。吏举石，石忽堕地，碎为数十余片。罔不失色。官乃重械两盗而放之。”“而放之”三字，二十四卷抄本、《异史》本、青本同手稿本，唯铸本作“论死”。这里显然不是误抄而是有意修改。但这一修改与铸本的其他许多修改不同，不但没有损害原作的内容，而且还加强了作品的思想意义。“放之”说明官吏对盗石的人还是比较宽容的，至少是合乎常情常理；但“论死”却表现了官吏由于得不到奇石而迁怒于盗石之人，竟不顾情、法、理判处他们死刑。这就既表现出官吏之贪，又表现出官吏之酷，加强了作品对贪官虐吏的揭露批判意义，完全符合原作总的思想倾向。又按，“械”字本义为桎梏，指镣铐和枷锁之类的刑具，“重械”当指对死囚犯用脚镣手铐之类拘系，而不是指对犯人动用大刑。如果这样理解不误，则与之呼应，作“论死”更为妥帖。

二、关于句段的歧异

比勘各主要版本，句段的歧异较之字词的歧异数量要少得多。这是因为除了个别的误抄漏抄以外，句段的歧异主要是由于收藏者或抄录者的有意增删造成的，这在铸本和王金范十八卷刻本中表现得特别明显。一般的情况，这种增删往往有损于原作的思想和艺术。但即使是这种改坏了的情况，如果在校记中录出被增删的句段，也有利于形成与原作的对比，对读者的欣赏是有启发意义的。本文开头提到的袁世硕先生对铸本和手稿本两条异文的对比分析，就使读者对原作的优长之处看得更加清楚。下面再举几个类似的例子。

《仇大娘》（三会本卷十，任校本卷七）中写乡里恶棍魏名，阴险狠毒，陷害仇大娘之弟仇禄，一计不成，又生一计。手稿本云："魏又见绝，嫉妒益深，恨无瑕之可蹈，乃引旗下逃人，诬禄寄赀。国初立法最严，禄依令徙口外。""旗下"在清初是汉人对清统治者怀有蔑视感情的一种称呼，而"国初立法最严"当指顺治三年清统治者颁布的《大清律》，是对广大人民尤其是汉族人民进行残酷压迫的工具，蒲松龄在行文中顺笔带出，就表现出他的一种政治态度。青本将"乃引旗下逃人"和"国初立法最严"两句删去，改为"时有巨盗事发远窜……"显然是出于政治忌讳的考虑，两者对比就更能显现出原作暗含的政治锋芒。这一类因政治忌讳而删改原稿的情况，在青本中是比较多的。

另一种情况很可能是出于漏抄，但影响到作品的艺术表现。如《珊瑚》（三会本卷十，任校本卷七）："生娶陈氏，小字珊瑚，性娴淑。而生母沈，悍谬不仁，遇之虐，珊瑚无怨色。"黄本、青本无"性娴淑"三字。本篇是反映家庭问题的，写婆媳、夫妻、兄弟之间的关系，尤其是前半篇将珊瑚与婆母沈氏对比起来描写，从一系列的情节中展示珊瑚的娴淑善良和沈氏的悍谬不仁。按《聊斋》的艺术构思，常在篇首介绍人物时用简要的几个字概括其性格，然后在情节发展中逐步加以表现。此篇着重描写两个人物，在构思上是篇首双提，"性娴淑"和"悍谬不仁"具有对比意义。删掉了"性贤淑"三字，就看不出这一特点，使后文情节的发展缺少了依据。

又《荷花三娘子》（三会本卷五，任校本卷四）写宗若湘与狐女荷花三娘子相爱而致病，后一和尚授以一符，谓可将狐女吸入坛内，但宗生见狐女来探病时携带的金橘撒满一地，便为其真情所感而释放了她。接下去有这样几句："数日，宗益沉绵，若将陨坠，家人趋市，为购木材。"家人在途中遇一女子，托言为宗生送药，服后果愈。"若将陨坠"四个字关系到后文购木材等一系列的情节，是绝不能少的，却被青本刊落。

但青本亦偶有文字较胜于别本的优长之处。如《连城》（三会本卷三，任校本卷二），此篇手稿本不存，任校本以青本作底本。在写到连城托老媪告知乔生自己将不久于人世，劝他"不必与人争此泉下物"时，乔生这样回答："'士为知己者死'，不以色也。诚恐连城未必真知我，但得真知我，不谐何害！"铸本和《异史》本均少"但得真知我"一句，于义虽亦可通，但所表现的内容却很不一样。有这五个字，意思是：只要连城真正理解我，即使是最后不能结合，那又有什么关系呢！少此五字，意思就变为：我现在还不知道连城是不是真正理解我，因此能不能结合没有太大的关系。前者表现了乔生在爱情上有积极的追求，而且表现出很高的思想境界；后者则显得比较消极，无所追求，似乎对能否与连城结合抱一种无所谓的态度。但从前后文所表现的两人的关系和乔生的思想性格来看，无疑前一种文字要优胜得多。

也有个别的情况是，他本文字与手稿本文字相较，皆可通，但他本文字较胜的。如《晚霞》（三会本卷十一，任校本卷七）写龙宫中夜叉部跳舞，有这样一段文字，手稿本作："舞起，则巨涛汹涌，横流空际，时堕一点星光，及着地消灭。""星光，及"三字，黄本作"洙沫，及"，铸本、二十四卷抄本、《异史》本作"大如盆"。手稿本"时堕一点星光"，强调的是巨涛遮蔽天际，偶尔漏出一点星光来；而别本却顺着上文"巨涛"的意思，着眼于水："洙沫"是指飞溅下来的水星；"大如盆"，则强调水星之大，与"巨涛"契合，文意似更为顺畅。三会本在"及"字下出校记云："上三字，抄本（即铸本）作火如盆。"系误校。

也有少数歧异，别本修改后，在思想艺术上表现出新的特色的。如青本在《促织》（三会本卷四，任校本卷三）中虽然刊落了"异史氏曰"中"天子偶用一物"等51字，损害了原作揭露和谴责从天子到下层官吏残害百姓罪行的思想意义，但在正文中却增加了两段无论就思想或艺术来讲都是很有特色的文字。这就是前面写成名之子投井而死，"（夫妻）取儿藁葬。近抚之，气息惙然。喜置榻上，半夜复苏。夫妻心稍慰。……"之后，手稿本作："蟋蟀笼虚，顾之则气断声吞，亦不敢复究儿……"，青本作："但儿神气痴木，奄奄思睡，成顾蟋蟀笼虚，则气断声吞，亦不复以儿为念。"铸本、二十四卷抄本、《异史》本同手稿本。小说的最后，手稿本作："由此以养虫名，屡得抚军殊宠。"铸本、二十四卷抄本、《异史》本亦同，独青本作："后岁余，成子精神复旧。自言身化促织，轻捷善斗，今始苏耳。抚军亦厚赍成。"青本独有的这前后两段文字，在情节发展中是互相呼应的，突出了儿子身化促织的情节，更加深入地揭露了统治阶级的享乐腐化生活，不仅逼得普通百姓家破人亡，而且是建立在人民群众的精神痛苦之上的；同时，这种幻化手法的采用，还使得成名向朝廷贡献的促织其神奇善斗显得更为合理。这不仅加强了作品的思想意义，而且在艺术表现上也使得情节的组织安排更加严密流畅，更具艺术感染力。但明伦在前面一段后加评云："不复以儿为念，儿不如虫矣。"在后一段后加评云："至此方点醒，言之伤心。”精要地揭示出青本这两段文字的思想意义和艺术价值。三会本出校，但正文取后面一段青本文字，而前面一段不取，使本来前后呼应的情节，失掉了内在联系，显然是不够妥当的。[①] 任校本未改动原文，出校，并说明但评乃针对青本文字而发，处理较好。

即使是窜改文字最多，公认为校勘价值最差的王金范十八卷刻本，也偶有值得我们重视的异义。如《商三官》（三会本卷三，任校本卷二）有一段，三会本据铸本作："二兄服其言，乃葬父。葬已，三官夜遁，不知所往。"任校本以青本作底本，文字同铸本。独王本作："葬已，三官攫兄旧日衣履，乘夜改装遁去，不知所往。"[②] 这就为后面写三官女扮男装潜入仇人家报仇的描写预作伏笔，在情节的安排上更加细密；同时也很好地表现了三官的思想性格，见出她很有心计，在逃跑时即已在心中有了全盘的安排和打算，而不是贸然出走的。

以上只是笔者在参读《聊斋志异》几种版本时的一些随想，远不是对各重要版本异文的全面比勘和研究，分析也是谨呈愚见，一家之言而已。本文的目的只是想借此表达个人的一些粗浅的感受。

首先是，对版本的研究，特别是对各本异文的比勘、校录和分析，看似琐细繁难，十分枯燥，但如果同作品的思想艺术结合起来，用文学欣赏的眼光去分析，也是一件饶有兴味的工作。这个工作需要有专门的学者来做，同时也需要有更多的人一起参加。一种接近于完善的、用起来既方便又可靠的会校本的产生，需要学界的共同努力，需要时间的积累。张友鹤先生和任笃行先生经过长期艰苦工作所编校出的两种会校本，在校勘方面容或还存在某些不足，但他们已为这种非常有意义的工作打下了基础，他们的劳绩应该受到大家的肯定、珍视和尊重。

其次是，校勘需要苛严的眼光，但也不排斥应有的开阔通达。对原稿修改较多的青本、铸本和王金范刻本，其总体的校勘价值当然远不如更接近于原稿的康熙抄本、二十四卷抄本和《异史》本，这是毫无疑义的。但具体到每一条异文，也还需

---

① 张友鹤先生选注的《聊斋志异选》却前后两段都用了青本文字，并在注中加以说明，是比较合理的。见人民文学出版社 1978 年，第 127、128 页。

② 王金范刻本未曾寓目，此据胡士莹先生校录，见《文献》第四辑，《会校本〈聊斋志异〉校补记》，书目文献出版社，1981 年，第 93 页。

要作细致审慎的分析，不可忽略其中也有可资参考甚至相当精彩之处。另外，从前面所举的一些例子中还可以看到，即使是误改的文字，一经和原稿作对比，也可以起到映照的作用，使我们对原作中隐而未显的思想艺术光彩看得更加清楚。因此，加以比勘，并选择有意义的异文在校记中出校，对读者也不无教益。

其三是，在各本异文的比勘和选择中，常常遇到一个择善而从的问题。何者为善，见仁见智，各人的判断可能很不相同。但不同的分析，不同的解读，只要言之成理，就可以从多方面给读者提供思路，都有利于对《聊斋》的欣赏。当然，作为面向大众的一般读本与主要供研究者参考的会校本，在处理上可以有所不同。会校本的主要任务在于为研究者和读者提供比较分析的资料，因而全面准确地比勘和校录异文就十分重要，在不是确有把握底本（尤其是手稿本）有误时，一般不要改动底本文字。而通俗读本则宜于对重要的异文作出选择，编注者除勘误讹脱之外，还担负着优劣之辨的工作，但重要的改动应在注释中适当加以说明，以留给读者选择比较的余地。

2001年2月10日于北京大学燕北园

（原载《聊斋学研究论集》，中国文联出版社，2001年）

小说家蒲松龄的艺术个性

一个作家的艺术个性，总是集中、鲜明地体现在他的代表性的创作中。毫无疑问，最能表现蒲松龄的艺术个性的，当然是他的《聊斋志异》。不过，若从小说之外的其他创作来考察和印证他的艺术个性，却也可以帮助我们更好地把握和认识《聊斋志异》的艺术特色。作家的艺术个性，决定于他的气质、才情、学问、修养等诸多方面，既有先天禀赋的影响，也跟后天的经验与学养分不开。《聊斋志异》独特的艺术风格，是蒲松龄艺术个性的体现，我们可以从他的气质、才情、学问和修养中找到一些依据。而他作为一个小说家的艺术才情和素养，却几乎无所不在地表现在他的一切文字写作中，下面试作一些分析。

“街谈巷语”的民间传说，是中国古典小说产生和发展的源泉。中国小说史的每一次长足的发展，每一部杰出作品的诞生，都直接或间接地同民间文学的影响和滋养分不开。这一点在《聊斋志异》的写作中表现得尤为突出，尤为鲜明。蒲松龄自幼喜欢民间传说，这不完全出于他天生的禀赋，而是同他生活的大环境有关。山东地区，尤其是淄川和济南一带，民间鬼狐故事的传说非常丰富。这就为他创作《聊斋志异》提供了良好的条件。蒲松龄的同邑人王培荀在《乡园忆旧录》卷六中，曾记载蒲松龄的好友济南朱缃有一位狐友，常来参加朱缃的文酒之会，与会者闻其声而不见其人。类似的情形一定尚多，蒲氏不仅有所闻，而且是相当熟悉的。设馆毕际有家也听到不少狐狸精的故事，见于《聊斋志异》中有明确记载的，如《狐梦》一篇就是毕怡庵所讲，《祝翁》一篇为毕家佣妇所讲。又，《上仙》一篇是为记述济南梁氏家请狐仙的故事。

当然，同样取材于民间传说，由于作家对民间文学的态度和处理方法不同，取得的艺术成就也是很不一样的。如果单从题材内容来看，《聊斋志异》可以归入志怪小说一类，但在创作思想和创作方法上却与六朝时期的志怪小说很不相同。它不是单纯的民间故事的笔录，而是熔铸进了蒲松龄本人的生活体验、爱憎感情和对社会生活的评价，因而不是传闻的实录，而是艺术的再创造，是精心结撰的一篇篇艺术精品。鲁迅先生说《聊斋志异》是“用传奇法，而以志怪”（见《中国小说史略》），这是对这部杰出的文言短篇小说集艺术手法和艺术特色的最精当的概括。

蒲松龄又最喜读书，知识极为渊博，具有丰富的文学修养。从《蒲松龄集》中所留下的记录来看，他最喜欢读的书有《史记》《庄子》《列子》《离骚》、李白的诗歌等等，多方面地吸取思想艺术营养，以熔铸创造成自己独特的艺术风格。他喜读《庄子》，曾选释《庄子》，以《列子》附其后。《聊斋文集》中有一篇《〈庄列选略〉小引》，文中盛赞庄列的文章，说：“千古之奇文，至庄、列止矣。”“要其文洸洋恣肆，诚足沾溉后学。”[①] 又自幼喜读《史记》中的《游侠列传》，得到的启发不少。他说：“余少时，最爱《游侠传》，五夜挑灯，恒以一斗酒佐读；……夫作者之愤作者之遇也，司马、孟坚，易地皆然耳。”[②] 这些话都反映出古代的经典著作对他的创作产生了不小的影响。

他还在学习古文上下过很深的功夫。他说：“余少失严训，辄喜东涂西抹，每于无人处时，私以古文自效。”[③]

他尤喜欢幽曲峭折之文，爱读明代刘侗、于奕正合撰的《帝京景物略》，曾选此书 77 篇，作《〈帝京景物略〉小引》。文云：“先生之文也否（指与“能事则尽”相反）：字为读，句为折；无读不峭，无折不幽，创矣。”又云：“昔子昂画马，身栩栩然马；疑先生写树，身则梗叶，写花则便须蕊，写山若水，则又丘壑影、细浪纹也。”[④] 他的朋友李希梅为这本书写的题记很值得一读。文中云：“《景物略》一册，选于柳泉，是则柳泉《景物略》也。余读之，幽幽曲曲，渺渺冥冥，一步一折，一折一形，乍离乍合，乍断乍缕。”（见蒲文后附录）他所形容描绘的是《帝京景物略》的艺术特色，却正好也是蒲松龄《聊斋志异》的艺术特色。《聊斋志异》之文，极尽幽曲峭折之能事，显然同他所受的这种影响及其审美观是分不开的。而他在创作

① （清）蒲松龄：《聊斋文集》卷三，《蒲松龄集》，上海古籍出版社，1986 年，第 54 页。后面所引诗文均出此版，只注明册序及页码。

② 见《题吴木欣〈班马论〉》，《聊斋文集》卷四，第 116 页。

③ 《聊斋文集自序》，《蒲松龄集》卷首，第 2 页。

④ 《聊斋文集》卷三，第 53 页。

《聊斋志异》时，也必像他所形容的子昂画马那样，写花妖狐魅，自己也一定进入到那种奇异的艺术境界之中，自己也化作花妖狐魅了。

蒲松龄独特的文学才能和气质，在他很年轻的时候就已显露了出来。最主要的有两个方面：一是善于描摹世情，刻画人物；二是善于讽刺，富于幽默感。即使是极严肃乃至极凄苦哀痛的内容，他也可以用嬉笑怒骂出之，读来令人解颐捧腹。

他 19 岁时考秀才的试题是《蚤（同早）起》，由《孟子》中《齐人有一妻一妾》章内容发挥。据淄川王敬铸手抄的《聊斋制艺》，起讲是这样写的："尝观富贵之中皆劳人也。君子逐逐于朝，小人逐逐于野，为富贵也。至于身不富贵，则又汲汲焉伺候于富贵之门，而犹恐其相见之晚。若乃优游晏起而漠无所事者，非放达之高人，则深闺之女子耳。"写八股文而毫无八股文的迂腐气，不仅富有社会内容，而且栩栩如生地描绘出世态人情，风格尖锐泼辣，新鲜活泼，可以看作是一篇隽永的讽刺小品，从中见出作者具有一种对生活敏锐的感受力和极强的表现力。在与小说创作风马牛不相及的八股文写作中，也表现出他那种极难得的小说创作的艺术才能，可见他的由禀性和素养决定的艺术个性是多么的鲜明和突出。同样难得的是，主持考试的施闰章，看了这样没有丝毫八股气的八股文不但不生气，反而大加欣赏，批语云："首艺空中闻异香，百年如有神，将一时富贵丑态，毕露于二字之上，直足以维风移俗。"① 这位清代的著名诗人，显然也是以一位小说读者的眼光来欣赏这段文字的。

再读读他所撰写的世系族人小传，我们也同样会感到十分惊异和振奋。写这些族人小传，蒲松龄所用的笔法同一般的史家完全不同，而带有明显的小说家气息。试看几则：

> 蒲生汶，字澄甫。性好学，手不释卷。一日早起，倚门就曙色而读，天忽大雪，积之没胫，不觉也。适族人某，以租税故往就商确（榷），值其读正酣，不敢呼，侍以伺之。日向辰，心不可耐，故顿足作声。公忽举首，乃大惊曰："子来几时矣？"遂与入室。数语后，更欲有所关白，而诵声复作。族人不得尽其

① 路大荒：《蒲松龄年谱》，齐鲁书社，1980 年，第 9 页。参见盛伟辑注《聊斋佚文辑注》，齐鲁书社，1986 年，第 191 页。

词而退……[1]

蒲生汶大概是蒲松龄的堂叔祖。仅读这短短一小段文字，人物的形象就栩栩如生地跃然纸上了。他使用的手法就是写小说的手法，抓住人物的一个突出特点即热爱读书来加以集中描写，而不是浮光掠影，面面俱到，只取概括。看他开头就提明："性好学，手不释卷"，然后通过一个典型细节来加以表现，人物的精神面貌就一下子被凸显出来了。

再看蒲兆奎（与蒲松龄同属十一世，当为他的族兄）小传：

为人义气明决，言如流水，即对法司宪院，其词井井。在宗族中分忧急难，不辞劳，不惜费。以故，族人有事无大小，悉就委决。尝因族人事，与孙先生龙符有口舌之争。孙怒，裂其篓。遂忿讼都郡。孙使人求和，不许，曰："必如所辱以为报。"孙许之，乃登堂，得其篓而裂之，遂和。此亦可知其为人矣。[2]

这一段是表现人物急公好义和沉毅刚烈性格的。有一般的叙述，更重要的是通过一件典型的事件来表现，寥寥数语，就将人物的精神气性刻画出来了。

又如蒲兆昌（字文赍，大概是蒲松龄的族兄）小传：

形貌丰伟，多髭髯，腰合抱不可交。所坐座，阔容二人。每诣戚友，辄令健仆荷而从之。[3]

这一段是写人物的外部特征的，突出其形体的"丰伟"，但不流于一般化和抽象化，而是写得非常具体形象，虽只是勾勒外形，却收到了传神之效。这也是极富于小说意味的笔墨。

族谱本属于记实的历史著作性质，其中的人物小传，略同于史传中的人物传记。

① 蒲松龄手抄《蒲氏族谱·聊斋草》，日本庆应义塾大学中国文学研究室编，汲古书院1991年影印，第53页。

② 《蒲氏族谱·聊斋草》，第88页。

③ 《蒲氏族谱·聊斋草》，第90页。

但蒲松龄用的却是小说家之笔，而不是史家之笔。所谓小说家之笔，大体说来，主要是指：一、善于抓住人物的特点，突出主要的东西而舍弃次要的东西；二、总是通过具体形象的手法来表现，而不是流于抽象的叙述；三、善于提炼典型的情节和细节，因此能以小见大，举重若轻。这些，无不表现出他特有的小说家的才情和气性。

《聊斋志异》是一部富于讽刺特色的作品，这同蒲松龄的幽默讽刺才能也是分不开的。这一点其实从上面所引的那篇制艺之作《蚤起》就已经可以看出来。下面再举几个诗歌和散文中的例子。

他 66 岁时牙痛难忍，写了五首诗来表现他当时的感受。但他写痛苦而能出以幽默，写得颇富于风趣。《病齿》诗云："古稀行近老且衰，三十二齿皆浮危。……饮冷啜热均为患，偶触剧痛切心脾。……"[①] 这写的是一般老人都会有的共同感受。下面几首就写的是他的独特感受了：

老齿渐凋落，舌存幸不妨。况犹余半壁，残缺尚成行。

（《上元日食粥，隐落半齿》）[②]

人生过客耳，殷勤谢吾齿。欲别不相留，何须复尔尔！

（《告齿》）

六十有余年，为君嚼齑瓮。骨肉欲相离，宁不为一痛？

（《齿答》）[③]

这是写个人的痛苦，他却能用拟人的手法写人齿对话，化痛苦为诙谐，无沉重之感，而表现得相当轻松。

在表现人民遭受自然灾害的悲惨生活时，虽然作者心情十分沉重，亦时有杂以幽默的情形。如著名的《秋灾记略后篇》，从全篇来看可以称为一篇血泪文字，但也有时插入极风趣的叙写。文章虽主要是记自然灾害，但亦旁及人事，特别是对官吏的腐败昏庸投以尖刻的讽刺："时某邑诸生告灾于令，呈蚄，令咄之，谓是幺么物，

① 《聊斋诗集》卷四，《蒲松龄集》，第 599 页。

② 《聊斋诗集》卷四，《蒲松龄集》，第 599 页。

③ 以上两首，《聊斋诗集》卷四，《蒲松龄集》，第 600 页。

何足称灾。又呈豆螟，始骇，始诘名。一生答曰：‘此即所谓“糊涂虫”也。’闻者皆匿笑。”①

另有一篇《责白髭文》，写作者和白髭（梦中髭变为神）的对话，也是写得既沉痛又极为风趣的。有人认为这是一篇游戏文字，其实不是，而是寄慨很深的感叹身世之作，是写得非常沉痛的。开头就写他的胡须为什么变白：“年来白髭，岁添一茎，钳去复生。丁卯（按即康熙二十六年，1687，作者 48 岁）秋，自稷门铩羽归，揽镜怆然，弥增感愤，因为文以责之。”②他善于以幽默诙谐之笔写沉痛悲愤之事，使我们在嬉笑怒骂中看到作者的眼泪。《聊斋志异》中的许多讽刺幽默作品也具有同样的风格特色，显然同他的这种富于幽默感的气质和个性是分不开的。

八股文、族人小传、诗歌、散文，这些都是同小说很不相同的文体，但我们都从中看到了与《聊斋志异》的小说艺术和风格特色相通的东西，这就是蒲松龄的小说家的气质、才情，他的艺术个性。这些都是自然的流露，是不可强致，也是不可压抑的。这种情形，我们在古今许许多多的大作家的写作中都能看到。与蒲松龄的情形相反，一个具有诗人气质的作家，即使写小说，也总是带有诗的特色或诗化的倾向。所以我们研究一个作家，从他不同文体的众多创作中，对他的艺术个性作总体的考察和把握，是有利于对他代表作品独特艺术风格的认识的。

（原载《蒲松龄研究》1998 年第 4 期）

---

① 《聊斋文集》卷二，第 51 页。

② 《聊斋文集》卷十，第 299 页。

蒲松龄对志怪体小说的加工

《聊斋志异》中的作品，其体制大致可以别为三类：第一类是篇幅较长，结构完整，情节曲折，人物形象鲜明，社会内容丰富，符合或接近于现代短篇小说观念的作品，我们可以称之为传奇体，书中优秀的代表作大多属于这一类；第二类是纪实性的散文小品，如《地震》《山市》《口技》之类，内容基本上不涉怪异，实际上并不属于短篇小说；第三类是篇幅短小，内容集中叙写某一奇闻异事，主角为神鬼妖仙，可以称之为志怪短书，形式上十分近似于六朝时期的志怪小说。鲁迅先生称《聊斋志异》是“用传奇法而以志怪”，这一极其精当而又深刻的概括，我体会主要是就第一类传奇体而言的。考察志怪短书一类，情况就很不相同，作品的艺术品格参差不齐。有的只是神怪灵异事件的简单记录，缺乏思想和艺术的加工，殊无意趣；有的则经作者做了精心的加工，虽然篇幅短小，仅寥寥一二百或三四百字，而其精神品格却直逼传奇体制，同样是富于文学意味的杰作。下面试举几个例子，做一些简要的分析，看看蒲松龄对于志怪短书体作品是如何进行不同加工的。

在《聊斋志异》手稿本中，有一篇《海大鱼》（见张友鹤先生“三会本”卷二，任笃行先生“全校会注集评本”列入附录，青柯亭本不载），文极短，不足百字。全文如下：

海滨故无山。一日，忽见峻岭重叠，绵亘数里，众悉骇怪。又一日，山忽他徙，化而乌有。相传海中大鱼，值清明节，则携眷口（按：手稿本此字模糊，张友鹤先生疑为“口”字）往拜其墓，故寒食时多见之。

所记应该是我们常说的“海市蜃楼”的自然景观，缺乏科学知识的古人不解，于是附会出鱼妖清明扫墓的传说。作品只是简单地记下这一景象和传说，并无人物出现，而作为人的情绪或情感的反应，也仅“众悉骇怪”四字而已。这样单纯记录缺少加工的作品，读来自然让人感觉简单、平浅，引不起什么兴趣。

值得注意的是，在手稿本上，这一篇的篇后有勾去的符号。这说明，虽然已经写出来并且编入集中，作者再审视时，却并不满意，于是顺手做出准备删掉的标志。在铸雪斋抄本中，我们看到有一篇《于子游》(见“三会本”卷十一，“全校会注集评本”卷八，今存半部手稿本中不载，估计在丢失的另外半部中)，内容与《海大鱼》基本相同，但有了明显的艺术加工。这篇作品，是手稿本中的勾去符号实为作者对《海大鱼》不满而拟删去重作意愿的明证。虽然篇幅比前一篇增加了近两倍，但也并不算长。全文如下：

海滨人说：“一日，海中忽有高山出，居人大骇。一秀才寄宿渔舟，沽酒独酌。夜阑，一少年入，儒服儒冠，自称‘于子游’。言词风雅。秀才悦，便与欢饮。饮至中夜，离席言别。秀才曰：‘君家何处？玄夜茫茫，亦太自苦。’答云：‘仆非土著，以序近清明，将随大王上墓。眷口先行，大王姑留憩息，明日辰刻发矣。宜归，早治任也。’秀才亦不知大王何人。送至鹢首，跃身入水，拨刺而去，乃知为鱼妖也。次日，见山峰浮动，顷刻已没。始知山为大鱼，即所云大王也。”俗传清明前，海中大鱼携儿女往拜其墓，信有之乎？

康熙初年，莱郡潮出大鱼，鸣号数日，其声如牛。既死，荷担割肉者，一道相属。鱼大盈亩，翅尾皆具；独无目珠。眶深如井，水满之。割肉者误堕其中，辄溺死。或云：“海中贬大鱼，则去其目，以目即夜光珠”云。

作品的主体是前面一段，末一段是联想而附带记录另外一则奇异传闻。比较前后两篇作品，内容基本相同，可以肯定是来源于同一传说，而且后一篇显然是由前一篇敷演发展而来。《海大鱼》单调平实，《于子游》就显得丰富和生动多了。文学品格的提高，一个突出的变化是有了人物和情节。人物虽然还写得比较简单粗糙，但也约略有了一点模糊的思想性格；人物还不止一个，人与人之间的关系还表现出一定的人间气息。作品在写到海上突然出现“高山”景象时，也加了一句“居人大骇”，但没有到此为止。而是以此为特定背景，去写一个秀才在此情景之下有异于众人的独特表现。他不仅没有像众人一样表现出惊恐，相反却十分从容镇定：“寄宿渔舟，沽酒独酌。”深夜时突然有一个来历不明的少年闯入渔舟，他同样丝毫没有表现出惊骇之情，却因对方的“儒服儒冠”和“言词风雅”而感到欣喜，竟邀与同饮，交谈甚欢。读者不妨设身处地地想想，这样一个人物（不知从何而来的少年），在这样一个时刻（“夜阑”），又在这样一个特定的恐怖情景之下（海上突然出现大山，众人皆惊骇）出现，确是有些让人感到毛骨悚然的。但小说写两人简短的交往和对话，显得亲切而颇富于人情味，读来让人油然而生一种温馨之感。在这里，我们看到了作者在志怪题材中融入了经由自己体验而得来的生活的血肉。

作者在构思上也显然用过一番心思。少年本是一个鱼妖，但在小说的前半段并不揭示出来，而只是把他作为一个普通的凡人来写，他的言语行动，没有什么出奇之处，只是让人感到亲切，而不让人感到骇怪。直至两人道别，少年“跃身入水，拨剌而去”，这才点破他原来是一个鱼妖。这样写，一方面在阅读感受上，读者这时会获得一种出人意料的惊喜。另一方面，前面一系列富于人情味的描写，作为一种铺垫，足以消融掉一个精怪通常会带给人们的一种恐怖感。另外，写于子游所说“随大王上墓”云云，与后文记述“清明前，海中大鱼携儿女往拜其墓”的民间传说，有一种互相呼应的作用。这种安排，也不仅在结构上显得较为严谨，而且故事主体由“海滨人”来叙述，最后则由“局外人”的作者直接用简单两句带出相关的民间传说，对前面的故事起到诠释和印证的作用。这样就既增加了作品的真实感，又使整篇作品的叙写方式因为有了变化而不显得呆板。记下传说而又不坐实，只是用疑问的语气说“信有之乎”，这就表明，作者写这个故事的目的并不在于要让人相信和接受某个神怪传说，而是要让人接受与这个传说相关的“人”的故事。小说的题目确定为《于子游》即可证明。这些都表现出作者文学概括的手段，虽然还显得比较简单，但因此也已经使得这一篇比之《海大鱼》的单纯记录民间传说，增添了一层淡淡的文学色彩，呈现出了明显的不同风貌。

不过从总体来看，虽然较之前者，《于子游》在思想艺术上有了较多的加工，但同《聊斋志异》中其他的优秀作品相比，仍然显得比较简单、平浅，还缺少深厚的社会内容和思想意蕴。篇中所表现的等级观念，大王的地位和做派，都是人间社会生活的折射，但写得非常简单、随意，并无深意。因此，这篇作品基本上仍然没有脱离“志怪”的格局。

另有一篇《董公子》（见“三会本”卷六，“全校会注集评本”卷五），篇幅比《于子游》要多出近一倍，但仍然属于志怪短书体制。小说所表现的思想，以今天的眼光来看，应该说是有较大的瑕疵，但在艺术上却有很大的提高，可以看出蒲松龄在加工神怪传说时在艺术上的追求。小说写山东青州的一个官僚叫董畏，家规极严，不允许男女之间通话交往，违者将受到重罚。一次一个男仆和一个婢女调笑于中门之外，被董公子发现了，就受到他的怒斥。男仆记恨报复，乘夜入室将董公子杀害，并把头割下来埋到关帝庙的旁边。关公此时大显神灵，不仅亲自提断头入董府，帮助董公子断首复续，死而复生，复生之后竟毫不自知；而且还让杀人者“神色迷罔”（精神恍惚）自投官府认罪。公子宽宥，以与其嬉笑之婢女配之，两人本来可以从此过上美满幸福的生活，却又被显灵的关公将夫妇二人连床一起腰斩，施以最严厉的惩罚。

男女大防是一种封建伦理，董公子坚持封建礼教，扼杀下层青年男女的爱情，却得到一向主持公道正义的关公的同情与帮助；而男仆因受到主人的怒斥而杀人虽然过分，却不应有那样血腥惨烈的下场。这种是非观念和爱憎感情含混不清的表现，有损于在《聊斋志异》中多次出现的关公的崇高形象。董公子对家中仆婢的爱情采取一种粗暴的态度，是一种不合理的封建礼教和等级观念所致，作者对此也没有任何批判。这些当然可以说是小说在思想上的重大缺陷，但作品在艺术上却相当成熟，颇多精彩笔墨。小说生动地描写出了人间生活的种种情态，以此来揭示出人物之间的关系。如写男女仆婢受到怒叱而“各奔去”，只此三个字，就栩栩如生地描绘出仆婢二人当时惊惶逃窜的情景，以此映照出公子平日的威势。又如写与公子同卧斋中的僮仆所经见的男仆杀人和关公续头的种种情况，所见、所闻、所感，读来都历历如在目前，如闻其声，如见其人。且用字精简，一二字即能传神写照。当僮仆见一个来历不明的伟男子（当时并不知道是神灵关公）提人头入室时，写他“蛇行入床下”，“蛇行”二字不仅让人看见他小心爬行之动作，而且还能由此想象出他当时惊惶恐惧之心理。而当这位伟男子的靴声远去时，则写“僮伸颈渐出”，一个“渐”字，又让我们见出他稍舒一口气，却仍然惊魂未定，那种小心翼翼的逼真情态。总之，作品在语言的精练，描写的逼真传神方面，达到了很高的水平。

小说的构思和情节安排，也颇具匠心。题目是《董公子》，实际表现的主人公却是关公，但对关公又不从正面写，而是通过僮仆的眼见、耳闻和心理感受来表现。僮仆的眼睛就像是一个摄像头，活灵活现地录下了前后所发生的一系列骇人的场景和细节。这样，就写出了一种具体的情景和气氛，让读者进入到作者所营造的艺术环境中去，获得更为深切的感受。但由于是一个年幼胆小的僮仆夜晚所见，一路写来，情节显得既真切又朦胧，若隐若显，扑朔迷离，充满一种神秘感，到最后才揭示出事情的前因后果，让读者恍然大悟，这一切原来都是那位“赤面修髯，似寿亭侯”的“伟丈夫”即关公所为。叙写中，注意前后的布置和照应，十分严谨细密。如前面特意交待“时方盛暑，室门洞敞”，这才自然引出男仆入室杀人和关公续公子断头的情节，所以这八个字十分重要，绝不能少。篇中两次写到靴声：“忽闻靴声訇然”，“靴声又响”，由声音点示出关公的来和去。后面写“衙前一人神色迷罔”，“神色迷罔”四个字，也暗示出“鬼使神差”的作用，使读者自然地联想到关公。

作品虽短，却处处显示出构思和描写上的周到细密。就算是作品所写到的人物、情节都是传说中原有，但视角、穿插、安排、照应等等的确定，也无不处处体现出作者艺术上的巧思。用今人的眼光所见出的思想缺陷，那是蒲松龄所处的时代和他本人的思想认识的局限使然，不可以以此抹杀他在艺术加工上的追求和努力。

如果以思想与艺术的完美结合论，我们就要提到另一篇《捉狐》(“三会本”和“全校会注集评本”均见于卷一)。虽然同属于志怪题材的短小作品，与上面三篇相比，却是更见精彩。这一篇，论篇幅还不及《董公子》的一半，却表现出了蒲松龄加工志怪题材，创作志怪短书精品的重要特色：融进现实内容，表现人间气息，艺术上用笔精简而又栩栩如生。小说写孙翁午睡时遇到了一个黄毛碧嘴的怪物，同它作斗争而最后却让它挣脱逃掉的故事。表面上看好像也只是讲说一个怪异故事，而且开篇又指实人物，说这个人是作者的一个亲戚，粗看起来很像是一篇未脱实录性质的志怪作品，而细读之后就会发现，实与“发明神道之不诬”的六朝志怪大异其趣。作者的目的显然并不在于记录妖异，而在刻意描画人物，赞美现实人生中人们共同欣赏的一种具有积极意义的素质和品格——勇敢。

小说一开头，作者特意介绍孙翁“素有胆”。这三个字，开门见山就揭出了作品的主旨。全文就在“有胆”二字上着笔，一步一步，发挥得淋漓尽致。小说通过人与狐怪之间一场戏剧性的斗争，将人物的这一精神品格刻画得十分鲜明突出。篇幅虽短，情节却生动曲折，跌宕起伏，读来意趣盎然，引人入胜。其间，有细节描写，有心理刻画，真切细致，栩栩如生。篇中的笔墨主要是写狐怪，但都是从孙翁来着笔的，因此写的是狐怪，而实际上表现的却主要是孙翁：“仿佛有物登床，遂觉身摇摇如驾云雾”，是从孙翁的感觉写狐怪，表现它的飘忽、神秘；“物大如猫，黄毛而碧嘴，白足边来。蠕蠕伏行，如恐翁寤”，是从孙翁的眼见和感受写狐怪，表现它外形的奇异和行动的机警。这些描写都不涉“怪”字，却从形体、毛色、动作神态诸方面刻画出一个令人骇怪的狐怪形象，既奇幻又真切，历历如在眼前。

写狐之怪，目的是写人之勇。刻画孙翁，从心理、神态、动作、语言多方面着笔，凡作五层写：“窃意无乃魇狐耶？”一层，写他朦胧中的思想活动，写他对这个奇异动物的判断；“微窥之，物大如猫，黄毛而碧嘴，自足边来。蠕蠕伏行，如恐翁寤。”二层，写他警觉之神情；“（物）逡巡附体：着足，足痿；着股，股耎（同“软”）。甫及腹，翁骤起，按而捉之，握其项。”三层，写其动作之果断敏捷；“笑曰：‘闻汝善化，今注目在此，看做如何化法。’”四层，写他出奇制胜后的得意心理，于无畏中自然地流露出过于自信轻敌（这又为后文的情节发展伏笔）；“命夫人急杀之。夫人张皇四顾，不知刀之所在。翁左顾示以处。”五层，则是以夫人和他作对比，写他在意外情势下，惊而不乱，沉稳应变的机智。以上五层描写，自然，紧凑，再加上以夫人的张皇失措作映衬，孙翁之勇敢、沉着、敏捷、机智，便栩栩如生，跃然纸上了。用笔精简，却写得酣畅淋漓，不论从语言之精练、表现力之强和人物形象刻画之传神方面看，都称得上是《聊斋志异》中志怪短书中的精品。

通过以上对几篇志怪作品的对比分析，可以看出，由于蒲松龄对民间神鬼妖异传说素材加工程度的不同，这类体制的作品，在思想艺术上有精粗之分，良莠之别。其中的佳作，表现了作者健康积极的生活理想，表现了他对生活的体验，融入了生活鲜活的血肉，在诡异的情节和形式中，揭示出现实社会的生活内容。篇幅虽短，却不失精巧、精致、精彩。这样的作品，同其他传奇体制作品中的优秀之作一样，同样显示了鲁迅所称的《聊斋志异》“用传奇法而以志怪”的创作特色。

2010 年 8 月 14 日

（原载《蒲松龄研究》2010 年第 3 期）

奇异世界中的现实人生
——《聊斋志异》的思想内容

《聊斋志异》和《红楼梦》是中国古代小说发展的总结，它们在清代的出现，形成了中国古代短篇小说和长篇小说并峙的双峰。

《聊斋志异》的出现，在中国小说史上可以说是一个奇迹。唐宋以后，古代小说的发展出现了文言和白话两途，白话小说以其语言的通俗和内容的贴近现实而得到广泛的传播，取得了压倒的优势；文言小说虽然代不乏作，而且数量相当可观，但是有影响的传世佳作却非常少。宋代“说话”艺人总结他们的艺术经验说：“话须通俗方传远。”这里的“话”是故事的意思，但无疑也包含了语言的因素在内。《聊斋志异》的语言用的是相对比较典奥的文言，远不如白话小说那么通俗，但它在中国广大群众中的影响，却完全可以同古代通俗的长篇名著《三国演义》《水浒传》《红楼梦》等相媲美。这说明，《聊斋志异》在思想艺术上有足以克服其语言障碍的独特成就。

这部文言短篇小说集，虽然写的大多是一些花妖狐魅的故事，充满奇思异想，但它却深切地反映了现实的社会人生，反映了广大人民群众的思想感情。这是它受到广大读者喜爱的根本原因。而这些，又都是同蒲松龄的生活遭遇、生活体验和文化素养分不开的。

一

蒲松龄（1640－1715），字留仙，又字剑臣，淄川（今属山东淄博市）人。他出生的村庄原名满井庄，村口有一眼泉井，泉水清澈四溢，四周翠柳掩映，他因自号柳泉居士。他生活于明末清初中国封建社会末期一个黑暗腐朽的时代。连年的战乱和自然灾害，加上繁重的科税和贪官污吏的敲剥，使广大人民遭受深重的苦难。这都是他亲身经历和亲眼所见的。

蒲松龄出生在一个世代书香却功名不显的家庭。父亲蒲槃虽然弃儒经商，但他广读经史，学问渊博，在思想和文化教养上都对蒲松龄产生了极大的影响。蒲松龄从小受到儒家思想的影响，有经世济民的政治理想。他曾写过一篇《循良政要》的文章，针对时弊，提出一套切实可行的政治措施。他自幼聪慧好学，19 岁时连续以县、府、道三个第一考中了秀才，并且得到山东学道、清代著名诗人施愚山（施闰章）的赏识，在当地很有文名。他热衷功名，热切地希望能通过科举考试进入仕途，实现他经世济民的政治理想。但考了几十年却连一个举人也没有考中，直到 72 岁时才援例被拔为岁贡生，但这时对他已经没有什么意义了。对科举考试的热衷和失败，使他对科举考试制度的腐败和弊端，以及落第士子的内心痛苦，都有极为深切的体验。这就使得揭露和批判科举考试的种种弊端，成为《聊斋志异》的重要内容。

蒲松龄的一生，绝大部分是在山东农村度过的。但在他 31 岁那年，曾经有一次南游的经历。他应同乡好友在江苏宝应任知县的孙蕙的邀请，到那里去做幕宾（幕宾相当于今天的私人秘书）。这次南游时间虽然只有一年，但这段经历对他的生活和创作都有很大的影响。南方的自然山水、风俗民情，开阔了他的眼界，陶冶了他的性情。幕宾的身份使他有机会广泛接触封建官僚，并熟悉官府的种种黑暗内幕。他还了解了南方的种种社会矛盾和下层人民的痛苦生活。孙蕙喜欢蓄妓养优，这又使他有机会同南方受封建礼教影响较少，思想比较开放而又富于才情的歌妓舞女们接触，并同她们中的一些情趣相投、才情出众者建立了深厚的情谊。这些生活体验，都熔铸到他的《聊斋志异》中去，创造出形形色色的鲜明生动的人物形象，尤其是那些优美动人的花妖狐魅的妇女形象。

作为一个落第的穷秀才，蒲松龄的一生主要是靠舌耕（坐馆教书）和笔耕（作文）来维持生活。他长期在有钱的书香人家坐馆，这样的生活，既可以谋生计，又可以习举业，还为他的读书和写作提供了有利的条件。

蒲松龄长时期生活贫困，与穷苦农民有着大体相近的生活遭遇。他曾在《斋中与希梅薄饮》一诗中这样描绘他的生活境况："久典青衫唯急税，生添白发为长贫。"这样的生活，使他接近下层，了解和熟悉劳动人民的生活与思想感情；对政治的腐败和黑暗，都有极其深切的感受。这是他在《聊斋志异》中能够充当人民的代言人，传达人民的爱憎感情和愿望要求的重要的生活基础和思想基础。

蒲松龄自幼爱好民间传说，喜欢搜集精魅神鬼的怪异故事，积累很多；但他不是单纯的记录，而是熔铸进自身的生活体验和爱憎感情，以毕生的精力写出了这部文言短篇小说集。“聊斋”是他书斋的名字，在聊斋中写下许多花妖狐魅的奇异故事，所以取名《聊斋志异》。

《聊斋志异》同传统的志怪小说不同，目的并不在张扬神鬼迷信，更不是游戏之作和消闲之作，而是一部充满现实生活血肉的抒发孤愤之作。他在南游时写过一首《感愤》诗，其中两句是：“新闻总入《夷坚志》，斗酒难消磊块愁。”《夷坚志》是宋代洪迈写的一部志怪小说集，这里用来借指他正在写作的《聊斋志异》。这两句诗的意思是说，他创作《聊斋志异》，是为了抒发和消解内心郁积的悲愤和不平。他在《聊斋自志》中，就将《聊斋志异》称为一部“孤愤之书”，并且深深地感叹说：“寄托如此，亦足悲矣！”值得我们注意的是，蒲松龄在书中所寄托的“孤愤”，并不仅仅是因为他个人怀才不遇、穷困潦倒而产生的不平，而主要是同广大被压迫人民思想感情息息相通的对黑暗现实的强烈愤恨和对美好生活的热切向往。

二

《聊斋志异》全书将近五百篇作品，除了少数篇章是写的现实故事以外，多数都是充满奇异幻想的花妖狐魅的故事。但在《聊斋志异》所创造的奇异世界中，却充满了人间气息，充满了现实生活的血肉；所提出的问题，涉及重大的社会矛盾，反映了广泛的社会人生。

《聊斋志异》所反映的社会人生，概括起来，主要有以下几个方面：

（一）抨击黑暗政治，揭露封建统治阶级的罪恶

这类作品，集中地反映了广大人民群众反压迫、反剥削的要求，主要是暴露封建官吏的贪和虐。《梅女》中写一个典史，因为收受了小偷三百钱的贿赂，就颠倒黑白，包庇小偷，诬陷被害者，逼得无辜的梅女含冤自缢。小说借人物之口怒斥典史道：“汝本浙江一无赖贼，买得条乌角带（小官的服饰），鼻骨倒竖矣！汝居官有何黑白？袖有三百钱，便而（尔）翁也！”《梦狼》运用象征的艺术手法，通过梦境来揭露封建官吏的吃人本质。白翁的儿子白甲在外地做官，白翁在梦中到了他的衙门，看见的是巨狼当道，“堂上、堂下，坐者、卧者，皆狼也”。庭院之中是“白骨如山”，儿子白甲则化为一只老虎。这种梦中的幻境，实际上是黑暗现实的影射

和写照。《席方平》则通过阴间来反映阳世。席方平的父亲被仇人买通冥吏遭受酷刑，席方平的灵魂到阴间为父申冤报仇。可是上至冥王，下至郡司、城隍，无不贪婪成性，凶暴残忍，不但不明辨是非，伸张正义，反而对他施以种种酷刑。小说通过二郎神的判词，斥责这些统治者是："唯受赃而枉法，真人面而兽心！"《续黄粱》中，写曾孝廉在梦中做了宰相，贪赃枉法，无恶不作，甚至到了"扈从所临，野无青草"的地步。小说里说他"可死之罪，擢发难数"。

除了官府的黑暗腐败，豪绅恶霸的罪行，也是《聊斋志异》揭露和鞭挞的对象。《红玉》中写被罢了官的宋御史，横行乡里，欺压良民。他看见别人的妻子长得漂亮，就派人在光天化日之下到人家里去抢夺，逼得人家破人亡。而官府却包庇他的罪行，使受害者的冤屈无处可申。《窦氏》写恶霸南三复诱奸了一个纯朴的农家少女，在她怀孕以后又将她抛弃，生产后母子被逼，僵死在南三复的门前。

《聊斋志异》抨击黑暗政治的作品有如下几个鲜明的特色：

（1）小说揭露的是整个吏治的腐败，而不是个别官吏的品德不好。这就触及了封建政治的本质问题。在《梦狼》篇末的"异史氏曰"中，作者愤慨地说："窃叹天下之官虎而吏狼者，比比也。即官不为虎，而吏且为狼，况有猛于虎者耶！"又在《成仙》中借人物之口说："强梁世界，原无皂白，况今日官宰半强寇不操矛弧者耶？"意思是说，整个社会就是一个强暴横行的世界，黑白颠倒，当官的多半是不拿凶器的强盗。这些认识，在《聊斋志异》中，都通过奇幻而又真实的生活画面，展现在读者的面前。

（2）小说不仅揭露一般的官吏，还将矛头指向封建社会中的最高统治者皇帝。名篇《促织》，就写的是为了满足皇帝斗蟋蟀的享乐需求，逼得普通老百姓家破人亡的骇人听闻的事实；而皇帝的享乐生活一旦得到满足，就给奉献者以极高的赏赐，以致"一人飞升，仙及鸡犬"，连那些抚臣、令尹都得到了好处。在"异史氏曰"中，作者针对皇帝发出了这样的议论："天子偶用一物，未必不过此已忘；而奉行者即为定例。加以官贪吏虐，民日贴妇卖儿，更无休止。故天子一跬步，皆关民命，不可忽也。"这段话表面上委婉含蓄，却暗藏着尖锐的锋芒。在青柯亭刻本中，这几句话就被删掉了，说明在封建时代确实是犯忌的。《续黄粱》中的曾孝廉，也是因为得到了皇帝的信任、支持、包庇、纵容，才敢于那样为所欲为的。

（3）表现了作者鲜明强烈的爱憎感情。在作品中，不仅无情地揭露和抨击压迫者的罪恶，而且总是借助于现实的或超人的力量，使恶人受到应有的惩罚；而与此相反，故事的结局，一般都是被压迫者过上美满幸福的生活。《梅女》中的典史，在受到杖击、簪刺后患脑病而死；《席方平》中的冥官鬼役，受到了二郎神的严厉惩罚；《梦狼》中的白甲，不仅被冤民砍下脑袋，而且被一位神人将其头歪装到脖子上，使之"目能自顾其背，不复齿人类矣"。作者还借神人之口说："邪人不宜使正。"《红玉》中的宋御史，被行侠仗义的虬髯豪客杀了一家五口。而最令人感到痛快淋漓的，则是《续黄粱》中对曾孝廉的惩罚。作者真是别出奇想，写他被冤民杀死以后到了阴间，下油锅、上刀山还不解恨，又将他生前所贪占的三百二十一万钱，全部烧化灌进他的嘴里。作者尖锐地讽刺道："流颐则皮肤臭裂，入喉则脏腑腾沸。生时患此物之少，是时患此物之多也！"作者对残酷压迫剥削人民的贪官污吏充满刻骨仇恨，在《伍秋月》的"异史氏曰"中，他甚至这样说："余欲上言定律：'凡杀公役者，罪减平人三等。'盖此辈无有不可杀者也。"相反，作者总是将深切的同情给予被压迫者，不仅使他们在历尽磨难之后终于申冤吐气，而且大多有一个美满幸福的结局。《促织》《红玉》《梅女》中的主人公都是如此。

（二）歌颂青年男女纯洁真挚的爱情

这类作品在《聊斋志异》中数量最多，成就也最高，占有很重要的地位。这类作品反映了反封建礼教的进步倾向。作者通过一系列花妖狐魅同人的恋爱故事，热情地歌颂青年男女的真挚爱情，寄托了他的爱情理想，即：不受封建礼教的束缚，婚姻自由，并且有真挚的爱情作基础。

《聊斋志异》中塑造了一系列的"情痴"形象。《阿宝》中的孙子楚，家庭贫穷而为人诚朴，爱上了富商的女儿阿宝。论门第和容貌，他都不可能娶貌美而家富的阿宝为妻，但他真诚执着地追求阿宝，情志专一，以致灵魂化为一只鹦鹉，飞到阿宝的身边，朝夕不离。阿宝终于为他的真情所感，同他结成美满的婚姻。《香玉》中的黄生，爱上了牡丹花精香玉，当牡丹花枯死时，他精心浇灌培护，最后自己也变成了牡丹花，与香玉美满结合。其他如《婴宁》中的王子服，《阿绣》中的刘子固，《王桂庵》中的王桂庵，《花姑子》中的安幼舆，《青凤》中的耿去病等，都是一些情痴的形象。所谓情痴，在蒲松龄的笔下，就是指对爱情的如痴如醉的坚韧追求，就是对爱情的执着和专一。作者在《阿宝》篇的"异史氏曰"中对什么是"痴"作了十分精辟的解说，他说："性痴则其志凝：故书痴者文必工，艺痴者技必良；世之落拓而无成者，皆自谓不痴者也。"在《香玉》中写香玉死后，黄生一片至情感动了花神，遂使香玉死而复生。作者感叹说："情之至者，鬼神可通。"这反映了蒲松龄对爱情追求者的基本态度，因此在《聊斋志异》中，情痴们真诚执着的追求，总是得到美满幸福的结局。

《聊斋志异》中的爱情描写，突破了传统小说戏曲中才子佳人、郎才女貌的模式，而强调一种心灵契合的知己之爱。这是同曹雪芹在《红楼梦》中所描写的贾宝玉和林黛玉的爱情很接近的一种新的爱情观。《连城》中写乔生同连城相爱，就是以两心相知为基础，而不以金钱、门第和才貌为条件。乔生割下自己的胸肉来为连城治病，是因为连城同他心心相印。正如他所说："'士为知己者死'，不以色也。"《瑞云》一篇所写的知己之爱，则主要表现在"不以妍媸易念"上。瑞云是一个名妓，"色艺无双"，红极一时。贺生很穷，却十分爱慕瑞云，得到了瑞云的理解和热情接待。后来当瑞云变得丑状如鬼，遭人鄙弃时，贺生不忘旧情，仍然一如既往地热烈地爱着她。他对瑞云说："人生所重者知己：卿盛时犹能知我，我岂以衰故忘卿哉！"这种以心灵的契合为基础，打破了门第、金钱、才貌等世俗观念束缚的纯真的爱情，已经初具现代爱情观念的色彩，就是在今天，格调也是比较高的。

蒲松龄还继承了明代汤显祖《牡丹亭》的思想传统，肯定和赞美超越生死的爱情力量。这在今天看来不免有些荒唐，但在当时男女爱情普遍被压抑和摧残的历史条件下，却是具有进步意义的。《连城》中写连城和乔生因情而死，又死而复生。清代的王渔洋评论说："雅是情种。不意《牡丹亭》后，复有此人。"《莲香》写鬼女李氏和狐女莲香都真挚地与桑生相爱，为了实现美好的爱情，鬼女借尸还魂，由鬼而变成人，同桑生结为夫妇；狐女莲香则为桑生生了一子后死去，转世投胎为人，十四年后也同桑生实现了结合。鬼女和狐女是一对情痴，她们为了真挚的爱情，可以生，可以死，可以由生而死，也可以死而复生。作者深有感叹地说："嗟呼！死者而求其生，生者又求其死，天下所难得者，非人身哉？奈何具此身者，往往而置之，遂至觍然而生不如狐，泯然而死不如鬼。"这是批评现实生活中许多人还不如狐女和鬼女那样多情。这说明蒲松龄在《聊斋志异》中创造情痴的形象，是有所感而发的，表现了他对爱情理想的追求。其他如《香玉》《阿宝》等，也都是歌颂了一种生可以死、死又可以复生的真挚爱情的。

在爱情不被承认甚至被扼杀的封建时代，歌颂真挚的爱情本身，应该说就具有反礼教的积极意义。但除此而外，在《聊斋志异》中，也还有一部分作品是直接描写了反封建礼教和反世俗观念的内容，表现了男女主人公在争取爱情的过程中，同封建礼教进行的曲折斗争。例如《连城》《鸦头》《葛巾》《青凤》等篇就表现了这方面的内容。

（三）揭露讽刺科举考试制度的腐败和弊端

这类作品，提出的是现实生活中的一个人才问题。蒲松龄在科举考试中的失败，最痛切的感受就是社会上不懂得爱惜人才。他在《中秋微雨，宿希梅斋》（其二）中写道："与君共洒穷途泪，世上何人解怜才？"在《九月望日有怀张历友》中写道："名士由来能痛饮，世人原不解怜才！"都将自己的科场失意提高到一个人才问题来认识，深切地感叹当时的社会不懂得爱惜人才。他从自己的切身体验中认识到，由于试官的昏庸、贪贿，真才不得录用，而庸碌之辈却能飞黄腾达。因此，他在《聊斋志异》中，就将试官的昏庸无能和贪鄙作为揭露和讽刺的重点。

《司文郎》是一篇杰出的讽刺作品。写一个盲僧，把文章烧后可以用鼻子闻出好坏来。一个叫余杭生的人文章写得非常不好，盲僧闻后"咳逆数声"，马上就要呕吐，赴考后却高中了；可经他鼻闻鉴定文章写得很好的王生却反而落选。盲僧不禁发出这样的感叹："仆虽盲于目，而不盲于鼻，帘中人（指试官）并鼻盲矣！"《贾奉雉》写一个才名冠一时的贾生屡试不中，后来他把落卷中写得最不好的文句拼凑到一起再去应试，却意外地考中了。考中后再读旧稿，不禁遍身出汗，重衣尽湿。他因此而羞愧得无地自容，决心"遁迹山丘，与世长绝"，以保持自己的清白。考官的昏庸无能，造成了"陋劣幸进，而英雄失志"（《于去恶》）和"黜佳士而进凡庸"（《三生》）的不公平的现实。蒲松龄对此是十分愤慨的。他在《于去恶》中借人物之口说："数十年游神耗鬼，杂入衡文，吾辈宁有望耶！"《三生》中写这种因考官的昏庸而被黜落以致忧愤而死的人，竟"以千万计"，这些冤魂在阴司中纷纷要求阎王对这样昏庸的考官施以剜眼、剖心的严厉惩罚。

这类作品大多渗透了作者本人痛切的生活体验。《叶生》一篇写叶生久考不中，忧愤而死，死后也要显示自己的才学不凡，不仅教朋友的儿子获得功名，自己也终于中了举人。篇中叶生所说的"借福泽为文章吐气，使天下人知半生沦落，非战之罪也"。这些话完全是蒲松龄本人的心声。清代的聊斋评论家冯镇峦评云："余谓此篇即聊斋自作小传，故言之痛心。"这是说得非常正确的。

《司文郎》和《叶生》的命意相同，但写法和风格却有很大的差别。《叶生》着重表现的是落第书生内心的忧愤，写得十分沉重；而《司文郎》则出之嬉笑怒骂，是一篇入骨三分的讽刺杰作。《叶生》重点写知识分子的不幸，而《司文郎》则以锋芒毕露的笔墨揭示出造成这种不幸的原因。

试官的昏庸又总是和贪婪联系在一起的，因此不少作品又揭露了考官们的贪贿和可鄙。《于去恶》中，作者将试官斥骂为瞎了眼的乐正师旷和爱钱的司库和峤；《考弊司》中，又将阴司的学官称为“虚肚鬼王”；《神女》中，揭露“今日学使署中，非白手可以出入者”。

在揭露和批判科举考试弊端的作品中，还有一些揭示了热衷于功名的封建士子那种痛苦而又空虚的精神世界。如《王子安》中的王子安，因为久困场屋，期望甚切，醉中竟产生幻觉，在迷离恍惚中体验了瞬间的得志，显现出种种虚妄而又可笑的丑态。作者在篇末的“异史氏曰”中，以犀利淋漓的笔墨，讽刺秀才入闱有“七似”：

> 初入时，白足提篮，似丐；唱名时，官呵隶骂，似囚；其归号舍也，孔孔伸头，房房露脚，似秋末之冷蜂；其出场也，神情惝恍，天地异色，似出笼之病鸟；迨望报也，草木皆惊，梦想亦幻。时作一得志想，则顷刻而楼阁俱成；作一失意想，则瞬息而骸骨已朽。此际行坐难安，则似被絷之猱；忽然而飞骑传人，报条无我，此时神色猝变，嗒然若死，则似饵毒之蝇，弄之亦不觉也。初失志，心灰意败，大骂司衡无目，笔墨无灵，势必举案头物而尽炬之；炬之不已，而碎踏之；踏之不已，而投之浊流。从此披发入山，面向石壁，再有以‘且夫’‘尝谓’之文进我者，定当操戈逐之。无何，日渐远，气渐平，技又渐痒，遂似破卵之鸠，只得衔木营巢，从新另抱矣。

作者然后说：“如此情况，当局者痛哭欲死；而自旁观者视之，其可笑孰甚焉。”这表明，作者有时也能从当局者的位置上跳出来，以比较冷峻的眼光和心态，透视出舍身忘命地追求功名富贵的封建士子那可怜而又可悲的心理神情。这是蒲松龄作为一个过来人，一个从往昔的沉沦和惨痛经历中的初醒者，在回视过去时的一种带着苦味的反思。其中的况味，既是作者本人在科场上大半生的追求、失落，也是无数封建士子痛切体验的一种艺术提炼和概括。

此外，还有一些作品触及了更广泛的社会生活面，揭示出科举考试制度不仅影响到读书人本人的前程和命运，而且还影响到他们妻子的命运和家庭生活。如《镜听》《胡四娘》等即是。

从总体上看，蒲松龄虽然并没有否定科举考试制度，但他在揭露和批判这一制度的弊端和腐败时所达到的深度和广度，是前所未有的，对稍后产生的《儒林外史》和《红楼梦》显然产生过积极的影响。

（四）热情歌颂普通人的种种美德和情操

蒲松龄虽然生活在黑暗腐朽的社会中，但他却不仅看到污浊和罪恶，而且看到光明和希望。在作品中，他热情地赞美和歌颂现实生活中人的种种优美品德，诸如反压迫的斗争精神、热情无私、助人为乐、诚实纯朴、勇敢机智、为官清廉等等。

在歌颂被压迫人民的反抗意志和不屈不挠的斗争精神方面，《席方平》一篇是最出色的代表作。席方平的灵魂到阴间去代父申冤，他告状从城隍一直告到冥王，都因官府贪贿，不但不为他申冤，反而对他施以种种酷刑。席方平勇敢反抗，毫不畏惧，当面对冥王进行一针见血的揭露和抗议："受笞允当，谁教我无钱耶！"冥王将他放到火床上，烙得骨肉焦黑，问他还敢不敢再讼，他坚强不屈地回答说："大冤未伸，寸心未死，若言不讼，是欺王也。必讼！"后来又下令用铁锯将他从头到脚锯成两半，席方平忍着巨痛，一声不号。连执刑的小鬼也为他的这种精神所感动，不禁发出这样的感叹："壮哉！此汉！"由于他坚持斗争，最后在二郎神的帮助下，终于使贪暴的冥王、郡司、城隍都治了罪，为父亲伸了冤报了仇。席方平这一光辉的复仇者形象，显然是长期封建社会中被压迫人民反抗斗争精神的艺术概括。

《向杲》中的向杲，也是一个动人的复仇者形象。他的哥哥被一个财主打死，他告到官府，官府受贿，大冤不得伸张。他于是靠自己的力量进行复仇斗争，最后在神人的帮助下，变成一只老虎，咬死了仇人。作者在"异史氏曰"中感叹说："然天下事足发指者，多矣！使怨者常为人，恨不令暂作虎。"人化为虎而复仇，当然是出于一种幻想，但它既反映了现实生活中含冤者伸诉无门的悲惨遭遇，也是被压迫者反抗意志的一种艺术升华。

《商三官》中描写了一位复仇的少女，她年仅十六岁，而在眼光、胆识、坚韧的斗争意志等方面，都大大地超过了男子。父亲被杀而大冤不得昭雪，使她看清了官府的本质，于是丢掉幻想，自己斗争，经过长期的准备和周密的计划，终于亲手杀死仇人，然后自缢而死。作者在"异史氏曰"中深情地加以赞美："然三官之为人，即萧萧易水，亦将羞而不流，况碌碌与世浮沉者耶！愿示天下闺中人，买丝绣之，其功德当不减于奉壮缪（指关公）也。"在作者看来，就连历史上刺杀秦王的壮士荆轲，在商三官的面前，也会感到自愧不如，人们真应该像供祀关公那样来敬奉她。

《聊斋志异》中还塑造了许多幻化为花妖狐魅的妇女形象，她们大多具有美好的思想品德，非常善良，富于同情心，能主动热情地帮助别人，救人于危难之中，往往比现实中的人更富于人情味。这些精怪，我们读后不仅不感到可怕，相反却感到可亲甚至可敬。

《红玉》中的狐女红玉，奉献给遭难的冯相如的，不只是真挚的爱情，更重要的是在反压迫斗争中的赤诚相助。所以作者热情地称赞她为“狐侠”。

《阿绣》中的狐女，自己有着热烈的爱情追求，并且幻化为阿绣的样子而先于真阿绣得到了刘子固的爱情；但当她得知阿绣和刘子固两人真诚相爱时，并没有产生嫉妒心而加以破坏（作为具有超人本领的狐精，要做到这点是非常容易的），相反却有感于两人的真情而主动退出，无私地促成两人的结合，帮助她们建立起一个美满幸福的家庭。她失掉了爱，却显示了道德上的完美。这是一个灵魂优美、超尘拔俗的具有更高的人生追求的崇高形象。

同红玉相似，《张鸿渐》中的施舜华，也是一个具有侠义心肠而品格优美的妇女。她在书生张鸿渐遭受迫害逃亡时，热情地帮助他，并同他相爱而结为夫妇。但当她得知张鸿渐仍然深切地怀念他家中原来的妻子方氏，并且看出张对妻子是怀着真挚的爱情，而对自己则仅仅是一种感恩时，初时虽也曾感到不高兴、不满足，但继而马上就诚心诚意地检讨自己存有私心，对张鸿渐说：“妾有褊心，于妾愿君之不忘，于人愿君之忘之也。”她心有艳羡、追求，却既不嫉妒，也不苟且，而是热情无私地帮助真心地爱着妻子的张鸿渐回家同妻子团聚。她追求爱情，但并不是为了爱情才对张鸿渐好的，在得不到爱情时仍然乐于助人。

类似的形象还有《宦娘》中的鬼女宦娘，也是一个风雅不俗而灵魂优美的妇女形象。她爱好音乐，暗中从书生温如春学琴，自然地对他产生一种爱慕之心，却因自己是异物（鬼身）而压抑自己的感情，以自己超人的能力帮助温如春与所爱的少女良工美满结合。深情美意，人间少有。

值得注意的是，《聊斋志异》还创造了不少在思想品格、精神面貌上与传统的妇女迥不相同的新的女性形象。婴宁是其中最杰出的代表。这个形象的创造本身，就反映了作者对封建社会中长期窒息妇女天性和生命的封建礼教的一种否定和蔑视。小说以貌写神，通过对形体动作、声容笑貌的描写，着重表现她内在的优美的精神世界。这是一个笑态可掬的少女，从她抑制不住、无拘无束的笑声中，我们看到了她那天真、爽朗、纯洁、善良的性格；她不受礼教的束缚，甚至无视礼教的存在，天真无邪，自由不拘。婴宁的形象表现了作家对本真至纯的人性的肯定，对个性自由的热情呼唤。婴宁是真、善、美的结合和艺术升华。此外,《小翠》《霍女》《侠女》等，也都创造了不同凡俗的妇女形象。有一些女性形象，作者特意强调了她们是压倒了须眉男子。如庚娘被誉为“千古烈丈夫”(《庚娘》)，细柳被认为是“此无论闺闼，当亦丈夫之铮铮者矣”(《细柳》)！在《颜氏》中，作者这样颂扬颜氏：“天下冠儒冠、称丈夫者，皆愧死矣！”《农妇》把一个普通的农村妇女描写为有勇、有力、具有侠肝义胆的女中豪杰，并且热烈地赞美说：“世言女中丈夫，犹自知非丈夫也，妇并忘其为巾帼矣。”

这些形象都多少带有一些理想的色彩，但也并非凭空虚构，而是作者对现实生活中人们美好思想品德的集中和概括，也是他针对现实的缺陷而发的、对现实人生的一种美好的憧憬和呼唤。生活在大黑暗之中而能发现美和赞颂美，表现出改善社会和改善人生的美好愿望，给人们以希望和信心，这是蒲松龄的难能可贵之处。

(五)带讽刺意义的训诫故事

在《聊斋志异》中，作者还总结了社会人生中的一些经验教训，教育人要诚实、勤劳、乐于助人、知过能改、清正廉洁；同时又劝诫人要戒贪、戒淫、戒狂、戒酒、戒赌等等。例如著名的《劳山道士》，就描写了一个想学道而不能吃苦耐劳，半途而废，并最后碰壁的书生的可笑的故事，揭示出带有普遍意义的人生哲理。它告诫人们：对任何一种学问或事业，都必须有真诚执着的追求，并付出艰苦的努力，才能获得成功。

另一篇为大家所熟知的《画皮》，其训诫意义其实是有两个方面：除了人们熟知的，告诫读者要透过现象看本质，揭破美女的画皮看出其厉鬼的真相以外，另一方面还有警戒好色之徒的意义，王生之所以被化为美女的厉鬼所迷惑，并且对道士和妻子的劝诫置之不顾，根本原因就在于他贪恋女色，迷了心窍。结果不但自己被厉鬼掏心而去，连妻子也蒙受了食人之唾的羞辱。

这些训诫故事既是现实人生经验的总结，同时也体现了蒲松龄本人的道德追求。他曾经为朋友写过一篇《为人要则》，提出了十二条做人的准则。第一条就是“正心”，其中说：“凡人忍心(残忍之心)动，则欲害人；贪心动，则欲作盗；欲心动，则欲行淫。”第八条是“轻利”，是反对吝和贪的。体现他的这些道德观念，在《聊斋志异》中戒贪、戒吝、戒淫的作品相当多。戒贪的有：《雨钱》《骂鸭》《沂水秀才》《丑狐》《金陵乙》《真生》等；戒吝的有：《种梨》《僧术》《死僧》等；戒色的有：《瞳人语》《董生》《黎氏》《杜翁》《人妖》等。此外还有戒酒的《酒狂》，戒赌的《赌符》，戒狂的《仙人岛》等等。

由于历史条件的限制和作者世界观的影响，在《聊斋志异》中也表现了一些落后的思想和封建糟粕，比如封建迷信和因果报应思想，封建伦理道德观念，肯定一夫多妻，反对妇女改嫁，等等。但这些毕竟只是这部小说集的极其次要的方面。从整体来看，肯定和歌颂真、善、美，揭露和抨击假、恶、丑，是蒲松龄创作《聊斋志异》总的思想追求和艺术追求。郭沫若先生1962年给山东蒲松龄纪念馆题写了一副对联：上联是“写鬼写妖高人一等”，下联是“刺贪刺虐入骨三分”。这是对《聊斋志异》思想特色的最精当的概括。

（原载《中华文化讲座丛书》第三集，吴同瑞主编，北京大学出版社，1998年）

绚丽多彩的艺术世界

——《聊斋志异》的艺术美

《聊斋志异》创造了一个色彩绚丽、美不胜收的艺术世界。它之所以受到人民群众的广泛喜爱，除了深刻地反映了人民的思想感情、愿望要求外，还因为它具有极强的艺术魅力，读后能使我们得到艺术的美的享受。《聊斋志异》的艺术美，表现为思想与艺术的完美融合，绝不是那些逞才使气、炫弄技巧的作品所能比拟的。下面从五个方面来谈谈《聊斋志异》的艺术美。

一、兼采众体的形式美

《聊斋志异》虽然名为短篇小说集，实际上其中所收的作品非止一体，而是兼采众体之长，又加以融汇创造，是对中国传统的文言小说体式和散文体式的总结和发展。《聊斋志异》中的作品，从形式体制上看，大致可以分为三类：

其一，是符合现代观念的典型的短篇小说。一般篇幅都较长，有完整的情节结构，鲜明的人物形象和明确的主题思想。书中的传世名篇多为这类作品，如《促织》《席方平》《红玉》《婴宁》《青凤》等等。这类作品多取法于唐人传奇，又广泛地从志怪小说和散文传统中吸取营养，是对传奇小说的发展和提高。比之唐人传奇，想象更丰富，情节更曲折，描写更细腻。在形式上，这类作品多采用以一个人物为中心的传记体，小说也多以主人公的名字命名；又仿《史记》人物传记后的“太史公曰”，篇末一般附有“异史氏曰”，在讲完故事之后，直接发表作者的议论见解。或者点明主题，或者借题发挥，尖锐泼辣，短小精悍，很接近于我们今天所说的杂文。这些都显然熔铸了中国古代文学中史传文学和散文的艺术传统，以及宋元以来白话短篇小说的艺术经验，在构思、人物塑造、情节组织和语言提炼等方面，都有新的特色。

其二，可以称为志怪短书。这类作品，内容多为记述奇闻异事、神鬼妖魅；但与上一类不同的是，它们情节单纯，用笔精简，一般篇幅很短，只有二三百字，或者更少。从形式上看，这类作品很像六朝时期的志怪小说，但多数在意趣、情韵上与传统的志怪小说又很不相同。作者创作的目的，不是为了证明神鬼妖异确实存在，而是含蕴着隽永的思想内涵，透出浓厚的生活气息。

例如《捉狐》一篇，描写一个黄毛碧嘴的狐怪如何偷偷地附在人的身上，在人捉住它的时候又如何狡猾地逃跑，显得十分怪异。但作品的主旨实际并不在狐怪本身，而是借狐怪以写人，表现的重点是现实生活中人的勇敢、沉着和机敏的精神品格。《骂鸭》写一个人偷了邻居的鸭子，吃了以后满身长出鸭毛，痛痒难耐，只有等丢失鸭子的人骂他时鸭毛才会脱掉，可偏偏丢鸭子的人十分大度，丢了东西从不骂人。在奇异荒诞的情节中，传达出隽永的讽世意味。《咬鬼》一篇，其旨趣似乎跟早期不怕鬼的故事十分相近，但作品写鬼女出现时的种种情景，某翁的感觉和心理活动，细致逼真，栩栩如生，在怪异中透出的生活气息，也是早期志怪小说中很少见的。

其三，是纪实性的散文小品。内容或写人，或记事，或描绘一个场面，或摄取某种生活情景，多为记述作者的亲见亲闻，近似绘画中的素描或速写。这类作品，一般篇幅短小，而内容大多写实，不涉怪异。如《偷桃》写民间杂技，《山市》写山中奇景，《地震》写自然灾异，《农妇》记人物异行等。

适应于题材内容和形式体制的不同，《聊斋志异》各篇的篇幅，也是有长有短，参差不齐的。长的如《婴宁》《莲香》《胭脂》《王桂庵》等一些典型的短篇小说，往往有四五千字的规模；而一些志怪短书，却只有百十来字，最短的如《赤字》，仅有25字。

中国古代的文言短篇小说，包括所谓笔记小说在内的各种形式体制，可以说都能在《聊斋志异》中找到。单从形式体制的丰富多彩看，《聊斋志异》也无愧于称为集大成的作品。清代的纪昀曾批评《聊斋志异》“一书而兼二体，所未解也”。实际上《聊斋志异》不止是“兼二体”，而是兼众体，但这并不是《聊斋志异》的缺点，而是它在艺术形式上带总结性和创造性的一个显著特色。清代的冯镇峦对纪昀的看法就委婉地提出了批评：“一书兼二体，弊实有之，然非此精神不出，所以通人爱之，俗人亦爱之，竟传矣。虽有乖体例可也。”并指出纪昀的《阅微草堂笔记》虽“无二者之病”，但比之《聊斋志异》却是“生趣不逮矣”（见《读聊斋杂说》）。

二、异彩纷呈的奇幻美

奇幻，是《聊斋志异》在艺术描写上的一个突出特色。其艺术想象之丰富、大胆、奇异，在古今中外的小说中，都是不多见的。人物形象多为花妖狐魅、神鬼仙人，他们一般都具有超人的特点和本领；活动的环境或为仙界，或为冥府，或为龙宫，或为梦境，神奇怪异，五光十色。他们变幻莫测，行踪不定，常常在人意想不到的时候飘忽而来，又在人意想不到的时候飘忽而去。人物活动所产生的种种景象，也是奇幻无比，令人目眩神迷。

例如《劳山道士》中写道士剪纸如镜，贴在墙上，竟变成了“光鉴毫芒”的月亮，而且有嫦娥从里面出来，跳舞唱歌。《翩翩》中的翩翩用芭蕉叶做成的衣服，竟然像绿色锦缎一样细腻柔滑；采白云做成的衣服，竟然无比的松软温暖。《巩仙》中，巩仙的袖子简直就是一个神仙世界，世外桃源。从里面可以招出一群群仙女；而秀才入袖，见“中大如屋”，而且“光明洞彻，宽若厅堂，几案床榻，无物不有”。秀才可以在袖中与心爱的女子惠哥欢合而得子，致使秀才有“袖里乾坤真个大”的感叹。《陆判》中写性格豪放的朱尔旦，同阴间的陆判官交朋友，人神之间建立起真挚的情谊。朱生原来资质鲁钝，文章写得不好，陆判就帮助他，为他“破腔出肠胃，条条整理”，换得一颗“慧心”，从此“文思大进，过眼不忘”。朱生的妻子本来长得不漂亮，陆判又找了一个美人头来替她换上，使丑妇立即变成了“长眉掩鬓”的“画中人”。《葛巾》中写牡丹花精葛巾和玉版姊妹与常大用兄弟二人结合，各生一子，后花精的身份暴露，姊妹二人掷儿而去。两儿堕地以后就不见了，不久却长出牡丹二株，“一紫一白，朵大如盘”，十分奇幻。又如《娇娜》中写狐女娇娜为胸部长疮的孔生施行“伐皮削肉”的手术，其景象也与人间医生的手术迥不相同。她先将手镯放在患处，肿块立即变小，用比纸还薄的刀子将腐肉割去，然后口吐红丸，在伤口处旋转按摩。旋转三遍，孔生就感觉“遍体清凉，沁入骨髓”，病马上就好了。

以上这些，都还只是一些场面或细节的奇异想象，是服务于整篇小说的艺术构思和主题思想的表现的，其本身还很难看出独特的思想意义。而有的则整篇就是一种想象的世界，例如《罗刹海市》。小说描写了一个美丑颠倒、是非混淆的罗刹国。整个社会不重文章，只重外貌，而看外貌又是美丑完全颠倒的。男主人公马骏长得很英俊，可罗刹国的人却以为他是一个怪物，见到他便马上跑掉。相反，长得最丑的人他们认为最美，可以做大官，有很高的地位。当权的统治者都是一些眼不明、耳不聪的糊涂虫。像马骏那样正常的人，只有变成戴着假面具的骗子，才能在这里享受到荣华富贵。这显然是一篇充满奇思异想的愤世之作，骂世之作。“花面逢迎，世情如鬼”，文中的这八个字，正是蒲松龄所要揭露和抨击的目的，也是对当时社会的一种最精当的概括。

显而易见，奇幻本身并不是作家艺术创造的目的。蒲松龄以大胆的艺术想象创造出一个奇幻的、绚丽多彩的艺术世界，是为了获得更大的艺术自由，更加充分地表现他对现实人生的体验，表现他的爱与恨，表现他对生活的认识与评价，表现他对未来的憧憬与向往。因此，以虚写实，幻中见真，才是《聊斋志异》所创造的奇幻世界的本质特征。通过超现实的幻想，表现出来的却是非常现实的社会内容。

《梦狼》和《续黄粱》中的梦境，《席方平》和《考弊司》中的阴界，《晚霞》中的龙宫，《罗刹海市》中的异域等，无一不是现实社会生活的象征或影射。那些作为正义力量化身的神，如《席方平》中的二郎神，《公孙夏》中的关帝，《梦狼》中的神人等，他们对贪官污吏的惩罚，都体现了广大被压迫人民的愿望要求和作者的理想。至于那些花妖狐魅的形象，虽然具有超人的特点，却又处处透出浓厚的人间气息和人情味。她们所表现出来的喜怒哀乐的种种感情，实际上都是属于人间的、社会的，因此我们不但能够理解，而且感到亲切。

《凤仙》一篇借狐仙写人情世态，批判了世俗婚姻中嫌贫爱富的错误思想。在“异史氏曰”中作者说：“冷暖之态，仙凡固无殊哉！”这句话可以看做是蒲松龄以幻写真的艺术追求的一种概括。鬼狐形象中蕴涵着丰富的现实内容，蕴涵着作者本人真切的生活体验，虽奇幻却不显得荒诞，因而能令读者在陌生而又熟悉的景象中产生一种亲切感、认同感，十分喜爱，乐于接受。

同时，《聊斋志异》中的幻想，也并不是作者不受生活的约束，随心所欲的胡思乱想，而是处处都观照或体现出现实生活的客观依据。作者的艺术想象，有时看起来匪夷所思，实际上都有或显或隐却又十分深厚的生活基础。例如，《绿衣女》中的绿衣女是个绿蜂精，就写她“绿衣长裙”，“腰细殆不盈掬”；《花姑子》中的花姑子是个獐子精的女儿，就写她“气息肌肤，无处不香”；《葛巾》中的葛巾是个牡丹花精，就写她“纤腰盈掬，吹气如兰”，等等。奇幻的环境、景物、气氛，也大都可以找到现实生活的依据：《莲花公主》中写窦生进入的那个“桂府”，原来是个蜂精的世界。他所看到的是“叠阁重楼，万椽相接”，“万户千门，迥非人世”——这是蜂房，同时又是人间楼阁；他所听到的是轻柔悦耳的歌声，“钲鼓不鸣，声音幽细”——这是蜂叫，同时又是人间音乐。

总之，《聊斋志异》中的想象是幻和真的融合，处处奇幻，又处处于虚中见实，幻中显真。因此，它不是把我们引向虚无缥缈的天国，而是引导我们去俯视满目疮痍的人世。憎恶这人世，同时又充满希望地要改善这人世。

三、曲折奇峭的情节美

《聊斋志异》的叙事艺术以“文思幽折”（但明伦语）为人所称道。可以毫不夸张地说，没有一篇传世名篇是平铺直叙的。《聊斋志异》的情节艺术，以曲折奇峭为突出的特色，概括起来有三妙：出人意表之妙，层出不穷之妙，合情合理之妙。情节的发展，总是波澜层迭，悬念丛生，紧紧地吸引住读者。让你非读下去不可，让你不断地去猜想情节将如何发展，如何结局；却又总是出人意料，让你费思索、猜不透。而在读完全篇之后，掩卷细想，又感到处处合情合理，在人意中。

蒲松龄精心地组织故事情节，并不是单纯为了吸引读者，或者炫弄技巧，为曲折而曲折，而是为了充分地展示社会矛盾，表现人物的思想性格，揭示作品的主题思想。

例如名篇《促织》，基本情节是成名捉促织和斗促织。这种在农村中常见的景象，本来平淡无奇；但由于其背景是“宫中尚促织之戏，岁征民间”，官府逼迫他限期交纳，因此一只促织的得失、生死、优劣、胜败，就同成名一家的生死存亡的命运联系在一起，时时处处牵动着主人公成名喜怒哀乐的思想感情。这样，由平凡小事构成的波澜起伏的故事情节，就具有了令人惊心动魄的思想力量。《促织》曲折的情节，是为充分地展示主人公成名及其一家的悲惨遭遇服务的，真正吸引读者并令他们激动、感叹的，并非捉促织、斗促织的曲折过程本身，而是与此紧密联系的主人公的命运和思想感情。促织的得失、存亡、优劣、胜败，仅仅是情节的外在形式；形式同内容，也就是捉促织、斗促织和主人公的命运，以及他全家人喜怒哀乐思想感情的变化，这三个方面是不可分割地联系在一起的，是统一的。全部曲折的情节，是产生于并最后归结到这个故事产生的背景和根源上，即：“宫中尚促织之戏，岁征民间”；抚军“以金笼进上”，“上大嘉悦，诏赐抚臣名马衣缎”。这样，一只小虫的故事，构想出紧张曲折的情节，就具有了丰富深刻的社会内涵。

《促织》的情节，线索比较单纯，但是写来却是层峦叠嶂，婉曲峭折。这是一种类型。另有一种类型是内容比较复杂、头绪比较纷繁的，写来更觉烟波浩荡，神龙见首不见尾。如写判案的《胭脂》和写爱情婚姻的《青梅》即是。以当今小说家的眼光和手段，这两篇小说，若加敷演，都可以铺展为长篇小说的规模。

《胭脂》的情节极为曲折、复杂，但写来却井井有条，一丝不乱，安排得巧妙自然，合情合理。这篇小说同一般的公案小说不同，不是在叙写案情时故意闪烁其词，藏头露尾，以制造悬念来吸引读者；而是将案情发生的前后经过，明明白白、清清楚楚地写出来，让读者一目了然，然后将描写的重点放到判案上。读者虽然早知底里，但读来却并不觉得兴味索然；相反，由于作者引导我们思索的重点是如何合理地去寻求破案的线索，因而感到小说别具一种特殊的吸引人的力量。随着故事的演进，处处启发人思考，教人增长智慧，在曲折的情节中透出思想的力量。

《青梅》则又不同。小说展开描写青梅（狐女）和少女王阿喜的爱情婚姻及生活遭遇，人物多，头绪繁，作者经过惨淡经营，情节的构想、组织，离离奇奇，曲曲折折，无限烟波，无限峰峦，从中很好地展现了现实的人情世态，突出地表现了两位主人公（尤其是狐女青梅）过人的眼光、识见，以及善良多情的优美品格。篇末的“异史氏曰”，在评论青梅和王阿喜的曲折奇异的婚姻生活时说：“而离离奇奇，致作合者无限经营，化工亦良苦矣。”冯镇峦在此句下评云：“此即作者自评文字经营独苦处。”另一位聊斋评论家但明伦对此篇的评论则是：“此篇笔笔变幻，语语奥折，字字超脱。”其他如《石清虚》《青娥》《葛巾》等，也是无不从曲折奇峭的情节中展现世态人情，透出思想的力量。

四、诗情浓郁的意境美

虽然中国古典小说有与诗歌结合的艺术传统，但在中国古典小说中，真正能够创造出富于诗的意境的作品并不是很多的。《聊斋志异》中却有不少作品表现出诗情浓郁的意境美。所谓意境，是指在作品中由作家的主观感情与客观物境相结合而创造出的一种艺术境界。它使得描写对象带有一种抒情的色彩，变得比实际生活更美，更富于诗的情韵，也更富于深邃的思想力量，使读者产生一种超出于笔墨之外的联想和感受，进入一种诗一样的艺术境界，在精神上得到一种愉悦和陶冶。

《聊斋志异》的意境创造，主要表现在作者将他所热爱和歌颂的人和美好的事物加以诗化。特别是对那些幻化为花妖狐魅的女性形象，作者总是赋予她们以诗的特质。例如《红玉》中热情歌颂的那位同情被压迫者、具有侠义心肠、热情助人的狐女红玉，作者就赋予她以一种仙资玉质的诗意美：

> 女袅娜如随风欲飘去，而操作过农家妇；虽严冬自苦，而手腻如脂。自言三十八岁，人视之，常若二十许人。

《娇娜》篇表现出作者一种很进步的思想，即男女之间不仅可以有美好真挚的爱情，而且可以有美好真挚的友情。小说在开头介绍男主人公孔生时，说他“为人蕴藉”。所谓“蕴藉”，在这里是指为人的含蓄、宽厚、诚挚、多情。孔生诚挚热情地教授娇娜的哥哥皇甫公子的学业，后来公子一家有难时他又冒着生命的危险去救助；而娇娜则两次用自己修炼所得的红丸去救治孔生的病难，使他死而复生。小说中不仅男主人公孔生蕴藉，女主人公娇娜也蕴藉，整篇作品泛出一种人物的性格和人与人关系的蕴藉美。但明伦评论此篇说：“蕴藉人而得蕴藉之妻，蕴藉之友，与蕴藉之女友。写以蕴藉之笔，人蕴藉，语蕴藉，事蕴藉，文亦蕴藉。”蕴藉美就是一种诗意美。

通过环境气氛的渲染烘托来表现一种诗意美，是《聊斋志异》意境创造的一个重要方面。《宦娘》中优美的琴声，创造出一种充满诗意的气氛，以此来烘托出品格优美的鬼女宦娘那风雅不俗的精神世界。《粉蝶》中渲染的爱情之美，不仅与琴曲美妙的音乐融合在一起，而且还带有一种神奇缥缈的仙风仙气。《白秋练》中男女主人公的爱情，始终以诗来串合。《婴宁》中那不断点染的女主人公天真爽朗的笑声，以及总是伴随着她而具有象征意义的鲜花，也烘染出女主人公天真无邪、富于诗意的性格美。

《聊斋志异》中优美动人的花妖狐魅形象，是现实生活中人的艺术升华，是幻想的创造物，与一般小说作品中须眉毕现的纯写实的形象不同，带有某种虚幻性和飘忽性。作者常常不作精雕细刻的外形描写，而着意于描绘人物的内在风神，接近于绘画中的写意。例如《阿绣》一篇，对那位幻化为阿绣的狐女，除了她所冒充而近于乱真的阿绣本人的形象外，她本人自己是什么模样，我们甚至都不知道。作者是有意略貌而取神。她的外貌虽然也很美，但经过较量证明还稍有欠缺，不如真阿绣美；而从一系列的行为中表现出来的她的内心世界，却已达到了美的极致。可以说，她在爱情的追求和外貌美的追求中都是一个失败者，但完成了一种比爱情和外貌美都要更美、也更崇高的人生追求。她在失败中实现了道德的完美，这在实质上是一种胜利，一种包含着人生哲理的胜利。读者感受到，在她身上焕发出的是一种内在的诗意美——执着追求的意志美，舍己助人的道德美。假阿绣狐女的形象，如水中之月，镜中之花，显得朦胧而空灵。而朦胧美和空灵美，正是一种诗意美。

五、雅洁明畅的语言美

《聊斋志异》是用文言写成的，用文言写小说而能同白话小说媲美，甚至在某些方面还具有白话小说不可能有的独特的魅力，这是蒲松龄杰出的艺术创造。

《聊斋志异》语言艺术的主要特色，主要表现在两个方面：

其一是，从表现生活和刻画人物性格的需要出发，改造书面文言，吸收生活口语，将两者加以提炼融合，使典奥的文言趋于通俗活泼，又使通俗的口语趋于简约雅洁。这样就创造出一种既雅洁又明畅，既简练又活泼的独特的语言风格。

其二是，无论来自书面的文言，还是来自口头的白话，经作者的选择提炼，都变成一种饱和着生活的血肉，饱和着人物思想感情的血肉的活的语言。在表现活的生活和活的人物这一点上，使两种语言成分自然和谐地融合在一起。典雅和通俗，精练和明畅，凝重和活泼，从全书的整体来看，两种语言风格是统一的，不仅不可分割，连分解也难于分解。

在《聊斋志异》中有相当多的人物对话，其中融入了不少口语的成分。这在过去的文言小说中是很少见的。这显然从宋元以来的白话小说中吸取了艺术营养。例如在《镜听》中，有这样生动的对话情景：大儿子考试高中，消息传来，婆婆对正在厨房干活的大儿媳妇说："大男中式矣！汝可凉凉去。"心中憋了一肚子气的二儿媳妇后来听到自己的丈夫也考中时，把擀面杖一扔，说："侬也凉凉去！"所用的虚词，既有文言也有白话；人物的口吻、语气逼近生活，却也并未背离总体上雅洁的文言风貌。其他如《邵女》中写媒婆贾媪替柴廷宾到邵家说媒时的一大段对话，也是使生动活泼的口语和简约雅洁的文言相融合的著名例子：

夫人勿须烦怨。恁个丽人，不知前身修何福泽，才能消受得！昨一大笑事，

> 柴家郎君云：于某家茔边，望见颜色，愿以千金为聘。此非饿鸱作天鹅想耶？早被老身呵斥去矣！

媒婆说媒，目的自然在传递男方对女方的追慕和情意，可她却有意把别人托付的极认真事说成“大笑事”，慧心利嘴，巧舌如簧，以退为进，举重若轻。媒婆的神情意态，在这里活灵活现地跃然纸上。这段对话大有《战国策》纵横家的风致，却又带有更为灵动鲜活的生活气息。

至于叙述描写的语言，可以《红玉》中写冯相如第一次见红玉时的一段作为例子：

> 一夜，相如坐月下，忽见东邻女自墙上来窥。视之，美；近之，微笑；招以手，不来亦不去；固请之，乃梯而过，遂共寝处。

这段叙写是文言，却相当通俗；接近于白话，却又未失雅洁凝重的文言本色。活泼清新，自然明畅，将人物形象、环境气氛、当事人的内心感受等等，都极其生动地表现了出来。

总起来说，《聊斋志异》是真正艺术的美文学。思想美，形象美，语言美，意境美。一篇篇优美的作品，在我们的面前展现出一个色彩绚丽的艺术世界，使我们在奇异的幻境中，体尝现实人生的甘苦，认识那已经逝去但不应该被忘记的历史；在得到思想启发的同时，也得到艺术的美的享受。

（原载《中华文化讲座丛书》第三集，吴同瑞主编，北京大学出版社，1998年）

论《聊斋志异》清官作品的思想基础

怀着对封建社会黑暗政治的愤慨和不满，蒲松龄在《聊斋志异》中写了不少揭露和抨击贪官污吏的作品，也写了一些表彰和歌颂清官廉吏的作品。对于这两类作品，论者每多肯定前者而否定后者。有的学者甚至认为，这两类作品反映了蒲松龄政治思想上的矛盾，理由是：揭露和打击贪官污吏，是对封建官僚地主黑暗统治的深刻揭露，而表彰和歌颂清官，则实际上是维护封建统治。[①] 把这两类作品对立起来，扬此而抑彼，这样的评价是不公允的，也不符合《聊斋志异》中这两类作品和作者蒲松龄的思想实际。对于文学作品的思想评价，不仅要看它写了什么，还要看它怎样写，看它的思想基础是什么，表现了什么样的思想倾向。

一

贪官污吏和清官廉吏，作为相互关联的对立物，是一种客观存在的历史现象。在长期封建社会的历史发展中，一般说来，政治清明时期清官廉吏多，而政治黑暗时期则贪官污吏多。私有制和建立在人剥削人、人压迫人基础上的封建政权，是产生贪官污吏的土壤；贪官污吏的大量产生和肆意横行，是一个政权、尤其是封建制度走向腐朽没落时期政权的显著政治特征。但是尽管如此，清官廉吏和贪官污吏却仅仅是一种政治现象，而不是政权或制度本身。我们不能简单地说，揭露和抨击贪官污吏就是反对封建制度，也不能简单地说表彰和歌颂清官廉吏就是维护封建统治，因为无论贪官污吏或清官廉吏都不是封建制度和封建统治的全部，我们还必须考察反对贪官和歌颂清官的目的是什么。

---

① 《蒲松龄研究集刊》第二辑，齐鲁书社，1981 年，第 75 页。

否定贪官而肯定清官，可以出于完全不同的思想基础。贪官污吏搜刮民脂民膏，欺压残害百姓，理所当然地遭到被压迫人民的切齿痛恨；但同时，贪官污吏的所作所为也起着侵蚀破坏封建经济基础和封建政权的作用。而且常常由于他们的罪恶昭彰而引起广大人民对整个封建统治的不满，以致促使被压迫者和封建制度矛盾的激化。因此，封建统治阶级中的一些人，包括皇帝在内，为了维护封建统治的长远和整体利益，也会反对贪官污吏，有时甚至会采取严厉措施加以惩办。对于清官廉吏，从表面上看，被压迫人民和封建统治阶级有时也会采取大体相同的态度。封建社会里有两类清官，一类是如刘鹗在《老残游记》中所描写的，外清而内浊，表善而实恶，说这类人比赤裸裸无遮饰的贪官污吏还要可恨、可怕，是有道理的。但也还有另一类清官，他们为官清廉正直，铁面无私，办事公道，同情被压迫者，能为受害的百姓平反冤狱。这种真正的清官也是确实存在的。说这种清官比贪官还要坏，就未免不符合事实，也不合情理。

当然，作为为封建政权服务的官吏，在一般情况下，清官在本质上也必然是维护封建统治阶级的根本利益的。他们为百姓昭雪沉冤，惩办坏人，常常以不损害封建制度的整体利益为前提，否则他们自己也将自身难保。清官不可能从根本上改变被压迫被剥削的劳动人民的地位和命运，他们只能在有限的范围内和有限的程度上暂时解除或缓解被压迫者（尤其是官司诉讼中的被冤屈者）的苦难和痛苦。尽管如此，在政治黑暗、贪官污吏横行的封建时代，清官的所作所为还是难能可贵的，因而受到处于无权地位的人民群众的拥戴和欢迎。在传统的小说戏曲中，包公、海瑞和况钟等清官形象在人民群众中产生广泛的影响，就说明了真正的清官是确实存在的，并且也确实在某种程度上反映了人民群众的思想感情和愿望要求。清官的行为有时会触动统治阶级中某些人的利益，由于封建统治内部的复杂关系，因而每每为当权者所不容。《三侠五义》中的包公就曾因秉公断案而被革职，便是一例。但是，头脑清醒的封建统治者，包括皇帝在内，从维护封建统治阶级的长远和整体利益出发，也会欢迎、支持和保护清官，因为清官的行为至少可以维护封建政权在人民群众中的威望和声誉，从而缓和被压迫者跟封建统治阶级之间的矛盾。因此，揭露和抨击贪官污吏，表彰和歌颂清官廉吏，都可能有不同的思想基础，或者是出于维护封建统治阶级的利益，或者是出于对生活于水深火热中的被压迫人民的深切关心与同情。从蒲松龄的生活、思想和反映在批判贪官和歌颂清官作品中的实际内容来看，《聊斋志异》中歌颂清官作品的思想基础是属于后者而不是前者。

二

蒲松龄是一个艺术家，而且是一个充分地感受到人民的苦难和精神心理而以自己的生命去进行创作的艺术家，他在作品中所表现出的对生活的艺术把握和对生活的评价，都深深地植根于对现实生活的深刻的观察、体验和感受之中。他是从有血有肉的生活体验出发，而不是从抽象的理念出发去进行创作的。除了通过具体的生活画面和生动的艺术形象来反映他的生活体验以外，他还常常通过人物之口，或自己直接出面，用精粹的语言概括他对当时社会的认识。比如《罗刹海市》中所说的："花面逢迎，世情如鬼。嗜痂之癖，举世一辙。"就是一种建立在生活体验基础之上的概括。在理性上，蒲松龄当然没有、也不可能觉悟到否定整个封建制度，但植根于切身的生活体验而表现在这种概括中的对当时封建社会的批判，却是十分尖锐、深刻和全面的。评价《聊斋志异》中反对贪官的作品，应该联系到蒲松龄的这种体验和认识；同样，评价《聊斋志异》中歌颂清官的作品，也应该联系到这种体验和认识。

我们还不能忘掉蒲松龄的生活和为人。蒲松龄长期生活在社会底层，对贪官污吏的恶行，对人民生活的苦难，都目睹耳闻，感同身受。在实际生活中，蒲松龄就是一个关心人民、同情人民，生性刚直，疾恶如仇，富于正义感，敢于陈事当道，为民请命的人。他曾经跟地方蠹役淄川漕粮经承康利贞进行过一场顽强的斗争。他不顾年迈力衰，两次奔波到郡，投呈俞县公并藩台，揭露康利贞搜勒民财的罪行。他还跟康利贞展开过面对面的尖锐斗争。以后又投呈知县吴堂，投书王士禛和谭再生，阻止康利贞的复出，大有不达目的决不罢休之慨。[①]他的好朋友孙蕙家的仆役和族人横行乡里，欺压百姓，他不顾伤害好友的感情，写信给孙蕙进行揭露，并劝孙蕙要"择仆而役，收敛族人"。这封信情辞恳切，却写得十分尖锐。信的最后说："凡此数者，皆弟之所目击而心热，非实有其事不敢言，非实有其人不敢道也。"[②]他在《与韩刺史樾依书，寄定州》中曾说："弟素不达时务，唯思世无知已，则顿足

① 见《聊斋文集》卷五《与王司寇》《与孙爻文转示吴县公》《与张益公同上谭无競再生进士》，《蒲松龄集》，上海古籍出版社 1986 年。又见《文献》1980 年第三辑载《聊斋呈稿》中《求革蠹漕康利贞呈投吴县公》《又投俞县公呈》等文。

② 《聊斋文集》卷五《上孙给谏书》，《蒲松龄集》，第 126 页。

欲骂，感于民情，则怆恻欲泣，利与害非所计及也。”① 这里所说的“目击而心热”“感于民情，则怆恻欲泣”，就是蒲松龄创作批判贪官和歌颂清官作品的有血有肉的思想基础和生活基础。这些作品，可以说是蒲松龄以小说的形式，有时并通过奇诡怪异的幻笔来为民请命，代诉冤苦。在这两类作品的字里行间，我们都分明感受到一个在现实生活中曾经跟康利贞一类蠹役作过斗争，内心充满愤激之情的蒲松龄的形象在活跃着。可以设想，蒲松龄如果不是因为场屋失意，仕途阻塞，他本人一定会成为他笔下满腔热情地描绘和歌颂的那种清官廉吏的。

三

显而易见，蒲松龄在《聊斋志异》中批判贪官污吏和歌颂清官廉吏，同样都是出于对黑暗政治的愤慨和不满，都是出于对人民的深切关心与同情，是同一思想在不同题材作品中的两种表现形态，其基本政治倾向是完全一致的。这两类作品，否定与肯定，暴露与歌颂，形成强烈的比照，鲜明地表现了作者的爱憎感情。而有些作品本身，就是揭露贪官和歌颂清官的内容同时并存，是不可分割的，很难将它们明确地归入哪一类。如果我们不是从共同的思想基础去肯定它们，而是扬此抑彼，对这类作品的评价就会发生困难。例如《一员官》，热情地颂扬了两个清官，一个是济南同知吴公的刚正不阿，一个是泰安知州张公的廉洁奉公；但同时这又是一篇深刻地揭露贪官和猛烈地抨击黑暗政治的作品，两个清官的美好品德，都是在跟贪官污吏作斗争的鲜明比照中显示出来的。

又如《王十》。这是一篇尖锐泼辣的讽刺小品，内容完全是虚幻的神鬼故事，却表现了极强的现实内容。作者针对当时的盐政之弊，揭露了暴官奸商利用朝廷盐法谋私，以阴险的办法掠夺残害良民的罪行。篇中那个惩治暴富奸商的阎罗，就是一个以神的面貌出现的清官形象，从他的思想与言行看，完全可以视做是作者蒲松龄自己的化身。阎罗愤怒地说：“私盐者，上漏国税，下蠹民生者也。若世之暴官奸商所指为私盐者，皆天下之良民。”这里道出的完全是作者本人的认识。就是从这种认识出发，作者构思了这篇作品，让阎罗释放了为鬼卒所缚而实际上是为生活

① 《蒲松龄集》，第 134 页。

而买盐的高苑良民王十，而罚奸商等恶人去淘冥界中臭不可闻的奈河，并授王十以蒺藜骨朵，随鬼督察河工，获得机会痛快淋漓地惩罚了曾经掠夺残害过良民的高苑肆商。本篇的“异史氏曰”篇幅较长，几乎与正文相等，酣畅淋漓地陈说了作者对当时盐政的看法，对蒙冤受害的贫难军民表示了深切的同情，对作恶多端的暴官奸商表示了极大的愤慨。“异史氏曰”后面还有一篇附则，讲述了淄川县令张石年在淄川抑奸商而宽负贩的爱民事迹，末谓“公爱民之事不一，此其闲情，邑人犹乐诵之”。我们将这篇小说的正文、“异史氏曰”和附则取来并读，会受到极大的启发，可以清清楚楚地看出蒲松龄揭露贪官和歌颂清官的思想基础是完全统一的，而不是矛盾的。

四

《聊斋志异》中描写的清官，多系折狱故事的主角。他们审案精明，执法公正，使受冤屈的好人得到昭雪，干坏事的恶人受到应得的惩罚。如《诗谳》中的周元亮，《于中丞》中的于中丞，《折狱》中的费祎祉，《老龙船户》中的朱徽荫，《太原城》中的孙柳下，《新郑讼》中的石宗玉，等等。这些故事，长短不一，情节大多生动曲折，而其作意则不仅在赞扬这些清官的机敏多智，细察微毫，能于晦暗不明中揭出真相，而且更着重在表彰他们的仁爱之心，即对被迫害、被冤屈者的同情与体恤。《老龙船户》中写朱徽荫，就着重强调他时刻以百姓的苦难为念，在许多“无头冤状”面前，“骇异恻怛，筹思废寝”，篇中虽涉奇幻，但所揭示的生活内容还是出于现实之中的。在“异史氏曰”中，作者特意揭出朱公“鬼神效灵，覆盆俱照”的现实的也是本质的原因：“然公非有四目两口，不过恫瘝之念，积于中者至耳。”并进而指出贪官污吏的实质：“彼巍巍然，出则刀戟横路，入则兰麝熏心，尊优虽至，究何异于老龙船户（杀人强盗）哉！”《折狱》一篇的“异史氏曰”，更表现了作者卓特不凡的识见与眼光。他说：“智者不必仁，而仁者则必智；盖用心苦则机关出也。”就是说，清官的智慧产生于仁爱——对百姓的关心与同情之中。写清官的智，归根结底是表现他们的仁，非常清楚，作者所看重和强调的是对人民的态度。在他看来，清官审案的智，是从属于仁的，或者说是从仁中生发出来的，实质上是仁的一种表现。冯镇峦评论说：“二语可当经传”，是掂出了这两句话的分量的。《新郑讼》赞扬石宗玉料事如神，而最后也是归结到他的“实心为政”。为人传诵的名篇《胭脂》，热情称颂作者的老师施愚山经反复凝思，精细审察，终于平反了一起看起来“铁案如山”、只待秋决、案情极为复杂的大冤案。“异史氏曰”中有一段对此事的精辟议论和发挥，可视做《聊斋志异》中所有揭露贪官和歌颂清官作品的创作思想的总概括：

> 甚哉！听讼之不可以不慎也！纵能知李代为冤，谁复思桃僵亦屈？然事虽暗昧，必有其间，要非审思研察，不能得也。呜呼！人皆服哲人之折狱明，而不知良工之用心苦矣。世之居民上者，棋局消日，绸被放衙，下情民艰，更不肯一劳方寸。至鼓动衙开，巍然坐堂上，彼哓哓者直以桎梏静之，何怪覆盆之下多沉冤哉！

作者在这里不啻提出了一条划分贪官污吏和清官廉吏的重要标准：是否将下情民艰置放在自己的心间。由此出发，作者愤怒地谴责了那些高高在上，自作威福，只图个人享受而不顾百姓死活的官僚是数不清的冤狱的制造者。在这段话的字里行间，洋溢着蒲松龄对黑暗政治的强烈愤慨和对被压迫人民的热切关心与同情。这种思想感情，贯穿并渗透于《聊斋志异》所有揭露贪官和歌颂清官的作品中。

五

担心《聊斋志异》歌颂清官的作品会麻痹人民的思想，美化腐朽的封建统治，是完全不必要的。前面说了，我们对《聊斋志异》中歌颂清官作品的评价，跟作者对现实社会的基本认识是联系在一起的。蒲松龄对他所生活的那个社会现实，有极为清醒的认识与估计。他认为：贪官污吏比比皆是，而清官廉吏却如凤毛麟角。这种认识，既表现在揭露贪官的作品中，也表现在歌颂清官的作品中。正因为贪官太多，他才那样不遗余力地揭露抨击；正因为清官太少，他才那样热情洋溢地颂扬呼唤。《梦狼》里说：“窃叹天下官虎而吏狼者，比比也。——即官不为虎，而吏且将为狼，况有猛于虎者耶！”《成仙》里说：“强梁世界，原无皂白。况今日官宰半强寇不操矛弧者耶！”《公孙夏》里说：“恐大子（指惩治贪官的关圣帝君）马踪所不及到，作威福者，正不胜诛耳。”《王者》里说：“（王者）是何神欤？苟得其地，恐天下之赴诉者无已时矣。”在这种思想认识的指导下去揭露贪官、歌颂清官，是不可能起到美化封建统治的作用的。《一员官》中有一段情节，幽默风趣，却发人深思。小说在记述了刚正不阿的济南同知吴公，不怕丢官，敢于抵制上级官吏贪赃枉法行为的事迹以后，特意写了一个狐仙。有人问他："仙固无不知，请问郡中官共几员？"狐仙应声回答："一员。"大家不禁失笑，问他为什么，回答说："通郡官僚虽七十二，其实可称为官者，吴同知一人而已。"这段情节虽以调侃的笔调写出，其思想内容却是极为严肃的。这里既歌颂了清官，也揭露了贪官，同时更抨击了整个社会政治的黑暗腐败。尖锐泼辣，一针见血，于嬉笑怒骂中寄寓了沉痛之感。

这么说，《聊斋志异》中歌颂清官的作品就没有思想局限了么？当然有的。但这局限，也是揭露贪官和歌颂清官两类作品所共有的。对于清官和贪官这种社会现象，蒲松龄没有也不可能从封建制度本质去认识分析，从而做出更为深刻有力的批判；他的批判锋芒仅仅触及人，而没有深入到支配这些人的制度本身。他虽然感受到社会的大黑暗，却没有认识到封建制度发展到他生活的那个时期已经全面腐朽没落，除了儒家传统的德治仁政以外，他提不出也不可能提出任何新的政治理想。他只能通过抨击贪官和歌颂清官，表达一种感情，一种愿望，一种理想，即：让世界上体恤百姓的清官多一些，残害百姓的贪官少一些。以为这样，人民就会生活得好一些了。这样的认识自然是肤浅得近于天真。但这是时代条件造成的作家认识世界的一种历史幼稚性，我们是不能也不应该苛求于作者的。

综上所说，我们认为蒲松龄《聊斋志异》中歌颂清官的作品跟揭露贪官的作品，在思想倾向上是一致的，不矛盾的。我们应该像肯定揭露贪官的作品那样，大胆鲜明地肯定歌颂清官的作品；但这并不是要肯定作者思想认识上不可避免的历史幼稚性，而是肯定跟猛烈抨击贪官污吏一样的思想基础——对黑暗政治的强烈愤慨和对被压迫人民的深切同情。

（原载《中州学刊》1990 年第 6 期）

《聊斋志异》中的人才问题小说

在《聊斋志异》中，有一部分作品是描写科举考试和知识分子的生活与命运的。这些作品数量不算很多，但在思想和艺术上都很有特色，历来受到研究者的重视。对这些作品的思想评价，过去一般都定位在对科举考试制度的批判上。但认真地重读这些作品，再联系到蒲松龄的生活与思想实际来考察，就会发现这样的评价是并不十分准确的。实际上，蒲松龄创作这些作品的出发点和归结点，并不都是直接针对科举考试制度的，而是基于他自己切身的生活体验，表现了对知识分子的生活与命运的关注和同情，表达了对一个普遍的社会问题的认识。本文拟联系蒲松龄的生活与思想，从一个比较广泛的社会问题的视角对这些作品进行全面的考察，希望能得出比较符合实际的结论。

在考察这个问题时，不应该忽视《聊斋志异》有一个非常突出的特点，就是幻想性与现实性的紧密结合。一方面非常奇幻，充满奇思异想，将我们带入到一个与现实世界很不相同的奇异世界中去，人物多为花妖狐魅，他们活动的场所，也多是充满奇幻的境界。而同时，在这个奇幻世界之中，又时时透出浓厚的人间气息，那些精怪形象与我们生活于现实中的普通人在思想感情上可以息息相通。超现实的幻想故事，表现出来的常常是非常现实的社会内容，提出的是社会生活中人们普遍关心的社会问题。在某种意义上我们可以说，《聊斋志异》是一部用幻想的形式写成的社会问题小说。

这样认识和把握《聊斋志异》的性质与特点，用这样的眼光去读《聊斋志异》中有关科举考试题材的小说，就不难看出，作者在小说中提出的实际上是当时社会生活中一个普遍存在的问题，即如何爱惜人才、选拔人才的问题。而这一点，蒲松龄本人是有着非常明确的认识的。蒲松龄是一个生活于下层的不得志的小知识分子，一生都热衷于科举考试，希望获取功名，走入仕途，但最终却是一败涂地，遭受极大的挫折，经历了巨大的痛苦。蒲松龄对科举考试的热衷和在科举考试中的惨败，最痛切的感受就是整个社会不懂得爱惜人才。这在他的诗中有着非常明确的表述。他在《中秋微雨，宿希梅斋》（其二）中写道："与君共洒穷途泪，世上何人解怜才！"[①] 在《九月望日有怀张历友》中也写道："名士由来能痛饮，世人原不解怜才！"[②] 在这里，他将个人的失意和痛苦提升到一个普遍的社会问题即人才问题来认识，深深地感叹他所生活的那个社会不懂得重视人才和爱惜人才。蒲松龄就是从这个角度来认识和反映科举考试和知识分子的生活与命运的。

一、蒲松龄创作人才问题小说的生活基础和思想基础

一切作品都跟作家本人的生活体验和对生活的认识分不开。《聊斋志异》中的人才问题小说是在蒲松龄本人生活体验的基础上创作出来的。要了解一个作家如何将他的生活体验经过艺术提炼，熔铸到他的作品中去，创造出感人的艺术形象，《聊斋志异》中的人才问题小说可以为我们提供最生动真实的例证。

蒲松龄一生都热衷于科举考试，但科场失意，饱尝痛苦，引为人生的极大遗憾。他 19 岁时以县、府、道三个第一考中了秀才，"受知于施愚山先生，文名籍甚"[③]。施闰章是他的恩师，对他极为赞赏，蒲松龄对施闰章始终怀着尊敬和感激之情。他在小说《胭脂》（卷十）[④] 篇的"异史氏曰"中这样写道："愚山先生吾师也。方见知时，余犹童子。窃见其奖进士子，拳拳如恐不尽；小有冤抑，必委曲呵护之，曾不肯作威学校，以媚权要。真宣圣之护法，不止一代宗匠，衡文无屈士已也。而爱才如命，尤非后世学使虚应故事者所及。"显然，最使他感动并终生铭记不忘的，就是施愚山的"奖进士子"，"爱才如命"。蒲松龄初入文场，就从自己的亲身经历中体验到，爱才、惜才是一个学官最重要的品质。

---

① 路大荒编：《蒲松龄集》上册，上海古籍出版社，1986 年，第 484 页。以下所引蒲松龄诗文除特殊情况另注外，均出此书，只注册序和页码。

② 《蒲松龄集》上册，第 487 页。

③ 《淄川县志·蒲松龄小传》。

④ 《聊斋志异》各本分卷有所不同，本文作品主要据张友鹤先生辑校之会校会注会评本（简称三会本），依铸雪斋抄本分为十二卷，以下在作品题后所括注之卷数仿此。三会本为上海古籍出版社 1978 年版。

蒲松龄一生参加科举考试的经历，可以作这样的简单概括：考试、失败，再考试、再失败，再再考试、再再失败，直到年迈才带着极大的痛苦和遗憾，无可奈何地以最终的惨败宣告结束。由于资料的缺失，他是哪一年开始参加乡试的，一共参加过多少次，最后一次是什么时候，大家的看法并不完全一致。据他的儿子蒲箬所写的《柳泉公行述》中说："十九岁弁冕童科，大为文宗师施愚山先生之称赏。然自析箸（分家，在 23 岁有了长子蒲箬之后不久），薄产不足自给，故岁岁游学，无暇治举子业。"在同一篇文章里又说："癸亥年，我父食饩（享受廪膳待遇，成为廪生）。其时惨淡经营，冀博一第，而终困于场屋。"[①] 癸亥即康熙二十二年（1683），那时蒲松龄已经 44 岁了。有确凿的材料证明，从第二年甲子（康熙二十三年，1684，作者 45 岁）开始，九年中他连续三次参加了乡试（乡试每三年举行一次），但是每次都以失败告终。在甲子之前是否参加过乡试，是何年参加的，情况如何，大家的说法就很不一致了。但是，从 23 岁到 45 岁，这二十多年中间，可以肯定地说，蒲松龄不可能没有参加过科举考试。1664 年，蒲松龄 25 岁时，他的同乡好友李希梅邀请他到他家里"共笔砚"。李希梅家藏书千卷，这段生活蒲松龄刻苦读书，一方面提高和丰富自己的文化知识，另一方面又积极学习写作八股文，为参加科举考试作准备。他在《〈醒轩日课〉序》中记述这段读书生活时写道："（同李希梅等人）朝分明窗，夜分灯火，期相与以有成。"他们"订一籍，日诵一文焉书之，阅一经焉书之，作一艺、仿一帖焉书之。每晨兴而为之标日焉，庶使一日无功，则愧则警，则汗涔涔下也"[②]。既然如此刻苦准备，如有机会参加，蒲松龄是肯定不会放弃的。

但是他在癸亥年食饩这一事实是很值得我们重视的。原来按科举考试制度的规定，并不是凡考中了秀才就都有资格去参加乡试考举人的，而必须参加岁试和科试，成绩优等的才有资格参加。所谓岁试，就是每年由各省学政巡回对所属的生员进行的考试，是考查生员平时的学业。所谓科试，则是每三年一次的在举行乡试之前先由各省学政对所属的生员进行的巡回考试，相当于预考，目的在选送成绩优异的秀才参加乡试。当时的秀才有附生、增生和廪生的不同区别。附生资历最浅，增生资历稍高，廪生最高，是享受廪膳（生活补贴，相当于今天的助学金或奖学金，也即蒲箬所说的"食饩"）的秀才。这种等级的确定，就同岁试和科试有关。岁试考取

① 《蒲松龄集》附录，下册，第 1817、1818 页。

② 《蒲松龄集》上册，第 64 页。

一等的，才能补为廪生。蒲松龄经过二十多年的艰苦努力，到了四十多岁才获得一个廪生的资格，说明他在岁试和科试中也是非常不走运的。甲子之前，在他的诗词作品中也有记录他考试失败的情景，很可能就是岁试或科试的失败。

至于他是哪一年不再参加科举考试的，至今也没有确切的说法。蒲箬《柳泉公行述》中记述是“五十余尚希进取”。蒲松龄自己撰写的《述刘氏行实》中曾写道：“先是，五十余犹不忘进取。刘氏止之曰：‘君勿须复尔！倘命应通显，今已台阁矣。山林自有乐地，何必以肉鼓吹为快哉？’松龄善其言。顾儿孙入闱，褊心不能无望，往往情见乎词，而刘氏漠置之。”[①] 有人考证他到了 60 岁和 63 岁时还参加过乡试，亦均告失败[②]。总之，为了科举功名，他是几乎苦苦地奋斗了一生，却是一事无成，连个举人也没有考中。

科场的失意，对蒲松龄来说是刻骨铭心的，这在他的诗词作品中留下了许多真实的记录。如他在 49 岁时写的《荒园小构落成，有丛柏当门，颜曰绿屏斋》组诗中，有“租吏不催粮未罄，三杯浊酒意醺然”之句，可以看出当时整个的生活情况有所改善，心境还是比较好的。但一念及功名就不免悲从中来：“孽债难偿真苦海，书囊无底尽愁魔。自怜老大仍沦落，儿辈懒教更揣摩。”[③] 这是写他前一年（48 岁时）考试失败后的心情。到了 1690 年（51 岁）再考失败以后，次年所作《读书效樊堂》（其二）一诗中这样写道：“狂情不为闻鸡舞，壮志全因伏枥消。寂寞荒园明月夜，蕉窗影里度清宵。”[④] 连石隐园里明丽的风光和皎洁的月色，也因考试失败的遭遇和心境的悲凄而变得黯然失色和荒凉清冷了。康熙三十九年（1700，61 岁）作的《自嘲》诗中写道：“皤然六十一衰翁，飘骚鬓发如枯蓬。骥老伏枥壮心死，帖耳嗒丧拼终穷。”[⑤] 直到 1712 年即作者 73 岁时，大概是朋友祝贺他上年被选拔为岁贡生，不禁感慨万端，还写下了这样一首诗：“落拓名场五十秋，不成一事雪盈头。腐儒也得宾朋贺，归对妻孥梦亦羞。”[⑥] 从这些诗句，可以看出他当时受到的打击之大、痛苦

---

① 《蒲松龄集》上册，第 251 页。

② 参见高明阁《蒲松龄的一生》，《蒲松龄研究集刊》第二辑，齐鲁书社，1981 年。

③ 《蒲松龄集》上册，第 537、538 页。

④ 《蒲松龄集》上册，第 548 页。

⑤ 《蒲松龄集》上册，第 572 页。

⑥ 《蒙朋赐贺》，《蒲松龄集》上册，第 641 页。

之深。

丁卯（康熙二十六年，1687，作者48岁）又赴乡试，结果是“越幅被黜”。有《大圣乐》词记其事，序云：“闱中越幅被黜，蒙毕八兄关情慰藉，感而有作”：

得意疾书，回首大错，此况何如！觉千瓢冷汗沾衣，一缕魂飞出舍，痛痒全无。痴坐经时总是梦，念当局从来不讳输。所堪恨者：莺花渐去，灯火仍辜。

嗒然垂首归去，何以见江东父老乎？问前身何孽，人已彻骨，天尚含糊。闷里倾樽，愁中对月，欲击碎王家玉唾壶。无聊处，感关情良友，为我欷歔。[①]

所谓“越幅”，是指着急之中翻错了页。因此而落第，他几乎到了痛不欲生的地步。

三年以后，康熙二十九年庚午（1690年，作者51岁）又参加了一次乡试，再一次被黜。有《醉太平》一词记其事。序云：“庚午秋闱，二场再黜”：

风檐寒灯，谯楼短更，呻吟直到天明。伴倔强老兵，萧条无成，熬场半生。回头自笑蒙腾，将孩儿倒绷。[②]

所谓“蒙腾”，是说本来是自己很有经验的事，却一时糊涂，竟将非常熟悉的内容搞错了。

他还有一首《大江东去》（寄王如水），其中写道：

天孙老矣，颠倒了天下几多杰士。蕊宫榜放，直教那抱玉卞和哭死！病鲤暴腮，飞鸿铩羽，同吊寒江水。见时相对，将从何处说起？

每每顾影自悲，可怜肮脏骨销磨如此！糊眼冬烘鬼梦时，憎命文章难恃。数卷残书，半窗寒烛，冷落荒斋里。未能免俗，亦云聊复尔尔。[③]

这首词的写作年代可能在康熙十四年（1675，作者36岁），大约是参加科试或

---

① 《蒲松龄集》上册，第736页。
② 《蒲松龄集》上册，第736、737页。
③ 《蒲松龄集》上册，第712页。

岁试失败而作（也有人认为是参加乡试），写来字字是血，悲痛欲绝。这些感受都提炼和概括到《聊斋志异》描写科举考试的作品中去了。试读他的《叶生》和《王子安》等篇，就知道他在作品中是熔铸进了怎样沉痛的生活体验。

在蒲松龄晚年的生活中有两件重要的事情，他在感情上的反应也是非常强烈的。其一，康熙四十九年（1710），作者71岁，他和他的密友张笃庆和李希梅，都是终其一生在科场上不得志的人，这时被举荐为乡饮介宾。从明朝以来，地方每年举行一次乡饮酒礼仪，用以表示盛世"引年尚齿而尊德"，"例举三人：宾一，取诸缙绅；介一，取诸文学；耆一，取诸韦布（指韦带布衣，即没有做官而隐居在野之人）。岁一行，无敢懈"[①]。由此事可见，蒲松龄虽然是一个落魄的穷秀才，但在乡里却是年高、德尊、望重的，很受乡人的钦敬。可是，蒲松龄得到这一身份后，却是抚今追昔，感慨万端，写了一首诗，题为《张历友、李希梅为乡饮宾介，仆以老生，参与末座，归作口号》："忆昔狂歌共夕晨，相期矫首跃龙津。谁知一事无成就，共作白头会上人。"[②]了解了蒲松龄一生的失意和由此产生的感慨，就能体会到他这时的感情。在他看来，取得这样的身份并不是什么光荣，而是一种相当可悲的结局，因为这种头衔，无异于宣布了他一生追求科举考试理想的彻底破灭。

其二，康熙五十年（1711），作者72岁时得到了一个岁贡生的头衔。岁贡是每两年从府、州、县学中选送资历较深的廪生升入国子监肄业，称为岁贡生。贡生虽然没有举人的资格，但也可以授官。但是蒲松龄这时已经老迈衰朽，年逾古稀，这个资格还有什么用呢？蒲松龄自己是既重视又感到悲哀的。出贡半年多，县令没有按照规定赐给他贡生的旗匾，他曾写了一篇呈文给县令，文中称："虽则一经终老，固为名士之羞；而有大典加荣，乃属朝廷之厚。"[③]第二年，淄川县令谭襄赠给他贡生的旗匾，他写了一首诗《十一月二十七日，大令赠匾》："白首穷经志愿乖，惭烦大令为悬牌。老翁若复能昌后，应被儿孙易作柴。"[④]可见他内心的矛盾和悲哀。自己失败了，但对儿孙仍然抱着厚望。他的长孙蒲立德考中秀才，他十分高兴，作诗

① 见蒲松龄《代毕韦仲贺乡耆王美生序》及《代毕韦仲贺族人乡耆序》，《蒲松龄集》上册，第100、106页。

② 《蒲松龄集》上册，第631页。

③ 见《讨出贡旗匾呈》，《蒲松龄集》上册，第204页。

④ 《蒲松龄集》上册，第642、643页。

勉励他："天命虽难违，人事贵自励。无似乃祖空白头，一经终老良足羞！"① 他还写过一首《示儿篪、孙立德》诗，大概是蒲立德在考中秀才以后科举考试也颇不顺利，他写诗来鼓励他，其中有云："实望继世业，骧首登云路。"②

对科举考试的态度，还有两点应该提及的，其一，他为人正派，从不企图通过贿赂的手段去获取功名地位。他在《儿笏》一诗中就明确地写道："人以黄金致，我将白手挥。"③ 其二，他在遭遇失败时，总是归结为命数，觉得是自己的命运不好。在《试后示篪、笏、筠》一诗中，他写道："益之幕中人，心盲或目瞽；文字即擅场，半由听天数。"④ 又《试牍》诗中也说："幕中不衡文，凭数为成败。诸儿仍偃蹇，呜呼何足怪！"⑤ 这两点认识，在他的人才问题小说中都有鲜明的反映。

由于蒲松龄是一个在科举考试中经历了坎坷命运的失意知识分子，他将自己切身的生活体验概括熔铸到他的小说中去，因而这些小说最突出的特点是：痛切、真实、深刻，饱和着作者本人生活体验的血肉和思想感情的血肉。

二、对考官昏庸与腐败的揭露和讽刺

蒲松龄从自己的切身生活体验出发，认为科举考试不能公平地选拔人才，关键在于考官的昏庸和腐败。因而这成为《聊斋志异》中人才问题小说揭露和抨击的重点。

试官的昏庸无能，不能识真才、拔真才，是他写得最多、最突出，最带感情，讽刺也是最为辛辣的。如《司文郎》（卷八）就是描写试官不能衡文而最富于讽刺意味的一篇。小说写一个盲僧，可以用鼻子代替眼睛来衡文，他把文章焚烧以后，用鼻子闻一闻就可以评出优劣。王生、宋生及狂妄而实无才的余杭生三个人，拿出自己写的文章请他评判。王生的文章，盲僧"嗅而颔之"，并判定他能考中；而余杭生的文章，则"嗅其余灰，咳逆数声，曰：'勿再投矣！格格而不能下，强受之

① 《喜立德采芹》，《蒲松龄集》上册，第637页。

② 《蒲松龄集》上册，第630页。

③ 《蒲松龄集》上册，第593页。

④ 《蒲松龄集》上册，第575页。

⑤ 《蒲松龄集》上册，第593、594页。

以鬲（膈）；再焚，则作恶矣。'"但他们去参加科举考试，放榜时却与他的评论相反，是余杭生考中而王生下第。盲僧感叹说："仆虽盲于目，而不盲于鼻；帘中人并鼻盲矣！"并说他所论是文而不是命，文命对立，文好而命不好，命好的则文低劣。接着作者又运用再加一层的写法，由余杭生而及于他的考官，盲僧又闻那些考官的文章，焚至余杭生主考官之文时，僧忽"向壁大呕，下气如雷。众皆粲然"。"僧拭目向生曰：'此真汝师也！初不知而骤嗅之，刺于鼻，棘于腹，膀胱所不能容，直自下部出矣！'"借虚构人物盲僧之口，对试官的昏庸无能作了最辛辣的讽刺。

小说至此讽刺已经够辛辣的了，而作者却意犹未尽，进而更别出一番境界。写宋生原来不是人而是一个鬼。他"少负才名，不得志于场屋"，死后成为"飘泊之游魂"，他说："生平未酬之愿，实欲借良朋一快之耳，今文字之厄若此，谁复能漠然哉！"宋生的话是说得非常凄苦的：平生不得实现的愿望，死后欲借良朋一快，这已经够可怜可悲了；然而借良朋而不得一快，就更加可怜可悲了。在此基础上小说还披露了文运之所以颠倒的原因：原来梓潼府（即文昌府）中缺一司文郎（管理教育的官员），暂令聋僮署篆，文运所以颠倒。后来宣圣派宋生任此职，嘱云："今以怜才，拔充清要；宜洗心供职，勿蹈前愆。"这里明确提出"怜才"的问题，正是作者从自己的经历中切身感受到的，所以提出担任司文郎这种官职的最重要的品德是知道"怜才"。

《何仙》（卷十）也是揭露和讽刺"文宗不论文"的，构思和旨趣都跟《司文郎》相似。何仙（乩卜之神）能评文，李忭是一个"好学深思之士"，其文何仙断为"一等"。但他同时又看出李生的命运不好，因而叹息："文与数适不相符，岂文宗不论文耶？"何仙出于对李生的同情关心，便亲自去"提学署"中探视，"见文宗公事旁午，所焦虑者殊不在文也"，"一切置付幕客六七人"，而这些幕客却"大半饿鬼道中游魂，乞食于四方者也。曾在黑暗狱中八百年，损其目之精气，如人久在洞中，乍出，则天地异色，无正明也"。何守奇评云："骂得痛。"李生考后竟居四等。作者的结论是：考生的命运在数不在文。关键不在于文，而在于文宗不论文。

《贾奉雉》（卷十）是一篇尖锐泼辣的讽刺小说，讽刺的矛头也是指向考官的昏庸，指责他们主持考试而不能衡文。贾奉雉才名冠一时，却屡试不中，后遇一仙人郎秀才指示一二篇作标准，但都是贾生以往鄙弃不足道的，贾负气不从，结果入闱再次落第。后来贾生故意把过去落榜的文卷找来，集中了其中最为繁冗不好的句子，将其连缀成文，考试时不改一字，照录上去，结果反而意外地高中了。放榜后他重读旧稿，一读一汗，读完，重衣尽湿，因羞愧而产生了遁迹山丘、与世长绝的念头。小说的艺术构思很有特点，全文讽刺的人物是考官，但仅从应试者一面着笔，写他出人意外的遭遇，考官并未出场，作者未加直接的刻画，但全部的笔墨都落到了考官的身上。由于是通过读者的想象来完成对考官的塑造的，因而考官的荒唐可笑和昏庸糊涂，就显得更加隽永有味，发人深思。与此近似的还有《三仙》（卷十一），同样没有直接写到昏庸的考官，而实际上却有一个考官的形象出现在我们的想象中。一士人赴试，遇蟹、蛇、蛤蟆所幻化成的三个精怪，三怪以文会友，各作一题，文皆佳妙。士人怀之入闱，三题恰巧都是精怪所作，士人遂擢解（取第一名举人）。擢解之文，原出精怪之手，读来颇具讽刺意味。但明伦评云："擢解之文，而出之于怪，已奇。怪而为蟹，为蛇，为蛤蟆，则更奇。"

《于去恶》（卷九）也是一篇讽刺作品。以嬉笑怒骂之笔，写一字一泪之文。又一次揭出"数十年游神耗鬼，杂入衡文"，骂帘官为"乌吏鳖官"，称他们为"乐正师旷"（眼瞎），"司库和峤"（要钱），因而使得"陋劣幸进，而英雄失志"。像于去恶那样有才学的人只能感到"命不可凭，文不可恃，不如休耳"。于去恶地榜（冥榜）被黜后，"泫然流涕"，与陶、方二友"相对默默，殊不可堪"。但明伦评云："非过来人，不能得知如此真切。……先生久尝此味，故言之更为亲切。"

讽刺考官、学使昏聩的，还有《冷生》（卷六）。冷生文章写得很好，因得了狂易病（精神狂躁），作文后总爱大笑，学使根本不看他的文章，只是因为他的一笑就将他罢黜不取。篇末"异史氏曰"中说："如此主司，宁非悠悠！"《素秋》（卷十）的"异史氏曰"中，也明确批判"胡涂主司，固衡命不衡文"。

而对考官表现出最强烈的憎恶的，要算是《三生》（卷十，卷一另有《三生》一篇，题材不同），写湖南某人，能记前生三世事，一世曾任考官，士子兴于唐被他黜落，愤懑而死。兴魂至阴界对考官提起诉讼，结果跟他同命运的冤死鬼竟以千万计，都来支持他对主考官的控诉。审案的阎罗因某失职而判以笞刑。兴以为判得太轻，便戛然大号；两墀诸鬼，万声鸣和。兴抗言曰："笞罪太轻，是必掘其双睛，以为不识文之报。"众冤鬼"又请剖其心"，最后阎罗只得判某人"以白刃劙胸，……众始大快"。但明伦在此有一句绝妙的评语："帘中诸公于披拣时，有草率了事，漫不经心者，须防此一刀。"小说还写众冤鬼非常高兴地说："吾辈抑郁泉下，未有能一伸此气者；今得兴先生，怨气都消矣。"实际上这位兴先生我们可以视作就是蒲松龄的化身，这篇小说就是他为当时成千上万被黜而冤愤死去的士子申冤吐气之笔，是大快人心之笔。

还有一些作品对学官的腐败贪婪进行了揭露和批判。

蒲松龄在《与韩刺史樾依书，寄定州》一文中，曾十分气愤地说过："仕途黑暗，公道不彰，非袖金输璧，不能自达于圣明，真令人愤气填胸，欲望望然哭向南山而去！"[①] 这方面的内容虽不如揭露考官的昏庸无能那样集中突出，但也很值得我们注意。《僧术》（卷七）是一篇讽刺小品，主要是讽刺封建士子的鄙吝的。黄生本来"才情颇赡，夙志高骞"，但存私念，"鄙吝者必非大器"，因此不能中甲科，仅以明经终。整个故事是以科举考试中的捐纳之风作背景的：一位十分关心黄生前途命运的僧人，出外云游十余年回来，以为黄生早已飞黄腾达，却发现仍然是一个白衣，才主动请求要为黄贿赂冥中主者。对科场中捐纳之风的抨击，作者是十分自觉的，故在艺术构思中鲜明地体现出来，"异史氏曰"亦专就这一方面发挥，说："岂冥中亦开捐纳之科耶？十千而得一第（本来是要中甲科即进士的），直亦廉矣。然一千准贡，犹昂贵耳。明经（明清时代对贡生的称呼）不第，何值一钱！"这篇小说的命意可以从不同的角度去认识，可以看出不同的意义。从黄生一面看，他没有按照神僧的要求将十千钱都投入到井中，是他鄙吝的表现，表现了作者"鄙吝者必非大器"的思想；若是从主考官一面看，则钱少就只给小官，跟商人按价售货没有区别，这就是对科场腐败的深刻揭露和尖锐讽刺。

《神女》（卷十）写的是爱情题材，主要颂扬米生和神女的知己之爱，但同时也极尖锐地揭露了科举考试中的腐败情况。神女同情米生遭受冤狱，主动帮助他恢复被革褫的衣巾（恢复秀才身份），以便求取功名，但说"今日学使署中，非白手可以出入者"，于是取髻上珠花一朵可鬻百金，以作贿赂之资。后因米生多情，不忍弃珠花作贿物，神女复赠以金，并说："今日学使之门如市，赠白金二百，为进取之资。"但米生性耿介，终不屑夤缘。这是蒲松龄本人正直品格的艺术表现。

《饿鬼》（卷六）写一个贪婪无赖、为乡里不齿、被称为"饿鬼"的马永，转世后参加科举考试。他在旅邸昼卧床上，见壁间悉糊旧艺（此种文字只堪糊壁，蒲氏蔑视如此），见"犬之性"四句题，心畏其难，读而志之，入场适为是题，录呈竟得优等。后补为临邑训导，既酷且贪："官数年，曾无一道义交。唯袖中出青蚨，

① 《蒲松龄集》上册，第134页。

则作鸬鹚笑；不则睫毛一寸长，棱棱若不相识。”诸生小故辄酷掠如治盗贼。“有讼士子者，即富来叩门矣。”写训导而以“饿鬼”名篇，即显示了作者揭露的重点和憎恶的感情。《考弊司》（卷六）一篇中那个考弊司主，蒲松龄为他拟名为虚肚鬼王，士子中只有“丰于贿者”可免割髀之痛。对不给贿赂就用利刀割肉的情景，作者借小说人物之口感叹说：“惨惨如此，成何世界！”笔下表现出强烈的愤怒之情。

三、对不同士子的不同态度：哀怜、同情、讽刺

蒲松龄对参加科举考试士子的态度并非一视同仁，而是根据才情与品德的不同而表现出不同的态度。作者从“怜才”的思想出发，对有才学而被黜士子寄予深切的同情，而对不学无术却又十分狂妄的士子，特别是对那些因考官的昏庸而高中的人，则投以尖锐的嘲笑和讽刺。

在这方面，写得最为痛切的要数《叶生》（卷一）。叶生“文章词赋，冠绝当时”，却久困名场，作者不禁发出“时数限人，文章憎命”的感慨。但明伦评云：“八字中屈煞英雄不少。”叶生失意时得到县令丁乘鹤的同情和赏识，读其文击节称赞，给予关怀、资助。小说对两人关系的这种描写，也是寄托了深沉的感叹的，暗示我们：应试士子的知己本应在场屋之内（考官），而实际上却在场屋之外，这是很不正常的。其中写叶生铩羽后，“嗒丧而归，愧负知己，形销骨立，痴若木偶”。跟蒲松龄在考试失败后所写的《大圣乐》词中所表现的他本人“觉千瓢冷汗沾衣，一缕魂飞出舍，痛痒全无”的感受是完全一样的。由于寄寓了作者本人的亲身体验在内，不仅显得非常真实，而且一字一句都是痛切之语。而最沉痛的是写叶生因场中失意而忧伤，而惭愧，而致病，而丧生，死后却魂从知己，同解职返里的丁乘鹤一起生活，教丁之公子习举子业，丁公子竟中亚魁（第二名）。丁感慨说：“君出余绪，遂使孺子成名。然黄钟长弃，奈何！”叶生回答：“是殆有命。借福泽为文章吐气，使天下人知半生沦落，非战之罪也。……”这段话，实际是喊出了作者自己的心声。冯镇峦评云：“此数语为古今不遇才人放声一哭。”篇末的“异史氏曰”很长，是一篇四六骈文，一则诉失意之苦，一则感知己之遇，是作者发自内心的痛哭之文。冯镇峦评以为“可当一篇《感士不遇赋》读。”又说：“余谓此篇即聊斋自作小传，故言之痛心。”其实不止是这一篇，凡写富有才学的士子在科场中的被黜失意，几乎都带有作者自我写照的性质。这是蒲松龄写科举考试题材作品的一个显著特色。

不过不同的作品在思想和艺术风格上也有不同的侧重点。《司文郎》与《叶生》的命意就不完全相同，手法与风格也有相当大的差别。《叶生》着重表现的是落第书生的内心忧愤，写得十分沉痛；而《司文郎》等文，则出之嬉笑怒骂，是入木三分的讽刺杰作。《叶生》重点写知识分子的不幸命运，而《司文郎》等则以锋芒毕露的笔墨，揭示出造成这种不幸的原因。

与此相反，对不学无术却又十分狂妄的士子，特别对由于考官的昏庸反而高中的人，蒲松龄总是投以尖锐的嘲笑和讽刺。《司文郎》中对余杭生的讽刺，不仅生动地刻画出他傲慢狂妄、盛气凌人的态度，而且通过盲僧衡文评定他令人作呕的文章，跟他的态度形成鲜明的对比和映衬，从中表达了作者对这类人的憎恶之情。《于去恶》中讽刺帘官之不通，写那些由科举考试而上去的“得志诸公”，实际都是些“目不睹坟、典，不过少年持敲门砖，猎取功名，门既开，则弃去”的庸俗浅薄之辈。而且还顺笔写到阴曹奉诏考帘官，以说明“阳世所以陋劣幸进，而英雄失志者，唯少此一考耳”。

《苗生》（卷十二）中的龚生对苗生极其傲慢轻视，而当龚生与三四友人登华山，得意洋洋地互诵闱中之作并迭相赞赏时，“苗厉声曰：‘仆听之已悉。此等文，只宜向床头对婆子读耳，广众中刺刺者可厌也！’”众虽有惭色，却“更恶其粗莽，遂益高吟。苗怒甚，伏地大吼，立化为虎，扑杀诸客，咆哮而去”。而后文故事，写有蒋生者亦有文名，因嫉恨同邑尤生考居其上，便欲谋害其性命。因知老虎只吃穿儒服者，便让尤生穿戴上儒冠儒服，以使其被老虎吃掉。他邀身着儒服的尤生共饮，却自着白衣而往。结果蒋生却因一偶然机缘（实为蒲松龄的精巧设置）而丧命：席中适逢郡守来约见他，因郡守为其通家，故不敢着白衣相见，不得不临时与尤生的儒服相换，而这时适遇虎来，终被吃掉。

《仙人岛》（卷七）写一个“屡冠文场，心气颇高”的书生王勉，浅薄而自视极高，出口不逊，盛气凌人。他先诵近体一首，顾盼自雄，被仙女芳云嘲笑；然后心想世外人必不知八股文，乃炫其冠军之作，诵至得意处，兼述文宗评语云：“字字痛切！”芳云评曰“宜删‘切’字”。王生诵毕，又述总评：“羯鼓一挝，则万花齐落。”芳云又评曰：“羯鼓当是四挝。”众不解，仙女绿云代解云：“去‘切’字，言‘痛’则‘不通’，鼓四挝，其声云‘不通又不通’也。”王至此神气沮丧，徒有汗淫。王生在仙人岛上被仙女芳云、绿云姊妹嘲笑教训，让其大出洋相，碰壁以后终于化盛气为扮抑，变得谦虚老实了。

《聊斋志异》中还有一些作品，细入毫芒地揭示了追求科举功名的封建士子的精神状态。

蒲松龄写出了在科举考试的重压之下，一个个被扭曲了的痛苦的灵魂。作者是以嘲笑讽刺的笔墨写出的，但着笔时却又带着同情，甚至是含着眼泪。《杨大洪》（卷九）是写明末一个真实的历史人物的，写他的两个方面：一是落第之苦，二是爱钱之俗。这两个方面都用笔极其精简，寥寥数语，即将其心理状态惟妙惟肖地揭示了出来。写杨在未腾达前（后来中了进士）为楚地名儒，自命不凡。“科试后，闻报优等者，时方食，含哺出问：‘有杨某名否？’答云：‘无。’不觉嗒然自丧，咽食入鬲（膈），遂成病块，噎阻甚苦。”几句话，将一个士子由喜入悲，由自信而沦为自丧，以致迅即忧愤成疾的过程，层次清晰、十分真实地揭示了出来。后来他遇到一个能疗病的道士，拜求益切，倾囊献之，道士接金，掷诸江流，杨哑然惊惜，道士曰：“君未能恝然耶？金在江边，请自取之。”杨视之果然。道士拍其项曰：“俗哉！”杨张吻作声，呕出一物，病即愈。

写得最深刻而又最生动感人的，要算是《王子安》（卷九）。小说写一个热衷于功名富贵却久困场屋的士子王子安，由于“期望甚切”，痛饮大醉，后产生幻觉，忽听有人叫：“报马来。”他以为自己高中，“踉跄起曰：‘赏钱十千！’”忽又听人叫：“汝中进士矣！”“王大喜，起而呼曰：‘赏钱十千！’”忽又听人急入曰：“汝殿试翰林，长班在此。”王又“呼赐酒食”。家人为其醉，皆诳而安之。王因此狂喜自炫，“自念不可不出耀乡里。大呼长班，凡数十呼，无应者”。王竟捶床顿足，大骂长班“钝奴焉往”！醒后方知是期望甚切产生的幻觉，狐仙借此以奚落之。这种惟妙惟肖的人物心理描写，很接近于西方的意识流，是中国古典小说中很少见的。而最妙的是“异史氏曰”中写秀才入闱有“七似”：

> 初入时，白足提篮，似丐；唱名时，官呵隶骂，似囚；其归号舍也，孔孔伸头，房房露脚，似秋末之冷蜂；其出场也，神情惝恍，天地异色，似出笼之病鸟；迨望报也，草木皆惊，梦想亦幻。时作一得志想，则顷刻而楼阁俱成；作一失意想，则瞬息而骸骨已朽。此际行坐难安，则似被絷之猱；忽然而飞骑传人，报条无我，此时神色猝变，嗒然若死，则似饵毒之蝇，弄之亦不觉也。初失志，心灰意败，大骂司衡无目，笔墨无灵，势必举案头物而尽炬之；炬之不已，而碎踏之；踏之不已，而投之浊流。从此披发入山，面向石壁，再有以

“且夫”“尝谓”之文进我者，定当操戈逐之。无何，日渐远，气渐平，技又渐痒，遂似破卵之鸠，只得衔木营巢，从新另抱矣。

作者然后说：“如此情况，当局者痛哭欲死；而自旁观者视之，其可笑孰甚焉。”这里，作者极其生动和深刻地写出了许多封建士子在科举考试制度下的悲苦命运及其精神状态，写出了在当时的知识分子中到处可以看到的具有高度典型意义的痛苦的灵魂。它的深刻之处在于，既写出了这灵魂的可悲，又写出了这灵魂的可笑和可怜。这是只有蒲松龄才写得出的，没有他那样的身世遭遇和科场失意的生活体验写不出来，有他那样的生活体验而没有他那样的艺术才能，也是绝对写不出来的。这表明，作者虽然一生都热衷于科举考试，但有时也偶尔能从当局者的位置上跳出来，以比较冷峻的眼光和心态，透视出舍身忘命地追求功名富贵的封建士子那可怜而又可悲的心理和神情。这是蒲松龄作为一个过来人，一个从往昔的沉沦和惨痛经历中的初醒者，在回视过去时的一种带着苦味的反思。其中的况味，既是作者本人在科场上大半生追求、失落的真切感受，也是无数封建士子痛切体验的一种艺术概括。在这一篇中，我们终于看到了蒲松龄既作为一个“当局者”，同时又作为一个“旁观者”的双重身份的真切体验。他一方面有作为“当局者”的非常真切的“痛哭欲死”的体验，写来字字有泪，句句是血；但当他从局中跳出来（尽管只是暂时的），成为一个“旁观者”时，他又能在历尽坎坷、痛定思痛以后，犹如从梦中醒来，以比较冷静的头脑和严峻的眼光，来评价他所经历和眼见的一切，来回味和描摹他所经历过的充满辛酸的复杂体验，这才能写得如此逼真传神，淋漓尽致。这里我们见到了在中国古典小说中很少见到的出色的心理描写。

此外，《仙人岛》（卷七）、《郭生》（卷五）、《书痴》（卷十一）、《沂水秀才》（卷七）、《雨钱》（卷四）等篇，也从不同的角度揭露和批判了热衷科举考试的封建士子的各种表现，特别是揭示出他们各种可笑、可鄙、可怜的精神风貌和思想特征。前面已提到过，《仙人岛》讽刺狂妄自大者，让浅薄而自视甚高的人大出洋相，后来在仙女的点示之下终于“绝笔藏拙”，变得老实起来。《郭生》讽刺自以为是、沾沾自喜的士人，小有名气即狂妄自大。狐狸精教他作文，稍有所得后渐不信狐，最后竟至“心气颇高”，“亦疑狐妄”。篇中将狂妄自大者的可笑和可鄙，写得神气活现。“异史氏曰”揭出“满遭损，谦受益”的主题。《书痴》讽刺那些迷恋于所谓“书中自有黄金屋……书中自有颜如玉”之类的士子，郎玉柱果遇一个从《汉书》第八卷中走下来的叫颜如玉的女子，颜教他辍读而习琴棋，并学会应酬，后果中进士。女云："君所以不能腾达者，徒以读耳。试观春秋榜上，读如君者几人？"这些话，对于世上的书呆子来说，实为切中要害之言。《沂水秀才》则讽刺秀才的贪鄙爱财。有二狐化做女子，其一以白绫书草字示秀才，秀才视而不见；另一则以白金一铤示秀才，秀才纳之。狐女讽之曰："俗不可耐。"篇末还附载世所见俗不可耐事十七件，足见作者对庸俗之徒的憎恶。《雨钱》则讽刺了貌似高雅而实贪鄙的爱财书生。

四、表现科举考试对知识分子家庭生活的影响

《镜听》(卷七）写父母偏爱造成家庭矛盾。父母不仅偏爱儿子，而且由儿子而及于儿媳，偏爱的原因主要在于科举考试的成功与失败。郑氏兄弟二人，皆文学士。大郑早知名，父母过爱，并及于大妇；二郑落拓，恶及次妇。"冷暖相形，颇存芥蒂。"次妇忿谓二郑曰："等男子耳，何遂不能为妻子争气？"这话颇能发人深思：一个人举业顺不顺利，不仅关系到个人的荣辱穷达，而且还影响到广泛的人与人之间的关系，包括妻子在家庭生活中的地位。次妇采用"摈弗与同宿"的办法来激发和逼迫二郑努力攻读。后"二郑感愤，勤心锐思，亦遂知名"。于是家庭中的地位也有所改善："父母稍稍优顾之，然终杀于兄。"父母对儿子儿媳的态度，唯以举业的成败高低作标准。大比之年，二郑赴试，次妇望夫綦切，窃于除夜以镜听（一种占卜吉凶的方法）为卜。所得为镜中"有二人初起，相推为戏，云：'汝也凉凉去！'""凶吉不可解"。妙在下文的描写："闱后，兄弟皆归。时暑气犹盛，两妇在厨下炊饭饷耕，其热正苦。忽有报骑登门，报大郑捷。母入厨唤大妇曰：'大男中式矣！汝可凉凉去。'次妇忿恻，泣且炊。俄又有报二郑捷者。次妇力掷饼杖而起，曰：'侬也凉凉去！'"蒲松龄于下文加上一句："此时中情所激，不觉出之于口。"脱口而出，发自内心，读者如闻其声，如见其人，真实地表现了人物的思想感情和性格特征。作者还在"异史氏曰"中称赞说："投杖而起，真千古之快事也！"足见作者内心的激愤。

《胡四娘》(卷七）一篇，人们在论及《聊斋志异》中反映科举考试题材的作品时很少提到，实际上是一篇很有思想特色的不容忽视的作品。其特点是人物写得好，人物关系写得深刻。篇中塑造了一个有眼光、有识见，贫贱而不自卑，富贵而不骄人，善良纯厚、气度不凡的异样女子胡四娘的形象；同时又着重写了人们对富贵和

贫贱的不同态度，刻画了一群势利小人的形象。它的突出的意义，是在科举考试的背景下，以一种嘲笑和批判的态度，写人情冷暖，世态炎凉。科举考试上的成败，是一个人升沉穷达、贫贱富贵的关键，而这一点，可以在瞬息之间引起人们态度的一百八十度的变化。就揭示人们追求科举功名的社会原因来说，本篇可以和《儒林外史》中的《范进中举》并读。小说开头即以“富贵”二字着眼展开矛盾，组织情节。小说写程孝思有三个特点：“少惠能文”“父母俱早丧”“家赤贫，无衣食业”，这才到胡银台家司笔札（当私人秘书，这与蒲松龄的生活经历与身份颇为相似）。胡公有眼力（富贵眼力），看出他有文才：“此不长贫，可妻也。”便以少女四娘招赘程。胡家有三子四女，“群公子鄙不与同食，仆婢咸揶揄焉”。程勤苦研读，群厌讥之，且以“鸣钲锽聒其侧”，程避之专志读。初神巫为四女相命，独于四娘以谀词，说：“此真贵人也！”程招赘入门后，诸姊妹皆呼四娘为“贵人”以嘲笑之。四娘婢桂儿为不平，大言曰：“何知我家郎君，便不作贵官耶？”二姊闻而嗤之曰：“程郎如作贵官，当抉我眸子去！”桂儿怒而言曰：“到尔时，恐不舍得眸子也！”二姊婢春香曰：“二娘食言，我以两睛代之。”二姊忿批桂儿。小说于此特着一笔：时“四娘方绩，不怒亦不言，绩自若”。在大度、沉稳中，表现出一种过人的自尊与自信。胡公过生日，四娘无寿礼，也受到奚落，二妇嘲笑她的祝仪为“两肩荷一口”。对此四娘亦坦然处之。家中唯胡公妾李氏及其女三娘稍体恤礼重之。后胡公死，程孝思赴试，四娘嘱曰：“曩久居，所不被呵逐者，徒以有老父在；今万分不可矣！倘能吐气，庶回时有家耳。”这就是说，这时考试的成败，已经不仅是受奚落嘲笑的问题，而且是无家可归的问题了。程“砥志研思，以求必售”，然竟落榜。“愿乖气结，难于旋里”，便入都中易旧名，诡托乡里居，求潜身于大人之门。后被一姓李的御史器重，招入幕中，为之纳贡，应顺天举，竟连战皆捷，授官。御史并在剑南故里为之治第，所购恰为胡大郎所售。程擢第时，邮报到胡府，因名字不符，被举宅耻笑，叱去。三郎完婚时，戚眷、姊妹诸姑俱来，聚集一堂，独不请四娘。恰在婚礼举行时，程寄四娘函至，兄弟发视，程果高中，相顾失色。此时诸眷客始请见四娘，诸姊妹惴惴，唯恐四娘含恨不至。出人意料的是，“无何，翩然竟来”。下面一段文字，作者淋漓尽致地对那些势利小人加以揶揄、嘲讽，直如《儒林外史》中写范进中举后众邻居贺喜情状：“申贺者，捉坐者，寒暄者，喧杂满屋。耳有听，听四娘；目有视，视四娘；口有道，道四娘也：而四娘凝重如故。”但明伦评云：“一人如故，众人出丑。”“众见其靡所短长，稍就安帖，于是争把盏酌四娘。”下面又接写桂儿索剜春香眼睛，“面血沾染”而入的情节，真是热闹非凡。二娘大惭，汗粉交下。“四娘漠然”对之（前面受奚落时是不怒亦不言，此时受趋奉则是凝重如故，是不喜亦不言）。“漠然”二字比之盛气凌人、反唇相讥，骂出各种恶言痛语，更觉有千钧之力。后写众人及诸郎各以婢仆相赠遗，四娘一无所受，唯受李夫人所赠一婢。后二郎以人命被逮，大郎设法营救不成，怀着恐惧羞愧之心至京都，持李夫人书信往见四娘。四娘一方面冷语讥刺（四娘作色曰：“我以为跋涉来省妹子，乃以大讼求贵人耶！”），一方面又暗中帮助，使二郎得以释放。三娘家渐贫，程施报逾于常格。小说多方面表现了程孝思与四娘的善良品格。

与此相近似的还有《凤仙》（卷九）。凤仙是一个狐女，其父以贫富作为对待女婿态度的依据，冷暖态度异常分明。凤仙所爱的刘生，游荡不好学，凤仙赠镜劝学，刘终于学成，一战而捷。作者在“异史氏曰”中说：“冷暖之态，仙凡固无殊哉！”说明作者借仙写凡、借虚写实的艺术手法和他的创作目的。

由以上几篇可以看出，科举考试不仅影响到封建士子个人一生的命运，而且还影响到与他相关联的家庭关系，包括父母与子女的关系、婆媳关系、兄弟姊妹关系、妯娌关系等等。一个人想要在家庭中占有一席之地，不被家人轻贱鄙弃，就非得在科举考试上获得成功不可。蒲松龄将科举考试同广泛的家庭问题联系起来，同恶浊的社会风气联系起来，同人情冷暖、世态炎凉联系起来，这就赋予了人才问题小说以更丰富的社会内涵。

五、人才问题小说中表现出的蒲松龄的思想矛盾

蒲松龄一方面猛烈地抨击科举考试取士的不合理，特别是由于考官的昏庸，不能将社会上有用的人才选拔出来，对此十分激愤；但同时他又将佳士的被黜归结为命数，这样就势必削弱对昏庸考官批判的力量。《司文郎》中那位盲僧对余杭生说：“我所论者文耳，不谋与君论命。”而宋生则鼓励王生不要灰心，说：“此战不捷，始真命矣！”王再试，结果又以“犯规被黜”（与蒲松龄的“越幅”被黜，何其相似），王尚无言，而宋却大哭不止，悲愤地说：“其命也夫！其命也夫！”宋生在告诉王生自己原本是鬼之后，劝慰王说：“冥中重德行更甚于文学也。君必修行未至，但积善勿懈可耳。”在作者看来，积善即是积德，冥中重德，以此即可改变自己的命数。《于去恶》在抨击了阴界“数十年游神耗鬼，杂入衡文”，对考官大失所望的

同时，又说：“仆自念命不可凭，文不可恃，不如休耳。”将“命”与“文”相提并论，而且认为文不可恃。正是由于“不如休耳”的思想产生于命数的观念，而不全是出于对科举考试不公的不满，因此积极的批判精神，不免化为一种消极的人生态度。下文写于去恶之魂遇到了成了神的张飞（张桓侯，他每三十年一巡阴曹，三十五年一巡阳世），将希望（实为幻想）寄托于神灵的身上，寄托于既不可知也不可即的冥冥之中。这在实质上也是归于天命，天命与神原本是相通的。

“文宗论命不论文”，这是蒲松龄在反映科举考试题材的作品中反复表现的一种思想，文宗的坏在于他应该论文而不论文，至于命就只好由天了，自己是无法掌握的。在《何仙》一篇中，那位乩神何仙就对有文才而命数不好的书生李忭发表过这样的评论：“适评李生，据文为断（认为他的文章可以列入一等）。然此生命数大晦，应犯夏（即榎，同槚）楚。异哉，文与数适不相符，岂文宗不论文耶？”夏楚皆木名，古代用作刑具。“犯夏楚”指岁考四等的廪生免饩，增、附等生则皆被扑责。《素秋》一篇的“异史氏曰”中则更为明确地说：“宁知糊眼主司，固衡命不衡文耶？”

“怨天尤人”，对科举考试有痛切体验的蒲松龄，在科举考试的问题上，是既怨天又尤人的。表现得最为深沉和痛切的是《叶生》，文中写丁乘鹤因叶生的鬼魂变为人授其子举业，使其成名，因而为叶生本人“黄钟长弃”的命运抱不平时，叶生回答说：“是殆有命。借福泽为文章吐气，使天下人知半生沦落，非战之罪，愿亦足矣。”这里借用楚汉相争中项羽垓下败北时的感叹：“此天之亡我，非战之罪也。”既表现了蒲松龄对科举考试取士不公平的强烈不满和愤慨，也表现了对于天命不可改变的无可奈何的叹息。在这里，怨天和尤人是紧密地结合在一起的。

另外就思想境界来说，蒲松龄在对待科举考试的态度上，既有积极进取的一面，又有在遭到挫折和失败后，消极隐退的一面；既有高洁不俗的一面，又有未能免俗的凡庸的一面。在《贾奉雉》一篇中，写贾生与郎秀才的辩论，既反映了作者对功名富贵的态度，也反映了他对人生的看法。贾奉雉说：“学者立言，贵乎不朽（古人讲三不朽：立德、立功、立言），即味列八珍，当使天下不以为泰耳。如此（指以极低劣的文章）猎取功名，虽登台阁，犹为贱也。”他认为如果文章写得很不像样，即使仕途顺利，有台阁之重，也是一钱不值的。这种认识反映了作者的态度，视文章事业比富贵荣华更为重要。这是自古以来传统的正派知识分子的认识，反映了作者高洁不俗的道德观和人生观。因此才有后文写贾生以从前文中最不好之文句戏缀成文之作而高中，竟羞愧得“一读一汗”，以致“重衣尽湿”，认为这样考中了也如

"以金盆碗贮狗矢"，无颜见天下之士，终于决定"遁迹山丘，与世长绝"等等一系列描写。这显然是鄙弃功名富贵而有退身之意。而从篇中对贾生成仙过程的描写看，又是非常曲折的，其间反映的思想也非常复杂和矛盾。贾生入仙境后，又因俗念未除（写出的直接原因是夫妻"情缘未断"，实际不止如此）又重新回到现实中来，并重操旧业，认为"若心无愧耻，富贵不难致也"。终于"连捷登进士第"，并做了大官，"声名赫奕，歌舞楼台，一时称盛"。可见作者对他所同情和肯定的人物，不是不要他们获得荣华富贵，而只是不要他们无才无德而侥幸获取的荣华富贵。只要是凭好文章、好品德，凭真才实学而取得的荣华富贵，在他看来是受之无愧，可以心安理得的。可是接下去作者又写，由于他当了大官，后人依势作恶而获祸，于是感叹："十余年富贵，曾不如一梦之久。今始知荣华之场，皆地狱境界，悔比刘晨、阮肇，多造一重孽案耳。"这才最后成仙而去。如此曲折的情节发展，就非常真实地反映出作者对待科举考试和功名富贵的复杂矛盾的态度。他在"异史氏曰"中对贾奉雉微有批评："乃再返人世，遂以口腹自贬，贫贱之中（念去声，连累之意）人甚矣哉！"就是说，因贫贱而受尘俗之累，因生活而失掉清高，也还是出于不得已，可以原谅的。这种认识和态度，完全符合蒲松龄本人的社会地位和生活遭遇。

《素秋》（卷十）也反映了类似的思想。蠹鱼精素秋之兄俞恂九极聪明，八股文也做得很好，俞慎劝其赴童子试。恂九的回答是："自审福薄，不堪仕进；且一入此途，遂不能不戚戚于得失，故不为也。"这里虽也有命数思想，但以为一入仕进之途，就会陷入人生得失之忧患，不肯为之。这是相当超脱，也相当清高的认识。但后来他又为了自己的好友俞慎的多次落第而愤愤不平，不觉"中热"而赴试，结果是被黜而忧愤致死。"异史氏曰"中批评他"初念甚明，而乃持之不坚"。只是对他"一击不中"而死寄予深切的同情，即所谓"蠹鱼之痴，一何可怜"。但在《何仙》（卷九）一篇的结尾处，作者却劝勉李忭不要以暂时之屈而惭怍灰心，当多写试卷，明岁可得优等。次年赴试，果列前名。这里肯定和鼓励的又是一种毫不灰心气馁的积极进取态度。更突出的是《凤仙》（卷九）中写凤仙劝其夫努力学习，以"黄金屋自在书中"去激励他，并赠以一宝镜，废学时凤仙背立镜中，研读时则忽现正面，盈盈欲笑。虽然有揭露炎凉世态的积极意义，但确实也流露出一种追求富贵的庸俗气息。

我们还可以发现，在不少作品中，作者都让他所同情和肯定的人物，通过科举考试而获得功名利禄，使他们有一个美好的结局。如《红玉》中的冯相如就在狐女红玉的帮助下，恢复秀才的资格而考中了举人。这也跟蒲松龄对科举考试的态度有关。他一面猛烈地抨击通过科举考试而被昏庸的考官选拔上去的官吏的昏、贪、暴，却又让自己所同情的人物通过这条路去获得富贵和幸福。他以科举进身作为救助好人的一种手段，可见他对科举考试制度本身并不憎恶。他主要抨击的是考官的昏庸，是选拔的不合理，是参加科举考试的封建士子本人的思想品德的低下，而不是针对整个科举考试制度而发的。

结　语

在《聊斋自志》中，蒲松龄曾将自己的这部作品称为“孤愤之书”。他以一个科举考试的追求者和失落者来写科举考试，写得沉痛、真切，最能体现小说抒发“孤愤”之情的这一特点和性质。但难能可贵的是，蒲松龄同时还是一个代言人，他为千千万万与自己命运相同的士子鸣不平，发出怨愤的呼声，并揭示出他所能认识到的造成这种社会不公的原因。这样，这些作品就越出了个人抒愤之作的局限，接触到了比较广泛的社会人生问题，因而获得了社会问题小说的品格。

但同样是反映社会问题，即便是相同的题材，对具有不同生活遭遇和生活体验的作家，反映的角度和深度也可能是不一样的。如果跟大体同时代而稍后的《儒林外史》的作者吴敬梓作一比较，可以明显地看出，吴敬梓才是真正从制度的层面去批判和否定科举考试制度的作家；蒲松龄则主要是以一个功名进取者的身份、态度，即基本上（不是完全）是以一个局内人的眼光和心理去写科举考试的，写出了植根于深厚的生活体验基础之上的一个过来人的痛切之感。而吴敬梓则主要是以一个清高名士（如他笔下的王冕和杜少卿等人）的眼光和态度，即一种蔑视和否定的态度去写科举考试的，他基本上是站在局外，因而把科举考试制度看透了，不再有热情，不再有兴趣，他把科举考试制度整个儿地给否定了。如全书开头第一回的楔子中，通过他所肯定和赞扬的人物王冕之口，就明确地说：“这个法定的可不好！”他甚至在书中把科举考试制度写得一无是处，简直是造成恶浊世风的万恶之源，与此同时又流露出浓厚的卑视尘俗的名士思想和遁迹山林的隐逸思想。

总之，吴敬梓的《儒林外史》是看透了之后来写科举考试，是站在局外，态度是冷中透出严峻；而蒲松龄却是热衷于科举功名而不可得，带着深深的遗憾和愤慨，是站在局内，冷中仍然见热。只有真正站在局外的人，也就是真正能冷眼旁观的人，才有可能从制度的层面批判和否定科举考试制度，而蒲松龄，不论是在生活中还是在创作中，他基本上（只是在偶尔的个别情况下有例外）都只是一个局内人，所以他并不具备从制度的层面来批判和否定科举考试的生活基础和思想条件。借用现今流行的说法，对于科举考试制度，吴敬梓是体制外的批评，而蒲松龄则是体制内的批评。因此，如果我们简单地将《聊斋志异》中描写科举考试和封建士子题材的作品，都归结为对科举考试制度的批判和否定，是并不符合小说艺术描写的实际情况的。至于科举考试制度是否一无可取，彻底否定科举考试制度是否就一定要全面肯定，那是另外一个必须用历史的眼光和唯物主义的方法来进行分析的比较复杂的问题，这里不予讨论，但指出两者的区别还是很有意义的。

（在中国现代文学馆的演讲稿，原载《评〈聊斋志异〉说〈儒林外史〉》（插图本），傅光明主编，山东画报出版社，2008年。收入本书时有增删。）

《聊斋志异》的诗意美

朋友们，大家好！我今天要讲的题目是《聊斋志异的诗意美》。想分五个小题目来讲：

一、什么是诗意美？诗意美与意境创造的关系。

二、对真、善、美的赞颂是《聊斋志异》诗化小说最重要的思想特征。

三、传神写意是《聊斋志异》诗化小说最主要的艺术手法。

四、环境描写的诗意化和艺术氛围的营造。

五、蒲松龄创作诗化小说的条件和原因。

一

要讲《聊斋志异》的诗意美，首先就要讲讲什么是诗意美，但什么叫做诗意美就不大容易说得清楚。诗意这个概念在我们的生活中用得很广，在文学欣赏中用得更广。常听有人说，这幅画很有诗意，或者说这个戏很有诗意，甚至还会听到有人说什么地方的风景很美，充满诗情画意。在大多数情况下，说的人和听的人彼此都能意会，但要解释就很难。我们今天要讲的诗意美，是在文学创作和文学欣赏的意义上讲的。这里所谓的诗意，实际上有广义与狭义之分。朱光潜先生曾说过："一切纯文学都要有诗的特质。一部好小说或是一部好戏剧都要当作一首诗看。"（《谈读诗与趣味的培养》）朱先生这里所说的"诗的特质"，也就是诗意，一切真正的文学作品都应该具有，这显然是在广泛的意义上讲的。我想，这里的意思是指：我们读一部作品，不论这部作品的体裁是诗歌还是散文、小说、戏剧，只要我们从中看到作家对生活本质的揭示，领悟到他对生活独特的体验和认识，以及对人生的感悟，并且具体地感受到作者是如何通过艺术的手段来表现这些内容的，因而能从中得到一种审美的愉悦。这时候，我们就能感受到这部作品的诗意了。但还有一种在严格意义上的狭义的诗意，就是特指在作品中创造了诗的意境，这样的作品才具有真正的诗意美。我们今天讲《聊斋志异》的诗意美，主要是在后一种意义上，也就是在意境创造的意义上讲的。

中国是一个诗的国度，诗歌对其他文体的渗透是中国文学史上的一个普遍现象。中国古典小说对诗歌的吸收和融合，形成了一种艺术传统。诗与小说的结合有两种形态，一种是在故事中穿插诗词韵语，这是外在的结合，作品并不一定富于诗意；另一种是内质的融合，作品中可以有诗词的穿插，也可以没有，但作品创造了诗的意境，富有诗意，充满一种诗意美。

在中国古典小说中，真正创造出诗的意境，富于诗意美的作品是并不很多的。一般认为，在短篇小说中，唐传奇中的一部分作品，如《霍小玉传》《莺莺传》《柳毅传》等是富于诗意美的，再就是《聊斋志异》中的一部分作品了；长篇小说中，《红楼梦》是最富于诗意美的。

《聊斋志异》是中国古典短篇小说发展的高峰和总结。其中的优秀作品，堪称为真正的美文——思想美，形象美，语言美，构思美，意境美。每读一遍，除了在思想上受到启迪，还会得到一种艺术的美的享受。意境创造是《聊斋志异》卓越的艺术成就的一个重要方面。我们读《聊斋志异》，尤其是那些用奇幻的笔墨写出，而又充满人间气息，描写爱情和歌颂妇女的作品，总是能使你身临一种境界，感受到诗，感受到作者渗透于作品中的那种既含蓄而又十分强烈的情感意绪，看到在这境界中泛出的作者理想的光彩。

无论诗歌或小说，意境创造的共同之处主要有两点：

（1）情景交融。所谓意境，就是指作品中由作家的主观感情与客观的物境相融合而创造出的一种艺术境界，它使得描写对象带上一种抒情色彩，变得比实际生活更美，更富于诗的情韵。作品所描写的对象，包括人、自然景观和种种物象，以及由此而产生的有相当艺术空间的一种“境”，都经过了作家的艺术提炼与升华；因此，尽管作者所描写的对象可能都是我们所熟悉的，但又都不同于我们在生活中所看到的，因为其间渗透了、融进了作家的思想感情。比如陶渊明和李清照都写过菊花，但他们笔下的菊花形象和传达出的思想感情是不一样的；陆游和毛主席都写过《卜算子·咏梅》，但是他们笔下的梅花形象和传达出的思想感情也是不一样的。当然这和我们在生活中见到的菊花和梅花也是不完全一样的，因为那是诗人艺术创造的结果。

（2）意蕴丰富。这是意境的一个非常重要的特征。中国传统美学讲“境生于象外”（刘禹锡《董氏武陵集记》），讲“象外之象”（司空图《与极浦书》），都是强调在具体的意象或形象之中，包含着丰富深厚的思想内涵和情感内涵。就是说，意境中不仅融进了作家的感情，而且还融进了他的生活体验、人生感悟和理想追求等等。这里有一个艺术创造中虚实结合的问题。“境生于象外”的“象”和“象外之象”的第一个“象”，都是比较具体的可见、可感的物象、形象或意象，是比较实的；而生于象外的“境”和“象外之象”的第二个“象”，则是由具体的、比较实的物象、形象或意象所生发和升华出的一种艺术境界，是比较虚的。前者是作品中可以看到的，是作者所直接创造的，而后者则是要靠读者或欣赏者依凭于作者的创造而通过自己的想象来完成、来实现的。诗的意境总是引导读者由具体可感的物象、形象或意象而进入到一种无限丰富的艺术空间，启发读者去思索人生，思索历史，乃至思索宇宙。因此，意境创造所追求的绝不只是满足于情景交融，而还必须有言外的“无穷之意”。就是说要能于实中见虚，于有限中寓无限，总是升华到一种近于空灵的境界。从审美体验一面讲，真正的富于诗意的艺术意境，都不在言内，而在笔墨之外，不在纸上，而在欣赏者的艺术想象之中。

不过，小说作为叙事文体，在意境创造上也有其与诗歌的不同之处。这主要也有两个方面：

（1）小说的意境创造总离不开人物塑造这个中心任务。一则，这不仅指小说的意境要为塑造人物形象服务，而且更重要的，是意境本身就离不开人物，有时候人物甚至会成为意境构成的主体。这是小说的意境创造同诗歌的意境创造主要的不同之点。诗歌，特别是抒情诗，不一定有人物出现，诗歌的主人公往往就是诗人自己，但他一般并不出现在诗中，没有具体的形象。再则，人物在小说意境创造中的地位和作用，有时会呈现出一种相当复杂的状况。比如说，作为意境重要特征的“情景交融”，人物既可以体现创作主体（作者）的“情”，而有时又属于客体的“景”（作为作者所描写的对象），很难明确地截然划清。也就是说，在意境创造中主体与客体的融合，在小说中常常会呈现出叠合或交叉的情况。当人物的思想感情同作者的思想感情完全一致的时候，在作为客体的“景”中所渗透和融入的主观感情，既是人物的，也是作者的，是两者的叠合和同一。小说人物之所见所感，也即作者之所见所感。但多数的情况是作者的思想感情同小说人物的思想感情并不相同，或并不完全一致。这样，人物既可作为“情景交融”中的主体（与作者的思想感情相一致）出现，同时对创造意境的作者来说，他们又是“景”（客观的描写对象）的组成部分，又属于客体。

（2）作为叙事文体的小说离不开情节，尤其是中国的古典小说有重情节的艺术传统，因此小说的意境创造又不能游离于情节之外。小说在生活的流动发展中刻画人物，也在生活的流动发展中创造意境。因此，小说的意境创造常常呈现出一种动态美。王国维在论元曲的意境创造时，就列举了“写情”“写景”和“述事”三个方面，并分别提出了意境创造的要求和标准。将“述事”单列一条，这是顾及到戏曲作为叙事文体的特点的。戏曲如此，小说更是如此。

二

对真、善、美的赞颂是《聊斋志异》诗化小说最重要的思想特征。对生活中美好的人和美好的事物的热情歌颂，是能在作品中创造诗意美的基础。不仅小说如此，一切作品都是如此。这里有两个重要条件，一是只有生活中美好的东西才能成为小说诗意化描写的对象；二是作者对美好的人和事具有强烈的热爱和激情。

蒲松龄总是利用多种艺术手段，将他所热爱和歌颂的美好的人，美好的事物，美好的情感和美好的人生，通过形象的塑造而加以诗化。特别是对那些具有优美的精神品格，幻化为花妖狐魅的妇女形象，总是赋予她们以诗的特质，使她们的身上闪现出理想的光辉。

例如《晚霞》（卷十一），它所创造出的艺术意境，就充满了一种迷人的诗意美。小说写的是晚霞和阿端这一对鬼男鬼女的恋爱故事。一提到鬼，我们都会感到毛骨悚然。其实鬼实际上并不存在，是人们出于迷信观念而在自己的头脑中虚构出来的，这是人类自己吓唬自己。但在蒲松龄的笔下，鬼的形象不但一点也不可怕，而且多数都写得非常优美，非常可爱。在这篇小说中，作者为了赞美真挚的爱情，为了表达作者与现实中的礼法规范和世俗陋见相对立的一种理想，他倾注深情，一层层地精心营造，写出了人间罕见又为人们所向往的爱情之美。而这一歌颂的主题，是由成功地塑造出富于诗意美的形象晚霞来实现的。

这个故事写得很曲折，男主人公阿端和女主人公晚霞，经历了由生而死、又由死而生，也就是由人变成鬼、又由鬼变成人（准确地说是变成了能活动在现实的人当中的具有人身的鬼）的过程。在这个过程中男女主人公实现了他们的爱情理想，作者也同时完成了晚霞这个富于诗意美的形象的塑造。

在中国古典绘画中，有一种叫皴染的画法。《红楼梦》中提到过这种画法，也采用过这种技法来塑造人物。在《晚霞》这篇小说中，作者也采用了类似这种皴染的艺术手法，经过精巧的艺术构思，作了层层铺垫，层层烘托，层层擦染，将人物的诗意美，写到了极致。

小说的开头从江南的民俗写起，就是一种美的铺垫。说是五月五日端午节，在江浙一带有赛龙舟的习俗，不仅龙舟雕龙彩绘，非常漂亮，而且在龙舟上表演的小孩技艺非常精湛："有童坐板上，颠倒滚跌，作诸巧剧。"他们都聪明灵巧，有很高的技艺。阿端姓蒋，就是当地一个"便捷奇巧"，表演出色、声价很高的水上龙舟表演者。这是第一层铺垫、擦染。

但是这种表演非常危险。阿端和晚霞就都是因为龙舟表演堕水而由人变成鬼的。但他们淹死后并没有堕入可怕的阴曹地府，而是进入了水底的龙宫。在阿端进入龙宫之前，作者先对龙宫之美作了精心的渲染，把那个主人公将要在那里产生爱情的环境写得非常优美，非常富于诗意。先写他被淹死后："有两人导去，见水中别有天地。"冯镇峦评云："别开异境。"这一句批语很有眼光，他看出了蒲松龄这样写的艺术匠心。进入宫殿（龙宫），龙王"颜色和霁"，一眼就看出阿端的技艺很高，于是将他编入龙宫中舞乐队伍中的"柳条部"，并交给一位同样和蔼可亲的老太太解姥，教他"以钱塘飞霆之舞，洞庭和风之乐"。从这名目上就知道，舞和乐都非常优美，充满一种仙气。小说进而写宫中的艺术氛围："但闻鼓钲喤聒，诸院皆响。"后面写"乳莺部"跳舞时，又补写一句龙宫之美和宫内浓厚的艺术气息："命进乳莺部，皆二八姝丽，笙乐细作，一时清风习习，波声俱静，水渐凝如水晶世界，上下通明。"这是第二层铺垫、擦染。

写女主人公晚霞，又是另一种写法。小说并未明写她如何善于表演、如何落水身亡，变成鬼而进入龙宫等等，只在小说开头暗点："吴门（古代吴县的别称，即今天的苏州市）则载美妓，较不同耳。"没有这一句伏笔，则后文晚霞从何而来就不清楚；但写多了，既显得拖沓，也与写阿端的手法雷同。仅一句，含蓄而简约，恰到好处。接下来从解姥口中自然地点出晚霞。他在调教阿端时，见他聪明敏捷，就随口说："得此儿，不让晚霞矣！"先虚写一笔，已暗示给我们晚霞乃龙宫乐舞队中的佼佼者。这是第三层铺垫、擦染。此时写爱情关系中的另一方晚霞，还只是轻描淡写的暗示、点染。

然后，作者巧妙地通过舞姿来写晚霞之美：

> 次按燕子部，皆垂髫人（古代指女子未及笄，头发没有挽髻，还是未成年的少女）。内一女郎，年十四五已来，振袖倾鬟，作散花舞；翩翩翔起，衿袖袜履间，皆出五色花朵，随风扬下，飘泊满庭。

这里作者并没有直接写晚霞长得如何美，只是写她美妙的舞姿，从优美的形体动作，晚霞那种风姿绰约、缥缈灵动，富于诗意的美，连同她对美的追求，便都历历如绘，出现在我们的想象之中了。这是第四层。

接着写阿端和晚霞就因为两人都技艺超群，因而彼此倾慕，“相视神驰”，以致一方（晚霞）投物（珊瑚钗）示爱。最出色而富于诗意的，是写他们即将幽会的环境：

> 南启一户；折而西，又辟双扉。见莲花数十亩，皆生平地上；叶大如席，花大如盖，落瓣堆梗下盈尺。

这是第五层。显然，作者写花是为了写爱情之美。花不仅秀丽，而且奇异，正好映照出爱情的超尘脱俗。清代聊斋评论家冯镇峦在这里写了一句评论说：“欲写幽欢，先布一妙境，视桑间野合，濮上于飞者，有仙凡之别。”

再接下去就是写二人的幽欢了：

> 少时，一美人拨莲花而入，则晚霞也。相见惊喜，各道相思，略述生平。遂以石压荷盖令侧，雅可幛蔽；又匀铺莲瓣而藉之，忻与狎寝。

美的人、美的情感、美的环境、美的氛围，直将男女爱情渲染得达到一种美的极致。这里就有诗的意境。读者读到这样精妙的艺术描写，产生艺术想象，神游其间，不仅得到美的享受，而且领悟到作者对生活的评价，以及他的充满激情的追求与理想。冯镇峦对此有两句极精彩的评语：“人间所谓兰闺洞房，贱如粪壤。”这句评语，道出了这篇小说意境创造所含蓄的深层意蕴。对这样美的人，美的爱情，作者当然是使“有情人终成眷属”，最后他们在经历了一番挫折之后，终于又由鬼变成了人（实际上是活在人间的鬼），并结合在一起，还生了一个儿子。

我们再来看《红玉》（卷二）。这也是一篇充满诗意美的小说。小说写的是在蒲松龄的时代，生活在底层的农村小知识分子的悲喜剧。这个悲喜剧的形成、发展及其结局，联系着生活中的黑暗面和光明面，具有非常强烈的现实内容。作者在现实社会的迫害与反迫害的政治斗争的背景下，表现出强烈的爱和恨，他肯定和歌颂生活中正义的一面，揭露和抨击生活中邪恶的一面。小说中的女主人公红玉，一个热情助人的狐狸精，就是代表正义和光明的一个充满诗意美的形象。

这篇小说常常被误读为是一篇爱情小说。小说中写到了爱情是并不错的，但写到爱情并不等于表现的就是爱情主题。小说开头写红玉第一次出现，就是一个很美的形象，同时在蒲松龄的时代，又带有一种很强的神秘感：

一夜，相如坐月下，忽见东邻女自墙上来窥。视之，美。近之，微笑。招以手，不来亦不去。固请之，乃梯而过，遂共寝处。

粗看这几句描写，会以为红玉只是为爱而来，甚至还可能误以为作者所写大概只是一个书生的艳遇故事。但这里有两点值得我们注意：第一点是，小说一开头这样介绍男主人公冯相如父子：

广平冯翁有一子，字相如。父子俱诸生。翁年近六旬，性方鲠，而家屡空。数年间，媪与子妇又相继逝，井臼自操之。

这里除了写到冯相如的父亲“性方鲠”这一点与人物性格和后文的情节发展有关系外，更值得我们注意的还有两点：一是他们家里很穷；二是父子两人都死了妻子，家务劳动都要亲自操持。大家要知道，在封建时代，男人特别是所谓的读书人，是不会干家务的。这两点说明什么呢？说明父子两人在这种境况之下，生活是很困难的，是最需要有女人来慰藉和扶持的。这就暗示我们，红玉看似是为爱而来，但更是为了帮助冯相如而来。

第二点是，冯相如与红玉两人私自同居的这种关系（小说写他们“夜夜往来，约半年许”）终于被冯翁发现，而发现以后三个人的态度是这样的：

翁夜起，闻子舍笑语，窥之，见女。怒，唤生出，骂曰："畜生，所为何事！如此落寞，尚不刻苦，乃学浮荡耶？人知之，丧汝德；人不知，促汝寿！"生跪自投，泣言知悔。翁叱女曰："女子不守闺戒，既自玷，而又以玷人。倘事一发，当不仅贻寒舍羞！"……女流涕曰："亲庭罪责，良足愧辱！我二人缘分尽矣！"生曰："父在不得自专。……"女言辞决绝，生乃洒涕。女止之曰："妾与君无媒妁之言，父母之命，逾墙钻隙，何能白首？……"

这段情节和三个人的对话非常重要。这里写的是什么呢？是青年男女的爱情和封建礼教之间的冲突，说明在这场冲突中，封建礼教战胜了爱情。父亲用封建礼教来反对扼杀儿子的爱情，儿子和红玉都同时屈服于封建礼教。如果这篇小说的主题果真是表现爱情的话，那么可以说，冯相如和红玉在第一个回合就打了败仗，就向封建家长和礼教投降了。这样写爱情就只能算是败笔。但实际上这是一篇非常优秀的小说，是很成功的作品。显然，这段描写还只是这个故事的序幕，作者的用意是另有所在。

果然小说随后笔墨一转，便开拓出了新的情节和新的境界。红玉退出了，但一个酷似红玉的妇女卫氏女来了，成了冯相如的妻子，帮助他建立起一个美满幸福的家庭，还为他生了一个能传宗接代的儿子。这在封建时代是重要得不得了的大事。这里也有两点值得注意：一是，这个卫氏女是由红玉介绍给冯相如的，相亲时的聘金也全由红玉资助。这可以说完全是无私的帮助，要说她是纯然为了爱情而来，这样的表现是不可理解的。二是，这个卫氏女无论在容貌、品德等方面都可以同红玉媲美，或者说都酷似红玉，甚至使我们感到她简直就是红玉的化身。我们可以毫不夸张地说，冯相如的命运和生活状态的改变，完全是由于红玉的帮助才实现的。

接下来故事的主体，出现了大的曲折和大的波澜，就是冯相如在恶霸豪绅以及官府的双重迫害之下，被蹂躏到家破人亡的悲惨境地。一个因贿赂而被罢官退居乡间的宋御史，看见冯相如的妻子长得漂亮，就要占为己有。先是"使家人风示之"（"风示之"这三个字绝妙，一则可以见出这是他的惯用手法，二则又可看出他在乡间平日的威势之盛），未得逞；便在光天化日之下，派了一帮暴徒到冯相如家里，打伤了父了二人，将卫氏女抢走了。冯父因被打加上生气很快就死了。后来卫氏女也不屈而死。冯相如带着儿子到官府告状，小说写他"上至督抚，讼几遍，卒不得直"。在走投无路的情况下，一个虬髯豪客来帮他报"杀父之仇，夺妻之恨"，在夜间去杀了宋御史父子三人和一媪一婢。此事惊动官府，官府毫无根据就认定冯相如是凶手，将他逮捕入狱，儿子也被抢走抛到山中。他被剥夺了秀才资格，但是“屡受梏惨，卒无词”。坚决不承认是他所为。到晚上，审案的县令受到威胁，有人（可能就是虬髯豪客）到他家行刺，结果未击中，“一短刀，铦利如霜，剁床入木者寸余，牢不可拔”。县令因此内心恐惧，不得已才将冯相如释放回家。回到家时，是“瓮无升斗，孤影对四壁”。这时小说写冯相如面对悲惨处境时的心理十分生动逼真：“念大仇已报，则辗然喜；思惨酷之祸，几于灭门，则泪潸潸堕；及思半生贫彻骨，宗支不续，则于无人处，大哭失声，不复能自禁。”事过半年，就在冯相如安葬完妻子卫氏之骨，“悲怛欲死，辗转空床，竟无生路”时，出乎当事人冯相如的意外，也出乎读者的意外，红玉又突然出现了，并给他带来了被人抛弃到山中以为早已死掉了的儿子。这时，红玉才告诉他（也才告知读者），自己并不是什么邻家女，而是一个狐狸精，当初见他的儿子被抛到山中，就替他抚养至今，现在特来同他团聚。此后，同他生活在一起，起早贪黑，勤苦劳作，让他安心读书，并为他恢复了秀才的资格，让他终于考中了举人。半年左右，就“人烟腾茂，类素封家”。冯相如十分感谢，对红玉说：“灰烬之余，卿白手再造矣。”

蒲松龄在小说最后的“异史氏曰”中，明确揭示了他这篇小说的主旨是在反对和揭露政治压迫，歌颂侠义精神。他说：“其子贤，其父德，故其报之也侠。非特人侠，狐亦侠也。遇亦奇矣！然官宰悠悠，竖人毛发，刀震震入木，何惜不略移床上半尺许哉？使苏子美读之，必浮白曰：‘惜乎击之不中！’”

在小说中，作者以鲜明强烈的爱憎感情，写了善与恶的对立，美与丑的对立。在这一对立中，他热情地描写和歌颂了主持正义、乐于助人的侠：一个是人侠，一个是狐侠。人侠就是那位“路见不平，拔刀相助”，替人报仇雪恨而“不任受德”的虬髯豪客；狐侠便是那位作者深情赞美的狐仙红玉。所以我们说，这篇小说中虽然写到了爱情，但它的主题并不是爱情，而是在反压迫的政治背景之下，歌颂侠义精神，歌颂我们中华民族的传统美德。

这篇小说的意境美，与其独特精巧的艺术构思分不开。小说以红玉的名字命名，按《聊斋志异》在写作上仿史传体的通例，红玉应该就是这篇小说的主人公。事实上，通读全篇就不难体会到，红玉确实是作者着意刻画、热情歌颂的人物。但在小说中，实际描写红玉的笔墨却并不很多，她只是在小说的一头一尾出现，中间一大段都隐而不见。但是作者以实映虚，寓无形于有形之中，匠心独运地营构了红玉两次出场的背景。

第一次，红玉是在冯相如父子“媪与子妇又相继逝”，不得不“井臼自操之”的情况下来的，而在被迫退出之时，又精心安排给冯相如介绍了一个代替自己帮助和照顾冯相如父子的卫氏女。所以我们有理由说，红玉既是为爱而来，更是为帮助贫穷而又困难的冯相如而来。

第二次，是冯相如惨遭豪绅、官府的迫害，家破人亡，从监狱里出来后举目凄凉，“悲怛欲死”之时，红玉又隐而复现了。这次，她不仅为冯相如带来长期为他抚养的儿子，而且又代替失去的卫氏女，同他结为夫妻，并帮助他创立家业、恢复功名，重新过上了美满幸福的生活。这时，作者满怀深情，这样来描绘红玉的仙姿玉质：

> 女袅娜如随风欲飘去，而操作过农家妇；虽严冬自苦，而手腻如脂。自言三十八岁，人视之，常若二十许人。

联系到开头红玉从墙上探头过来见冯相如的那段描写，这一头和一尾，遥相呼应，出现在我们面前的都是一个富于诗意的美的形象。红玉的诗意美，不仅在于她的外貌，而更重要的在于她内在的精神。正因为如此，红玉的形象就具有一种超出于笔墨之外的诗意美。小说中间一大段红玉隐去未现，但我们读小说时的感受，却是红玉的形象无处不在，无时不在。中间一大段是作品的主体，小说的主人公不见了，但读者却又确实感受到她并没有真正退出，她存在于笔墨之外，存在于作者精心营造的整个艺术空间里，存在于读者的想象之中。因此可以说，从小说艺术构思的角度看，小说对红玉的描写，中间虽然空缺，但是断而未断，峰断云连。从卫氏女的勤劳贤德，从虬髯豪客的侠义行为，甚至从宋御史和贪官酷吏的反面映衬中，我们都看到了红玉的存在，看到了她的思想的光辉。不是看到具体的人，而是看到弥漫于全篇的泛着理想光彩的人物的精神美。而从这美的意境中，我们深切地感受到（或者说简直是听到了）蒲松龄针对恶浊的现实而发出的对于真、善、美的深情的赞美与呼唤。

三

传神写意是《聊斋志异》诗化小说最主要的艺术手法。

从上面的例子可以看出，小说的意境创造同诗歌一样，都不能不接触到一个形神关系的问题。蒲松龄写人物，如果用绘画来作比喻，他主要不是用工笔细描的手法，而是着重于传神写意。对于他所钟爱的幻化为花妖狐魅的女性形象，一般都把她们的形貌写得很美，但又大都极为简约，往往仅以四个字或八个字来撮其精要，加以概括，而绝少繁词缛句的极尽形容。在人物描写中，这样概括而简约的点示，也非常值得我们注意。例如我们上面分析的两篇作品，《晚霞》一篇中的晚霞，通篇并未写她的容貌如何美，而只是在她从龙宫返回人间，来到蒋阿端的家中时，从媪（阿端的母亲）对她的印象中写下了这么四个字："风格韵妙"，这显然是着重于人物内在的精神风格而言的。而《红玉》中对红玉，也没有对她外貌的具体详细的描绘，只在她刚出现时这样写："视之，美。"只用了一个"美"字，可以说是概括到了极点，简约到了极点。但由于作者对主人公内在精神美的充分揭示，待我们读完小说，她那内外融合在一起的美，就都在读者的想象之中了。对红玉所介绍的卫氏女，描写稍多一点："虽荆布之饰，而神情光艳。"她的美也是要通过读者自己的想象才能体会出来的。

类似的例子，在《聊斋志异》中还有很多，我们可以信手拈来，如："红妆艳绝"（香奴），"娇波流慧，细柳生姿"（娇娜），"飘洒艳丽""秋水澄澄，意态媚绝"（粉蝶），"风采焕映"（十姑），"容华绝代，笑容可掬"（婴宁），"倾国之姝"（莲香），"风流秀曼"（李氏）等等。这些极为简约的概括，自然难于给读者留下深刻难忘的印象，而且其中少数形容如"容华绝代""倾国之姝"也不免流于俗套。但这些概括的重要意义在于，它们显示了蒲松龄对于他笔下形象的着意之点和他的追求，即这些概括都没有仅仅局限于或停留在外在的形貌上，而是注意到了形神结合，注意到了对与人物的外貌美表里相符的美的内质的揭示。像上面几个例子中的"风格""流慧""飘洒""秋水澄澄""风流秀曼"等，就都是指人物内在的风神气质和精神品格而言的。

传神是中国古典诗画艺术的传统，蒲松龄在小说创作中写人物也力求传神，这是《聊斋志异》诗意美的一个突出特点，也是蒲松龄取得成功的奥秘所在。蒲松龄是中国小说史上为数不多的深得传神艺术三昧的小说艺术家。在某种意义上我们可以说，蒲松龄以塑造人物形象为中心的小说的意境创造，主要就在于使人物内在的精神美得到一种艺术升华，升华到一种诗的境界。

在这方面堪称为杰作的，要算是《娇娜》（卷一）和《阿绣》（卷七）。

《娇娜》一篇与《红玉》不同，没有强烈的政治内容，着重于表现在日常生活中人与人之间的一种美好关系，主要表现为：真诚的不掺杂任何功利目的的互相关心、互相帮助。小说所着意表现的，偏重于情感内涵，却从中表现了作者超凡脱俗的思想和眼光，也表现了作者一种富于诗意的美好理想。小说的男主人公叫孔生，女主人公叫娇娜。娇娜也是一个狐狸精，同样被作者塑造成一个非常优美的形象。通过这个形象的创造和人物之间的关系，蒲松龄不仅热情地肯定和歌颂了青年男女之间美好纯真的爱情，更重要的还热情地肯定和歌颂了青年男女之间美好纯真的友情。他通过笔下的优美动人的故事告诉我们，男女青年之间，不仅可以产生爱情，也可以产生与性爱没有关系的纯洁真挚的友情。作者在“异史氏曰”中深有感叹地说：“余于孔生，不羡其得艳妻，而羡其得腻友也。”所谓腻友，就是指关系亲密的女朋友。

这篇小说在构思和艺术处理上，也有与《红玉》相似的地方。小说用娇娜的名字命名，而出人意料之外，与男主人公孔生相恋的却不是娇娜，而是松娘。娇娜只是孔生的异性朋友。可见，这篇小说虽然写到了爱情，但作者着意表现的并不是爱情，而是娇娜与孔生之间纯洁真挚的友情。另外，与《聊斋志异》中多数篇章主人公于开篇即出场的艺术处理不同，娇娜是在小说情节发展到近三分之一的篇幅处才出场的。前面主要写孔生的身世遭遇：他是孔子的后人，性情很好，会作诗。朋友在外地做县令，写信要他去，去时适逢朋友去世，衣食无着，于是流落到一个寺庙里借住，这才引出与居住在附近一个废旷的大府第里的狐狸精一家交往的故事。他与狐公子的关系，主要是因为双方都风流儒雅，有文化素养，因而结为朋友和师生（狐公子向孔生求教）。在两人友情的基础上，才渐次引出狐公子一家及其亲戚包括娇娜在内的诸多人物与孔生的种种关系。娇娜的出场是有特殊条件的，那时孔生的胸上长出一个如碗大的毒疮，痛苦呻吟，亟需救治。狐公子为他的病“朝夕省视，眠食都废”，于是想到此病“娇娜妹子能疗之”。于是娇娜出场。显而易见，她不是为爱情而来，而是为友情——真诚地帮助孔生而来。后来，娇娜一家遭雷霆之劫，孔生“矢共生死”，毫不犹豫地“以身赴难”，救了娇娜的性命；而娇娜见为救自己而死去的孔生，竟不顾封建时代“男女授受不亲”的严格禁忌，面对孔生，“以舌度红丸入，又接吻而呵之”（就是嘴对嘴的人工呼吸），终于使孔生死而复生。这两处描写，一处是娇娜救孔生，一处是孔生救娇娜一家，随后又是娇娜救孔生。前后遥相呼应，构成了小说中虽然比重不大却是非常重要的情节内容。

此外，小说设计并描写了好几个陪衬人物：狐公子皇甫氏、狐翁（公子之父）、香奴（狐翁的婢女）、松娘（公子的表姐，后来成为孔生之妻）、吴郎（娇娜之夫）。一个短篇中出现这么多人物，在《聊斋志异》中是并不多见的。小说通过这些人物

（尤其是狐公子）与孔生的关系（真诚亲密的朋友关系、师生关系），表现了人狐之间那种真纯、诚挚的美好情谊。这些描写，都为表现孔生与娇娜男女之间的真挚友谊，作了很好的铺垫和映衬，烘托出了集中地表现在孔生和娇娜关系中的那种人情美和性格美。这种人情美和性格美，由于是通过人狐关系的多方面描写，随着情节的发展而逐渐展现出来的，因而渗透于整篇小说的字里行间，并且表现出一种富于活力的流动美。

人物的设置和描写，蒲松龄确有其艺术上的匠心，这就是冯镇峦在评语中提炼出的两个字："互笔"。所谓"互笔"，就是指作家着眼于人物关系而整体地表现生活的丰富性的艺术眼光和表现手法。小说先写孔生对狐公子召来为他弹琵琶的婢女香奴产生了爱意，但狐公子认为香奴配不上他，说孔生"少所见而多所怪"，"以此为佳，君愿亦易足也"。后来又写孔生对来为他治病的娇娜产生了爱慕之情。小说中写她："年约十三四，娇波流慧，细柳生姿（娇媚的大眼睛里闪动着聪慧的亮光，细高的身材轻柔美丽，婀娜多姿）。生望见颜色，嚬呻顿忘，精神为之一爽。"而在娇娜为他做手术时（大家可以去看看小说的描写，做手术的过程迥异于人间所见，而完全是艺术化的，充满了一种飘逸的仙气和诗意美），又写孔生"贪近娇姿，不惟不觉其苦，且恐速峻割事，偎傍不久"。在他病愈而娇娜要离去时，写孔生是这样的表现："自是废卷痴坐，无复聊赖。"狐公子看出了孔生对娇娜的爱慕之情，对他说已替他物色了一个"佳偶"，但孔生表示："曾经沧海难为水，除却巫山不是云。"这时公子才告诉他为什么娇娜不能嫁给他的原因：这是他唯一的一个妹妹，年纪太小，不大适合。这才为他介绍了自己的姨表姊松娘。蒲松龄在这里特意从孔生的眼中加了这样一笔：松娘"与娇娜相伯仲也"。他着力要写的是孔生和娇娜，但其着眼处却并不局限于孔生和娇娜，他写狐公子、写松娘，都映照到孔生和娇娜的形象上。这就是"互笔"。"互笔"所收到的艺术效果，不仅在于生动地表现了生活的丰富性和完整性，更重要的是使作者所着意要表现的人情美和性格美，无所不在地弥漫于全篇。

小说在开篇介绍男主人公时，说他"为人蕴藉"。"蕴藉"二字，可以说是一篇纲领，也是这篇小说所创造的意境美的主要思想内涵。所谓"蕴藉"，一般是指人的修养和性格，大致指宽厚而有涵养，为人含蓄而不显露。据我的体会，在这里含义还要更丰富一些，是指人的一种气质和品格，主要表现在人与人的关系中，其主要内容是：含蓄、宽厚、诚挚、多情。在蒲松龄的笔下，不仅孔生蕴藉，狐公子蕴藉，狐女娇娜、松娘也无不蕴藉。正如另一位《聊斋》评论家但明伦所评："蕴藉人而得蕴藉之妻，蕴藉之友，与蕴藉之女友。写以蕴藉之笔，人蕴藉，语蕴藉，事蕴藉，文亦蕴藉。"读这篇小说，我们会感受到蒲松龄确实为我们创造出了一种艺术意境，而从这个艺术意境中泛出的，就是这种充溢于全篇的无所不在的蕴藉美。蕴藉美就是一种诗美。其间，既有蒲松龄对现实人间真情的集中与提炼，也有他对人与人之间关系美好理想的追求与寄托。

《阿绣》的诗意美，主要表现在对狐女的描写采用了一种特殊的"略貌取神"或者叫"遗貌得神"的手法上。就是作者有意不写她的外貌，而着重写她内在的精神美，从而使她的这种美得到了一种诗意化的表现。小说是从写一对现实中的青年男女的爱情开始的。刘子固是个痴情男子，他爱上了一个杂货店里的漂亮女子阿绣（小说写她"姣丽无双"），刘子固为了跟她有见面和接近的机会，就经常到她店里去买东西，价钱不管多贵他都买，而且买了一大堆他根本用不上的东西如扇子、香帕、脂粉等，回到家里就很珍贵地保存起来。他买的东西阿绣替他用纸包好，再用舌头舐粘为他封上（这是这个姑娘慧黠的表现，她深知这个青年男子钟情于她，故意用这种方法使对方对她更加不能忘情。后来还知道，她还有故意恶作剧的一面，她付给刘子固的东西，纸里包的竟然不是货物，而是黄土），为了保持这种原貌，他连动都不敢动一下。这些没有用的东西成为他对阿绣的爱的象征，精心而又秘密地放置在一个箱子里，常常一个人关上门在屋里偷偷地检视。经过一段分离和曲折，刘母同意派人到阿绣的家乡广宁去为他说媒，结果听说阿绣已经许婚给别人了。刘子固非常失望和悲伤，不得已而希望能找到一个与阿绣长得相像的女子，聊以为慰。刘子固对阿绣的一片痴情，缠绵深挚，十分动人。如果小说到此为止，或者再加上一个"有情人终成眷属"的结尾，也不失为一个篇章结构完整而又动人的爱情故事，也有其一定的社会意义。作为艺术形象，刘子固为情痴，阿绣为慧种（前已指出她对刘子固有种种慧黠的表现），各有其不可忽视的思想内容和审美价值。

但在蒲松龄的笔下，这些都还只是小说的序幕，真正的主人公，那个狐女还没有出场。在狐女出场以后，小说就着重写她与刘子固和阿绣之间的关系，写她冒充阿绣因而与这对相爱的青年男女发生了一系列的矛盾冲突，而最后是帮助这对有情人实现了爱情理想，建立起一个美满幸福的家庭。后边以狐女为主的故事，才是小说的主体，小说的正文。所以小说真正的主人公不是阿绣，小说真正的思想意趣也并不在写刘子固和阿绣之间的爱情，而是在表现冒充阿绣几至于乱真的狐女，表现她的一种崇高的品德。小说通过描写她一系列的行为表现，塑造出一个高洁优美的形象，表现了一种比爱情更高更美的人生追求。

狐女是真诚地爱刘子固的，因为她是狐狸精有幻化的本领，就变化成阿绣的模样，十分酷似，酷似得连刘子固也分辨不出真假来。她因此而先于真阿绣得到了刘子固的爱。但当她得知刘子固与阿绣二人真心相爱时，没有像我们在生活中经常看到的那样产生强烈的嫉妒，更没有因此而从中进行恶意的破坏（作为一个具有超人本领的狐狸精，这样做是轻而易举的），而是为他们的真情所感，主动地舍弃所爱而成全了两个有情人的结合。当刘子固的仆人发现她是一个精怪时（起疑于“焉有数年之衣，尚未易者？且其面色过白，两颊少瘦，笑处无微涡，不如阿绣美”），他们就一起要谋设计害她，但轻易地就被她识破并瓦解。她于是不满地说：“悉君心事，方将图效绵薄，何竟伏戎？”）她确实是真心诚意地要帮助和成全他们的，不仅救他们于危难之中（阿绣在自广宁归途中遇兵乱而被俘，狐女帮助阿绣逃脱并使她同刘子固见面），还帮助他们建立起美满幸福的家庭，家中的一切疑难都帮助解决，连失窃的物品都能轻易地就帮助他们找回来。她追求爱情，由于主动退出因而得而复失；她也追求容貌美，变得与真阿绣十分相似，但与真阿绣相比还是稍有欠缺。也就是说，在爱情的追求上她是一个失败者，在容貌美的追求上与真阿绣相比，也是一个失败者。但读完全篇，我们却看到假阿绣狐女在精神品格上达到了美的极致。在这里，蒲松龄采用了遗貌得神的手法，不去写狐女本身生得如何美，而是着意于人物内在精神美的开掘。他写了狐女与真阿绣之间比较妍媸的三次较量，每一次她都不如真阿绣美，但每一次，她的内在的精神都向着美的境界得到一次升华。作者无意于对她本人的容貌作具体的描写，事实上也无须作具体的描写。形象所焕发出的是一种内在的精神美——执着追求的意志美，舍己助人的道德美。狐女的形象在读者心中唤起的，不是哀怜，不是同情，甚至连遗憾也不是，而是一种崇高的美感，以及对于人生意义的带哲理意味的思索。狐女最后带着爽朗的笑声凌空而去，而留给我们的却是一首永远难忘的优美的诗。

《聊斋志异》中富于诗美的形象，多数都是幻化为人形并且具有人的思想感情的精魅形象。这些形象本身就带有一种虚幻和诡异的色彩。就像假阿绣形象的创造一样，作者大都采用的是幻实结合的手法。以虚映实，幻中见实，形象既清晰，又朦胧，有时竟像是镜中之花，水中之月，透出一种空灵美和朦胧美。而空灵美和朦胧美也正是一种诗美。

这是《聊斋志异》与那些人物形象须眉毕现的纯写实小说的不同之处。题材以及与之相应的艺术手法的特殊性，要求并且也有利于人物塑造上的诗意化表现。

四

环境描写的诗化和艺术氛围的营造，是《聊斋志异》诗意美的一个重要方面和突出特色。

《聊斋志异》在艺术上是以善于渲染气氛著称的。往往寥寥数语，略加点染，就能令读者置身于一种独特的环境气氛之中，如亲历其境，感同身受。例如写人鬼恋情的《连琐》（卷三），开头用几句话布置气氛：

> 杨于畏，移居泗水之滨。斋临旷野，墙外多古墓，夜闻白杨萧萧，声如涛涌。夜阑秉烛，方复凄断。忽墙外有人吟曰："玄夜凄风却倒吹，流萤惹草复沾帏。"反复吟诵，其声哀楚。

作者以精练的笔墨从三方面进行点染，景是鬼景，声是鬼声，情是鬼情。鬼的形象还未出现，已使我们感觉到森然鬼气弥漫满纸，阴幽逼人。这是以气氛渲染写悲情苦境。也有以气氛渲染写喜情乐境的，如《成仙》（卷一）中写周生入山寻找已成仙的成生时，这样点染山中景象：

> "见异彩之禽，驯人不惊，声如笙簧，时来鸣于座上。"

寥寥几句，抓住特点，绘色绘声，点染出一种安乐祥和的气氛，且带有一种仙风仙气。这种景象，正与促成二人"世情尽灰"，以致双双偕隐成仙的"强梁世界，原无皂白"的黑暗现实，形成强烈的对比。

当然，并不是所有的环境描写和气氛渲染，都能构成富于诗意的艺术意境的。在这里，最重要的仍然是融进人（小说人物或作者）的情感意绪，以及有"象外之象"，能引导和启发读者通过想象进入到广阔丰富的艺术空间。同时，环境描写与艺术氛围的营造相关联，但又并不完全相同。环境描写只有诗化，亦即情感化、意绪化、艺术化，同时又包含着某种能影响读者思想的艺术暗示，才能构成艺术氛围。氛围是比较虚的，过于质实的环境描写不会产生诗，当然也就不可能成为成功的诗意化描写。

《聊斋志异》环境描写的诗化和艺术氛围营造的主要特色，就在于融进了人物内在的气质和情感意绪。它能烘托、映照出人物的性格和内在风神，出色之处简直是将人物的精神气质融化进了艺术氛围之中。在这方面，《婴宁》（卷二）是最令人神往的佳作。小说塑造了一个在蒲松龄的时代可称为独异特出的全新的妇女形象。她天真、爽朗、纯洁、娇憨，自由无拘，不仅不受封建礼教的束缚，而且纯真的自然本性也没有被浑浊的尘世所污染。这个超尘拔俗的女性形象，显然是融进了作者蒲松龄的生活理想和美学理想。在表现这个形象内在的精神气韵方面，小说诗意化的环境描写和氛围的营造起到了很重要的作用。在情节发展中，作者不断地以笑和花来作点染，这与人物一系列天真娇憨的言行融合为一体。写笑，在不同情景下有不同的笑态、笑声；写花，不同的品色又表现了相同的韵致，而拿花的神态也是多姿多彩的。笑是婴宁的笑，是由主体发出的，但笑在这篇小说中的作用已超出了人物思想性格直接外现的意义，而同作为客体的花一起，构成一种主客体交融的艺术氛围。这氛围的诗意和美感，主要就来自含蕴其中的女主人公的内在风神。

对婴宁居处的环境，小说是由思慕和追寻她而入山的王子服的眼中写出的，带着鲜明的情感特征：

> 乱山合沓，空翠爽肌，寂无人行，止有鸟道。遥望谷底，丛花乱树中，隐隐有小里落。下山入村，见舍宇无多，皆茅屋，而意甚修雅。北向一家，门前皆丝柳，墙内桃杏尤繁，间以修竹；野鸟格磔其中。

这段环境描写，除了暗示了女主人公的狐仙身份以外，都是由一些美的意象，如幽谷、丛花、茅屋、丝柳、桃杏、修竹等构成一种充满诗情画意的境界，再加上“空翠爽肌”“意甚修雅”等主观感受的穿插，就不仅使读者有恍如身临其境之感，而且还真切地感受到一种充满诗意的艺术氛围。这里虽然还没有写到婴宁的出现，但读者已隐约地感到婴宁形象的存在了。读者自然地会想到，这样美的境界，必然有、也只配有一个同样美的人物生活其中。这种充满诗意美的环境描写，本身就是一种艺术氛围的营造，含蕴其间的人物的精神气韵，正是诗的意蕴所在。

耐人寻味的是，《聊斋词集》中有一首《山花子》，也是描写一位爱笑而憨态可掬的少女的：

十五憨生未解愁，终朝顾影弄娇柔。尽日全无个事，笑不休。　　贪扑蝶儿忙未了，滑苔褪去凤罗钩。背后谁家年少立？好生羞！

同样有鲜明的生活画面，甚至人物的情态也相当逼真生动；但同小说一对比，就显得比较平浅，意蕴不深，主要原因就在于没有从艺术氛围中显现出人物的风神韵致来。

与此相仿的还有《王桂庵》（卷十二）中对江南渔村景色的诗意描绘。这篇小说基本上是写实的，女主人公芸娘不是狐仙，而是现实中的人，但这段环境描写却是梦中所见，而后又在生活中证实，同样也是虚实结合，具有一种朦胧的诗美。小说写的也是爱情，这段景色也是由思慕和追寻意中人的王桂庵的眼中写出的：

一家柴扉南向，门内疏竹为篱，意是亭园，径入。有夜合一株，红丝满树。隐念：诗中“门前一树马缨花”，此其是矣。过数武，苇笆光洁。又入之，见北舍三楹，双扉阖焉。南有小舍，红蕉蔽窗。

这里，也是由柴扉、疏竹、红丝、苇笆、小舍、红蕉等美的意象，营造出一种富有诗意的艺术氛围。这里的境界带有一种素雅和质朴的特色。这正与女主人公芸娘的出身和教养相契合。芸娘不是大家闺秀，家境还比较清寒，但她是一个有思想、有教养、不为功利所动而能自尊自重，敢于维护自己人格独立的非凡女子。小说开头以“风姿韵绝”四个字来概括她的内在气质，从这段环境描写所透出的艺术氛围中，我们约略能感受到她的这种风神韵致。

艺术氛围的营造，除了常常借助于自然景物的描写外，《聊斋志异》中有时还以同人物情感气质关系更为密切的人物的文化行为来点染。例如《宦娘》（卷七）是一篇优美动人的小说，主要描写和歌颂鬼女宦娘的美好品德。她风雅不俗，喜好琴筝。她学琴于书生温如春，因琴而及人，对温有好感，但主动撮合了温如春与良工的爱情。全篇以琴声作线索，多处以优美的琴声进行点染，创造出一种富于诗意的艺术氛围，以此来烘托映衬宦娘风雅不俗的精神世界。看他开头这样写道士弹琴：

“接（琴）置膝上，裁拨动，觉和风自来；又顷之，百鸟群集，庭树为满。”

写琴声之美，正是写宦娘精神追求的高洁不俗。人物的精神品格与艺术氛围是融合在一起的。

《粉蝶》（卷十二）中阳生和粉蝶的爱情，也是以琴曲之妙作映衬的，再加上作者对神仙岛上那种“夏无大暑，冬无大寒，花无断时”的理想境界的着意渲染，便使全篇充满一种缥缈而富有诗情的仙风仙气。粉蝶那种“飘洒艳丽”的内在风神，也在艺术氛围中得到了映现。

再如《白秋练》（卷十一）、《香玉》（卷十一）、《王桂庵》（卷十二）、《连琐》（卷三）、《西湖主》（卷五）等篇中，男女爱情的产生和发展，都同诗分不开。尤其是《白秋练》一篇，写白鱼精白秋练同慕蟾宫的爱情关系，始终以诗来串合。诗不仅可以传情，勾通两颗相爱的心，而且还可以治病，甚至能使所爱的人死而复生。诗的作用和力量被渲染到了一种神妙的境地，与诗相关联的爱情也就显得更美。

借环境描写和营造艺术氛围来创造意境，都同人物塑造分不开，而其间无不融进作家强烈的爱憎感情和理想追求，读者在得到一种消魂夺魄、神清气爽的艺术感受的同时，还能领会到作家对人生的感悟和对社会历史的思考。

五

蒲松龄能在《聊斋志异》中创造出这样一些富于诗意美的小说作品，有其主客观的条件和原因。概括地说，主要有三个方面。

第一，是文学传统的继承和发展。这有两方面的内容。一方面，如前所说，中国有悠久而深厚的诗歌传统，素有“诗国”之称，作诗成为历代文人的必修功课。古代作家包括小说作家在内，多数都同时又是诗人，因此中国古典小说很早就有诗与小说相结合的传统。虽然多数还只是在叙事中掺入诗词韵语，并没有融入到小说的整体艺术之中，有的甚至形同虚设或成为赘疣，但至少说明小说与诗自古以来就有着密切的关系，优秀之作已有将诗与小说在艺术上融合为一体的范例。在这样的作品中，诗歌已经成为刻画人物、描写环境气氛的重要艺术手段。另一方面，唐人传奇中的不少优秀作品，不仅在小说中穿插运用诗歌达到了新的水平，而且常常并不依赖诗体的形式就能创造出优美的诗的意境。也就是说，在唐人传奇中，诗与小说的结合，已经不只是散体叙事、韵语描写或抒情的形式上的结合，而且是叙事与抒情性的意境创造的内质的融合。这是唐人传奇在小说艺术上的一大创造和发展。

大家熟知的唐人传奇中的一些名篇，如《柳毅传》《莺莺传》《霍小玉传》等，都是在小说的诗意创造方面取得了突出成就的作品。《聊斋志异》是以“用传奇法，而以志怪”（鲁迅语）为主要创作特色的，蒲松龄对唐人传奇的艺术创造，不仅在叙事委曲、描写细腻和人物刻画的鲜明生动方面，而且在小说的诗意创造方面，都有所继承和发展。

第二，是蒲松龄自身具有诗人的才华和气质。他虽然以小说家著称于世，但他同时又是一位诗人，一位能写出数量不少的好诗的真正的诗人。他留给我们一千多首诗和一百多首词，不仅数量可观，而且确有不少优秀之作，充分显示了他的诗人素质。这当然是他在小说中能创造出诗的意境的重要条件。尽管他的诗歌在总体上呈现出质实古朴的艺术风格，与《聊斋志异》中那些描写花妖狐魅充满奇情异彩的浪漫主义幻想之作有很大的不同，但抒情的特色和诗人情感式地把握生活和表现生活的独特方式，无疑对他在小说中创造诗的意境会有很大的帮助。

第三，也许是更重要的，就是蒲松龄本人具有在作品中创造诗意美的精神品格。如果作家的心中没有诗，他就创造不出诗来。在某种意义上可以说，无论何种形式和题材的作品，其中富于诗意的意境创造，都既是作家对生活中诗的开掘，同时又是作家本人精神品格的一种艺术表现，一种诗的升华。很难想象，一个对人、对生活缺乏热情的人，一个没有爱心的人，一个没有理想的人，一个对美无所知也无所追求的人，能在作品中创造出诗的意境来。在封建时代，蒲松龄是一位极为难能可贵的作家，他生活于大黑暗的时代，但他不仅看见黑暗，也看见光明，不仅看见丑，也看见美。不只是看见，而且追求，怀着创造的热情去追求，追求光明，追求美。他的心中闪耀着理想之光。在黑暗现实面前，他激愤、痛苦，但他不悲观、消沉。发现和赞美真、善、美，揭露和抨击假、恶、丑，是蒲松龄创作《聊斋志异》总的思想追求和艺术追求。而这正是他能在小说中创造出意境美的最重要的条件和基础。他对人和人生的炽热的爱，对美和光明的执着追求，对理想未来的热切向往和创造激情，在小说中就通过情节、人物的创造升华为诗，熔铸为优美的艺术意境。在《聊斋志异》所创造的诗意美中，我们窥见了蒲松龄本人高洁的情操和美的心灵。

（在中国现代文学馆的演讲稿，原载《评〈聊斋志异〉说〈儒林外史〉》（插图本），傅光明主编，山东画报出版社，2008 年）

论《聊斋志异》中的婚恋问题小说

描写爱情婚姻题材的作品，在《聊斋志异》中数量最多，成就也最高，占有很重要的地位，也最能反映出这部短篇小说集的思想艺术特色。这类作品反映了明末清初反理学、反封建礼教，肯定情、肯定人欲的进步的社会思潮。作者通过一系列花妖狐魅同人的恋爱故事（只有少部分是写人与人之间的爱情的），热情地歌颂青年男女的真挚爱情，寄托了他的爱情理想，即：不受封建礼教的束缚，婚姻自由，并且有真挚的爱情作基础。

婚恋题材是中国古典小戏曲的传统题材，在长期发展中形成了自己的思想艺术传统，这就是通过爱情婚姻问题来反映广泛的社会生活，反映新的进步的社会思潮，反映作者对社会人生的认识和评价。同样是描写爱情，不同的作品所表现的主题思想、格调、境界可能是很不相同的。《聊斋志异》中描写爱情的作品，从总体来看，反映的社会内容非常丰富，表现了如下的特色：思想新，格调高，形象美。

从整体来看，《聊斋志异》是一部将暴露和歌颂结合起来的作品，是既歌颂真、善、美，也抨击假、恶、丑。但具体分析，政治问题小说和人才问题小说（内容主要写科举考试制度和知识分子的命运）却是偏重于暴露（暴露中也有歌颂），较多地表现出讽刺文学的特色，写得犀利深刻，于冷峻中透出隽永，读后发人深思；而婚恋问题小说则是偏重于歌颂（当然由于具体题材的不同，有些作品在歌颂中也有暴露和批判的成分），较多地寄托了作者的正面理想，艺术上某些作品还表现出一种诗的特色——洋溢着诗情，创造出诗的意境。在这类作品中，蒲松龄不仅写出了真挚美好的爱情，而且还写出了一个在当时的时代条件下广大青年男女向往的充满理想色彩的自由恋爱的世界。

一、创造“情痴”“情种”形象，歌颂人间之真情、至情

《聊斋志异》中塑造了一系列的“情痴”形象，通过这些形象，蒲松龄热烈地歌颂爱情，将“情”置于一种至高无上的地位，赋予“情”以一种可以超越生死的巨大力量。

这是与明代汤显祖在《牡丹亭》等作品中所表现的思想是一脉相承的。《聊斋志异》中创造出一系列的“情痴情种”的艺术形象，这与曹雪芹在《红楼梦》中创造的情痴情种形象，其社会内容和思想意义也是相通的，其中最主要之点是强调男女之间爱情的真挚和执着。表现男女爱情的真挚和执着，在中国古代文学作品中，从《诗经》开始就有鲜明的反映。但《聊斋志异》中所反映的爱情观念，却带有鲜明的时代特色，就是：他所歌颂和强调的“情”，是作为“理”——封建礼教的对立物而出现的。在“情”与“理”产生矛盾甚至尖锐对立的时代条件下，强调“情”本身，就具有否定“理”和批判“理”的思想意义。《聊斋志异》中所描写的爱情，多是一种真情、至情，一种能感天动地、超越生死的爱情。

《阿宝》中的男主人公孙子楚，就是一个“情痴”的典型。他在爱情上的追求，可以用八个字来概括：“精诚所至，金石为开”。阿宝是一个大富商的女儿，长得十分漂亮（书中说是“绝色”），其父为她择婿，富家子弟争着找上门去，都不中意。孙子楚是个名士，家贫，生有枝指，为人诚朴迂讷。以孙子楚的相貌、门第、性格论，他是绝对不可能娶阿宝为妻的。但由于他执着追求，精魂以赴，终于以一片真情打动了阿宝，最后赢得了许多富家子弟想得而不可得的阿宝的爱情。小说中阿宝对孙子楚产生爱情的过程写得非常曲折而又真实动人。开始时阿宝对他的求婚，回答是：“渠去其枝指，余当归之。”这只不过是一句戏言而已，孙子楚却非常认真，就真的把自己的枝指剁掉了。这表现了他的“痴”，也表现了他的“诚”。但在这时，阿宝还只是看到他“痴”的一面。阿宝的话是以一种不太严肃的戏谑口吻说出的，近于一句玩笑话，根本就没有想到过将来会真的要嫁给这个人。但这句玩笑话也表现了这位富商小姐的思想性格：比较开放而又略带矜持。这些都同后来的情节发展有很大的关系（如后文写孙子楚家人到阿宝家为孙子楚招魂时，她无所避忌，而能“不听他往，直导入室，任招呼而去”，就是颇为开放的一种性格，而这又同最后她能自己做主选择孙为终身伴侣这一毅然决定分不开）。由此到“亦奇之”，再到“请再去其痴”，都仍然带有“戏”的成分。及至孙子楚在众人散去后，仍为了她而“痴

立故所”，“魂随阿宝去”时，阿宝这才在惊骇之余（小说中写她“骇极”“益骇”），“阴感其情之深”。后来在道中相遇，她“自车中窥见生，以掺（同纤）手搴帘，凝睇不转”，顾盼之间，已是两情相通了。再后，孙子楚化为鹦鹉，与阿宝坐卧相依，这时，阿宝终于由玩笑而趋于严肃——“深情已篆中心”，于是发出“能复为人，誓死相从”的誓言。一曰“去其枝指”，二曰“去其痴”，三曰“誓死相从”，由戏言而发展为誓言，其间发展的轨迹十分清晰，都是由孙子楚的一片真情所感。听到阿宝的誓言以后，孙子楚灵魂所化的鹦鹉深情地“衔履飞去”，恢复了人身，两人最后实现了美满的结合。

这里作者是以幻写真。孙子楚魂依阿宝和身化鹦鹉的情节，是一种幻想，一种艺术的虚构，但由于作者充分地、真实地写出了孙子楚情痴的种种表现，而这些表现虽然有些夸张，却是真实而可信的，因此这些幻想，不但不使人感觉荒诞不经，反而使人能通过艺术的夸张和幻想，体会到隐含其中的真实，并通过这种真实感受到美。再从阿宝一面来看，她被孙子楚的真情感动并决心爱上他以后，就表现得十分坚决。不顾其母“此子……但有相如之贫，……恐将为显者笑”的警告，“矢无他”，表示“既诺之，处蓬茅而甘藜藿，不怨也”。在她的身上，同样表现了爱情的纯真和执着，也是十分感人的。因此，阿宝虽然在爱情发展的过程中是一个被动者，但同样也是一个情痴，是孙子楚以痴换来的痴。清代的《聊斋》评论家但明伦，在这里评论说：“生以痴感，女以痴应。”这篇小说以生动感人的艺术形象，揭示了这样一种思想：在青年男女中，两颗真诚相爱的心的感应，会产生出巨大的力量，这种力量可以冲决一切在世俗的眼光看来似乎是不可逾越的种种障碍（诸如门第、地位、贫富、相貌、性格等等），而实现最终的结合。篇末的“异史氏曰”中有一段论“痴”的文字，颇能发人深思：“性痴则其志凝；故书痴者文必工，艺痴者技必良；世之落拓而无成者，皆自谓不痴者也。”他把“痴”解释为情志的专一，并从爱情而扩展到文章、技艺，这就概括进了更丰富的生活内涵，带有更深入普遍的社会意义。

《莲香》也是《聊斋志异》中最优美的爱情故事之一。篇中写鬼女李氏与狐女莲香同时与桑生相爱，开始鬼狐间相互窥视，并分别向桑生揭破对方的狐、鬼身份。鬼女与狐女之间的矛盾，绝无现实生活中一般三角恋爱的庸俗气息，而表现出一种“不以爱结仇，而以爱相亲”的人与人之间的美好关系。这种关系既是现实生活中人与人美好关系的艺术概括，同时也是作者对理想的呼唤与寄托。随着小说情节的展开，人物的内心世界逐渐展现出来，这个世界不是丑的，而是美的，是一种内在的风神灵秀之美。他们之间的相疑、相妒，实际上并非真的嫉妒，而是同样出于对桑生的深挚的爱。所以文中写鬼女，是“生疑其妒，漫应之”；写狐女，是“生意其妒，默不语”。一曰“疑”，一曰“意”，都是出于桑生个人主观的猜想和推断。这些都写得非常准确而极有分寸。莲香和李氏，一狐一鬼，正是同出于对桑生的真挚的爱，才能最后由相互间的相疑、相妒，变为相亲相爱的和谐美好的关系。李氏是鬼女，但不是害人之鬼，而是痴情之鬼；莲香是狐女，但不是祟人之狐，而是爱人、助人，品德优美之狐。后来鬼女李氏附魂于富室之女燕儿身上，得以复生为人而与桑生结合，这是为了爱情由死而生。莲香则为桑生生一狐儿后病死，燕儿抚之如已出，这是为了爱情由生而死。莲香死时说：“子乐生，我乐死。”狐女死后亦投生为人（这又是为了爱情死而复生），十四年后又复与桑生、燕儿相会合。这里表现了蒲松龄一种与当时进步的时代思潮相关的独特观念：真挚的爱情追求，可以为之生，也可以为之死，还可以死而复生。其主要的思想仍然在歌颂“情痴”。篇末的“异史氏曰”中作者说：“嗟乎！死者而求其生（指鬼变成人），生者又求其死（指狐先死而后又变成人），天下所难得者，非人身哉？奈何具此身者，往往而置之，遂至腆然而生不如狐，泯然而死不如鬼。”也即是说，他感叹现实人生中所缺乏的这种对真挚爱情的执着追求，缺乏像莲香和李氏那样优美的思想品格。王士祯评云：“贤哉莲娘！巾帼中吾见亦罕，况狐耶！”通过这两个幻想形象的塑造，作者寄托了他的爱情理想。

另一篇写人鬼之间恋爱的是《鲁公女》。小说的男主人公是一个多情书生，女主人公是一个多情鬼女，而且同样是一夫共两妻的模式。书生张于旦性疏狂不羁而有情，见县令鲁公之女“风姿娟秀”而“极意钦想”。后女暴卒，张“叹悼欲绝”，倾慕之情不已，于祭祝中表示爱慕之情。“日夜祝之，几半月”，竟感动女之魂灵。“一日挑灯夜读，忽举首，则女子含笑立灯下”。鲁公女感张生之情，不能自已，遂不避私奔之嫌而与张生欢会。后张生应女之请，为她念金刚经以超度其杀生之罪；张生与女鬼情爱甚笃，偕归乡里，考试亦载与俱。后女父罢官，死后苦无葬地，生献薄壤并力为之营葬。女为生之恩义所感，将投生时，与生泣别，告知将投生于河北卢户部家，相约张生于十五年后往会。生诺之，届时应约而往。同样是情之所至，可以生，可以死，可以超越生死。故清代的另一位《聊斋》评论家何守奇评云：“情之所钟，固不以生死隔。”但明伦评云：“以身相报，不计其年，而且订于再生，约以异地。自古及今，以至百千万亿劫，三千、大千世界，只是一个情字。”后因张生为善，受到菩萨的奖赐，竟返老还童，以近50岁之龄而宛如十五六岁少年。往见卢氏女时，卢女见其状不符，意绪懊丧，啼数日忧郁而卒。又托梦张生为其招魂，复活，终与张结为夫妇。就因为情之所钟，故鲁公女能死而生，生而死，死而又再生，与汤显祖在《牡丹亭》中所歌颂的生死之至情一脉相承。

与《莲香》近似，写人鬼、人狐之间恋爱的，还有《巧娘》。同样写得深挚而又缠绵。巧娘为鬼女，与傅生相爱，后狐妇华姑为傅治愈天阉之病，阴将其女华三娘嫁与傅生。但傅生不忘巧娘，寻至其墓地。时巧娘已为之生一女满三月，迎归，二女和谐相处。傅生告其父将娶巧娘、三娘时，父不允，生曰："彼虽异物，情亦犹人。"并表示"非华氏不娶"。前八字不仅概括了本篇两个女主人公的特点，而且也概括了《聊斋志异》婚恋小说中幻化为妇女的精魅形象的基本特点。

通过人鬼恋爱故事来写情，比较著名的还有《连琐》。连琐是一个鬼女，是凄怨之鬼，风雅之鬼，多情之鬼。杨生则为风雅文士，多情书生。由于"情"，接受生人之气息，得到生人之精血，鬼女在死了二十余年之后尚可复生。这一篇气氛渲染得非常好，读来觉森然鬼气满纸。冯镇峦评云："一起悲风满纸，阴幽逼人。"虽然如此，由于作者揭示人物的内心世界很充分，不仅写出了连琐的凄苦，也写出了她的风雅和善良，因而并不令人感到可怖，而使人既同情又喜爱，忘其为鬼。

《菱角》的思想内容却比较复杂。写胡大成之母素奉佛，因而感动神灵，菩萨化为老媪，帮助胡大成在乱离中与其未婚妻菱角结合，且母子团聚。但宗教迷信和果报思想只是其外衣，其内核则是一个非常现实的美丽动人的自由恋爱故事。十四五岁的少男少女，一见倾心，订婚后胡大成北上奔伯父丧，适逢动乱，遂浪迹民间。菩萨化身为老媪帮助大成完婚时，菱角初不知所嫁就是她日思夜想的胡大成，表示："娶我来，即亦非福，但有死耳！"后道其原因："我少受聘于胡大成；不意胡北去，音信断绝。父母强以我归汝家。身可致，志不可夺也！"表现出坚守爱情、永不改变的态度。但明伦于此句下评云："身不能自主，所得自主者此志耳。一对情种。"

其他歌颂真挚爱情的作品还有不少，比较重要的还有:《香玉》写人与牡丹花之间的爱情，极写爱情之深、之真、之美，同样表现的是生可以死、死又可以复生的至情。黄生爱上了牡丹花精香玉，当牡丹花枯死时，他日夜精心浇灌、培护。香玉死后本来神气已散，由于黄生的一片至情，感动了花神，终得聚而复生。对黄生的一片痴情，小说渲染得极为炽烈、深沉、动人。最后，黄生为了爱情自己也身化牡丹，和香玉实现了美满的结合。黄生病危时对儿子说：“此我生期，非死期也。”“异史氏曰”称赞说：“情之至者，鬼神可通。”《阿绣》中的刘子固，《婴宁》中的王子服等，也都是情痴情种。《葛巾》是写人（常大用）与花妖（牡丹花精）之间的爱情的。“异史氏曰”中称：“怀之专一，鬼神可通。”《王桂庵》中之王桂庵，以及附则《寄生》中之寄生，也都是情痴情种的典型。作者在“异史氏曰”中说：“父痴于情，子遂几为情死。所谓情种，其王孙（寄生之字）之谓与？”但评亦谓“此幅以‘情种’二字为根”。其他如《青娥》《青凤》《晚霞》《小谢》（也是写一夫共二女的）、《白秋练》《长亭》等，每篇所写虽各有其侧重，所反映的社会内容和体现的主题思想也不完全相同，但有一个共同点，就是：热情地歌颂纯洁、真挚、专一的爱情，歌颂人间之真情、至情。许多篇写到人鬼恋爱，写到人死而可以复生，都是为了强调爱情的力量，可以出生入死，超越生死。王士祯在《连城》一篇中评云：“雅是情种。不意《牡丹亭》后，复有此人。”冯镇峦也说：“《牡丹亭》丽娘复生，柳生未死也。此固胜之。”都非常正确地指出了这些作品与《牡丹亭》所代表的明中后期以来重情思想的内在联系，揭示了这些作品所反映的总的思想倾向。

但《聊斋志异》中所表现的“情”的思想，与《牡丹亭》既有联系，也有区别。汤显祖强调“情”与“理”的矛盾，反对封建礼教对情的束缚和扼杀，着重揭露封建礼教的罪恶；而《聊斋志异》则主要是无视封建礼教的存在，多数篇章看不到封建礼教的压迫和束缚，蒲松龄为青年男女的相爱结合，创造了一种自由无拘的天地，让当事者能由自己的愿望和感情来决定爱情与婚姻。因此，《聊斋志异》中的妇女形象，在爱情的追求上，就显得更大胆、更开放、更主动、更自由。《牡丹亭》虽然是大团圆的结局，但实际上是一出悲剧，至少也带有明显的悲剧的色彩和浓重的悲剧气氛；而《聊斋志异》中的爱情故事，虽然也经历了各不相同的曲折或坎坷，甚至主人公也经受过种种忧愁和痛苦（如《婴宁》中的王子服，《阿绣》中的刘子固，《阿宝》中的孙子楚等，都几乎有形销骨立、乃至丧魂失魄的经历），但总的来看，格调都比较明朗、欢快、轻松，绝大多数都充满喜剧的气氛，而且结局也大多是真正喜剧性的。

这种理想化的描写和结局，不能简单地理解为只是浪漫主义手法所产生的艺术效果。固然，主人公是超现实的非人的花妖狐魅，生活环境是幻想中的仙境、冥界或梦境等，由于不受现实条件的束缚，自然有助于人物行为不受拘束，表现理想也更为自由。但从根本上说来，即便是艺术手法也一定会受到作家思想认识和生活体验的影响和制约，也是与时代条件分不开的。联系到稍后一点《红楼梦》的出现，应该主要从社会思潮的影响来认识，即在封建社会末期，在一些思想进步的知识分子和下层人民中逐渐滋生出新的民主思想。从大的时代环境来考察，当时作为封建社会精神支柱的封建礼教以及一整套的宗法制度，已经濒临崩溃，很难维系人心了。这在《红楼梦》中就表现得更加鲜明突出。只有在这样的时代环境和社会条件下，蒲松龄才有可能创造出一系列热情、大胆、自由无拘、冲破礼教束缚的“情痴”“情种”的艺术形象。

在有些篇中他也写了情与理的矛盾对立，但更多的时候是让“情”压倒了“理”，像《婴宁》和《小翠》中的女主人公，就是一种全新的妇女形象，不止是眼里没有礼法，简直是将礼法踩在脚下，大胆、开放、自由，足以惊世骇俗，使当时许多封建思想严重的人不免瞠目结舌。

二、歌颂“知己之爱”，突破才子佳人小说的窠臼

《聊斋志异》中婚恋题材作品的第二个突出特点，是突破传统爱情题材小说“郎才女貌”“夫荣妻贵”的窠臼，强调一种知己之爱。

从表面上看，《聊斋志异》似乎跟传统的才子佳人小说类似，一则女主人公大多是绝色女子，二则青年男子大多是书生，三则又往往是一见钟情。但其中的优秀之作，跟传统的才子佳人小说完全不同，格调很高，不给人一种肤浅庸俗的感觉。这主要的原因，就是他强调“知己之爱”，强调男女双方的心心相印。很多故事，在曲折情节的演进中，写出了青年男女的相知、相亲、相爱的过程，这种爱情以及由这种爱情决定的婚姻，可以克服由于容貌上的缺陷、贫富上的悬殊等原因所造成的各种障碍，实现美满的结合。因而跟过去小说中常见的“郎才女貌”“夫荣妻贵”的爱情婚姻迥不相同，显示出一种新的风貌，新的思想特色。上举的许多作品中，多数男主人公都是出身贫寒的穷书生，以后也多数没有成为大富大贵的状元公，但是他们又多数都相爱并最后实现了美满的结合。如《阿宝》中，阿宝就曾有感于孙子楚的一片真情，而不顾孙子楚有“相如之贫”，嫁给他有“为显者笑”的后果，表示了“既诺之，处蓬茆而甘藜藿，不怨也”的坚决态度。又如《素秋》中的素秋，在婚姻问题上，明确提出“不愿入侯门，寒士而可”的择婚标准。某甲求婚，甲第连云，裘马驺从，容貌秀雅，但“素秋殊不乐”，不为财富所动，表现出女主人公

在爱情婚姻问题上的独立的人格和超人的眼光识见。经过种种曲折（小说写得非常奇幻，非常吸引人），最后嫁给了一个姓周的穷秀才。《细侯》所写不涉怪异，是现实的人物，现实的生活内容。细侯是一个妓女，不但貌美，而且聪明、多情、有志气、有理想、有主见，她以一个“身价颇高”的妓女，爱上一个设帐教书，家中仅有“薄田数顷，破屋数椽而已”的穷书生满生，表示她“愿得同心而事之”。这里的“同心”二字很值得注意，就是说她所要求的婚姻，是要建立在共同的生活理想的基础之上的。她的生活理想是什么呢？是要建立一个这样的家庭：“种黍”“织绢”“纳太平之税有余”“闭户相对，君读妾织，暇则诗酒可遣，千户侯何足贵！”即不慕富贵，安于贫贱，衣食自足，夫妻相爱，祥和幸福。所以她情愿嫁给一个“骨清”的穷书生，而不愿嫁给一个“衣锦而厌粱肉”的“龌龊商”。这个形象，显然是反映了蒲松龄本人的生活理想和爱情理想的。

写“知己之爱”最突出的是《连城》。前面提到，不少人提到这篇作品时都认为在歌颂真情上，本篇与《牡丹亭》在思想上是一脉相承的。但连城与乔生相爱的基础和最后结合的条件，却不像《牡丹亭》那样是郎才女貌、夫荣妻贵（虽然是由杜丽娘的父亲杜宝提出的，却也完全符合男女双方的心愿），而是生死不渝的知己之爱。连城之父史孝廉，出其女连城所绣《倦绣图》，征少年题咏以择婿。乔生献诗，连城读后大悦，孝廉却嫌乔生家贫，食言不允。后连城违父命暗遣人送金资助乔生。乔生叹连城为“知己”！不久，连城被其父强许给盐商之子王化成；连城病，须男子胸肉一块作药引，王畏痛惜不与。史孝廉又约：有能舍肉者以女妻之。乔生闻而割肉送往。史将践约，王氏怒，欲讼官。孝廉畏惧，谢乔生以千金，以示歉意。乔生怫然曰：“仆所以不爱膺肉者，聊以报知己耳，岂货肉哉！”拂袖而归。这几句话，真是语切情真，感人肺腑。这使连城大受感动，托一媪抚慰乔生，并告之曰：“我三年必死，不必与人争。”生告媪曰：“士为知己者死，不以色也。诚恐连城未必真知我，——但真知我，不谐何害。”这是一种全新的爱情观念，不为色，不为财，不顾生死，只为彼此心心相印的知己之爱。后连城果死，乔生往吊，一恸而绝。一对情人在阴间相会，因能永远相爱不分离而不愿再生；后在朋友顾生的帮助下，连城和乔生又反魂结合。王氏知，又讼官，官府判归王，连城复悬梁欲绝，王无可奈何，只得允归乔生。经过一段曲折的磨难过程，一对知心的爱侣终于获得了美满的结合。这是着重表现不以贫贱易情，知己之爱可以不计富贵，可以超越生死。

还有一篇《瑞云》，也是非常突出地表现知己之爱的，但着重点却又有所不同，与钱财无关，主要在写不以妍媸（美丑）变心。瑞云是一个色艺无双、身价颇高的名妓，应客之初，鸨母为其定价十五金，由瑞云自择客人（即此已可见其不凡）。客求见必以贽（见面礼品），厚者接一奕，酬一画，薄者仅留一茶。而贺生虽有才名，然家不富，仰慕瑞云，亦竟竭微贽，冀得一睹芳泽而已。但见面后大出贺生意料之外，瑞云不因他穷困而见疏，相反非常热情地接待他，给予破格的厚爱，还赠诗给他。其间原因就在于贺生虽穷，但“唯有痴情可献知己”。是贺生的一片真情感动了瑞云。瑞云的热情接待使贺生很受感动，但考虑到家中贫困，即使将家产全部卖尽，也只能尽一宵之欢，不能永远相爱、结合。于是“热念却消”，“音息遂绝”。后一书生在瑞云头上用手指点按了一下，额上便有“指印如墨，濯之益真。过数日，墨痕渐阔；年余，连颧彻准矣”。因此而变得奇丑无比，于是“车马之迹遂绝”，被鸨母“斥去妆饰，使与婢辈伍”。在瑞云意外地遭遇不幸的情况下，贺生不变心，闻而往，果见“蓬首厨下，丑状类鬼”。瑞云见生，“面壁自隐”，而贺生这时不但不嫌弃她，仍然爱她，而且还立即表示“愿赎作妇”。瑞云自惭形秽，“牵衣揽涕，且不敢以伉俪自居，愿备妾媵，以俟来者”。贺生这时说了一段非常感人的话：“人生所重者知己：卿盛时犹能知我，我岂以（容色）衰故忘卿哉！”于是毫不犹豫地将她娶作正妻，不再复娶，夫妻二人情爱愈笃。后来贺生在苏州偶遇和生，和生正是在瑞云额上点墨而使其变丑之人，这时他说出了当初施术让瑞云变丑的目的，是为了“晦其光而保其璞，留待怜才者之真鉴”。这时和生有感于二人之真诚相爱，又略施小伎而使瑞云恢复美丽：“随手光洁，艳丽一如当年。”和生赞叹说：“天下唯真才人为能多情，不以妍媸易念也。”蒲松龄以奇幻的艺术手法，通过巧妙的艺术构思，热情地歌颂了这种超脱于美色之外的真诚高洁的知己之爱。其思想格调高出于传统的郎才女貌许多。

表现类似思想的作品还有：《连琐》《吕无病》《林氏》《陈锡九》《凤仙》《姊妹易嫁》（批判婚姻问题上的嫌贫爱富思想）等。《乔女》也是写知己之爱的，只是很遗憾二人最后没有结合。知己之爱是现代爱情观念的重要内容之一，在稍后的《红楼梦》中有着更为充分的表现。我们惊喜地看到，在《聊斋志异》中，已经开始露出了在爱情婚姻问题上新时代新思想的明亮的微光。

三、广泛的社会内容和多方面的思想意义

《聊斋志异》中的婚恋问题小说，除了上面所讲的两个带有新的时代特色的内

容外，还有如下几个方面值得注意。

1. 在一部分描写爱情的作品中，还直接表现出反封建礼教的社会意义。

在爱情不被承认甚至被扼杀的封建时代，歌颂真挚的爱情本身，应该说就具有反礼教的积极意义。但除此而外，在《聊斋志异》中，也还有一部分作品是正面直接地描写了反封建礼教和反世俗观念的内容，表现了男女主人公在争取爱情的过程中，同封建礼教进行了曲折的斗争。例如《葛巾》《青凤》《连城》《鸦头》等篇就表现了这方面的内容。

《葛巾》中的葛巾，也是一个大胆而又主动地追求爱情的女性形象。她与常生邂逅相遇，就主动约以花梯越墙，夜里幽会。第一次幽会未果，第二次亲自先为设梯。她自称为“离魂之倩女，偶为情动”。这一篇与《婴宁》不同，篇中写到了她和常生的爱情受到了“是非之口，捏造黑白”的威胁，因而她的大胆主动的行为就具有与封建礼教和世俗观念直接冲突的性质。他们的爱情关系在“微有浮言，势不可长”的情况下发展，葛巾甚至主动出谋私奔到洛阳，且坦然无所畏惧，亦无所顾忌，声称“无论千里外非逻察所及，即或知之，妾世家女，卓王孙当无如长卿何也”。自比于历史上大胆私奔的卓文君。

与葛巾大胆、主动、泼辣、锋芒毕露的性格不同，《青凤》中的青凤虽是一个狐狸精，却具有现实女性的许多特点。她是一位由叔父管教、闺训极严的少女；她的性格沉静、含蓄、娇羞，但她只是“弱态生娇”（由耿去病眼中看出），并不是真正的怯懦。这一点小说写得非常准确。她在爱情上同样是很勇敢的，只不过表现形式比较含蓄、温婉、羞涩而已。篇中写青凤秉烛自房中出，骤然看见耿生，“骇而却退，遽阖双扉”。但她明知狂生耿去病住在这里（从下文的表现来看，她实际上还期待着他的到来），她的惊骇就只是一种娇羞的表现，而不是慑于封建礼教的威严而退缩的表现。下文写耿生向她表达爱慕之情，说：“亦不敢望肌肤之亲，但一见颜色足矣”时，小说这样写青凤：“女似肯可，启关出。”“似”字下得极为传神，正是“弱态生娇”的一种极微妙的表现：其实，“启关出”的行动已确定无疑地表明了她已“肯可”；而着一“似”字，就在肯可与非肯可之间表现出一种不确定的意向，让读者去想象女主人公在当时情境之下那种娇弱羞怯的情态。她虽然遭到叔父的呵斥而离去，但后文写她因遇劫难（被犬逼逐）而被耿生救出，两人邂逅相遇时，青凤竟以“可与君坚永约”而感到因不幸而得大幸，说得字字有情，感人肺腑。说明她对耿生的爱情是深沉、执着，铭刻于心，不因叔父的严格的闺训和严厉斥责而动摇、改变、却步的。这一篇写礼法的束缚比较明显，但青凤的性格虽然比较温婉、娇弱，礼教的束缚却也未能阻止和破坏人狐之间的真挚爱情。正因为青凤的这一性格特点，她的爱情更表现出一种深沉和坚韧的特色。

2. 男女关系的自由和开放，还表现在对离异的态度上。

《聊斋志异》中所写的青年男女的爱情，不仅自由相爱，而且离散也相当自由。《阿纤》一篇就是这方面的代表作。阿纤是一个老鼠精，除了善于储存粮食表现出我们于日常生活中所习见的鼠性以外，其他丝毫没有平日使人们厌恶的老鼠的习气，而是一个秀外慧中的优美的妇女形象。她与奚山的三弟相爱，结为夫妻后，寡言少怒，昼夜绩织，十分勤劳。当她知道大伯奚山发现她原来是一只老鼠精并对她产生猜疑时，她因不以人齿为辱，主动提出“请赐离婚”。在封建社会里，离婚对一个妇女来说，简直是奇耻大辱，不论有什么样的理由，从夫家回来，都会使人觉得是犯了被逐的“七出”之罪。在蒲松龄的时代，只有“休妻”之说，没有“离婚”之说。“休妻”表现的是男尊女卑，而“离婚”表现的则是男女平等。阿纤的行为，表现了一个不受封建道德束缚的具有新的思想观念的妇女的独立人格。“离婚”一词出现在《聊斋志异》中，闪射出新的思想的亮光。

3. 与歌颂真挚爱情相联系的，是对见异思迁和喜新厌旧的负心薄幸行为的谴责。

如《云翠仙》中的云翠仙，是一个狐女，一个有眼光、有主见、有情义、有心机的妇女形象。而梁有才却是一个轻薄无赖之徒，他见云翠仙长得很美，就拼命追求，并“朴诚自表，切矢皦日”，对云翠仙母女献尽殷勤，终于获得云媪的喜爱，答应将女儿嫁给他。但梁有才却狂赌滥饮，先是盗女簪珥佐博，后竟经常吵穷，“频频击桌，抛匕箸，骂婢，作诸态”。听博党之挑，将云翠仙卖作妓女，女怒，出藏金（如杜十娘之开百宝箱），痛骂梁之轻薄寡义：“……念汝儇薄骨，乞丐相，终不是白头侣！”“鬻妻子已大恶，犹未便是剧；何忍以同衾人赚作娼！”众人以锐簪剪刀痛刺梁；后又从山崖上坠落，挂枯树枝上，一身尽肿，被樵者救出后沦为乞丐，肿溃为癞。后因忿杀劝其妻者，被收狱瘐死。但明伦评谓梁有才：“内存鬼蜮，外饰朴诚，甘其言，令其色，一若情种也者。”对这种貌似情种而实际上轻薄无义的无赖子，蒲松龄对他们的批判和鞭挞是毫不留情的。

《翩翩》一篇是对爱情不专一，见异思迁者的一种警告和批判。浮浪子弟罗子浮，被人诱作狭邪游，至金陵居娼家半年，金尽，生疮被逐，沦为乞丐。归途中遇仙女翩翩，从入深山洞府，女为之治疮，又为之剪大叶类芭蕉者做衣，又以山叶制各种佳肴，遂“大相欢爱”。一日，翩翩之女友少妇花城娘子来，罗生见其“绰有余妍”，心好之而“恍然神夺”。心方动，所着衣即化为芭蕉叶，“顿觉袍裤无温，于是“惭颜息虑，不敢妄想”。翩翩嘲笑他说：“薄幸儿，便值得寒冻杀！”主旨在劝诫浮浪子弟的幡然悔悟。

《阿霞》则表现了对喜新厌旧的薄幸男子的惩罚。阿霞没有确切的身份，不知是狐、是妖、是仙，但却是一个有情有义、有鲜明是非观念的女子。她爱上书生景星，先于书斋欢会，后许以禀命父母，愿相从以终。女别去后，景生为了使阿霞入内长期居住，竟以出妻为计。先是无端诟骂，后借故逐妻出门外。后妻请于景，景不纳，卒将其改嫁夏侯氏。然阿霞却并未践约复来，越年余亦无踪迹。半载后忽于途中遇阿霞，知其已适南村郑公子为继室。景生忿责阿霞未践约（未准时回来），阿霞却反责景生为“负心人”（“负心人何颜相见？”）阿霞的回答出人意外，却很有识见，很有眼光，很有思想：“负夫人甚于负我！结发者如是，而况其他？”在她的心中，负他人即是负自己，乃至甚于负自己。在一般自私而眼光短浅、心胸狭窄的人看来，景生出妻正是为爱阿霞，当然是再高兴不过的了。阿霞的认识表现了她美好的思想品德，不同凡俗，过人一等。这是反映了作者蒲松龄自己的思想认识，在爱情婚姻问题上，他反对喜新厌旧，谴责寡情薄义的男人。

4. 蒲松龄不是孤立地单纯地写婚恋问题，而是常常将婚恋问题同其他的社会问题，特别是政治问题结合在一起，反映出作者具有广阔的社会视野和完整地认识和表现生活的思想艺术才能。

许多作品在热情歌颂男女真情的同时，又具有揭露社会黑暗的意义。例如前面讲到的《窦氏》揭露地主豪绅的罪恶;《梅女》揭露下层官吏的贪赃枉法、草菅人命;《红玉》揭露豪绅恶霸的罪恶以及官府如何与豪绅勾结共同迫害善良百姓等，都是在婚恋问题的大框架下表现了丰富的社会内容。

这里要特别提出的是《张鸿渐》。张鸿渐是一个为人诚实笃厚的名士，因为“卢龙令赵某贪暴，人民共苦之。有范生被杖毙，同学忿其冤，将鸣部院，求张刀笔之词，约其共事，张许之”。妻子方氏晓以利害，劝阻之（两条原因：一是秀才做事可共胜不可共败；二是“今势力世界，曲直难以理定”），张虽服其言而悔，但仍“为创词而去”。后“赵以巨金纳大僚，诸生坐党被收，又追捉刀人。张惧，亡去”。他在逃亡的路上遇到了狐仙施舜华，人狐产生爱情同居。后张回家看妻孥，被人发现，以“缚送官府相狎逼”，张愤杀恶少某甲，为了不连累妻子方氏，赴县自首。由郡解都途中又遇狐仙施舜华，帮助其脱逃，至太原郡托名宫子迁居十年，最后才归家与妻子团聚。时子亦高中，途中父子相聚一起归家，全家悲喜团圆。

篇中写出了两个很有光彩的妇女形象，一个是张鸿渐的妻子方氏，一个是狐女施舜华。方氏极有眼光识见，又有突出的治家能力。作为一个家庭妇女，对当时的社会政治问题有极清醒的认识。张逃亡后又独立支撑家庭，教子成材，使其考中举人。狐仙则有情有义，能救人于急难之中，聪明机智，善良多情。当她得知张仍眷恋自己的妻子方氏时，克服了内心的嫉妒心而主动地送张回家与妻子方氏团聚，表现出美好的思想品德。张的思想性格也写得极好，诚实，富于正义感，敢做敢为，有情有义。这几个人物及其相互关系，都是在同罪恶势力作斗争而遭受迫害的背景下展开的，同时也是构成三人复杂爱情纠葛的原因。因此在完成对美好爱情和人物美好性格的歌颂的同时，又具有深刻的揭露意义。

又如《小翠》，也是《聊斋志异》中最优秀的篇章之一。小翠的形象可跟婴宁媲美。天真活泼，聪明可爱，是一个不受封建礼法约束的妇女形象。但她比婴宁更聪明机敏，眼界更开阔，因为她的活动涉及到官府人物。王给谏忌恨王太常，计中伤之，王太常知其谋，忧虑无所为计。小翠却以游戏的方式（妆扮成宰相去访王太常，后又喝出，返回家，王给谏误以为真，事后不敢再构陷王太常）为公公解气；后又让丈夫痴儿扮皇帝，王给谏以此告至朝廷，朝廷调查不实，论诬，给谏终被充军云南。

其他还有《细侯》纯写现实故事，在歌颂青年男女真挚爱情的同时，又揭露了商人的阴险狠毒，妓院老鸨的贪财，官吏的贪赃枉法等等。《鸦头》写人狐恋爱，对狐鸨的卑鄙残酷作了愤怒的谴责。还有《公孙九娘》也是在描写爱情的同时揭露了清统治者对农民起义的血腥镇压。

5. 通过婚恋故事，歌颂妇女的美好品德，塑造了一大批品格优美的妇女形象。

这些形象中有现实人物，但多数为花妖狐魅，作者写出了他们在才情、智慧、品德、胆识、眼光、意志等等方面都远远地超出于世俗男子。如《王桂庵》中的芸娘，《婴宁》中的婴宁，《小翠》中小翠，《张鸿渐》中的施舜华和方氏，《娇娜》中的娇娜，《宦娘》中的宦娘，《阿绣》中的假阿绣狐女，《鸦头》中的鸦头，《细侯》中的细侯，《霍女》中的霍女，《云翠仙》中的云翠仙，《胡四娘》中的胡四娘，《乔女》中的乔女等等。尤其是在男女爱情关系中极为敏感很容易产生的嫉妒心，不少形象都有所超越，表现出宽阔的胸襟和无私的品格。如《张鸿渐》的狐女施舜华与逃亡中的张鸿渐相爱，张告知自己离家三年想念家中的妻子时，求她帮助回家探亲。狐女初闻时对张的“守此念彼”感到不快，但听张鸿渐说“‘一日夫妻百日恩’，后日归念卿时，犹今之念彼也”以后，就十分通情达理，检讨自己说：“妾有褊心（指不公平，有私念）：于妾，愿君之不忘；于人愿君之忘之也。”于是主动热情地帮助张轻而易举地就回到了自己的家里同妻子见面。但第一次却是狐女化作张之妻子同张相见，故意在张对她表示亲热时说：“君有佳偶，想不复念孤衾中有零涕人矣！”然后亲耳听到了张鸿渐的真情吐露：“不念，胡以来也？我与彼虽云情好，终非同类；独其恩义难忘耳。”也就是他了解到了张对妻子的想念是出于真正的爱情，而对自己的感情却仅仅是出于感恩。狐女这时立即现身，致使张鸿渐十分惭愧。但狐女并没有因此而嫉恨张和他的妻子方氏，或甚至加害于他们，或至少破坏张和方氏的关系（这在一个具有超现实能力的狐仙来说是轻而易举的事），而是真心诚意地帮助他们夫妻团聚。回家后张因杀人而再吃官司时，被解押途中偶遇施舜华，施舜华又以其狐仙的法术，无私地帮助张脱逃。在处理复杂的爱情关系时，狐女既无嫉妒之心，亦无苟且（凑合）之态，表现出广阔的胸襟，在给张以热情帮助之后，便立即退出，使相爱者幸福地生活在一起。狐女的表现真正称得起是品德崇高，超凡脱俗。品德可以与此相媲美的，是《阿绣》中的狐女和《宦娘》中的鬼女，她们都在爱情上有所追求，有所爱，甚至还先于对手而获得私心所爱者的爱情，但却能自我牺牲，成人之美。

值得注意的是，优美的妇女形象还不止一个两个，十个八个，而是一大群，一系列，人物的优美品格也不仅仅表现在一个方面，而是表现在多方面，不止表现于男女关系和家庭生活中，甚至也表现在复杂的政治斗争中。如《红玉》《张鸿渐》《小翠》中的女性形象都是如此。对妇女在爱情追求上的大胆肯定，对妇女人格的尊重，对妇女才情品德的热情赞美，都表现了蒲松龄非常进步的妇女观。在《红楼梦》中贾宝玉以半痴半傻的方式和语言所表现出的反男尊女卑的朦胧意识（即著名的“女儿是水做的骨肉，男人是泥做的骨肉；天下的灵淑之气都钟于女子”等等），如同在曹雪芹的笔下一样，在蒲松龄的笔下，也化为生动感人的艺术形象出现在我们的面前。所以我们在《聊斋志异》的爱情小说中，除了看到男子中心主义以外，还应该看到尊重妇女、男女平等的另一面。

6. 在一些婚恋问题的作品中，蒲松龄表现出在男女关系问题上非常进步的思想，即男女之间除了可以有真挚的爱情以外，也可以存在非常真诚和纯洁的友谊。如

《娇娜》中的娇娜和孔生，《乔女》中的乔女与孟生，所写实际上都是知己之情谊而非知己之情爱。类似的还有《宦娘》《素秋》《香玉》等。这也是一种很新的思想观念。

四、对几个具体问题的辨析

在《聊斋志异》的婚恋小说中也存在一些问题和缺陷，如何认识值得探讨。

1. 蒲松龄在歌颂真挚爱情和知己之爱的同时，也写了不少“春风一度”的爱情，即一见面就发生性关系，然后就再也不往来了。这个问题如何认识？

在《荷花三娘子》中书生宗若湘“诘其姓氏”，荷花三娘子回答说：“春风一度，即别东西，何劳审究？”双方没有更多的了解，也说不上感情基础，简直跟美国电影中的一些镜头很有点相像。如何认识这一问题？第一，在封建时代，男女之间没有接触了解的机会，因而多为一见钟情式的爱情，而且由于没有机会互相深入了解建立情感，因而多是由性爱开始的，《西厢记》中的崔、张，《牡丹亭》中的杜、柳，都是这样，并不奇怪。第二，在人欲（当然也包括情欲和色欲在内）被否定和窒息的时代，肯定人的自然欲望的合理性，也有它的进步意义。第三，应该说，从总体上看，蒲松龄是在灵与肉的结合上描写男女爱情的，即把男女间的性爱（即书中所说的“肌肤之亲”）同精神文化的内涵相结合，有比较丰富的社会内容和文化意义。不过灵与肉毕竟还是两个层面，也有的作品是偏重于人的自然本性的。但蒲松龄在肯定人的自然欲望合理性的同时，又反对好色和好淫。所以他还是有界限的、有分寸的。在他的笔下，人的自然的性要求，是正常的、健康的、合理的，但过分的追求和过滥，就成了淫乱，两者是有区别的。蒲松龄肯定前者而否定后者。试读《荷花三娘子》中宗若湘所言：“以卿丽质，即私约亦当自重。”再看看《画皮》《瞳人语》等戒淫的作品，就会体会到这一点。

2.《聊斋志异》中写了不少“一夫共双美”的故事，如何认识这一问题？

除了前面提到过的《莲香》《巧娘》《小谢》以外，还有《寄生》篇中写男主人公所娶郑闺秀、张五可，一为妻，一为妾，但二人相爱如姊妹；《陈云栖》中写真生同时娶两个女道士为妻；《嫦娥》写仙女嫦娥与狐女颠当都同时爱上了书生宗子美，嫦娥为妻，颠当为妾，闺阁肃清，美满幸福；《青梅》中写狐生女青梅与王阿喜同时与男主人公相爱，等等。不少人批评蒲松龄肯定一夫多妻，是以男权为中心的落后思想观念的反映。这当然是毫无疑问的，因为一夫多妻制本身就是男权社会的产物。但这是时代使然，这是当时的普遍观念和现实状况，反映当时时代生活的蒲松龄不可能超越时代，我们当然也不应该要求蒲松龄具有今天才可能有的女权主义思想。但有一点值得注意，即在他的笔下，一夫共双美只是一种理想化的构想，是作者提出的在一夫多妻制度下解决极其普遍的妻妾矛盾的一种理想。如果将这些带有理想色彩的作品与《恒娘》和《妾击贼》对读，就可以看出蒲松龄提出的理想模式和产生这一理想模式的社会现实基础及其积极意义。当然也还要注意到，蒲松龄也并不是在任何时候、任何情况下都是肯定和主张一夫多妻的，如《黄英》，写黄英与马生有情，但要等马生之妻去世以后才让黄英嫁给他，此前马生曾问陶生（黄英之弟）："贵姊胡以不字？"答云："时未至。""时至"就指四十三个月之后马生妻死之时。在这里为什么不让马生同时获得双美呢？因为作者既赞美马生之廉介，又赞美黄英之勤劳、自食其力，因此而不愿处理为黄英嫁给马生做妾。《张鸿渐》也是如此，作者并没有让方氏与狐仙施舜华同时嫁给张。而《王桂庵》中的芸娘更是一个自尊自重，具有独立人格的女性，绝不愿做小妾，也是受到蒲松龄的高度赞扬和肯定的。

3. 与上一个问题相联系的，还有一个婚外恋的问题，如何认识？

其实一夫多妻既然成为一种制度，男人的婚外恋在当时的社会条件下自然就成为一种合理的存在。最典型的如《青凤》中写狂生耿去病爱上了狐仙青凤，他明知其为狐，却还要想住到那栋破落的旧宅中去同她相会，这件事他不仅不向妻子保密，还同妻子商量："欲携家而居之，冀得一遇。妻不从，生乃自往，读于楼下。"这样的描写对今天的读者来说是不可思议的，但在当时的历史条件下则是现实生活中某种真实的反映。蒲松龄描写婚外恋，肯定婚外恋，在今天看来当然是很不好的；但在当时也还有它一定的积极意义，就是在某种意义上，是对旧时代无爱婚姻的一种补充。但如果原配夫妻之间有真挚感情，情况就大不一样了。如《张鸿渐》中张外逃与狐女施舜华相爱，却不忘家中的妻子，最后仍执意回到了妻子的身边。

4. 在婚恋问题小说中，蒲松龄也表现出生活于封建时代的作家不可避免的一些落后意识，比如封建礼教的观念，反对寡妇改嫁等即是。

如《耿十八》中写耿十八病危将死，对妻曰："'永诀在旦晚耳。我死后，嫁守由汝，请言所志。'妻默不语。耿固问之，且云：'守固佳，嫁亦恒情。明言之，庸何伤？行与子诀。子守，我心慰；子嫁，我意断也。'"说得异常通达。"妻乃惨然曰：'家无儋石，君在犹不给，何以能守？'耿闻之，遽握妻臂，作恨声曰：'忍哉！'

言已而殁。手握不可开。”在他死而复生后，“由此厌薄其妻，不复共枕席”。而耿十八却是作者所肯定的一个人物。又如《红玉》中写狐女与书生冯相如私相结合，夜夜幽会，约半年许。后被冯父发现，父“怒，唤生出，骂曰：‘畜产所为何事！如此落没，尚不刻苦，乃学浮浪耶？人知之，丧汝德；人不知，促汝寿！’生跪自投，泣言知悔。”翁又“叱女曰：‘女子不守闺戒，既自玷，而又玷人。倘事一发，当不仅贻寒舍羞！’骂已，愤然归寝。女流涕曰：‘亲庭罪责，良足愧辱，我二人缘分尽矣！’”于是二人分手。父亲的叱责完全是出于对封建伦理观念的维护。作者对此的态度也基本上是肯定的。当然，以上两篇都另有命意，都写出了非常值得肯定的进步思想（耿十八具有反抗命运的自主追求，与许多篇中所宣扬的命定论思想很不一样），上文所引部分虽只是侧面涉及，但也流露了蒲松龄思想中确实是进步与落后的成分并存的。

另外也有写妻子因为不能生育而劝丈夫娶妾等，也是既反映了“孝”的观念，又把妇女看作是生儿育女的工具，也是落后意识的表现。

总之，在《聊斋志异》婚恋题材的作品中，虽然由于历史条件和蒲松龄本人思想等种种原因，不可避免是精芜并存；但主要的方面，却是非常进步的，是闪耀着新的思想光辉的。

（原载《明清小说研究》2013年第4期，此文未收入北京大学出版社2011年版《古典小说的思想与艺术》，为十卷本《周先慎文集》补录）

略论贾宝玉林黛玉的爱情悲剧

在中国古典小说戏曲中，通过描写和歌颂爱情来表现反封建主题的作品，不知道有多少。《红楼梦》继承了这个传统，并且发展了这个传统，在爱情描写上达到了前所未有的思想和艺术高度。《红楼梦》当然不是什么单纯的“言情”杰作，它的反封建主题表现了极其深刻丰富的社会历史内容。但是，《红楼梦》出色地描写和歌颂了爱情，这也是毋庸讳言的事实。“四人帮”在所谓“阶级斗争”的旗号下，将宝黛爱情悲剧跟作品的反封建主题对立起来，抹杀《红楼梦》爱情描写的社会意义，那是很荒唐的。问题不在于《红楼梦》是不是描写了爱情，而在于它怎样描写爱情。《红楼梦》爱情描写的杰出之处在于，它不是单纯表现青年男女之间的情爱，也不是单纯肯定与封建礼教相对立的爱情婚姻自主的要求，而是表现了主人公跟封建制度从生活道路到整个伦理道德观念上的尖锐对立，揭露了封建社会的黑暗、腐朽、没落，预示了它必然衰亡的历史命运。因此，《红楼梦》的爱情描写表现了不同于前代作品的鲜明的时代特色，概括了深刻丰富的社会内容，而且像生活本身那样，爱情与广阔的社会生活存在着广泛而深刻的联系。这就是二百多年来宝黛爱情悲剧使无数读者那样激动的根本原因，也是《红楼梦》卓越的现实主义成就的一个重要方面。

一

一部作品的艺术构思和作家选取什么样的人物作为作品的主人公，跟作家基于他的生活经验和世界观对生活的认识与评价分不开。曹雪芹在《红楼梦》中写了一对贵族青年男女的爱情，并将他们爱情的产生、发展和悲剧的结局置于全书故事情节的中心，并不是偶然的。它跟小说描写的生活内容即题材有关，但是从根本上说来，却是决定于作家曹雪芹对封建末世的社会生活的感受和认识。

我们知道，曹雪芹出生在一个由盛转衰最后彻底败落的封建贵族家庭里，他亲身经历、体验了贵族家庭败落过程中的种种矛盾斗争，因而对地主阶级的腐朽没落和封建社会的必然衰亡，有着深切的感受。由于他受当时反映资本主义生产关系萌芽的带有民主色彩的进步思潮的影响，加上创作时严格的现实主义态度，虽然他的主观愿望是想“补天”，看到封建制度已经腐烂到不可救药时怀着一种惋惜甚至痛苦，但在《红楼梦》中，他却以一种冷峻深刻的笔触，对封建末世的社会生活作了广泛而生动的描绘，揭露了封建社会惊人的黑暗和腐朽。

《红楼梦》集中地描写了贾府这个封建贵族大家庭由盛转衰的过程。这个贾府是四大家族的代表，也是正在走向衰亡的中国封建社会的缩影。曹雪芹通过对这个贵族大家庭日常生活细腻而真实的描绘，形象地展现出当时错综复杂的社会矛盾，从而完成了小说从经济基础到上层建筑全面地揭露和批判封建制度的反封建主题。

曹雪芹当然不可能有明确的阶级意识，但他显然是感受到了贾府内外的种种矛盾是跟这个家族的衰败分不开的。他在《红楼梦》里描写了统治者与被统治者的矛盾，封建制度的维护者与地主阶级的叛逆者之间的矛盾，以及统治阶级的内部矛盾，这些矛盾彼此联系，错综复杂地交织在一起。如果不是从抽象的教条出发，而是从《红楼梦》的实际内容和具体的艺术描写出发，那就应该承认，在诸种矛盾中处于中心地位的是封建制度的维护者与地主阶级的叛逆者之间的矛盾。

贾宝玉生活于其中的那个贾府，表面上还呈现出一种“峥嵘轩峻”“蓊蔚洇润”的气象，内里却是矛盾重重，危机四伏。在种种危机中，后继无人是最大的危机。这一点，曹雪芹在第二回里借冷子兴之口明明白白地告诉了我们。他认为，像这样的贵族之家，儿孙的“一代不如一代”，是要比因安富尊荣、追求享乐而造成的经济上入不敷出、内囊渐尽更为严重的“一件大事”。儿孙“一代不如一代”，后继无人，确实是封建制度已经从内部腐朽、不可救药的重要标志。曹雪芹对于贵族家庭生活的这一独特感受，对他构思这部伟大作品，确定主要情节线索，有着重要的意义。第五回写贾宝玉梦游太虚幻境，警幻仙姑受宝玉的祖宗宁荣二公的“剖腹深嘱”，警戒宝玉“改悟前情，留意于孔孟之间，委身于经济之道”，以求不“见弃于世道”，而结果宝玉却深负了警幻“一番以情悟道、守理衷情之言”，在迷津前没有

“作速回头”，终于堕入了万丈深渊[①]。这段写得迷离恍惚的文字大可值得注意，它以象征的手法预示给读者小说的构思和后文情节的发展。

就是在这种儿孙“一代不如一代”的条件下，由于贾宝玉在这个家庭中的地位，再加上他的聪明颖悟（虽然在书中他常常被人称为呆子，曹雪芹却多处写到他的敏慧），便成了这个家庭的“中兴”希望。他在贾府里受到上上下下那么多人的尊宠钟爱，包括贾政的严厉管教在内（“恨铁不成钢”也是爱的一种特殊表现），多半就出于这种原因。

尽管日趋尖锐的封建社会的内在矛盾决定了这个制度必然灭亡，但是贵族阶级却不甘心，它还要作垂死的挣扎，要千方百计地挽回颓势。在种种努力之中，最大的努力，就是要按照贵族阶级的需要和封建道德的标准，把贾宝玉培养成为一个立身扬名、光宗耀祖、能把贵族阶级日趋衰败的事业重新振兴起来、延续下去的忠臣孝子。然而，贾宝玉却是一个封建贵族阶级的不肖逆子。他的叛逆思想，恰恰是在封建制度走向瓦解过程中种种错综复杂的矛盾里孕育出来的。他是一个在新旧交替的时代，从没落的贵族阶级中分化出来的浪子，是那个不可救药的贵族之家合乎规律的产儿。

贾宝玉不愿走读书中举的道路，他视为官做宦如粪土。他将那些“读书上进”的人称为“禄蠹”；将那些谋求富贵的人所必读必作的八股时文看作“饵名钓禄之阶”；将“仕途经济”一类的议论斥为“混账话”。在他那个时代，那个家庭，这样的思想和见解，实在是非常大胆的，不能不叫统治阶级大惊失色。所以，在他们的眼里，贾宝玉就成了一个行为偏僻、性情乖张、半疯半傻的“混世魔王”和“孽根祸胎”。

不仅如此。贾宝玉对于现存的封建制度和一套封建伦理道德，都感到强烈的不满。他无视“男尊女卑”的传统观念和尊卑有序、贵贱有别的封建等级制度。他不高兴跟那些像贾雨村那样为官做宦的“俗人”应酬往来，却愿意跟像琪官那样的处于社会下层被封建阶级瞧不起的人物做朋友；他同情被压迫被剥削的奴仆，有时跟他们简直没有主奴的界限，他们的悲惨遭遇常常激起他对摧残他们的封建制度的憎恨。他甚至不以生长于这个贵族之家为荣，反而引以为憾，曾为此发出

① 《红楼梦》引文均据庚辰本，庚辰本有缺误的，则酌据他本补正。下同。

深长的慨叹。他在那个不自由、不平等的黑暗王国里，从爱与恨中，逐渐地产生了一种对于自由和平等生活的朦胧的向往与追求。这就使贾宝玉在思想上跟封建统治阶级发生了尖锐的对立。从我们今天的观点来看，贾宝玉的思想，实质上是反映了一种初步的民主主义的要求，它曲折地反映了当时社会经济结构中资本主义生产关系的萌芽。这一切，不仅使正殷切地期待着他将来振兴家业的统治者感到绝望，而且使他们感到巨大的威胁。封建正统派的代表人物贾政，最早感到了这种威胁。他对宝玉大施挞伐，甚至要结果他的性命，就是在这种威胁面前所产生的一种绝望和恐惧情绪的表现。

曹雪芹通过贵族阶级的叛逆者与封建制度的维护者之间的矛盾，反映了封建末世思想意识形态领域里的斗争，反映了新旧两种思想的尖锐对立，是很深刻的。马克思和恩格斯曾经指出："在阶级斗争接近决战的时期，统治阶级内部的、整个旧社会内部的瓦解过程，就达到非常强烈、非常尖锐的程度。"① 很显然，贾宝玉这样的具有新的思想的新的人物的出现，正是贵族阶级和封建社会内部分化瓦解过程的产物。

封建家族没落颓败的客观形势，把贾宝玉推到了这个家庭内外种种矛盾的中心地位，他的活动既受到这些矛盾的影响和制约，又直接间接地牵动着这些矛盾的发展。而林黛玉跟他基于思想一致的结合，就更加强了他的这种地位和跟周围环境的冲突。这就是贾宝玉和林黛玉能成为《红楼梦》的主人公，而宝黛爱情悲剧能够构成这部反封建的古典名著中心情节的重要原因。

二

《红楼梦》里描写的宝黛爱情，并不是什么抽象的异性吸引，而是包含着丰富深刻的社会内容。曹雪芹是从贵族阶级兴衰盛败的历史命运着眼，来描写贾宝玉和林黛玉的爱情关系的，他将这一爱情的发生、发展和悲剧结局，同这个贵族之家的衰败没落过程紧密地结合在一起。这是《红楼梦》爱情描写的一个突出特点，也是为前代所有描写爱情的小说戏曲所不及之处。

---

① 《马克思恩格斯选集》第一卷，人民出版社，1956 年，第 261 页。

曹雪芹在贾宝玉、林黛玉叛逆思想的发展中描写他们的爱情，又在他们叛逆思想和爱情的发展中表现封建家族的衰亡。因此，叛逆思想、爱情、封建家族的衰亡，这三个方面，便不可分割地有机地组织于《红楼梦》的艺术情节之中。《红楼梦》的爱情描写完全突破了传统小说戏曲中那种郎才女貌、一见钟情的老套子，其结局也不再是千篇一律的夫贵妻荣的大团圆，而是一个具有深刻思想意义的社会悲剧。宝黛爱情是封建末世一对贵族阶级叛逆者的爱情，它在衰败没落的封建社会各种错综复杂的矛盾中产生，又在这些矛盾的发展和激化中被毁灭，而它的毁灭又预示了封建制度的必然灭亡。

贵族阶级虽然没落了，然而贾宝玉的对立面毕竟还是一个强大的势力。这个孤独的反抗者，除了在那些被压迫的纯洁的女孩子们身上得到一些生活的乐趣和精神寄托以外，还更需要同情与支持，需要一个与他有共同的思想、愿意走共同的人生道路的伴侣。他终于找到了林黛玉。在那个令人窒息的黑暗王国里，宝黛二人可以说是“心有灵犀一点通”，互引为心心相印的知己。

林黛玉确实比她同时代的一般贵族妇女的思想要高出一筹。她无视“女子无才便是德”的封建道德规范，喜欢读书写诗，表现了出众的才华。她跟贾宝玉一样，最爱读《西厢记》和《牡丹亭》等统治者不许看的“邪书”，从中呼吸到新鲜的空气，以致一些曲词烂熟于心，说话时竟不自觉地脱口而出。她爱贾宝玉，期望着能跟他结合，但从不劝他去读书应举，立身扬名。在她身上闻不到一般贵族妇女常有的那种夫贵妻荣的庸俗气味。思想上的一致，对于人生道路的共同的认识和选择，是他们爱情的坚实的基础。

曹雪芹着意表现宝黛爱情共同的叛逆思想基础，在艺术上是独具匠心的。

这种由思想上的息息相通而产生的爱情关系，在第三十二回中有着极为出色的描写。小说通过人物关系和对话，鲜明地揭示出，因为薛宝钗喜欢说“仕途经济”一类的“混账话”，宝玉才跟她“生分”；而林妹妹从来不说这种“混账话”，才深得宝玉的敬重。之后，有一段在中国古典小说中极为罕见的人物的内心独白，表现了林黛玉在证实了宝玉对她的爱情以后，那种“又惊又喜，又悲又叹”的复杂的心理活动。接下去，便是二人直接的爱情的吐露。当两颗心灵契合之时，二人都是怔怔的，你望着我，我望着你，万句言语吐不出半个字。真是“此时无声胜有声”！这段描写之所以深刻动人，像当事者林黛玉所感受的那样“如轰雷掣电”，“铭心刻骨”，读后使人不能忘怀，就在于它十分真实地表现了两个叛逆者的灵魂的共鸣。

除了这种比较集中的描写以外，作者更多地是通过丰富而真实的细节描写来展示。第二十八回，写贾宝玉要看薛宝钗左腕上笼着的一串红麝串子。宝钗因肌肤丰泽，一时褪不下来。宝玉在一旁看着那雪白的胳膊，不觉动了羡慕之心，暗暗想道："这个膀子要长在林妹妹身上，或者还得摸一摸，偏生长在他身上。"这是一个具有典型意义的细节。它不仅真实地表现了贾宝玉在爱情生活中那种合乎贵族公子身份的心理和习性，更重要的还在于它说明了贾宝玉爱林黛玉绝不是一见钟情，而是经过了深思熟虑的比较和选择；而选择的标准也不再是郎才女貌，而是内在的精神和思想。尽管薛宝钗"比林黛玉另具一种妩媚风流"，但是贾宝玉最终还是虽然不无惋惜却很坚决地舍弃了她，而选取了林黛玉那与他发生共鸣的风神灵窍。这个表面上是那么平凡乃至近于琐碎的生活细节，却是那样自然又那样真实地揭示了贾宝玉在选择爱情的过程中那种包含着深刻的社会内容的心理活动。它既表现了作家杰出的艺术才能，又表现了作家对生活的深刻认识。这样的细节，是只有像曹雪芹这样的艺术巨匠才写得出的。

在曹雪芹的笔下，宝黛的爱情关系和他们的叛逆思想，就是这样水乳交融地不能分开；而叛逆思想，如前所述，是贵族阶级衰亡没落的产物，是封建社会内部瓦解过程中阶级斗争的一种表现。我们肯定宝黛爱情，最主要的就是肯定它所包含的反封建的叛逆思想。正是由于这种与封建统治阶级对立的叛逆思想，使他们不能跟封建家长所安排的命运妥协。他们身上那种贵族公子小姐的软弱性，曾使他们在爱情婚姻问题上期待着"父母之命"，但家长的选择是根本违背他们的思想和意趣的，他们也决不能从命。《西厢记》中的张生和崔莺莺，《牡丹亭》中的柳梦梅和杜丽娘，他们在追求自己的爱情时是那样的大胆，那样的无视封建礼教的束缚，但他们都最终以应举高中来换取美满的结局。夫贵妻荣正是他们的生活理想，也是他们爱情追求的实际内容。因此，从本质上看，他们的爱情不是背离而是适应了统治者的利益，因而最后得到统治阶级的认可。而与此相反，宝黛爱情却是以反对应举高中、夫贵妻荣为前提，因此就具有了新的、更加深刻和进步的时代内容。

诚然，从我们今天的观点来看，宝黛爱情有着它明显的时代和阶级的局限。他们都是过着寄生生活、连自己的生活也不能自理的贵族公子小姐，身上留着明显的地主阶级的印记。他们反封建是不彻底的、软弱的。他们不满、反抗，却又找不到出路，内心充满着痛苦，表现了种种消极的思想，爱情上蒙着一层感伤主义的阴影。爱情在他们空虚的生活中占有极重要的位置，几乎成了生活的主要内容和精神上的寄托。表达爱情的方式也是那样的别扭而不爽朗。指出这些都是必要的。但是必须承认，在那个时代，在那样一个黑暗和恶浊的环境里，他们的爱情是崇高的，美的，因而是值得同情和歌颂的。

三

建立在叛逆思想基础上的宝黛爱情，必然与封建制度发生尖锐的对立，形成对封建家世利益——统治者“中兴”希望的严重威胁，因而为封建统治者所不容。宝黛爱情的悲剧结局是必然的，无法改变的，它在封建势力的高压下曲曲折折地发展，最后遭到毁灭。曹雪芹通过生动的艺术描写，在前八十回已经清楚地预示了这个悲剧结局必将到来，高鹗的续书大体不误地完成了这个悲剧。

封建统治者不顾给宝玉造成精神上的折磨与痛苦，不惜置黛玉于死地，最后选择了薛宝钗做贾宝玉的妻子，有着深刻的社会原因。这不仅因为薛宝钗出身四大家族之一，门第相当，联姻可以加强他们“扶持遮饰，皆有照应”的关系；更重要的，是因为薛宝钗的思想符合封建主义的要求和贵族阶级的利益。只有她才有可能帮助贾宝玉这个浪子回头，重新走向封建主义的“正道”。已经濒于破灭的“中兴”希望，自然地又转到了这位封建淑女的身上。因此对贾府的统治者来说，在宝玉婚姻问题上对薛林二人的选择，就不是一般意义上的择配，而是关系到整个家族兴衰盛败的历史命运的严峻抉择。这个悲剧的深刻的社会内容和惊心动魄之处，正在于此。

有的研究者曾经去考察和追究逼死黛玉的主凶是谁。离开小说深刻的现实主义的艺术描写，片面地引导人们将这个社会悲剧的成因归结为某些个人的动机和行为，这种考察和追究是没有什么意义的。逼死黛玉的凶手是那个巧施掉包计的凤姐？是主持其事的王夫人？是批准同意这么干的贾母、贾政？是因此而夺得了宝二奶奶座位的薛宝钗？还是那个据有人考证可能在后台借助于至高无上的皇威行使杀伐之权的贾元春？从他们每一个人来说，是，又不完全是。曹雪芹虽然没有最后写出黛玉之死，但是在他的笔下，造成宝黛爱情悲剧的不是某一个人的主观意志，而是一群人，一群身份不同、地位有别，却由共同的阶级利益和道德观念结合在一起的封建制度的维护者。在这里，个人罪责的大小主次，是极为次要也是很难分别的。曾经那样真心实意地疼爱过、而且到最后他们自己也仍然认为在爱着宝玉的贾母和王夫人，在毁灭宝黛爱情时，竟是那样的冷酷无情。离开了由阶级利益所支配的阶级的意志，这种矛盾的现象就不可能得到合理的解释。温情混杂着血污，娇宠在一定条件下转化为残忍，生活就是这样的复杂而又合乎逻辑。这就是曹雪芹以他杰出的现实主义描写展示在我们面前的活生生的现实图景。

正因为曹雪芹写出的这个悲剧包含着深刻的社会内容，因而是激动人心的。它不仅告诉我们，对于封建贵族阶级来说，“结婚是一种政治的行为，是一种借新的联姻来扩大自己势力的机会”[①]，超阶级的为所有的人都赞同的爱情是根本不存在的；而且还向我们揭示了一种为人力所不能改变的历史发展的趋势。宝黛爱情的悲剧结局，实际上是宣告了封建统治者为挽救自己灭亡的命运所做的努力的破产。黛玉饮恨而亡，宝玉悬崖撒手，并不是封建统治者的胜利，而是他们的失败。不管作者主观上自觉不自觉，愿意不愿意，从这个悲剧结局中，我们看到了以家长制为标志的封建宗法统治的崩溃，又看到了为薛宝钗所虔诚地信奉并极力维护的封建正统思想，再也不能维系那摇摇欲坠的统治了。续作者高鹗在基本上完成这个悲剧以后，又凭空加上了一个家道复初、兰桂齐芳的尾巴，是多么地自相矛盾和不合生活的逻辑。

曾经有一种流行的观点，认为《红楼梦》写“情”是假，谈“政”是真，爱情掩盖了政治主题。这是完全不符合《红楼梦》的实际内容的。要是《红楼梦》的爱情描写果真是掩盖而不是有力地表现了它反封建的主题，那就应该说它是完全失败了。评价作品的时候，我们不能只看作家的宣言，而要看他所创造的活生生的艺术形象。事实上，《红楼梦》的爱情描写，渗透着阶级斗争的内容，与表现贵族阶级腐朽没落的思想倾向是完全一致的。它生动地说明：爱情这一人类感情活动和家庭生活的重要内容，总是表现了人们一定的社会关系，总是跟特定历史条件下特定阶级的活动及其思想相联系，因而它可能直接或间接地跟广泛的社会生活息息相通。讲阶级斗争，只讲薛蟠打死人之类，只统计有多少条人命，而不承认人们的爱情跟一定的阶级利益相联系，有鲜明的阶级内容，不承认意识形态领域里的斗争，这只是将阶级斗争简单化、庸俗化，并不是真正的马克思主义的阶级分析。

四

宝黛爱情悲剧只是《红楼梦》情节发展的主线，远不是小说的全部内容。这部

① 《马克思恩格斯选集》第四卷，人民出版社，1958年，第74页。

伟大的现实主义巨著在我们面前展开的，是极其广阔的社会生活画面。宝黛爱情婚姻悲剧跟作品的其他内容，是相互依存，紧密联系，有机地结合在一起的。曹雪芹并不是单纯地孤立地写一个爱情故事，他是以此为线索，广泛地多方面地展示了封建社会生活的面貌，揭示出种种错综复杂的矛盾。《红楼梦》是完整地表现生活、在生活的全部丰富性和复杂性的基础上描写宝黛的思想性格和爱情悲剧的，这是《红楼梦》爱情描写的另一个特点，也是前此的小说戏曲中不曾有过的。

曹雪芹的高明之处表现在，他能从生活的内在联系出发去认识和表现生活，这就使《红楼梦》的现实主义在表现生活的深度和广度上达到了新的高度。用形而上学观点，只看到生活的表象而看不到内在联系的人，不可能真正读懂《红楼梦》。“四人帮”的御用写作班子就曾以贾宝玉不是因为跟林黛玉谈恋爱而挨打，便否定这一情节跟爱情悲剧有紧密的联系，并以此证明爱情悲剧不能成为小说情节的主线①。其实，宝玉挨打正好是曹雪芹善于从生活的丰富性、复杂性出发，通过矛盾冲突表现宝黛爱情关系的一个生动例子。宝玉挨打是一次因多种矛盾纠结在一起而引发的大冲突、大事件，其中心是封建叛逆者与封建卫道者之间的冲突。在这场尖锐的冲突中，真正站在宝玉一边深切而真挚地同情和疼爱他的，并不是在关键时刻喝令贾政住手因而使整个局面化险为夷的贾母，不是大呼心肝宝贝哭得死去活来的王夫人，不是表现出很有分寸的亲切而骨子里却冷若冰霜的薛宝钗，也不是那个半是爱怜半是责怪的贴身丫头花袭人，而是那个情深意切深沉柔弱的林姑娘。试看宝玉被打之后，黛玉去探伤，半天，只有无声之泣，以及由万句言词化出的那句充满了痛苦与矛盾的简短的话：“你从此可都改了吧！”她，就是用这种独特的方式，将她的心剖视给了宝玉，给了他巨大的体贴、慰藉与支持。贾宝玉那句“就便为这些人死了，也是情愿的”表示誓不回头的话，只在林姑娘一个人面前说出来，曹雪芹这样写是有深刻含义的。在那样一场使宝玉几致丧生的大风波之后，这样的话是只能在心心相印的知己面前才能说得的。这场冲突，就是这样既推动了封建叛逆者与封建卫道者之间矛盾的发展，又促进了宝黛以叛逆思想为基础的爱情的深化。这是何等的真实自然，又是何等的丰富深刻。

当然，作者写宝玉挨打，目的并不只是为了表现宝黛的爱情，正如全书丰富复

① 石一歌：《红楼梦不是爱情小说——略论红楼梦的主题》，《学习与批判》，1973 年第 4 期。

杂的内容并不是单纯作为宝黛爱情产生和发展的背景而存在一样。曹雪芹的伟大，不仅表现在他写出了一个具有深刻的社会意义的爱情悲剧，而且表现在他写出了一个时代，一个发出腐朽气息而又处于新旧交替过程的时代，只有在这个时代环境里才能产生像贾宝玉、林黛玉那样对封建制度不满的叛逆人物，也才能产生那样的爱情悲剧。《红楼梦》所描写的生活，是那样色彩斑斓、纷繁复杂，却又并非杂乱无章，而是经过作家概括、集中，高度典型化了的。作品所反映的全部生活现象，彼此间存在着深刻的内在联系，浑然天成地构成一个有机的艺术整体，以致割掉了这一部分，那一部分就不能存在，至少也会变得不合理，不可理解。试想，要是没有凤姐、薛蟠、贾赦、贾琏、贾珍、贾蓉、贾雨村等人物以及他们身上所表现出的地主阶级的横暴、贪婪、淫乱、堕落，没有金钏、晴雯、鸳鸯、司棋、香菱、尤氏姐妹等被侮辱、被迫害的人物以及她们的死亡、痛苦、不幸、悲哀和反抗，没有贾政和薛宝钗那样的封建卫道者以及他们那种道貌岸然和端庄持重……一句话，要是没有贾府内外数以百计的各色各样的人物及其活动，没有栩栩如生的封建末世广阔的社会生活图画，那么贾宝玉和林黛玉的思想性格就失去了产生的依据而变得不可理解，他们的悲剧即使被写出来，也将是不能感动人和发人深思的。总之，没有全书丰富复杂的内容，就没有宝黛的爱情悲剧。另一方面，没有宝黛的爱情悲剧也不成其为《红楼梦》，至少反封建主题将会大大削弱，而不能使它跟同是暴露封建社会黑暗和罪恶的如《金瓶梅》那样的作品区别开来。正是在这里，表现了《红楼梦》深广的现实内容和鲜明的时代特色，表现了曹雪芹所达到的现实主义的惊人成就，亦即是为恩格斯所肯定和提倡的："真实地再现典型环境中的典型人物。"[①] 而这一切，是那些把生活现象看得互不相关，把人们的思想和受思想制约的爱情看做可以脱离周围的现实而产生的人们，如"四人帮"及其御用写作班子，所不愿意也不可能理解的。

（原载《北京师范学院学报》1980年第1期）

① 《马克思恩格斯选集》第四卷，第462页。

琐碎中有无限烟波

——《红楼梦》的欣赏

《红楼梦》是中国古典长篇小说中最优秀的一部作品，是中国古典小说发展的高峰和总结。《红楼梦》的思想内容极其丰富深刻，艺术上又极其精美。作为研究和欣赏的对象，《红楼梦》是一个巨大的、丰富的、深邃的存在，不同时代、不同地域、不同年龄、不同文化层次的人都可以从中得到思想的启示和美的享受。谈到《红楼梦》的欣赏，总是使我联想到中国宋代诗人苏东坡关于西湖的四句诗：

西湖天下景，游者无愚贤。
浅深随自得，谁能识其全？（《怀西湖寄晁美叔同年》）

相对于西湖的风景，《红楼梦》丰富深刻的含藏，更是无可比拟的。但同样不论愚贤，每个人都可以接近它、欣赏它，都能有所得；虽然有浅深之分，可是任何人又都不能说已经认识到它的全貌。对《红楼梦》的欣赏和认识，是不可穷尽的，是永无止境的。

要很好地欣赏《红楼梦》，就要首先把握它在艺术上的总体特色。中国的古典长篇小说从元末明初的《三国演义》发展到明后期的《金瓶梅》，在题材和风格上都产生了巨大的变化，这就是从历史题材转向现实题材，从重大的军事政治斗争和超凡的壮举转向日常的家庭生活；风格上传奇色彩减弱了，惊心动魄的情节也退居到十分次要的地位，而转向更贴近生活的细腻描写。写实手法与风格的成熟和趋于细腻，标志着中国古典小说的现实主义艺术发展到了一个新的阶段。晚明公安派的袁中道对《金瓶梅》的艺术有一句精要的评语："琐碎中有无限烟波。"（《游居柿录》卷九）我觉得，这句话用来评价《红楼梦》的艺术，似更为确当。

《红楼梦》是通过对一个典型的贵族大家庭的日常生活的细腻描写来揭示重大的社会主题的，其思想艺术风貌，同《三国演义》《水浒传》和《西游记》等很不相同。《红楼梦》在艺术描写上的总体风格特色，可以用两个字来概括，就是：自然。在小说的第十七回《大观园试才题对额》中，写贾宝玉和贾政父子二人对稻香村的命名产生了不同的看法，宝玉强调“天然”，认为真正的艺术绝非人力穿凿扭捏而成，而应该是“有自然之理，得自然之气”的天然图画。宝玉的这番议论传达了曹雪芹的艺术观和他在创作《红楼梦》时的艺术追求。《红楼梦》正是一幅无伤于穿凿的“有自然之理，得自然之气”的“天然图画”。我们读《红楼梦》时的总体感受是：它像生活本身一样丰富复杂，又像生活本身一样真实生动，千姿万态，天然浑成。乍一看，就像是没有经过艺术加工，只不过按生活原有的样子任其自然地流到纸上去的，那么逼真、自然、朴素，而实际上却是经过作家精心的提炼和加工，高度集中和概括而创作出来的。《红楼梦》是一部保存生活的原生态保存得最好而又含蕴十分深厚的作品。它在普普通通的日常生活的描绘中，蕴藏着极为丰富深刻的社会内容，平凡而不肤浅，细腻而不冗赘，琐碎中有无限烟波，具有强大的撼动人心的艺术力量。欣赏《红楼梦》，就是要从琐碎中看出无限烟波，看出曹雪芹的艺术匠心，看出在平凡的日常生活的描写中所包含的丰富深刻的社会内容和思想意义。

下面就从映射、细节、语言三个方面，举例进行具体分析，谈谈如何从琐碎中看出无限烟波，欣赏无限烟波。

一、映射

映射是一种独特的小说艺术，不可以简单地理解为一种艺术手法或表现技巧，它决定于作家对生活的丰富复杂性的整体认识。曹雪芹是一位最注意完整地把握和表现生活的作家，他从不孤立地写一个人、一件事，而总是着眼于生活的丰富性和复杂性，从生活的内在联系中去把握和表现生活。映射就是指作家敏锐的眼光透过生活的表层，从内在关联中去揭示出发人深思的底蕴。他写一个人、一件事，其意义并不只是孤立地表现这个人、这件事本身，而是映射到其他人、其他事上面，在互相关联中从整体上显现出多方面深刻丰富的含义。

其实，在《红楼梦》的整体构思上就表现出这一特点。全书以贾宝玉、林黛玉和薛宝钗之间的爱情婚姻关系和悲剧结局作为描写的中心，但又不是孤立地描写和表现这一爱情婚姻悲剧，而是将它与贾府这个贵族大家庭的衰败过程，与正统派思想与反正统派思想的矛盾冲突及其发展几个重要方面结合起来描写，在几方面的互相关联和映射中揭示其内在关系，几个方面形成互相依存、不可分割的艺术整体。不但如此，大观园这样一个自由纯洁的理想世界和大观园外污浊黑暗的现实世界，乃至太虚幻境与红尘的悲乐，也都是彼此关联、相互映射的。离开了某一部分，其他部分就会失掉其存在的合理性，至少其意义就不可能充分地显现出来。因此，旧红学家蔡元培先生读《红楼梦》时才有“横看成岭侧成峰”的感叹。不过，从全书来看，《红楼梦》的映射艺术，更突出地表现在对具体的人和事的描写上；或者更准确地说，整体艺术构思上的映射，是通过具体艺术描写上的映射来实现的。

第三十三回，写宝玉挨打之前，正在紧急之际，宝玉盼望有一个人能到里面去报信，以免这顿皮肉之苦。这时恰好来了一个聋老婆子。宝玉像抓住救命稻草似的，急切地对她说：“快进去告诉：老爷要打我呢！快去，快去！要紧，要紧！”可因这老婆子耳聋，把“要紧”听成了“跳井”，便以为是说金钏儿跳井的事，立即回答说：“跳井让他跳去，二爷怕什么？”又说：“有什么不了的事？老早的完了。太太又赏了衣服，又赏了银子，怎么不了事的！”金钏儿的死，在贾府里只算得一件小事，可是在曹雪芹写来却是颇具匠心的一笔。写金钏儿受辱在第三十回，写她悲愤跳井自杀是在第三十二回末，此后又在好几处描写相关人物时多次提及这件事。作者通过金钏儿之死这件小事，很有深度地表现了好几个人物。一个人、一件事，放在哪一回来写，如何写，先后详略之间都有精巧的安排，很能见出曹雪芹艺术上的匠心。这里，在宝玉挨打前的将打未打之际，特意写这么一个聋老婆子的出现和她说的这番话，作者就是着眼于生活的内在的相互关联，映射出多方面的意义。当然，在这里安排这么一个微不足道的人物上场，首先是出于情节发展上的需要，即为下文写王夫人和贾母的出场，写这场轩然大波的收束作铺垫；但更值得注意的，却是在人物描写上的多层映射。

这个聋老婆子，作为贾府中的一个老仆妇，同是奴隶，被压迫者，其身份地位同金钏儿是一样的，却对金钏儿的被逼惨死表现出一种极其冷漠的麻木态度。这就自然地映射到贾政的身上。贾政在刚听说金钏儿跳井自杀时，曾说：“好端端的，谁去跳井？我家从无这样事情，自祖宗以来，皆是宽柔以待下人。”聋老婆子上述的那番话和所表现出的冷漠态度，就暗示给读者，在贾府里这类事件必然是经常发生，司空见惯的，这才使聋老婆子这样的仆人也不以为奇，以至于这样麻木不仁了。可见贾政的话未经调查了解，脱口而出，只是为了维护家声，是虚伪而不足凭信的。这是第一层。

第二层是映射到薛宝钗和王夫人的身上。薛宝钗是同袭人一起听到金钏儿跳井惨死的消息的，当时袭人听了，念及“素日同气之情，不觉流下泪来”。而薛宝钗却只冷冰冰地说了一句：“这也奇了。”赶忙到王夫人处“道安慰”去了。王夫人对薛宝钗说：“你可知道一桩奇事？金钏儿忽然投井死了！”宝钗马上应和道：“怎么好好的投井？这也奇了。”这里对金钏儿的惨死两人三次用到了一个“奇”字。这是什么意思呢？所谓“奇”，其含义就是认为金钏儿不该投井而去投井，死得不可理解，莫名其妙。接着就写两人有一长段对话。王夫人是有意掩盖她污辱和逼死金钏儿的真相，假说：“他把我一件东西弄坏了，我一时生气，打了他几下，撵了他下去。我只说气他两天，还叫他上来，谁知他这么气性大，就投井死了。岂不是我的罪过！”话里提到自己有罪过，实际则是推脱自己的罪过。而薛宝钗却是这样劝慰王夫人的：“姨娘是慈善人，固然这么想。据我看来，他并不是赌气投井，多半他下去住着，或是在井跟前憨顽，失了脚掉下去的。他在上头拘束惯了，这一出去，自然要到各处去顽顽逛逛，岂有这样大气的理！纵然有这样大气，也不过是个糊涂人，也不为可惜。”所谓“糊涂人”，正是她对所谓“奇事”的一种解释。她还这样感叹道：“姨娘也不必念念于兹，十分过不去，不过多赏他几两银子发送他，也就尽主仆之情了。”这些冷冰冰的话，真令《红楼梦》的读者感到透骨的心寒。原来，主子们对奴隶们生命的这种冷酷无情的态度和处置方法，竟是如此地侵蚀和麻痹了聋老婆子的心。

第三层是所有这些，包括贾政的虚伪、王夫人的文过饰非、薛宝钗的冷漠无情，以及整个贾府视人命如草芥的罪恶等等，又都一齐映射到主人公贾宝玉的身上，使他对金钏儿之死独异特出的感情和态度，没有花费更多的笔墨，便鲜明突出地显现了出来。贾宝玉被打有多方面的原因，其中之一就是他对金钏儿的惨死悲痛到“五内摧伤”，以致“茫然不知何往”，和父亲贾政“可巧儿撞了个满怀”。又因“此时一心总为金钏儿感伤，恨不得此时也身亡命殒，跟了金钏儿去”。竟至连贾政的大声呵斥也没有听见，“只是怔呵呵的站着”，这种“惶悚”的表情更惹得贾政生气。而在遭到一场几至丧命的毒打之后，还对前去探伤的林黛玉说：“就便为这些人死了，也是情愿的。”“这些人”当中，首先就包括了惨死的金钏儿在内。一直到第四十三回，写凤姐过生日，又是众姐妹结社的头一社正日子，宝玉竟然不参加，也不跟任何人打声招呼，一早就悄悄带着茗烟出门，到城外郊野去祭奠金钏儿去了。艺术上经过这样几层映射的结果，便凸现出贾宝玉的心地、感情，是多么善良！多么美好！在他所生活的那个时代和具体环境里，又是多么难能可贵。

又如第七十七回，写晴雯被逐出贾府后，死前贾宝玉去看她。这里也写了一个非常次要的人物——晴雯的嫂子灯姑娘，写了她的轻佻、放浪，也写了她的正直和同情心。对灯姑娘的描写，其意义也不止于这个人物自身，同样也起到了多方面的映射作用，具有丰富深刻的含意。灯姑娘先是偷听宝玉和晴雯在屋里说心里话，然后突然“笑嘻嘻掀帘进来”，又将宝玉一手拉进里间来，还“紧紧的将宝玉搂入怀中”，放肆调笑，使宝玉“急的满面红涨，又羞又怕，只说：‘好姐姐，别闹。’”然后灯姑娘说了一段非常感人的话：“可知人的嘴一概听不得的（按：指过去听说宝玉是个风月场中惯做功夫的花花公子，同晴雯有不干净的关系），就比如方才我们姑娘下来，我也料定你们素日偷鸡盗狗的。我进来一会在窗下细听，屋里只你二人，若有偷鸡盗狗的事，岂有不谈及于此，谁知你两个竟还是各不相扰。可知天下委屈事也不少。如今我反后悔错怪了你们。既然如此，你但放心。以后你只管来，我也不罗皂你。”大家知道，晴雯是被王夫人从贾府里赶出去的，她认定了宝玉是被晴雯勾引坏了的，因此不顾晴雯当时病得非常厉害，“四五日水米不曾沾牙，恹恹弱息”，狠心地将她赶走，置于死地。赶走时还无情地说：“只许把他贴身衣服撂出去，余者好衣服留下给好丫头们穿。”（四儿、芳官也是被认定为坏丫头，在这次被赶走的）而同是奴隶的袭人，这次却也站在王夫人的一边，这样说：“太太只嫌他（指晴雯）生的太好了，未免轻佻些。在太太是深知这样美人似的人必不安静，所以恨嫌他……”“生的太好了”竟也成为罪名，袭人居然也认可，并公开为王夫人辩护。对灯姑娘的这段描写，曹雪芹也是极富于艺术匠心的。先是映射到王夫人和袭人的身上，既而又映射到晴雯和宝玉的身上，具有多方面的深刻含意。在这里，曹雪芹是特意写了一个“不洁”的女人灯姑娘，来证明晴雯的无辜和她跟宝玉关系的纯洁美好。这一笔，赞美了晴雯，赞美了宝玉，同时又起到了对赶走晴雯并置之于死地的冷酷无情的王夫人的揭露和批判的作用，是非常有力的。

映射艺术体现了作家对生活认识和把握的深度和广度，只有对生活有深切的体验而又眼光敏锐的作家，才能看到生活的内在联系并在作品中自觉地揭示这种联系。从阅读来说，映射能引起读者的联想，触发他们的艺术想象，完整地多角度多侧面地去体会品味作品的丰富意蕴。《红楼梦》是运用映射艺术运用得最好的作品，因此，阅读欣赏《红楼梦》，就需要瞻前顾后，左顾右盼，善于联想，在联想中去发现和体会作家深入揭示生活内在联系的艺术匠心。

二、细节

细节是生活的血肉，也是小说艺术的血肉。离开细节，就谈不上逼真地反映生活，尤其对以家庭生活为题材而缺少惊心动魄的传奇情节和宏大场面的作品更是如此。在某种意义上甚至可以说，没有细节描写就没有小说艺术。中国古典小说现实主义艺术的成熟过程，跟小说细节描写的由少到多，由粗到细，由简单到丰富，由浮浅到深刻的演进分不开。《红楼梦》不以情节的曲折紧张取胜，而以细节描写的丰富、细腻、生动、深刻见长。这同样体现了这部古典名著“天然图画”的总体艺术特色。《红楼梦》的细节描写，精雕细刻，却又十分真实自然，不露一丝人工斧凿痕迹；含义丰富，却又出以平常，能于小中见大，细中见深，最能体现出“琐碎中有无限烟波”的艺术特色。

第二十八回，写元春在端午节前给贾府诸人送来礼物，宝玉的跟宝钗的一样，黛玉的跟迎春、探春、惜春三姊妹的一样。宝玉不相信，认为应该是他的同林妹妹的一样，可能是传错了。接着就写宝玉命丫头拿了他得的礼物送到黛玉那里去让她挑，吩咐“爱什么留下什么”。可是林黛玉不要，什么也没有挑，反而触动心事，在后来见到宝玉时话中带刺地说：“我没有这么大福禁受，比不得宝姑娘，什么金什么玉的，我们不过是草木之人！”宝玉听了马上急得赌咒发誓，说金玉什么的是别人说的，“我心里要有这个想头，天诛地灭，万世不得人身”！接下去写宝玉见到了宝钗，就要看她刚刚得到的礼物红麝串子，恰好宝钗的左腕上就笼着一串。这里通过细节揭示人物的性格心理，非常深入。宝玉自己就有同宝钗一模一样的礼物，为什么还非要看宝钗的呢？说到底，思想深处还是不相信他的怎么会跟宝钗的一样，这种奇怪的心理实际是反映了他对钗黛两人不同的内在感情。而宝钗刚收到礼物就马上笼在腕上，也反映出她极为重视元春对她的态度，试想换成黛玉，即使是得到了同宝玉一样的红麝串子，也绝不会刚收到就迫不及待笼到腕上去的。但是更为深刻的是下边的一段描写：因宝钗生的肌肤丰泽，一时褪不下来，宝玉在一旁看着那雪白一段酥臂，不觉动了羡慕之心，暗暗想道：“这个膀子要长在林妹妹身上，或者还得摸一摸，偏生长在他身上。”在爱慕中夹杂着遗憾，竟至失神，“不觉就呆了”。这是一个具有典型意义的细节，包含着丰富的社会内容。一方面，从送礼这样细小的琐事上，已反映出元春对宝玉同黛玉的关系和宝玉同宝钗的关系的不同看法与处理，而这种看法与处理，同贾宝玉本人的态度是尖锐对立的。这不是小矛盾小冲突，而是关联到全书悲剧结局的大矛盾大冲突的一次闪现。另一方面，又表现了贾宝玉对林黛玉的爱情绝不是一见钟情，而是有一个比较和选择的过程，是他经过长期深思熟虑的结果；而他选择的标准，已不再是中国传统小说戏曲中写滥了的那种郎才女貌，而是内在的思想意趣和精神气质的相投。

贾宝玉同林黛玉爱情关系的发展，是经历过一段“见了姐姐就把妹妹忘了”的阶段的，薛宝钗确实在某些方面也对贾宝玉具有吸引力。但不管薛宝钗对贾宝玉来说，如书中所写，比林黛玉“另具一种妩媚风流”，但贾宝玉最终还是虽然不无遗憾却又是非常坚决地舍弃了她，而选择了林黛玉那与他发生共鸣的风神灵秀。这个表面上看似那么平凡乃至琐碎的生活细节，是如此自然又如此真实地揭示了贾宝玉在爱情选择过程中那种包含着深刻的社会内容的心理活动，同时又隐约地透露出一场影响到贾宝玉、林黛玉的命运，乃至影响到整个贾府的命运的大冲突，正在潜伏形态中酝酿着、发展着。而这一切，又都表现了《红楼梦》联系家族命运对于宝玉与黛玉知己之爱的描写，已大大突破了郎才女貌和夫贵妻荣的传统模式，具有一种全新的面貌。

第三十三回，在贾政毒打宝玉的过程中，小说描写了他的三次流泪。第一次是在他“气的面如金纸”，下决心要打宝玉却还在将打未打之际，写他“满面泪痕”；第二次是王夫人闻讯赶出来，大吵大闹，说这样打宝玉是贾政有意“绝”她，贾政听后是“泪如雨下”；第三次是王夫人哭死去的贾珠，贾政听了“那泪珠更似滚瓜一般滚了下来”。三次流泪，一次比一次厉害，一次比一次哭得伤心，却又没有一丝一毫因对宝玉一时生气打重了转而后悔心疼的感情；相反，王夫人越是劝慰越是哭闹，他就越发逞威，毒打尚嫌不足，还要拿绳子来勒死，“以绝将来之患”。仔细阅读思考，就能体会出其中含蕴的丰富深刻的社会内容。原来，贾政一心将振兴家业、“光宗耀祖”的希望寄托在宝玉的身上，而宝玉却不肯好好读贾政为他规定的那些书，不肯走为他指示的人生道路，因此使得他在宝玉这个不肖逆子面前，不仅感到愤怒，而且感到后继无人的绝望和悲哀。这就是为什么王夫人提到贾政是有意“绝”她和哭珠儿时，那么深地触动了他的原因。关于贾政三次流泪的细节描写，透过他表面上的凶狠和威严，无情地揭示了这个人物灵魂深处的另一面，即悲哀和绝望的一面。而愤怒和悲哀、威严和虚弱这两个方面，又是如此矛盾而又合乎逻辑地统一在一起，深刻地表现了贾政这个力图使行将败落的贵族大家庭能够存亡继绝的封建正统派代表人物思想性格的完整复杂的内涵。曹雪芹在细节描写上的笔力，达到如此深度，不能不令人感到惊叹。

第四十回写刘姥姥在大观园进餐，故意寻开心的凤姐和鸳鸯，为她准备了一双老年四楞象牙镶金筷子，让她去夹那小巧圆滑的鸽子蛋。刘姥姥一见就说：“这叉爬子比俺那里铁锨还沉，那里犟的过他。”本来要准备大吃一顿的，却无从下筷子，便站起身来，说了句不得体的逗乐话：“老刘，老刘，食量大似牛，吃一个老母猪不抬头。”便“鼓着腮不语”。“众人先是发怔，后来一听，上上下下都哈哈大笑起来。”接下去就有一段细节，刻画各人的笑态：

> 史湘云撑不住，一口饭都喷了出来；林黛玉笑岔了气，伏着桌子嗳哟；宝玉早滚到贾母怀里，贾母笑的搂着宝玉叫“心肝”；王夫人笑的用手指着凤姐儿，只说不出话来；薛姨妈也撑不住，口里茶喷了探春一裙子；探春手里的饭碗都合在迎春身上；惜春离了坐位，拉着他奶母叫揉一揉肠子。地下的无一个不弯腰屈背，也有躲出去蹲着笑去的，也有忍着笑上来替他姊妹换衣裳的，独有凤姐鸳鸯二人撑着，还只管让刘姥姥。

这段描写，若换成平庸之手，只会用“哄堂大笑”四字了结，曹雪芹却铺陈出如此一段精彩文字。有主有次，有细描，有泛写，人各一种姿态，一人一副笔墨。湘云笑得爽快，毫无拘节；黛玉笑得娇媚，柔弱中表现出节制；宝玉则笑时也在撒娇；贾母则分明是一副老祖宗的意态声口；王夫人笑责凤姐的恶作剧，显出她当家太太的身份；薛姨妈也“撑不住”，却又不同于史湘云，一口茶只是喷在晚辈的探春身上，失态而未失礼；惜春娇弱，但她可以拉着奶母叫揉肠子，身份气性又与黛玉有别；奴仆丫头们只是淡淡两笔，却是清清楚楚地显示出“上”与“下”的区别与界限。在众人前仰后合中独能“撑着”的凤姐与鸳鸯，一看便知是这场闹剧的“总导演”。曹雪芹不愧是大手笔，同是笑，而且是同一场合被同一件事引发出来的笑，他写来却各具面貌，同中有异，显现出不同人物的不同身份地位和性格特征。这就从有血有肉的细节描写中，展示出人物的风神和生活的情韵。

《红楼梦》中的细节描写，除了本身所体现的意义之外，也常常具有前面所讲的“映射”的作用，亦须前后左右关联起来思考，才能体会出其中丰富的意蕴。试看第三回全书开篇不久，写林黛玉进贾府，有两处写到她坐轿子，写得十分精细，作者用笔就极富于艺术匠心。

第一次黛玉刚进贾府大门时，是这样写的：

> 却不进正门，只进了西边角门。那轿夫抬进去，走了一射之地，将转弯时，便歇下退出去了。后面的婆子们已都下了轿，赶上前来。另换了三四个衣帽周全十七八岁的小厮上来，复抬起轿子。众婆子步下围随至一垂花门前落下。众小厮退出，众婆子上来打起轿帘，扶黛玉下轿。

这里值得注意的，是在进了贾府之后，特意点出抬轿子的换成了“三四个衣帽周全十七八岁的小厮”，而当轿子停下时，是先让这些小厮退出，众婆子才打起轿帘，扶黛玉下轿。

第二次，写黛玉在贾母处用了茶果以后，邢夫人带了黛玉去见贾赦，是这样写的：

> 出了垂花门，早有众小厮们拉过一辆翠幄青绸车，邢夫人携了黛玉，坐在上面，众婆子们放下车帘，方命小厮们抬起，拉至宽处，方驾上驯骡，亦出了西角门，往东过荣府正门，便入一黑油大门中，至仪门前方下来。众小厮退出，方打起车帘，邢夫人搀着黛玉的手，进入院中。

这段开头“早有”的“早”字很值得注意，就是说，在邢夫人带着黛玉出来前，早就将黛玉要用的车准备好了；而在邢夫人与黛玉坐上车后，让众婆子们先放下车帘，然后才命小厮们抬起。而到了仪门前停了车，又是等众小厮退出后，方才打起车帘让黛玉和邢夫人下轿。这里的程序，反映出贾府的礼仪是极其严格的，成年小厮，一定要回避女主人尤其是年轻的小姐。

另一处相关的描写，又显示出十分细微却值得特别注意的差别，与此形成很有意思的映照。这就是这一回的后面，写黛玉由王夫人带着从贾政住处到贾母那里去用晚餐，经过凤姐住的地方，王夫人向她介绍说：“这是你凤姐姐的屋子，……”

这时小说写道："这院门上也有四五个才总角的小厮，都垂手侍立。"前面写抬轿的十七八岁的小厮是要退出后才打起轿帘，是不能同小姐见面的，而这里作者特意点出是"才总角的小厮"，"总角"就是未成年的小孩子头上梳着的两个小发髻，说明只是几个十来岁的儿童，所以"垂手侍立"，不必回避。这些精细的描写，在作者的笔下都不是无所用心的。但其意义，孤立起来看还不易发现，还须联系到书中多方面的描写，才能体会出来。例如前面提到的第三十三回，写贾宝玉挨打时，王夫人在里边听到后立即赶出来劝止，小说是这样写的："王夫人不敢先回贾母，只得忙穿衣出来，也不顾有人没人，忙忙赶往书房中来，慌的众门客小厮等避之不及。"这里是写紧急情状，自然让我们想象到，在平日通常情况之下，即使是成年的女主人，也是不能同门客小厮们接触的。再联系到书中还多处写到，小姐和身份稍高的丫头请大夫诊病，也是只能隔着帘子号脉的。所有这些都是为了表现贾府这一"诗礼簪缨之族"严格的礼教规范。

再扩大一些，这些描写又映射到贾府中更广泛的生活情景，显示出更为深刻丰富的意义来。首先是，在这个礼教极严、规矩繁细的"诗礼之家"，本来是"男女大防"，不允许开始"懂事"的异性接触的，而贾宝玉独能在大观园中跟众多的女孩子们厮混在一起，尤其是同林黛玉竟能"耳鬓厮磨"，日渐亲近，终至产生生死不渝的爱情。这就启发我们，这固然是由于贾母的特殊宠爱而造成的一种特殊环境，使宝玉在一大群纯洁美好的女孩子中得到一种精神上的慰藉和熏陶，养成他反传统的自由不拘的性格；而更重要的，是随着小说艺术描写的深入和扩大，我们会越来越深切地感到，这个与外面世界的黑暗污浊形成鲜明对照的大观园，确是作者自觉地创造出的一个自由天地和理想世界，以表现他着力塑造的两个男女主人公反传统思想的美好，以及这种思想产生与发展的根据和合理性。其次是，这种种礼教规矩又映射到这个没落世家一大群不肖子孙们的身上，像贾赦、贾琏、贾珍、贾蓉等人，都是寡廉鲜耻的衣冠禽兽，在男女关系上混乱和丑恶到了极点。在这一层映射之下，对这些人物思想行为的描写，就表现出一种隽永而又强烈的揭露和讽刺意味，从一个侧面显示出这个贵族之家的衰败倾向，而其封建礼教的虚伪也就暴露无遗。

三、语言

跟全书的总体艺术风格相一致，《红楼梦》语言的特色也可以用"自然"二字来概括。《红楼梦》的语言具有极高的艺术表现力，是经过作家严格淘洗和高度提炼而又保持着浓厚的生活气息和生活的原生态的语言。准确（一个词，一句话，不能去掉，也不能更改），生动（传神），精练（语简意深，含蕴丰富），既饱含着生活的血肉，又饱含着人物思想感情的血肉，显得朴素自然，明快流畅，含蓄深厚。不论刻画人物，描写环境，叙述故事，作者很少用夸张的语言，华艳的辞藻，而是普普通通，平平淡淡。有的地方，犹如家常絮语，却在普通中寓深刻，于平淡中见神奇，使读者如闻其声，如见其人，如临其境。

尤其是人物语言的性格化更为出色。鲁迅曾经说过："《水浒传》和《红楼梦》的有些地方，是能使读者由说话看出人来的。"①《红楼梦》的人物语言，确能使读者从书本上听出声音，进而又能从纸面上看到活动着的人物，并体会出他们的思想、心理和情态。

第六回写刘姥姥一进荣国府时，周瑞家的向刘姥姥这样介绍凤姐："少说些有一万个心眼子。再要赌口齿，十个会说话的男人也说不过他。"王熙凤的性格当然是比较复杂的，但聪明而又善于言辞，确实是她性格的一个重要侧面。她的丰富的思想性格，很多时候也都是由她的说话表现出来的。大家非常熟悉的，第三回写黛玉进贾府时，她的出场就是未见其人先闻其声，在笑声之后，便听见"我来迟了。不曾迎接远客"。黛玉感到很惊异，在众人皆"敛声屏气"的庄肃气氛中，独她一个人竟敢如此"放诞无礼"。可见她在贾府中的地位，也可见她大异于别人的性格。她是一个极机灵聪明的人，这机灵和聪明就常常表现在她的嘴上，特别是从她对贾母的讨好奉承中更为鲜明地表现出来。小说这样描写她在初见黛玉时的说话和表现：

这熙凤携着黛玉的手，上下细细打谅了一回，仍送至贾母身边坐下，因笑道："天下真有这样标致的人物，我今儿才算见了！况且这通身的气派，竟不像老祖宗的外孙女儿，竟是个嫡亲的孙女，怨不得老祖宗天天口头心头一时不忘。只可怜我这妹妹这样命苦，怎么姑妈偏就去世了！

---

① 鲁迅：《花边文学·看书琐记》，《鲁迅全集》第五卷，人民文学出版社，1957年，第429页。

先是赞美黛玉的“标致”，接着又赞美她的“通身气派”，这是由外及里，而又都落到老祖宗的身上：因这“标致”和“通身气派”，就不应该是老祖宗的外孙女，而应该是老祖宗的“嫡亲孙女”。这样一来，表面是赞美黛玉的话，就全都变成讨好老祖宗的话了。“天天口头心头一时不忘”，这“心头”二字是绝对不可少的。只有聪明而富有心计的凤姐说话，才考虑得这么精细周到，表达得这么准确。她说这话时还配合着动作，“用帕拭泪”。贾母笑道：“我才好了，你倒来招我。你妹妹远处才来，身子又弱，也才劝住了，快再休提前话。”这凤姐听了，忙转悲为喜道：“正是呢！我一见了妹妹，一心都在他身上了，又是喜欢，又是伤心，竟忘记了老祖宗。该打！该打！”这段话也是说得绝顶聪明的。她十分懂得，讨好老祖宗，有时候要直接奉承，有时候又要采取曲折迂回的方法；而什么时候用什么样的方法，她都能根据具体情况的不同，掌握得恰到好处。在这里，此情此景之下，说她心里只有黛玉，比直接说她心里只有老祖宗还要更能讨得老祖宗的欢心。只有领悟到这一点的人才能说得出这样的话，而作为读者，也只有领会到这层意思，才能从中听出人物的思想性格，从而体会出曹雪芹写人物的语言所达到的高度艺术水平。

凤姐是一有机会就拍老祖宗的马屁的。不过仔细想来，并不是任何场合、任何情景之下都是适宜拍马屁的；而且在不大适宜拍马屁的场合、情景之下拍马屁，要拍得自然而不生硬，拍到点子上，拍得乖巧，拍得让人听了喜欢而不反感，是极不容易的事。且看王熙凤拍老祖宗的马屁，真是拍得绝顶聪明，拍出了很高的水平。第三十八回，写贾母带着一大家子人在水池上的藕香榭欣赏风景，心里高兴，就说起小时候在枕霞阁玩儿，不小心失脚掉进了水里，没有淹死，救起来头上却崩破了一块，现今鬓角上还有指头顶儿大的一个窝。在这种情景之下，一般人是无法下手去拍马屁的，可聪明的凤姐却说出了一段不同凡响的话来：

> 凤姐不等人说，先笑道：“那时要活不得，如今这大福可叫谁享呢！可知老祖宗从小儿的福寿就不小，神差鬼使碰出那个窝儿来，好盛福寿的。寿星老儿头上原是一个窝儿，因为万福万寿盛满了，所以倒凸高出些来了。”

几句话就活脱脱地画出一个凤姐来，画出她的世故、乖巧、聪明。她专从福、寿两个字上发挥，这是最切合贾母的身份地位，也是最懂得贾母的心理的。但要从头上的那个窝儿翻到下面吉祥的意思上来，却不是人人都能做得到的。她拿寿星老儿做个隐喻，又曲为解释，跟老祖宗挂上钩，并落实到老祖宗最喜欢听的“万福万寿”上来，真是聪明机巧到了极点。只有那分心思而无凤姐那分机巧的人，只会说：“寿比南山，福如东海”一类干巴巴的套话，像如此有血有肉，有滋有味，叫贾母听了心里甜丝丝的话，是只有凤姐才说得出的。从人物语言体会人物性格，再进而联想到人物之间的关系（是这种关系制约和决定了人物在什么场合对什么人该说什么话）和更深一层的社会内容（如女性当家所包含的意义等），那我们对《红楼梦》的欣赏和理解就更深入一层了。

有时候只说简单的一句话，也能见出人物的思想性格来。如第三十二回，写贾雨村到贾府，贾政命宝玉出来跟他会面，宝玉不愿意，而又不敢违抗父命，无可奈何磨蹭一阵之后只得出去。因为满心不高兴，又走得匆忙，忘了带上扇子。袭人怕他热，急忙拿了扇子追出来给他。要是一般人会这么说：“扇子忘了，给你。”或甚至更简便些说：“给你扇子。”可袭人却是这么说的：“你也不带了扇子去。亏我看见，赶了送来。”从温存体贴中透出一种有意讨好的意味。一件极琐碎平凡的小事，一句极普通的话，却极生动、准确地表现了袭人特殊的身份地位和微妙的心理。她是一个受主子宠信的奴才，一心做着将来做半个主子（姨太太）的美梦，便时时处处都要显出这种特殊的亲近，以讨得宝玉的欢心。

有时候不是一句话，单是一个词的运用，就能收到这样的艺术效果。如第四十回，写刘姥姥二进荣国府，由许多人陪同，先在潇湘馆黛玉的卧房里坐了一会儿，后来贾母说：“这屋里窄，再往别处逛去。”刘姥姥接着贾母“这屋里窄”的话茬儿，说：“人人都说大家子住大房。昨儿见了老太太正房，配上大箱、大柜、大桌子、大床，果然威武。”“威武”这个词，是极普通，人人都熟悉，人人都会用的，可从来没有人用来形容房子和家具，但刘姥姥用在这里却是用得再好不过，不但准确，而且传神，包含着非常丰富的社会内容。刘姥姥的这番话，特别是用上“威武”这个词，是从贾母的一个“窄”字引出来的。刘姥姥作为一个从偏远农村来的贫苦人家的老妇人，她对贾府里房屋家具的感受当然是同贾母完全不一样的，可以说是两种身份，两副眼光，两种感受。这是只有刘姥姥处于那样特殊的环境条件下才说得出来的。“威武”一词用在这里，至少包含两方面的深刻含义：其一是，刘姥姥是一个从农村来的没有见过世面的小户人家的妇女，从来没有见过像贾府这样气派的房子和家具，因此在这些大家伙面前，十分自然地产生一种威压感。“威武”这个词用在这里，就最真实、最生动地表达了刘姥姥在此情此景之下的独特感受。其二是，刘姥姥又是一个虽然纯朴却又老于世故的老妇人，到贾府里来是为了得到一点好处，她一进贾府就看出来贾母这位老祖宗的身份地位，是一位她能不能得到好处的关键人物。所以一有机会就抓住说点讨好奉承的话。“威武”这个词用在这里，就多少透露出一点讨好奉承的意味。简单一个词，却极传神地表现出刘姥姥独特的身份地位，独特的思想性格和独特的生活感受，同时又生动地揭示出人物之间的微妙关系。再比较凤姐讨好贾母和刘姥姥讨好贾母，同中又有异。要讨好人都需要一点聪明，但凤姐的聪明中显出机心，而刘姥姥的聪明中却透着纯朴。

以上我们从映射、细节、语言三个方面举例谈了对《红楼梦》的欣赏，归结到一点，就是要把握《红楼梦》的总体艺术特色——“琐碎中有无限烟波”，从小中见大，细中见深，平凡中见不平凡。当我们从《红楼梦》那些看似琐碎平凡的日常生活描写中，发现了其中所包含的丰富的社会内容和深刻的思想意蕴时，就会真正领略到《红楼梦》独特的艺术美，得到同读其他的中国古典小说不同的审美愉悦。

（原载《名作欣赏》2002年第1、2期）

学术规范与学术品格
——评刘心武的“秦学”及其论争

刘心武先生的《红楼梦揭秘》当然是一家之言，谁也无权同时也没有能力去反对他研究《红楼梦》并发表他的研究成果。但是任何一个人，他的研究成果一经公开发表，就变成了一种社会行为，就会产生这样那样的社会效果，那就必须也应该接受社会群体（包括读者、观众和专家）的检验和评说。刘先生的“秦学”发表以后，尤其在中央电视台宣讲又出书以后，出现了批评意见，甚至是相当尖锐的批评意见，应该说是十分正常的事情。在今天学术自由的环境下，读者和专家都有权批评刘先生，刘先生也有权进行反批评。正常的批评和反批评是学术发展的健康之路。但是不知为什么，我们的一些媒体（不是所有的）对此却大惊小怪，见到几个红学家出来表态，说刘心武先生的红学研究是没有事实根据的猜谜，他的一些论断是牵强附会的主观想象的产物，走的是一条走不通的索隐派的老路等等，就说这是对刘先生红学研究的“封杀”，是“围攻”，是企图要“垄断”红学研究等等。可是事实并不像他们所说的那样。大家都知道，刘心武先生是一位影响广泛的著名作家，他是在收视率极高的央视“百家讲坛”上发表他的“秦学”演讲的，演讲稿出书后一个月之内就重印了六次，还有网络调查显示，在成千上万的网友中有八成是支持刘先生的。如此等等，都充分说明了刘先生拥有的话语权是极其强大的，话语空间是极其广阔的。相比之下，几个红学家在他的面前显得是那样的势孤力单，声音显得是那样的微弱。真令人不解，这怎么就能形成对刘先生的“围攻”之势，并造成“封杀”的后果呢？这种夸大其词的报道已经造成了不应有的误解和混乱，一些对《红楼梦》和红学研究不太熟悉的年轻朋友，甚至也包括一些对刘先生的“秦学”内容并不真正了解的学者，也站出来替刘先生鸣不平，指责红学家对他的批评。

更令人不解的是，有人竟然将提倡和坚持学术规范也说成是对刘先生的打压和封杀，说成是一些人想搞红学垄断的借口。某报一位评论员发表了这样的高论：“你要有规范才能研究，你要懂规矩才可以进门，你要是学术才能到央视开讲，否则就不能‘登大雅之堂’，上不得正席，只能关起门来自己唠嗑。”照这位先生看来，搞学术研究是可以不懂学术规范，可以不守规矩的。这样的看法是违背基本常识的。何止是学术研究，世间万千的行业行当，哪一行没有自己的规矩呢？就连玩游戏也还有游戏规则呢，何况是严肃的学术研究。当然，如果刘心武先生明言自己搞的不是学术研究，而只是一种娱乐性的猜谜活动，也就不会有人用学术规范去要求他了，但他既然把自己的研究成果称作“秦学”，那就表明他是明确地认定自己搞的是学术研究，那么理所当然地就应该自觉地遵守学术规范，何须等待别人去要求他呢？

学术规范的起码要求，是立论要有根据，论证要合乎逻辑，不能爱怎么想就怎么想，想怎么说就怎么说。我们通常把研究人文现象和社会现象的学问称作人文科学或社会科学，既然是科学就要体现科学精神，而科学精神的要义就是求实。在这一点上，人文科学、社会科学和自然科学，虽然研究对象有所不同，但在本质上并没有什么区别。具体到文学研究、红学研究，那就要从文学现象和文学作品的实际出发，尊重文本，阐发文本本身所包含的意蕴和价值，而不是在文本之外主观臆想，随心所欲地改变或甚至是歪曲文本。当然围绕文本还会有许多不同角度、不同方面的研究，如时代背景、作家家世、版本源流等等，但这些研究最后都应该落实到文本上，要与文本的内容相符合并且要有利于正确地阐释文本。西方的接受美学认为读者在接受作品的过程中也会参与创作，但那说的是一种广泛意义上的创作的延伸，而不是对作品本身客观性质的否定。刘先生研究《红楼梦》，他的所谓“秦学”，主要方面都是捕风捉影，牵强附会的，他将书中本来写得清清楚楚是出身寒微的秦可卿，硬说成是出身高贵的废太子之女，进而将《红楼梦》的内容与清代康熙、雍正、乾隆时期宫廷的政治斗争联系起来，加以比附，得出一些与《红楼梦》的实际内容并不相干的结论。有红学家指出，这是一种毫不新鲜的索隐派老套，这是说得很对的。其实，早在二十世纪的前半叶，鲁迅先生就曾将在《红楼梦》中只看见宫闱秘事的人，很准确地定位为“流言家”。

我有点感到奇怪，刘心武先生是一位著名作家，写过那么多有影响的优秀作品，他应该是最懂得作家塑造形象的创作过程，也最懂得小说与生活的关系的。可是他对《红楼梦》的研究，让人觉得他好像是完全不懂得什么是文学。小说是一种艺术创作，是作家根据他的生活体验、思想感情和对生活的认识，对生活进行艺术概括的结果，是虚构出来的，与真实的历史不是一回事儿。人物形象是一种典型创造，即使有原型，也多有综合，常常不能指认、落实到某一个人。鲁迅先生关于典型创造的那段经典名言，把小说中人物与生活中人物的关系说得再透彻不过了。不要说《红楼梦》这样纯粹的创作小说，就是号称“七实三虚”的历史小说《三国演义》，其中所写的许多形象，虽然用的是历史人物的真名实姓，也不是件件事情都当得真的。据文学常识，越是伟大的作品，典型化的程度就越高，寻找和落实原型的难度就越大。在研究作品的创作过程时，原型研究有其积极意义，但考察原型要非常谨慎，不能牵强附会，更不能无中生有。刘心武先生虽然口头上也承认小说是经过虚构的，但他实际上是把《红楼梦》看做是一部自传性质的纪实作品，他的许多分析和推测，都是把现实生活中的人和事（有的还未必有那样的人和事），硬拉扯进小说中去的。自传说本来有它的可取之处（在广泛意义上，任何一部作品都带有某种自叙的性质），但是如果绝对化到将书中的贾家与生活中的曹家，将贾宝玉与曹雪芹等等，一一对应，再用生活中的实人实事去解释、比附，乃至歪曲、篡改作品的艺术描写，那就走向荒谬了。

写《老残游记》的洪都百炼生，称曹雪芹是“寄哭泣于《红楼梦》”。这一点也非常重要。中国古典小说有发愤著书的传统，曹雪芹的《红楼梦》就是一部“发愤之作”。不过，曹雪芹的爱憎是熔铸在他所创造的艺术形象之中，而不是藏伏在形象的背后或之外的。我们可以想象，在创作《红楼梦》时，他完全处于一种深沉而又强烈的激愤之中，全身心地投入到他所创造的那个艺术世界中去，与他所创造的人物同呼吸、共命运，他哪有心思和功夫去影射这个影射那个，埋伏进许许多多让后人苦猜也难猜透的谜团呢？他如果步步都考虑如何在作品中设下谜局，那怎么能创作出具有巨大艺术魅力的伟大作品呢？离开作品所创造的活生生的艺术形象，主观臆想地到文本之外去索隐，只能破坏和消解《红楼梦》原本具有的强烈的艺术感染力。

只有坚持和遵守学术规范的研究成果，才能获得真正的学术品格。正如一些红学家所批评的，刘心武先生的《红楼梦》揭秘只不过是一种猜谜。猜谜可以带给人们某种愉悦，但它只是一种娱乐活动，而绝不是严肃的学术研究。当刘先生引导读者和观众跟自己一起，在想入非非中获得某种满足甚至快感时，他就已经将自己的研究从学术降格为娱乐了。实际上不少人正是把他的演讲当做娱乐来接受的。听听一些观众在网上的反应是很有意思的：“刘心武的红学演讲简直太精彩了，整个一个探秘小说，环环相扣，引人入胜。”（百度，2005 年 6 月 9 日）“他对秦可卿身世的推理的确是很独到而精彩的，为《红楼梦》的研究和解读，开辟出一条很有趣很奇妙的道路。”（国学，2005 年 7 月 5 日）“晚上睡不着，我就调到中央十套看‘百家讲坛’，看刘心武讲《红楼梦》。我觉得还挺有意思的啊。这种东西嘛，听听就是了，反正也就是一家之说。”（天涯，2005 年 9 月 4 日）

不止是网友，就是支持刘先生的作家和学者当中也有人持这种态度。例如一位评论家是这么说的：“红学具备两大功能——学术功能和娱乐功能（索隐派某种意义上就是实现了这个功能）……揭秘《红楼梦》的价值就在于满足了公众对古典名著的娱乐需求。”还有上海一位声援刘先生的教授提出了这样的意见：“我建议中央电视台让刘心武和红学家（任选）来一场 PK，现场直播，公众手机短信投票。这样更公正。”这不就是湖南卫视轰动一时的超女比赛么？这已经不仅是一般的娱乐活动，而且是近于媚俗了。

我不知道中央电视台“百家讲坛”节目的主持者是否接受这位教授的建议，但关于红学家与刘心武先生的学术争论，“百家讲坛”的制片人是有过明确的表态的。他对记者说：“‘百家讲坛’并不是一个学术栏目，因此不承担学术上的正确性。只要这些名家能够把自己的演说自圆其说，且能说得生动有趣，就是我们需要的。……而且传统的历史文化知识本来就是陶冶情操的，没有谁对谁错。”[①] 如此看来，刘心武先生的红学演讲，到并非“学术栏目”（这个定性对多数观众的愿望和印象来说不免有点错位）而且还不讲“谁对谁错”的央视“百家讲坛”上去发表，又是那样“说得生动有趣”，算是真正找到适合自己的位置了。

在这里我们看到，与商业大潮一起涌来的，还有刮得越来越猛的浮躁之风，出于某种利益的驱动，学术是可以被扭曲，可以变味的。或许，在某些人看来，那些习惯于循规蹈矩、坚守学术规范而至于只会板着面孔说话，不懂得学术的“娱乐功能”的学者们，除了跟潮，大概就只有承认落伍的份儿了。

顺便说说，学术争鸣，包括批评和反批评，也是应该遵守学术规范的。这就是要摆事实、讲道理。开初红学家们因为主要是接受采访，还仅仅是表态，表态是必要的，但也是不够的，因而引来了一些误解和反感。现在红学家们陆续写出了他们

① 见《南京日报》2005 年 11 月 28 日报道。

有具体分析的批评文章，我读了蔡义江、孙玉明、张书才等先生的几篇，觉得是摆事实、讲道理的。我希望刘心武先生能够平心静气地认真地读读这些文章，对他们提出的驳难，能从学术层面上做出同样是摆事实、讲道理的回应，而不要停留在称不称先生、谁是政协委员之类的枝节问题上。同时我也希望，年轻的网友们也来读读这些文章，经过比较和思考，相信学术上的是和非是可以分清的。

（原载《红楼梦学刊》2006 年第 2 期）

圆融的自叙说给我们的启示

——对《红楼梦》文学的研究的一点感想

前不久在《中华读书报》上读到该报记者采访王蒙先生的文章，其中谈到当前的《红楼梦》研究。他概括为三种研究，一是考证的研究，二是文学的研究，三是趣味的研究。文字可能记得不太准，但意思不会错。他说趣味的研究的代表就是刘心武先生。我觉得他概括得很好，尤其是把刘心武先生的研究概括为“趣味”二字，我认为非常确当。不过王蒙先生并没有对他的概括作详细的说明，我们不太清楚他所说的“趣味”到底指的是什么意思。

王蒙先生的意见引起了我对于红学研究的一点感想，主要的是关于文学的研究这一方面。所谓文学的研究，也就是鉴赏的研究，审美的研究。我想起了老一辈的红学家俞平伯先生的一些重要意见。俞先生是考证派红学的代表学者，也是新红学派“自叙说”的代表学者，但他实际上非常重视并强调对《红楼梦》作文学的研究，而且可贵的是不在一时，从早年到晚年都是如此。他在1923年出版的《红楼梦辨》中跟随胡适主张“自叙说”，但时隔不久，到1925年1月他就写出了修正自己看法的《〈红楼梦辨〉的修正》一文。其中的论述，对我们至今仍有着重要的启示。

俞先生在文中说，《红楼梦辨》需要修正的地方很多，最先要修正的“是《红楼梦》为作者的自叙传这一句话”。他接着说：“本来说《红楼梦》是自叙传的文学或小说则可，说就是作者的自叙传或小史则不可。”并说这是“显而易见，可喻孩提的差别相”。在这里俞先生是确定无疑地肯定《红楼梦》是文学，是小说。最为精辟的是俞先生接着对什么是文艺创造的阐发，那些道理，在今天看来虽不免像是老生常谈，但俞先生用他独到的语言来表述，今天读起来仍然让人感到耳目一新。俞先生是这样说的：

若创造不释为无中生有，而释为经验的重构，则一切真文艺皆为创造的。写实的与非写实的的区别，只是一个把原经验的轮廓保留得略多，一个少些。就根本上观察，两项作品既同出于经验里，又同非经验的重现。所以视写实的文艺为某实事的影子，那就“失之毫厘，谬以千里”了。一切文学皆为新生的，而非再生的。这个通则实没有例外。①

文艺创造只是经验的重构，而非经验的重现；一切文学皆为新生的。这话说得多么好，概括得多么精当！“重构”这两个字尤其重要。俞先生对此有进一步的解释：“经验们在作品中究竟是怎样一种光景？我以为是复合错综的映现，而非单纯的回现。”说到这里，要顺便解释一下我这篇文章的题目。“圆融”这个词是俞先生在这篇文章里用到的，意思是不把问题说得过于简单和绝对（俞先生原来用的词是“拘执”），所以我就借用这个词，将俞先生修正后的自叙说称为“圆融的自叙说”。我的理解是：通脱、圆满、合情合理。我认为，俞先生基于自己的艺术体验对文艺创造的这种解说，已经同现代文艺理论中的典型化学说没有什么本质的区别了。如果用这样的观点来分析认识《红楼梦》，自叙说也好，非自叙说也好，应该都不会有什么问题。

俞先生的这一观点，在他晚年所写的《索隐与自传说闲评》一文中，得到了再一次的申说。他写道：

《红楼梦》之为小说，虽大家都不怀疑，事实上并不尽然。总想把它当作一种史料来研究，敲敲打打，好像不如是便不过瘾，就要贬损《红楼》的声价，其实出于根本的误会，所谓钻牛角尖，求深反惑也。自不能否认此书有很复杂的情况，多元的性质，可从各个角度而有差别，但它毕竟是小说，这一点并不因之而变更、动摇。夫小说非他，虚构是也。虚构原不必排斥实在，如所谓“亲睹亲闻”者是。但这些素材已被统一于作者意图之下而化实为虚。故以虚为主，而实从之；以实为宾，而虚运之。此种分寸，必须掌握，若颠倒虚实，喧宾夺主，化灵活为板滞，变微婉以质直，又不几成黑漆断纹琴耶。②

① 俞平伯:《〈红楼梦辨〉的修正》,《俞平伯论红楼梦》，上海古籍出版社、三联书店（香港）有限公司，1988年，第344、345页。

② 《俞平伯论红楼梦》，第1144页。

归结到底，俞先生的意思就是一句话：《红楼梦》是文学，是小说，我们应该按照文学的规律、艺术的规律来研究它。文学的研究，或者说鉴赏的或审美的研究，就是要探索作家的经验如何在作品中得到复合错综的映现，并且具有怎样的审美特征。原型研究（假设真能找到原型）如果有什么意义的话，其意义就在这个地方，也只是在这个地方。把原型研究理解为将作品中的某个人物实实在在地还原为生活中的某个人物，这其实是不可能的，也是没有什么意义的。

很遗憾的是，俞先生二十多年前说的话："《红楼梦》之为小说，虽大家都不怀疑，事实上并不尽然。"到今天仍然没有过时。我热切地期待，我们的红学研究，能真正地回到文学的轨道上来，用文学的眼光，按文学的规律来进行研究。

老一辈的红学家，许多人都是十分重视《红楼梦》的文学研究的。俞平伯先生虽然是考证派的代表，但他的不少谈红的文章，都包含着许多鉴赏的成分，读起来都不会感到枯燥。像他的《〈寿怡红群芳开夜宴〉图说》，更是考证而兼鉴赏的代表作，对《红楼梦》的艺术描写有着很精细的分析，对作者的"良工苦心"多有掘发。这与他有很深的文学素养，很高的艺术感悟力是分不开的，也与他对考证的研究，特别是对考证和鉴赏的关系有独特的认识是分不开的。他说："考证虽是近于科学的，历史的，但并无妨于文艺底领略，且岂但无妨，更可以引读者作深一层的领略。"因而他把考证看作是"游山底向导，地理风土志，是游人所必备的东西"①。我想考证的研究如果坚持求实，并且处处想到要为鉴赏的人引路，那一定是很有意义，并且读起来也一定是很有兴味的。

吴组缃先生是作家而兼学者，深谙小说创作的三昧，他的红楼梦研究更是以精于艺术分析著称。他的代表作《论贾宝玉典型形象》和那篇《谈红楼梦里几个陪衬人物的安排》，发表时就引起很大的反响，至今还给我们留下很深的印象。其他如王昆仑先生的人物论，舒芜先生《说梦录》中的一些文章，也都渗透着鉴赏的、审美的分析。这些年，从鉴赏的、审美的眼光研究《红楼梦》的文章也发表不少，但真正在艺术上有新的发现，给读者留下深刻印象的文章并不很多。我们期待着文学的研究能有新的突破，产生出新的成果。

最后，再回过头来说一说趣味的研究。其实，文学的研究既然是鉴赏的和审美的，当然也就是趣味的。在那篇"修正"的文章里，俞先生就曾把文学的研究称为

① 《札记十则》,《俞平伯论红楼梦》，第 322 页。

趣味的研究。王蒙先生既然把趣味的研究和文学的研究分列为两项，他所说的“趣味”自然应该是别有所指，但他没有说明。按我的理解，所谓趣味的研究，也就是好玩儿的研究，写的人说的人觉得好玩儿，读的人听的人也觉得好玩儿。网上不少网友正是这样谈他们的感受的，他们听着刘心武先生的“秦学”演讲，确实觉得很好玩儿。不过，对于刘心武先生的这种好玩儿的趣味研究，我们可以不把它看作学术，但也不必过于深责。读了俞先生修正自己旧日看法的文章，我感到，我们不仅要学习俞先生的谦和与自省，也要学习他的宽容。俞先生虽然曾经声称要“净扫以影射人事为中心观念的索隐派的‘红学’”①，但对于那种猜谜的索隐派研究，在他的那篇写于晚年的《索隐与自传说闲评》中，还是通达地这样说：“猜谜即使不着亦无大碍，聊发一笑而已。”②

一切事物的产生和存在都有其理由。就像当年刘心武先生的小说《班主任》是应运而生一样，他现在对《红楼梦》的趣味的研究也是应运而生的。前些天从报纸上看到了一个对当今时代的新的说法，叫做“泛娱乐时代”，就是一切事物都染上了娱乐的色彩。想想看也真是的。“趣味的研究”正适应了“泛娱乐时代”的需求。据刘先生发表在《北京晚报》上的《赴美讲红杂记》所说，他在美国讲《红楼梦》大受欢迎。这并不出人意料。20世纪80年代初，俞平伯先生就写信给海外友人周颖南先生，信中说：“索隐，即白话‘猜谜’，猜来猜去，各猜各的，既不揭穿谜底，则终古无证明之日，只可在茶余酒后作谈助耳，海外此派似尚兴旺。”③二十多年过去了，看来兴旺之势至今未减。

一切存在都会成为历史，而历史的筛选和评价是最公正的。旧红学派的老索隐猜谜，今天已经没有什么人再感到新鲜和有趣了，新索隐的猜谜又会怎么样呢？既然如俞先生所说只是博人“聊发一笑”，那么随着人们兴趣的转移，当娱乐花样翻新之时，就该是它生命的枯萎之日了。这不会需要很久的时间，大家都会看得到的。

2006年7月20日

（原载《红楼梦学刊》2006年第5期）

① 《俞平伯论红楼梦》，第349页。

② 《俞平伯论红楼梦》，第1144页。

③ 《俞平伯与周颖南谈〈红楼梦〉》，载《光明日报》1992年11月28日第5版。

论张毕来“红学四书”

张毕来先生在《红楼梦》研究上，除了零星的论文，主要有四部专著，这就是《漫说红楼》(1978年)、《红楼佛影》(1979年)、《贾府书声》(1983年)、《谈〈红楼梦〉》(又名《红学刍言》，1985年)。张先生自己将他的这四部研究《红楼梦》的著作总称为“红学四书”。[①]这4本书的出版时间都接近于他的晚年，而且集中在短短的七、八年之间。但是读后便知道，这些密集型成果的集中问世，并不意味着是在短时间内随意地或者仓促地写出来的，而是对《红楼梦》经过长期研读、思考、探索的成果，也是他作为一个学者博学、敏思、多才的表现。

这“红学四书”在写作态度上有一个共同的特点，这一特点决定了他的论述方式、行文风格，甚至还在某种程度上影响到他论析的深度和广度。这个态度就是，他重视读者，尊重读者，处处为读者着想，又处处与读者沟通。他说他的书不是论，而只是读，边读边议(当然他也说在某种意义上“读”和“议”也就是一种“论”)。他说，“我是要跟《红楼梦》的读者一起来读《红楼梦》这本书”[②]。这不只是谦虚，更重要的是表现了他与读者的一种平等的关系。以这样一种态度写书(用时下的流行语来说，就是面对读者发声)，在红学家中并不多见。比如他选择版本，他知道“脂评本”是最接近曹雪芹原著的，但他更知道“脂评本”只是藏在图书馆里或只是在少数红学家的手中，一般读者是不容易看到的。因此他选择了通行的一百二十回本(写作这四本书的初稿时，中国艺术研究院的新校本还没有出版)，只是在遇到脂评本中有重要异文足以说明某个问题时，才用注释的方式列出，并加以比较。这是为了一般读者阅读和理解的方便，也为了能更好地与读者沟通。他说：“我研

---

① 张毕来:《谈〈红楼梦〉》，知识出版社，1985年，第276页。

② 《谈〈红楼梦〉》，第250页。

究《红楼梦》，既然是面对广大读者，我就必须讨论百二十回的形象，因为存在于读者心目中的形象是一百二十回里那个完整的形象。”[①]又比如，他不仅向读者毫无保留地贡献出他的研究心得，同时还金针度人，向读者明示他所用的研究方法。他说："我读《红楼梦》时所用的方法，我自己用一句话概括，那是：'先从书里说出来，再从书外说进去。'"[②]这句话既概括又形象，也很深刻。什么叫“从书里说出来”？又怎样做到“从书里说出来”？在得到一些理性的认识之后，又如何从书里走出来，联系到清初的历史实际来思考，在更广泛的范围去进行深入的考察，做到“从书外说进去”？这些他都结合具体的例子详细地加以解释，告诉给读者。我们读他的书，随时会在字里行间产生一种感觉，就是他的心与读者的心，是息息相通的。

我下面就联系到张先生的这种态度，从四个方面来谈谈他在《红楼梦》研究上的特点和贡献。

第一个特点，是他立足于事实运用阶级斗争的观点分析《红楼梦》。

在《谈〈红楼梦〉》一书的《跋》里，作者说明："四本书的草稿，都是在所谓'文化大革命'期间主要是1975年前后三数年之间写好的"，文革结束以后才经过整理修改先后出版。[③]无庸讳言，在这样特殊的历史背景和时代条件下写作学术著作，会受到当时的时代思潮和政治形势的影响，这是不可避免的。因此，张先生以阶级斗争的观点来研究《红楼梦》，是可以理解的。问题不在于是否运用阶级斗争的观点，而在于如何运用，怎样分析，得出的结论是否符合小说描写的实际。《漫说红楼》一书主要是分析《红楼梦》的思想内容，分析书中的情节、场面、人物以及人物关系，从而揭示小说的思想意义。他用的主要是“先从书里说出来”的方法，这个方法的基本点，或者说主要的精神，就是立足于事实，亦即立足于《红楼梦》书中的实际描写。这是他运用阶级分析方法的原则，或者说基本前提。

运用阶级斗争的观点来研究《红楼梦》，局限性是非常明显的。局限性主要表现在两个方面存在的可能性，一是《红楼梦》的作者曹雪芹并没有阶级观念，他不可能用阶级分析的眼光去观察、认识、描写和反映社会生活，如果我们运用得不恰当，就会以现代读者的思想去取代作者曹雪芹的思想，所论就会或拔高或歪曲，与

---

① 《谈〈红楼梦〉》，第250页。

② 《谈〈红楼梦〉》，第271页。

③ 《谈〈红楼梦〉》，第276页。

《红楼梦》的实际描写和思想内容产生很大的距离；二是运用这种方法，尤其是在当时社会上正把阶级斗争搞得乌烟瘴气的特定条件和氛围下，很容易产生庸俗化、简单化的毛病，就是把什么都跟阶级斗争扯上关系，常见的就是把本来简单的社会生活复杂化，或者反过来把本来复杂的社会生活简单化。难能可贵的是，这两个可能的局限性张先生都注意到了，并努力加以克服和避免。他明确地说，曹雪芹的“脑子里并没有阶级和阶级斗争的概念”[①]，阶级分析的眼光是他的，不是曹雪芹的，分得清清楚楚；只是由于曹雪芹的现实主义描写真实地反映了当时社会生活中的阶级关系，所以可以用阶级斗争的观点来进行分析。另外一点非常重要的，是他立足于事实，并且尊重事实。这里讲的事实是指《红楼梦》书里的实际描写。他对自己的分析有严格的规定，说：“书里的实际情况怎么样，我们就怎样讲，书中有这些事儿，我们就讲这些事儿，没有的就不讲。”[②]我们在他的“红学四书”中，到处可以看到“事实是”“请看事实”“再看事实”“我们仍看事实”一类表述。重视事实，尊重事实，是很老实的做学问的态度，也是最可靠的治学方法。这实际就是我们常讲的唯物主义。他摒弃了当时学术界相当普遍的凭空立论、主观臆想的种种毛病，用唯物主义克服了阶级分析中最容易产生的片面性和局限性。

他先从最细微的地方开始告诉我们，读《红楼梦》不要只注意宝黛爱情，要用阶级分析的眼光来进行观察。黛玉进贾府时的描写，如府第的“轩昂壮丽”，还有进堂屋抬头看见大匾上写着的“万机宸翰之宝”，后来又在宁国府大门的大匾上看见“勅造宁国府”五个大字等等。他提醒我们这些地方都不是闲笔，都要好好注意。进而有根有据地告诉我们，《红楼梦》中写的贾府，不是一般的封建地主家庭，而是一个皇亲国戚、官僚和庄园主，是一个不同凡响的处于社会上层的贵族之家。接着一层层地分析下去，揭示出贾府内外以四大家族为中心的复杂的社会关系，以及贾府中错综复杂的矛盾斗争。并分列专章分析了在贾府中主子和奴婢的矛盾，政权、族权、夫权、神权四权在贾府中的统治和与新的思想萌芽的矛盾，又特别重点地分析了在种种矛盾中形成的贾宝玉的思想性格和他性格中的矛盾，最后一直分析到后四十回，贾府权势衰落，败而未亡的最后结局。

他从书中的实际描写出发，重视矛盾，立足于分析矛盾，并在各种矛盾的关系

① 张毕来：《漫说红楼》，人民文学出版社，1978年，第96页。

② 《漫说红楼》，第255页。

及其发展变化中来考察人物（特别是主人公贾宝玉）的思想性格，进而解释、阐发《红楼梦》的思想意义。这就是张先生对《红楼梦》进行阶级分析的基本面。他由此描绘、概括出他所说的“红楼梦社会”（或称“贾府社会”，即曹雪芹笔下的社会，而非实际生活中的清初社会）的基本面貌。他指出：

> 《红楼梦》反映了一幅封建社会日暮穷途的图景。由于作者是从统治阶级家族这个角度去反映客观社会，因而有很大的局限性。但是，作者究竟相当真实地描绘了这个社会。从这部小说的形象描述中，我们看见封建社会的经济制度和宗法制度都腐烂了，整个封建的思想文化也腐烂了，这个社会变化的总的趋势，是走向崩溃。这一点，使这部小说具有深厚的思想内容和进步的政治倾向。①

这样的结论，应该说是符合小说的实际描写的，也是深刻的。

其中尤其值得注意的是，他对贾宝玉形象的分析和认识，有独特的价值和启发意义。他非常重视并且特别指出贾宝玉思想性格的复杂性和矛盾性。他所强调的，常常是为一些红学家和不少读者所忽视的。比如指出贾宝玉是一个贵族公子，他在贾府中属于统治阶级，过着安富尊荣、锦衣玉食的生活，自己的生活全靠小厮丫头侍候，因而他的思想必然有很大的局限性。他同情被压迫者，却不仅没有勇气站出来为他们说话，甚至有时也像其他统治者一样打骂和轻侮过下层的丫头。他不愿意读书中举、为官做宦，但又不敢违抗父命。他瞧不起一些当官的，却又同另一些当官的亲密来往。他鄙弃功名利禄，却只是追求封建士大夫的风月诗酒生涯。他只是在风月诗酒生涯中表现出某种追求个性自由的进步因素。他也只是在不愿读书（贾政为他规定的那些书）、不愿科举、不愿做官上，与父亲贾政发生冲突。他不曾反对封建的官僚制度。他嘲笑“文死谏武死战”，却又肯定皇权，尊崇孔孟和程朱的君臣大义。但张先生同时又指出，贾宝玉的风月诗酒生涯，又与一般的贵族公子的放荡生活有区别。他与丫头小厮能够平等地相处，而且能对他们普遍地表示同情。他认为，宝玉那段著名的“女儿是水做的骨肉”的言论，在把女性视为玩物并且任

① 《漫说红楼》，第617页。

意作践的生活环境里，这种敬爱女儿的思想和表现，是一种“别具一格”的思想作风。但这与“男女平等”的思想是有根本区别的，贾宝玉在当时还不可能产生这样的思想。他追求恋爱婚姻自由，却又不敢违抗父母之命，甚至还期待着父母之命，等等。总之，张先生从《红楼梦》的具体描写中勾勒和概括出来的贾宝玉，是一个从矛盾中产生出来，自己也充满了矛盾的人物，既有进步性，也有落后性。这比之一些学者笔下那个带有某种光环和涂上淡淡英雄色彩的叛逆者形象，距离甚大。但照我看来，这是更接近于曹雪芹笔下那个真实的贾宝玉的。

张先生对阶级分析方法的运用并不是毫无瑕疵。比如，他只从统治者和被统治者的对立关系来划分大和尚与小和尚的区别；他为了批判“四人帮”讲儒法对立，把儒法斗争硬套到《红楼梦》里边去，就以探春理家为例说明儒、法两家在日常生活中也可以结合在一起。这些分析，多少留下了一些把复杂的生活简单化和把简单的生活复杂化的痕迹。又如他明确提出，阅读《红楼梦》应该以第四回为总纲，“纲举目张”才能“俯览全局”，这也显然受到了文革中“评红”的影响。但这在他的书中，只能算是细微末节。他拿这个在总体上立足于事实的严肃的阶级分析方法，与我们并不陌生的那个凭空立论、主观臆断的庸俗化和简单化的阶级分析划清了界限。

《红楼梦》的思想内容博大精深、丰富复杂，我们完全可以从不同的角度，用不同的方法去研究它，从而得出不完全相同的认识和结论。只要是符合实际的，科学的，就应该得到承认和尊重。《红楼梦》研究方法和认识的多元化，是正常的，也是学术发展所需要的。张先生在他的书中虽然没有用“政治历史小说”这个提法，但从他的具体分析中可以看出，他确实是从政治历史的角度来评价《红楼梦》的思想意义的。由于他在立足于事实的基础上运用阶级分析的方法，从而在多元化的红学论中，使得“政治历史小说”论这一元，因为有了依据而站稳了脚跟。这是张先生对红学研究的第一个贡献。

第二个特点，是他以史证文，以史论文。

这主要是表现在《红楼佛影》和《贾府书声》两本书中，使用的是他所说的“再从书外说进去”的方法。他指出，要搞清：

> 士大夫出家，是不是跟儒家的伦常大道理决裂。……最好的办法，是把问题放在两百多年以前的社会里去，联系着千百年的传统情况研究，看看清初士

大夫而当和尚者，当时是如何做的，如何说的，如何想的，用历史事实来说明问题。[①]

他联系到中华传统文化和思想发展的情况和特点，特别是联系到《红楼梦》产生时期即清初的思想文化背景，去分析书中人物的思想行为。这与上文第一点谈到的立足于书中描写的客观事实，虽然角度不同，精神却是完全一致的。

《红楼佛影》讨论的重点，是清初士大夫的禅悦之风与《红楼梦》的关系，核心是研究贾宝玉的出家问题。他在《漫说红楼》的第四、第五章中，曾经分析过贾宝玉的徘徊两途（出世和入世）出入三家（儒、释、道）及其发展倾向，以及贾宝玉的出路问题的阶级局限性和历史局限性，与此相照应，他在这本书中更深入地讨论了《红楼梦》中佛家思想的影响。前后两种分析各有侧重，各有特点：前者是就《红楼梦》小说中的形象描述研究宝玉出家的思想意义；而后者，则是就清初社会的历史事实研究宝玉出家的时代背景。张先生说，这两者是互相发明，互相补充的。确是如此，我们应该联系起来对照着看。

他仔细地梳理和分析了中国历史上特别是清初这个阶段，士大夫与和尚的关系，分析了在士大夫中的禅悦之风。他解释什么是禅悦，说得非常简明扼要，一听就叫人明白："所谓'禅悦'，就是要从禅里得到一点精神上的安慰。"他指出："士大夫所向往的，是'出了家的士大夫'（即他所说的"大和尚"）的生涯，所以，他们实际上是想做'在家的大和尚'。在家大和尚的生活，是士大夫禅悦的主要内容。"[②]他以大错和尚（钱邦芑）为例，对大和尚和士大夫的精神生活进行了深刻的揭示。他又从书外说到书内，对妙玉、宝玉和贾雨村的雅与俗进行了分析，透视到了士大夫精神世界的深处。他评妙玉，认为："顶好说是'出了家的小姐'，属于'出家士大夫'一类。""她是个空门的尼姑，也是个富家的小姐。"[③]他通过引述《红楼梦》中的具体描写指出："贾宝玉是把出家与在家对比，而以在家为俗的。在家人自视为俗而把出家看成一件可羡的雅事。这种思想中就大有禅味。这就是贾宝玉醉

① 张毕来：《红楼佛影》，上海文艺出版社，1979 年，第 71 页。

② 《红楼佛影》，第 24 页。

③ 《红楼佛影》，第 29、30 页。

心于禅悦的表现。[①]他在“雅”与“俗”的层面上，论妙玉和宝玉的同一性，十分精妙，又十分透辟：“然则妙玉与宝玉两人之间，虽则一已出家，一尚在家，其间却有共同性。在宝玉这面，是他的禅味；在妙玉那面，是她的俗世味。这两种味是一路货色，相反相成。”[②]

《红楼佛影》中的另一个重要论点，是通过大量事实材料的引证，论证了儒释庄（尤其是儒释两家）杂糅这个大题目。进而指出，把儒学和佛家看成是对立的，认为出家就一定要与儒学断绝一切关系，是形而上学。并说这种形而上学是看不懂《红楼梦》的，只有辩证法的杂糅说才能看得懂。他又指出，“封建社会的这两个社会阶层，即大和尚和士大夫之间，并非隔着一堵不可逾越的高墙。他们是对立的，但是，在一定的条件之下，又是统一的。”[③]这样分析，就从外到里，一步步地逼近贾宝玉出家的问题了。

他进而又从敏树相论大错和尚“不报之报不酬之酬”（指报天子之恩和酬父母之恩，在敏树相看来，报了天恩祖德然后出家，出了家仍在报恩酬德，所以叫“不报之报不酬之酬”）中提炼出“报亲恩以出家”的概念，用到了贾宝玉出家的身上。到这里，水到渠成，他只用了12个字，以一副对联的形式，就把《红楼梦》中与佛家关系最深的两个人物妙玉和宝玉论透了。他说：

> 仔细想来，《红楼梦》中关于出家以后到大观园来的妙玉和离开大观园而去出家的宝玉的描述，实在构成一副很好的对子。上句是妙玉：“游蓬户于朱门”；下句是宝玉：“报亲恩以出家”。[④]

他的这种概括，很有点画龙点睛的意味，举重若轻，毫不费力，却是精妙绝伦。当然他还作了重要的补充，指出曹雪芹并不是写贾宝玉“欣然走上出家之路”的，“而是写宝玉本人经历了一个从儒生变为和尚的思想发展过程，最后决定报亲恩以

① 《红楼佛影》，第32页。
② 《红楼佛影》，第33页。
③ 《红楼佛影》，第96页。
④ 《红楼佛影》，第99页。

出家”[①]。并以此来说明《红楼梦》的作者采用的是现实主义的创作方法。

再简单说说《贾府书声》。这本书主要研究的是儒学与《红楼梦》的关系问题。他大概地但也是清晰地梳理了从孔孟到程朱，再到清初儒学的发展，谈到了以儒学为内容的蒙学，谈到了科举考试，谈到了八股文，谈到了君臣、父子、师生之间的关系，然后同样也是联系和归结到贾宝玉的身上，论析他对儒学的态度以及儒学对《红楼梦》的影响。其间，对两个问题的分析格外透辟，很有启发意义。其一是，贾宝玉反对科举考试、不愿做官，和不尊孝弟之义，在思想认识上是并不同的。他指出，“贾宝玉对于当时的封建主义教化的实践，即‘中举当官’，他是反对的。他在理论上明确地认识到，科举不过是诓功名混饭吃的东西罢了。他自己既然不肯当官作宰，所以他不搞科举。就思想而论，他在这一点上是明确的”。但他反对科举也并不就是反儒，倒是站在儒家的立场上反对科举，因为科举和八股实际都是妨碍儒学的。可是，他在不尊孝弟之义上，就有些不同。张先生指出，“他的风月诗酒生涯，实际上触犯了孝弟之义的教条。但是，在这一方面，他是自发的，并没有理性认识。”[②]其二是，贾宝玉那段很著名的被许多人引用来证明贾宝玉有反儒思想的“除了明明德外无书”，其实在骨子里也是并不反儒的。张先生通过对圣贤如何说、皇帝如何讲、塾师如何教三方面的事实考察，得出结论说：“贾宝玉的‘明明德外无书’之说，并不新鲜，是宋以来几百年间正统儒生对《四书》和孔孟程朱的一个最普通的观点。”[③]不但不反儒，而且还是正统的儒家思想，还是宋儒的看法。因此，张先生认为，笼统地说贾宝玉反对儒学是不准确的，因为他的思想并未突破儒学的范畴，他只是从佛家和小说家那里吸收了一些离经叛道的因素。其中有进步的，也有落后的，但他并没有形成理论，也不可能形成理论。在此基础上，张先生又进一步指出，曹雪芹没有把贾宝玉思想中只是属于资产阶级民主主义文化思想萌芽的因素，提高发展到革命的性质，而是写他出家，即在佛家指示的消极道路中寻找到他的生命的最终归宿。他认为这是作者曹雪芹忠于历史的表现。这些看法，也同好些红学家不一样。他没有把贾宝玉和《红楼梦》的思想看得那么高，他在肯定贾宝玉思想的进步意义的同时，也指出他的落后性和局限性。照我看，这也是更接近于这

---

① 《红楼佛影》，第 157 页。

② 张毕来:《贾府书声》，上海文艺出版社，1983 年，第 83 页。

③ 《贾府书声》，第 108 页。

部名著的实际情况的。

这两本书，为了论析《红楼梦》的人物和思想，展开了广阔的思想文化背景的历史描述。我们读起来，感觉像是进入了中国思想文化的历史长廊之中，至少在清初这一段，他的确是在引领着我们一起去登堂入室。我们不能不惊异于张先生的博学多闻（他也不仅是靠记忆，听说那段时期，为了写作这两本书，他常常跑国家图书馆去查阅资料）。他引用的材料非常丰富，涉及的面非常广，政治、经济、文化、宗教、哲学都有。人物从孔孟、程朱一直到李贽、黄宗羲、顾炎武、钱谦益、大错和尚、苍雪等人，引用的材料，从士大夫和僧人的文集、笔记、诗作、书信，乃至碑铭、圣谕、奏章等都有涉及。信手拈来，左右逢源，都是为了说明问题，没有一点点矜才炫学的表现，也没有一点点旧时文人堆砌文辞的饾饤习气。

以史证文，以史论文，从书里说出来，又从书外说进去。围绕着《红楼梦》，但又不是只看见《红楼梦》，不粘不离，能放能收，最后落实到对《红楼梦》比较接近于实际的解释上。这是张先生对辩证唯物主义和历史唯物主义观点方法的成功实践。他的实践是自觉的，他在书中明确地说："不脱离形象，不脱离历史，这样，我们就是在《红楼梦》研究工作中坚持辩证唯物主义和历史唯物主义。"[①]他的实践还启发我们，历史的眼光和渊博的学识，是运用辩证唯物主义和历史唯物主义分析问题的条件和基础。这是张先生对红学研究的第二个贡献。

第三个特点，是他坚持实事求是地看问题，分析问题。

上文谈到的第一个特点和第二个特点，立足于事实和立足于历史，就已经可以看出来张先生实事求是的治学态度。但这里要讲的第三个特点，与前面说过的两点还仅仅是相关联，并不完全是一回事。言之有据，还不一定就言之成理。根据同样的材料，讲理不讲理，怎样讲理，也会得出不同的结论。我把这个问题单列出来，是因为这个问题不是一般的问题，而是一个很重要的学风问题，而张先生在这方面也做得很好。

自觉地坚持实事求是的原则，张先生在书中也有明确的申说。他在"形象分析和形象分析中的历史观点"一节里，提出要做到实事求是，就要不脱离两方面的实际，即书中描写的实际和产生《红楼梦》当时的历史条件、历史环境的实际。[②]他

① 《谈〈红楼梦〉》，第239页。

② 参见《谈〈红楼梦〉》，第252、253、255页。

以宝玉和蒋玉函的关系为例，指出如果只从书中有那样的描写一个实际出发，而不从当时一般士大夫很普遍的一种恶劣的风气的另一个实际出发，那么分析问题就可能出现偏差，就会将宝玉的行为看成是同情下层劳动人民的优良品德而加以过高的评价。因此，他特意指出，"'实事求是'这四个字，看起来很朴实浅显。然而，这确是很不容易做到的"[①]。很难做到，他却坚持努力做到。

"红学四书"整个地贯穿了这个原则，体现了这种学风，例子非常多，我这里只举出书中对两个问题的认识和处理，来简单地谈一谈。这两个问题在红学界都有不同的看法，甚至在认识上相当混乱。

第一个问题，《红楼梦》中的贾府和作者曹雪芹出身的曹家是什么关系？曹雪芹是不是就是书中的贾宝玉？贾宝玉的思想是不是就是曹雪芹的思想？是不是就能体现全部的《红楼梦》的思想意义？这些问题涉及的是生活与艺术的关系，其实不过是文艺学上的常识。但是这个常识问题，在红学界，包括在一些知名的红学家那里，却是常常发生困惑甚至引起混乱的问题。把贾府等同于曹家，把贾宝玉等同于曹雪芹，把贾宝玉的思想等同于曹雪芹的思想，或者脱离作品主观地猜想作者的创作意图，并用它来代表全部的《红楼梦》的思想意义等等，总之是将小说等同于历史，或者拿历史去比附小说，这些看法在红学研究中，尤其在探佚派和考证派的红学著作中，是很容易找到的。

我们来看看张先生是怎么说和怎么做的。他认为研究《红楼梦》的思想有三个方面：

> 第一，贾宝玉的思想；第二，曹雪芹的思想，主要指他写作品时的主观意图；第三，客观地存在于《红楼梦》这部书的形象描述中的思想意义。这三种思想，有同的一面。贾宝玉的思想就有许多是曹雪芹的思想，而我们体会出来的《红楼梦》一书的思想意义，有许多都是从书里关于贾宝玉这个形象的描述中体会出来的。所以三者在很大的程度上是相同的。但是，我们对此书进行思想分析的时候，又必须把这三种思想分开来考察，它们之间是有区别的。贾宝玉的思想，不完全是曹雪芹的思想，尤其不能把贾宝玉说成是曹雪芹。

---

① 《谈〈红楼梦〉》，第254页。

《红楼梦》一书的思想意义，也不完全等于作者写此书时的主观意图。总的讲起来，作者曹雪芹的思想比书中人物贾宝玉的思想深得多也广得多，而《红楼梦》这部书的思想意义又比曹雪芹的主观意图更深更广。我们必须把三者分开来探讨。①

这些话说得非常好，非常准确、严谨，体现了实事求是的科学态度。他的四本书，尤其是晚出的那本专门探讨《红楼梦》思想意义的《谈〈红楼梦〉》，就完全是在这个思想的指导之下写出来的。

《谈〈红楼梦〉》有些内容与前三种著作有某些重复，但主要的不是重复，而是更进一步的梳理、概括、总结和提高。我们且看他对贾宝玉形象思想的进步意义和局限性是如何进行实事求是的分析的。他论证贾宝玉的“异端思想”和近代民主主义思想是不一样的，一共提出了七点来进行深入的分析。第一点，讲他为什么只提贾宝玉有“异端思想”，而不提他具有“叛逆性”，从三个方面对“叛逆性”的内涵作出了严格的界定。第二点，讲在清初的思想界，什么样的思想行为才算得上是“叛逆”。第三点，讲在“《红楼梦》社会”亦即在贾府里，贾宝玉的思想行为在家长们的眼里，是对作为统治思想的封建礼教和家世利益的背叛。因此，在他生活的那个具体环境里，他那些与旧秩序相背离的思想行为，表现出他确实是一个与旧事物不协调的“新的分子”。在这一点上，也只是在这一点上，体现了这个形象在思想上的进步意义。第四点，讲贾宝玉虽然在贾府的统治者们看来是属于“叛逆”一类，但在今天看来，他的思想性格具有复杂性，在他的“异端”思想中还存在着明显的落后成分，因此不可以“泛泛地名之曰‘叛逆’”。第五点，讲曹雪芹并没有将贾宝玉的思想进一步提高，让他形成民主主义思想，而只是如实地写他发展了他的“落后的一面”，即“用佛教的思想来解决他的灵魂归宿问题”。而“这样写是很自然的”。第六点，讲贾宝玉不仅在行动上与封建教条有矛盾之处，而且在思想上也有与封建教条矛盾的部分，这些思想虽然并未突破儒家的理论体系，但“可以说是资产阶级民主主义文化思想的萌芽”；说它只是“萌芽”，是因为“它是自发的，零星的，朴素的，并不具有系统的理论性，又由于它微小而软弱”。第七点，分析

① 《谈〈红楼梦〉》，第 237 页。

作者这样地塑造贾宝玉的形象，其中表现了“一种很深刻的思想性”，即“作者如实地反映了一个发人深省的社会实际。那就是：人们自发的零星的朴素的进步思想意识，如果没有跟它相适应的理论去提高，它的发展就受到限制，不可能向更高级的水平发展”。经过以上这七点互相关联、层层深入的分析，就在“异端思想”和近代民主主义思想之间划出一条清晰的界限，并进而得出结论说：“贾宝玉这个人物，是封建贵族家庭中带有一点异端倾向和进步因素的分子，不是反对这个封建家庭的革命人物。”[①] 这些都体现了他所说的思想分析的“三个方面”，既有联系又加以区分，真正表现了实事求是的态度和精神。

第二个问题，是后四十回的问题。这在红学界也是一个聚讼纷纭的大问题。有人不承认后四十回，谈《红楼梦》只谈前八十回，后面的情节由他们去“探佚”（或者说猜想）；有人把后四十回说得一钱不值，甚至骂得狗血喷头。张先生在他的这四本书中，没有正面直接地探讨后四十回的问题，但是无可回避地接触到了这个问题，而且也表明了他鲜明的态度。

在本文的开头，我们谈到过张先生重视读者，尊重读者；基于此，他将对《红楼梦》版本的看法，提高到一个读者的美感结构来认识。他说：

> 小说读者的美感，最根本的来源是客观地存在于作品中的形象。《红楼梦》形象描述本身，是构成读者美感结构的根本来源。事实上，一般《红楼梦》读者的美感结构，都是由一个完整的形象而来。这个完整的形象，存在于一百二十回的《红楼梦》之中。[②]

他从事实出发，尊重历史，也就充分地肯定了后四十回把本来不全的《红楼梦》续成了一部完整的《红楼梦》，为读者提供了完整的艺术形象，这当然是有功的，是值得肯定的。

他为自己确定的任务，是要“与读者一起研究如何构成一个正确的美感结构”。他说：“我研究《红楼梦》，既然是面对广大读者，我就必须讨论百二十回的形象，

① 《谈〈红楼梦〉》，第133−138页。

② 《谈〈红楼梦〉》，第245−246页。

因为存在于读者心目中的形象是一百二十回里那个完整的形象。”[①] 又说，只根据前八十回来议论，“是不可能的，因为前八十回里展开的矛盾，大半没有结局。光凭一些展开了而未结束的故事或写了一点而没有写完的人物来分析，是有许多困难的。不但分析困难，这个分析也脱离了广大读者的思想情况”[②]。

他分析贾宝玉的思想，是前后贯通的，这说明他注意到并且承认后四十回的情节和思想中，有许多都是从前八十回发展而来的。他在分析了宝玉出家的结局以后，这样说：“两百年来，读者心目中就是这样一个宝玉，没有任何一个别的宝玉。不只是前八十回里那个追逐自由生活的宝玉，而且包含后来消极出世的宝玉。”而对另一个重要人物林黛玉，他这样说：“大家心中的林黛玉，不只是前期一往情深地过着恋爱生活的林黛玉，而且是后期孤独地恨恨而死的林黛玉。”[③]

但他同时又很注意，并且经过分析很精细地指出，后四十回在写宝玉出家的结局上与曹雪芹有不完全相同的地方。他在《红楼佛影》一书的最后，专门用一小节《曹雪芹和高鹗在宝玉出家问题上的异同》来阐述这个问题。然后说：“不过，高鹗写贾宝玉先中举而后出家，出家前拜母亲拜父亲，等等。一定说这就是曹雪芹的思想，固然没有根据，一定说这与曹雪芹的思想完全相反，也是没有根据的。”[④] 这话说得游移不定，好像有点滑头，但其实是最实事求是的。

他对所谓“探佚”没有直接的表态，但他的认识却是明显地不以为然的。他认为曹雪芹并没有写出或者没有留下八十回以后的部分，虽然前八十回中的“伏笔”和“脂批”等提供了一些蛛丝马迹让我们去设想，但那毕竟只是各人的设想（就是在自己有脑子中把抽象的概念变成具体的形象描述），而各人的设想肯定是不一样的。因此，他明确地说，不可以根据自己设想出来的情节来分析《红楼梦》，因为“我所设想出来的东西，并不是曹雪芹的东西，而是我自己的东西”。这层道理，确实是值得我们，特别是探佚派的红学家们认真思索和认真对待的。

这是张先生对红学研究的第三个贡献。

第四个特点，是他用写散文随笔的笔调来写作学术著作。

---

① 《谈〈红楼梦〉》，第 250 页。

② 《谈〈红楼梦〉》，第 248 页。

③ 《谈〈红楼梦〉》，第 246 页。

④ 《红楼佛影》，第 167 页。

张先生在《漫说红楼》的《后记》中说："对于这座'红楼'，我这里说不上登堂入室的考察，只是信步在里边走了一圈，一边走一边随意说些见景生情的观感而已，其特点是'漫'，因此就把这本书叫做《漫说红楼》。"①在这段自谦的话里，透露出了另一个信息，就是他的这几部内容严肃的红学著作，在表达上却是采用了"漫说"的方式，也就是用写散文随笔的笔调来写作学术著作。这在红学界，甚至在整个学术界都是别具一格的。

我们先看书的题名。除了《谈〈红楼梦〉》因为是属于"多学科学术讲座丛书"中的一种，为保持丛书风格的一致而显得比较的一本正经以外，其余的3本，都很像是散文随笔集的题名（甚至说像是篇名也说得过去）。为书定名也表现了张先生写作红学著作整体的行文风格。

什么是散文随笔的笔调？结合张先生的这几本书来看，就是没有八股气，行文平实自然，生动活泼，十分注意表达的生活化、通俗化。试举几个例子来说明。

例子之一。在分析文人之雅与诗酒的关系，以及文人好作诗饮酒与做官的关系时，他引了一段乾隆戒官吏"妄以诗酒陶情"的圣谕后说："喝喝酒作作诗罢了，为什么乾隆如此大发雷霆？那是因为他看见盛京礼部侍郎世臣诗中有'秋色招人懒上朝'一类句子。你'懒上朝'，那还不骂！"又进一步分析说：

> 诗酒之雅，好官坏官都有之，不一定与当好官矛盾。只有这种雅气带上禅味的时候，这才慢慢走上废公事的道路，于当好官有碍。而士大夫的雅气带上禅味，大抵是他们那一份"俗"已经有点不妙了的时候。②

例子之二。他讲儒释两家思想的杂糅，举了一个他儿时在家乡所见为例子。他说：

> 如果比城隍庙，我以为我儿时在家乡贵州炉山县所看见的那一座最为出色。出色之处，还不在于阎罗殿里那些怕人的塑像，而在于城隍老爷宝座两旁的一副出色的对联。上句是："吾以汝为死矣！"下句是："子亦来见我乎？"

---

① 《漫说红楼》。

② 《红楼佛影》，第17、18页。

> 前者出自《论语》，后者出自《孟子》，虽然不是孟子本人的话。……说这副对联“最出色”，那是无疑的了，还可以说“最好”。好就好在它让我们懂得孔夫子和孟夫子与城隍老爷的关系。①

这完全是通俗化、生活化的表述，多么的生动活泼，多么的有趣，在轻松愉快中，我们不知不觉就接受了他的思想。

例子之三。还是讲儒释杂糅。他引清初大和尚山晖行院的两段话为例子，一段是山晖批评当时佛门里有些人拿老庄、诸子百家去讲佛经的现象；另一段则是他本人在讲佛时却也“全是儒生之言”。张先生这样评论山晖这种自相矛盾的现象：“有趣的是，山晖本人也在那里搞杂拌儿。看样子，他似乎更倾向于一碟韭菜拌豆腐。韭菜是佛，豆腐是儒。”②

例子之四。讲李贽、黄宗羲等人的进步思想与传统儒学的关系，也是运用生活化、通俗化的散文随笔的笔法。他是这样讲的：

> 至于史学哲学方面的进步思想，值得注意的，是从明末到清初的李贽、黄宗羲、戴震等人的理论。依我看来，明末的时候，我国千百年来的文化思想，好像一缸死水。最上面一层泡沫，就是理学或心学。李贽拿一根棍子往缸里一搅，一切沉滓都浮上来，而且上下打滚。原来死一般的秩序打乱了，连孔子的是非也成了问题。这是李氏的功劳。但是，李氏本人却没有系统的新理论。他实际上是纵身一跳，自己跳到缸里去，与沉滓一起打滚。黄宗羲、戴震等人，则冷静地站在缸边静观这一缸沉滓，想从中找出是非来。③

通过日常生活中的现象，打了一个比方，就把抽象深奥的道理，讲得栩栩如生，让人最容易接受。

像这样的例子，在他的“红学四书”中随处可见。至于我们在前面曾经提到过的，用一副对联，12 个字，就既生动而又概括地评论了妙玉和宝玉与佛家的关系，

---

① 《红楼佛影》，第 57 页。

② 《红楼佛影》，第 63 页。

③ 《贾府书声》，第 20 页。

不仅活泼有趣，而且带有一种调侃和讽刺的意味，那就更近于杂文的笔意了。

总之，我们读张先生的红学专著，犹如读生动有趣的散文随笔，轻松愉快，一点也不费力。读完后，我们禁不住感叹：原来学术著作还可以是这样的一种写法！这种写法使我们在获得知识和思想启示的同时，还能获得语言文字美的艺术享受。

张先生的红学著作，摒弃了一切学究气、迂腐气，跟学院派的高头讲章划清了界限。这是张先生对红学研究的第四个贡献。

结 语

以上我们从四个方面论析了张毕来先生在《红楼梦》研究上的特点和贡献，这四个特点和贡献都是从张先生的“红学四书”中概括出来的。四个特点又有一个共同点，就是都是从态度、方法、学风、文风的层面上讲的。之所以这样来概括，包含了两层意思：一是，张先生之所以能在《红楼梦》研究上取得很好的成绩，是因为他有好的研究的态度、方法、学风和文风；二是，这好的态度、方法、学风和文风，对于我们来说，比他具体的研究成果还更有价值，更具启发意义。

在张先生的这四部书出版以来，到今天已经过去了三十年左右。这三十年间红学又有了很大的发展，红学著作一部接一部地出，数以百部计，要是海内外一起算恐怕已经超过了千部。这么多著作，如果比一比，归一下类，那张先生的这四本书，应该是属于扎实、厚重的那一类。研究《红楼梦》，或者想比较深入地阅读《红楼梦》而找点参考书，我想，有一些红学著作可以不必读，但张先生的这“红学四书”，是一定要读的。

（原载《红楼梦学刊》2012 年第 1 期，此文未收入北京大学出版社 2011 年版《古典小说的思想与艺术》，为十卷本《周先慎文集》补录）

《三侠五义》评析

《三侠五义》自问世以来，销量大，读者广，曾产生过相当广泛的影响，被公认为侠义公案小说的代表作。这是一部精芜并存、瑕瑜互见，思想内容比较复杂，而艺术上又具有一定特色的作品。对于这样的作品，应该进行具体分析，不宜笼统地全部肯定或全部否定。

一

《三侠五义》思想内容的复杂性，首先是跟侠客和清官这两种社会现象本身的复杂性以及这部小说成书过程的复杂性分不开的。

侠义故事和公案故事，在中国古典小说中本来是题材内容并不相同的两类，到清代乾嘉以后方始合流，出现所谓侠义公案小说。清官和侠客都是封建时代特殊历史条件下的产物，由于社会矛盾比较复杂，清官和侠客所处的具体条件不同，活动的具体内容不同，他们所代表的阶级利益也是不完全一样的。

在封建时代，下层人民处于无权的地位，备受压迫摧残，仇恨满腔却又没有力量反抗，这时就有某些有勇、有力、富于正义感的人物起来伸张正义，诛除奸恶，为受害者报仇雪恨。这就是所谓侠客。侠客一般只是惩办个别的坏人，而不反对整个封建制度；只解救受害者一时的危难，而不能改变他们被压迫的社会地位。但他们的行动体现了下层人民反强暴、反压迫的要求，实际上也能替人民解除一部分苦难，所以人民喜爱他们，欢迎他们。这种具有鲜明的是非观念和爱憎感情的侠客，是被压迫的人民群众所需要、所期望的。

但历史上还有同样被称为豪侠之士的另一种人物。他们是统治阶级所收买、豢养的武士、刺客或奴隶，生活上依靠统治阶级，得到厚遇，因而往往不惜牺牲个人的身家性命，凭着超绝的胆量和武艺，去为主子干一番事业。古典小说中也不乏这类形象。如《燕丹子》中的荆轲，唐传奇中的红线、磨勒、聂隐娘等就是这类人物。尽管由于种种不同的原因，这类人物也往往各有其令人喜爱的一面，但跟上一类大不相同，他们行动的出发点是为了报知遇之恩。因而这类人物不论被作者写得多么富有光彩，读者从他们身上总不免多少会闻出一点封建奴才的气息。这是为统治阶级所需要、所赏识的侠客。这种人在某种条件卜也可能成为统治阶级残害人民的帮凶和打手；只有当他们的行动在客观上给人民带来一定好处或符合人民的爱憎时，被压迫者才会同情和喜爱他们。我们可以看到，《三侠五义》中描写的侠客，兼具上述两类人物的特点。

清官的情况与侠客稍有不同。清官本身属于封建统治阶级，在通常情况下，他们的活动仅仅限制在封建法律和封建制度所容许的范围之内。他们在本质上不反对政府，而维护封建统治。但在黑暗的封建社会里，贪官污吏、土豪恶霸横行，冤狱遍地，清廉刚正、秉公断案、不徇私情的清官，在不触动封建制度和地主阶级根本利益的条件下，也会在一定程度上、一定范围内给人民带来一些好处。在特定的历史条件下，被压迫人民欢迎清官，甚至渴望清官，都是完全可以理解的。包公和海瑞从真实的历史人物，演变为富有传奇色彩的传说人物，活跃在小说和戏曲舞台上，不能不说是在一定程度上反映了人民群众的这种愿望。

清官同时也为封建统治阶级所需要、所欢迎。这不单因为奸贼佞臣、贪官污吏等不只是危害人民，而且也腐蚀和破坏封建制度的机体，他们的贪婪和凶暴又常常激起群众的反抗而导致在更大的程度上动摇封建统治，清官打击这些势力符合整个地主阶级的长远利益；而且还因为清官在某种情况下很容易掩盖他们的阶级本质，对群众有迷惑作用，因而能成为封建统治者缓和阶级矛盾、消弭人民斗争的一种特殊工具。我们可以看到，《三侠五义》中描写的清官，同样兼具上述两方面的特点和作用。

从总体上看，侠义公案小说，一方面，它可能揭露社会黑暗，鞭挞邪恶势力，反映出人民群众的愿望、理想、要求；另一方面，它又可能调和阶级矛盾，美化统治阶级，宣扬封建伦理道德，甚至丑化和仇视人民，适应封建统治阶级的需要。《三侠五义》就表现了这两种思想、两种精神的羼杂、融合。

这种情形，跟《三侠五义》的成书过程也是分不开的。《三侠五义》是在道光时期说书艺人石玉昆口述记录的基础上由文人整理编订成书的。石玉昆演唱的叫

《龙图公案》，是在前代有关包公传说故事的基础上加以丰富发展，敷演而成，其间自然包含着在长期传说过程中人民群众熔铸进去的爱憎和理想；而石玉昆作为一个旧时代的艺人，难免迎合听众的趣味，在“翻旧出新，添长补短”时为了博取成分复杂的满座听众的喝彩，又必然将各种复杂的思想带进他的故事。金梯云《子弟书》《叹石玉昆》中称他“惊动公卿夸绝调，流传市井效眉颦”。这种情况绝不会只是由于他独运“巧腔”的演唱技巧的高明，而跟思想内容毫无关系。后来有人将他演说的《龙图公案》加以笔录整理，删去唱词，改称《龙图耳录》。同治光绪间又经署名问竹主人、入迷道人者“互相参合删定”，易名为《忠烈侠义传》，才成为我们今天看到的《三侠五义》。编订者以“忠、烈、侠、义”四字名书，以概括小说的思想内容，明明白白地留下了封建文人的思想印记。这一切，都是造成《三侠五义》思想内容矛盾复杂的因素，是我们在分析评论此书时所不应该忽视的。

二

包公是小说里热情歌颂的一个理想的清官。他的故事虽然主要集中在小说的前半部，但不论从人物关系或是从小说作者赋予人物的使命来看，包公的精神和影响都是笼罩全书的。小说通过一系列断狱故事来表现这个人物的精神品德和思想性格。通体看来，小说基本上保留了民间传说赋予这个人物的思想特色：执法严峻，刚正不阿；秉正无私，不畏权贵；机智精明，料事如神。伽蓝殿杀人案、乌盆案、张有道被杀案、书生买猪头案等等，属于一般的作奸犯科、谋财害命的案件，是封建社会里的普遍现象。包公与封建时代普遍存在的昏官贪赃枉法、胡乱判案、草菅人命的情况不同，在审理这类案件时能不徇私情，秉公执法，对首告、被告案情作认真的分析，最后使真相大白，惩治了恶人，为受害者报仇申冤。这显然是符合被压迫人民的利益和愿望的。他执法严正，对案情详察明断，不凭主观妄下断语，有时派人化妆私访，或亲自到现场作实地调查。这些对于一个封建官吏来说是难能可贵的。这样做，在封建时代是要冒一点风险的。小说里写他因审案的“正直无私，断事如神”，便“犯了上司之嫉”，被革去了定远县县令。这反映出封建社会做一个清官之不易，也正表现了包公值得肯定的好品质。

小说着力描写的，是包公在侠客的协助下跟权奸庞吉父子的斗争。如果说，前述那些案子打击的主要是一些土豪恶霸和市井恶棍，那么，这场斗争就触及统治阶级最上层的皇亲国戚了。庞吉身为国丈，又是当朝太师，权高势重，炙手可热。因而包公和他的斗争就越出了一般忠奸斗争的范围，而具有较鲜明的伸张正义和为民除害的性质。包公不畏权势，机智果决，冒着生命的危险，最后终于用御制龙头铡处决了作恶多端的庞昱，全部放回他所抢掠的民间妇女，并按户稽查花名，秉公放赈。使得“万民感仰，欢呼载道”。历史上和传说中包公立朝刚正、直言敢谏的一面，小说里也有一定的表现。他向皇帝上奏，言“陈州放粮，不该用椒房宠信之人，直说圣上用人不当”，“一味顶撞言语”，连为之誊抄的公孙策也替他捏一把汗。这些地方，包公的形象是令人喜爱的。

小说里的一批侠客豪士，作者是把他们当作英雄人物来热烈歌颂的。他们的行动主要有两方面的内容。一方面是保护和协助为人民做好事的清官，如南侠展昭金龙寺杀凶僧、天昌镇击刺客、太师府斩妖道，三次解救包公于危难之中，其中两次是庞氏父子的暗算。颜查散也是靠了白玉堂的保护才度过难关的。而作为全书两大关目的庞昱之被捉归案，钟雄之终被招抚，都全赖群侠客出力。另一方面，是他们所到之处，路见不平，拔刀相助，扶危济困，除暴安良。白玉堂一出场，就遇到一个老人，因借了高利贷者苗秀的银子，无力偿还而被逼要将小女送去抵偿。他立即为之解囊还银，夜里又飞身到苗家集盗走苗氏父子获得的不义之财，还削掉苗秀老婆的两只耳朵。展昭本要到天昌镇救助包公，见此事也抽身赶到苗家集。在这里小说写道：“真是行侠作义之人，到处随遇而安。非是他务必要拔树搜根；只因见了不平之事，他便放不下，仿佛与自己的事一般，因此才不愧那个‘侠’字。”这是作者对什么是“侠”的理解，也是小说在塑造这些形象时对于人物思想精神的一种概括。这些人物，既有疾恶如仇、热心助人的侠肝义肠，又有令人惊绝的胆量和武艺，入重垣深院取恶人之首如探囊取物。总观他们所打击的对象，多是权奸佞臣、地主恶霸、流氓恶棍，如庞昱、葛登云、严奇、马刚、马强等一流人物，亦即是压迫人民、残害人民的邪恶势力。这些描写意在表现，侠客是同情和支持被压迫者的。

书中的清官和侠客都具有理想化的传奇色彩。他们超人的胆、力和非凡的性格特征，有一部分显然是艺术想象的产物。但体现在清官和侠客身上的基本精神，如秉公无私、不畏权势，疾恶如仇，富于正义感，有鲜明的是非观念等等，却是从长期的封建社会的历史生活中概括出来的，反映了我国广大劳动人民喜爱的传统美德。人们喜爱并赞赏这种美德，跟封建社会的黑暗现实有关，表现了人民群众反压迫、反强暴的愿望和要求。鲁迅先生说："《三侠五义》为市井细民写心"[①]，并指出"其中所叙的侠客，大半粗豪，很像《水浒》中底人物，故其事实虽然来自《龙图公案》，而源流则仍出于《水浒》"[②]。鲁迅先生的这些意见是非常中肯的。

还有一点须要论及的是，《三侠五义》虽然着意在为清官、侠客立传，并不是一部笔墨严谨、着力于真实描绘社会生活的写实作品；但清官和侠客的活动在具体的历史环境之中，围绕着他们的平反冤狱和除暴安良，小说也相当广泛地揭露了统治阶级横行无忌、残害人民的罪行，在一定程度上勾画出黑暗社会的面影。上自宫廷贵族，下至土豪恶霸，地痞无赖，恶道凶僧，都有所触及。

作者还以同情和赞美的笔调，描写了一些社会下层的市井细民，赞美了他们美好的行为和美好的品格。如刘洪义、方善父女、宁妈、开汤元铺的张老儿等，他们诚实善良，热心助人，虽只寥寥数笔，也都令人喜爱。第九十一回写忠厚贫寒的老渔民张立从水中救起金牡丹，将她收为义女；众乡邻渔户前来贺喜，为了不使张立应客为难，大家动手打鱼，凑集酒菜，连桌凳也是自己携了去，表现了劳动人民之间纯朴真挚的关系，与统治阶级的污浊丑恶形成鲜明的比照。而写得最突出的，要算是乌盆案中的张别古。他以打柴为生，为人鲠直，好行侠义，为了替被害者申冤，不顾年迈，不辞辛苦，也不怕皮肉吃苦，一片炽热心肠。在封建时代，一个作者能将他的目光与热情投注到这些一向被人轻贱的下层人民身上，而不只是把他们写成仅仅接受别人哀怜和恩赐的可怜人物，应该说也是难能可贵的。黄摩西《小说小话》说："《三侠五义》一书……摹写人情冷暖，世途险恶，亦曲尽其妙。不独为侠义添毫颊也。"[③]这是说得很有道理的。

三

然而这仅仅是问题的一个方面。我们还应该看到《三侠五义》的弱点。

清官和侠客的携手、结合，众多的侠客义士，从开始的分散活动，慢慢都依附于官府，侠客受制于清官，清官效忠于皇帝。一部大书，头绪纷繁，细寻则全部活

---

① 鲁迅：《中国小说史略》，《鲁迅全集》第八卷，人民文学出版社，1957年，第237页。

② 《中国小说的历史的变迁》，《鲁迅全集》第八卷，第352页。

③ 《小说林》第九期，1908年。

动都由一人主宰。这个人就是宋仁宗。作者分明要强使书中的人物服服帖帖地去崇拜他，服从他。

从小说的艺术构思，可以看出作者是自觉地将这个人物置于全书支配地位的。小说前一部分处于主轴地位的人物是包公，后一部分处于主轴地位的人物是颜查散。两人都是钦命的朝廷大臣，都受命于天子，统领一批侠客豪士除暴安良，这便构成全书的基本情节。皇帝的圣明还表现在能识贤、任贤上。包公本来由参加科举考试而做官，偏又被革去县令，然后由丞相王苣奉旨执御制龙图直接拔擢于民间，钦命为开封府尹。这种安排意在显示：清官断案平冤，除暴安良，都是皇恩浩荡的体现。

不仅清官，侠客也直接得到皇帝的赞美嘉奖。展昭献耀武楼，“龙心大悦”，立即赐封为“御前四品带刀护卫”。白玉堂大闹东京，杀人题诗，留刀寄柬，搅得皇宫相府不得安宁，皇帝竟赞扬他是以“隐隐藏藏”手段，干“磊磊落落之事”。对他那“人所不能的本领，人所不能的胆量”，“喜欢非常”，同样赐了个四品护卫头衔。欧阳春也被赞誉为“行侠尚义，实为可嘉”。

像庞昱和赵爵那样的大奸恶，作者处理为既残害百姓、又危及朝廷，清官侠客剪除他们，是上报天子，下安黎庶，达到了“致君泽民”的双重目的，因而既得到百姓的拥护，又受到皇帝的赞赏。这样，通过一系列的故事情节，作者告诉我们：皇帝是除暴安良的总后台，人民利益的代表者，天下第一好人。而“君正臣良”，再加上忠于皇帝、武艺超群的侠客，天下就会是一片“太平景象”了。而这只能美化和肯定封建制度和封建秩序。

拿《三侠五义》跟《水浒传》作一比较，是很有意义的。《水浒传》里有些英雄如鲁智深、林冲、杨志等原本任职官府，后来慢慢脱离官府而归附于反官府的农民起义队伍。众多起义英雄由分散走向集中，是走着一条背叛朝廷的道路。而《三侠五义》则相反，众多侠客豪士，由分散走向集中，是走着一条归附朝廷的道路。《水浒传》揭示官逼民反，《三侠三义》则揄扬仁君贤臣。所以鲁迅先生在肯定《三侠五义》“为市井细民写心”的同时，紧接着就指出它“乃似较有《水浒》余韵，然亦仅其外貌，而非精神”[①]。

还应该看到，处于水深火热中的被压迫人民渴望清官、侠客的愿望虽然是合理

① 《中国小说史略》，第 237 页。

的、美好的，但由此而美化皇帝，颂扬清官和侠客，夸大乃至神化他们的力量和作用，其结果，就会使人民群众中不切实际的幻想很容易与地主阶级所散布的对于统治者的迷信思想结合起来，不去怀疑封建制度、封建秩序本身，而只痛恨个别的坏人，并且把诛除坏人、解脱苦难的希望寄托在从皇帝到清官、侠客等大大小小的“救星”身上。显而易见，那一个个除暴安良的故事，在给被压迫者带来暂时的快意和安慰的同时，往往又促使他们思想上的麻痹和行动上的惰性的滋生。

小说产生于鸦片战争以后，中国社会已经发生了深刻的历史变化，人民开始觉醒，反帝反封建的斗争正蓬勃兴起。联系到这样的历史背景，《三侠五义》可能产生的消极影响，是毋庸讳言的。

与此相关，《三侠五义》还表现出浓厚的封建思想和伦理道德观念。清官和侠客都有浓厚的忠君思想，尤其是侠客。皇帝赐给展昭一个“御猫”的称号，展昭感到恩宠加身，荣耀无比。就连一贯心高气傲的白玉堂，在包公和皇帝面前，竟也身着“罪衣”，口称“罪民”，表现得那样低三下四，诚惶诚恐。因此，从小说中所描写的侠客们的思想本质及其与皇帝的关系来看，他们都不过是统治阶级手中的工具。作为工具，皇帝在某种条件下可以派他们去除暴安良，在另一种条件下也可能派他们去镇压人民（那时候反抗的人民就变成了“暴民”）。

作者在描写下层人民的时候，分不清忠厚善良和封建奴性的界限，常将两者混在一起。小说里的义仆形象，如田忠、展忠、倪忠等，连名字也要加上一个“忠”字，反映了作者封建思想的严重。贞节观念也时有表现。包公称赞颜查散、柳金蝉为“义夫节妇”。金辉因怀疑女儿与已被许婚的施俊有私情，竟为了保持“名节”而逼迫女儿自杀。性格豪爽的侠客也遵从和维护封建礼教，有时竟表现得跟他们的行动极不协调。展昭想为一个伤心痛哭的老妈妈排难解纷，却要避“男女之嫌”而不敢直接上前询问，就连桀骜不驯的白玉堂，在拯救金蝉的危急时刻，也因要“避盟嫂之嫌”而不敢去搀扶。作者的妇女观也是很落后的，不少妇女形象受到歪曲。此外如奎星兆梦、乌盆鸣冤、古镜还魂、阴差阳错等荒诞情节，表现了鬼神迷信的思想，也属明显的封建糟粕，在此就不作详论了。

四

《三侠五义》仍然保留着鲜明的说书艺术的特色。鲁迅先生说它“绘声状物，甚有平话习气”[①]，这是这部小说拥有较广泛读者的一个重要原因。

全书结构完整，故事情节曲折多变，引人入胜。小说以除暴安良、削奸平叛为主脉，将清官断狱和侠客行义紧密地结合起来。大故事中穿插若干相对独立又互有联系的小故事，彼此勾连绾合，构成一个头绪纷繁却又脉络分明的整体。情节的安排，虽不免时有追求奇巧，故作惊人之笔，以致冗蔓等毛病，但总的来看，奇幻曲折，富于变化，艺术效果还是好的。问竹主人序称它“接缝斗榫，亦俱巧妙无痕”，虽未免夸大，但也并不是毫无根据的。有时一个普通的案件，他能写得波澜迭出，极为生色。如第十至十一回写书生买猪头案，一个无身女子头，一具无头男子尸，俱与贫家子韩瑞龙相关，前前后后引出三条人命，读来扑朔迷离，疑窦丛生，非叫你寻根究底读完不可。

小说的人物形象刻画得也比较生动。尤其是几个主要的侠客，都写得栩栩如生，奕奕有神。作者很注意通过人物关系和矛盾冲突来表现人物的思想性格，大体能做到个性鲜明，互不相混。展昭的英爽大方，卢方的忠厚宽容，欧阳春的善藏锋芒，赵虎、徐庆的粗豪鲁莽，艾虎的机敏天真，都能给人留下较深刻的印象。性格相近的，也注意到了于相同中显示出细微的差别，智化和蒋平都是沉稳机智而有谋略的人物，但蒋平于机智中略显刁钻，而智化则于敏慧中微见妩媚，同时又都使人觉得聪明可喜。白玉堂是作者着力刻画的一个人物，写出了比较复杂的性格内容：负气逞强，骄傲好胜，显得任性褊狭；疾恶如仇，见义勇为，又见出豪爽耿直。这样，这个人物就显得形象比较丰满，有血有肉。盗盟书惨死铜网阵的结局，正合乎他性格的逻辑发展。

小说取通俗生动的口语叙述故事，描画人物，读来朗朗上口，饶有趣味。且看第七十八回写欧阳春用点穴法制胜白玉堂一节文字：

> 北侠将身一侧，只用二指看准肋下轻轻的一点，白玉堂倒抽了一口气，登时经络闭塞，呼吸不通，手儿扬着落不下来，腿儿迈着抽不回去，腰儿哈着挺不起身躯，嘴儿张着说不出话语，犹如木雕泥塑一般，眼前金星乱滚，耳内蝉鸣，不由的心中一阵恶心迷乱，实实难受得狠。

---

① 《中国小说史略》，第236页。

从手、腿、腰、嘴四方面落笔，着意形容，明快活泼，富于机趣。这确乎是说书人语言的精华。

当然，书中语言芜杂而不够明净，情节繁冗而伤于稚弱的地方还是有的；作者行文较生动诙谐，有的地方富于机趣，但有时过分追求便显得近于游戏笔墨了。这些都是艺术上存在的明显缺点。

中国古典小说的艺术传统跟说话艺术有着密切的关系。当前的小说创作如何继承传统，又改造传统，创造出为我国人民喜闻乐见的新的民族风格和民族形式，是一个重要的课题。在这方面，《三侠五义》的艺术经验不是没有可资借鉴的地方。

（原载《文学遗产》1983 年第 3 期）

侠客精神漫议

在中国老百姓的心目中，对社会上的各色人物，除了清官，最喜欢和最欢迎的，恐怕就要数侠客了。虽然在历史发展的长时期中，都有各种各样的人对侠客提出过批判，说是这不好那不好，但从古至今，老百姓的态度似乎并没有根本性的改变。这当然跟旧时代中国老百姓的生存状态和生活境遇有关，处于无权和孤弱地位的下层群众，不免常常会遇到冤狱和欺凌，这时候清官和侠客都能在不同程度上带给他们一定的好处。这是从表层现象就可以看出来的老百姓喜欢侠客的原因。但新时代的人民大众，生活境遇有了很大的改变，却仍然喜欢侠客，不仅爱看武侠小说，更在生活中呼唤见义勇为的侠义英雄，这就有其更深一层的原因，与侠客的精神和中国的传统文化有关了。

侠其实有各种名目，如游侠、儒侠、义侠、豪侠、气侠、节侠等等，各有不同的特点；在不同的社会阶级和阶层的人们眼中，因其立场和眼光的不同，所看出和所歆慕的侠，也有不同的面目。我们这里想谈的，是侠的共性，侠的精神，或者说是平民心中和眼中的侠。

谈到侠的时候，有三个相关的词是出现得很频繁的，一个是“侠义”，一个是“武侠”，一个是“豪侠”。其中与“侠”相连的“义”“武”“豪”三个字，很好地体现了“侠客”的共性和精神。

“义”是老百姓心目中的侠客最基本和最重要的精神品格，是侠的灵魂。司马迁是最早为侠客立传的史家，他在《史记》中写了《游侠列传》，对侠这种人物虽然不无微词，却极精要地概括出他们的基本精神和高贵品质，并表达了他由衷的赞美之情。他说：“今游侠，其行虽不轨于正义，然其言必信，其行必果，已诺必诚，不爱其躯，赴士之厄困，既已存亡死生矣，而不矜其能，羞伐其德，盖亦有足多者焉。”司马迁在这里所说的“不轨于正义”，是指不遵守当时主流社会的伦理道德和社会规范，与我们今天所理解的主要指社会公正的“正义”不完全相同。这与他所信守的儒家思想和立场有关。儒家肯定和赞扬“勇”和“义”，但“勇”和“义”都不能超越和破坏“礼”；而侠的行为却常常是破坏礼的，所以司马迁是在维护礼、亦即维护主流社会秩序的前提下来赞扬侠的。跟司马迁相似，班固对游侠虽也肯定“其温良泛爱，振穷周急，谦退不伐，亦皆有绝异之姿”，却同时批评他们“惜乎不入于道德”(《汉书·游侠传》)。

虽然如此，司马迁所谈到的侠的特点和基本精神，确是非常准确，而又值得肯定和称美的。概括起来主要有以下几点：一是言信行果，也就是讲求诚信，说话算话，许诺的事一定付诸实践；二是为解别人的困厄而献身，甚至不惜牺牲自己的生命；三是施恩不图报，不仅不张扬自己的才德和功劳，而且也不希望得到别人的表彰。他在传中着重介绍的汉代几个“布衣之侠”，无一不具备这样的精神品格。如说朱家“专趋人之急，甚己之私”。而郭解，则不仅“以德报怨，厚施而薄望”，而且富于正义感，捍卫社会公道。文中讲了这样一个故事：郭解姊之子仗势强使人饮酒，其人不堪其辱而杀之，其姊怒而欲令解惩罚杀人者，郭解派人了解到杀人者的逃亡之所，其人惧而被迫回家，将杀人的事实真相告诉了郭解，郭解听后说：“公杀之固当，吾儿不直。”认为其姊之子有罪而放走了杀人者。郭解因此义行而名声大振，受到众人的爱戴。

民间传说中的侠客，多突出其义，具有崇高的精神品格。《搜神记》中的《干将莫邪》，是古小说中较早的与复仇主题相结合的侠客故事，带有浓厚的民间传说色彩。小说塑造了一个山中侠客的形象，读者连他的名字都不知道，却被他为正义而献身的侠义精神所深深感动。他与惨遭暴君迫害的干将莫邪之子素不相识，而当得知他的悲惨遭遇和深仇大恨后，就毫不犹豫地主动请求替他报仇，最后为此献出了自己的生命。他那种见义勇为、热情助人的高贵品质，那种为伸张正义而献身的大无畏的牺牲精神，就是侠义精神的最光辉的表现。鲁迅先生改编了这个故事写成《铸剑》，山中侠客变成了黑色人（宴之敖者），精神品格又有了进一步的提升：在他的心中，“仗义，同情，那些东西，先前曾经干净过，现在却都成了放鬼债的资本”；捍卫正义，为含冤者报仇，成为他的天职，是他行动的唯一动机，除此而外没有别的目的和追求。

《水浒传》不是一部写侠客的书，但水浒英雄却体现了侠义精神。读过《水浒传》的人都喜欢鲁智深。鲁智深没有侠客之名，却有侠客之义，他是老百姓心目中爱打抱不平的侠义英雄。他于无意中得知金氏父女被恶霸郑屠欺侮，就出于正义感三拳打死了镇关西。林冲无辜被高俅迫害发配沧州，他一路跟随保护，直到大闹野猪林，救了林冲的一条性命。他爽朗率直，光明磊落，容不得天下任何压迫和不平。他不仅“路见不平，拔刀相助”，而且是“杀人须见血，救人须救彻”。他的人生信条是：“禅杖打开危险路，戒刀杀尽不平人。”

唐人李德裕对什么是侠作过一个界定，说：“夫侠者，盖非常人也。虽然以诺许人，必以节义为本。义非侠不立，侠非义不成，难兼之矣。”（《豪侠论》）“义”显然是侠客最突出也最宝贵的精神品格。但义也有“公义”和“私义”之分。“公义”亦称“大义”，就是维护社会的公平和正义，上文提到的《干将莫邪》里的山中侠客和《水浒传》里的鲁智深，坚持的就是这种义。而“私义”或称“小义”，则多出于江湖上的哥们儿义气，其内容主要是个人恩怨，带有很大的褊狭性和盲目性，严重时不免为私义而损公义。《水浒传》中的武松也是一个响当当的英雄，他也曾说过类似鲁智深那样的豪言壮语：“我从来只要打天下这等不明道德的人！我若路见不平，真乃拔刀相助，我便死了也不怕！”但这话却是在他醉打蒋门神替施恩报仇时说的。武松在早期时个人恩怨观念极重，只要人对他好，他就要报恩，而常常不论是非曲直。他在景阳岗打虎成了英雄，阳谷县的县尉让他做了一个都头，他就感恩不尽，道谢说：“若蒙恩相抬举，小人终身受赐。”县尉要他将自己搜刮掠夺来的金银送去东京亲眷处收藏，他就高高兴兴忠实地去了，丝毫没有晁盖、吴用等人“智取生辰纲”时那种“不义之财，取之何碍”的义愤。刺配孟州道为施恩打了蒋门神，他还以为是一种义举，实际上却是被利用，成了地方权豪恶霸互相争夺的工具。随后，张都监又以小恩小惠收买了他，终于受骗上当，差一点连性命也丢了，这才从血的教训中觉醒过来，走向梁山，归于扶危济困、替天行道的公义。

公义与私义之别，与侠客施义的对象有很大的关系。见义勇为，路见不平、拔刀相助，一般都是素昧平生，没有什么关系的。而私义则一般是主客或主奴关系，大多出于报恩，这就有很大的局限性。唐代传奇小说中所写的侠客行义，多数是主客或主奴关系。《红线》中的侠女红线，不避艰危，“忘于行役”，只是为了“感知酬德”，为主子效劳，这与战国时代游侠之士的“士为知己者死”的精神一脉相承。《昆仑奴》中的磨勒身份就是一个奴隶，他急人之难，救红绡女于水火之中，表现出一副炽热的侠义心肠，但他的目的主要是帮助自己的主人实现爱情追求。江湖侠客中那种出于哥们儿义气的快意恩仇行为，大都是建立在个人恩怨的基础之上的，有时甚至不讲是非原则，任意杀人，那就不仅不能体现，而且是有悖于侠客之义了。

无武不能仗义行侠，所以侠总是尚武，也总是能武的。荀悦认为，所谓侠，应该是“立气势，作威福，结私交，以立强于世者”（《汉纪》卷十）。要能“以立强于世”，不能武、不用武是不行的。司马迁在《游侠列传》中引了韩非子的话说：“儒以文乱法，而侠以武犯禁。”突出的就是侠的“武”，不过这是用了统治者的眼光看问题。“犯禁”就是目无王法，因为能武，侠便对现行的社会秩序构成威胁，所以统治者往往是不欢迎的。

“武侠”的“武”，最简单的含义，是指行侠起码要具备勇和力。看早期小说中的侠义人物，行侠仗义时未必有什么了不起的武打功夫。如《干将莫邪》中的山中侠客，替干将莫邪之子复仇，“以剑拟王，王头随堕汤中”，凭的主要是从正义感和牺牲精神中产生的勇和力，并没有表现出特别的技艺。唐人传奇《霍小玉传》中那位挟持李益去见负屈含冤的霍小玉的黄衫豪士，虽“挟弓箭”，却并未使用，到头来还是“命奴仆数人，抱持（李益）而进”。《无双传》中那位帮助柳氏与韩翊离而复聚的豪侠之士许俊，“被衽执辔，犯关排闼”，虽为赳赳武夫，靠的也仍然是过人的机智和勇力，而不是超群的武艺。但稍后的小说中，武侠就有了超人的技艺，并逐渐具有神奇甚至神秘的色彩。《昆仑奴》中的磨勒，小说除了写他轩爽的豪气，还特意渲染他神奇的本领：三次反复为红绡女“负其囊橐妆奁”，而后又“负生与姬飞出峻垣十余重”，而“一品家之守御，无有警者”。与此相类的是《红线》中写侠女红线，她能只身进入“侍人四布，兵器森罗”的中军帐中，将元帅头边的金盒盗走而不为人所知觉，高强精绝的武艺令人惊叹。而《聂隐娘》中的侠女，除了超人的武艺，更有奇幻的道术，带有更多的神秘色彩。其中与精精儿、空空儿斗法的描写，已为后世武侠小说荒诞不经斗法情节的滥觞。

老百姓希望行义的侠客武艺高强，只有这样，惩恶锄奸时才能大快人心。新旧武侠小说中常见的飞檐走壁、飞剑取人一类的描写，读者当然也很喜欢读，明知其荒诞不经，却可以从中找乐，得到一种在别一种品类小说中得不到的审美愉悦。

“豪侠”的豪有两个层次。第一个层次是指豪迈不羁的性格，昂扬奔放的激情；第二个层次是指对人生远大理想和抱负的追求。这两个层次是不可分的，豪情和壮志常常连在一起用，对侠客来说最合适不过。无论是历史上还是在文学作品中，有不少侠客就只是表现为充满豪情壮志，而与见义勇为并没有太多的关系。比如唐传奇中的《虬髯客传》，塑造了被后人津津乐道的“风尘三侠”，就是典型的例子。这三位豪侠是指李靖、红拂女和虬髯客。在天下大乱的隋代末年，身为布衣的李靖，敢于去拜谒一个权倾天下、对公卿贵宾都十分倨傲的杨素，大胆地批评他不应该那么高傲，劝他要以安定天下为目的广泛招贤纳士，表现出超人的眼光和不同凡俗的气度。而红拂女，一个出身低贱的侍妓，却有自己独立的生活信念，有自己认识人和认识生活的标准，处处表现出过人的眼光、智慧、胆识和勇气。她敢于维护自己独立的人格，既能慧眼识英雄，又能果断坚毅地采取行动，她的所作所为比李靖还要高出一筹。虬髯客这个人物则于俗中见奇，行为举止间处处透出他的粗豪与狂放。他性格刚烈，疾恶如仇，而作为一个豪侠英雄，最突出的是他的用世之心和帝王之志。他是一个乱世英豪，急切地要实现平定天下的雄心壮志。而当他见到"真命天子"李世民时，虽然一时"顿觉心死"，却并没有从此一蹶不振，而是别图他方，表现出一种识时务者为俊杰的果决态度和奋力追求既定目标的进取精神。"风尘三侠"受到读者的喜爱，不是因为他们的"义"，而是因为他们身上突出地表现出来的豪气和理想。"豪"确实从另一个侧面表现了侠客的精神风貌。

"豪"赋予了侠客以一种理想的和浪漫主义的色彩，展示了侠客高远的精神境界。这在文人的身上表现得特别鲜明。唐代的知识分子好游侠，唐诗中写游侠的作品不少，这与唐代诗人开阔的胸襟、奔放的激情、开阔的目光和远大的理想分不开。李白从年轻时起就好仗剑游侠，一是为了广交游，二是为了寻找实现理想的机会。虽然在不少作品中他都曾表现过功成身退的意向，但建功立业还是第一位的追求。李白作为一个伟大的浪漫主义诗人，他的诗歌中写到的侠，所歌颂的游侠精神，无不表现出远大的理想和奔放的激情，表现出一种侠的豪气。

一般来说，古往今来的侠客，无论属于什么品类，多数都是豪放派，拘谨柔弱，文质彬彬，目光短浅，气量狭小，就失掉了"侠"应有的气度和风采。

"义""武""豪"，这三个方面既表现了侠客的特点，也表现了侠客的精神。"义"反映的是侠的道德内涵，"武"表现的是侠的功夫技艺，"豪"则展现出侠的精神风貌。在平民眼光中，三者居首的无疑应该是"义"，而且是坚持社会公正的"大义"，而不是"恩仇必报"的"小义"。只有伸张和维护这种"大义"，侠客才具备了作为"侠"的最重要的精神品格。仅有高强的武功，或兼具奔放的豪情，而不顾大义，恃强凌弱，甚至嗜血杀人，虽自诩为"侠客"，实际却是司马迁所称的"暴豪之徒"一流人物，不仅老百姓不喜欢，也是真正的"侠客"耻为同伍的。

同时具备或表现出"义""武""豪"三方面特点的人，人们会承认或称他们为

“侠”或“侠客”。但有时候，一个人既无武功，亦少豪气，却能见义勇为，救人于危难之中，而且事后不求回报，不矜德能，人们也会怀着崇敬之意视他们为真正的侠义英雄。唐传奇《柳毅传》中的主人公柳毅，只是一个很不走运的落第书生，但他于回家途中见到遭受虐待的龙女，出于同情和义愤，克服种种困难为她传书到家，终于使龙女得到解救。事成后始终坚持“以义行为之志”，“以操守为志尚”，不为龙女的容色所动，甚至在龙女的叔父钱塘君胁迫求婚时也严辞拒绝，如他对龙女所说：“达君之冤，余无及也。”虽然只是一介文弱书生，其义行与操守却闪射出侠义英雄的思想光彩。《聊斋志异》中《红玉》的女主人公狐女红玉，在冯相如遭受豪绅和官府的迫害时，她奉献给他的不仅是真挚的爱情，而且是赤诚无私的救助。因此蒲松龄在“异史氏曰”中热情地赞美她为“狐侠”。

今天的读者还广泛地喜欢阅读金庸、古龙等新武侠小说家的作品，这除了武打场面的精彩，情节的离奇曲折，能从中获得一种独特的审美享受外，从思想层面的原因来看，恐怕与作者赞美和歌颂路见不平、拔刀相助的侠义英雄分不开。助人为乐，见义勇为，扶危济困等等，是中华民族在长期发展过程中形成的优美品德，是中华传统文明的重要组成部分。只要还有强权、压迫和不公，还有恃强凌弱的现象存在，社会就需要侠义精神，人们就会呼唤侠义英雄的出现。

2003年7月2日

（原载《寻根》2003年第4期）

关于北大藏本清代小说《红风传》

去年 9 月，北京香山中国古代小说国际研讨会之后，韩国朴在渊教授曾到北京大学访书。当他从侯忠义先生等人编录的《北京大学图书馆古典小说戏曲目录》中看到著录有《红风传》时，不禁露出惊喜之色。没有想到，这部鲜为人知的中国古代小说，朴先生自已竟珍藏一部光绪丙午年（1906）的石印本；更没有想到，朴先生以惊人的速度，在很短的时间内就将此书加以校注并刊行问世，这就是我们看到的刊载于去年 11 月出版的韩国《中国小说研究会报》第十六号“资料发掘”栏中的《韩国所见晚清小说〈红风传〉》。朴在渊先生在介绍、研究中国古典小说上的高度热情和学术上的求索精神，都十分令人感佩。

我先拜读了朴先生的这部校注本，觉得《红风传》这部小说虽然从总体上看来艺术上还比较粗糙，但它以神魔小说的框架，以红鸾星下凡的江秀英和东斗星下凡的荣玉卿的遭遇命运为线索，描写了现实生活中形形色色的人物，反映出种种人情世态，具有一定的社会意义。同时，小说情节比较曲折，人物的活动和穿插都有作者的匠心，艺术上也有一定的特色，因此是一部不应该被遗忘、被忽视的小说。此书北大藏本为马隅卿先生旧藏，孙楷第先生曾寓目马氏藏书，但不知何故，他在所撰的《中国通俗小说书目》中未予著录；近年出版的《中国通俗小说总目提要》及《中国古代小说百科全书》亦均未提及。朴在渊先生将它发掘出来，并校注刊行，这对中韩两国的文化交流，对清代小说和中国小说史的研究，都是极有意义的事。

笔者在读了朴在渊先生校注的《红风传》之后，怀着极大的兴趣，到北京大学图书馆善本室查阅了朴先生很想看到的那本《目录》中著录为三卷本的《红风传》，将两个本子作了初步的比勘。下面将所见作一个简单的介绍，并提出关于这部小说的一点粗浅的看法。

北大藏本《红风传》为清代贵文堂刻本，一册，不题撰人，无插图，无序跋，封面题《红风传全部》，题上横刻“贵文堂”三字。封内三行，中行小字题刻“红风传”，左右两行为偶句：“江小姐花楼悬梁”，“江老爷出京私访”。版心题刻不一致，有的部分题“红风”，有的部分题“红风传”。此书分卷不分回，十五卷，无回目。《北京大学图书馆古典小说戏曲目录》中著录为三卷，是依据版心的标志。版心标志将全书分为三卷，三卷的分量极不平衡，卷一包括正文的卷一至卷四，卷二包括正文的卷五至卷八，卷三包括正文的卷九至卷十五。版心分卷为何与正文分卷不一致，分卷又为何极不平衡，殊不可解。书高 15 厘米，版框高 12.5 厘米，半页九行，行十九字至二十二字不等。正文每卷开头刻有“新刻红风传卷 ×”字样，每卷正文后刻有“卷 × 终”字样，但首尾多数仅有“卷”字而缺数目字，全书结尾处刻有“红风传终”四字。全书纸质粗劣，刻工不精，多用俗体简笔字或代用字，错字别字也较多。

对比两种本子，全书以及每回（卷）故事内容的起讫都基本一致；同光绪石印本（下简称石印本）一样，全书仅第一回（卷）、第十四回（卷）及第十五回（卷），有回（卷）前诗四句（第十回开头有二十句韵文，属正文，非回前诗）。但是两个本子文字上却多有歧异，而贵文堂本则较石印本为完整优胜。石印本漏刻或有误的，大多可据贵文堂本补改。下面分别三种情况举些例子来说明：

一、石印本误而贵文堂本不误的。如：

第一回：“次子江峒宛平县里做知县，一女许配山东来大人为婚。”“来”字贵文堂本作“荣”，是。因故事中江秀英同山东的荣玉卿为姑表兄妹。

第一回：“织金库服描走兽”，“库服”二字不可解，贵文堂本作“裤腿”，是。

第一回：“受过日精月华，有年的道恒。”贵文堂本“有”字作“百”，更为合理。

第一回：“头下有鳞，一身八条腿，敢说向时出来作乱。”这里是说蚰蜒，蚰蜒为多脚虫，八条腿显然太少，贵文堂本作“一百单八条腿”，近是。又，“向时”作“何时”，与后文文义相合。

第一回：“所以才刮恁样”，贵文堂本“样”字作“远”字，是。

第一回：“我好比丧家之人无处奔”，贵文堂本“人”字作“犬”，是。

第五回：“他若牙崩半个不与不给，这个狂徒杀了，我把他。”语序显然有误，贵文堂本作“我把他杀了，这个狂徒”。

第六回：“撮起笔来，照照照，移花接木，不多一时写完付对联。”“照照照”贵文堂本作“刷刷刷”，象声词，形容下笔很快，是。

二、两本文字有歧异，皆可通，但贵文堂本义较胜。如：

第一回："前梳分了三点水，后梳猛虎归山林"，贵文堂本作"前梳燕子三点水"，与下文的"后梳猛虎归山林"，对举为文，显然比"分了"二字义胜。

第一回："上节书交代明，玉皇爷差蛐蜒精送红鸾星与东斗星团圆，所以才刮恁样。闲言不必多叙，下令传蛐蜒精仍还到毛家寨修真养性。"贵文堂本作"上节书交代明白，玉皇爷差蛐蜒精送红鸾星与东斗星团圆，所以才刮恁远。闲言不必多叙，书归正传，蛐蜒精回到毛家寨修真养性。"文字显得更为顺畅，语义亦更显豁。

三、石印本的脱字大多可据贵文堂本补足。如：

第一回："三尺白绫把金莲□"，"□"贵文堂本作"裹"。第二回："递与掌柜的□在手里"，"□"贵文堂本作"接"。第三回："银牙咬把金莲□，绣鞋□的各崩崩。"两处"□"贵文堂本均作"垛"（"跺"的借字）。第四回："只听的咕□一声"，"□"贵文堂本作"咚"。

当然，也有贵文堂本误而石印本不误的，例如贵文堂本"惊"作"京"，"膝"作"夕"，"帛"作"白"，"途"作"徒"，"睁"作"争"等，但这种情况不多，且多为借用字或别字，于文义的理解无大妨碍。

根据以上的文字比勘，加上贵文堂本分卷不分回，没有回目等情况，我们可以初步断定贵文堂本刊刻的时间要比光绪丙午的石印本为早，但贵文堂本又肯定不是石印本所据的底本。石印本的回目显然是后加的，因为细考回目与该回故事内容多数不符（故事在前一回，回目出现在后一回）。还有两个情况值得我们注意：一是两种本子回（卷）前都标明"新刻红风传"，可见在贵文堂本之前还有旧刻（或原刻）本存在。二是石印本的"寧"字作"寍"，"擰"字作"搕"。朴在渊教授认为这是避清宣宗（道光）旻宁的名讳，这一判断是不错的。但翻检贵文堂本，却径作"寧"和"擰"，并不避讳。不过这一情况并不能说明石印本早于贵文堂本，甚至也不能说明它所据的底本早于贵文堂本。我的推想是，这部小说很可能创作于道光时期，因此原稿或原刻本都避旻宁讳，石印本后出却沿袭未改，贵文堂本虽先出，但基本上可以肯定是刊刻于道光之后，又出于坊间，故反而径书而不避讳了。为我这一推断作内证的，还有书中提到的两个年代。小说的故事都发生在嘉庆十四年正月十七日之后，但第一回的丌头却两次提到事情发生在"道光皇爷驾坐北京七年"，反而比后文故事发生的时间延后了将近二十年。小说在叙事时间上的这种疏忽，联系到石印本中两处避道光名讳，又在提到嘉庆十四年时直称嘉庆，而提到道光时却敬称“道光皇爷”，不是很像道光时人的心理语气么？因此，我以为，朴在渊教授据石印本刊于光绪丙午而断定《红风传》为“晚清小说”是值得斟酌的。

（原载韩国《中国小说研究会报》第 17 号，1994 年 3 月）

吴组缃先生的古典小说研究

吴组缃先生是中国现代著名的作家，也是中国现代著名的学者。他一生的道路，是由小说创作（其实先生也写诗，包括新诗和旧诗，都有很好的功力，只是为小说之名所掩而不为人所注意罢了）而走向学术研究；学术研究的路子也很宽，从中国现代文学到古代文学，其中尤以对古典小说的研究成就卓著。

作家而兼学者，在中国历史上，从古至今可以数出许多名字来。这已经构成了中国文化艺术史的一个传统。吴先生是从这个传统中走出来的，又以他在文学创作和学术研究上的业绩，体现并丰富了这一传统。他对人生热情而执着的态度，对社会历史的深刻认识，他的文学观，都同时体现在创作和学术研究中。许多基本思想，基本精神，两方面都是相通的。他以一个小说作家所特有的素养、眼光和经验，尤其以他对艺术的敏锐的感悟力来研究古典小说，再加上他丰富的人生阅历，以及对人生和社会生活的深刻的体察与认识，使他的古典小说研究有许多独到之处，形成了鲜明的特色。

一

吴组缃（1908－1994），原名吴祖襄，安徽泾县人。他是在“五四”新文化运动的影响下走向文坛的。20 世纪 20 年代初，他还在少年时就已经开始了文学创作。起初在就读的芜湖省立第五中学文艺周刊《赭山》和《皖江日报》上发表抨击社会黑暗的小诗，随后又在《民国日报》副刊《觉悟》和《妇女杂志》上发表短篇小说《不幸的小草》《鸢飞鱼跃》等。后来就读于清华大学中文系，毕业后又在清华研究院继续学习。这时期在他大哥吴半农等人的影响下，注意研读包括英文本《资本论》在内的社会科学著作。1931 年加入“反帝大同盟”和左翼文艺团体“社会科学研究会”。陆续发表短篇小说《离家的前夜》《官官的补品》《菉竹山房》等，引起文坛的注意。1933 年以后，在茅盾《子夜》的影响和启发下，自觉地在创作中运用科学观点解剖社会问题，在《文学季刊》等刊物上发表了《一千八百担》《天下太平》《樊家铺》等一批小说，以其反映生活的深切和艺术上的精细圆熟而得到文坛的瞩目和好评。茅盾先生就对当时还比较陌生的吴先生的名字投以热切的关注，并对他的作品给予了高度的评价。他在《〈文学季刊〉创刊号》一文中说，“这位作者真是一枝‘生力军’”，并说他在这期刊物上发表的作品就“已经证明了他是一位前途无限的大作家”[①]。1934 年和 1935 年，分别出版了小说散文集《西柳集》和《饭余集》。

20 世纪 30 年代后期，吴组缃先生积极参加左翼文艺界的活动。1936 年 6 月，与鲁迅、巴金、曹禺等 63 人联名发表了《中国文艺工作者宣言》；9 月，左翼作家创办刊物《小说家》，吴先生为发起人之一。1938 年 3 月，中华全国文艺界抗敌协会在武汉成立，吴先生也是发起人之一，并被推举为第一届理事会常务理事。1939 年以后到重庆，在周恩来同志的领导下，同老舍等人一起积极参加抗日工作，担任“文协”第二届理事会理事。40 年代初，发表了以抗日为题材的长篇小说《鸭嘴涝》（后改题为《山洪》）和短篇小说《铁闷子》及一批散文作品。

吴组缃先生的创作和论著，80 年代后期由北京大学出版社重新结集出版，计有小说集《宿草集》、散文集《拾荒集》、文艺评论集《苑外集》、古典小说评论集《说稗集》以及和沈天佑合著的《宋元文学史稿》等。这些集子收集了吴先生一生中绝大部分作品和论著。

吴先生在创作中体现的一些精神、特色和他的一些认识，后来一以贯之地都体现在他的古典小说研究中。

吴先生的小说散文创作，始终注目于现实的社会矛盾，从他所熟悉的生活出发，去表现他自己说是令他“内心震动”的巨大而深刻的社会变化，并努力探求和揭示出这些变化的趋向和实质。他所经历的创作历程，用他的话来说就是：“慢慢从自己的小天地探出头来，要看整个的时代与社会。”[②]把目光投向整个的时代与社会，这是一条坚实的现实主义的文学道路，同时也反映出吴先生对文学的基

---

① 茅盾：《茅盾全集》第二十卷，人民文学出版社，1990 年，第 7-8 页。

② 吴组缃：《〈吴组缃小说散文集〉前记》，《苑外集》，北京大学出版社，1988 年，第 167 页。

本认识：文学作品是特定时代的社会生活在作家头脑中反映的产物。他始终坚持认为，在小说中必须通过典型人物的塑造反映出时代的社会面貌，作品才有价值。他不否认主体的作用和重要意义，但他批评把主体强调到不恰当的位置。他在回答一个美国年轻学者的提问时指出："我们讲反映论要讲两面。文学都是社会生活的反映，这是客观的一面；还有作者怎么处理，这是主观的一面。这两面都不能抹煞。"①无论是对现代作家作品，还是对古代作家作品，他都是在有机联系中从两面来进行研究的，既研究作品反映了怎样的时代社会内容，又研究作家独特的认识和处理方式。从创作走向学术研究，他都坚持了辩证唯物论的反映论。他在论《水浒传》时，提出了对现实主义的既简明又极为精辟的认识："什么叫做现实主义创作方法？我的一孔之见，就是作者在观察现实、塑造人物时，能够符合唯物论辩证法。"②他在创作和学术研究两方面，都同时坚持和体现了他所说的现实主义原则，亦即唯物论和辩证法的原则。这一点，特别突出地表现在他对《儒林外史》和《红楼梦》的研究中。

吴先生在创作中特别重视写人物。总是通过人物和人物活动去反映社会。不仅写小说如此，写散文亦是如此，即如《泰山风光》那样纪游式的散文，也把人放到中心，重在刻画和表现社会形态，自然景物反而退到了其次。因此，不少评论家认为，吴先生的散文带有小说化的倾向，这一点他是表示首肯的。把写人物放到小说创作的中心，是他的自觉认识和艺术追求。他在1941年写的《如何创作小说中的人物》一文中说：

> 什么是写小说的中心？我个人以为就是描写人物（他的人和他的生活）。因为时代与社会的中心就是人。没有人，就无所谓时代与社会；没有写出人物，严格的说，也就不成其为小说。把人物真实地，具体地，活生生地描写了出来，时代与社会自然也就真实地具体地活生生地表现了出来。③

这是吴先生创作经验的总结，运用到古典小说的研究中，就成了他一种独具特色的

① 《答美国进修生彭嘉玲问》，《苑外集》，第141页。

② 吴组缃：《谈〈水浒〉》，《说稗集》，北京大学出版社，1987年，第59页。

③ 《苑外集》，第34页。

研究方法。对几部古典小说名著，从《三国演义》到《红楼梦》，他的研究和论析，都是以分析人物为中心，由此入手而达到对作品思想艺术的整体把握，从而作出深刻的科学论断的。在这方面，《论贾宝玉典型形象》一文，不仅在红学研究中，而且在整个古典小说研究中，都堪称典范之作。

吴先生的小说创作，艺术上以细腻含蓄为特色，深得广大读者的喜爱。他以圆熟的艺术技巧，对生活进行精心的提炼，将他对生活的认识，他的爱和恨，都熔铸到活生生的情节、场面和人物形象之中。在现代作家中，吴先生的作品是属于含蕴丰厚、意味隽永、耐人咀嚼一类的。这得力于他对中国古典小说思想艺术传统的认识与继承。他在许多场合和文章中，都反复强调中国古代史学传统对古典小说创作的影响。他说：

> 史传文学是要“寓褒贬”“别善恶”的，就是将善恶褒贬包含在里头，不是直接说出来的。这就是所谓“春秋笔法”。春秋笔法也叫“皮里阳秋”。是非、善恶不直接说，通过情节场面，通过人物的对话言论，让读者自己去分辨评判。①

他认为“我国传统的这种所谓‘史笔’，实是很高的现实主义手法”②。吴先生作为一个现实主义的小说作家，以他对中国古代小说传统的深刻理解，并从自己的创作经验出发，在研究古典小说时，多着力于发掘作品隐藏于情节场面之内的丰富意蕴，阐发作者的艺术匠心，往往见人之所未见，发人之所未发，给读者以深刻的启发。

吴先生称他研究古典小说是“半路出家”，虽是自谦，却也是实情。他一生由创作而走向学术研究，而学术研究又是由现代文学而上溯到古代文学的。从1942年在中央大学师范学院国文系执教开始，到后来的清华、北大，在各校讲授的都是中国现代文学和现代小说一类课程，还曾一度担任过北京大学中文系现代文学教研室主任。后来浦江清先生去世，他才接过来讲授宋元明清文学。研究《红楼梦》，也是在批评俞平伯先生《红楼梦研究》过程中，上级领导同志指示北大中文系要开出《红楼梦》的专题课，吴先生才挑起这副担子的。时过不久的1956年，他就发表了那篇在红学界影响很大的力作《论贾宝玉典型形象》。他所经历的学术道路，

---

① 《关于我国古代小说的发展和理论》，《说稗集》，第30页。

② 《〈儒林外史〉的思想和艺术》，《说稗集》，第122、123页。

加上他作为作家的那副目光，始终都关注着现实生活，关注着新时代文学创作的发展。在不同场合，他讲过多次：

> 搞古代文学，应该关心和了解当代文学。研究古代文学，目的之一是为当代文学服务。如果我们这样做了，那么我们的着眼点就不会脱离实际，就会使我们的研究工作生动活泼，富有现实意义，人们都会喜欢看。

这种明确的指导思想，使吴先生的古典小说研究富有当代意识，富有现实性，总是立足于古为今用，从创作的角度出发，讲借鉴，讲如何认识传统、继承传统、发展传统，因而他的分析不仅扎实深细，有血有肉，而且有的放矢，生动活泼。

二

深透的历史眼光，丰富的历史知识，深刻的历史分析，是吴组缃先生古典小说研究的第一个突出特色。

吴先生在他的论文中绝少引经据典，在整本《说稗集》中数得出来的不过三五次，其中的一次就是引列宁的话："在分析任何一个社会问题时，马克思主义理论的绝对要求，就是要把问题提到一定的历史范围之内。"然后指出："马克思主义不大讲'绝对'。其实，这就是历史唯物主义的原则。"[①] 而更多的时候，则是用一种朴素、简约的语言，来表述他对这一原则的理解和运用。他在讲课和许多文章中都反复强调要有历史知识、生活知识，对古代小说，尤其是像《红楼梦》这样深刻丰富地反映时代社会的作品，没有历史知识、生活知识，根本读不懂，更不可能作出正确的评价。而要具备历史知识，光读正史还不行，还要读野史笔记，许多有血有肉的活资料，都在野史笔记中。强调历史知识，就是实实在在地坚持历史唯物主义，就是强调文学研究中的反映论。在《漫谈文化传统》一文中他说："我们讲马克思主义，最要紧的一条就是历史地看问题。"同时他又说："历史地看问题，理论是正确的，但不能当作一个口号空喊起来。没有历史知识，谈什么历史地看问题？那只

① 《略谈〈红楼梦〉研究》,《说稗集》, 第 246、247 页。

是搬弄教条罢了。”[①] 吴先生从不搬弄教条，也不玩弄词句，马克思主义在他那里是一种原则和方法，是贯穿他论文的活的灵魂。他的许多精辟的分析，深刻的结论，都是建立在他丰富充实的历史知识基础之上的。对古典小说进行历史唯物主义的分析，吴先生为我们作出了典范。

在《儒林外史》的研究中，吴先生很注意对王冕这个人物的分析，认为小说一开头就创造这么一个典型来檃栝全书，作者评量全部人物就有了明确的准绳或尺度。这是他凭借丰富的历史知识，并联系全书的主题思想（他从不脱离作者的思想倾向和爱憎去孤立地分析人物），对王冕这个形象作了深刻的历史分析后得出的结论。他放眼整个封建社会的历史发展，来分析认识士子这种人物在社会上的特殊地位和作用，并具体分析了他们在“无道之世”和“有道的君主出来”时的不同表现与态度，从春秋时代的长沮、桀溺到魏晋之世的陶潜，从周文王请吕尚到刘备三顾茅庐，讲清了中国历史上士子们怎样讲究“出处”和“操守”的原则。在这样运用丰富的历史资料进行具体分析的基础上，得出结论说：“作者所创造的王冕这个典型，概括了历史上这种高明的贤士的传统精神。”[②] 这就把王冕这个形象的思想内涵和在表现小说主题上的作用，讲得十分透辟。

吴先生在多篇文章中分析过《金瓶梅》中西门庆的形象，也表现出他丰富的历史知识和深透的历史眼光。他认为西门庆是一个市侩的典型形象，这是中国历史上所特有的，而且是在中国封建社会走向没落时期的产物。他指出，中国封建社会发展到明代中叶以后，商业资本发展了，商人同封建势力的结合是一个突出的特点。西门庆走的就是一条商人同封建势力相结合的道路，因而成了一个集官僚、地主、商人于一体的典型人物。这样的人物，只有在以小农经济为基础的中国家长制的封建宗法的社会土壤中才能孕育出来，同时又要有资本主义生产关系的萌芽这样的时代条件才能产生。他具体考察了明中叶以后中国社会的历史特点，指出：“中国封建社会的末期，政治上并不是纯粹的封建主义专政，而是官僚、地主、商人三位一体的市侩专政。”他认为，从明代后期的刘瑾、严嵩严世蕃父子，到清代的和珅，再到民国时期某些政治上的头面人物，都是市侩。市侩的特点是政治上掌权，既做官，又做生意，拚命聚敛钱财。这种人至今还阴魂不散。这样联系到历史的纵向发展来

---

① 《苑外集》，第 144、150 页。

② 《〈儒林外史〉的思想与艺术》，《说稗集》，第 105 页。

作分析，就讲出了西门庆形象深刻的典型意义和《金瓶梅》这部小说的杰出成就。[①]他还金针度人，说他的关于明代商品经济发展的知识不是从《明史》得来的，而是从《万历野获编》和《涌幢小品》一类笔记中得来的，具体地教给我们研究的方法。

他不同意孙悟空的形象是从印度来的说法，这也是立足于历史分析的。他认为孙悟空形象曾受到印度文化的影响是可能的，但本质上还是中国的，因为他的思想性格都是中国的，植根于中国的历史土壤之中。他举了一个很具体的例子，说：

> 比如我国的文化传统中有一个“节”的观念，士大夫讲“气节”，讲“节操”；孙悟空就有“气节”的观念。《西游记》里写金角大王把唐僧抓走，他的母亲是个老狐狸；孙悟空要救唐僧，变成小妖去接老狐狸，得在老妖面前下跪，孙悟空就觉得在妖怪面前下跪是失节了，在二门外就哭起来。这里说：“他当时曾下九鼎油锅，就炸了七八日也不曾有一点泪儿”，这时要在老妖面前下跪，却是屈节受辱，让他“泪出痛肠”了。孙悟空的心理就反映了吴承恩的士大夫意识，孙悟空是中国的。[②]

如果不是具备丰富的历史知识，有深透的历史眼光，是不可能这样即小见大，作出如此有说服力的深刻分析的。

也正是由于坚持了历史唯物主义的分析，吴先生对众说纷纭、评价各异的《三国演义》拥刘反曹的思想倾向问题，有他独到的看法。他认为拥刘反曹的思想倾向就是《三国演义》的主题思想，而且“是这部巨著的灵魂之所在”，也是这部作品的伟大之处。修订者罗贯中的加工与提高，加工者毛宗岗的加饰与添描，都是他们的卓越贡献。这个思想倾向中封建正统思想的糟粕是有的，但那是次要的方面，主要方面是进步的，是应该予以肯定的。这是这个题材的长期流传过程中人民群众创造加工的结果，“实质上反映了黑暗时代人民群众的民主要求和爱国思想”。他从两方面具体地分析了这个倾向所包含的历史内容：一方面，所尊的刘备形象，是综合了历史上“义”与“仁”于一身的复合形象，寄托了古代人民群众在历史局限下所

---

① 参见《文学遗产》1993 年第 5 期《关于〈金梅瓶〉的漫谈》，《苑外集 · 漫谈文化传统》，《红楼梦学刊》1989 年第一辑《在第六届全国红楼梦学术讨论会上的发言》。

② 《漫谈文化传统》，《苑外集》，第 150 页。

怀抱的朴素愿望与理想，以此来抨击否定现实的昏暴黑暗统治；另一方面，三国故事从流传到成书的唐末、五代至宋、元时代，民族矛盾和政治黑暗都是非常突出的，因此正如《水浒传》中的所谓“大宋”“赵官家”，都是汉民族或汉家的象征性称号一样，《三国演义》中的所谓“汉裔”和“汉室”，也是同一意思的象征性称号。[①]在《三国演义》研究中，还很少有人像吴先生这样十分重视并旗帜鲜明地高度评价拥刘反曹的思想倾向，将这一思想的表达视为小说成功的关键。而这样的认识是立足于坚实的历史分析基础之上的。

吴先生古典小说研究的两篇力作《〈儒林外史〉的思想与艺术》和《论贾宝玉典型形象》，更是坚持历史唯物主义分析的典范。两篇文章都以足够的篇幅论析了明清之际以顾炎武、王夫之、黄宗羲等人为代表的新的时代思潮对两位作家的影响，分析了他们所处的时代条件，从历史大环境方面，有说服力地阐明了两部小说在主题思想和人物形象塑造上进步与局限形成的时代原因。他既分析了贾宝玉思想性格产生的时代条件，又分析了这种思想性格能够存在和发展的具体生活环境，还分析了贾宝玉思想性格中存在的复杂矛盾，而这种矛盾的存在又有其历史的原因。他指出，顾、王、黄等先进的思想家们一方面鼓吹“情”“性”“欲”等来反对统治文化思想的“理”，一方面又不能不以儒家经典为依据；既反对专制统治，又向往于古代的仁君之政——他们反对封建主义文化政治，却又未能脱离封建主义的思想体系。他认为与此相似，贾宝玉“从生活现实中否定了封建统治阶级社会，否定了封建主义社会秩序，可是，他却没有能够否定君权和亲权——即封建主义统治权”。他说：“这是可悲的矛盾：他所深恶痛绝的，正是他所仰赖的，他所反对的，正是他所依靠的。”他打了一个形象的比方：“我们知道有一个民间故事：一个樵夫，坐在树枝丫上面，用斧子砍他所坐的那枝丫；他所要砍掉的，正是他赖以托身的。”[②]这种精辟的分析，是历史唯物主义和辩证法的一种生动体现。可是在前些年，当马克思主义的方法受到怀疑，而西方某些文艺思潮成为时髦的时期，曾经有一位年轻的学者撰文，以浮躁的口吻嘲讽吴先生的这一分析。当然，这种嘲讽只能证明这位年轻学者本人的虚妄和无知。

---

① 参见《说稗集》中《短篇和长篇小说创作漫谈》《关于〈三国演义〉》《谈〈三国演义〉》诸文。

② 《论贾宝玉典型形象》，《说稗集》，第183、186、198页。

三

精细独到的艺术分析，是吴组缃先生古典小说研究的另一个显著特色。他对于作品思想倾向的说明、社会意义的阐发，都是通过具体的艺术分析来实现的。吴先生经常强调，优秀的作品都是思想和艺术的完美结合，没有离开思想的艺术，也没有离开艺术的思想。他认为，脱离作家对特定社会生活的认识和提炼，脱离对具体题材的处理，抽象的艺术技巧是不存在的。因此，他的艺术分析涉及作家的艺术技巧，但从来不是纯技巧的分析，他的艺术分析就是对作品思想内容和社会意义的分析，就是对作品内在意蕴的一种扶微烛幽式的揭示。这得力于他作为一个作家所特有的敏锐的艺术感受力和对社会人生的深切体验，也得力于他丰富的人生阅历和广博的生活知识。

对于像《红楼梦》那样思想内容极其丰富复杂、艺术上含蕴很深的作品，论者往往难于下手，论析时又往往顾此失彼，而吴先生却准确地找到一个关键之处作为切入点，由此入手进行具体的分析，然后达到对全部作品思想艺术的整体把握。他的《论贾宝玉典型形象》一文，从题目上看似乎只是论书中的一个人物，实际上读完全文就会知道，他是通过贾宝玉这个典型形象，对《红楼梦》全书的思想艺术作了整体的分析和概括。这跟他作为一个作家，认为写小说必须以人物创造为中心的切身体验是分不开的。在《论贾宝玉典型形象》一文的开头，对他以人物为中心的研究方法，有这样的说明：

> 现实主义艺术无不以从生活中塑造真实的人物形象为能事。无不以塑造具有丰富深刻的现实内容和巨大艺术感染力量的人物形象为能事。作品中写的场面、情节和无论什么事物与琐细节目，离开了人物形象的塑造，就失去了意义。作品的思想主题，社会和历史的特征内容，也总是从人物形象表现和反映出来。
>
> 因此，我们研究《红楼梦》这样一部伟大的古典现实主义作品的内容，正应该从人物形象的研究着手。研究众多人物主次从属的关系，研究众多人物形象的特征，研究众多人物在矛盾斗争中的地位和彼此间的关系，研究人物性格的形成和发展，研究作者在处理上所表现的态度和爱憎感情等等。只有这样的来作研究，才能了解作品的思想内容和它所反映的现实意义。

这是只有富于创作经验，深谙现实主义小说艺术三昧的作家才能概括出来的小说研究方法。这篇文章，从《红楼梦》的具体情节、场面、细节入手，以贾宝玉、林黛玉和薛宝钗的爱情婚姻纠葛为中心，分析了众多的人物关系，揭示出这些人物关系所反映出的社会内容和本质，揭示出贾宝玉爱情婚姻悲剧产生的必然性和深刻的社会意义，从而阐明了《红楼梦》现实主义艺术的巨大成就。精湛细腻的艺术分析，层见叠出的真知灼见，处处都表现出一个作家兼学者所独有的对社会人生清醒的洞察力和对艺术的敏锐感受力。读吴先生的这篇文章和其他有关古典小说的论文，我们会真切地感觉到，他是一位最能感受到作品的“艺术的生命”的学者，又是一位善于将这种感受进行精当的概括，用生动准确的语言传达给读者的一位学者。

一些不起眼的情节或细节，看起来平淡无奇，普普通通，不为一般的学者所注意，可是凭着丰富的生活知识和人生阅历，凭着他的创作经验和艺术上的敏感，他都有独特的发现，作出令人心折和拍案叫绝的分析。

他在文章和演讲中都曾分析过他所称的“一个不为人注意的琐屑问题”，即薛家进京的住处问题。这个问题我们确实不曾注意，注意了，没有吴先生那样的知识、阅历和眼光，也看不到那么深。他的分析归结起来有这么几个要点：

（一）他先提出问题：薛家是皇商，很有钱，在京城开有店铺，也有房子，娘家是王子腾家，也住北京。可是薛家进京，一不住自己的家，二不住娘家，却住到外亲（姨亲）贾家来。这不合常情常理，一定别有原因。

（二）薛家进贾府，先被安置在梨香院，后来贾府采购来十二个小女戏子，就把薛家迁到东北角的一处房去住。贾家对薛家这么不客气，可是还是不回娘家，赖在贾家不走。这自有其不好言说的隐衷。

（三）薛家进京有四条理由，其中第一条是送薛宝钗进京候选入宫。在封建时代，寻常百姓家的女儿也不愿送到宫里去当宫女；元春进宫还当了妃子，可回到家来还哭得抬不起头，认为是一种苦难，而薛宝钗却主动进京候选。吴先生认为，曹雪芹这一笔就贬了薛家，把他们市侩主义（主要特点就是搞实利主义）的实质点出来了。

（四）由此看出薛家进京死活要住进贾家的原因：薛家是皇商，有钱，属于豪门，但在上层社会没有政治地位。他们要找依靠。而且薛家这个豪门当时正急剧地走向没落，在这种严峻的形势下，他们要找贾家这样的政治势力来为自己撑腰。

（五）进一步来看，薛家要想维持家业，追求富贵结合，薛蟠靠不住，只能靠薛宝钗。因此进京住贾府的问题，又同“金玉”之说联系起来，跟后面贾宝玉与林、薛之间的爱情婚姻纠葛所构成的重大情节相关联。

这样的分析，揭出了小说的思想倾向，作者的爱憎感情和艺术表现上的匠心，真是以小见大，鞭辟入里。

于平凡中见神奇，于普通中寓深刻，正是《红楼梦》最突出的艺术特色。吴先生就是一位以精细的艺术分析，发掘小说艺术描写的丰厚意蕴，让我们看到《红楼梦》“神奇”和深刻之处的一位出色的红学家。

前面说过，吴先生很重视中国古代史学传统对古典小说的影响，因而在研究《儒林外史》和《红楼梦》时就特别注意“口无所臧否，而心有所褒贬”的“皮里阳秋”笔法的运用。前面的例子就是他对《红楼梦》这种笔法的具体剖析之一。他曾借用一种新的冰山理论，说：“《红楼梦》里的描写很像一座冰山，很小部分露在水面上，大部分沉在水底下。”吴先生最擅长的，就是从露在水面上的冰山一角看到沉在水底下整个的冰山。这是他古典小说研究的精湛之处，也是人所不及之处。

类似的例子还可以举出许多。例如《红楼梦》中写抄检大观园时探春打了王善保家的一记耳光所反映的人物的思想性格和各方面错综复杂的矛盾，《儒林外史》中写严监生死因所暗示出来的人物在恶劣社会环境中所产生的特殊的精神状态，《水浒传》中写李小二同林冲的关系所揭示出的人物内心深处的精神特征对他后来转变的重要意义，等等，都是客观地蕴涵在小说的艺术描写之中，我们或不曾注意，或看不出深意，而经吴先生分析之后，便深有所领悟，油然产生一种会心的喜悦。

不只对具体的情节、场面或细节，吴先生的分析有其独特的发现，就是对小说的整体结构和艺术构思，也能于人们不经意处看出作者的艺术匠心，作出精彩的分析。他的那篇受到学术界和创作界一致赞扬的文章《谈〈红楼梦〉里几个陪衬人物的安排》，就从书中几个次要人物——甄士隐、贾雨村、冷子兴和刘姥姥在展开情节、塑造人物、表现主题上各自独特的地位和作用，分析了《红楼梦》在安排人物上所体现的艺术构思的特点。一个不起眼的人物，看似微不足道，实际必不可少，他联系着别人不能代替的广阔的社会生活面，往往一个人物的行为言语起着多方面的作用。读过这篇文章的人，至今不会忘记他打的那个生动而极富启发意义的比喻：

有一种打台球（在毡面的台上打一种象牙球）的高手，打出一杆球，击中一个目标，同时碰动了旁边一个或两个球，而后从台沿上反击回来，又连碰一大串，使得满台的球都动；一杆打出去，可以得很高的分数。作者安排冷子兴的这个例子，仿佛有点相似。

《论贾宝玉典型形象》发表于1956年，上面举的这篇文章发表于1959年，三十多年过去了，红学有很大的发展，但至今，像这样立足于具体细致的艺术分析、内容切实厚重的红学论文，仍不多见。

吴先生对古典小说的艺术分析，显然受到传统评点派的影响，但细致的一面有所继承，分析之深和概括之高则又有所发展。吴先生晚年接受了写一部《吴批〈红楼梦〉》的任务，而且不顾年迈力衰，孜孜矻矻地进行。不幸先生过早辞世，这部精彩的专著竟未能问世。这是吴先生的憾事，也是红学界的憾事。

四

吴组缃先生不仅是一位眼光敏锐、艺术感受力极强的古典小说艺术鉴赏家，同时也是一位纵观古今、眼界开阔的小说史研究家。微观研究与宏观研究相结合，是吴先生古典小说研究的又一个显著特色。

吴先生以微观研究著称，但他并不反对宏观研究，他曾说宏观研究可以避免狭隘性，使我们站得更高一些；但他反对架空的宏观研究，认为宏观研究必须建立在扎实的微观研究的基础之上，离开对具体作家作品的认真研究，就不可能写出科学的小说史。他为我们作出了将微观研究与宏观研究相结合的范例。

吴先生在北大中文系开设过《中国小说史论要》的专题课，他的研究成果虽然没有全部整理出来发表，但就问世的部分看也是极富于启发意义的。他在《短篇和长篇小说漫谈》《关于我国古代小说的发展和理论》和《我国古代小说的发展及其规律》等文章中，以史家的眼光和气魄，对我国古代小说的思想艺术传统、理论特色、发展规律等，都作了精要的概括，无论对小说史的研究和当代的小说创作，都是极富启发意义的。

他所总结的关于中国古典小说发展的规律、理论和思想艺术传统，主要有以下几条：

（一）中国的小说是来自民间的，是人民群众思想、愿望以及生活实际的反映。

中国小说的每次发展、进步，都是由优秀的文人作家向民间学习，参与、加工民间创作而取得的。

（二）古典小说受到史传文学和史学传统的影响。这首先表现在“器识”问题上。照吴先生的解释，器识就是心胸开阔，目光远大。不在器识上下功夫，心胸不开阔，眼界不宽广，就写不出好的小说来。其次是“实录”精神，也就是真实性的原则。他多次引用刘知幾《史通》里的话：“爱而知其丑，憎而知其善，善恶必书，是为实录。”“明镜照物，妍媸毕露”，“虚空传响，清浊必闻”。他认为真实性是小说艺术的生命。他说：

> “真、美、善”三个东西我们都要。可这三个东西并不是平列的，真美善以真为基本。没有真，你那个美是假美，你那个善是伪善。假美、假善有什么价值？[①]

再次是“寓褒贬，别善恶”，有鲜明的爱憎感情，同时表现爱憎又讲究含蓄不露的“皮里阳秋”手法，即“口无所臧否，心有所褒贬”。这几点，把中国古典小说现实主义的艺术传统十分精要地概括了出来。

这里特别要说的是创作人物和评价人物时“爱而知其丑，憎而知其善”的原则，这是他常说的话，是在他的创作、讲课和论文中一直坚持、一以贯之的精神。这实际强调的是小说创作和研究中的唯物论和辩证法的原则。小说创造人物是反映现实生活的，生活中的人有好有坏，但并不是好人全好，没有一点缺点，坏人全坏，没有一点好处。“世界上万事万物都是对立的矛盾的统一体，不可能有纯粹的东西。”[②]对吴先生来说，这还不只是一个搞创作和评论的原则问题，而且还是贯穿于他日常生活对人处世的基本态度。他对人（尤其对学生）严格，但又极宽容，从不求全责备，即使对毛病很多的人，也能看到他们的长处，并以善意待之；相反，对于好人，包括他所尊仰的了不起的人物，他同样看到他们的缺点，从不为他们讳饰。熟悉吴先生的人对这一点都有很深的印象。创作、研究、为人，三者统一，息息相通，这是吴先生的特点，是他在事业和处世上诚挚精神的表现。

---

① 《关于我国古代小说的发展和理论》，《说稗集》，第 29 页。

② 《说稗集》，第 31 页。

（三）要写好小说，必须要有“孤愤”。他解释说：

“孤愤”是什么？拿现在的话说，就是有个人的真实感情，个人所独有的激情。就是你对这个题材、这个主题有极大的热情，你自己被这个题材、这个主题所感动，使你欲罢不能，非要把它写出来不可。①

（四）中国古典小说有讲神似的传统。过去大家都知道中国传统的诗画讲究神似，但很少注意到小说的神似传统。吴先生的这一总结极富启发意义。他认为，中国古典小说不仅写人物讲神似，注意揭示人物内在的精神风貌，而且写人与人之间的关系也讲神似，并举出《红楼梦》里的例子来加以说明。他对小说中的神似作了简要中肯的阐发。他说小说中的神似，类似绘画中的写意，不求形貌之全，重在抓住特点。他举出两个例子加以说明，一个是生活里的，一个是古典小说中的，都极精彩。他说美术学院有位主张“写意”的同学替他画像，“画了一个头，画了几笔头发，再画了眉毛、眼睛。底下就不画了。连个轮廓都没有，鼻子也没有，嘴巴也没有。可是挂在宿舍走廊里，大家一看就说这是我”。他问那位同学“你为什么不把鼻子画出来，不把嘴巴画出来？你把我搞得太不像样子了。”可那位同学回答说：“你的鼻子我没看出特点，嘴巴也没特点，画它干什么？你的特点在上部。”② 这个例子把什么叫神似，怎样达到神似，说得透彻明了。可具体到古典小说中怎样体现神似，一般读者又不好把握，他精辟地分析了黛玉葬花的例子。他说：

黛王葬花，一边哭着，一边念着葬花词。贾宝玉隔着好几十米，在那个山石后面就听清了，把它一句句，一字字记录下来。实际生活里这不可能，这就不形似。林黛玉的声音就小，又是哭哭啼啼的，念出来的葬花词你离那么远就听清楚了？可作者不管这一套，如同刚才说的美术学院的同学给我画像一样，他不讲形似，要紧的是抓住神似。黛玉葬花，抓住了林黛玉典型性格中一个最精要的东西。为什么葬花呀？她在怜花。为什么可怜花？她在可怜她自己，就像一朵花一样，在那样恶浊的社会环境里，她这么一个女子，

① 《说稗集》，第 29 页。

② 《说稗集》，第 32 页。

> 这么一朵美丽的花，就要被摧残践踏成污泥了。她想把花埋起来，“质本洁来还洁去”。这就抓住了林黛玉典型性格的一个要点，一个“意”，一个神。在这种情况下丢开了形似，而只抓神似。黛玉葬花，构成一个盛传久远的画面，就因为它画了“神”。①

从理论的高度总结出了艺术传统，再用它来看具体的作品，看作品中的具体描写，就看出了更深一层的东西。

（五）传统小说讲究提炼、剪裁，把多余的东西去掉，这就是艺术概括，就是《史通》里讲的“举重以明轻，略小而存大”。对生活描写要提炼，对语言也要提炼。

以上五点只是大要，不是吴先生所总结的全部，但已能看出他考察中国小说历史发展时那种高远的眼光和宏阔的视野。这里须要指出的有两点：第一，他见得深，讲起来又那样生动活泼，有血有肉，不像有些理论家把规律性的东西讲得那么抽象难懂，这显然又是渗透进了他作为一个作家的创作体验在内的；第二，他的这些概括，都是在大量具体深入的微观研究的基础上作出的，而这些认识，又反过来指导和体现于他的微观研究之中，两者不仅互相结合，而且是互相渗透的。我们读他古典小说研究的全部论文，以上这些看法，在分析具体的作家作品时都有鲜明的体现。

五

讲到吴组缃先生的古典小说研究时，我们不能不讲到他的治学态度，讲到他的学风和文风。在某种意义上，这甚至比他深刻精辟的艺术分析本身更加令人倾倒和感佩。

从以上的介绍和分析中，我们已能感受到吴先生的学风是十分严谨和求实的。这里我还要特别介绍的是吴先生对人民、对学术事业高度负责的治学态度。无论是作为一个作家或一个学者，他都不是属于硕果累累、著作等身的那一种类型。吴先生的特点是少而精，以质取胜，而不以量闻名。我作为他的学生，也作为喜爱他的小说和论文的读者，总是希望他能多写。有一次，我怀着渴望、敬仰，却又有些

① 《说稗集》，第 33 页。

不恭地对先生说："吴先生，多为我们写一点吧，您的小说和论文真正是凤毛麟角啊！"他笑笑，没有说什么。看来对这个说法他是首肯的。他对自己写得少也不满意，但他不因此而放弃他一贯坚持的一个原则。他在为英文版《吴组缃作品选》写的序言中明确地提出过这一原则："宁可少些，但要好些。"他虽自谦地声明这话是用来"聊以解嘲与自慰"的，但实际上他就是这样坚持的。创作如此，学术研究亦复如此。他的古典小说的研究论文，基本上收集在1987年出版的《说稗集》中，以后又有几篇发表，但加起来总共也不过二十多万字。从量上讲确实不多。问题是，他本来是可以多写一些的，但出于严谨不苟的精神，他放弃了可以增加分量，可以显名获利的许多机会。在这方面，许多事情是十分感人的。

1981年，在吴先生的牵头和指导下，我们北大中文系几位中年教师为中国青年出版社编选一部《历代小说选》，他负责撰写前言。我们编选的初稿出来时，他一万多字的前言初稿也已经写出，他不顾体弱和目力劳苦坚持要自己誊抄，说要边抄边改。可后来他坚持不肯把这篇文章拿出来，说誊抄时觉得都是老生常谈，没有什么新意。于是便另写一篇仅一千余字的短文置于书首，这便是后来收入《苑外集》中的那篇《〈历代小说选〉编选说明》。不肯摆出大学者的架势发表一篇洋洋洒洒的学术宏文，而宁愿费神费力另写一篇简明有用、实实在在的《编选说明》。这就是吴先生对待学术研究的严谨不苟的态度和求实的作风。这跟学术界并不少见的那种摆空架子、虚张声势、以量胜质的现象形成鲜明的对比。当然那篇所谓的《编选说明》，也并不只是对体例、技术方面的一些说明，而是包含了吴先生对中国小说发展许多重要问题的看法在内，是一篇经过浓缩的有分量的好文章。

更加感人的是，别人替他整理好可以现成出版的一本书，他也坚持不肯出版。1983年，民盟中央举行"多学科学术讲座"，主讲人都是各学科造诣极高的老专家，讲稿经整理后出版一套"多学科学术讲座丛书"。吴先生应邀作了有关《红楼梦》艺术方面的演讲，讲稿有人替他整理出来，编入丛书第七辑准备出版。但他坚持不同意出版，理由是已经讲过多次，也发表过内容相近的论文，没有新意。不仅口头上向有关同志多次表示"希望讲了就算，不宜整理成书"，后来还专门郑重其事地写信给讲座办公室的同志，并恳请他们转陈负责领导此项工作的钱伟长同志同意"免除此一项目"。最后主事者尊重吴先生的意见，把书稿撤了下来。钱伟长同志在《谈〈红楼梦〉》一书（这本来是吴先生与张毕来先生关于《红楼梦》演讲的合集）书前的《声明》中，以十分钦敬的口吻说："吴组缃教授陈词恳切，风格高尚，是值得我们学习的，为此，我们同意了吴组缃教授的要求。”现成到手的名和利他坚持不肯要，他要的是学术事业的高度严肃性与责任感，要的是学术研究的严谨与创新。这样优秀的品德，崇高的风范，是值得我们后辈学者好好学习的。

吴先生学术论文的文风，可以用明畅通达、朴素自然、平易亲切、生动活泼 16 个字来概括。他的文章没有经院气、学究气和教条气。写学术文而没有学术文的架子，犹如跟朋友谈家常一般。他极少引经据典，从不玩弄名词概念。他不去追求创立一种什么新的理论框架或理论模式，相反，他所坚持和阐发的，有不少都是人所熟知却并没有真正弄懂的寻常道理。因为他掘发得深，揭示出问题的本质，又有鲜活的切身体验，因而即使谈的是老问题，读起来也有一种新鲜感，一种别的学术文很少有的吸引人的魅力。

吴先生在语言表达上是极讲究的，有两个突出的特点：一是善用比喻，一是融俗入雅。

吴先生的比喻生动准确，富于机趣，层出不穷。前面所引讲《红楼梦》人物安排比喻打台球是一个例子，还有用桑叶养蚕和蚕吐丝比喻生活和创作的关系及作家的创作过程，也是许多同志所熟知的。一个比喻，把一些人用一大堆名词术语仍然讲不明白的道理，一下子就给讲得非常透辟。他历来反对完全否定《红楼梦》后四十回，他对后四十回续书的评价就包含在一个风趣的比喻中，他说：

> 我想打个不恰当的比喻，一个没有下肢的人，装上了橡皮腿；这腿没有神经血肉，捏捏不痛，搔搔不痒；但站得起来了，可以行动了，像个完人了。想到续书比装腿难，岂不教我们叹为不幸中之幸！①

他文章中连珠似的妙喻，可以说是他的生活经验和智慧的结晶，也是对生活或研究对象的一种独特的艺术概括。每读到他文中的一个妙喻，都在得到思想启迪的同时，得到一种艺术享受，禁不住心头泛起会心的喜悦。

吴先生是一个大学者，古文修养极深，但他从不转文，掉书袋，而多用朴素平常的语言，甚至许多学者不肯在学术文章中使用的口头语、大白话，如“精穷”“端

---

① 《漫谈〈红楼梦〉亚东本、传抄本、续书——〈《红楼梦》版本小考〉代序》，《说稗集》，第 243 页。

出来”“没米下锅”之类，在他的论文中随处可见。融俗入雅，使他的学术文章颇近于文学性散文，表现出一种平易亲切的风格。他的学术论文，亦如他的创作，在语言上是自然美与凝练美相结合的，处处可以见出他作家而兼学者的行文特色。

吴组缃先生在《雁冰先生印象记》一文中写到茅盾时这样说：“他的谈锋很健，是一种抽丝似的，‘娓娓’的谈法，不是那种高谈阔论；声音文静柔和，不是那种慷慨激昂的。”我们读吴先生的学术文章得到的印象，与此相仿佛，从纸上读出来的声音，也是“娓娓”而“文静柔和”的。

（原载《文学遗产》1995年第1期）

重温吴组缃先生论《三国演义》

吴组缃先生曾多次以不同的表述方式讲过这样的意见：创作之道，古今同理。因此，他很强调研究古典文学的人要关心当前的文学创作，要有现实感，要总结前人文学创作的经验和文学发展的规律，为新文学的创作和发展提供借鉴。同时换一个方向他又认为，新文学的创作成就和作家的创作经验，也可以用来反观和印证古代作家的创作，这有助于我们对古典文学作品的体悟和分析。

吴先生以一位现代优秀小说作家的身份而从事古典小说的研究，他对生活与创作的关系，对作家的生活体验、思想感情在创作中的作用，以及对小说艺术创造的各个环节和过程，如主题、构思、情节、人物、语言等等，都有着真切而鲜活的独特体验。这种体验和认识，使他在研究古典小说时独具只眼，别有会心，常常提出一些与纯书案研究的学者不完全相同的见解。

吴先生论《三国演义》的一些意见，发表于20世纪50-80年代之间，最早的已经历时近半个世纪。在吴先生诞辰一百周年之际，重温他的这些意见，尤其是联系到当前《三国演义》研究中的一些纷争，读来仍然会从中得到启示，令人有耳目一新之感。

一、关于《三国演义》的成书和作者

这是一个聚讼纷纭、长期争论不休的问题。如果没有确凿的证明材料发现，要彻底解决这个问题，求得统一的认识是有困难的。但依据现有的资料，从总体上做合乎情理和事理的科学分析，也还是有可能得出比较接近于历史实际的结论的。目前较有影响的是两种相互对立的意见：一种认为《三国演义》是“世代累积型”的作品，强调故事题材的承袭和演变，却忽视了最后写定者即文人作家的创造性劳动；

另一种意见则相反，认为像《三国演义》这样伟大的作品，只有伟大的作家才能写得出来，伟大的作品是不可能靠“累积”产生的。这种看法并没有否定三国故事在民间流传演变的事实，但忽视了流传演变的过程中也存在思想积累和艺术积累。不承认或看不见这方面的积累，也就必然会忽视或甚至抹杀无数不知名的群众作者在《三国演义》成书中的重要作用。这两种看法表面上看起来是对立的，实质上却又相通，因为他们都看不到或者说都不承认思想积累和艺术积累在《三国演义》成书过程中的重要意义。

关于这个问题，作为有深切创作体验的小说作家，吴先生提出了不同于上述两家的看法，不仅勾勒出小说成书过程的真实面貌，而且还从中揭示出构成小说艺术生命的根本要素及其重要意义。

首先，他认为《三国演义》是无名的群众作者和文人作家相结合的创作成果。他说：“《三国演义》和《水浒传》《西游记》相同，是我国文学史上文人创作与群众创作相结合的光辉的范例。”[①] 他一向都很重视中国文学史上民间文学对文人作家的影响，其中包括民间的口头创作和说话艺术对小说创作的影响。具体到《三国演义》，他指出相关题材的群众创作有一个历史发展的过程，其间积累的成果，既有故事题材方面的，更有思想和艺术方面的，这些都为罗贯中的最后创作提供了重要的基础。因此他不提“累积型”，而提两“结合”，“累积”只描述出过程，而“结合”则揭示出本质。显然，这样的提法更合理，也更符合历史的实际。在吴先生看来，流传的过程如果单是素材的积累，是绝不能成就《三国演义》这样伟大作品的；而离开了前代无数无名作者的积极创造，罗贯中在毫无依傍的条件下也很难写出这部作品。

其次，他在讲“结合”的同时，又充分地肯定了罗贯中在《三国演义》创作中的重要作用，并给予非常高的评价。他说：“这部名著的再创作者是罗贯中。一个封建时代的知识分子，能把这部历史演义写得这样动人，确实是难能可贵的。因为这里面写的是非同寻常的大主题大场面，非同寻常的古代英雄们所从事的政治军事斗争，而能写得如此有血有肉、如火如荼！这首先要具备一般后世书生少有的开阔的心胸和眼界，要具有雄大的真情与实感，要具有宽广的知识和高超的才能。”[②]

---

① 吴组缃:《关于〈三国演义〉》,《说稗集》，北京大学出版社，1987 年，第 36 页。

② 《短篇和长篇小说创作漫谈》,《说稗集》，第 24 页。

可见他所谓的结合，并不是简单的一半对一半，平分秋色，而是把《三国演义》看做是经过罗贯中精心熔铸创造之后产生的新成果。对罗贯中，他不说是“最后写定者”，或“集大成者”，而提“再创作者”，这也是非常准确，完全符合历史实际的。

第三，他还指出，“结合”再经“创造”而能获得伟大的成果，主要是因为作家与群众在生活和思想感情上能够契合。他说：

> 再就加工创作者方面说。他们采取了群众口头创作的故事从事写作，还必须能够接受其中原有的思想观点和爱憎感情；这就关系到他们是否能和人民群众的思想感情相接近或取得一致的问题。其次，这些具有深远群众基础的故事，总含有重大的政治与社会意义，有丰富的历史现实的内容和广阔的生活视野；这就要求加工创作者要具有与之相当的斗争经验或生活实践。否则，写出来的作品也就缺乏艺术的生命。

因此他得出结论说：“这所谓两者的结合，首要的是思想的结合，是生活的结合；决不是像某些研究者说的，只是群众创作的‘故事’和文人的艺术技巧的结合。”[①] 作为一个作家，吴先生当然深知艺术技巧在创作中的作用，但他更看重的，是构成作品艺术生命要素的生活和感情。这当中就包含着他本人小说创作的真切体验，是纯书案学者很难体会到的。

二、关于《三国演义》的主题思想

什么叫主题思想？通常有两种不同的理解。一种是指读者从阅读作品中提炼概括出来的主要思想，这种思想可以在作品中找到某种依据，但不一定是作者本人明确认识到的，更不一定是作者所要着意表现的。读者的情况各不相同，提炼概括出的这种主题思想也就可能各种各样。这带有很大的见仁见智的成分。西方的接受美学认为，作品的最后完成是要在读者的阅读中，读者也是参与了作品的创作的。这种从读者各自的主观感受出发，提炼概括出来的所谓主题思想，大概就是他们所说

---

① 《关于〈三国演义〉》，《说稗集》，第 36 页。

的读者参与创作的一个重要方面。因此，同一部《三国演义》，就可能概括出几十种的主题思想。另一种是指中国传统文论中所讲的“命意”，也就是作者在写作之前，根据自己的生活体验和认识提炼出的一种指导思想，是他自觉地认识到、并在作品中着意加以表现的思想。这种思想是贯穿于作品的全部，即从构思到情节、人物等各个方面的。这种思想当然也要经过读者的感受、提炼和概括，但能在作品中找到全面的依据。吴先生所论的《三国演义》的主题思想，是在后一种意义上讲的，也就是指作者罗贯中自觉地要表现的思想。

《三国演义》拥刘反曹的思想倾向，是非常鲜明的。每一个读过《三国演义》的人都很容易感受到。但因为这种思想与封建正统思想联系在一起，人们为了肯定这部古典名著的思想价值，在谈到小说的主题思想时，往往是绕开去，用诸如“圣君贤相理想”或“歌颂仁政”之类看起来具有积极意义的思想去代替。与众不同，吴先生是旗帜鲜明、理直气壮地宣称“拥刘反曹”就是《三国演义》的主题思想，而且指出正是这一思想，才使得三国故事脱离了历史的原型而获得了文学的品格。他的这一认识和判断，是建立在对《三国演义》从构思到人物塑造的全面分析基础之上的，更是建立在对“拥刘反曹”思想形成的历史背景和思想内涵的精辟分析基础之上的。

吴先生指出：

> 三国故事早在群众口头，就有鲜明的拥刘反曹倾向。罗贯中的再创作，接受、掌握了这一长时期形成的主题思想，并且大大加强又提高了它。毛宗岗的加工又从而加饰、添描之。显然，这是封建时代人民群众，借三国故事，针对当时的现实，发表自己的政治见解，寄托自己的理想和愿望。正是在这里，使三国故事脱离了历史的范畴，而成为文艺作品。①

他还指出：

> 罗贯中创作《三国演义》，所以取得伟大的成就，首先就在他接受了上面

① 《短篇和长篇小说创作漫谈》，《说稗集》，第20页。

说的群众口头创作原有的"拥刘反曹"的观点，并且大大地加强了它，使之更为鲜明突出。这是这部巨著的灵魂之所在；这个灵魂是世代人民的思想感情熔铸而成的。①

我体会，这两段话有这么几个要点：第一，拥刘反曹是《三国演义》鲜明的主题思想；第二，这个思想是从群众口头创作开始，在长时期历史发展中逐渐形成和完善的；第三，罗贯中和后来的加工者毛宗岗继承和加强了这一思想；第四，这一思想表现了人民群众借三国故事来表达自己的政治见解和愿望要求；第五，这个思想是贯穿全部小说的灵魂，是这部巨著成功的重要原因。

吴先生的分析贯穿了历史唯物主义的精神。他认为，应该对封建统治阶级的思想与人民群众的思想加以区分，对作为历史观念的正统观念和作为文学中爱憎指向的思想加以区分。他并没有否认拥刘反曹思想倾向中包含有封建正统观念。他指出，以欺汉篡汉来给曹操定罪名，而以汉室之裔来歌颂刘备，《三国演义》确实包含了封建正统思想的成分。而"这种正统观念，作为历史观来看，当然出于封建统治者的反动思想"。但他同时又指出，不能表面地看问题。《三国演义》是文学作品，不是历史著作，人民群众在艺术创作中表现出的拥刘反曹倾向，并不是对三国历史而发，而是对他们所生活的政治现实而发的。② 这就是作为作家的吴先生对艺术与思想关系的认识。

他联系到《三国演义》成书的历史背景，揭示出拥刘反曹思想中所包含的民族思想的内涵。他指出，三国故事从口头创作以至写完成书的"这一长时期，即唐末、五代至宋、元时代，民族矛盾或汉以外民族统治是主要问题；同时政治的黑暗，当权执政者的专横恣肆也是非常突出的。人民的现实处境，是内忧外患相互促进，持续加重加深"。他认为，正如"《水浒》所宣扬的'忠'，并非忠于宋皇朝；所谓'大宋'，所谓'赵官家'，都是汉民族或汉家的象征性称号；同样，这里的所谓'汉裔'和'汉室'也是同一意思的象征性称号。因此，如若'反曹'倾向的实质内容，是旧时代人民群众反对黑暗统治的民主性要求，则这个正统概念里面，反映的就是民

① 《关于〈三国演义〉》，《说稗集》，第 37、38 页。

② 参见《短篇和长篇小说创作漫谈》，《说稗集》，第 22–23 页。

族观念或‘爱国’思想”[①]。

他还指出，拥刘反曹的思想倾向，还是黑暗统治社会中，下层人民，特别是农民渴望开明政治愿望的反映。他说：

> 作者的正统思想不是表现在对历史问题的评价上，而是表现在对一个充满了阶级矛盾的黑暗社会的具体描写中。那么，这种正统思想实际上是一种要求开明政治的民主思想的反映，是爱国思想的流露，因此，它有一个不可忽视的合理内核。[②]

三、关于《三国演义》的人物描写

吴先生是小说作家，是创造人物形象的高手，对于小说如何塑造人物有着深切的体验，因此他对《三国演义》的人物描写也有着独特的认识。

他在一篇文章里谈到《三国演义》的时候，第一句话就说："我以为要紧的一点，要搞清它究竟是小说还是历史。这好像是说着玩的，其实不然。"确实，这样的问题简单得好像连小孩子都明白，但事实证明有许多人（甚至包括一些著名的学者）其实并没有真正弄清楚。接着吴先生回答说："(《三国演义》）是小说，不是历史，是取许多史事为题材的文学作品，是名副其实的历史小说。"[③] 他为什么要强调这个好像是基本常识的问题呢？这就是来源于他作为一个作家对创造人物形象的真切体验。历史著作写人物的要求，基本上是实录（能不能做到是另一个问题，增饰歪曲可能出于多种原因），而小说作家写人物却是艺术创造，是作家对生活进行艺术概括的结果。而艺术概括的过程，也就是作家将自己对生活的认识和体验，自己的爱憎感情熔铸到形象中去的过程。为此他特别强调，《三国演义》中的曹操不是历史上的那个曹操，刘备也不是历史上的那个刘备。

吴先生是把曹操作为一个艺术典型来认识，来评论的。他指出：

---

① 《短篇和长篇小说创作漫谈》，《说稗集》，第 23 页。

② 《谈〈三国演义〉》，《说稗集》，第 50 页。

③ 《短篇和长篇小说创作漫谈》，《说稗集》，第 19 页。

“醉翁之意不在酒”，人民群众是借史事以抒发主观胸臆，而绝不受史事的约束；加工创作者虽大量采用史事，但可贵之处也在于跳出它的羁绊。作品不顾史实，把曹操写成一个奸雄的典型。这个典型性格实际概括了世代邪恶的封建执政者，或统治势力的特征。

他还进一步指出，作者（包括人民群众和再创作者罗贯中）是在怎样的历史条件下，如何将自己的生活体验和爱憎感情熔铸到这个形象中去的。他说：

我国封建社会后期的千年长时期中，面临剧烈的阶级斗争、民族斗争以及派系斗争，封建统治政权里一贯地不断地出现凶残诡诈、祸国殃民的权奸；对这种现实的统治势力，人民有切肤之痛，切齿之恨，有丰富深刻的体察和认识。他们情不自已、自然而然把自己的认识和感情集中到这个垛子上来。惟其曹操的典型具有如此这般的现实内容和时代意义，所以能唤起后世人民极大的兴趣。①

曹操成了垛子，这是一个非常形象又非常准确的比喻。什么叫垛子呢？用吴先生的话来解释就是：“他们就把自己在统治者压迫之下的一切感受都集中在曹操这个艺术形象身上，可以说这个形象是广大人民千百年来受封建压迫一切感受的化身。”②这样来分析认识曹操形象的内涵和价值，比之从以史衡文的章学诚到当代要为曹操恢复名誉的一些学者，不知道要高明多少。

与此相联系，吴先生还以一个小说家的独特眼光，分析了《三国演义》人物描写的成败得失及其原因。他认为：

刘备这一形象比起曹操来，显得苍白无力，显得没有血肉，显得概念化。这是因为在封建时代创作这样一个“王者”的形象没有现实根据。老百姓没有这样的生活体验，只是把他们在历史局限和思想局限之下的希望寄托在这一理

① 《短篇和长篇小说创作漫谈》，《说稗集》，第 21 页。

② 《谈〈三国演义〉》，《说稗集》，第 45 页。

想的形象中罢了[①]。

从创作实践的经验来看，没有生活体验，单有思想愿望，形象是不可能有血肉的，刘备成了一个抽象干瘪的理想的符号就在所难免。他还以自己的深切体会，具体地申说和阐发了鲁迅先生“欲显刘备之长厚而似伪，状诸葛之多智而近妖”的批评，其间无不鲜明地表现出他作为一个创作家的独特的艺术感受。

吴先生一方面强调小说不同于历史，但在分析中国古典小说的历史传统时，又充分地注意到了中国史学的优良传统对小说创作的影响。他经常引用刘知幾在《史通》中所说的一句话：“爱而知其丑，憎而知其善，善恶必书，是为实录。”创造形象不能照事实直录，要加工创造，要进行艺术的概括和集中，这是一方面；另一方面，艺术概括也不能违背生活的真实，不能把复杂的生活简单化，写人物好就一切皆好，坏就一切皆坏。他特别指出并欣赏《三国演义》写曹操能写他的优点。他说：

《三国演义》写曹操，作者是恨他的，把他当作反面人物来写。可曹操有雄才大略，最后胜利的还是他。他有很多优点，善于用人，善于识才。抓住一点好处就写出来，决不掩藏、抹煞。可这些好处，这些雄才大略，就使他成为一个大坏蛋，不是普通的坏蛋。[②]

只有对生活有深切体验的人，也只有对生活与创作的关系有深切体验的人，才会有这样的分析和认识。

吴先生实事求是地指出，《三国演义》写人物也并不是个个都像写曹操这样成功的。他说：“对关羽，过分地赞美他个人英雄性格；对诸葛亮，过分地夸大知识分子的个人作用：这都出于作者的偏见和偏爱。”并指出：

历史唯心主义和神秘主义观点，是指导着全书人物描写的。《演义》里面的人物性格，都好像是天生如此的，看不出和各人的经历境遇有什么有机的关

① 《谈〈三国演义〉》，《说稗集》，第46页。

② 《关于我国古代小说的发展和理论》，《说稗集》，第31页。

联；因此它多是一成不变的，看不出性格形成和发展的过程。[①]

《三国演义》的人物描写虽然还有这样那样的不足，形象缺乏立体感，但人们仍然喜爱，包括刘备、关羽和诸葛亮。吴先生打了一个比方，非常生动贴切：

> 我国民间的年画，画人物没有阴阳影，一律“单线平涂”，事实上是不会有这种“平面”人物的。可是我们却非常喜爱这种“单线平涂”的人物画。《三国演义》里的人物描写能够赢得人们的喜爱，情况与此相类。[②]

吴先生对《三国演义》和其他古典小说的分析评论，思想见解深刻，艺术品鉴精细，充满了有血有肉的小说创作的真切体验，表现出作为一个优秀作家兼学者的独特的眼光与识见。他的这些意见，不仅提高了我们对古典名著本身的认识，而且还使我们对诸如艺术与生活的关系，作家的生活体验和爱憎感情是怎样构成作品恒久艺术生命力的要素等等艺术创作的基本规律，都有了更为具体生动的感受。

（原载《纪念吴组缃先生诞辰100周年学术研讨会论文集》，后刊于《文史知识》2009年第10期）

① 《关于〈三国演义〉》，《说稗集》，第41页。

② 《关于〈三国演义〉》，《说稗集》，第41、42页。

林庚先生与《西游记》

大家都知道林庚先生是一位著名的诗人，也是一位研究古典诗歌（特别是楚辞和唐诗）的专家，但是对他在主攻之外同时也研究中国古典小说，对《三国演义》和《红楼梦》都有论文发表，尤其是对《西游记》有独到的看法，有一部《西游记漫话》的学术著作出版，却有很多人都不知道。去年我到河南开封参加《西游记》的学术讨论会，与会的学者中有人搜集了近若干年来研究《西游记》的资料目录，我一看，竟然没有林庚先生的这部大作，问身边的几位代表也都说没有读过，还问我是哪个出版社出版的，什么地方可以买到。我不免感到愕然。回到学校一查，才发现此书初版时才印了2500册。以拥有13亿人口的神州之大，2500册全国发行，不啻投一粟于沧海，怎能为大众所知，产生它应该产生的影响呢？想想，这真是中国学术的怪事，也是中国学术的悲哀。不过令人感到高兴和欣慰的是，现在北京出版社已经又出版了这本书的新版本。

林庚先生的这部《西游记漫话》虽然只是薄薄的一本，却是一部很有分量的著作，有许多不同于前人的独特见解。关于这部书的内容和学术价值，吴小如先生在为这本书的新版所写的序言中，有过较详细的介绍和准确的评价，我这里只想从这部书产生的过程和它的特点，对林先生为人和为学中所表现出的独特的精神气质，谈一点粗浅的体会。

林先生是一位诗人，不仅诗歌创作，就是学术论著，也都表现出鲜明的诗人气质，而这诗人气质的内核，就是童心，或者说就是林先生经常谈到的“少年精神”。我们读林先生的著作，无论是《唐诗综论》，还是《中国文学简史》，大家共同的感受，都是在受到思想启示的同时，还得到强烈的诗意的感染，得到一种精神境界的提升。鲜活的艺术感悟和深刻的理性分析的结合，是林先生学术论著的共同特点。《西游记漫话》论的虽是小说，也不例外。

这部书的产生就是非常独特的。它不是来自科研项目的选题，也不是出自个人的科研计划，而是产生于兴味盎然的阅读中，产生于一种全身心的投入和精神寄托之中。史无前例的“文化大革命”对中国传统文化进行了前所未有的大破坏，学校里正常的教学和科研活动都被迫中断了。在这种情况下，林先生就常常以读《西游记》来消遣，来排解心中的苦闷和困惑。他在“十年动乱”中，就经常在夜里读《西游记》，读得忘记了身边的血雨腥风，读得释放了在精神上所承受的高压，得到了一种在当时的情况下从别的途径无法得到的宽慰和愉悦。他已经读过不知多少遍了，读到了对书中的情节乃至细节都烂熟于心，无论从哪一段开始都能顺理成章地继续下去，可是他仍然是百读不厌，仍然是兴味无穷，每读一遍都依然沉浸于《西游记》的艺术魅力之中。后来写到《西游记漫话》中的许多精彩的和精辟的体会与见解，就都是在这种随意的兴味无穷的阅读中产生的，由零零星星的积累而终成为一部独具特色的学术力作。

在一次我们教研室聚会的席间，我曾问过先生为什么对《西游记》那么有兴趣，先生的回答非常简单，却又十分耐人寻味，发人深思。他说：“《西游记》是一部童话性质的书，我是把它当作童话来读的。”先生还说，不仅是《西游记》，就是各种与童话相关的动画片，他也是非常感兴趣的。原来先生是充满童心的，年轻时作为一个浪漫诗人是如此，到年老时作为一个深思熟虑的学者也是如此。他的阅读兴趣产生于童心，他的诗情也产生于童心，而这种充满诗情的童心，与《西游记》中所表现的童心产生了共鸣，于是就有了阅读时的兴味无穷，于是就有了在感悟基础上的种种思考，而最后就水到渠成地产生了这部《西游记漫话》。这不是一部呕心沥血之作，而是一部极具个性的充满诗人气质和潇洒笔意的快意之作。这本书的性质与特点，正与吴承恩的《西游记》相仿佛。

《西游记漫话》中有许多精辟的见解和精彩的阐发，解决了许多过去学术界纠缠不清的问题。但联系到上面谈到的这部著作产生的特殊过程，给我印象最深和极大启示的，是先生对《西游记》的童话性质和与明代中后期童心说关系的阐发。读了先生的这部著作，我对《西游记》有了新的认识。我在写作《明清小说》的《西游记的艺术魅力》一节时，受到先生的启发，特别讲到了《西游记》的童话性质，并引用了先生的下面两段论断。第一段是：

> 童话中的乐观情调便是这人生初始阶段上健康的精神状态的生动写照。因

为童年并不知道什么真正的悲哀，它陶醉在不断生长着的快乐中，为面向无限的发展所鼓舞，这是个体生命史上不断飞跃的时期。而在真正进入社会之前，童年的世界又是自由的、未定型的，显示着无限发展的潜力与可能性，这里正有着无尽的快乐。①

第二段是：

（《西游记》）以儿童的天真烂漫的情趣讲述着动物世界的奇异故事以及它所赋与孙悟空的活泼好动、富于想象和轻松游戏的乐观性格，都正暗含着当时社会思潮中寻求精神解放与回到心灵原初状态的普遍向往。《西游记》中的童话性与李贽的“童心说”，分别在文学与哲学的不同领域中体现了这共同的向往。②

在这里，我们看到了林先生在学术研究中诗的感悟和理性思考的深刻而完美的结合。

从林庚先生对《西游记》的认识和阐发中，我们不仅看到了先生独特的治学态度和治学路径，而且还看到了先生对生活的态度，并进而看到了先生长寿的秘诀。这就是洋溢在孙悟空身上的那种充满童真童趣的乐观精神。在北大中文系老一辈的学者中，林先生是享寿最高的一位。记得在为先生九十华诞祝寿的时候，我曾向先生请教过他的长寿之道，先生回答说：“有两条，一条是一切都是身外之物；再一条就是多吃胡萝卜。”不过他又不无遗憾地补充说：“可是现在胡萝卜的质量是越来越差了。”先生所说的“一切都是身外之物”，这当然首先是指的淡泊名利，先生的淡泊名利是人所共知的，可以说是保有陶渊明之风，承继了中国传统知识分子的高洁品格。但据我的体会，其含义又还不止于此，其间还包含了在《西游记》研究中所表现出来的童真童趣和乐观精神。我们希望在国家开发绿色食品政策的促进下，胡萝卜的质量会有大的提高，不仅恢复到从前，而且还超过从前，让先生能获得高质量的长寿食品；我们还相信，先生会继续发扬十分珍贵的童心和乐观

① 林庚:《西游记漫话》，人民文学出版社，1990 年，第 88 页。

② 林庚:《西游记漫话》，人民文学出版社，1990 年，第 100 页。

精神，保持一种“人生初始阶段上健康的精神状态”，像孙悟空一样，成为我们身边的“人间喜仙”。

衷心地祝愿先生健康长寿。五年前，我们曾为先生庆祝九十华诞；今天我们又为先生庆祝九十五华诞；我们期待着，再过五年，为先生庆祝期颐之寿。

2004 年 10 月 11 日

（原载 2004 年 11 月 24 日《中华读书报》）

后　记

如书名所示，收入这本书中的论文，主要探讨的是关于中国古典小说的思想与艺术，尤集中于古典小说中的名著和名篇。历代流传下来的名著和名篇，都是经过无数读者和历史筛选出来的文学经典，具有永恒的思想价值和艺术魅力。这些作品就像开采不尽的富矿，不同时代的读者和研究者，都会从中吸取各自需要的思想和艺术营养，同时也都会有新的发掘和新的阐释。这些发掘和阐释，必然带有属于研究者特定时代和个人的思想艺术个性的印记。因此，论题不必求新，立论不必出奇，只要是在继承前人研究成果基础上有自己的独立思考，并融入了自己独特的艺术感受，就一定会有新的创获，读起来也就必然会给人一种新鲜感。基于此，我遵循把文学当作文学来研究的原则，力求立足于文本，不发空论，切切实实地致力于对作品在思想与艺术结合上的审美分析，通过对艺术形象的准确把握，揭示出作品内在的思想意蕴和作者的艺术匠心。

开首的三篇是谈中国古典小说的审美特征、艺术传统及其形成的思想条件和历史条件的；其余各篇主要部分都是对具体作品的论析，涉及人物塑造、构思、情节、细节和语言等各个方面，这些分析都联系并落实到对作品社会意义和思想内容的阐释。有几篇是专门谈版本的，但也都不是纯文献的研究，而是引入文学分析，希望通过版本的考察和比较，能加深对作品思想艺术的认识。另有三篇是谈吴组缃先生和林庚先生的古典小说研究的，收入本书，一方面是寄托我对先师的怀念；另一方面更为重要的，是因为两位老师对古典名著都有极为精辟的论析，通过对他们学术成果、研究方法、学风等方面的介绍、阐释和分析，有助于提高我们对古典名著思想艺术的认识。

收入本集中的文章，由于写作的时间比较长，各篇选取的角度不完全一样，因而有些篇在内容上不免有重复之处。在结集成书时我尽量作了一些删节和修改，但为了保持各篇文章内容的完整和结构上的平衡，在个别用例和分析上，仍未能完全避免。这是要向读者说明，并敬祈鉴原的。

2009 年 2 月 19 日